雅德根

我的母系 我的族

昳岚 著

（达斡尔族）

人民文学出版社

图书在版编目(CIP)数据

雅德根:我的母系我的族/昳岚著. —北京:人民文学出版社,2016
ISBN 978–7–02–012203–5

Ⅰ.①雅… Ⅱ.①昳… Ⅲ.①长篇小说—中国—当代 Ⅳ.①I247.5

中国版本图书馆 CIP 数据核字(2016)第 278232 号

责任编辑　陈彦瑾
装帧设计　陶　雷
责任印制　苏文强

出版发行　人民文学出版社
社　　址　北京市朝内大街 166 号
邮政编码　100705
网　　址　http://www.rw-cn.com

印　　刷　三河市西华印务有限公司
经　　销　全国新华书店等

字　　数　398 千字
开　　本　710 毫米×1000 毫米　1/16
印　　张　28　插页 2
印　　数　1—6000
版　　次　2017 年 5 月北京第 1 版
印　　次　2017 年 5 月第 1 次印刷

书　　号　978–7–02–012203–5
定　　价　58.00 元

如有印装质量问题,请与本社图书销售中心调换。电话:010-65233595

题记：
谨以此书献给我生生世世的母亲

生命像整个虚空无边无际
愿他们都能轻易趣入心的光明
天地间的每一个众生
都曾做过我某一世的母亲
愿他们都能以我的祝福
获得圆满的清凉

主要人物表

衮　伦　　本书主人公，达斡尔小镇一所医院的医务工作者
漠　能　　衮伦的鄂伦春族同学，被人称为通灵者
苏如勤　　衮伦的姥爷，雅德根（即萨满）
红阔尔　　苏如勤的妻子，衮伦的姥姥
阿尔特　　苏如勤的长女，衮伦的母亲
沃尔特　　苏如勤的次女，衮伦的姨妈，人称巴列沁（即接生婆），雅德根
达　列　　苏如勤的长子，政府干部，衮伦的大舅
巴尔特　　苏如勤的二子，公检法干部，衮伦的二舅
苏　革　　达列的长子，衮伦的表哥，教师
苏　林　　达列的次子，衮伦的表哥，机关职员
苏　克　　达列的三子，衮伦的表弟，机关职员
苏　栓　　巴尔特的长子，衮伦的表弟，司机，雅德根
苏　若　　巴尔特的次子，衮伦的表弟，机关职员
娅　吉　　巴尔特的女儿，衮伦的表妹，雅德根
瓦　音　　衮伦的外甥女，政府干部，雅德根

目录

引子 / 001

上卷

第一章 迷失

1. 行苦 / 015
2. 空女人 / 018
3. 约定的歧途 / 023

第二章 窍入

1. 引领与窍入 / 027
2. 神授 / 031

第三章 古老的皑乐

1. 无头驴 / 033
2. 亦真亦假 / 039
3. 血迹与银狐 / 044

第四章　领神之后

1. 乖离 / 051
2. 循女人 / 053
3. 不懈地寻找 / 058
4. 漠能的先知 / 061
5. 天地就是这样 / 069

第五章　神秘的雅德根

1. 生与死的誓言 / 072
2. 神谕 / 081
3. 雅德根诞生 / 082

第六章　衮伦与漠能

1. 恐惧 / 087
2. 乌力萨满 / 090
3. 黑光与黄光 / 093
4. 暗影 / 097
5. 串气 / 098
6. 巴日肯 / 100

第七章　痛苦啊，妈妈

1. 虚假的婚姻 / 104
2. 遗孤 / 106
3. 回报宿世恩 / 111
4. 绑定的命 / 114

第八章 虚拟的身份

    1．释放与寻找 / 117
    2．心虎 / 121
    3．安立一个家 / 122

第九章 凋落的梨花

    1．缘续缘散 / 125
    2．流转与重返 / 129

第十章 宿世的因缘

    1．宿缘与幕后 / 134
    2．神峰境遇 / 137
    3．白度母 / 139
    4．假腿真病 / 143

第十一章 孤独与责任

    1．死亡眢井 / 148
    2．表象 / 153
    3．金克日家族的巴日系 / 161
    4．雅德根的升级 / 165
    5．无常 / 174

第十二章 串痛背后

1. 失信诺言 / 182
2. 果实与相遇 / 185

第十三章 轮转的岁月

1. 命运的轮转 / 191
2. 哈音神偶 / 196
3. 坠落或上升 / 200

中卷

第十四章 心的投影

1. 萌醒 / 207
2. 心是主人 / 209
3. 如母有情 / 210
4. 逆增上缘 / 213
5. 渡过去呀 / 215
6. 解渡 / 217

第十五章 生与死

1. 共处自然 / 218
2. 生与死 / 222

下卷

第十六章 走不出的宿命

1. 达列的眼睛 / 235
2. 碎碎人生 / 240
3. 瞬间的囚徒 / 244
4. 誓不罢休 / 245

第十七章 寻缘

1. 趋向 / 256
2. 寻缘兰若 / 257
3. 变换中的脸 / 262
4. 得度 / 264
5. 西装寓意 / 266

第十八章 苏林之死

1. 偷杀 / 270
2. 引诱的光环 / 271
3. 地狱不收短命人 / 276

第十九章 放排人

1. 真正的男子汉 / 278
2. 放排人 / 284
3. 生死与共 / 294

第二十章 孤寂的日子

1. 蛐蛐啾啾 / 304
2. 母亲的眼睛又红了 / 307

第二十一章 本具的安详

1. 如梦如幻 / 309
2. 另一个世界的讯息 / 311
3. 自性 / 312
4. 菩萨的大悲 / 317
5. 长寿翁 / 319

第二十二章 冥冥中的收放

1. 忏悔与诅咒 / 320

2．看不见的岁月 / 325
3．逃脱的苏若 / 327
4．囹圄苏栓 / 330
5．斗法 / 334

第二十三章 母亲的执着

1．护 / 355
2．瞬变和索债 / 359
3．梦魂牵绕 / 363

第二十四章 开始与结束

1．种子 / 368
2．缘始 / 370
3．开示 / 371
4．各种示现 / 376
5．消退的债主 / 377

第二十五章 回归

1．回归 / 381
2．母亲是一个屋 / 384

第二十六章 闻法

1．澍露法语 / 391

第二十七章 剃度

1. 出离 / 395
2. 谁的选择 / 399

第二十八章 不同维次的共处

1. 家里的客人 / 407
2. 白老太的忏悔 / 409
3. 娅吉 / 410

第二十九章 人神对话

1. 来如去 / 414
2. 苏克 / 422

尾声 莲蓓蕾 / 431

创作谈 达斡尔姿态 / 434

引　子

我走上街，
人行道上有一个深洞，
我掉了进去。
我迷失了……我绝望了。
这不是我的错，
费了好大的劲我才爬了出来。

我走上同一条街，
人行道上有一个深洞，
我假装没看到，
还是掉了进去。
我不能相信我居然会掉进同样的地方，
但这不是我的错，
还是花了很长的时间才爬出来。

我走上同一条街，
人行道上有一个深洞，
我看到它在那儿，
但还是掉了进去……
这是一种习气。
我的眼睛张开着，

我知道我在那儿。

这是我的错。

我立刻爬了出来。

我走上同一条街，

人行道上有一个深洞，

我绕道而行。

我走上另一条街。

——《西藏生死之书·人生五章》

显然，那个柳蒿芽①飘香的早晨，衮伦和漠能对镜梳妆时的交谈，揭开了两人之间那些说不清道不明的奇遇的奥秘。她们顷刻呆定在彼此的眼波里，半天僵住不动，惊撼于那个无意间的证实，解开了许多年来困扰她们的心结。她们一下变得无话可说，所有进行在冥暗中的诡谲之事，那一刻仿佛如搁在白纸上的黑字，刹那豁然明了。然而，事实果真如此么？似乎又不能彻底破解往事之谜。

许多年过去，如果还能推算，百年甚至更长的时间跨度反映在她们身上，时空究竟做了怎样的轮转？从二者的祖辈到现代人的她们，漫长的时光岁月折叠在两人身上，生发出许多奇异的事情，她们却毫无觉知。那些不可思议的经历，没有人会相信，或仅被认为是一些荒诞无稽的事情。但衮伦或漠能关心的不是真与假，而是她们忍受的全部过程，以及仍然承受着的一切。

---

① 柳蒿芽：一种野菜，生长在江河边及洼地，春季采摘，佐以芸豆、小鱼炖成汤菜，是达斡尔人特别喜爱的食物。历史上，由于达斡尔人不堪忍受沙俄侵略者的烧杀掳掠，从黑龙江北岸的祖居地，迁徙嫩江流域，在漫长的迁徙途中，食物匮乏，便以柳蒿芽充饥度过了饥荒。所以又被达斡尔人亲切地称为"救命菜"。 现代人已速冻储藏，成为宾馆餐饮等招待客人的民族特色菜肴。当地人更以家乡特产馈赠远方的亲朋好友。

一切缘起于双方久远的祖先。

一个多世纪以前的秋天，达斡尔人苏如勤和一个鄂伦春萨满相遇了。双方的相识绝非一般，而是埋下了影响后世子孙命运的神秘种子。

在那个只能以"很久很久以前"来形容的时间段里，年轻的苏如勤随父亲和叔叔大伯们，犹如搬运的蚂蚁一样，排着长长的车阵准备西行，时令是农历七月。苏如勤怀着初次远行的兴奋及对前方未知的新奇，拉着制作了一个春天的大轱辘车，加入大人的队伍，随着车队浩浩荡荡走出村子，去参加内蒙古呼伦贝尔甘珠尔庙的集市贸易。那是他被认可为男子汉的第一次出征。

苏如勤从睁开眼睛看世界开始，就看着大轱辘车装载货物、走亲戚、婚嫁，尤其看着父辈们把那些崭新的木质白色大轱辘车拉向遥远的地方，便对远方有了莫名的遐想。后来，他终于以成人的资格，加入到了大轱辘车制作的队伍，在每年的春天，万物还没有发芽的时候，随着村里六七人组成的阿纳格①，带上从集市上换回的铁器，装上锅碗瓢盆帐篷等野外用品，赶上大轱辘车进山伐木选材，制作大轱辘车的轮子。一如那乌春②所唱：

> 提斧出家门，进山去伐木。
> 山高陡而峭，攀登慎举足。
> 攀山向前行，森林在眼前。
> 正步再前行，来至密林间。
> 惊惧的野兽，怯懦地逃窜。
> 傻气的野兽，惊恐地逃窜。
> 从林沿开始，抱起斧头砍。
> 左右两边抡，准确不落空。
> 挺拔的松树，枝叶却稀疏。
> 秀长落叶松，纹理密而齐。

---

① 阿纳格：达斡尔语，野外作业或狩猎时七八个人组成的小组。
② 乌春：达斡尔族民间古老的一种说唱艺术，形式丰富，曲调有的低沉雄浑，有的欢唱明快，有的哀怨伤感。已被国家列为非物质文化遗产。

笔直而端正，是树枝冠材。
　　用它盖房屋，堪做栋梁材。
　　整厚的柏树，粗有一合抱。
　　若锯成木板，可把家具造。
　　张伞形黑桦，木质坚又足。
　　选那粗实的，可做车毂辘。
　　硬实的材料，可以做车轴。
　　天生弯曲的，制轮却实惠。
　　生得笨拙的，还可做犁杖。
　　黑桦不名贵，质地却高贵。
　　矗立之白桦，亭亭如玉立。
　　树干光而洁，树皮白如璧。
　　若剥其树皮，可做诸器皿。
　　笔直的树干，制车辕最稳。
　　……

　　个把月的伐木选材、弯车轮子转眼结束，人们把各种木料和车毂辘拉回村里，木生生白花花地堆满了自家的院子，也布满了整个村子。村里一片繁忙的木色，到处飘散着清新爽鼻的木味儿。甘珠尔庙会距期不远，紧张的组装赶制大毂辘车的活计，也就一刻不能耽搁。

　　苏如勤第一次参与交换大毂辘车的那年，他跟父亲制作了十几辆大毂辘车和几辐车轮、几架车辕子等部件。开拔的前两天，他们把车辆依次一个个拴在一起，由第一辆车马前行开路，后面的车，装上可做三四辆车的轮子、辕子等用来交换的部件。车上还顺便带上集市上喜欢的烟叶、燕麦、稷子米等达斡尔人独特的作物。另有干牛肉条儿、炒面等食物，这些是必备的路粮。一同远征的队伍有六七个阿纳格组，每组都各有十几辆车，排成一条长长的足有二三里路的长龙。出发的那个早晨，太阳还没露头，寂静的村庄就喧腾起来。户户的老幼妇孺都走出了大门，相送各自的男人、父亲、儿子等亲人。几乎所有的男人都走上了西进的队伍。只要有点劳动能力的男人,都不会错过甘珠尔庙会每年一次的交易机会。那是他们一年的生计里最重要的期盼和物资来源。

这种为生计而劳奔的场面,不知不觉流出心底,唱出了他们沧桑的喉咙,也留给了子孙后代:

> 人喧马嘶声,响彻近山河。
> 夕老与妇孺,皆来送行人。
> 谆谆嘱咐声,匆匆别众亲。
> 车马依次行,落落村半空。

苏如勤虽然是初次踏上西进的旅途,但自小就听说过赶集路上的艰苦,以及成交后的快乐等事。只是大人们遭遇的种种磨难他不曾亲身体验,光记住那些换回马匹、猎枪、铁器等物资的趣事了,满心向往着一路上的新奇刺激。他与父亲坐在第一辆带有篷子的车里,夹在队伍当中,于每天行走九十华里、三十里一停的风餐中,干嚼携带的食物。他们天亮动身天黑落脚,常常由于一场秋雨,摔在泥泞滑坡的路上变成泥人。罡风日曝的天气,吹得人们面唇干裂,水就成为金贵的甘霖。天气是行人最大的考验,但无论怎样恶劣的天气都不能耽搁,因为农历八月十五铁定的开市日子,是系在每一个人心里的定数。农历十四必须赶到目的地准时参加互市,这是绝对不能含糊的。

在枯燥的路途中,苏如勤的父亲不时要唱上一段古老的扎恩达勒①,以缓解精神的烦劳和旅途的单调:

> 车马向北走,穿越人烟稀。
> 行至温布奇,漫岗更寥寂。

---

① 扎恩达勒:一种达斡尔族民歌,类似于汉族山歌,曲调宽广、豪放、自由。达斡尔人每到野外采集、野外作业时,便喜欢放开喉咙歌唱,赞美山河大地自然,赞美生活。

岗周旱无水，人马遭干渴。
为解饮水难，改道阿荣河。

平原的路也不尽平坦，除了每年一次穿越的队伍，几乎人迹罕至。缺少磨砺的石头嶙峋锋利，颠得车辆颠簸摇晃，时常磨损车轮，人马苦不堪言。

一路尽石头，嶙峋而接叠。
车身乱摇颤，车轮似被削。
虽说石头圆，滚圆而奇崛。
虽说石头扁，都带尖棱角。

又一个没有铁箍的车轮，经不住颠簸散架，年轻的车主，心疼地看着散架的车，抱怨哭泣。那可是辛辛苦苦经过一春天的劳动换来的成果，半途损坏就是钱财遭损。大家不能不停下脚上前帮忙安慰。一个人的事情，就是大家的事情，谁也不会看着不管，钉钉打打一番，又继续赶路。

过了平原，前途大多是山岭。苏如勤看到一座更高的山崖矗立眼前。他仰望高山，不顾帽子掉落地上，心中油然感叹：是哪一辈的祖先开始走出这样苦多乐少的西征之路，使得后人循迹往复不能停息？

山崖矗天立，昂然拦路程。
何世之父辈，先踏此路程。
前人大无畏，踏上这险路。
后世随先人，相携来奔赴。
千人留足迹，选择攀缘路。
绝壁陡而险，攀登举步难。

登上山崖顶，不禁长吁叹。
崖顶入云层，清绝如隔世。

> 寂寞土地庙，凄然一荒寺。
> 旁有石头堆，俨然是斡包。

那座高高的大山崖，是被人们称作老爷岭的，车帮行到那里必须停下进行祭祀，否则翻车打误的事故定会发生，没有人敢在神灵面前存有丝毫不敬。为了远行的吉祥安全，人们提前备好了供品和人手一块的石头。

车帮在石山跟前停了下来。石山上一棵孤零零的苍老榆树歪斜着倾向人们经过的道路，仿佛在提醒路人，要越过这里，必须停步上供，否则平安难保。实际上远行的人们还没到跟前就生起敬畏，祭祀山神财富之父白那查[1]，那是丝毫不能怠慢的事情，连小孩子都知道的。

众人都围了上去，把手里的石头添到石堆上。领头人塔坦达让大家点起松明挂在周围的树上，把斡包照得通亮。雅德根[2]的助手巴格其又带人捡了干柴点火，噼噼啪啪的火苗便舞蹈起来。一切准备工作就绪，烧酒、罐头、月饼、烟叶等供品一一供在斡包的石板台上，然后跪倒一片虔诚磕拜祈祷，雅德根便开始敲打起神鼓，与助手巴格其相互交替着唱起神歌：

> 老爷生在纳文江[3]，
> 宜卧齐那里有门庭。
> 当你被封呼伦道台时，

---

[1] 白那查：达斡尔语，白音阿查的缩写，意为富饶之父。是达斡尔、鄂温克、鄂伦春族普遍信仰的山神。也可理解为万物主宰之神，如狩猎神、吉祥神、善神、保护神、河神、人地神等。达斡尔人认为，广阔的山林是被山神主宰的，山林的飞禽走兽都是白那查养育的，山林中的野游者的安全和狩猎获得多少都由白那查的喜怒来决定。所以狩猎、放排木者都恭敬白那查，只要在野外餐饮都要把酒食举过头顶三弹，以表示向白那查供献酒食之意，求其赐给猎物或保佑安全。

[2] 雅德根：即萨满。达斡尔语，由表示预兆、知晓、首领三个词汇合并而成，其含义为"预言者"或"占卜者"。萨满教是达斡尔民族固有的宗教信仰，在其漫长的历史发展过程中，虽然经受了藏传佛教和道教的影响，但没有从根本上动摇达斡尔族萨满教信仰，直至今日，在农村、牧区、小镇生活的达斡尔人中萨满教仍然有一定影响力。

[3] 纳文江：达斡尔语，即嫩江。

带领五百披甲兵出征。
老爷你乘坐黄骠马，
路过此时神召走。
老爷化作主宰山林的温郭日①，
保佑过往的行人不受山魅祟。

苏如勤也像大家一样，磕了三个头。其实那头不过是跪在地上点三下而已，那也是他非常熟悉的事情。每年的初一早晨，他都要给父母和爷爷奶奶磕这样的头，到亲戚家里给长辈磕这样的头。夏天逢天旱求雨，也要到河边这样给天神、给那棵大柳树磕头。磕头对于达斡尔人是与吃饭一样既平常又重要的事情。

祭过斡包，队伍磕磕绊绊继续前行，路途更加艰险，山岭一个接着一个，河水也间隔不断，趟过一条河，又到一条河，无数次地跋山涉水，人马疲惫不堪，年轻的苏如勤都有些支撑不住了，何况他的父亲。终于，前面出现了一片平坦的路段，还没等呼出一口轻松的长气，却发现那平地竟是一片泥潭。车帮走上去后，一会儿车轴就陷进烂泥潭里。苏如勤和父亲下去帮助拉拽马匹，却怎么也拔不出泥潭，只好手抬肩扛，折腾了好大一阵子，终于拔出车轮，身上的衣服帽子全都湿透。苏如勤腰腿酸软无力，才体验到大人们所说的艰苦，真的是在家的人无法想象的，也才知道那些换回去的马匹和其他物品背后的艰辛。

再看看父亲，他浑身泥浆，全身没有一处干净之处，胸口起伏，大口喘着粗气，眼睛瞪得老大。苏如勤不免心疼地在心中发誓，以后绝不让父亲再走这条遭罪的车帮路了！可是，一旦艰苦过后，一匹一匹漂亮的蒙古马赶回来，换成钱币获得满足的时候，曾经的艰难劳苦便都扔到脑后，忘掉了。无论苏如勤和父亲还是乡亲们，仍然像纷飞的劳燕，一如既往，年复一年踏上充满希望的西进之路。

---

① 温郭日：达斡尔语，上天的神灵。

旅途并不尽是艰险，一旦到了草原地带，辽阔的草原会扫尽一路的愁苦。像雁群一样浮游的羊群，让人们的心情开阔舒朗。他们在一个蒙古包前，相距几十米的地方停下了脚，两只狼狗一下蹿了出来，主人也跟着跑了出来。女主人头上包着蓝色的围巾，和他们说起达斡尔话。苏如勤看出，大家都是非常熟悉的。走进蒙古包里，每人面前都端上来一碗奶茶。苏如勤第一次喝那种带有咸味的似牛奶又不是牛奶的茶饮，并没有特殊的感觉。接着就端上了一大盆手把羊肉，十来个小匕首，各个插在那羊肉上。苏如勤的口水一下都涌了出来，那是十多天里第一次看到的新鲜食物，特别是肉。草原的羊肉绝非家乡的羊肉可比，那满口的醇香鲜美，苏如勤第一口就留下了几乎是一生都不会忘记的回味。那是他以后每次庙会之后，都要向母亲炫耀的天馐。

那顿手把肉他们几乎吃了半天半宿，从下午日斜到深夜星星眨眼，都围在桌子周围，你一口酒他一口肉的，说上几句你来我往的话。他们话少，不啰唆，没有大嗓门，人都很沉静。草原的夜色透着晶莹的水珠，在潮润润的呼吸中，伴随他们沉入深夜。

第二天早早地上路了。继续走上一程，便依稀望见了额尔古纳河，但是近前的伊敏河水却不能饮用。一路在干渴里的人们，最怕断水，却偏偏遭遇无水的路程，即便有的河中有水，却脏得难以饮用。

半个月的漫漫西行路，辗转一千三四百里的山道、河流以及森林草原，人疲马瘦，甘珠尔庙终于如期出现。疲劳的人们精神陡然振作，一路的行苦也骤然减轻，目的地终于赶到，各阿纳格车组租用蒙古包和帐篷，在集市规定的东北角安住下来，吃几口无油的发面饼便歇下，等待第二天的开市。

对于初见世面的苏如勤来说，那真是一个新鲜的世界。来自各地的人操着不同的口音，不时还能看到俄罗斯和日本人，穿着蒙古袍的布里亚特蒙古人是那里的一大风景。

那是内蒙古呼伦贝尔盟有名的甘珠尔庙会，众多的名扬四方的喇嘛教徒云集那里，随着一七八七年庙会的正式形成，不仅呼伦贝尔地区，还有乌兰察布、哲理木盟、锡林郭勒以及齐齐哈尔、扎兰屯、布特哈①等地的交易者都云集于甘珠尔庙集市，以自己的牲畜、木轮车、烟叶、粮食、毛皮、珠宝饰物等日常生活用品进行交易。甚至张家口、天津、北京、外蒙古，还有俄罗斯、日本等地商人，也赶赴为期七到十天的甘珠尔庙进行贸易，获得自己需要的物品。

最令苏如勤赞叹的，是那些庄严辉煌的寺庙，一座一座足有十多幢，占据了庞大的地盘，且排列整齐有序。在香烟袅袅的轻雾中，喇嘛们诵经的声音美妙悦耳，像一种奇异的蛙鸣，从远空一浪一浪荡来，软软的一晕一晕落在他的心上，舒服无比。他寻着那声音走过去，几乎惊呆了，足有万千喇嘛通红一片，各个坐在圆坐垫上，坐姿挺直端庄。前面的喇嘛摇着铃杵，晃着一种像拨浪鼓似的叫作"杂巴拉"的法器。一位坐在高高的法台上的喇嘛，一会儿打手印，一会儿摇铃杵，一会儿晃动杂巴拉，好不庄严慈目，令苏如勤的眼睛观顾不暇。他从未见过这样的阵势和人群，只有他们身前的珠子是熟悉的，因为奶奶手里就有那样的珠子，没事的时候常捻，捻得珠子锃亮。苏如勤被撼动的心情一直延续到闭市，回到家里和同伴们讲起，还兴奋得眼睛发亮。

苏如勤还看到，很多在大殿前全身扑地磕长头的人，有一位竟是孕妇，从远处几步一扑地向庙里磕来。那种目不斜视的专注，让苏如勤感动。

上香的人从早到晚，来来往往一直不断。

苏如勤被集市震撼的另一风景，是那些长长的大轱辘车，排列成两边看不到头的、足有几里之遥的车阵。那车大都是他们这些布特哈一代的达斡尔人制作的，占据了几乎所有的车辆市场。那些车辆有人称勒勒车，有人称木轮车，蒙古人则都称作大轱辘车，是草原牧民特别喜欢的东西。那是他们游牧迁移生活不可缺少的重要工具。

苏如勤还看到那些买卖牲畜的人，两个人手往一块儿一伸，很神秘的样

---

① 布特哈：达斡尔语，意为狩猎，清代文献中将达斡尔人称为打牲部。其辖境为今内蒙古莫力达瓦旗、阿荣旗、扎兰屯全境和鄂伦春旗部分，以及黑龙江省齐齐哈尔一带地区。

子，就把价格定了下来。他第一次参与交换，是用两辆大轱辘车换了一匹红色的马。他没有幸遇父亲曾说过的一对一交换的好运，但还算不错，没出现三辆车交换一匹马的情况。他知道马匹带回去后，可以自己使用，也可以到家乡附近有名的楚勒罕①集市贩卖。

就在那时，苏如勤认识了鄂伦春人赫伊尔。他们的相遇并不是因为交换，鄂伦春人并不需要达斡尔人的大轱辘车派什么用场，林子里也用不上那种笨重的东西——其实林子里的笨拙，却是草原上的"草上飞"，是达斡尔人世代生存的依靠。尤其当达斡尔人在黑龙江北岸遭受沙俄侵略，导致家园惨落而南迁嫩江流域的路途上，大轱辘车成了他们的生命之舟，不仅承载了人们跋涉中的疲惫，也承载了粮食物质，尤其承载了整个达斡尔民族流浪中的茫茫忧伤。落居嫩江流域之后的漫长岁月里，逐渐适应了广阔平原、深化了原有稼穑习惯的达斡尔人，狩猎成为副业。而鄂伦春人仅一把猎枪就足以瞄准生活的全部，足以糊口度日。所以他们的相识不是为交换或讨价还价，而是在一同被寺庙的景观震撼，同时上香叩拜、同时跪拜下去、同时向那金佛磕头的时刻，发现对方都在用额头嘣嘣嘣地砸那大地，仿佛双方的脑子里都有什么不好的东西，想一股脑儿把它磕出去。父亲在路上时就告诉过苏如勤，磕头时一定要头碰到地上，不然来生就有可能投生掉头地狱，那是以头代足走路的地方。他非常相信父亲的话，父亲接触庙会的喇嘛是相当早的，他时常说一些喇嘛们的神奇故事。

当两人同时注意到对方的行为而扭头看对方的一瞬，都怔了一下。他们都发现了对方眼眸深处的某种东西，是彼此非常熟悉的。赫伊尔先是眼珠一

---

① 楚勒罕：黑龙江省齐齐哈尔地区曾是达斡尔人的祖先苏都日·绰日哈尔部族的世居地。曾有人认为绰日哈尔是楚勒罕的变音。因为绰日哈尔在达斡尔语里是"收貂皮的营盘"之意。楚勒罕实际是清代当权者为了盘剥边地人民而设立的一种盟会，主要收购毛皮等，不仅压等压价，还时有勒索。比如史料记载，1875年举行楚勒罕时，布特哈达斡尔人、鄂温克、鄂伦春兵丁送交的貂皮8750张，黑龙江将军和齐齐哈尔副都统从中选定5457张后，勒索落选的貂皮700张，并以每张8钱银的低价强行征购2200余张。还有一种巧妙的勒索方式是在每年举行楚勒罕时都要筑造检阅台，所用的木材由达斡尔人提供，盟会结束后，将军、副都统等人将这些木材私分，折银达2000余两。不但如此，楚勒罕期间，他们还不停地要达斡尔人做各种各样的劳役。

动,把内心含藏的只有他能知晓的什么,存在了心里。苏如勤也以惊诧的目光盯住对方,暂不舍离视线。两人便如故友重逢,在攒动的人群空隙点了点头。

就在那时,一位小喇嘛提着一个铜壶,脚步轻盈灵巧,从他们身边路过,一双明亮机灵的眼睛转动得非常迅速。苏如勤没有见过喇嘛,更没有见过那么小的喇嘛,便跟上去,在人家身后问长问短,弄得小喇嘛应对几句,便匆匆走开了。但他还是知道了小师父的名字叫智达。而后还知道了小智达师是六岁时,就被父亲送进寺庙里的。因为他生下来就有看不好的心脏病,必须经过清净的苦修才能延长生命。再后来,苏如勤便成为小智达师的常客,智达师也成为他后来生命中非常重要的善知识。

那天,不仅苏如勤对小智达师发生兴趣,一位汉地的人看到他,竟然喜爱地把他抱了起来,急得小智达师一个劲儿说:"你不能抱我呀,你不能抱我呀,我是师父!"

在此后的几年中,苏如勤随着父亲参与每年一次的庙会,也跟鄂伦春人赫伊尔如期相遇。熟稔后的赫伊尔告诉苏如勤:"看到你的当初,我看到你周围站着那么多人,那么可怜……"

苏如勤当时没懂他的话所指什么,他只是被赫伊尔的眼神震慑,那绝不是普通人的目光,而是如鹰捕兔般的带有利钩儿的眼神。苏如勤被那目光摄住。后来当苏如勤的生命发生奇妙的变化之后,他才领悟鄂伦春人赫伊尔的目光,包含了常人不可视的空间,也知道了"周围站着许多人"的实质含义。当然,那是他也有了相同体验之后的认知。

经过几年的交往,鄂伦春人赫伊尔娶了苏如勤介绍的一位达斡尔姑娘为妻……

岁月在虚空隧道流淌,看似漫长逝远,却不过是天界的几盘棋艺。一位嫩江平原的达斡尔,一个额尔古纳河右岸的鄂伦春,从那时起,便有了延续祖先使命的共同交往。而这种交往,并没因他们生命的结束而结束,在双方生命旅程告一段落之后相当长的时期,彼此的后代步入和延续了他们的生命续流,使他们生命的气,突破不同维次的空间,重现于各自子孙后代的生命时空,演绎出种种不可思议的故事。

雅德根　我的母系　我的族

上卷

雅德根 我的母系我的族

第一章

迷失

我不知道

自己是谁

但我有一个独立的特殊的身份

有一堆一连串的元素

姓名、家人、房子、工作、朋友

信用卡，尤其身份证……

我建立在这些脆弱的

短暂的支撑之上

一旦这些全被拿走了

我就完全不知道

自己到底是谁了

1. 行苦

在漫长的无休止的病痛中，衮伦感觉被一个阴影无时无刻窥视、跟踪，渐渐进入了精神恍惚的冥暗状态。尤其头痛,沉重得仿佛盖子一样扣在顶上，使她几乎丧失了与外界正常交往的能力。更糟糕的是，被跟踪的感觉和由之而来的丧胆，招来了周围不屑与耻笑的目光。她的同胞姐姐，斜睨中含着"本来愚痴，又添精神不正常"的嘲讽。但她不能停止，就像她不间断的梦游一样，不断地向姐姐诉说。即使姐姐始终持着自上而下的斜视目光，衮伦还是视她为唯一的亲人而自顾倾诉。后来，她终于感到所有目光都是轻蔑的、斜睨的、躲避着她的，便只说给漠能一个人听了。漠能是她所有遭境的知情者，也是唯一能理解、同情她的人。

衮伦的病痛没有器质性的病变，找不到病由，这是她遭受了百般折磨，经过医生的科学检查，拿不出任何诊断之后的结论。每一个脏器完好无损，六腑血液新鲜通畅，可疼痛就是无休无止。心脏已经失去正常的节律，它慌，它没有底，时常跳到喉咙，仿佛已经待腻了原来的位置，要蹦出去看看外面的世界，可又像被无数只猫爪拨弄，跳不出去又安不下来，那种悬荡在半空中的滋味，使衮伦惶惶地坐立不安。如此衮伦叹道：原来心哪儿都不能去的，稍稍偏移了一点儿位置，都使得你烦躁不安！而她的心已经跑到喉咙，被悬空提起来了。她已经受不了了。

衮伦的第二个病痛是她的四肢，确切说是腰部以下的疼痛。她每次遭受那种疼痛折磨的时候，都发生在无缘无故突然降临的情形下。特别是腰部腿部，仿佛被一股强大的不可抗拒的力下拉。那无形的力量，似乎不拽她入地誓不罢休，使她走几步路，都觉得移动的两条腿变成了两座大山。她只能无奈地喘息，看着前面很多轻松自如的身影而黯然羡慕，两腿就是不能正常迈步。

第三种疼痛是她的背部，有如一只刀片从上至下刮痧。这种刮痧不是理疗性的享受，而是火辣辣的绵绵不断的隐痛。疼得后背不能仰卧，不能与内衣接触。

另外还有精神上的包围，令她惊恐不安。那些看不见的物质，每天每夜以一种无形的气化形态，游弋在她的周围，导致她身体不温，手足冰凉。夜里被子里的双腿成了两条冰棍儿，一夜不暖。

这些症状，足以让衮伦失去正常生活的能力。

"你的眼睛都在发光。"

乐土工艺品店里,老板娘一边给衮伦付货一边盯住她的眼睛说。衮伦不清楚,老板娘为什么对她的眼睛发生兴趣,眼睛为什么发光。当时,衮伦的目光正落在墙壁上的一张红纸,上面竖写着各种不为人世间所见的名字,她非常好奇,所以目光一直专注在那些名字上没有回应女人的话。她继续一个一个默念那些名字,虽然稀奇古怪,却也不算陌生。

"你的眼睛锃亮。"老板娘又重复了一遍。

衮伦没有理会她的声音,是因为那些名字虚幻如空气,个个都如神话传说,虚无缥缈,传递出遥远冬夜里,她曾听过的与那些名字相关的故事。然而人类早已在键盘上码字、在斗室里周游世界的时下,她还能看到堂而皇之写在阳光下的那些名字,便不由得联想到自己身上某种暗暗左右着她的能量,并隐隐与它们形成默契。这让她在恍惚中,有一种仿佛找到某种依据或同类的感觉。所以那天她没有马上离开,接过一盒香后,仍与老板娘攀谈了一会儿。无疑,这成为以后故事发生的契机。

其实衮伦那天走进这个小店,东西可买可不买,是那个招牌产生了吸引力,使衮伦的脚步不由自主地迈了进去。然后那张红纸,那个娇好的老板娘的声音,都成了后来衮伦再次走进去的理由。尤其女人的眼神,付给衮伦一盒香时的一瞬,深刻地打在衮伦的心上。

一切看似偶然,后来发生的一切却成了必然。这是衮伦多年后才意识到的。

在科学仪器无法查到衮伦的病肇,而衮伦却无休止地被病痛折磨的日子里,传统的国药味儿充满了她的空间。那些安眠的远志、枣仁、龙骨牡蛎,她闭着眼睛嗅嗅,就能辨出是哪一味药。可它们对衮伦无能为力,仍然安抚不了那些驱不散的疼痛。

时光在慢慢地流逝,衮伦曾经亮白的脸庞,已然变黑变暗,就像有种东西伏在里面,让她瞬间变黑,任何化妆品涂在上面都徒劳无益。最让她失去自信的是,半年不见的一个朋友看到她后,瞠目结舌,目光搜寻着她的脸容各处说：

"你怎么变成这个样子了？"

衮伦无话可答。她清楚自己的变化，而眼下的黑瘦，不过是表征而已，内里无明的黑，才是她既困扰又痛苦的固症所在。

老板娘的小店不知所以地吸引着她，似乎有一种力量，在她一路过那儿的时候，两条腿就叫她改变方向。与其说是衮伦要去，不如说是她的腿自动想去，不听大脑支配。当她又看到老板娘时，她正摆着扑克，以那种过时的游戏消磨没有顾客的空闲。她只稍微抬了下头就说："我知道你会来的。"然后继续摆手中的扑克。衮伦已经看不到她眼睛里，第一次看到的那种让她的心产生震动的光芒。不知为何，衮伦竟然希冀那种目光，那种穿透心底、因之而产生渴望与她交谈的探询的光岚。

可是探询什么呢？她并不甚清楚，但她的预感或者第六识在暗示着她，空气里游弋的一直困扰着她的物质，可能会在这里得到回应，或者了结。很多时候，衮伦就是在这种感觉中活着的。

2. 空女人

再去的理由还是要买燃香。衮伦想，总得有个理由才能走进店铺。对于一个只见过一两面的人，突兀的进出似乎不合常理。实际是，衮伦又被那张红纸吸引，又一次认真地念了一遍上面的名字，那几十号奇奇怪怪的"人"。

"你想什么时候来，就什么时候来，想问什么就问什么，我等着你。"老板娘又说。

我想问什么？衮伦暗暗吃惊。她等着我？衮伦又望望女人的眼神，那是一双很温良的没有任何异样的目光。

"我会来找你，我回去考虑考虑。"离开的时候，衮伦竟然说出自己都不知所以的话，让老板娘的眼睛里蓄满了笑意，她的手仍不停地摆弄扑克，不再看她。

衮伦的病痛越来越重了。白天有点步履蹒跚，夜间醒来，全身僵直不能翻身，活动活动才能恢复原样。有时则需要帮助才能起身。早晨的琐务也使她乏力喘吁，那推动生命的气，在她身上仿佛一个半气儿的气球，充盈不起来,使她瘪瘪塌塌的，做什么事情都乏力。她坚持着不想再走进那个乐土小店，去看老板娘那预言般的微笑，又犹豫着不知如何面对科学已经无力解决的疾患。实际她的身体里有两个声音在主宰着她，一个是去，一个是不去。而备受折磨的躯体则成了被蹂躏的羔羊。

在一个月的徘徊里，当头疼、眼睛鼓胀等病痛稍微减缓的时候，衮伦便忘记了小店老板娘的目光，而一旦加重，她立刻就想到她，仿佛老板娘就是光明，刹那能驱散她身体中的黑暗。

又一个月过去了，春天农历三月的一个早晨，衮伦在青烟缭绕中醒来。那青烟冉冉朦胧，遍满空间，竟是由三炷高高的燃香引起。衮伦忽然想起老板娘的预言："你肯定过不去三月三！"

三月三是个什么日子？于衮伦又有何干？她为什么过不去三月三？过不去又意味着什么？

不知衮伦是忍受住了疼痛的折磨，还是有意不让老板娘的话言中，三月初三那天她没有去乐土小店，但她昏昏沉沉地躺了整整一天，不是因为瞌睡，也不是疼痛，而是被什么东西压住、眼皮不能睁开、大脑暗顿的那种昏沉。如果不是强撑起来，那种状态会让衮伦永世卧倒。然后心闹带来的想撕开胸膛的冲动，把心摁在原位、阻止它上跳的气愤，让衮伦的眼睛蓄满了复杂的光，又蓄满了无奈的渴求。她想，一个溺水求救的人也不过如此，为什么要抗争？在与谁过不去呢？

好不容易挨到了农历十五，这一天她尤其呆滞，大脑里像灌满了铅，面对问话犹如一个痴呆患者。最后，她一直坚持的抗拒瓦解了，摆脱病魔的渴望，终究胜过了排斥乐土小店的毅力，占了上风。

"总有一个卷发的高个儿女人出现在我的梦中。"衮伦告诉老板娘说。

老板娘瞅了衮伦一眼："什么样的女人呐？"

其实衮伦能说得清楚，不过她没有说那个卷发的女人，一贯站在离她不远的地方，面对着她，有时手里拿着一本书，有时就静静地站在她的面前。

女人的背景从来空白简单，甚至干脆空空就是一个人的画面。衮伦再次向老板娘补充了梦境。不料老板娘突然说起了一种衮伦从未听过的语言，娇好的面容在那语言的节奏里顷刻变形，目光执拗炯亮。老板娘自顾说了一会儿后，停下来用衮伦听得懂的汉语告诉她说，明天下午你过来吧，夜里我给你查查。

当晚，衮伦梦中走进一条长长的又宽又深的河床。河床干涸得似乎从未流动过水，暗暗的天空，没有阴云也不似雾，整个空间就是一张灰色的底板。衮伦站在低处四望，不知选择什么方向，走什么路。长期以来衮伦就是这样，在没有阳光的梦境中踌躇徘徊。次晨醒来的时候，她便更加沉没暗顿。

那个曾经跟随她的阴影，每晚在她散步回来的路上，尤其走进家门的时刻跟得更紧。衮伦似乎能闻到那种异样的气息，怎样围绕在她的周围，时紧时松，时隐时现。有时她使劲跺一下脚，以示自己的胆量或试图摆脱，但是毫无作用，那种气息不即不离。在这种持久的尾随中，衮伦已经丧胆，所有冥暗的地方都好像藏匿着阴险和窥机，她躲不开。

那个下午，乐土店里的音乐幽悠，像一个久别思归又找不到归路的游子的心声。屋子里的空气充斥着某种暧昧的因子，衮伦有种被包围的局促感。老板娘的身旁多了一个小女人，比老板娘还要年轻，还显漂亮。她们坐在那张紫檀色的桌子后面，开始与衮伦攀谈，一会儿小女人便打起哈欠，让衮伦感觉她有失礼貌。但是，片刻她的目光便炯炯发光，看也不看衮伦，自顾自唱歌一样说起了衮伦听不懂的语言。好久，她张开稍有迷蒙的眼睛，直盯着衮伦，继续说她的话。她的耐心足够，从闭着眼睛自顾自不停地说，足有半个小时的时间，然后睁开微红的眼睛，目光停在衮伦身上，用汉语说："有什么感觉么？……想说什么就说什么。"

衮伦不懂她的意思，她没什么要说，她只觉得这是一场不可思议的游戏。而且小女人发出的声音不是人类能听懂的语言。她除了在心中暗暗奇怪和有点发笑，就是耐心地冷眼观察。然而，她越听越觉得委屈：她怎么就坐在这里，听起这种五十六个民族甚至人类都没有的语言？她一个有知识的现代人，难道是被病魔折磨得丧失理智了？于是，从最初的委屈到难过，衮伦感到一阵阵发冷，一股阴冷的寒气从她的后脊钻入，不由得哆嗦了一下，继而全身凉透发紧，旋即莫名其妙的声音冲出喉咙，她放声痛哭起来。

在那种说不清的被一股势力推动的痛哭中，衮伦仿佛走了漫长的暗无天日的光阴隧道，倦怠与委屈中，终于遇到了突破点。可是哭了一阵，那感觉就变得毫无内容了，似乎成了一个发声筒，发送着另一个人的声音。后来，在宣泄的声音逐渐微弱下来的同时，衮伦发现她的身体竟然开始均匀地颤抖，尤其双腿颤抖明显。对面的小女人一直冷静地观察着她，等待她平静下来。一会儿，女人说没事了、好了。随之，衮伦也安静下来，披上进屋时脱下的大衣。那是公历四月中旬，小镇的供暖还没有结束，屋子里的气温一件薄毛衫足以可以舒适。而衮伦的身体寒凉，十指冰冷。年轻的小女人抓住她的手说：

"老悲子来了。"

天呐！衮伦大惊：老悲子？她怎么会和这样的人物扯上牵连？衮伦听说过老悲子，那是另一个空间的女人。在汉人中，是生前顶香给人看病，死后神识不散，一代一代寻找接班人以继承香火的灵媒。它有可能贪图享受供养，有可能报恩帮助继承人，也有可能一心行善提高德行修成正果。而在北方少数民族中则被称为萨满，达斡尔人称为雅德根。这样的女神职人员，衮伦并不少见。自幼生长的环境里，雅德根已在她心中打上了深深的烙印。那些混沌的充满神秘诡谲色彩的乡村深夜，是人们频频与神鬼打交道的时光。衮伦不会忘记那些弥漫着青烟的冬夜里，雅德根如影幢幢跳神的身影，他（她）们就像一张张晦暗的旧画，烙进了她的记忆深处，在她后来的生涯中一直左右着她。但是眼下，她不相信家族中有过什么老悲子之类的人会寻入她的世界，她根本就不知晓族谱里是否存在过一位祖先，后来成为汉话中称为老悲子的女人。

"你必须领她，你躲不过去。"小女人的话充满了衮伦茫然空白的大脑。她听任着摆布，做不出任何回应。

回家后，接下来的三天里，衮伦仿佛被人支配着进入了一个圆圈。无论做什么事情，脑子里都灌满了那些东西，最终抵不住那冥冥中的催促，在第三个晚上到来之前，她在沙发上坐立不宁，挨着每一分钟的时间，神不守舍，体内一种焦躁的东西无时不在催促着她：快点、快点。两天的等待似乎熬成两年。

农历三月十七，是小女人为衮伦定的意味着"起"的日子。衮伦要在自己茫然无所知的仪式里，去充当一个什么角色。病魔带来的痛苦与折磨，让衮伦完全失去理智，束手无策地接受着来自冥中的指使，听从乐土店老板娘和小女人与神灵沟通的安排。身边的人，也都不自觉地成为合谋。空气里充满着一种暧昧的迫使衮伦就范的物质。衮伦迷失的本性出现了严重的乖离，而这种乖离，被周围的环境和人认为理所当然。衮伦就在那种一致认为合理的情况下，等到了第三天夜晚。在约定的时间里，衮伦为等电话变得异常焦躁，沙发也被她的反复站起、坐下压迫出呻吟。约定的时刻终于到来，电话却没有响起，衮伦决定放弃那个神秘的使命，和衣睡下。然而就在那一刻，剧烈的头痛袭来，仿佛突然遭到猛烈的撞击，眼球也鼓突着胀痛难忍，令她欲吐不能。睡眠是不可能的了。时间已是晚间十点，衮伦被折腾几次去呕吐，都徒劳地返回床上。后来她用一种逆向的深呼吸来试图调节头痛，但刚一闭上眼睛，天呐！无数个奇形怪状的骷髅充满了整个空间，一个个注视着她……衮伦立刻又睁开眼睛，睁开后却不知目光该放向何处。

一直像保镖一样跟随着衮伦的男人坐了起来："与其这样遭受折磨，不如去认了算了。"

衮伦没有吱声，倒是回想起过去如此头痛的日子是如何度过去的。那是隐隐的、绵绵不绝的隐痛，还有一种锅盔压顶般的昏沉，致使她睁不开眼睛。每当在那种疼痛无法忍受的时候，她就想到用药。可医生的诊断用药基本上起不了作用，或者头两天起效，第三天以后反而加重，这不免让衮伦对治疗失去信心。而暗中的那些窥视，却消磨着衮伦的意志，迫使她妥协、就范。

就在那一刻，电话铃山摇地动地轰鸣，仿佛一枚炸弹，整个楼房都颤抖起来。乐土老板娘说："快过来吧，正等着你呢。"

衮伦没再犹豫，几乎与男人的节奏同时同步，无声地做好了出门的准备。

3．约定的歧途

夜空是一个谜，而星星诡谲的眼，仿佛构成了窥视的合谋，跟随在衮伦的四周寸步不离。即使是黑咕隆咚的深夜，衮伦也能感受到被暴露无遗的跟踪。当他们走进乐土小店的时候，衮伦才觉得后面众多的跟随暂时被关在门外，但是，他们仍都等在门口，焦急地等待一场久候的领供时刻。

"看你的眼睛铿亮铿亮，"老板娘一眼落定在衮伦的眼睛上，"都放着光。"随着她的话音，屋子里所有人的目光都扫了过去，落在衮伦这个被蓄谋已久的一场戏的主角身上。衮伦又一次感到目光无所落处，恰好老板娘递给她一张写着天书般的圆形字符卡片，"看看这个，"她说，"认不认识？"

被聚光灯照射一样被突出的感觉，一下找到了可以躲闪的依处。衮伦知道老板娘绝不是让她随便看看的意思，便顺手接过放在柜台上仔细辨认。那上面是一轮一轮的字符组成的图案，像咒轮。衮伦自然不会认识，但在辨识一会之后，衮伦心里倏然有了某种欲动，便顺其自然发出了声音。而那声音，连她自己都不懂，却有一种很自然流畅的阅读惬意，仿佛一个出口，快意地输出着她心中的某种焦虑。她很久没有停止，不是她没有停止，而是被某种力量推动着不能停止。直到小女人说"过来坐坐吧，我们说说话"，她才停了下来，有点为自己莫名其妙的行为赧颜。

衮伦又坐到那个紫檀色的桌子边，与小女人面对面的位置。片刻，稍显疲惫的小女人又开始打上了哈欠，稍微发红的眼睛看上去深含着玄机。衮伦想，这么年轻漂亮的女人，做什么不好？旋即，衮伦见小女人抖擞起来，又说开了那种人类之外的语言。她时而仰起头，时而盯住衮伦，大而红的眼睛一下让衮伦想到儿时讲故事的古热大伯。但大伯的眼睛里饱含着岁月的沉淀，饱含着一个村落甚至一个民族的历史，从他那里，衮伦听到了很多很多祖辈们流浪迁徙的故事。而年轻的小女人一身轻飘毫无质感，红的是欲望，是某种不可知的什么的指使。衮伦就坐在这样的女人面前，渴望得到解脱的密码，显得既顺从又愚蠢。

"有什么感觉不要控制，"小女人看了一眼衮伦说，"想说什么就说什么。"然后她又说了两句暗示衮伦模仿的那种语言。

衮伦没有模仿。那种人类之外的语言，在她听来根本没有什么规律，她保持沉默。女人便自顾自地继续说个不停。这回是稍低着头，不时抬眼观察一下衮伦的神色。衮伦感觉摸不着她的意思，又觉得充满诱导。老板娘燃起了第二炷香，续上开始时的头一炷。一会儿第三炷香也燃起来了，整个空间弥漫着浓郁的香味儿。小女人的嘴唇在锲而不舍的闭合中，目光一直游弋在上空和衮伦之间。第三炷香燃到多半的时候，衮伦猛然感到喉咙里有一种欲喷的冲动，旋即便冲了出来，结果一听，竟然是与小女人相同的语言。"我的妈呀！"衮伦暗自惊撼都未来得及，就与小女人对上话了。她说得自然流畅，却有点区别于小女人。听上去两个人配合默契，似乎在聊家常。小女人当然是占了启发和主动的位置。在所有在场的人目瞪口呆之下，那种"聊天"持续了许久。

"她说的是达斡尔语么？"老板娘的丈夫悄悄问身边衮伦的男人。

"不是。"

"那是鄂温克语么？"

"也不是。"衮伦的男人又答。

"像鄂伦春？蒙古……？"他们把生活中能接触到的语言都做了比较，结果都被否定。

而衮伦却觉得她说出的既像鄂温克语又像达斡尔语，还像蒙语兼鄂伦春语。总之，在那种不知所以的充当发声筒的交谈中，与小女人的对话颇有你来我往的规律。衮伦暗暗感到好玩儿。但后来她失去耐心了，因为她认为该说的已经说完，再说就是毫无意义的话了。

"都说了什么？"衮伦的男人忍不住问。

"盘根，"小女人说，"有一位老太太，还有一位老头儿，老太太是老头儿的前辈，老太太比老头儿厉害。"

"你没有问他们的名字？"衮伦好奇地问。

"不能问，问了就得给人家立牌位，悲子说了，是不是你的一条腿有毛病？

她让我问你,并说你不相信。"

衮伦一下惊住,这是她所有病痛中最轻的病。那种病常常在夜里她躺下休息后开始发作,以骨头甚至骨髓里的奇痒来阻止睡眠。严重的时候,心脏也痒得呼吸不畅。每每那时,衮伦就只好坐起来用力挤压,或捶打捏掐,以捶打的疼痛驱散闹痒。那种不在表层肌肤的痒,没有可对治的药物。无数个黑暗的夜,衮伦就于刚刚躺下后又坐起来的掐捏捶打中度过。她说不清这是一种什么疾患,医生也拿不出什么诊断。所以,当小女人说出的时候,衮伦立刻生起吃惊之外的敬畏。

"老太太也有一条腿有毛病。"尤其当小女人说出这句话时,衮伦感受的就是震撼。她想起几天前,由于实在难忍胸背和心脏的疼痛,就去了医疗设备和诊断技术更先进更现代的省城第一医院。整套检查包括心脏、胸肺、肾脏都做下来后,没发现任何的不正常。最后又看了腿,依然健康无恙。就在衮伦和男人楼上楼下检查的过程中,突然左腿像被什么别了一下,竟然屈伸不利不会上下楼了。衮伦心里明镜似的,笑着对男人说:"看吧,又来了。"她清楚那种被别的感觉不是疼痛,更不是痒,就是屈伸不利拐不过弯来,甚或直直地蹲不下来,仿佛在提醒她那个冥中的暗示:只有顺从什么旨意,才能让她摆脱或走出困境。

在满天星星的注视下,小女人和老板娘又给衮伦做了一些必要的仪式,在点燃的四个火堆里扔进许多纸元宝,然后让衮伦围着火堆绕了很多的圈,意为破关。木偶般的衮伦就那样机械地左绕绕右绕绕,半天才跟着返回屋里。

就在衮伦走到门口准备进屋的刹那,她明显地感到身体哆嗦了一下。

小女人又让衮伦坐在沙发里,她自己坐在衮伦对面的小圆凳上,通亮的灯光下,又一场对话开始。

仍然是那种语言,听起来是一问一答式的。简单得似乎在问者的提问中,回答报名一样。衮伦感受着一种莫名的轻松,双目闭合,微笑着,有问必答。当然她不知晓对方问的什么,也不知回答着什么。通常是女人一句两句的提问之后,衮伦才说出一句。而且总是简短的句子。整个过程,衮伦都是虚无缥缈般地闭着眼睛,仿佛提线木偶似的被支配着发音。许久之后,衮伦累了,显出不想回答的情形，小女人也不再发问，停了下来。

"你总是在偷着笑。"小女人说。

衮伦没有搭话，有一种发自内心的东西让她开心，也十分轻松，甚至从未有过的惬意自在。

在稍稍的停息后衮伦已经懂得如何提问：

"都是谁？"

"是狐家。"

"有多少位？"

"七十多位。"

"那么多呀！"衮伦一下被震住。她没想到在这个子夜时刻竟成了狐头儿，这让她既不可思议又感到莫名的好玩儿。

片刻，衮伦的身体开始发热出汗。而她自己尚未觉察，倒是小女人说消消汗再走，她才觉出身体已经汗津津的了。

后来衮伦回忆那个场景时，才清醒明了，进屋时的那个冷战和一直的身体冰凉，是被一种暗物质控制所致。待到仪式结束，那些暗物质散去，她的身体才恢复应有的热度，仿佛重返人间般恢复正常。

"夜里做梦去吧。"衮伦准备回家的时候，一直不知在哪儿的老板娘突然插了一句。

"身体该疼去吧。"要出门的时候，她又当啷扔出一句。衮伦一头雾水，不知所以。

第二章

窍入

如果，没有了那些支撑
你面对的将是赤裸裸的自己
一个你不认识的
焦躁烦乱的陌生人
你跟她生活一起
却从来没有面对
你总是以
无聊琐碎和荒唐的行为
去填满每一个时刻
以保证不会面对这陌生人

1. 引领与窍入

疼痛是在次日开始的，像中了老板娘的咒语。衮伦感受的全身疼痛来自肌肉，与感冒发烧和某个脏器的隐痛不同，那种肉痛不能触碰，使她活动不利，但不影响轻微的活动。第二天疼痛已达到各个关节骨缝，及至经络，仿佛有一种外力要撞开肌体的各个组织、各个通道，让体内的所有路径成为随时窍入的通途。这与正常的血液流通不同，它是另一种异样物质的介入，是强行开山凿斧般的撞裂，但与产妇生产的剧痛又有本质区别。在那种触碰不得又不能活动的疼痛中，衮伦觉得每一块骨缝都要被撞开、被撬开了。她想起老板娘那句"身体该疼了"，仿佛是给她一种暗示：必须通过这种异物介入的身体疼痛，才有可能具备某种通晓生命玄关的素质。而这种冥中进行的不可言说的过程，若不是衮伦亲身体验，无论说之与谁，都会认为是荒谬的无稽之谈。

就在无法忍痛的第二天，衮伦又走上了去乐土小店的路。春天的阳光融融和煦，衮伦竟感受不到照耀。身体被一种无形的阻隔遮挡着阳光，使她犹如来自阳光不度的地下，拂掉表面的霉味儿却拂不掉内里的阴暗。

"我正等着你呢。"老板娘一看见进门的衮伦便扔出一句。敞开着的门，正对着她坐着的桌子和桌子上的扑克。

"今天不行了，没有不疼的地方，走路都不会走了。"衮伦的语气充满了被击中的孱弱和渴望得到解决的期盼。

"我也这么经历过的。"老板娘一副过来者的语气，不免有点自豪。

难怪那天晚上，她预言般地扔给衮伦那句话，衮伦又尝到了被言中的滋味。

这时，电话铃那暧昧的声音，仿佛跟着衮伦的行踪，伏着玄机而无比夸张地响了起来。老板娘很有分寸地应答着里边的声音，然后递给衮伦说："让你接听呢。"

小女人的形象，随着声音立刻浮现在衮伦脑中。她告诉衮伦："不要担心，疼过一段时间就会好的，那是在串七窍呢，需要过程。"

"这过程需要多长时间？"衮伦不无担忧。

小女人含混地回答："慢慢就好了。"

这给衮伦布下了负担，"一段时间"和"慢慢"是个模糊的概念，可长可短，究竟疼到什么时候呢？或者说小女人已经没有掌控的能力了？或者说，她该做的都已经做完，剩下的就看衮伦的造化了？潜台词里包含的意思，瞬间使衮伦丧失信心，她感觉前途渺茫，仿佛被一种暗机套定锁住，已经无法脱身，只有承受和忍耐的份了。

第三天疼痛稍稍减轻，衮伦能做一些轻微的家务，去乐土成为她唯一可以饶度非常时期的选择。那里，无论如何可以有安慰和借鉴。老板娘说这种疼痛三天、五天，或者七天。衮伦心里一下有了定数，看来，还是个讲理的有规律的事情，就忍着吧。

第五天，身体的疼痛还在继续，但有所减轻。原来隐去的后背和心脏的疼痛，随着肌肉、骨缝开裂般的疼痛缓解又凸显出来。因为有了心理准备，衮伦已经没了负担。

午夜时分，恍惚中衮伦来到一个黄色的山头，那山头突兀，没有任何植物，有三个人在上面或躺或坐。一位躺着的人看上去很老，面孔模糊，是衮伦不认识的人。衮伦坐在他们的南边，其中一位坐着的人，五十岁左右，脸型稍长，非常像衮伦过世的达列舅舅，他用达斡尔话说："这个地方要来几户苏氏家族的人呢，他们来了，你这里就尼日个呗。"

"尼日个"是衮伦熟悉的达斡尔词汇，蕴含着"兴隆、兴旺"之意，翻译成汉文就成了"尼尔基"这样一个小镇的名字。衮伦环顾一下所处的环境，这就是他们住的地方吗？没有任何可生存的条件，仅在东南面的山塬上，有几处嫩绿色的植物，却同样裸露着黄土和被雨水冲击过的一道道很宽的裂痕。这种情景，好像形成比较，让衮伦的脑海中恍然出现了自己居住的环境：绿绿的山脉，很亮的光栅，还有秀秀的流水……

他们很苦呢。衮伦心想。

这一个场景过后，衮伦又进入了第二个场景。她跟在一位老妪身后，在一条灰色的十路上向北走去。冥暗的天空总是没有阳光，一切都显得很旧又很遥远，仿佛是一个一切都已停止的环境。老妪梳着短发，中等的身材较为结实，陈旧的衣服后面显有一块油渍样的污迹，使衮伦觉得她生活得不够滋润。衮伦始终看不到她的面孔，但根据短发的轮廓她断定老人应该是稍方的脸型。而且从后面看，左腿明显有点别扭。走了一会儿，登上一个土坎，老人瞬间不见了。一会儿，又出现在来时的路上，是返回身去，衮伦仍然没有看见她的正面，却读懂了她的意思：前面都是虫子，不能再往前走了……衮伦却固执地走了上去，心里说：不去接他们怎么行呢？而这个"他们"，没有人告诉衮伦是谁，但她冥冥中知道就是那几户苏都日的族人，那些已过世的包括衮伦的姥爷、舅舅在内的人。

　　登上土坎，前面是一片白色的土堆，白得酷似白面又不是白面，堆成一个坡形的土包，有一只黑色的虫子飞进衮伦的口中，衮伦赶紧吐出虫子，旋即返回身又跟在老妪的身后。这时，她看见老妪正向一位六十岁左右的高个子男人问路。顺着那男人手指的方向望去，衮伦看见很远的东方，有一层层很旧的木屋，紧密地一个挨着一个，很是整齐，衮伦的脑中立刻浮现出与之一样的云南山脉上的茔冢，个个像开着窗口，一律的木质旧色。

　　他们好像在说，往那边去没有路了……

　　接下来衮伦走到一个荒草蔓生的地方，竟是一个偌大的山洞口处。洞口朝南，衮伦看见自己的身影像一个爬行动物头朝下蜷卧在洞里。一阵轰隆隆的巨响之后，大块的碎石从洞口掉落下来，衮伦抬起头，只是抬起头，因为她的身后拖着一条很长很粗的蟒蛇一样的躯体，一个高个子的女人——又是那个高个儿的女人，出现在洞口，短发似乎有一些漫卷儿，衮伦感恩地说："多亏你啊……"

　　这时候，解手的感觉使衮伦找到了一个如厕的地方，竟是在她非常熟悉的环境……晨曦已经从黑暗中透露出熹微的光晕，衮伦觉得还不到白天开始活动的时候，仍然能睡上一会儿，便回到原处，以吉祥的右侧位姿势重新躺下，不久，就听见几个人说话的声音撞进耳中。那声音很近，却不在周围，也不在身边，很奇怪的距离。衮伦听不清楚，声音究竟来自哪里？仔细地辨听之后，声音竟然来自肚腹：

　　"你去过沙漠吗？"一个女人的声音，空洞而又清晰。

　　"没有。"衮伦回答。

　　"你知道沙漠生孩子用什么装起来的么？"

　　"不知道。"衮伦又答，心里说千万不能睁开眼睛。

　　"是用坛子装起来的。"肚里的声音又说。

　　接着两个女人在衮伦的身后紧忙，边说："怎么还不来呢？"

这时，衮伦的肚腹里发出嗷嗷的喊叫，惨烈而又辛苦。就在那刻，"轰"的一声骤然发出巨大的爆响，天地贯通，整个空间变成了一片橘黄色的光，非常明亮又不晃眼，随即一个婴儿被一双手托起在衮伦的左后上方，衮伦仍以右侧卧位的姿势扭头回望，竟是一个粉红色的婴儿，像是不倒翁的轮廓，被薄薄地包裹着。

　　"我成功了！"

　　这句不知所以的话，同时出现在衮伦的意识中。

　　过了一会儿，衮伦才清醒地睁开眼睛，墙上的石英钟正指着凌晨的时间：三点三十分钟，是东北的农历三月下旬，曙色微微吐露的时辰。

2．神授

　　就像预言的那样——其实并非什么预言，不过是冥冥中早已形成的定数，或者被活着的人经过无数次的验证而掌握的规律——每到七数倍增的夜里，那些气化的不同维次空间的生命，便出现在衮伦的梦境中，无言地与她沟通，从而表明他们的旨意。但很多时候衮伦解不开那些内容。解不开的时候，头痛就分外剧烈。

　　面对疼痛，衮伦有了思想准备，生出一段时间之后就会了脱的希望。也希望那些梦中的暗谕更直接一些，更明了一些。所以无论怎样的折磨她都付出了忍耐。曾经那刀片刮痧般的疼痛没有停止，迷迷糊糊的状态还会让衮伦一天天昏沉在床上，不是睡眠，而是一种下沉的被推倒的昏晕状态。第一个七天，也就是从那个冥暗的夜晚开始的头七，衮伦的眼前由远至近出现了一排人，他们个个头系蓝色的飘带，身着雅德根服饰，每人手里都拿着一个很大的圆鼓和一个鼓槌，站在衮伦前方约二十米的地方。接着从中走出一个年轻人，竟然有点像衮伦已经过世的做过雅德根的表弟苏栓。他一手鼓一手槌，距离衮伦十米左右的前方舞蹈起来。那圆鼓大得时时把他遮住，却不影响他的灵巧麻利，并有一种暗示模仿的眼神，从雅德根的眼波中不时传向衮伦。衮伦便也一手鼓一手槌模仿起他的舞蹈动作。一开始，衮伦学不来那种不同于一般的、看上去很笨重又很灵活的舞步，模仿了一遭感觉顺拐，很不顺畅。但继续模仿了几下后，竟然一下通窍，非常灵敏准确地跳了开来。而且那姿势自然贯通，看上去像走路顺拐又不同于顺拐，与教者的动作一模一样，一抬一伸一躬和旋转之间都让衮伦觉得熟悉自如，就像顿然打通了全身的窍络，开启与连接毫无困难，似乎早就深藏于意识深处，一旦契合机缘，便如同神秘的密码，通过肢体的伸展统统释放出来，毫无牵强造作。

一切都是在无声的情形中进行和达成的，没有语言。仅一个场景画面就完成了所有的教授过程。衮伦在初步掌握的基础上，惬意地跳了好一阵子，轻松如燕，旋转贯通，忽高忽低，仿佛有一种超乎声音超乎自身力量的导引，让她腾空，融入时空，融入自然空气，和谐自如。那些莫名的因素，久远以来仿佛就在她的意识深处藏伏，随眠等待，一旦机缘成熟便呼之而出，无须熟悉，无须费力。或她本是那一空间的一分子，倒是她眼下的生存空间，限制了她而使她成为一粒客尘。

在汗津津的旋转中，那些随眠记忆被唤醒激活，每一处疼痛的骨肉都被梳理，每一处堵塞的脉络都被打通，输出轻松有力又酣畅的雅德根世界的密码，如同一层一层的涟漪展开、扩散。

天色仍然没有改变，太阳也没有照耀，一切仍然在寂静的不很明亮的光景中默默进行。然而衮伦还是惬意，因为没有了疼痛，因为堵塞的脉络畅通无阻……那些久远的她不曾见过面或从她身边走过的族人，向她走来，从前面的老妪到山头上的姥爷、达列舅舅，乃至教授雅德根舞的苏栓，一个个从遥远的方向，又像在眼前的空中纷至沓来，逐次接上了衮伦的意识续流。衮伦颠倒了时空维次，形神离析，进入迢远的无始模糊的岁月隧道，不辨白昼，颠倒黑白，真假难分。

第三章

古老的皑乐

那个诞生的时刻
烦恼便跟着一起诞生
时间和精力消磨殆尽
只为了维持虚假的食物
唯一的目标
就成了把每一件事
维持得完全可靠

1. 无头驴

  那个经过漫长的迁徙而被选中并安居下来的皑乐①，其实并不是苏如勤家族的祖居之地。小的时候，他就从父辈们唱歌般的乌春故事中知晓，苏都日氏族世代居住的地方，是黑龙江北岸外兴安岭以南的山水林莽一带，即现今的俄罗斯阿穆尔州阿穆尔河、结雅河一带。稼穑与狩猎兼营的生存方式，

---

① 皑乐：达斡尔语，即村庄。

是他们世代延续下来的。用远年人的话说，阿穆尔州是能流出油的宝库，土地黝黑肥沃，动植物遍满山林，更以银矿独有的资源，成为沙皇俄国侵略者的垂涎之地。

一首达斡尔人皆知的扎恩达勒，真实地道出了那里童话般的世界：

精奇里①的流水滚滚的浪，
金水甘泉流向黑龙江。
田野好像那绒毛毡，
青松白桦长满了山冈。
花翎的喜鹊不停地唱，
赞美我达斡尔美丽的家乡。
呐依耶，呐呦耶，
呐依耶，呐呦耶……

紫貂野鹿满山窜，
稷子燕麦处处长。
棒打狍子瓢舀鱼，
锦鸡飞到锅台上。
花翎的喜鹊不停地唱，
赞我富饶美丽的家乡。
呐依耶，呐呦耶，
呐依耶，呐呦耶……

后人不会忘记那些久远的岁月，他们总以种种歌声和文字来回忆想象那古老逝去的时光。曾经流油的土地赐予了人们燕麦、稷米，高寒峻冷的林野养育了驰名中外的紫貂、银狐种种名贵动物。被称为契丹后裔的达斡尔人，

---

① 精奇里：精奇里江，即结雅河，现在俄罗斯阿穆尔州境内，原来为达斡尔人祖居地。

他们的前身，也即战败的契丹部族，从渤海湾一路迁徙上来，到达了中国版图的大后方，在那个尚且能休养生息的大北方定居下来。千年的时间中，他们臣服过唐宋元明清各个朝代的君主，到了清朝三百多年的时间里，几乎折伤了整个民族的元气，因为无休止的征战，从十六岁就开始充军直至壮年老年，加之永远上缴不完的紫貂银狐税贡，不仅造成外兴安岭一带动物无处藏匿、几乎绝种，也导致整个民族于杀戮征战中的早夭伤亡现象。然而人们还是怀念，怀念那里最初的悠悠田园，阳光下的瓜果梨蔬，那些随手拈来的无须储藏无须积攒的天赐岁月，尤其全民族享受的皇粮，是四季无忧的保障。人们会跟鸟儿、跟山水自然对语，会与游到手上脚上来的阿穆尔鱼嬉语，也会面对跑到眼前定神看人的狍子跺脚：傻站着等着挨打么？

然而那样美好的时光太过短暂，一些越过乌拉尔山脉偷猎的俄罗斯猎人，发现了这个"无人居住"的地区，竟是动物与人互为邻居的猎场。"异民族"们竟享用着白银宝库，黑油油的土地，富庶的天然粮仓，对于只产黑麦的俄罗斯远东冻土地带，是多么令人垂涎向往的地方。于是部分贪婪者们陆续穿越遥远的乌拉尔山脉远征而来，一批一批地以各种手段各种名义进行威逼利诱，直至露骨地讨要或骗取毛皮粮食，逼迫达斡尔人臣服沙皇俄国，缴纳毛皮粮食等实物税。然而，他们自然不能达到目的，便开始抢劫杀戮，烧毁城堡房屋掠夺财产，直至赶尽杀绝达斡尔人！霸占了女人孩子，霸占了山河土地，最终在一百多万平方公里的中国土地上，插上了沙俄的旗帜。

英勇不屈的达斡尔人，宁肯战死也不臣服沙俄君主[①]！

家园成为灰烬，土地荒芜，昔日的富庶已经破败，了无生机，只有流落他乡才有可能生存。于是幸存的人们抛别荧冢家园，纷纷迁徙南下，披星戴月一路恸伤，渴了喝一口江水，饿了以野菜柳蒿芽充饥。长长的嫩江流域及沿途宽广的土地接纳了流浪的人群，接纳了他们新建的家园，也安抚了达斡尔人失去家园的创伤。

[①] 达斡尔人保卫家园保卫边疆抗击沙俄的历史，笔者于专题散文《哀鸿阿穆尔》中作了详尽的叙述。

多少年过去了，几代人相继作古，但是人们仍然不能忘记，那些远年的岁月里留传下来的痕迹，仍然会唱起以歌声吐露心声的歌谣：

若问我出生在什么地方？
就在那精奇里江畔的木草房。
若问我睡过的摇篮什么做成？
就用那达斡尔山的榆木白杨。
若问我第一次洗澡在什么地方？
美丽的精奇里江就在村旁。
若问我成长在什么地方？
精奇里平原就是我的故乡。

苏如勤听惯了这些歌声，每次听到的时候，都会忍不住生起淡淡的忧伤，特别是母亲和姥姥辈们，在野外采摘时唱起的如泣如诉的扎恩达勒，那长长短短、抑抑扬扬、湿漉漉如水样的韵律，仿佛阳光都被她们融进了苦艾艾的滋味，他也会惆怅一阵，那是一个民族的伤怀。

二百多年前，苏都日氏族的祖先，迁徙到嫩江中下游西岸的一条支流，选中了那片依水的平原，然后建立了五个皑乐。他们最早的族长阿尔多库是一个具有非常魄力的民族英雄，他不仅建立了直到三百多年后仍然沿用的最初的绰日哈尔[①]村，还建立了同样沿用到后世的查哈阳、乌尔科、必台等几个皑乐。那个最初的落脚地，本是可以常住的，但随着时代的发展建起了城市，各种娱乐场所应时而生。为了下一代的精神健康，祖先们不嫌艰辛，又整体搬迁到距离城市远一些的地方，建了又一个绰日哈尔村。数代人生息下

---

① 绰日哈尔：达斡尔语，"收貂皮的营盘"之意。在现今的黑龙江省齐齐哈尔境内。三百多年前，黑龙江北岸即阿穆尔河、精奇里江一带的原住民达斡尔人遭受沙俄侵略者烧杀掳掠，不得不从祖居地一路迁徙南下，沿着嫩江流域落脚谋生，重建家园。苏都日部族落脚定居的地方，即是现在的齐齐哈尔市，当时的绰日哈尔。后来苏都日·绰日哈尔部族的第三代世祖、时任齐齐哈尔副都统总管的玛布岱在康熙年间亲自授命督造了齐齐哈尔城。

来后，在一次时代变革的潮流中，不堪忍受失去土地牲畜、失去本民族生存样式的生活，村人们又进行了一次整体的搬迁，一夜之间便完成了空村空屋的计划。

那是一次很不寻常的搬迁，为了不引起麻烦和事端，准确地说是为了躲开政府的眼目，早有计划的村人，丢下家园，丢下炕上的饭桌和正燃着的煤油灯，星夜出动，制造出一个"平安无事"的夜晚，顺利无碍地到达了内蒙古的东部草原呼伦贝尔。那里有无边的草原，有成群的牛羊，有自由自在的天地和舒畅的呼吸，更有等待的族人——八旗五百达斡尔官兵屯垦戍边生息繁衍的部分后裔。

当苏如勤的祖先像落叶般不断被历史的季风吹拂而到处飘落的时候，他们已经积累了数百年阿穆尔流域的狩猎史，以及嫩江流域百年的田园记忆。最后，苏如勤随父辈飘落到了嫩江右岸的额尔根皑乐，他已成年。在那个村庄，他履行了潜意识里所有的记忆和诺言。直至走完一生的路程，他不曾离开那里。

额尔根皑乐藏在嫩江中游西岸的密林丛间，苏如勤跟随父辈落居那里的时候，看到的是一片蛮荒的没被唤醒的处女地，仅几户的房屋，远没有形成一个村落格局，藏在密林里很难被发现。资源富饶的林木与平原相间的黄黑土地，是饶益生存的自然粮仓。一条嫩江的支流诺河，紧靠在村东成为村庄的傍水。两岸丰饶茂密的动植物，提供着那几户人家享用不尽的山珍野物以及烧柴。皑乐的喜怒哀乐，融入那条如同人生的诺河。河成岁月，岁月成河，走过那里的人，个个成为一颗颗被冲刷淘走的沙粒而消逝，河却依然故我没有改变。当河流冲走一代代人，林木变得渐渐遮不住洗澡的人，少有人为狩猎砍柴伐木而必须渡河的时候，有一个幽灵却始终没有离开那里。她寻找着，寻找已经失去的栖息地。因为河就是她执着的皑乐，皑乐也是她执着的河。而河也是曾经的家，家就是皑乐。那个村庄，后来的人把它称作额日根皑乐。岁月湮远，它一直存在。

在苏如勤年轻的记忆里，皑乐是林子间隙里坐落的草筏子和木头建构的几座草房。皑乐里到处生长着深不见人的蒿草树木。不足十户的人家之间，被高低不一的树木遮挡着，相互串起门来或有事情需要商量，都要通过狭窄的小路，拨开不时挡在眼前的枝杈才能通过。那样的时候，灌木丛里不时会扑棱棱地飞出野鸭、树鸡什么的，吓得过路人哆嗦一下。苏如勤直到中年都没有养过鸡，因为到处的野鸭蛋足以让他们什么时候需要就什么时候捡上一桦皮篓，根本用不着自己饲养。至于野鸡、野兔、野猪、狍子肉等是餐桌上的常见菜肴。习惯了阿穆尔丛林中狩猎食肉的先人们，即便迁徙嫩江流域后，仍然沿袭了这一习惯并潜移默化于子孙后代。所以肉是主食，一锅烀肉一瓶烧酒，几乎是苏如勤及额日根皑乐人们的天馐肴馔。而鱼，更是额日根皑乐的餐餐佐食。无论男人女人，对于鱼的天然嗜好，达到了日不飨食就饭不下咽的程度。钓鱼、网鱼、叉鱼、墩鱼、罩鱼等充满了一年四季的日子。鲫鱼、狗鱼、草根、黄鲇子、鲶鱼、柳根儿、黄花鱼、鲤鱼、虫虫、嘎牙子、老头鱼，什么鱼没有吃过？然而除去鱼趣与口福不说，他们没人知道，那从无始祖先就传袭下来的嗜鱼背后隐埋的因果，如何表现于身边的灾难，表现于他们习以为常的死亡。他们只知道供奉天地神灵祖先，供奉山神斡包。但死亡却因不停的宰杀，以看不见的必然，从未因供奉祈祷而停止过。一切都在冥冥中运行。即使阳光和煦、惠风和畅，都不过是表面文章。暗藏着的死亡再再发生，却无人觉知其中的因果。

  那个看上去天赐衣食无忧无虑的皑乐，不过是地球上一个触之即碎的微尘。苏如勤家族之所以没有和那些如同灰尘般消逝的人们一样宁息，是因为氏族相续的雅德根灵识，一代代突破时空显现于他们的后代，致使整个家族不断上演着相同又相异的故事。

  第一件刻进脑海或影响苏如勤一生的事情，是一天下午，他从村东的诺河钓鱼回来，一走进村子，就看见一只无头的毛驴走在他的前面，不慌不忙，煞有介事，仿佛进入无人之地。下午的阳光温柔斜照，没有让人睁不开眼的光栅，所以他用不着手搭凉棚便看得清楚。无头毛驴似乎在前面引路，苏如勤超越不了它也跟不上它，十米左右的距离他紧它紧，他慢它慢，直到走进院子，无头毛驴也没有消失。他告诉妻子红阔尔和孩子们，结果，孩子们都看见了那只无头毛驴，如何像一个公主一样挺胸扬脖大摇大摆地穿行路上。

但是红阔尔却嚷着："哪儿呢哪儿呢，我怎么看不见？"

那时候，苏如勤还很年轻，娇小的鄂温克妻子红阔尔说他尽糊弄人，怎么会有无头的毛驴走路？这是她第一次反驳丈夫的话，逆来顺受的她从未以任何方式违逆过男人。但是长女阿尔特和村里的孩子们都喊着说，真的真的。是的，看不见不等于没有。这个林子里的皑乐，什么怪事没有发生过？什么动物没有见过？什么稀奇古怪的事情没有？看不见的东西多着呐，只有孩子和通灵的人才能见到。而像她这样被俗尘蒙蔽了眼睛的人们，只能看看熊瞎子爬到窗户上，或者听狼群围着村子叫上一夜。

2．亦真亦假

苏如勤出现精神异常，并不始于看见无头毛驴的那个下午，早在第一个女孩阿尔特出生后就有了被人们认为疯癫的行为。起初他骑在随手牵来的毛驴上，穿行在村子中间，没有人发现什么异常，后来他动手砍掉那些总是刮在身上的枝杈拓路，人们才发现，他是倒骑在驴身上的，没有任何把手，哈哈哈笑着催打毛驴颠跑，却不会摔下驴背。那时，他大概有很长时间没有剪头，几乎齐肩的长发像草原春天的白头翁花，被风吹着向后倾倒。不过他的头发是属于年轻人的乌黑茂密，看上去他开心极了。随着他经常倒骑毛驴哈哈哈一路疯癫，人们也就见怪不怪了。后来，人们几天不见他倒骑毛驴哈哈哈大笑了，妻子红阔尔首先发现他不见了踪影。

那时节，天气刚刚进入冬季，头一场大雪就把大地盖得严实，白茫茫的一片干净。红阔尔坐在炕上用长长的麻线缝着褶褶皱皱的狗皮靴子，到了晚饭时间也不见丈夫抱柈子的动静，就出去自己动手抱回柈子，等到晚饭已经做好，一大早晨出去的人还不见回来，心里嘀咕，这人怎么还不回来？姑娘阿尔特和儿子都回来说，哪里都没找到爸爸。红阔尔有点蹊跷，这是从未有过的，苏如勤从不串门也不善于邻里间的天高地厚，让她想象不出他会到哪里消闲。出门打猎以外，劳动后的闲余时间，他也是喜欢坐在家里边雕刻榆木烟袋，边给孩子们讲上一段故事。这种一天不见的事情从未有过。红阔尔急了，娇小的个头，被那快步的节奏带动着找遍了所有可能找的地方，也不见人影。最后，她那深眼窝里的眼珠快速转了几下，还是推翻了不想惊动别人的想法，决定求救最近的一家。这最近的一家，不是别人，正是小叔子也即苏如勤弟弟的家。却也是隔着很远，起码要穿过很大的园子、树啊障子什么的。等到小叔子也被发动，该找的地方都没找到的时候，她想到了村东的河。河是冻着的，上面是夜里落过的一层白雪，没有一个脚印或车辙。在不抱希望的希望中，弟弟站下来随处一望，上哪儿去找？冰天雪地的，怎么可能在这儿？正犯寻思，他的目光突然被一个地方吸引住，那是河岸比较稀疏的几棵树旁，有一棵很特别的树，一人高左右挂满了雪的树，很像……像什么呢？看不出来，弟弟怀疑黄昏的光线下看走了眼，便狐疑着走上前去，哇呀！竟然是一个人，一个双脚朝上、头埋在雪里的人！他几乎不相信眼前的事实，使劲地揉了一下眼睛，随即上去踹了一脚："阿孽①？"

随着呼隆一声，雪人犹如一棵放倒的大树，倒了下去，满身满脸满头的白雪糊得严实，黑眼球儿却滴溜溜地转着瞅瞅踹他的人……

"你真会玩儿啊！红阔尔都变成颠起来的大轱辘车了。"弟弟不紧不慢地嘲怒。

苏如勤仍然骨碌着眼睛没有说话，像犯了什么错的孩子，默默地站起来，也不拍身上的雪，跟在弟弟后边进了村子。

苏如勤倒立雪地又没有冻伤的事情，成了村里的奇闻和笑谈，被议论了好一阵子。不知他那天中了什么邪术，不知立了多久，更不知他到底清醒与否，或被什么暗算。他不说话，只是似笑非笑地看着发问的红阔尔。两只眼睛乌黑发亮，深藏着难以捉摸的东西。酗酒，也就是从那个时候开始的。

不久，他们的三儿子达列、四儿子巴尔特相继出生，最后，止于老姑娘沃尔特的降生。每一个孩子的到来都给红阔尔带来了负担，也使那本来西欧人一样深陷的眼睛，显得更深更大，身材也更袖珍。苏如勤忙于喝酒，出入林子，本来还能使他坐在屋里细致地雕刻烟袋的耐心，早就被什么偷走。这

---

① 阿孽：达斡尔语，即谁。

是老姑娘沃尔特说的："爸爸的心是被什么偷走了。"他变得更喜好粗糙的外在的事情。出于对酒的大量需求，加上村里男人们常以酒聊度时光，他索性做起了酒的生意。隔一段时间，便赶着吱吱嘎嘎的大轱辘车去三十多里以外的酒镇买酒，回来卖给仅有的十几户人家。很多时候，酒是赊出去的，到了赶集卖掉动物皮子和自制的其卡密①靴子，才能收回赊出去的酒钱。而半数的酒，是苏如勤自己坐在炕上喝掉的。所以这桩生意不但没有给日子带来什么起色，反而使生活日渐窘迫，孩子们衣不遮体。空气里充满了酒精的味道，挥散不去。从胃腹返出来的秽气，不仅浊重了苏如勤自己，也污染了空间。

红阔尔向来一声不响，柔顺到经常遭受苏如勤无缘由的拳脚，也不反抗还手。那时候长女阿尔特已经十几岁了，出落成少女姿颜。她不明白父亲为什么毫无理由地总打妈妈，而妈妈却逆来顺受。一次，她面对被踢肿了手的母亲问：

"爸爸为什么老是打你？"

"女人都是欠男人的。"红阔尔小声说。

"那你要被打到什么时候才还完呢？"阿尔特觉得母亲的道理很奇怪。

"该还完的时候，就还完了，"母亲轻声说，"其实他心里苦着呢。"

母亲的话让阿尔特很不理解。她不明白，整天喝酒不劈柴、不扫院子甚至也不打猎的爸爸，还有什么苦呢？家里还能吃上的狍子肉，也都是弟弟们和那条大细狗的功劳。只是阿尔特不无奇怪，小时候爸爸是那么慈祥，那么可亲可爱，经常把她抱在怀里问她长大了买酒给谁喝；干活穿的狍皮裤腿从没脱下，系带儿的狍皮手套也从没离开过脖子，随时随地都戴在手上，不是扫院子就是劈桦子——桦子堆得整整齐齐随时可用，那露着的崭新的木头茬，让满院子散发着木头清新的味道——若在屋里不用手套的时候，就从两个胳臂下面背过去交叉在身后，直到晚上睡觉才放下来。那时的日子可触可摸，

---

① 其卡密：一种特制的用熟好的狍子皮或牛皮缝制成的靴子，皮子和布连接的边缘掐有细密的皱褶，以隆起鞋底和帮尤其脚尖的部分，使其能续进很多的乌拉草而达到耐寒。靴子筒动物毛朝外，是过去达斡尔男子野外劳动打猎必穿的鞋子。

充满了希望。可不知什么时候,爸爸就不到林子里去了,更不见他拿回哪怕一只兔子给孩子们吃。偶尔能吃上一次野兔肉,也是弟弟领着大细狗遛的兔子套。阿尔特觉得曾经亲切慈祥能干的父亲不见了,家里温馨的气氛也没有了,不时是父亲那发怒的像一张永不会笑的怒神的脸,有事没事都在辱骂她那从不作声的妈妈。紧张的空气里到处是小心谨慎以及胆战,唯恐一不小心就触发他的暴怒,孩子们不是躲在墙角就是躲到外面。阿尔特变得忧郁,为父亲忧郁,为母亲忧郁,为被父亲送到卖酒的那个小镇做长工的大弟弟忧郁。十几岁的孩子不时叹气,变得不爱说话。整个家庭里所有的成员都变得忧郁,不爱与人交往。

"要是女人都欠男人的,我宁愿一辈子不嫁守在妈妈身边。"她对母亲说。

"傻孩子,嫁不嫁是你自己的事么?都是前世的命数,躲不过呀!"

母亲那一副认命的神态,让阿尔特很是不以为然。什么是命数?难道命数就不能改变么?前世的路是自己走出来的,这世的路不也是自己走么?两条路摆在前面,要走哪一条不是自己选择么?如果过去选的那条路是错的,今生不走那条路不就成了么?

母亲红阔尔惊呆了:"你知道哪个错,哪个对?"她看着姑娘阿尔特那跟她一样凹陷的、清秀的眼睛,半天没有说话。那些道理难道是这个小脑袋里的东西么?她什么时候有了这些想法?那双深深的眼睛看似与她相同,却亮晶晶的,饱含着诸多的"为什么"。可是,哪有那么多为什么呢?过日子就是过日子,来了什么你不得承受?你有什么力量对抗命运?你认为对的事情,过了一段时间也许就是错的,认为错的,也许过了几年就是对的,对错只有天才知道。

向来默默无语只一门心思低头干活的红阔尔,突然感慨起来。然而也就是叹息一下而已,生活是实际的,就像她那曾经纤秀的双手,已经被生活磨砺得粗糙干硬,厚厚的膙子加上冻疮,已经不像女人的手。丈夫原来是多么勤奋,做事有条有理,知疼知热,何尝像现在这样,完全变成了另一个人,喝起酒来日头在哪儿都不知道了。红阔尔时常觉得,丈夫的眼睛变了,已经不是原来的眼睛。原来的笑眯眯被一种诡陌的东西代替。那是什么?她说不清楚，但他已不是她熟悉的苏如勤了。他已经离她很远，离他自己也很远了。有时候那眼神格外痴迷恍惚，她几乎不认识他了。跟这样的人生气么？那她红阔尔不也不正常了么？

但是阿尔特心疼妈妈，逆来顺受要有个原则，一味地顺从不是纵容他么？

"不是这样，他已经迷糊得很深，我还跟他迷糊吗？我还比他清醒，起码现在。"妈妈的道理阿尔特不懂，她只能分担妈妈的操劳，像个男孩子一样承担起本来属于爸爸的劳动，只差没有去林子里打狍子了。但是，阿尔特的心里早就一厢情愿地默默许下心愿，她绝不会像母亲那样逆来顺受，她的付出是要有意义的。究竟如何有意义，她并不知道，也很茫然。总之她想，不能像母亲那样受苦，要找，也得找一个……不知道，未来是茫然的，阿尔特看不到未来是什么样子。但与所有女孩的心思相同，在那未知的人生路还没开启之前，总是充满了美好的幻想，朦胧的一厢情愿，总觉得自己会有什么与众不同。

苏如勤继续喝得天昏地暗。下酒的菜只是一块啃剩的骨头或者咸胡萝卜、咸白菜什么的，天天摆在炕桌上——被他那细密整齐的牙齿嚼得嘎嘣脆响，一旦那牙齿粉碎胡萝卜和白菜的声音停下来的时候，另一种声音——辱骂妻子红阔尔的声音就响起。红阔尔虽然能够承受，也不得不奇怪，几年中，丈夫何以变得如此粗野蛮横？还不如起初的疯癫，那时的模样倒也憨态可掬，后来酗酒的他，几乎就要用"魔鬼"这个词来形容了。

有一天，阿尔特看到正在喝酒的爸爸，不知怎么就注意到飞进屋的一只树鸡，随着一句"把这鸡吃了么"，真的就一下抓住那鸡，三下两下撕扯开皮毛，露出里边鲜红的肉，大口大口地吃进嘴里，满嘴血淋淋的恐怖模样，看得大家胆战心惊。后来这种事情就不时发生，那些不怕人的树鸡，甚至小猪仔他都会咔咔地撕开吃进肚里。

苏如勤的这些反常恐怖的行为，吓得孩子们已经不敢接近他，他们害怕又担心，不定哪天爸爸一糊涂，把他们也当树鸡吃了……

但妻子红阔尔似乎明白了，生吞活剥的，一定不是丈夫自己。

3．血迹与银狐

  那个冬天的早晨，天还黑蒙蒙的，苏如勤就像以往那样套上大轱辘车去酒镇上酒。到了镇子那条老路，一股熟悉的味道又扑鼻而来。那是路边馆子里炒菜的味道，与村子里常年飘散着的炖干菜、炖酸菜、炖柳蒿芽的味道截然不同。苏如勤一直想尝尝炒菜是什么滋味。在皑乐的生活中，他从不知道菜除了炖吃以外，还有什么吃法，还能做出什么样子。但他舍不得花钱，他可以舍得出钱喝酒买酒，就是舍不得酒以外的任何花销。闻到一阵浓厚的肉香味儿，苏如勤就知道那个赶着牛车的老汉肯定出现了。果然，扭头看时，老汉和车就在侧面。车上的玻璃柜子里装满了油润润的熟肉，在车子的颠簸中散发出阵阵诱人的肉香，苏如勤不由得咽下口水，他不明白，那种肉味儿，怎么与自家烀的肉味儿不同？怎么会有种说不出的似淡似浓的草的味道掺在里面？皑乐里吃肉，都是白水烀的手把肉，出锅也是原色的，牛羊肉蘸韭菜花吃，或者炖着吃。而车上卖的熟肉，怎么会弄出那样黄乎乎的还有点红乎乎的颜色呢？那香味儿也是跟皑乐的肉味儿不一样的。他总想有一天手里的钱宽裕一些的时候，尝尝那个肉究竟是怎么烀的，买回去点，让红阔尔和孩子们尝尝，肉还能弄成这样。

  不过苏如勤没有如愿。直到许多年以后，他把大姑娘阿尔特嫁给镇子的一个买卖人后，吃到了炒菜，也吃到了那种与白水煮肉不同的肉，他才知道，味道哪有皑乐白水烀肉的原始味道纯正？那炒菜也不如汤汤水水的炖菜地道。有了那个汉人姑爷之后，皑乐的人就知道了，菜还可以炒着吃的，干豆角丝也可以炒着吃的，胡萝卜、西红柿、黄瓜也可以做汤做菜吃的，真是，汉人什么都会吃。可是皑乐里没有人去尝试，他们觉得那不是真正的菜。

  那天，苏如勤没有像以往那样按时归还。冬天的太阳很快就斜到西边去了，做顿饭的工夫天色就已暗沉下来，四点半的时候，就已经黑蒙蒙了。家里的红阔尔不断望向东南苏如勤应该出现的大路，但一直到天色黑透也未见人影。这可是从未有过的现象，以往苏如勤上酒，再晚也不会超过点灯时分。

即使常常喝醉躺在大轱辘车上，那匹老马也会吱吱嘎嘎地顺着来路把他拉回家里。红阔尔和姑娘阿尔特缝起冬闲必做的其卡密靴子，油灯的灯芯仿佛红阔尔焦虑的心摇曳着不安的火苗，寒冷的东北风不时拍在纸糊的窗户上，发出呜呜的不紧不慢的哭泣般的声音，野狼尖利的长嗥不时穿透夜空，使漆黑的夜显得尤其瘆人漫长。原本岑寂的村落犹如被庞大的怪兽吞没，丝毫没了声息，更增加了等候者的焦虑。母女不时交换着不安甚至惶惧的眼神，手里缝制靴子的麻绳已经抽不出利索的声音。夜越来越深了，红阔尔不知几次打开房门谛听动静，又几次失望地关上房门，坐立不安。终于，三星已过中天的时候，一声马的鸣叫，像惊雷弹起了坐在炕上一直支棱着耳朵的母女，她们仿佛听到命令，弹簧一样同时跳下炕冲向门外。其他的孩子也被惊醒。

但漆黑的夜辨不清五指，只听见老马咻咻地喷着鼻子，大家摸上去一看，巴日肯[①]——，红阔尔一声暗叫，见丈夫烂醉躺在车前，几坛子酒却整齐地绑在车上。大家拖拖拉拉，把盼星星盼月亮一样盼回来的人弄到屋里，就着昏暗的灯光，大家都惊呆了！只见苏如勤的棉袍子处处露着白白的棉花，上面那斑斑的血迹使棉花尤显花白，却不见身上有一处受伤的痕迹。头发仿佛一堆烂草，看上去已经不成头发。

酒坛子也一个个被搬下来了，竟有一个几乎是空的，不用说就知道那酒装在了哪里。大家面面相觑，不知道苏如勤发生了什么事情，也无法想象究竟能发生什么事情。在那个惊悸的夜里，红阔尔的油灯始终没有熄灭，她不时听听丈夫的动静，守护了一宿。

苏如勤竟然睡了两天两夜没有动静，第三天早上终于醒来后，第一件事情就是睁着干红的双眼伸出要酒的手。那无声的力量就是命令，没有人敢违逆。酒就是他的生命，断了酒，就是断了他的血脉，只有乖乖地送上前去。他咕嘟咕嘟喝下一碗酒后，又歪倒在炕上。此后他便天天坐在破烂的炕席上喝酒，一言不发，似乎没有了骂人的心思，也不见孩子们个个破衣烂衫，缩着身体不敢出屋，更不见红阔尔那冻裂的手和越来越消瘦的身体。那几坛子

[①] 巴日肯：达斡尔语，神灵。

本该卖的酒几乎被他喝干。直至一天晚上,家里来了一个人,状况发生改变。

来者是苏如勤的朋友波拓罗。老朋友不用客气,坐下来与主人一起喝酒,这可乐坏了苏如勤,相比一个人闷闷的半天呡上一口,两个人对饮有一搭无一搭的对话,可是有了内容。而就在那闲聊中老朋友波拓罗的脸容突然变形,眼睛低斜着说:"你若不供我,我就让你这样天天醉酒,穷得让你揭不开锅。"

"你是谁耶?我供你?"苏如勤并不奇怪,他看到和听到过的类似事情多了,某种灵识通过灵媒说话或给人治病修炼自身的事情,常见。苏如勤的奶奶就是一位有着神奇的接骨技术的人,人们称她为巴日系,即萨满神系具有接骨绝技的人。奶奶的接骨并非学过什么技术,而是通过一件不可思议的事情成就的。在苏如勤少年时冬日的一个下午,苏如勤看见奶奶去仓房里拿野猪肉准备做饭,一会儿便传来了奶奶的喊声。苏如勤闻声过去一看,奶奶竟然摩挲着一只非常漂亮的白白的银狐。苏如勤不免"啊呀"一声:"哪里来的?"

"快去拿毛巾来。"奶奶看也没看他说。

原来银狐的左腿骨折了,一点都不敢动,所以它乖乖地任凭摩挲。苏如勤帮助奶奶用毛巾缠上并绑紧了那条断了的左腿,银狐一动不动,似乎忍耐着让他们做完了治疗的过程。而它那对眼睛,像钩儿一样深深地烙在苏如勤的心里,尤其它看人的眼神,似乎能锥进人的心底,却又躲躲闪闪,仿佛隐藏着许多不被人知又引人探知的秘密。苏如勤立刻躲开了眼睛,不敢直视。后来苏如勤一想起那双眼睛,仍然有一种被利钩勾透心灵的震慑。

银狐就住在仓房里,仓房那全木质的离地面一尺多高的举架,犹如一个吊楼透着外面干爽的风,保持着里面的任何贮藏,四季都干爽清新。奶奶为它铺了一块狞皮,天天喂它一些牛奶等食物。苏如勤有时会跟随奶奶进去,但就是不敢看那双似躲非躲会说话的双眼。动物中怎么会有这样一双眼睛呢?苏如勤想到自家细狗的目光,那种坦诚的毫无躲闪的与人直视的清亮,无疑是朋友的感觉。他不清楚为什么银狐的目光闪烁着那么多复杂的成分,好像藏着一个非常复杂的世界。难怪村子里充满了关于它们世界的故事。曾经有位大伯讲过一桩事情,说他在给村里的一家亡灵守夜,没事时四个人看纸牌消磨时间，不时喝上一口白酒驱寒。那时就来了一个人站在炕边观牌，坐在炕边的老人就顺手递给他酒，那人便也接过去喝上一口，或者自己伸手要酒。过了一会儿，老人发现那不时伸出的手半天没有伸过来，便转头看看，人竟然没了。再往四下里一望，竟然发现炕沿下一只狐睡在那里，一身酒气……

类似的故事苏如勤听过很多，但是真正零距离接近狐还是第一次。

两个月后，天气由冬转暖，银狐能走路了，低着头在仓房里转转，但在能走路的第三天竟然不见了，四周也不见踪影，奶奶看上去有点伤心。两个月来她和银狐天天说话，好像面对一个朋友，它的不辞而别似乎有点对不起她。她失去了习惯的服侍，不免有点失落。那时候苏如勤还是个孩子，银狐走后的第二天，他和伙伴掏房檐下的雀窝，由于他没有扶住凳子，伙伴从上往下跳的时候，一下没踩稳摔了下来。苏如勤上前拉他试图让他站起，竟听见他嗷嗷地叫声惨烈，伙伴不能动了！这吓坏了两个孩子。脚上正挂着悠车绳子悠着孙子的奶奶，闻声跑出来喝问："怎么了，鬼掐了似的？"

同时，她看见那孩子满脸汗珠，歪倒在地上双手捂着左腿，疼得龇牙咧嘴，就上去摸摸。不料稍微一碰那腿，就听那孩子嗷嗷地喊叫。奶奶知道是骨折了，但孩子没有银狐的忍耐毅力，怎么办？那时村里的男人几乎都进了林子，要送往什么地方接骨治疗几乎是不可能的事情，奶奶也许是急中生智，便一副老练的模样，用同样的办法给他摩挲了一会儿说："快看，那边来了个兔子。"

当孩子一扭头的刹那，奶奶一个用力一捏一拉一对，在孩子骤烈的号叫声中随即用头上的围巾把腿扎紧。然后奶奶吹口气说："好了不疼了。"孩子哼唧了两声果然不叫也不喊了。顷刻，苏如勤佩服得目瞪口呆，也奇怪奶奶哪来的那股子劲儿和能耐，竟把他吓得半死的心，一下给平复了。

其实那板凳不是很高，孩子摔得也不是很重，根本没有摔折的理由，但就是骨折了。

当时奶奶从屋里跑出来时，手里还拿着一串褐色发亮的珠子，跑到孩子面前，就已经三下两下把珠子绕在左手腕上。这个动作既麻利又熟练，那是她没事的时候，常捻在手里的宝贝。捻那串珠子的时候，奶奶的上嘴唇和下嘴唇就不停地相碰，不捻的时候就放在匣子上面，谁也不许碰它。越不让碰，苏如勤就越想摸它，并问奶奶为什么不能摸它。奶奶耐不住磨，就告诉他说，摸就不好使了。怎么不好使呢？苏如勤更是奇怪，但奶奶说什么也不说了。

又是一个冬日。

苏如勤发现，好多的故事都是发生在冬天的，尤其是东北的冬天，四点多钟就黑下来成为漫长的夜，常常是北风呼号夹着冒烟大雪，人们就坐在炕上，讲故事听故事。更多的时候，人们会集聚在一个大的人家，坐在三面大炕上，在火炕温暖的烘热中，舒舒软软地听一位民间艺人说唱乌春或者说书。有名的达斡尔烟"琥珀香"烟雾缭绕，地中央的火盆热气氤氲，人们在朦朦胧胧的气氛中，通过艺人的唱词、说书走进历史，走进神奇古老的故事。那样的时候，就成为人们了解本民族历史的时刻。许多的历史事件包括民间传说、寓言故事等，都是在那样的冬夜里，以说唱的形式口耳相传代代流传下来的。苏如勤从未看到过本民族的文字，读书的人，都是拿着跟蒙文几乎相同的满文书籍，人们称满文为"蛮记笔替各"，说书、解书称作"笔替各艾拉呗"。老人喜欢那样的冬夜，女人喜欢那样的冬夜，苏如勤更喜欢那样的冬夜，不亚于过年放炮。

即使那样的时刻，奶奶也手不离珠子。一天，奶奶坐在阳光融融的炕上，闭着眼睛捻那珠子，正在外面扫雪的爷爷，不知什么时候进了屋里，一把抢过奶奶手里的念珠，转身扔进了灶坑里。奶奶一声惊呼，跑出来跪在灶坑前，往里一看，见那念珠已被那木炭火烧焦。随即奶奶跑出门外，仰头望那烟筒冒出的淡淡蓝烟儿，嘴里叨咕了一阵儿，然后怅怅地说观音娘娘把念珠救走了。

一个月后苏如勤的小伙伴奇迹般地康复，竟然颠覆了伤筋动骨一百天的常例。于是，奶奶接骨的绝活传遍了皑乐，也传到其他村落，越传越神。"巴日系"这个达斡尔雅德根神系中的接骨雅德根一称，便冠在了奶奶头上。不过人们称呼她为"巴日系额特沃"，即接骨老太太。

从那，苏如勤就不断看见各种骨折的人赶着车来到家中，近至邻村，远及百里之外的嫩江东岸的病人也慕名而来。由于爷爷去世过早，奶奶二十八岁就守寡没有再嫁，除了苏如勤的爸爸一个儿子以外，她收养了好几个孤儿，所以直到若干年后奶奶去世，人们不仅时常传说巴日系额特沃的神奇技术，还叨念她收养孤儿的好心肠。

刹那的回顾不过在一杯酒的来回，苏如勤又回到眼前，对面的波拓罗一副委屈的神态问道："你不认识我了？我白保佑你们家那么多年了么？"

"知道了，也感恩，但是各有各的道，你走你的，我走我的。"苏如勤看一眼对方那由于嘴脸稍稍变斜而变得阴晦的脸说。

"那……你愿意看着孩子们穿不上衣裳？愿意看着你那个还不满十六岁的儿子给人家扛活受苦么？"

"你可别找我儿子。"

这一下触到了苏如勤的痛处。大儿子被送到酒镇大老举家打工顶债是一年前的事情，但他几次去上酒都没能看上儿子，让他有点内疚。也是由于忙着赶路，不便停留。上次去酒镇，苏如勤想，快过年了无论如何也要看看儿子。

到了那个大老举家，一进大门仍然让他暗自感叹：比初次来时还气派了，三进的院落，真是一个大户人家！那酒坊老板真会介绍，他把苏如勤介绍给这个大户，他们需要木料，都知道放木排是达斡尔人的绝活，非别的民族可比，就与苏如勤签了合同。苏如勤签下了一份信任，也有一份骄傲，从十八岁他就开始放木排，村里哪户人家的房子没有他放回来的木头？而对于汉人，却是一件隔山隔水的事情。

经历了一夏，木排终于漂到了终点，东家好不高兴，说他们一路辛苦，要好好宴请接风。于是大鱼大肉摆了满桌，坛酒管够，个个被招待得酩酊大醉，然后几个人倒头便睡，一夜酣实。

第二天还没起来，一阵"不好了木排丢了"的喊声把他们惊醒，到了江边一看，头一天停靠好的木排，果然一个木头也不见了。

苏如勤仿佛被遭了一个闷棍，一头懵懂，这怎么可能？不应该呀？可木排确实没了。他是领班，合同是他签的，丢了木头，一路所用欠下东家的，自然由他顶债，可是他哪里有钱？只好把不满十六岁的儿子，送到了东家，以三年的劳动期限顶债。

正在东张西望中管家来了，把他领进客房让他稍等，苏如勤见儿子心切，趁着管家出去的空当到屋外转转,发现儿子正从干活的地方走来。一年来没见,竟然还是原来的模样,瘦瘦的个头没长多高。儿子站在他的面前喊了声"阿玛",见管家过来了,眼睛便低下去不再吱声。管家有点夸张地与苏如勤说着什么,儿子便悄声地到一边去了。这时管家说去厨房要苏如勤留下吃点便饭。苏如勤没有回绝,看着管家的背影,便去寻找儿子。竟见儿子在房山墙那偷偷地抹泪。

"怎么了孩子,他们给你气受了?"苏如勤的心猛地被剜了一下,大步跨到儿子跟前。

"没……没有,想家。"儿子尽量压抑着哭声半天才说。

"我接你回去。"苏如勤急促地说。

"能行吗?爸,家里……?合同也没到期呢。"

"天神呐!我还是个男人么?"苏如勤一扬脖,使劲顿了一下脚,那长久被酒精麻木的神经,一刹那间仿佛异常清醒。"你等几天,"他坚定又急促地说,"我一定把你接回去。"

就在那天他落泪了,生起从未有过的悔痛。他可以看不见家中孩子们的劳苦,但不能视而不见为自己顶债而独自一个人在外做工的孩子,他才十六岁呀!

回来的路上,儿子偷偷抹泪的模样以及变音期的嗓音一直在脑子里回旋不去,他灌下一坛子的苦酒,浇一路的痛楚。

和往常一样,他搪塞了红阔尔对儿子的询问,也没说下次接回儿子的打算,更没有说起路上遭遇的那件怪事。所以一直没有人知道他身上不明血迹的来由。

第四章

领神之后

你的生活
似乎代替着你过日子
生活本具有的奇异的冲力
把你带得晕头转向
你没了一点选择
已经无法做主
你感到迷失、难过
一次次从冒冷汗的噩梦醒来

1. 乖离

衮伦在接受那个神秘仪式之后的第十四天里，也就是民间所说的"二七"，健康情况没什么改善，依然蔫蔫不爽没有精神，什么也做不了。但是一旦静坐下来念咒的时候，便有一种不能自控的力量，促使她使劲张开大口哈欠连连，同时奔流的眼泪如同流不尽的小溪，直到她念诵结束那症状才会停止。也就在那个夜里，与第一次出现的梦境一个时辰，衮伦看见自己走进一个开西门的屋子，那屋子很乱好像无人居住整理，但东侧的炕上却横竖躺着两个男子。衮伦从他们上部裸露在被子之外的部分，看出他们好像没有生命的迹象。而在靠北墙的一个小台子上，有一个较高的香案说明有人经营。衮伦看到，曾经上过的很整齐的三炷香，已经乱七八糟地倒了一片，说明有人弄过。而且有几根草秸乱乱地落在上面。衮伦抬头望见西窗上的屋顶一角有塌落的地方，应该是乱草的来处。衮伦站在香案前不解地想，昨天上香时还是很整齐的，怎么会变成这样子？这时，从衮伦的身后来了一个高个女人，与往常出现的那个有点卷发的高个女人不同，她显得清瘦而且梳着直直的辫子。衮伦虽然没有听见她的声音，但分明听见了她传达的意思：头炷香不能这么上。

衮伦把这个有着明显寓意的梦境通过电话告诉了小女人，小女人说："他们不同意这样做，想'名正言顺，安家立户'，但不能立。"最终小女人也没说出究竟如何是好。

那正是农历四月初一的早晨，也就是按规矩给堂口上第一个初一香的日子，虽然已经出现过暗中的提醒，但迷走的衮伦没有听从梦中的旨意，也没理会那很乱的场景对她目前情况的喻示，还是遵照小女人过去的吩咐，在阳台点燃了不知所以的三炷香。

衮伦犹犹豫豫地做着，也执意地做着。她无明又愚痴的希望里，显然想通过这种方式重拾健康，却没有料到，接下来的日子她的状态不但没有好转，反而向越来越糟糕的方向发展。实际是她在走投无路的暗昧状态下，把自己送进了一个同样无知并充满欲望的口——一个自以为有道的人——那里。

"道"是什么？多年后衮伦回忆这段往事时她才觉得，曾经那些地狱般的遭际多么悲惨恐怖，也多么可怜。而那些渺茫的把解脱的大任寄托于外在的东西上的行为，又多么愚昧荒唐。但是被车轮般旋转而无数次地受生、早已被轮痴了头脑迷失了心性的衮伦，哪里还辨得清真假对错。

2. 循女人

衮伦的精神几近崩溃是源于夜里的恐惧。过去是身体的疼痛，折磨的是肉体，后来是精神的折磨加剧。每天夜里一闭上眼睛，四面八方就出现各种奇形怪状的头脸。那些大大小小的狰狞面孔，不仅是人形的还有动物的，甚至有的还向衮伦挤眼。它们刹那刹那地变化，使她的眼睛闭也不是张也不敢，睡眠本身就带着迷黑冥暗再加上恐怖，已成为衮伦的地狱。在那种惶遽不安的情形中，衮伦想到了一个人以及她遭遇的怪事。

那是半年前的事情，衮伦的朋友小蒙入住新楼后，路上碰到衮伦，便请她过去看看，同时也请了另一个朋友。

时间是夏天的一个傍晚，衮伦和小蒙走进新房时，小蒙的好友循女人也正好到来。三个人便随意坐下来聊，实际上多半是衮伦和小蒙之间的问答。循女人大概由于不认识衮伦，话说得很少，一直以非常得体的姿势坐在沙发一边，不时用一种客气的目光瞟一下她们。衮伦就觉得那眼神里不时闪烁出一种触心的东西。就在她们谈论房子装修的情况时，循女人突然显出异样的神情，脖颈和下颌使劲歪向右边，身体也扭出很难看的姿势。尤其那双本来微笑起来月牙一般好看的眼睛乜斜着，发出一种根本不属于人类的、陌生的、窥探般的晦光，半低着头似躲非躲地瞥一眼她们。衮伦的惊撼达到极点，她不知道女人怎么会无缘由地猛然变得那么丑陋、那么晦暗，眼睛那么阴冷。尤其不解的是，循女人在没有任何前因的情形下，突然就出现了那种怪异的样子，不像她小时候经常看到的汉族"大神"的跳神，是在有仪式有迎请的前提下，才出现循女人那样的状况。一般都是经过"二神"一番祈请唱诵之后，神灵才能依附到跳神者的身上，并且在边跳边唱甚至很痛苦的抖动中，回答或者解决求问者的问题。这些后来被时代潮流清除的活动，很长一个时期在阳光下已销声匿迹，长大后衮伦再也没看见过那种事情。然而那天，就在衮伦和朋友眼睁睁的注视下，在足不出户通过卮尺荧屏就能周游世界的现代，她们目睹了生命之外的生命现象。而且，不管她们相信与否，不管她们如何诧异甚至有点害怕和手足无措,循女人自管扭曲着,口水也由歪扭的嘴角流下来……

过了一会儿,循女人在她们瞠目结舌的对视中,自己慢慢恢复了常态,身体由僵变软,脸容也重现了正常的柔和。

"哎呀!你可把我们……"小蒙尽量把震撼压到平常的口气,话说到半截。

循女人看上去知道自己是怎么回事,但她没有吱声。

"你的什么……来了。"衮伦也尽量谨慎着又有点余惊地告诉她。

"没问他是谁么?"循女人说。

"不知道啊,也不懂。"俩人同时回答。

"再来的时候,问他是谁,有什么事情。"

循女人刚吩咐完,她的身体又开始扭曲僵直起来,表情陌生阴暗。在轻微的抖动中双手反复捏揉着衣角。衮伦和小蒙这回知道了怎么去做,拿好纸笔按着循女人的嘱咐,问来者的姓名。果然,反复地问了三四次之后,来者终于说话了。

来者说,自己是循女人的母亲,一直想帮助姑娘,想让她过好日子……可是,她不甘心排在第二位,想排在第一位,做头排教主……

说完了这些,循女人恢复了常态,有了人间的温暖笑容,可是不一会儿,她又非常难看起来。经过反复询问,来者说是循女人的婆母,也是想帮助儿子儿媳,通过儿媳的身体修行,但是亲家要做头排教主……

一会儿这第二个走了,循女人又安静下来,可是不过一会儿,又有了不同的表情。这回来的是个比较文静、叫什么英的女人,没让循女人出现难看和痛苦的表情。那个英说,循女人的祖辈对她有过恩德,她没能在活着的时候报答,在另一个世界中也要报恩。所以她要通过给人看病的方式来报答活着时的恩情。

衮伦不免惊讶,也不无感动,做了鬼魂的人也知道要报恩啊!

循女人第四次开始扭曲,比前面几回显得难看、痛苦,而且表情阴鸷可怕,发出比狼还阴险的目光,不敢正视她们。问了半天,才报出名来。嗓音晦暗沙哑,是一个男人的声音,他说他四处流浪没有待的地方,没有任何地方肯收留他,没吃没穿,非常痛苦也非常冷,想让循女人把他收留下来做青风①,替人看病消灾……

这是循女人的叔公。循女人说叔公死得很惨,车祸压碎了一条腿后不久就故去了,五十不到不是寿终正寝的人,阴曹地府都不收留,他只能到处流浪,嗓子细如针尖什么也吃不进去。这样的灵魂仙堂是不能收的。

难怪他附体的时候,循女人异常痛苦,仿佛仍然带着车祸的灾难。

经过几个小时的折腾,循女人从另一个世界复活回来,脸容一片阳光。衮伦就想,人怎么可以瞬间变得那么丑陋、那么可怕?那些不得不借助人来表达自己要求的无形生命,原来也并不都是那么可怕的。阴阳两界的善恶多么相似?尤其那个报恩的人,活着的愿望未能达到,做了鬼也要报恩,真是可敬可赞。原以为常人说的"一死百了",其实不然,死后的灵魂仍然以气化的生命形式,存在于不同的空间,继续受苦,承受着超出人间无数倍的磨难痛苦。而他们也仍然知道有恩报恩的天理。

衮伦仿佛置身于虚幻之中,也一下消去了所有的恐惧,代之以无限的悲怜。无论对循女人还是隐在她后边的那些人,都报以同等的悲悯。他们没有阳光,却巴望着通过循女人的人身,做一些阳间的事情,无论出于什么目的,都是可悯的对象。衮伦想到那些曾认识的四五十岁、三十几岁,甚至二十几岁便过世的亲戚朋友熟人,他们不也在遭受着循女人叔公一样的没吃没喝没住的流浪之苦么?

再看看活着的他们,说不上什么时候,不也要走上这样的路途么?那个时间,距离多远?早晚不过是几十年的光阴。人生眨眼一瞬间!如果有一天衮伦自己也变成这样的魂灵,该是多么可怕的事情?衮伦生出丝丝的恐惧和紧迫感。

循女人还是很高兴,她说很久以来他们就一直出现在她的身体周围,让她难受,但是从不说话。丈夫便没好气儿地数落:"供着你们还老是折磨人。"而她的日子也过得很苦,因为他们的要求似乎都没有达到,就总是通过疾病

---

① 青风:汉语,通过灵媒给人看病治病的灵魂。

来提醒她。她看遍了能看和可以看的地方，没有高人能摆平她的堂子。这次，她说他们竟然不请自来，一定是衮伦的缘分，看来这回是要出头了。

衮伦又一次惶恐：她怎么会和那些被科学称为暗物质的生命有缘？她又知道什么或懂得什么？况且，看上去她和他们毫无相关，也不可能有什么相关。

"错了，"漠能说，"你看见的只是表面，生生世世千丝万缕的联系，你哪里清楚？"

漠能总是这样，总在一些时候，当啷给她输入几句，或在耳边，或通过手机。她仿佛是衮伦的声音，另一个衮伦，又不同于衮伦。

折腾到午夜，衮伦和循女人站起身走到门口，正要开门的时候，循女人的那个表情又来了，竟然不是痛苦扭曲的表情，她赶紧坐回到沙发上，低下头，双手像猴儿一样在手背上身上挠痒，微笑的眉毛也变成弯弯的一副讨人喜欢的模样。因为知道了该怎么处理，衮伦和小蒙立刻问起来者的名字，她笑弯的眼睛执着地落在小蒙的身上，手不停地挠痒。小蒙说我知道了你是哪个。当小蒙说出"孙什么"名时，循女人欢喜地一下跪在小蒙的面前，拉着小蒙的手说，她如何感谢小蒙多年来一直的关照，小蒙是个多么好心肠的人……

衮伦心里惊叹，这人究竟有多少来路？怎么会变化如此之快？而且一次换一个身份，每一次来都因身份不同而显现不同的神态语气以及表情。比如婆母的神色有点厉害；母亲的神色比较通达；那位叫英的熟人则很安静；而叔公却显焦躁痛苦，反映在女人身上也显得丑陋难看；最后这一个则是眉开眼笑令人喜欢的神色，是个小猴模样。

如此折腾到最后，已经是午夜一点多钟，从小蒙家出来，夜色漆黑，衮伦和循女人分手，走向各自回家的方向。

"太不可思议了！"衮伦一进家门就把这句憋了一路的话，赶紧吐了出去，但屋里太静了，男人已经睡熟，她也便悄悄地脱鞋洗脸，进了卧室。

第二天，衮伦和循女人都处在一种特殊的心境之中。循女人等待着久遭折磨之后的出头之日，衮伦则纯粹是帮助循女人解脱的心情。而在那种不可知的黑暗背后，隐含着什么玄机，谁也不知道。

第三天时，衮伦接到循女人的电话，要在小蒙家里聚聚，并宴请她们以表示感谢。衮伦欣然前往。她想如果能解决循女人长期以来的困境，她愿意帮助，尽管她什么也不懂，但她有一颗助人的热心。

那天去的还有一位小蒙和衮伦共同的朋友，循女人的丈夫也在，是一个看上去很诚实的人。由于一年前得了脑血栓，他变成了跛脚，走路一高一低。五个人坐下来，还没吃上一句的时候，女人的脸又变形了，她清楚自己是怎么回事，马上站起来离开饭桌坐到沙发上去，随之身体就抖了起来。衮伦也离开饭桌坐到她的对面。衮伦天真地认为，如果能以这种方式帮助循女人安排好那些人的排位，让循女人不再遭受无名的折磨，未尝不是一件好事。

然而循女人一直不说话，非常痛苦地扭曲着，嘴里不时"啪"地弄出一声，不知表达着什么意思。衮伦有点担心地默默念咒。那时她还不知道六字真言具备哪些功德威力，她只是出于心理紧张壮胆而已。而循女人不时用可怕的眼神斜着瞟她一眼，就是不肯回答问话。衮伦忽然想起久远的记忆中，汉人二神请神的唱词，随口唱出几句给她听听，不料循女人乐了，一下从沙发上颠了起来，很高兴地跟着边唱边颠儿，但一眼看见丈夫就坐在自己身旁，便马上胆怯地蔫下来，低着头远远地坐到沙发的尽头，说他不敢说话，家里人总是训斥他，说供着你们还这么磨人。然后说他是循女人丈夫的叔叔，侄子的瘸腿就是他打的，不过他死不了，还能活上几年。

循女人的丈夫看上去不过四十几岁，还显得年轻旺盛，却被诊断为脑血栓后遗症，背后原来有着如此一个诡秘的原因。

当问循女人丈夫的叔叔为什么打人的时候，他回答说："我难受，没有人管我，就打他。"

衮伦暗暗吃惊，有谁会相信呢？当人们饱暖无忧待在屋里、睡在软床上、数着钱币吃喝玩乐的时候，有谁会想到那些曾经是自己父母兄弟姐妹的亲眷，过世后在看不见的世界里受苦受难受罪呢？谁会想到他们没有办法的时候，就只好寻磨亲眷，致使亲人们不是生病吵嘴，就是工作事业不顺。

生命藏满了玄机，不是肉眼能看到的。表面看上去的病痛如循女人丈夫的脑血栓，竟暗藏着如此无法为人所知的背景。所以，医学的诊断不能说它谬误，却也有它的自然局限。而那些突然死亡、夭折以及服毒溺水的现象背后，又有着怎样的原因呢？衮伦不免惶遽，她自身的病痛以及不时的被跟踪的感觉，莫非也有着暗机？

她不敢想下去了。

3. 不懈地寻找

从那两个非同寻常的夜晚之后，衮伦与循女人再没联系过。实际上生活环境不同，也没有什么联系和来往的理由。半年后她突然想起她，缘于不断遭遇的恶境。那是个阳光不充足的白天，衮伦站在老家的院子里，一阵骚动的声音，引她向西边园子望去。恍惚中，五六个身着黑色便衣、露着白领、腿上缠着白色绑腿的男人，从园子西边的障子处向她寻来。障子跟前还供着一张桌子，上边摆满了馒头、肉什么的供品，黑而高的香柱青烟缭绕，另有一人看守在边上。踏过园子里已枯萎的植物的男人们，个个手握木棍直奔窗下的衮伦过来。跑已经来不及了，躲也无处躲，刹那间他们已逼近衮伦，许多根木棍一同戳遍了衮伦周身……她处在了绝望的境地……

就在衮伦无处求助的时候，她拨通了循女人的电话。

"我都想你了，"循女人说，"这么长时间没见，来吧。"

一会衮伦就到了循女人屋里。女人的精神很好，冬天的季节，只穿着一件几乎是吊带一样的背心。

"穿得那么少，不凉么？"衮伦问。

"不凉，我无论冬夏，都是一件背心，怕热。"

衮伦脱下羽绒衣，露出很厚的毛衣，又注意到循女人几乎外露着的上身，心里说，夏天我也不会穿这么少，她怎么那么热呢？

衮伦没有说起她的那件遭遇，她不好意思把那些晦暗的事情说出，哪怕是循女人这样身份的人，就只说了一些无关紧要的话。衮伦很放心循女人敞亮的目光，没有丝毫探索怀疑等成分，一切都靠衮伦自己把握分寸。几天后，衮伦在仍然无法摆脱夜里的恐惧时，第二次与她见面，并消除了上次见面时的顾虑，把所有的经过都告诉了她。循女人当下显出气愤，认为不应该让衮伦去做那种无名无位的香供，把一些麻烦都招了来。然后告诉衮伦应立刻终止愚蠢的做法。在她们继续说话的时候，不知道女人的哪一句话，触动了衮伦的敏感之处，她突然眼窝发热，旋即有奔涌的东西从喉咙喷出，号啕之声就在瞬间发出。

衮伦哭的样子估计丑陋，是一种不能控制身不由己的奇怪之声和姿势，不过非常真实。也许她顾虑自己的样子不雅，或是受到一种指使，就低低地前倾着头，哭得音容变样，哭得史无前例。

"你是谁耶？"循女人问，一副不惊不慌老练的神色，颇有久经沙场的气势，"哪儿来的？"

衮伦的大哭继续控制不住地喷泻。循女人的问话听上去有点遥远朦胧，似乎与衮伦隔着一层什么。循女人继续追问她的身份。

在循女人不间断的持久的追问下，衮伦突然发出一种声音，好像被谁推上前去："我没有名字，他们都叫我额特沃[①]。"

"什么？……特卧？"循女人不能以汉人的感觉听清衮伦用达斡尔语说出的名字，而衮伦不想回答。但禁不住女人的穷追不舍，又被推动着重复了一遍那不是名字的名字。

"那你想干啥呀？"循女人在一个本子上记下后又问。

"我……我很苦啊，我找了很久很久，找不到一个能行的人，在他们家族中，没有一个人能继承我的事业，这个姑娘心眼好使，就找她了……"

"你能干啥呀？"

"我能看病。"

"就你这样能看什么病？"循女人似乎不屑地说。

"我能接骨。"

…………

循女人拿着纸笔在那里忙乎了一阵，见衮伦的哭声慢慢平息下来，便说："闪身了，慢走。"

[①] 额特沃：达斡尔语，即老太太。

就在这时,一直低着头双目紧闭的衮伦睁开了眼,她发现她的双腿在微微地、均匀地颤抖,就像她以前在小蒙家里看到循女人颤抖时的情形,但是要比她稳。

这是怎么回事?衮伦无法相信她身体发生的现象。但她已经没有丝毫的思维能力,头脑里一片空白,身体虚软得只想闭上眼睛休息。循女人安抚衮伦躺在沙发上,盖上毛毯。然后看着衮伦又叨咕了一些在衮伦身上看到的谁、谁、谁,念出他们的名字……

休息了一会儿,衮伦稍微恢复了体力,除了有回家的知觉,其他的什么也不会想。循女人把她送到小区大门外的街口,衮伦望望人来车往的大街,感觉很是陌生,辨不清东南西北,也不知身在何处。

"这是在哪儿?"她迷茫张望。

循女人手伸出去说:"那不是莫日根①大街么,那是呼兰广场。"

但衮伦依然觉得眼前的景物非常陌生,认不出哪是哪,仿佛有种隔世的恍惚。当循女人送她穿过莫日根大街之后,指着广场说:"那不是呼兰广场么?"衮伦停下来,前后左右仔细看看,才慢慢清醒过来,辨出所有的景物是那么熟悉,都是平时经过的地方,才感觉回到了人间。

衮伦的精神一点没有好转,心脏穿透般的刺痛持续不断,仿佛有什么带尖的硬器在那里凿剉,头脑也浑浊得像灌进了沉沉的铅。不仅如此,那浑浊和沉重导致的痴呆,使衮伦失去正常思维和行动的能力。更恐惧的是,一天夜里在她刚闭上眼睛的刹那,右上方出现了一只惨白的大手,指尖向上,手背冲着衮伦,向里勾招衮伦。衮伦吓得立刻睁开眼睛,那手也随即消失。如此她再不敢闭上眼睛了。

她又说与循女人,她也只能告诉衮伦,以送纸钱的方法暂时安慰。囹圄中的衮伦除了照做之外,就是发呆。

在那种不时发生的诡谲中,衮伦的屋里出现了一个女人,高高的个子稍有卷发,站在书房的写字台旁。这是梦中经常出现的女人,她从不说话,但

---

① 莫日根:达斡尔语,神奇猎手、猎人、射手等。

她的手里或者身前总会有一本发黄的旧书，以很明显的方式形成某种暗示。由于她一贯来去如幻，衮伦便称她为空女人。空女人第一次出现的时候，是站在一排学生桌旁，那桌子从北向南排列成一字，每个桌子后面都坐着面朝东的女人，共十三张桌子十三个人，每人的前面都放着学习的纸张，有一种等待教授的样子。衮伦坐在北面的第一个座位，一抬头时，高高的空女人已经站在北侧五米距离之外的一座房屋门前，双手拿着一本非常陈旧的、被岁月剥蚀而发黄的薄书，虽然她始终没有说话，衮伦却分明看懂了她眼睛里的意思：这里有你需要的东西……

衮伦远望那本薄薄的书，有种熟识的感觉，像她少年时代看过的没有头尾的发黄的书，从那里散发着某种可以引导她的信息。衮伦便看着那书心里默默地说：是啊，我一直在走，走了不知多少光阴，不知要走到哪里，不知要找什么东西……

而眼下空女人的身旁，同样有一本陈旧的被岁月剥蚀而发黄的小册子。衮伦从钱包里取出一个圆形卡片，那上面有一圈圈密密麻麻的梵文，不过衮伦并不认识，她把它放在手心上，伸在空女人面前。那是一年前 A 城皇家寺院仁钦喇嘛送给她的。衮伦虽然不懂得那里的内容，却一直按着仁钦喇嘛的吩咐夹在钱包里。衮伦看到空女人一脸祥和的神态，感觉到一种非常宁静的气息向外渗透，影响着她。她知道了那是一个咒鬘，随即空女人也就消失了，一如她以往凭空出现、又凭空消失一样。

当衮伦在消失的情境中走到另一个屋子的时候，看见与她自身一样的躯体躺在床上，游荡的灵魂便归附于身体。

"我看见你了。"漠能说。

衮伦把她的经历告诉了漠能，像以往一样，她相信她的一切都在漠能的眼识里。

4．漠能的先知

在第二十一天也即"三七"的日子，漠能的电话又来了。这是自她们两年前相识以来，从未间断过的联系。虽然远隔山水之遥，但电话缩短了距离，两三天甚至天天的通话，让她们觉得两人仍在一起。

两年前的那个下午，两人的相识并非偶然，若干年前甚至更久远的时间里，彼此就知道了对方的存在。后来因为一个契机有了朝夕共处的一段时光，那其实是她们久远缘分的又一次续缘。彼此本不陌生，陌生的只是外在的躯体。所以第一次见面，心灵就产生共振。

初秋一个温热的下午，A城的阳光已经不像往昔，灰蒙蒙的不见光栅，衮伦因一次殊胜的机缘走进了那个城市。她刚住进指定的房间不到一刻钟，就听见一道柔柔的声音，仿佛家乡夏夜里温软的惠风，在她的心尖抚摸了一下。她想象不出在这个陌生的地方，有谁会如此准确知道她的到来，而且就在她刚下榻的时刻，准确地喊出她的名字。

衮伦随即跑出门口四下环顾，见一个女孩站在走廊中间，一身朴素的浅色布衣，短短的黄黄的头发，柔柔的声音就像来自另一个空间。衮伦感到非常亲切。

她们同时走向对方。衮伦发现，那是一张陌生而又熟悉的面孔，麦田一样的黄色眉毛下，被镜片遮着一对不大的细眼，却丝毫没有遮住敞亮的目光。全身上下的布衣布裤，从里到外都流动着自然的气息，与周围的气氛透着巨大的反差。衮伦说我闻到了你身上的草原森林，闻到了河流大山，也闻到了你家乡的阳光和风。漠能说我把它们都带来了，包括我们氏族的孩子也都带来了。衮伦说你走到哪里都带到哪里么？漠能说那当然，我还能把它们从我的血液和骨子里清出去么？

最有趣的是漠能给了她东倒西歪的笑声，和超乎姊妹的母亲般的亲情。衮伦潜意识里某些固有的、却在后来不断丢失的东西，都因为漠能的出现而渐渐被寻找回来，那是与浮躁的氛围相反的东西，后来成为漠能和衮伦无论如何都不会再失去的精神支撑。

漠能在电话那头说："你的魂儿终于回来了。"

"哦！你怎么这么说？"

"声音不一样了，"她说，"不那么暗了。"

"可能吧。"衮伦若有所思地说。

漠能没有说错。就在前天,漠能约她去草原拜访一位鄂温克萨满的时候,衮伦正在忍受着心脏和后背的刺痛,所以没有答应同往,使漠能生出误会。

"你不是答应过的么,怎么说话不守信用?"她说。

"我没有说明白,等我好一好过两天再去可不可以?"

漠能放下电话。衮伦那时正萎靡在沙发上,想到让漠能不愉快就默默地流起泪。这个世界上,伤害谁也不愿意伤害漠能,尽管是无意的。但她心里知道,漠能一会儿就会打电话来。果然一刻钟不到,漠能的电话如期而至。

"我放下电话就哭了,我看见你躺在沙发上,一副痛苦的样子,不打电话,我太难过了。"漠能在那头说。

衮伦的心立刻豁然开朗,她非常在乎不是胞妹胜似胞妹的漠能,她的一切,时刻牵系着她。漠能开心,她开心,漠能若乌云密布,衮伦也暗无天日。她相信漠能能够穿越山山水水的障碍,看见她蜷缩在沙发上的样子,一点不假。因为她毫不怀疑漠能与生俱来的通灵。曾经在那座城市,只相隔一条走廊几乎住对门的日子里,衮伦已通过漠能经常讲的奇异经历了解了她的通灵。那时候,漠能经常到衮伦的房间说:"我一照镜子,眼睛里就出现一位白发苍苍的老头儿,那是谁耶?"

那天午睡之后,她尤显惊诧地跑到衮伦的房间:"明天要来一帮什么人耶?我刚才看见那么多人和咱们在一起。"

衮伦不能确定她的感觉是否准确,而第二天,果然有一对夫妻开车过来,把她们接到一家餐馆,并与那里正等着的七八个人相会。这情景无疑证实了漠能头一天的预见。而其中的一位,正是发起那场聚会的衮伦往昔的朋友。

所以衮伦相信"你的魂儿回来了"之说,不无道理。

就在与漠能相约两天后在草原相见的头一天里,衮伦被循女人领到小镇南边四五里远的一棵孤榆树下,送衣服鞋等给那个跟她索要东西的"人"。老榆树已经发出绿芽,随着春天足有五级的大风垂垂飘摇,枝杈上垂挂着很多的红色布条,仿佛召唤着那些看不见的生命。树下陈设的一些供品,使那棵大树被赋予了某种神秘力量。衮伦一下想起了母亲遥远的真言:树有树神,还会栖息阴曹地府都不收的灵魂。由是衮伦陡然对那棵老树生起敬畏。它已不是一棵单纯的植物了,它包含着宇宙的一切信息,包含着风、土地、阳光雨露以及四季气候、日月星光,还包含着可见与不可见生命的寄托,包含着某些栖息在树上的众生。

就在那棵树下,循女人点燃了替衮伦带去的房子、衣服和鞋袜等物,说了一些对收受者的宽话。火苗立刻欢腾起来了,舔着春风的躯体,大有一种迫不及待的情急之势,呼呼呼噼噼剥剥地狂舞起来。衮伦有点担心,火星会落在什么地方,顷刻会引起一场大火,但是循女人却很镇静地说没事。

收受者是衮伦男人的近亲,年轻时,由于精神突然失常而走失,一直杳无音讯。多少年过去,她扔下的不满一岁的孩子都有了孩子,丈夫也有了新的女人,她竟然出现在衮伦的身边,通过不同维次空间的形象,提示衮伦她的存在和无吃无穿的痛苦。所以在衮伦许多的混沌痛苦里,无不存在着她的因素。循女人通过衮伦眼仁里的泪光看到了她的惨状,无衣无住,赤身流浪在河边……

衮伦很是不解,她应该去找曾经的丈夫或者自己的子女,为什么要找衮伦?

"不能那么说呀,"循女人说,"你是唯一能满足她的要求的人,所以她才来找你,她现在很苦,无吃无穿无住,最要紧的是她活着的时候走失,又遭人强暴后跑到河里淹死……"

衮伦的心一下痛了,为死者的惨状,但是被一个阴魂缠上,活人怎么受得了?

衮伦猛然想起两年前和漠能在一起的日子。同样是一个早晨,衮伦刚刚起床,漠能便慌张地走进衮伦的房间,审视着她的脸问:

"你怎么了?"

"没怎么呀?一大早的。"衮伦有点奇怪。

"不对,"她说,"我昨夜看见你低着头被一个黑黑大大的影子罩着朝北走去,一会儿就没影了,河边还有一个披头散发的女人,在痛苦地挣扎,那是谁耶?和你有什么关系?"漠能锐利的眼睛里充满了恐慌担虑。

"呀！"衮伦陡然叹了一声，"怪不得我这一阵这么郁闷呢，那是……"

衮伦向漠能大致说了那个亲戚的情况，然后说："我昨夜刚刚决定要回家呢，也许回去了就再也不上这个车了。"

衮伦说时，眼睛里充满了雾气，在漠能看来不仅是雾还有迷茫无助等种种一个人面临灾难时的情境。

"你到底怎么回事？"漠能似乎听出"再也不上车"的内涵，质问的口气充满了要紧的关切和焦虑。

"我看见自己走向一条荒漠的铁轨，然后就不知所以地进了火车下面……"

漠能使劲地眨眨眼睛："我告诉你，你哪儿都不能去，给我老实地屋里待着。"漠能的警告严厉有力，一副大人对孩子的训诫。

衮伦打消了回家的念头。就是说，漠能的严厉超过了那个招引的力量。但那时衮伦仍然不知道，她的头为什么像扣着一个锅盔，每当上午十点钟的时候，就被一股强烈的困意压倒，抬不起头，睁不开眼，使那讲课老师的声音变成蚊子般的嗡嗡之声。衮伦拼命抵抗奋力挣扎，仍然被势不可挡的困意袭倒。如果不是碍于老师的面子，她真想一塌糊涂地趴下去永世不醒。

也就是给那个溺水而死的亲戚送去纸房子纸衣服之后，衮伦的精神立刻轻松起来，心脏和后背的刺痛奇迹般地消失。她和漠能约好了去草原的日子，时间就定于第二天，在草原的一个苏木会面。因要办一件事情，漠能打算提前一天动身。

按照约定，衮伦当天下午就启程了。女儿因为"五一"出游，也跟着一起上车，父亲陪同。三个人走出屋子坐上出租车的那刻，衮伦忽然难受起来。起初衮伦以为是晕车，但随着又出现的以前常有的种种不适，让衮伦顿时陷入沮丧。本以为可能摆脱的痛苦，却仍在身上，到底怎么回事啊？衮伦绝望地哀叹。

到了火车站，衮伦的情绪仍然锁在精神和身体的痛苦里，提不起兴趣与女儿交谈。过了检票口走向指定的车厢那刻，衮伦骤然感到双腿重如千斤，根本迈不动步，抬不起腿，跟不上快步登车的父女。父女俩不见跟上的衮伦，都回过头来以目光催促，而衮伦急得就是跟不上去。她不免奇怪：怎么会突然如此？

好不容易登上车梯，车轮就开始启动了。坐到座位后，衮伦仍然没有摆脱痛苦。擦着汗的男人，眼睛发出"你可真稳当"的些许抱怨，但衮伦没有回应。实际上她的痛苦已经升级，心又开始了以往的那种心闹，仿佛无数个猫爪在里边拨弄，使她的呼吸不时停顿，不时憋一下气，以暂时缓解心要冲进喉咙的无底闹痒。她只好低下头合上眼，佯装瞌睡掩饰痛苦的表情，以免影响两个亲人。就在她尽力控制调整的时刻，倏然一个念头升上心头，顺从"他们"暗暗承诺，反复表明了一个态度。随后，果然所有的症状如心所愿顷刻消失！天呐！衮伦心里暗暗惊奇，她抬起了头，正碰上女儿噘着嘴几乎碰上鼻子的样子。

男人却说："你刚才怎么那么难看？这会儿气色好了。"

"好了，总算好了，"衮伦也长长地舒出一口气，"真是不可思议，"她说，"其实我不是去看病的，是陪漠能拜访雅德根的，我什么事也不做。"

男人立刻意会了什么，看到衮伦突然恢复精神又别有意味的眼神，也跟着说："是啊，你就是陪漠能去看雅德根的嘛，你什么事情都不去做。"

男人早已训练有素，多年来衮伦稀奇古怪的病症，已使他知道如何对待冥冥中的事情，所以他立刻做出了与衮伦同样的反应。只是由于女儿在场他们的话说得迂回些。

接下来一路轻松，女儿也因为母亲的释然而舒展了眉头。如此到了那个城市，父女留下，衮伦继续转车西行，男人没忘了再再叮嘱衮伦记住自己的诺言，衮伦自然知道如何守护难得的轻松。

上了火车，衮伦刚刚躺到二层铺上，眼睛还没闭上一会儿，就恍惚看见身边站着一个男孩，身上披满了紫色的葡萄，衮伦随手摘下一粒放在口中，然后又看到他端过来的西瓜，也拿起一块吃下。这让衮伦想起，早上念六字大明咒的时候，持续了四个月的眼泪线一样流淌的症状竟然没有出现，衮伦十分不解。

一夜的火车虽然没有睡好，但精神爽铄，心情相当的好，这是很久没有过的了。下了火车漠能就出现在她眼前，衮伦随手拍了一下漠能的肩头以示亲切，而漠能却说你变了。衮伦不知自己变在哪里，故而也没做出什么反应。到了漠能所住的旅馆，漠能说："你来了，太好了。"

漠能随时都能把自己的情绪表现出来，无论喜怒哀乐从不藏掖。"我管你乐意不乐意"，这是她经常说的话，一旦她想要做的事情，不管是否得到对方的同意，说做就做。衮伦初次接触她的时候有点不解，时间久了便知晓了她的直率。

"住了一夜眼睛都疼了，可能是床单不干净，还是让服务员新换的床单呢。"漠能看一眼床铺说。

衮伦也随着漠能的目光扫了一下床单，她看出床单和被褥都是很洁净的，但是，在漠能眼里的干净，不是目光可视的表面干净，是那种实质的或者感觉上的干净。她的这种"毛病"，衮伦已经不止一次地领教过了。在A城学习的时候，学院组织大家到南方某市考察，她们被安排在一个房间里。一进屋子，干净整齐宽敞舒适的设施，衮伦一下生出所有的劳顿将得到放松的惬意，而漠能眨眨眼睛竟说这房间不干净。

衮伦显然不懂她的意思："这么干净的屋子还不干净，你想住什么样干净的房间？"

漠能摇摇头说："不是。"

衮伦没有吱声，她真是不懂漠能的意思。但第二天早上起来，漠能从洗手间回来，刻意把眼睛伸到衮伦的面前说："你看，一住进不干净的房间，眼睛就红了。"

衮伦看看漠能那发红的眼睛和已经红肿的眼皮，也真觉得有问题了，但怎么有问题，房间怎么不干净，衮伦却全然不知，不过也觉出有某种深不可测的玄机。

当时漠能双眼发红，上下眼皮都隆起着，衮伦还不相信与房间有什么干系，但后来足有两个星期的考察学习过程中，所有她们两人住过的房间，漠能都按着干净不干净的感觉，出现眼睛红与不红的症状，以至于后来每住进一个房间，衮伦都要先问漠能这房间干不干净。

衮伦从瞬间的回忆，回到漠能的眼睛上，旋即变得惊讶，她一下想起前夜的梦境，其实不是梦境而是闭上眼睛时的一个画面：漠能站在她的面前，衮伦问了她一句什么，漠能向前迈了一步，随着弯了一下腰，随即，漠能的眼睛就什么也看不见了……

难道，这与眼前的情况有什么关系么？

两个人放下东西去洗漱，镜子里，衮伦也发现自己的眼睛通红，便特意再去看漠能的双眼。结果正像衮伦预感的那样，一看就知道她的眼皮发硬。

"你的眼睛是不是还不舒服？"

"是啊，又僵又硬。"她肯定地回答。

接着，漠能说出的话，让衮伦惊撼得一句话也说不出来，瞠目结舌。

"你知道吗？"漠能说，"如果你不提起，我可能还想不起来说，好长时间了，一和你通电话，就心脏疼，后背疼。"

衮伦一下愣住！接着又听她说："就在昨天通话后一放下电话，后背又开始疼了，气得我使劲摇右臂，使劲跺脚骂你，破衮伦，一和她通电话就这儿疼那儿难受的，气死我了。"她语气肯定地继续说："好多次了都这样，后来外甥看我难受，就给我放达斡尔歌曲，什么什么亿特恩八[①]——"说完她又无比开心地哈哈大笑起来。

她笑的是那首达斡尔族歌曲，小叔子吃到嫂子做的腊八粥，喜欢得一连气吃了五大碗还想吃的那种节奏和语言的合辙押韵："塔乐塔乐亿特恩八，塔问差处个亿特恩八[②]——"

漠能反复夸张地说着"亿特恩八—— 亿特恩八——"，并把嘴张得老大，继续前仰后合，笑得眼泪流了出来，腰也弯到了九十度。

衮伦也用直译的语序说："喜欢喜欢地吃了，五大碗地吃了。"

这不由得让她们都想起抗战时期日本人对中国人说话的语序：你的、你的，什么的干活？

[①] 亿特恩八：达斡尔语，吃了的意思。
[②] 塔乐塔乐亿特恩八，塔问差处个亿特恩八：达斡尔语，大意是非常非常喜爱地吃了，连续吃了五大碗。

他们把"干什么的",按照自己民族的语序说成"什么的干活"。

实际上很多汉语以外的民族语言几乎都是如此,与汉语语序相反,也就是倒装句。又比如汉语"你吃饭了么",用达斡尔语说就成了"饭吃了么你?"

看到漠能那么开心地大笑,衮伦也很开心。

"其实,你这些日子发生的事情我都知道,"漠能说,"你有一天夜里被一个老太太领着向北走,是不是?"她的语气肯定而自信。

"是啊!"衮伦回答。

"还有几天,你的眼睛里总有白色光球闪动,是不是?"

"是啊!"衮伦一惊。

"还有,你有几天身体开裂般地疼痛,我的身体也开裂般地疼痛,你知道不知道?"

"啊?"

"还有……"

对于漠能的连续发问,衮伦惊撼得大睁着眼睛,什么也说不出来了。她记得那些事情是没有告诉过漠能的,而漠能不仅知道衮伦的遭境,还感同身受地承受着与她一样的疼痛。这是怎么回事?衮伦一度惊奇过漠能的通灵,漠能却对这些不可思议的现象习以为常,这更让衮伦觉得她就是一个谜。

5. 天地就是这样

去南辉草原的过程并不很顺,等车就让她们付出了极大的耐心。因为要凑齐一车人,没有确切的发车时间,什么时候上满了人,什么时候才能开车。从早晨八点到十点两个小时的等待中,零零星星的人终于凑满,衮伦的心情竟然极其愉快,因为长久的心脏和后背疼痛、心闹等症状全部消失了,连若干年的腰椎颈椎疼痛也不见了踪影,衮伦甚至哼起了歌。漠能坐在她身后说:"你真的变了。"

衮伦说:"哪儿变了?"

漠能说:"内里的变。"

其实，也只有漠能可以捕捉到衮伦微细的变化，而这变化或许衮伦自己都没有觉出来。

南辉苏木在一片辽阔的草原上。巴士奔驰在草原，像一个小小的花盖虫，不时出现的白色蒙古包，孤零零点缀着草原的空茫。牧羊人骑着马追赶羊群的身影，围绕在雪花般散落于苍黄大地上的羊群周围，显得高大突兀。初春还不见草色的草原，矮矮的，被微风吹拂着向一个方向点头。一种无法把握和抵达的空旷无边，衬出人既渺小又突兀的感觉。她们只是反复重复着"太大了、太大了"，感慨"无边无际"这个词就是为草原造的，来到草原才真正体会到什么是无边无际，那种苍茫辽远，那种平坦到天边的空旷，心整个被晾开了，肢体整个舒展开了。你感觉不到你哪个部位还有皱褶，哪个部位还有阳光不度。

漠能和衮伦忘乎所以地大谈阔论。由于身体的轻松带来的精神轻松，使衮伦感觉空前地愉悦。原来，人还有如此身心轻松的时候，活着真的不错。她们简直回到了纯真的童年，满腔激情地抒情议论，还兴致勃勃地与车里的布里亚特蒙古人谈天。那是一位从上了车就不停地开启易拉罐的男人。每开启一罐、每喝上一口都很自然地向头上举一下，再洒到地上一点儿，自然得就像走路迈步一样。喝酒间歇的时候，就哼一会儿《嘎达梅林》，或回答她们的问话。

"这就是天，"他指着窗外说，"这就是地，天地就是这样。"

没有人知道天地就是这样，若不是他的指点。没有人知道草原的天才是天，草原的地才是地。漠能赞叹道："他说得太经典了，只有草原的天是完整的，山区的天是缺边少角的，而城市的天是遮遮挡挡的。"

"城市没有大地，山林没有道路。"衮伦跟着附和。每每漠能语出惊人的时候，她都佩服赞叹，为那仿佛来自另一个世界的语言。她永远觉得自己在造作，没有自然的灵气。"只有草原的地平线是直的，天空是圆满的。"她继续发着感慨。

"难怪草原歌曲那么辽阔、那么豪放开阔没有遮拦，如果站在这么辽阔的地方，你还能唱出那些憋憋屈屈的、曲里拐弯的调子，那就不对劲儿了。"

"所以你看草原蒙古人，走路都带着草原的坦荡，用不着拐弯抹角。"

"是啊，走在城市的路上，总是躲躲闪闪的，不是躲车就是躲人，身在躲，心也在躲。"

"是啊是啊！难怪零距离接触的生存环境，防备就多……"

两个人好像突然发现了真理，草原给她们带来了难得的兴奋。

布里亚特蒙古人继续开启着易拉罐，又不时从靴子筒里抽出小刀，弄一下易拉罐的什么，停下来的时候就眯起眼睛自得其乐地唱《嘎达梅林》，滋味浓郁，满含着深情，饱满了歌风歌眼。

"他就是草原。"

"他就是快乐！"

就在那时，车窗外前面的马路上，远远地出现了一个黑点。随着巴士车的奔驰，黑点渐渐变大，近了，竟是一个人。那人双臂高高地举着，像高粱的头一样东摇西晃。越来越近的时候，才看清原来是一个醉汉。那举过头顶的双手继续摇摆着，又像风中的芦苇。所有的目光都聚到醉汉的身上，不知他什么意思。车放慢了速度，与醉汉就剩一米左右距离时，车无声地停下来，并没熄火。没听到司机的声音，女售票员无声地跳下车去，径直跑到瘦削的醉汉跟前，把他弄到路边的草地上，不待他清醒过来，售票员已经跑回车上，车自然又很快地跑了起来。回头看时，醉汉孤零零地站在原地张望，在空旷的大地上犹如一棵干枯的小树，也不摇晃了。很快，奔跑的巴士又把他变成了小点儿。

衮伦心里突然生出孤零的感觉，空旷的草原，哪里是边际和依靠啊！回过头来，再注意布里亚特蒙古人时，他那一大塑料袋的易拉罐几乎全部倾空，但是他仍然留有一罐儿不时洒在地上。当巴士车到达终点时，布里亚特人又拿起易拉罐，不过他没有送到嘴边，全部洒在车板上，然后潇洒自在地走下车去，高大的个子甩开两腿向草原深处迈去，长长的步子不摇不晃，在掖起一角的袍子下面悠然快意。

"太、棒、了！"望着布里亚特蒙古人的背影，漠能定定地赞叹。

衮伦也努起嘴连连点头，一直望着布里亚特人的身影远去、变小。

第五章

神秘的雅德根

迷惑在虚假的希望
梦想与踌躇满志中
好像给你带来了快乐
实际上
带给你无限的痛苦
让你跋涉在无边的沙漠

1. 生与死的誓言

苏如勤自从那夜带着不明血迹晚归之后，整日整日地沉醉酒中，阴郁着脸不与任何人说话。一旦张口，就是对着妻子红阔尔大发脾气，无缘由地打翻为他装上的烟袋或送过去的什么。这使红阔尔像惊弓之鸟，时刻谨慎着不近他的跟前，一切事情都由姑娘阿尔特去沟通去做。有一天，当红阔尔又受到委屈不免忧叹的时候，老姑娘沃尔特说："我爸快好了，他以后再也不会打你了。"

说这话时，沃尔特正从一个小红木匣子里拿出层层叠着的哈尼卡①，一个一个鼓起它们的裙子，摆立在同样用花纸做成的箱子、桌子、炕啊等摆家家的"屋里"。那些哈尼卡有男有女，有老人孩子等。生活中有什么内容，她的哈尼卡就有什么内容，她会一个人扮演好几个角色，模仿父母亲的话，替哈尼卡表达。诸如爸爸放排去了、打猎去了、吃饭啦、睡觉了、定亲结婚、过年、磕头等等，许多日常生活里的琐碎内容，她都可以一个人替几个纸偶说话，手捏着哈尼卡的脖子，让它们走到这里那里，去完成要做的事情。

玩够了的时候，就把哈尼卡一拍，变成纸片儿，装进木匣子里。

听到沃尔特边玩边说的话，红阔尔瞅了女儿一眼，不知沃尔特是信口说说，还是为母亲说宽心的话，见她低头玩得认真，似乎是随口说的，也便没有谁去认真。此后没过多久，家里果真发生了一件大事，大家便不得不对沃尔特另眼相看了。

沃尔特是苏如勤几个孩子中最受宠爱的老姑娘，她出生时，由于产程过慢窒息，出现死亡迹象，巴列沁②收拾收拾说："扔出去吧没气儿了。"

苏如勤就按她的吩咐把婴儿用草裹起来扔到大门桩下，心想待白天的时候再扔到林子里不迟。但是返回院子的时候，心里隐隐不舍，就又转回身去看婴儿，左看右摸，就是舍不得撂下。最终还是把婴儿了抱了起来，说："是我的姑娘你就回来吧。"说时已走进屋里，把婴儿放进一个温水盆里。

谁知过了一会儿，那婴儿已经发青的嘴唇竟然张了一下，随即发出微微的呼吸，再过一会儿，已经松弛张开的四肢也出现了收拢抱胸的动作。

"活了！"大家齐声乐道。巴列沁便把她双脚倒拎起来，冲着小小的屁股啪啪啪就是三掌，口中念念有词："你还真原意来受苦呢。"

立刻，婴儿哇哇大哭起来，那手脚紧缩五官皱在一起的恐惧样子，仿佛

---

① 哈尼卡：达斡尔族的剪纸艺术。在达斡尔语中，"眼仁"一词，与"纸偶"一词相同，均称为"哈尼卡"。据达斡尔传说，每个人的眼仁中，都有一个小人形，没有它就什么也看不见了。因为纸偶也是小人形，所以借用了"眼仁"这个词称呼纸偶。

② 巴列沁：达斡尔萨满神系中会接生的神职人员。她们大多没有专门学过什么接生技术，自学自通。

不是来投父母，而是到了一个她无法忍受的万剑穿心的刑房。而那两只小手，却紧紧地攥着生命的玄机。

"缘分没了哇！"巴列沁又自言自语叹了一声。

苏如勤来了精神，当即就给她起了不知如何想出来的名字"沃尔特"，意为"自己"。沃尔特的成长过程真就像她的名字，从小独来独往不与其他孩子为伍。苏如勤对她的关爱达到了无原则的溺爱地步，这使她的哥哥弟弟不无嫉妒。由于沃尔特孤独任性，苏如勤就给她饲养了个小狍子与她做伴玩乐，这更使她的兄弟们嗤之以鼻。后来她长成小姑娘时又出现了从不打扮的懒散，头发整天犹如一堆乱草。苏如勤干脆给她剪了个男孩子的寸头。这下那头发简直就成了刺猬，根根直立着不向任何方向妥协。哥哥达列便不时戏谑她"怒发冲冠"。苏如勤格外在乎这个老姑娘是因为她与别的孩子不同，而且自幼身体羸弱。有一个时期，沃尔特除了牛奶或酸奶，不吃任何食物，无论红阔尔如何引诱她，多好吃的饭食都丝毫引不起她的兴趣。不过这也没影响她的成长，只是很瘦，两只手苍白细长像刻意培养出的"钢琴手"。直至若干年后沃尔特成家立业，还仍然隔上一段时间绝食，只用牛奶度命。那样的时候，她反而身轻如燕。

就在沃尔特预言般地说出父亲就要好了的一周之后，苏如勤从那个酒镇买回来的几坛子酒几乎倾空倒尽，脸部皮肤被酒精浸透得犹如出了大片的红疹。他依然看不见家里的生计困顿，看不见红阔尔那破旧的袍子已经衣不遮体。更糟糕的是，从酒镇接回来不久的大儿子染上了村里正在流行的瘟疫。伤寒病席卷了整个村子，像魔鬼伸着无数只魔爪威迫着所有人。村里不时向林子里抬走停止呼吸的大人小孩。不久二儿子也倒下了，整天发烧不止。阿尔特天天围着弟弟焦急落泪。

这时，在村里人的共同要求下，由噶善达族长和最年长的长辈主事，村里进行了一场跳神法会，以祈祷神灵保佑并卜问吉凶。噶善达族长从外乡请来了一位额个雅德根①。那个曾经和苏如勤一起饮酒的波拓罗成了克库雅德根②，也被人喊作"巴格其"③。

法会在一户大院的跳神棚里进行了两个晚上，第一天是请供祖神，在西炕的桌子上，摆上猪头、心肝肺、猪脚猪尾等以代表全猪，还有一盆猪血。然后额个雅德根坐在凳子上，巴格其坐在他的身边，开始唱雅德根神歌，雅德根唱一句，巴格其在其句末的三四个词节上合唱一句。那唱词妙语绝伦，语言精致，句句开头发音同音，音律和美，听得人人心情舒宁，仿佛徜徉在精雅文辞字句的妙音中，柔软得让人眼睛发酸流泪。

唱词的大意是：感恩祖神一直的帮助，承蒙祖神的恩德，村子里一直过着太平的日子，今天，我们全村人给祖神供上全猪肉、酒和糕点，请祖神降临享用，并明示我们事理。一个月来，不知什么原因，村里遭遇了瘟疫，已经死去了好几个人，尤其是可怜的孩子……我们不知道自己错在哪里，得罪了什么神灵，请祖神明示，并帮助你们的子孙吧……

第二天夜晚，穹窿般的天空闪烁着幽幽的星星，注视着大地上发生的一切。它不分良莠、亲疏，一并收下大地上的一切，但它知道什么时候哪些事情会发生什么结果，所以有时它会叹息，但没有人知道它的叹息，有时也会发怒，同样没有人懂得它的发怒。

皑乐似乎沉睡，举头三尺的事情都放在脑后，沉入黑夜。而大院跳神棚里仍然人影幢幢，灯光忽明忽暗，给岑寂的皑乐透出一处幽明幽暗的光影，很像深夜里的眼睛。再次的杀牲祭祀也供奉停当，一切都准备就绪，人们都无声有序地找好了各自的位置，唯有雅德根在马灯白黄的光影下，时急时慢地旋转舞蹈，发出神秘莫测的信息。身上那百斤重的神衣彩带飞舞，铜铃铜镜、鼓和鼓槌各自发出不同的讯息，汇成层层奇异的声波通向天空、通向神灵。寂静的乡村之夜被搅醒了，充满了不安、焦急、忧虑。雅德根仍然不停地唱歌旋转，鼓声也越来越密集，在一阵剧烈的舞蹈之后，雅德根突然扔下

---

① 额个雅德根：达斡尔语，主神的意思。
② 克库雅德根：达斡尔语，子萨满，即二神。
③ 巴格其：达斡尔语，神职人员，有助大神的职能。

鼓、槌倒了下去，身边的人立刻扶好了他，在又一阵的扭动抽搐之后，他稍微安静下来，在众人紧张的等待之中，歌哭般地唱出了一道神曲，他那苍凉不失洪亮的唱词是：

海力多吐日涅，
海力搜列涅，
哈地德日涅，
哈地哦轮涅，
敖里巴日肯……

人们已经触犯了动物界的生存尊严，尤其对于人们十分敬畏而不敢直呼其名的搜列①造成的杀戮，已经遭到了必然的报复，而且神灵告诫：

在林子里，
在山坡上，
在壕的左右，
动物神时常遭到伤害……

听到这样的警示，前面年长的人几乎同时跪拜下来，随即满棚子无论男女老少黑乎乎地也都跪拜下去，随即棚子内的一角发出一道低低的哭泣。朦胧的马灯下看不清人的细节。但是通过最后共吃猪肉和对于肩胛骨纹理的查看，断定瘟疫还会延续，还会有厄运发生。这让所有的由于吃肉而暂时轻松的人们，又都惶恐起来。不知哪家的人还要遭到厄运，人们惴惴不安。

阿尔特也在场，本来她对这类事情没有多大兴趣，耐不住妹妹沃尔特一向对于跳神的热衷，才陪同到场。当大人们轮换着看那肩胛骨纹理的时候，沃尔特竟然也轮到了，并认真查看，还听她随口说了句："这么乱，能看出

---

① 搜列：达斡尔语，即尾巴。由于敬畏，达斡尔人不直接称狐狸为狐狸，而称尾巴。

什么耶？"

显然沃尔特是无心的，但那很乱的纹理说明了那场祈祷卜问的结果不太吉利，如果肩胛骨的纹理清晰明了，便说明平安无事。

法会结束时，人们看到了那个角落里的哭泣者，是皑乐里一个有名的莫日根，也即猎人。他不过四十出头，已过早地染上了岁月的白霜，披上了坎坷的皱褶。一年前他还是个有妻儿、有牛马猪狗的健全家庭的人，然而只几天时间，就孤零零地剩他一人了。从那他一下子变得苍老。有关他的遭遇皑乐里的人没有不清楚的，连几岁的小孩一说起他，都知道是因为打搜列的报应。

一年前的早春，天下了一场大雪，正是猎人出猎的大好时机。莫日根和以往一样，骑上一匹打猎的马，带上细狗出门了。林野里白茫茫的，还没有人的踪迹，唯有星星点点各种动物踪迹，尤其野兔纤巧的脚印一溜一溜地印在雪地上，把雪后无痕的林间点缀得美如童话。但莫日根不欣赏这些脚印，目标是那些大的猎物。那条大细狗似乎也明白主人的心思，在那些小动物的脚印上嗅嗅也就过去了，唯有在狐的脚印上它会停下来，观看主人的脸色。快到中午的时候，他们同时发现了一只狐，并轻易地弄到了手，这对于莫日根和狗似乎都不过瘾，他们要继续寻找，却也真的又发现了一串较大的狐的脚印。凭着经验，莫日根知道那是一只很大的狐，走的时间也不会太久，便顺着脚印追去。大约追了五六华里，终于一只白色的大狐出现在他的眼前。那狐躯体很大，尾巴粗粗长长的几乎与身体一般。猎人不可能放弃这难得的机遇，便追赶不舍。但一直追到太阳西斜，也没有靠近猎物，到了太阳快落的时候，突然前边出现了一个老头儿，猎人一枪打了过去，不想老头儿打了个滚儿，随即起身作揖求饶。这时候莫日根的心丝毫没有生出同情，又补上一枪，狐终于被打死了。莫日根兴奋地过去，当场扒下了那雪亮的狐皮，然后才回到家里。一进门便自豪地讲给妻子，妻子却说："你不应该打他，爷爷不是说，有了一只，就不能再打第二只么？何况人家那么求你，你应该放手啊。"

"我也是为了你呀，你看那一身毛多漂亮，给你做个坎肩，过年串门拜年啥的穿上，多暖和带劲儿。"

妻子没有一点高兴的神色，反倒心思重重地看着丈夫把那皮子展开挂在厨房的墙上。吃饭的时候，猎人还禁不住收获的得意，不时望望那张皮子，不料那皮子却比挂上去时显得湿漉，他放下碗筷过去一看，那皮子正在出汗呢！莫日根心里一惊，不过也没太放在心上。睡了一夜起来再去看看，皮子还在出汗，一点干爽的痕迹没有。妻子孩子都害怕了。莫日根也知道那狐一定是修成了的，但打猎的人手都打顺了，见了猎物怎能不扣扳机？他也知道"千年的黑，万年的白"这句老人常说的话，但那时已经身不由己，整个身心受惑于那只少见的银狐，以显一个猎人勇猛不败的威风。

事情已经这样，他只能劝慰妻子孩子不要害怕。

两天过去后，第三天上，那匹马和细狗突然在外面蹬腿，抽搐几下就死掉了。乌鸦几次飞到大门的木桩上嘎嘎嘎地叫。晚上，好好的孩子也抽搐几下就断了气，妻子只来得及说了一句"你个贪心的鬼呀，把我们都害了"，随即也抽搐几下闭上了眼睛。莫日根哪里顾得上哭号，绝望与恐惧中竟然有所醒悟，赶紧画了个狐脸贴在西墙上，像供佛一样磕头供奉，连连忏悔发誓再也不打狐了，不但不打狐，连野猪狍子野鸡鸭子兔子所有的动物都不再打了，求狐爷爷饶恕……

他开始讨厌乌鸦，害怕乌鸦，唯恐什么时候它会再出现在大门桩上，把他的魂儿也叫走。

皑乐的人们一致认为莫日根贪心，不应该打搜列，尤其那样一个具有修行的搜列，人家都已磕头了怎么还能动手？他真是自作自受，现世报啊！倒是可怜那一对母子，替他偿命去了。

乌云压顶般的灾难仍然威胁着额尔根皑乐。面对那场瘟疫人们束手无策，就如老鹰抓兔一样任凭死神掳走。就在那个春末的下午，从酒镇回来的老大已经无法感受那温暖的阳光，屋子里因死神带来的阴晦显得寒气森森。老大躺在破烂的炕上，眼睛里发出令人心疼的求助的微光，嘴唇动了动想说什么却什么也没有道出，生命就在那一呼一吸中瞬间停止了。红阔尔抱起孩子的头号啕大哭："我苦命的孩子啊……可怜的孩子……"

红阔尔的大恸陡然转发成勇气，她放下孩子从西炕上跳下去，光脚几步奔到南炕丈夫苏如勤的头上，拿起他身边的烟袋冲着迷糊中的脑袋笃笃笃一顿敲打。苏如勤猛然清醒过来，通过红阔尔的哭声他知道可能发生了事情，但他的尊严怎么可以侵犯？他可是一家之主！他眼朝西炕瞥去，这一瞥，哪还顾及什么尊严，儿子那直挺挺的身体，告诉他那已经不是阳间的生命了。他猛然如弹簧弹起，一下跳到儿子身边。他竟然还没忘了病中的儿子！抱起来使劲晃了晃，顷刻眼睛直了："腾格日罢日肯①——"随着一道对天神的呼号，他躬起的身停顿了一下，然后抱起儿子摇晃着跑了出去。

老二从哥哥的结局似乎预感到自己的未来，他一副恐惧的眼神，抱住了母亲的胳膊。这个从生下来就引不起别人注意的孩子，目光里从未消失过忧郁。无论阳光怎样晒在他的脸上，就是晒不黑那白白的肤色，这和乡野孩子的皮肤有着天地差别。在十三四年短暂的生活中，他的名字或许都没有被人记住，就被命运的定数瞄住。

红阔尔已经顾不得已去的那个，她只紧紧地抱着二子。孩子那大大瘦瘦的眼睛一刻没离开过母亲那发红的双眼。然而他渴了，和死去的哥哥一样，高烧持续不退，他说想喝稀稀的酸奶。红阔尔看到几天没吃东西的孩子有了吃的欲望，既高兴又狐疑着说："你等一会儿妈去拿去。"但是家里唯一的一头乳牛还没有下犊，红阔尔只能拿着小桦皮碗去孩子的叔叔家去取。等她那袖珍的身体绕过大大的园子往返回到屋时，还没迈进门槛，眼睛还没落到儿子的身上，她的手就随着心一起抖了起来。她走近儿子的身边，随着桦皮碗"噗"的一声落地，雪白的酸奶也泼洒了一地，红阔尔陡然失去了仅有的力气，嘶喊了一声，便扑到孩子身上……

红阔尔失去了所有的力气，发出来的声音不像哭，也不像叫。她抱着孩子的头不肯放下，眼泪早已不能表达心境，她还有太多的郁结，长久的压抑需要释放。

那时，苏如勤已经把大儿子放进四面钻风的仓房里，后来又把二子也抱了过去，然后把自己也关进漆黑的仓房里拴上仓门，待了一夜。没人知道他

---

① 腾格日巴日肯：达斡尔语，即天神。

在里边究竟做了些什么。第二天他从仓房里出来的时候,眼睛通红充满血丝,目光凝重坚硬,大家看到他把两个儿子送进了林子。

当他拖着沉重的步子走回来的时候,已是晚上。沃尔特小声地跟母亲说:"我爸别把他的魂儿也埋了吧?"

红阔尔轻轻地揉了一下女儿。

大家都胆怯地观察着这个一家之主,以为他肯定会倒头把身体扔到炕上,或者灌酒。果然,苏如勤捧起了那仅有的半坛子酒,扣在脸上猛灌了一气,然后"哐啷"一声砸在地上,又一阵哗啦啦地猛砸,所有的酒坛子全部变成了满地的碎片。接着苏如勤操起一把尖刀奔到院子……

完了,要出事啦!红阔尔心里一抖。

哭得全身虚软的红阔尔和剩下的几个孩子,随即呼啦啦跟着跑了出去,只见苏如勤跪在院子中央仰望苍天,手持尖刀直逼胸膛。

天哪!那刀……

红阔尔和两儿两女都瑟瑟地跪到他的身旁。这时,天空已成穹庐,闪烁的群星颗颗诡眨着眼睛,世界静得能听见针尖落地的声音。

苏如勤手中的尖刀闪闪发光,那是他非常喜欢的刻不离身的宝贝,除了享用手扒肉时用它,其他时间就是一件把玩的工艺。只见那尖刀紧紧地逼着他的心窝,但它没有捅进身体,只听见他一道狮子吼般的沉音:

"天神在上,星星作证,我苏如勤发誓十年不喝酒,若是喝了,就用这把刀捅死在这儿!"一道生命深处痛悔的誓言,似乎触动了天神,有一阵风在苏如勤头上掠过,他仿佛被什么轻击了一下,竟在苍穹冥黑阒寂的时刻,隐隐地听到了一种声音。他的毛孔贲张,猛然扔掉手中的刀子,嘣嘣嘣地使劲磕头,然后双手合十跪了很久,没有人看得见他内心混沌初开的光明映在脸上的那份清净、敬畏。

星星见证了大地上的一幕,见证了那铮铮的誓言。那誓言成为苏如勤一生守护的戒律。

尖刀没有捅进胸膛,倒是由愧疚悔痛而发出的毒誓,使他此后纵有千万个饮酒的理由,都因此而受到制约。然而红阔尔相信吗?一个曾经嗜酒如命的人？

相信。她知道丈夫血性刚烈的性格，这并非只是他一人的秉性，而是源于一个部族的血脉——宁折不弯的刚猛气概。他们的祖先，一个久远的契丹贵族的后裔，以酋长的姓氏大贺尔起名为族号，延续为后来的达斡尔。他们曾朝贡大清朝廷皮货，却因遭受压迫叛逆离去，在那莽莽的黑龙江北岸聚集抗清。堂堂大清岂能容忍这等忤逆，便派官兵征之剿之。小小部族自然寡不敌众，不得不败走石尔卡勒河等处继续负隅作战。那位为了部族利益宁死也不低头的酋长终于殉难，成就了刚烈不屈宁愿站着死不肯跪着生的民族气节。

尽管时光远去，岁月侵蚀，这气节仍以不息的血脉代代延续下来影响着后人。哪怕是一个事件，一种性格，细微之处无不隐含着那种潜质，那是一个民族的气质。而表现于苏如勤身上的刚烈，尽管以不同的形式，仍以摇撼人心的力量传世于苏如勤家族的后人。

从此苏如勤的生命开始了质的变化，曾经迷迷瞪瞪的天光如同乌云散去。家里所有大大小小的酒瓶酒壶全部砸碎，让红阔尔感动得泪花闪闪。孩子们则如同过年般脸上绽放着快乐欢欣，所有的压抑全然消失了，所有的忧郁都释然了，日子里充满了清新美好，天亮了！

苏如勤血性刚烈的行为，成为苏如勤氏族历史性的话题，后世族人无不知晓这位传奇的祖先。

每当阿尔特提起父亲忌酒的场面，总会说："把我们吓得，直打哆嗦。"

2．神谕

苏如勤开始了自我拯救的生涯。他被确认雅德根的身份就在发誓后的第七天里。那天下午，他一个人在西窗朦胧的光线里，制作榆木疙瘩烟袋，眼前竟出现了一个人，似梦似幻：

"你是什么人，我怎么不认识你？"

"这无关紧要，只要你按着我的意思去做。"

"去做什么？"

"给人看病。"

接着那人告诉他，在苏如勤家族里有一位未嫁的堂妹，她因为生着头疮一直不能婚配，让苏如勤从她那里入手，三天之内给她治愈。那个生着满头疮痈的堂妹一下出现在苏如勤的眼前。他怔住了，揉揉眼睛，并没有看见什么人的身影，不过这个声音似乎熟悉，远远的、朦胧的，又很清晰，是他的记忆里贮藏过的。

他倏然想起了那个神秘之夜……

那天他从酒镇上酒回来，与往日一样坐在大轱辘车上，边走边喝，喝饱了索性卧在车上，任凭老马识途顺着来路返回。但是，走了约一半的路程，他感到有一种异样的腥气在周围萦绕。那是以往的经验中从未有过的，他一下坐了起来，透过黑暗浓郁的障碍，他骇然发现，一向识途的老马正向密林幽幽的歧路走去，且不慌不忙执着不停。

怎么回事？苏如勤的大脑速疾旋转，随即勒转马头，眼睛也瞪得铜铃似的炯炯发光。但是尽管他用尽了全力，老马和他的身体就是走不出去，仿佛有一面庞大的肉墙堵在他的面前，往任何一个方向撞击都被挡住。苏如勤凭着一股莽撞的酒劲儿拼命地捶打，拼命地撞击，竟有血腥的臭味向他的鼻孔扑来……

就在那生死交关的一刻，苏如勤听到了一道旷古幽远的声音响在上空，浑厚清晰。他立刻在万分惊诧中安静下来，随即车马竟乖乖地走回了原路。他已弄得筋疲力尽，然后在后怕中几乎喝了一坛子酒。

每当苏如勤想到那段经历的时候，都有一种既真实又梦幻般的感受，以致他从来不愿与人提起，哪怕对妻子红阔尔。所以若干年后，当阿尔特也成为母亲讲给孩子们时，仍然诧异地说："不知他那天遇到了什么，回来时一身血迹。"

3．雅德根诞生

苏如勤以雅德根身份第一次给人治病，果然始于他堂妹的头疮。起初他还曾怀疑自己两手空空何以施治。而一旦面对那满头疮痈的时候，他竟然发出瘆人的哈哈哈的狂笑，随即以骇人的方式在周围人龇牙咧嘴的注视下，用嘴吮之啄之。然后在那烧得通红的烙铁上"哧啦"一声，用舌头在上边舔过，再喝一口烈酒喷出。在如此恐怖骇人的方式下，堂妹那久治不愈的满头疮痈果然痊愈。这一下苏如勤的名声大振，四乡八里的疾者都闻名赶来。当他们看到，治疗者竟是在一阵哈哈哈的狂笑之后吸吮疮疡的时候，都遮住眼睛或扭过头去，想看又不敢直视。尤其看到那通红的烙铁在雅德根的舌头上"哧啦"一声冒起青烟的险状，都迸发出不约而同的"啊呀"之声。

然而那舌头竟安然无恙。

"一看到他舔那脓疮，哎呀呀！我们都吃不下饭……"阿尔特总会讲给未来的孩子们听。

"那舌头就烧不坏么？"孩子们也总会半信半疑地发问。

"他照样啃骨头吃肉呢。"阿尔特也不解地回答。

这又是一个贯穿苏如勤氏族的话题。所有苏如勤氏族的后辈人，都知道有一个能舔通红烙铁的雅德根先辈。

在苏如勤名声大振家境有了转机的时候，媒人开始上门了。一天，家里来了一位很少登门的熟人，她头上戴着一顶帽子，帽子上边挂着一块红布条，手里拎着两瓶酒，苏如勤一看这个装束，就知道是来提亲说媒的。给谁提亲呢？当然是大姑娘阿尔特了，她已经年方十七，早就到了上媒人的年龄。

那媒人知道嫁女看媒人、看其言词礼仪是件十分重要的事情，便向苏如勤和红阔尔行见面礼，装上烟袋，然后唱歌般地婉转道来："知道你这美满的家庭，有位姑娘心地善良，淳朴端庄又贤惠，炕上剪刀绣花针，地下锅厨样样行，我给一位老实又纯真、聪明伶俐的军人，前来为姑娘说亲，你们双方门当又户对，男女相配定能成良缘。"

然后媒人说男方家是嫩江东岸讷莫尔村的一位服役军人，家境很好，父母健全，就想娶一个像阿尔特这样温柔善良又能干的姑娘，在儿子服役不在家的阶段，能够好好地侍奉公婆。

苏如勤没有明确答复媒人，不仅是要考虑考虑，而且这也是个规矩，谁家的姑娘一上媒人就急着敲定呢？

第二次媒人又来了，这次苏如勤给了答复，可以考虑，但要看看男方。

过了几天，未来的女婿跟随父母来了，他们牵着一匹黄骠马。那马什么地方都好，膘肥滚圆雄壮，可就是瞎了一只眼睛，不过什么也不耽误。亲家说："愿我们两家的亲事像马的缰绳一样被联系起来吧！"

苏如勤像考察秀才一样考核了军人，问了很多问题，他非常满意，只是有一点，他凭着雅德根的能力，看出一点什么，但他埋在心里，没说与妻子红阔尔，更没有说与姑娘。

阿尔特在客人停车拴马的时候，就按着古老的规矩藏起来了一直没有露面，但她偷看到了军人，白皙红润的脸膛，一身军衣英俊庄严，坐在北炕炕沿上，目不斜视没有一句多余的话，只有回答问话时才有简洁的话语。阿尔特基本接受了他，没有特别的好感，也没有什么反感。

婚事定下来了，当然一切都是父亲做主，她没有主张，或者她不好意思主张，怕伤了所有人的面子，只有不怕委屈自己。当然那委屈是不想那么小就到一个陌生的地方做人家的媳妇，那意味着身不由己一切听从公婆的安排，不说进入了一个软监，也没什么区别。因为阿尔特知道，达斡尔人的儿媳妇在婆家是一种怎样的地位。

婚前的一个多月，婆家的大轱辘车又来了，送缠特亿的呗①礼。大轱辘车停在院外的大门前，送来了煮熟的猪肉一个、毛猪两个、白酒四十斤、娃特②十余张、霍日乐③十余张、西热格乐④一百个，还有一匹拴了缰绳取意联姻的白马，一头怀胎的乳牛，以报答岳母养育女儿辛苦之恩德。但是礼车被几个年轻人挡在大门之外，不让礼车进院，把门的年轻人发难道："你们从何而来此？门前停车为何事？到底要做何事情？"

---

① 缠特亿的呗：达斡尔人传统婚姻，在订婚之后，要举行缠特礼，新郎到女方家相亲送礼，请女方家亲戚部族吃席、认亲，叫缠特亿的呗。
② 娃特：达斡尔人自制的点心，用小米面拌牛油、白糖制成的小饼。
③ 霍日乐：达斡尔人自制的点心，用山丁子压成的面，拌红糖制成的小饼。
④ 西热格乐：达斡尔人自制的点心，用稷子米面制成的油炸饼。

对方一位年长些的陪送礼之人回答说："我们都是买卖人,远道而来路经此,走了一天天将晚,一没碰上个旅店,二没亲朋和故友,已经人饥马困乏,想到你这儿借个宿,歇息一夜明早行,请您给个方便吧。"

把门人又说："我们不识又不熟,不留生人来住宿,再说家里老少几辈人,人口很多不方便,请别枉费唇舌了,赶紧天黑前走人,去找别家借宿吧。"

对方说："我们有缘来到你们屯,已经借宿几家都不留,难道你们没有外出过?不解外出赶路人之苦?出门在外总不能,背着房子到处走,总会遇到种种难,恳请你们行方便,如果炕上没地方,住在屋地也可以,总比野外露宿好些吧?"

正在双方舌战坚持不下,苏如勤从屋子里出来,低声与把门的年轻人说,走个过场就行了,别太难为人家了。客人才被让进院子请进屋里。对方不但没有挑理计较,反而很高兴地接受了这一切,因为人人都明白那是自古留下来的规矩。

进屋后男方依次向家里人一一作了叩拜,并定下了迎娶的日子和相关的事宜,一切就妥当了,只等迎娶。这时的阿尔特当然早就躲了起来,婚前的姑娘是不能见婆家人的。

第二天全部族人吃过缠特之后,客人就返回了,一切安静下来,阿尔特从暂避的亲戚家回来,俯卧在炕上哭了好一阵子。起初她还没有理顺心情,朦胧中就是想哭。哭了一阵之后,她理出了心绪,她曾经如何向往过未来,那个未来不曾被她经历,那个未来应该是非常美好,相对于她走过的十七年的路,应该是全新的、未重复的。她虽然不知道未来是什么样子,但应该是遥远的充满幸福快乐的色彩,应该是她想象中的、向往中的。可是当一切都发生并决定下来之后,完全不是想象中的轻松愉悦,完全变了样子。她竟生出一种莫名的无望,一种无形的被锁定的感觉,一切都不为她做主,她就像一个棋盘上的棋子,在某种局限的范围和路线上被提起,又放下去,任凭摆布身不由己。所以她哭⋯⋯

母亲红阔尔坐在炕里摘着棉花,没问女儿一句什么。

很快,出嫁的日子到了。那天,天空飘着毛毛细雨,仿佛是个预示。阿尔特的心湿漉漉地挂在脸上。母亲红阔尔叼着长长的烟袋，坐在厨房的幺炕上，呆定着一动不动。苏如勤脸上没有表情，一个劲儿里外走动。阿尔特舍不得妈妈，也舍不得这个刚刚有了起色的家，尤其她作为女孩子曾有过的一切理想，都与现实相反。生活是怎么回事，她不知道。

娶亲的车走了，阿尔特没看见母亲出屋，直至上了大路，也没望见母亲的身影，阿尔特的眼睛立刻模糊了，她心里呜咽着唱到：

　　送亲的车哦，
　　你慢慢地走。
　　让我再望一望，
　　养育我的家园。
　　多留恋，
　　家乡的山和水。
　　更向往，
　　远处的风光。
　　呐有耶，呐有耶……

嘈杂过后，屋子里顷刻空掉，红阔尔才从呆定中起身，慌忙迈出屋门朝着远去的车辆翘望，半天才回到屋里，站在空空的屋里不知做什么好。一会儿又走到外边，望女儿远去的方向：

"姑娘啊！你就是家里的一个过客……"她叹了一声，"人呐！"又叹了一声，想起过世的两个儿子，"不过是生离死别。"

第六章

衮伦与漠能

那个现代的车轮

轮回的却是一杯盐水

让你变得更加饥渴

你苦苦地寻觅

焦热的喉咙

企盼淅得驱除热恼的清凉

1. 恐惧

　　南辉苏木看上去有点荒凉，在漫无边际的空旷地上坐落着两排房子。路旁的沙子一层一层，似乎比一路所看到的沙化还要严重，有的地方几乎就堆成了沙堆。风从身边刮过的时候，脸上就挂满了沙尘。所看到的牧民都穿着高筒的靴子和较厚的对襟长袍，有的头上还戴着保尔·柯察津式的帽子，目光悠闲自在。站在街道上四处一望，辽远无际的草原，除了蒙古包以外，稀稀落落的房屋有点被绿野衬得伧俗。哪怕是最简单的水泥砖瓦结构的房屋，也似乎破坏了草原的美。衮伦望着远方，若有所思地问起漠能："让你长久居住这里，你愿意吗？"

"恐怕不行。"漠能摇摇头说，"我宁愿住在大山林里，林子里每一棵树的叶子我都能和它说话,这里我有点找不到感觉。"她有点儿茫然地四处望望。

漠能说的找不到感觉，衮伦听起来并不陌生。在 A 城共同学习的那段时间里，漠能曾说："我在这里一点感觉没有。"

"你说的感觉是什么呢？"衮伦起初不解。

"我在林子里能听到太阳落山的脚步声，有时就落在肩膀上，风吹起来是有形状有颜色的，到这里就什么也感受不到了，好像成了瞎子聋子。"

那时，衮伦看着她眼镜后面能穿透人心的目光，常常觉得漠能是一个不可探知的谜，让人无法参透她生命里的奥秘。

她那次没有说到"害怕"一词，而是说了"感觉"。害怕是她童年时期的症结，就如她一生下来拼命的哭声，延续了七天七夜，直至上了小学还断断续续地哭，一直哭到成年。但骨子里的恐惧仍然没有因为成长消失，走出山林与众多的陌生人相遇时，恐惧加深。她说很多时候不敢与汉人接触，甚至对熟悉的汉人也怵于交往。她说她不知道自己在害怕什么，除了打怵与人交往之外，冥冥中的恐惧，并非因由什么具体的事情，那是深层的潜意识里固有的东西。那种恐惧，几乎断送了她正常的社交能力。在陌生的群体中，那种无形的恐惧，更是她融入人群的障碍。只有在林子里山水鸟鸣的环境下，与她自己的民族同处，才会有归至的放松和安全感。

那次，漠能看见衮伦被黑影罩住后的一天，衮伦正处于精神和健康的双重挤压。漠能坐在衮伦的房间，两个人挖掘着内心的漏洞，说起因自身的漏太多，所以就有痛苦烦恼等等的玄话。而就在那刻，漠能突然睁大眼睛向衮伦的床头探去："那是什么耶？一个黑影。"

片刻，她又说没了。

衮伦已经被她吓住，但还是硬撑着一副无所谓的样子。其实，衮伦仅看漠能那锥子般的眼睛直盯住一个点的那刻，就足以被她骇人的目光摄住，何况她那能见常人所不见的眼神，比鹰眼还犀利。很多人都有过被她的鹰眼吓得低头回避的经历。

"没有了。"担心衮伦害怕,她又重复了一遍。

然而,这已经给本来精神脆弱的衮伦又添了一层阴影。当漠能出去后,她躺在床上,被全身既不是疼也不是痒的某种紧皱皱的感觉缚住,一个很大的黑影出现在屋子里,发出沉沉的叹息和粗粗的呼吸,衮伦恐怖地蒙住头不敢动弹。不过那个黑影似乎没有伤害她的意思,却是不即不离。衮伦蒙在被里全身湿透,使劲地念诵六字大明咒来壮胆,直至曙色微临,她才放松。如此连续几个夜里,那黑影都不期而至,衮伦就又蒙上被子拼命念咒。后来叫来漠能相陪,但是漠能一来黑影就不见了。衮伦只好一个人挨着,黑影一旦出现就拼命念咒。如此她无比感恩仁钦喇嘛传授的咒语,助她度过了磨难。

她又去了那座皇家寺院,仁钦喇嘛就住在那里,那是衮伦一到A城漠能就带她去的地方。到了师父的住处,门暗锁着,衮伦便走下楼去登记处等候。整整一个下午,当阳光的余晖罩在寺庙的瓦盖上变成橘黄色的时候,仁钦师父匆匆地从大门走了进来,见面就说:"你等了我一个下午,来,进屋吧。"

衮伦笑着点头,跟着师父的快步走向二楼。望着仁钦喇嘛直直的后背和快速的步履,心想,这哪里像八十岁的老人?

进了屋子,仁钦师父如同以往一样,拿出糕点倒上奶茶,衮伦捧着茶杯坐在小板凳上,两条酸累的腿立刻轻松下来。

"我什么也没做呀,为什么会这样?"大致叙述了自己的遭境之后,衮伦十分不解地问。

"你这一世没做什么,是过去世做了什么,人都不是一世的因缘。"仁钦师父简短地作了回答。然后他要了几个衮伦过世的亲眷的名字,说要超度念经。

衮伦又问了一个一直困扰着她的问题。

仁钦师父又很简短地说了一句:"要忍,做一个最低矮的人。"

但就这一句话,衮伦经了五六年的时间,才体会其中甚深的含义。而当时的衮伦并没听懂那句话。

2．乌力萨满

认识乌力萨满，是漠能一年前的因缘。那是草原每年一次的盛会，乌力萨满应邀做了一场跳神表演。虽然起初他犹豫过，因为表演萨满不合规矩，但禁不住上边的劝请，碍于面子还是做了表演，结果回去后遭到了惩罚。

那天，在表演结束后的招待席上，漠能和乌力萨满坐在一张桌旁，提酒的时候，四只眼睛碰到一起，双方都被对方的目光镇住，都说那双眼睛非同一般。当时乌力萨满说了一句话，让漠能埋下了以后拜谒他的期望。一年后，机缘果然成熟。

经过几处询问，她们得知乌力萨满并不在苏木，而在很远的苏木北边的草原。一位青年牧人应她们的请求把她们驮上了摩托车。

草原上的路平坦开阔，摩托车带起的风成了无数只钢针，钻进她们单薄的衣服里，即使相互抱紧也无济于事。走了足有十华里的路，一个小白点远远出现，从最初孤零零的圆点，渐渐清晰成一个白白的蒙古包。

衮伦说这哪里是现实啊，分明是一幅梦中童话。

在无限的猜测和好奇下，她们终于到了门口。然而那突然狂吠起来的两只大狗仿佛看到了魔，拼命挣着锁链扑向她们。这使衮伦突然产生了莫名其妙的防护警惕心理。她知道，狗看见的一定还有她们两个之外的无形存在。

闻声出来的两个女孩子挡住了狗。

蒙古包里宽敞明亮，一进屋迎面的大铁炉子散发出温热的气息，两个冷透的身躯，顿时被扑过来的热气包围。衮伦的注意力一下就落到了萨满的身上。他坐在靠北的一张床上，不高的身体犹如一座结实的小塔，说话间，伸手取下帐篷上挂着的念珠，斜挎在身上。那珠子暗褐色发着隐隐的光泽，显示出某种工夫和岁月。

高高的蒙古族妻子端来热气腾腾的奶茶，淡雅清香而又纯正的香味，顿时弥漫了空间，衮伦立刻觉得身心内外都被温暖包住，只是不知所以地紧张。那股时常积聚在她后背的凉气，又嗖嗖地在她身上聚拢，游无定所地在她身体内窜动。衮伦警惕着萨满和他的家人，包括那两只大狗，眼睛一刻不放松地盯着随时都有可能加害于她的某种暗机。她身体紧绷，明显地被一股气控制着，丝毫不能放松。

漠能和萨满交谈，各自使用鄂温克语和鄂伦春语，衮伦有很多听不懂的地方。尽管衮伦的外婆红阔尔是鄂温克人，母亲阿尔特也经常与几位鄂温克亲戚说鄂温克话，但那洒落荞麦粒一样播下的鄂温克语，衮伦没学会几句。衮伦和漠能坐在靠西边的单人床上，隔着漠能，衮伦一直警惕着萨满不时扫向她的目光。那个无形的力量就一直紧绷着她，脖颈及后背都变得僵直。

漠能请乌力萨满去鄂伦春为她作法，萨满说："你的萨满神太大了，我一个人不具备力量，除非再有一位萨满配合才能行事。"

然后萨满介绍了一位他的同行，如果有机缘的话可以同去。

他们的话题转向衮伦，漠能指着衮伦说："她也……"

衮伦连忙止住了她。她一直没有忘记上车前自己的承诺和男人的叮嘱。

而乌力萨满却说："她没事了。"

衮伦非常好奇，脱口竟说："我害怕。"

这时候，衮伦的紧张和畏惧心理有所缓解，但她依然不敢贸然开口。这期间进来一对年轻夫妻，领着一个孩子，萨满转向他们，解决他们的问题，衮伦这才有了松一口气的机会。夫妻走后，萨满在漠能的提问下又说起了那次表演，衮伦的警惕便彻底放松下来。

萨满说那场表演是不该做的，因为回来后眼睛就什么也看不见了，半个月里两眼迷黑，他非常紧张，知道冒犯和违背了规矩，便诚心忏悔，做了一次法事，才渐渐恢复了视力。

衮伦隔着两三米的距离，望萨满那时显慈悲时显犀利的眼神，陡然心生感恩。因为无论衮伦和漠能都清楚，来访者的任何试探或不真诚的心理，都会在萨满头天夜里的梦境显现，衮伦不是来看病他当然知晓，但他还能指点什么，足以说明他善良的本心，以及大家的善缘。不然，按着萨满的规矩或脾气他完全有理由不予理睬或干脆支走。因为梦中没有预示的来访，他也无法解决。

"我们来之前您一定知道了吧？"衮伦由于身体已经松软下来，也有了较轻松的提问。

"你们的佛昨天就已到了。"

萨满的回答让衮伦和漠能不由得惊讶对视，尤其衮伦的惊异超过漠能。她不免又把目光落到那串暗显光泽的念珠，它一直像一把武器斜挎在萨满身上。实际上，具有那样褐亮圆润光泽的念珠，已经超出了单独记数的功能，某种程度上已成为具有加持力的法器。衮伦不由想起巴日系额特沃不让孙子苏如勤摸念珠的陈年往事。一串念珠有了加持力，真的是不能随便让人触碰的，尤其业障深重的人，不然会消除它可能具备的某种加持与护身功能。

萨满为漠能做了简单的法事，让她站在一米开外，闪开她身后的一切，然后捻着念珠念了一阵什么，接着就向漠能身上连续喷去三口白酒。不知酒的力量还是萨满的威力，偌大的蒙古包里顷刻变得青雾蒙蒙，忙着包饺子的人也变得人影模糊。

草原的天空落下了帷幕，萨满家人一定要留客人吃饭，到草原哪有不吃饭就走的道理？是的，大家的习俗都一样，不必客气。其实从进包里，就一直不停地喝着奶茶，但那是茶饮，饭是必须要吃的。

吃完了如同小羊羔般的饺子，该告辞了。衮伦问萨满，以后有什么事情可否向他请教？

"当然可以，都是萨满。"

"啊！我……？"衮伦惊住，和漠能的目光又撞在一处。但漠能的眼神远没有衮伦惊撼，倒是有种"事情就是这样"的波澜不惊。

天已经完全黑下来了，像一个巨大无边的锅盔，严实地罩住了本来无一物的草原。夜晚非常寒凉，主人为她们准备了御寒的蒙古袍子，用手扶拖拉机把她们送上了路。那棉袍子真的是件宝贝，把刺骨的寒冷都挡在外面。

在路过一段沙石路的时候，漠能说："我的眼前全是白色的光球滚动，就像你那段时间看到的一样。"

衮伦稍怔了一下，又转为不以为奇。她不记得是否告诉过漠能，在那小女人给她做过什么仪式后的几个夜晚，一闭上眼睛就有许多透明的光球在眼前滚动。不过无论她是否告诉过漠能，漠能早就感受到了，只是在又出现的时刻提提而已。

回到南辉苏木，在一家个体小旅店里她们住了下来。虽然不算舒适却也有着不同一般的清净。一切都显得寂静安然。两人同时进入梦境，早上一睁开眼睛，同时向对方告诉自己所梦，竟然一模一样，但一会儿就都忘得一干二净了。

早晨，她们身心轻松地坐上了返程的出租车，走了不到一个小时，衮伦忽然觉得自己的后背不敢靠在后背垫上，她不相信那种已经消失的感觉会重新回来，便刻意试探性地又靠了靠，果然那种被刀片刮痧般的不能与衣服摩擦的痧痛，顿时给她带来了巨大的沮丧。心脏也开始刺痛，头脑又出现了以往的混沌不清。来时的轻松愉快以及早晨的美好感觉荡然无存。几个人挤在一辆吉普车上，不知是车旧还是颠簸，回程的路显得漫长遥远，如何也走不到终点。由于又开始忍受原来的病痛，衮伦的心情急转直下，她不知是什么地方又出了差错，本已像卸掉了一座山的后背又压了上来。她默默地低头任凭沮丧罩住了自己。转头看漠能时，她也是一副黯然，眼睛里充满了无助。

"我的心脏后背又开始疼了。"

"我也难受。"漠能果然与她外在显示的神情一样。

路还是那么漫长，苍黄辽远，仿佛一生都走不到尽头，来时的感动变得无着无落的荒凉。由于心情糟糕，近五个小时的路她们只注目了一个景物。

"那边一簇一簇的草不会是山羊吧？"

"是啊，有胡子有角，头发还向后背着呢。"

"那可能是凝固的羊……"

"也许是，我的心在里边包着，有时候都会凝固呢，何况那风吹日晒的东西。"漠能无精打采地说。

3．黑光与黄光

回到巴彦乌海旅馆，衮伦的后背仍然隐隐作痛，夜里竟然也不敢关灯，一闭上眼睛，空间尽是奇形怪状的黑影。看到漠能两次翻身，衮伦还是关上了灯。很快，漠能那边就传来了让衮伦羡慕的鼾声。那是漠能的享受，无论什么情况下基本都能安然入睡，且一觉睡到天亮。衮伦则再三地折腾如厕，好不容易有了睡意，曙色已经微微地显露窗棂。衮伦进入朦朦胧胧的状态，忽然被一种奇异的境遇惊醒,她发现她的身体正在离开床铺平平地向上飘升，接着被一只很大的手从后背托起，像悠车一样前后把她悠了起来。衮伦既震惊又不敢吱声也不敢睁眼，唯恐像神话故事里所说的那样，一旦睁开眼睛就会从空中坠落。在无比惊撼又极快乐的感受中，衮伦在空中被悠了很久，然后又被慢慢地放了下来。当她的身体一落到床上的时候，立刻睁开眼睛，窗外已经发亮，不过还不到起床时间，漠能正睡得踏实，衮伦复又合上眼睛，继续回味刚才的情境。

而就在那一刻，她又进入另一种奇遇。

一道既真实又缥缈的声音，在衮伦的左耳响起。那声音清晰浑厚，异常亲切，仿佛从邈远的空中荡来，又仿佛就在耳边垂护："孩——子——，这一段就别读《卷经》了，读《解脱经》，第……段……"

由于同时出现了漠能打电话的画面，衮伦没有听清后面的内容，便问："第几段？"

结果那声音又一字一字地重复了一遍，无比清晰。

顷刻，衮伦坐了起来，竟然是早晨五点钟的光景，天色已经亮了。她急忙盘上双腿双手合十谢恩。

这时漠能已经起床，她停下手里正在叠着的被子，一副诧异的目光盯住衮伦："怎么了？"

衮伦把所有的细节都告诉了她，就连那个省略的没敢写出的内容也披露无遗。那是数字中最吉祥的数字组合。除了漠能她不能向任何人说出境界里的全部，尤其最细节和最重要的部分。她知道那是不能说的。这是受巴列沁姨妈的影响，从小就知道的包括老人，尤其雅德根都要墨守的规矩。

漠能却说："你不要太着相了。"

衮伦知道漠能是担心她出什么偏差而予警告，但她不以为然。因为那不可思议的境遇并非她的臆想也并非梦境。她清楚，要从一种混沌的状态中脱离出来，确实需要那些智慧的文字引导。

她仍然沉浸在那境界里回味那道声音，"对了……"她忽然自言自语道，"那是《西游记》里如来佛祖一样的声音。"

其实，在漠能和衮伦的背包里，都装有那本提到的经，但由于她们要赶早班的车次返程，没有时间对证。就在两人收拾东西的时候，漠能忽然盯着衮伦的头顶说："你头上有一圈黑光，"看了一会儿又说，"又变成黄的了。"

"我有灾难，但会过去。"衮伦与其说是在承认，不如说是在安慰自己。这与她很久以来面对灾难时的态度一样："一切磨难都是暂时的，都会过去的。"

但她不知道她所遭遇的一切磨难原因在哪、怎么摆脱或解决。其实很多人包括漠能，也不甚清楚，如何把那些苦痛烦恼变成快乐。好在衮伦有一个可以自励的清醒剂，她相信所有的病痛都是暂时的，所有的灾难也都会过去。

上车的时间临近，再没有时间讨论什么黑光黄光，两个人抓紧退房结账，匆匆赶路。奇怪的是，就在车站附近，她们无意间与一位出租车司机的对话，竟然引起司机愤怒，与漠能对吵起来，衮伦上去劝了一句，不料他又冲着衮伦喊了起来。仿佛三个人都中了什么魔法，言行失去常规。过后衮伦很是诧异，从不与人发生争执的她，怎么瞬间就与司机发生了争吵？

两个人返程的车一个向东一个向北，漠能比衮伦提前半小时上了火车。但在上车前，她就像嘱咐孩子一样，反复叮嘱衮伦注意安全，在她上车前过马路的时候，还拉着衮伦的手，要她注意来往的车辆。这使衮伦想起以往所有两人穿行马路的情景，漠能总会扯着脖子喊："车——车—— 这世界就你一个人呐？"

在衮伦的意识里，似乎有一个道理：车辆自有规则都会躲着行人，哪有那么多的危险？凡发生事故的，都是宿世的逆缘，绝不是偶然的。

漠能上车后，在衮伦等车必须两次穿行马路的半个多小时里，四次打电话，关照衮伦注意车辆安全，连上厕所也不要她一个人去。这让衮伦觉得她

095

太操心了，真像一个母亲不放心自己的孩子一样。不过后来，衮伦明白了漠能的担忧所在。

衮伦一进家门还没坐稳，就拨通漠能的电话，告诉她已经平安到家，漠能竟说："好了，没事了。"

"能有什么事哦？"衮伦淡淡地回应。

"我眼睛里总出现你歪歪斜斜地过马路的样子，有时就看不见了，"她说，"担心你害怕又不敢告诉你，只好一个劲儿'骚扰'你，"她似乎笑了一下，然后又说，"好了，好好休息吧。"

衮伦放下电话，似乎看到了漠能那不时显露忧虑的目光，又习惯眯起眼睛微笑的神色。经过漠能一说，衮伦才想起路上脑子里出现的一个画面，似乎蕴含着某种预示。

那是她闭着眼睛也许假寐了一会儿的时刻，脑子里出现了一辆肇事货车停在路上，后边的车轮下，有两辆自行车被卷进车底，却不见撞伤的人。当时衮伦没想到这与她有什么联系，与漠能的反复叮嘱又有什么关联。

以后的半年中，又于假寐时出现过三次类似的画面。第一次，衮伦走出家门刚走到马路边上，一扭头，见一辆奔驰的大卡车从东而来，她还没有做出任何反应，身体便瞬间消失在卡车下，但是，她没有看见身体在车下的状态，更没有感到碾压的痛苦。第二次，同样是一辆大卡车，地点在另一条衮伦时常路过的街上。卡车同样从东面向西开来，衮伦站在路南刚要行动的时候，就从车的正面瞬间消失。仍然没有看到车下的身影，也没有疼痛的感受。第三次，一辆手扶拖拉机载着两个人从她家东面的马路向西奔来，衮伦一出现就旋即消失在车底……

如此几次相同的预示，衮伦确信冥冥中有个提醒，再也不敢坚持"车辆自有规则"的想法了。每次出行的时候，都格外小心前后左右的车辆，无论大车小车乃至自行车摩托车，只要是车，都小心着。然而一旦与家人同行放松的时候，就总会遭到训斥："这是你家的院子啊，想怎么走就怎么走？"

于是车祸一直没有发生。

4. 暗影

那天和漠能通过电话，衮伦心情很好，未想一句无关痛痒的话，成了愤怒的导火索。衮伦刚对男人说了一句什么，不料被一股猛烈上冲的火气攻得失控，喊了起来。实际是她一个人在喊，男人只是看着她瞬间变得脖颈僵直扭曲，脸部变形，上下牙发出撞击的模样惊骇不已。那时候她正站在离洗手间很近的墙壁镜面前，不能控制地爆发，过了一阵后，她有了点清醒的意识，可能感觉自己的样子一定丑陋不堪，便迅疾转身进了卫生间，以免继续展示丑陋。但那火气又转瞬冲到了她的嗓子眼，变成另一种声音，她开始说起那种不是人类的语言，激烈并夹杂着呜咽。片刻，那股火气冲出去后她稍显平静，便又用汉语说起一些莫名其妙的话来："我是愚者，我什么不懂，你们应该教我，或者暗示，这样子老挑毛病怎么能行？大家应该和平相处……"

男人早已静如湖水，只是盯着已经陌生的女人有点悲哀。他担心那个一触即发的东西，仿佛一粒火种包在一团棉花里，随时随地都会触之即燃烧伤他们，使双方都变得丑陋不堪。这种担心持续了很长时间，他们饱尝了其中苦楚，不堪忍受把人变成鬼变成魔的折磨。

"这回你懂了拔（吧）？"当衮伦诉诸漠能的时候，她把尾音提得高高地说。

"我那时总不理解，你怎么会突然中邪似的爆发。"

"就是那么回事。"漠能一副过来人的样子。

亲身经历之后，衮伦理解了漠能时不时突发火气冲天的行为。那是不能自控、毫无意识、毫无理由的骤然发怒，稍后又即刻平息，与之前判若两人。这一切完全是身不由己。

当天夜里，衮伦依然不敢睡觉，闭上眼睛就看见一些不成形的东西和很多人头交替出现。一个白发苍苍的老人，拄着拐杖很忧愁很无奈地站在她的眼前，然后一条游弋的黑蛇从眼前飘过。衮伦一会儿睁眼一会儿闭眼，不知把眼睛放在何处才能清净。最后在她的眼前几乎是脸对脸的空间，出现了一个单眼皮头发齐齐的幼女，一脸光洁粉嫩，眼睛直视着衮伦，许久才消失不见。如此折腾到天色大亮，一个黑黑长发遮住了整个脸部的女人头，出现在床头，衮伦睁开眼睛，已是一屋子的阳光，太阳早已升得老高。恐怖晦暗的黑夜终于过去了。

永远也不要黑天吧！衮伦余惊未消地叹息。

起床后剧烈的头疼让衮伦的眼睛鼓胀难忍，全身绵软的她只喝了点稀粥就打发了早餐。过后，她一会儿哭一会儿笑，男人眼睛里充满了哀凉。一天的开始，似乎在夜里就决定了不利，致使一切都变得暗昧混乱。

男人正在沙发上看电视，猛然听到另一个房间里啪的响声，随即听到衮伦怒冲冲的声音："你们都给我滚，没脸的东西，我什么都不怕，什么都不做……"

一会儿，见没有了声音，男人闷闷地站在衮伦身后说："上医院吧。"

"我没病上医院干什么？"她转过身，无事地看着男人。

男人没有吱声，但他既不肯定也不否认衮伦的话。从十年前开始，衮伦就断断续续地被一些"疾病"折磨着，尤其每到春节加重，直至后来出现无所不在的暗影幢幢。但是所有医院检查后出示的诊断都是神经性疾患，或是中医的气虚。后来连拖把都拖不动的时候，不得不去用药，可也只是头一天见效，第二天平平，第三天则反而加重。他们再也不敢治了。

那都是你的异熟果，是你过去世的种子发芽，也即你心识上俱足的境遇现起。就如你春种一粒豆，绝不会秋结一只瓜。

5. 串气

衮伦的状态日复一日糟糕，尤其夜夜魅影使她怖畏所有的黑暗，就连夜里去卫生间通过墙上镜子照出的身影，都让她仿佛看到了鬼魅。她完全坠入了一个巨大的无形的魔网，脸色犹如挂上了洗刷不掉的黑霜。这时，妹妹从草原给她打来了电话，说请教了她的藏地上师，上师说让衮伦第二天早晨跟他通个电话。衮伦如大海中的孤舟得到了船帆，立刻照做。

"昨夜给你念经了，没事，"喇嘛说，"无论看到什么，都是假象，不要颠倒妄想，不要让你的心思随境而转，不要让它具体化，就像大海看见自己的波浪，像天空俯瞰飘过的云，让它升起也让它消退。"

当那年轻的喇嘛用藏语的音调一字一顿慢慢说给衮伦听时，衮伦的身体发热，手心潮湿，额头也冒出了汗。虽然她听得似懂非懂，却也觉得非常受用。

然后喇嘛在电话那头一个字一个字教衮伦念咒。"越多越好，至少每天一千遍。"

衮伦自然不会疏忽这难得的拯救，当天就念诵了两千遍咒，感到精神良好。夜里就梦见自己在一间带有西窗的屋子中，看到窗上露出一块蓝天，靠窗很近的外边，还有一处坡形的草皮，上面长满了新绿的小草和鲜艳粉色的花，旁边一位手握钢枪的解放军战士，一身黄色的军装精神饱满，满脸朝气注视着衮伦。衮伦不甚明了其中的寓意，循女人告诉她说："那是保护你的神灵，以那种样子出现。"

衮伦一点没有怀疑，那是她长期以来所有暗色梦境里第一次看到蓝天、亮色、有生命的绿草，特别是那种鲜亮的人，以前从未出现过。

可是好心境好身体没有维持多久，第二天晚上，衮伦又遭到了袭击。她正一个人看电视，骤然间一股飕飕的凉气从脊椎窜进她的体内，继而窜到前胸，一会儿又窜到腹部，全身紧张痛无定所。尤其胸腔心闹的折磨，使衮伦气机紊乱，呼吸发生了严重的障碍。那种倏忽而至的邪气如同脱缰的野马，在她的身体内横冲直撞，她全身冰凉、眼睛涩滞、脖颈僵硬歪扭、身体紧绷。恐惧中衮伦连忙拨通男人的电话，同时告诉了循女人。

循女人说："我是否过去看你？"

衮伦说："挺远的，先不用来，已经打电话了，一会儿他就回来。"

然后又告诉漠能，漠能却说："我现在也不舒服，心口凉森森的，毛衣都穿上了，你的心也凉么？"

随着漠能发问，由于邪气乱窜所导致的全身冷硬而被忽略的心脏，渗透骨髓般的冰寒凸显出来。那是一种说不出的感受，那不是冷，是阴森森的瘆人的寒凉。更让衮伦无奈的是,她没有丝毫防御或驱逐的能力,只能任其折磨。

男人很快回来了,并按着循女人的吩咐,用专用的纸和燃香做了一些简单的仪式,然后带上水和米饭走出去……

一会儿,屋里的衮伦突然感觉身体有了温度,心也停止了闹腾。当那温度明显地遍满衮伦的全身,脖颈和身体也柔软下来时,男人的脚步声出现在楼道里,门也随之被拉开了。

"我没事儿了。"衮伦望着男人探询的目光说,就像遭遇了一场有惊无险的游戏。

"都走了……他们到底要干什么?"衮伦不解地说。

"管他干什么,走了就好……"男人并不在乎。

但是如果不走,继续让自己处于刚才那种情境,简直无法想象,衮伦一点也轻松不起来。

以后的很长一段时间里,衮伦和男人就这样频繁地打发如此来客,但时间久了,他们仿佛已经不满足没有究竟结果的遣送,打发失去了作用。衮伦几乎成了气站,他们想窜就窜,想息就息。直至两年后,衮伦得到了一种究竟的解决方法,那些"气客"才罢休。

你以为这是迷信,是你不了解宇宙人生的真相。世间万事万物的发展,都有共同的规律,这就是哲理。而这个哲理,仍然是有局限的,缺少普遍性的,那么谁能够把宇宙的真实相,彻底显现出来呢?那就是如来如去的智慧。

6. 巴日肯

衮伦梦中不时游走于居无定所变化多端的场景,许多看上去没有联系,实质暗藏着什么的场面,显示出她的潜意识模糊混乱。她时而抱着孩子,时而又碰上几个说"孩子不冷么"的男人,时而又看见许多孩子和女人在一个屋里……继而徘徊于一个毫无背景的空间,置身于由一个精致容器燃出的青烟之中,有熟人在一片蓝光中祈祷……一会儿衮伦又走向北边,在一群人中去找一个朋友，在经过几个小房间的门时，被领导的父亲关在门外。衮伦则扭头继续向北方走，到了一片田地，看见领导的女儿躺在那里，她告诉衮伦说："你装作腿疼吧……"

衮伦知道女孩的意思，是让她躲避不知所以的跟踪，就进了前面出现的一辆黑色列车样的门里，但是女孩跟了进来，接着又进来一个男孩，说："进来真麻烦，还得脱鞋。"

这时，领导的妻子借口寻找女儿也随即跟了进来，衮伦吓得立刻躲进另一个小间壁里……

"给你的亡女化点纸钱吧。"循女人每次的化解都是暂时的，而暗昧中的衮伦仍每每照做，继续处于混沌中，无力改变处境。

由于同样的暗昧，即使循女人出于一片好心开出良方，也无法使衮伦摆脱缠缚状态。那天衮伦看到循女人时，她正在自家门口准备进屋。进了屋就说："放下你的电话，就身体不好，今早起来也不好。"随之，在沙发上还没坐稳，她就扭曲起来，脖颈僵直歪向一边，非常痛苦的模样，与衮伦那天的样子极其相似。衮伦想：我也曾经这么难看过么？

循女人说："她就是不能大附体，要是说话就好了……"

衮伦看着她痛苦的样子和瞬间阴阳两处的丑态，如同看到了自己的丑态和痛苦，立刻对自己有过的遭遇生起厌恶：我绝不能做这样的人，太丑陋了，阳光下的生存多好啊！衮伦想起自己也多次出现过这般模样，都是在毫无预知的情况下突发的，完全不能自主。

坚决不能、不能……可我怎么解脱？衮伦看着循女人扭曲的模样，心里反复问自己。

半天，循女人恢复了常态，脸部出现了笑容，人间的姿颜又回到了身上。其实循女人笑起来很美，眉毛弯弯的眼睛犹如月牙。她竟然还关心着衮伦："你的病，如果答应领奉他们能好起来的话，就应供吧。"

衮伦毫无表情。其实她有点不喜欢那种暗昧的事情。她喜欢看见水果、鲜花出现在潜意识里，是因为她会生起重返人间的希望，会一整天心情愉快，身体也会轻安。可是这样的情形不会持续多久，没有彻底解决的症状会反复出现，她又会陷入头沉背痛心闹的境地。

那天晚上她还没有合眼，幻觉中又出现了许多模糊不清、奇形怪状的物体。衮伦就睁着眼睛，始终不敢闭合，唯恐一合上眼睛那些东西又出现。后来她看到已故的巴日系额特沃在厨房为一个女人擦澡，女人还穿着衬衣。衮伦则端着一盆热水给另一个女人送去。那女人高高的个子，很像经常出现在衮伦梦中的空女人，她说："这儿有点凉，找个有太阳的地方。"

衮伦说："窗户根下很好。"

空女人说："烟囱根下吧，这儿更暖和。"说着端起水盆走到房西的烟囱根前。那是衮伦儿时的家园。房子是茅草塔头黄泥材料构造的，烟囱则像一座小塔，连接着中间隔着鸡架的房子。在衮伦的皑乐里，达斡尔人家的房子，都是那种房子连着西边烟囱的造型，如果是三间的房子，则东西都有一个小塔式的烟筒，且留有一整个下午都能看到柔和太阳的西窗。夏天的时候，西窗吹进凉爽的风，冬天则把阳光暖暖地接进屋里，屋里很亮。

霍日里巴日肯，这个达斡尔人口中常提到的烟筒神，就一下出现在衮伦的意识里。而空女人的每次出现，都蕴含着衮伦或解或不能解的寓意。那么，神灵们的旨意是什么呢？

接着那个双手拄着龙头拐杖的老翁又出现了，一袭白衣飘曳，一头白发和山羊胡似的胡须前翘，总是毫无背景，虚幻缥缈，而且就在胸前一米的位置，一双眼睛无奈无助地观望衮伦，然后又望向远方，有不尽的期盼和等待交织一起。衮伦不知白老人一再出现要预示什么、与她有什么关联，也不知与空女人有什么关系。

衮伦很是难过，不仅头沉背痛，心情也格外忧郁，眼窝里一直盈着泪水却不肯掉落下来。

"出去换换空气吧，吸收吸收阳光。"男人说着把衮伦带到街上。

五月的阳光明朗柔和，宽敞的大街气派坦荡，把所有的景象衬得明明白白毫无隐晦。虽然路两旁的杨柳还是不见抽芽，衮伦仍然感到了春天就在身边，一身的晦气也暴露在阳光下疏散开来。

走了一阵，衮伦渐渐感到身体深处仍然盘踞着什么阳光度不到的东西，心里不免又生沮丧。太阳还是与她相隔遥远，五月了，春色还不肯露脸，夏天什么时候可见呢？她的身心内外寒凉，何时才能摆脱？

就在这时，手机突然惊天动地地响了起来，衮伦犹豫着接或不接，手已经举到耳边，她知道一定是漠能有话。

"那天你听到的声音是没错的，就读《解脱经》的第……段，并抄写下来。"

漠能的声音有点沙哑急促，担心衮伦记不住又念了几句那段文字。衮伦知道两人都已胆寒，唯恐通话再引起双方的身体串痛。但衮伦身上那阳光怎么也照不透的阴气，竟慢慢地驱散开来，也才想起曾经叮嘱漠能的话，让她睡前求求她的萨满爷，确定一下，衮伦在那个草原的晨曦中，听到的嘱咐又不敢肯定的段落，究竟在哪个页码。果然祈请有了准确的答案，那是一个章节里很长的一段咒语，萨满爷让漠能和衮伦都读诵那个章节，尤其那段咒子。两个人便照做下去。

第七章

痛苦啊，妈妈

死
无须等待生病
突然地垮下来
停止你的运转
犹如车子突然抛锚
今天也许你还是好好的
明天就可能去见阎王

1. 虚假的婚姻

阿尔特嫁到讷谟尔流域的一个达斡尔村庄不到两年，就成了孤儿寡母。而她不过是一个十九岁的大孩子。在那个大家庭里，她那本有的少言寡语的性情变得更加沉默。如果过去的奉献尚有期盼中的丈夫作为支撑，那么后来的付出，则纯粹是为了公婆一大家人尽媳妇的义务。早晨，她仍然像以往早早起来做好一大家子的早饭，然后里外收拾洁净后，便站立一旁侍奉规矩一大堆的公婆细嚼慢咽。饭毕再端上清水为他们漱口，然后再把长长的烟袋装满点燃,送到公婆手中。如此毕恭毕敬地侍奉结束之后,才撤下饭桌,到厨房的一角自己用饭。这是这个民族自古传下来的规矩孝道,谁也不能例外。阿尔特就在这样的光景中日复一日,年复一年熬度。她的青春在锅台边磨损,在缝补浆洗中皱褶。遥无可望的岁月在无人过问无有休止无有温存的劳作中一点一点发黄,一片一片憔悴。唯有不谙世事的儿子,是她脸上慰藉的笑容。而那短暂的夫妻情分的怀伤,让她终日生活在已逝的温情里,成为萧索枯燥岁月里的温馨佐料。也使那只有七天的夫妻情分,被捂得极其清晰漫长。

那是一年前的初春,大地经过一冬的沉睡复苏绽放,把第一场贵如油的细雨送给了出嫁的姑娘,但那如油的雨丝,不但没有得到欢欣接受,却成为一种带有某种寓意的担忧。就在那样的季节,那样的一天里,阿尔特被匆忙娶进洞房,隆重地做了新娘。那些冗繁的礼节规矩,那些沉重的头冠、金钗、玉佩环饰、绸缎锦织等等的穿着佩戴,特别是高高的和满族女人一样的白底儿鞋的约束,让她在众人面前板板地挺了一天腰姿,待到众人散去之后,她卸下装束累得几乎动弹不得。由此她想,女人头上身上耳上甚至脚上佩戴的东西,看上去是为了漂亮显富,实际上纯粹是女人的枷锁,女人在不惜支付重金得到它们、向往追求那些东西的同时,忽略了它们约束的实质。

男人就是省事,胡子就是胡子,脸就是脸,本来面目无须掩藏。所以说男人比女人早修五百年呢,根本上就可能比女人障浅。所以女人要受链子、环钏等的约束,受高跟鞋的折磨,很可能是把无始就带来的制约,演变成了金银珠宝环钏,并演化为美的修饰,或者一种表面上的虚荣。

为什么把脸涂得那么厚重?为什么要有那么多的瓶瓶罐罐的什么抹到脸上?会抹的抹了个假脸,不会的则涂了个丑贱。遮起本来面目,遮什么呢?

阿尔特新婚装束背后的暗苦,几乎让她记取了一生,直至许多年以后在女儿面前提起的时候,还感叹着说:"那些东西沉得,脖子都压得酸疼。"

婚姻转瞬成为噩梦,现役军人的丈夫身不由己,在短暂的假期里操办了隆重的婚礼之后,仅仅七天蜜月就被叫回部队。阿尔特甚至还没有记住丈夫的容貌,还没有说上几句温暖的话,一切就匆匆结束了。

丈夫回部队了,另一个生命却浑然不觉地植入她的生命宫殿。从此,在没有男人的新家庭里,她的岁月支撑起眷恋以外的又一片希望,于是她守望的瘦削日子,渐渐变得肥壮。

2. 遗孤

当烦热的夏季迎来了秋实,又藏满了冬仓的季节,冬的萧索并没有遏制住那个生命撞入凡间的欲望,他拼足了蕴蓄十月的力量,冲出了黑暗的宫殿,然后在一把老迈的剪刀中与母亲隔断了牵连,同时也隔断了前世的记忆。那双粗糙的手,从剪断他们母子连接的刹那,就暗示着后来母子将永不见面的未来。也许,阿尔特与儿子的缘分,只是把他带到人间。

儿子的降生并没有给阿尔特带来多少福惠,在婆母几次"我生孩子时,七天就下地做饭"的唠叨中,她支撑着虚弱的身体又开始了侍奉一家人饮食的劳动。锅台和厨房几乎成了她的天地。那个时代的女人,做饭就是天职。

没有丈夫的日子,没有温存疼爱,难受痛苦无人诉说更谈不上呵护。在她的民族中,媳妇不过是一家人中干活的人而已,何况没有撑腰的丈夫在身边抚慰。阿尔特没有怨言,一切都是应该做的。

冗长的季节冬夜深寒,阿尔特的全部温暖焐给了幼子。在她不遗余力地抚养孩子,不假丝毫懈怠地侍奉一家人饮食、缝补的天光中,夜熬得太深了,晨起得太早了,在捞好小米饭放到锅里蒸的空当,她竟然睡倒在锅台边上,结果被烧到灶坑外的木火烤醒,才不至于糊锅出事。阿尔特吓坏了,从那她再不敢有丝毫的打盹、疏忽。

苦难岁月中熬过来的阿尔特,几乎没有心情去在意或去欣赏春光夏花的繁荣,唯有那一条南去的大路,是阿尔特常常眺望的风景。那是她丈夫离去的大路,什么时候,那个英俊的身影会奇迹般突然出现在她的遥望中?遥望已经成了习惯,不经意中或下意识地,总会在进出的时候,望一下那个温暖的方向⋯⋯

那个冬末的下午,那个方向真的出现了一个身影,真的是一位军人。但是,那不是她的丈夫。那人送来了从此望断的消息:在一次行军中,丈夫没有在战场上阵亡，而是死于那个时代流行的伤寒病……

阿尔特的支撑犹如一条绷着的长线，砰然断了，在来势迅猛的打击中或许还没有相信丈夫的死讯，但是当一纸死亡证明书像魔鬼展现在她的眼前时，她旋即接受了那个事实，纸就是死，死就是诀别。如果没有那纸书呢？她转身把纸扔进灶坑里烧掉。

军人走了，那条大路还在，那个分别时不断回头向她挥手的亲人也在那条路上，是那么一位英俊温情的男人……他没有死，他仍然活灵活现地活动在阿尔特的眺望之中，在通往远方的大路尽头……

日子还是没盼望了，心丝丝地伤痛！那条绝望的路啊！你让我望到何年何月……

　　十七岁那年离开娘家，
　　迈进遥远的婆家门槛，
　　痛苦啊，妈妈！

　　你们跟婆家缔结姻缘，
　　女儿受尽了千般艰难，
　　痛苦啊，妈妈！

　　你女婿迎亲七天就走，
　　如今已去永不回还，
　　痛苦啊，妈妈……

光阴一天一天过得很慢，一年一年又过得很快，在阿尔特的儿子四岁的时候，一天婆母把她叫到跟前："你可以回娘家了，你现在还很年轻，不能就这样一辈子下去……"

这是期望中的声音，又是忧虑的事情，果然婆母的话还没有说完："不过孩子得留下，那是我们吴家的一条根……"

一锤子把阿尔特钉在那里,她怔怔地张了张嘴,最终把头低了下去。

阿尔特没有丝毫的怨言也没有提出什么理由,人家是合情合理的,她只能认命。从此心上的肉就掉了一块。

深夜月亮凄迷的光晕照进阿尔特住的外间屋里,也照在孩子的身上,他均匀的呼吸说明他睡得安恬舒适。很长时间以来,他似乎已习惯了经常被奶奶叫过去,睡在奶奶的被窝里,也许……阿尔特这时才意识到那应该是婆母的一番苦心。可是奶奶毕竟不是妈妈,用不了多久,他就会因看不到妈妈而天天哭泣。阿尔特腾出的这个外间,也会重做新房,娶进另一个女人,那是小叔子的对象,定亲的喜酒已经喝过。阿尔特还有什么话可说的。

那天夜晚,阿尔特亲遍了孩子的全身,然后握着他的小手坐了一夜。胖乎乎的小手把超乎母亲的热量,不断传到阿尔特的身上,她要在一夜的注视中把儿子刻在心上带走。所以一夜之间她就变成了一片枯叶,随时都有可能哪怕是微微的风都能把她吹碎。在晨光还没透进窗户的时候,她和衣躺了一会儿,然后下地悄悄地做好了最后一顿婆母爱吃的芸豆炖酸菜、小米捞饭。然后悄悄地拜别公婆,又一次把儿子从头到脚亲了一遍,才踉跄地走出了门,不敢回头。

到了无人的村外,她才放出了被堵在牙缝里的声音,放声哭了起来。

仍然是那条土路,六年前阿尔特以一个姑娘应有的憧憬走来,六年后却在晚秋瑟瑟的风中忧伤地回去,仅五六年的光景,她就遭遇了生离死别的惨痛,成为一个孤寡之女。而她带回家的,竟是被命运狠狠地刺在心上的两道伤痕,她是做了一场漫长而又短暂的噩梦。

西边太阳挂在那没有落尽叶子的树梢,一缕缕青白的炊烟从林隙的房顶升起,阿尔特看到了熟悉的皑乐,看见了那条从小就泡在水里长大的诺河,它弯弯地从西边的上游伸出,伸了一个直腰又拐向下游去了。阿尔特感到无比的亲切,竟然想起了那首儿时的童谣:

耗子啊耗子,你为啥撅着屁股?

太热了才撅着呀。

热就洗澡去吧?

洗澡怕被水冲走啊。

怕冲走就抓塔头吧?

塔头扎手啊。

那就戴手套吧?

手套会湿啊。

那就晒干吧?

晒干会硬啊。

硬就揉吧?

揉会坏呀。

坏就缝吧?

没有针呐。

那就买去吧?

到哪里去买呀?

买卖人那儿啊。

我怕猫啊。

猫在哪儿啊?

在买卖人那儿啊……

  这是阿尔特的姥姥教给妈妈红阔尔的，妈妈教给了幼年的阿尔特，阿尔特又教给了弟弟、妹妹，后来又教给了儿子……一想到儿子，阿尔特的心被"咯噔"剜了一下，疼痛便漫开来，她仿佛看到儿子醒来后找不到妈妈而哭哭啼啼的样子，便止不住又抽泣起来……

  进村了，村边那三棵老柳树高高地站在一片灌木丛中，摇摇曳曳地在风里唱着不老的歌谣，可阿尔特已经不是当年的阿尔特了。她整理一下心情和哭伤的脸，开始走进村里寻找过去的家园。

  村中的景物如初，柳编的障子像一条条大辫子横着扭结在一起，形成一人左右高的篱笆墙，把一座座房子和周围的园子围成独立的院套。她看到了那棵村中央十字路口的老榆树，正在秋风里瑟瑟发抖，仍然有稀落的黄叶坚守着最后的执着。那树下，是她小时候经常和伙伴们抓羊嘎拉哈①的地方，那个时候……

不待阿尔特再想什么，她已来到昔日的院落。但是，原来那朽蔽的草屋不见了，代替它的是一座高大的三间大房，鹤立鸡群般地在村子里异常显眼。右边是全木质的离地一尺多高的阁楼仓房，左侧则坐立着住人的厢房。前面偌大的牛栏猪舍等一切，都引起阿尔特的怀疑：是谁在这里盖了房子？原来的家呢？她站在那里正在寻望，就忽然看见了爸爸正把牛圈里的牛粪一锹一锹地撮出来贴在障子上。同时也看见了那只猎鹰，站在一个横木上，圆睁着滴溜圆的眼睛，注视着她，并迅疾发出了一种声音。

苏如勤立刻抬头望去，然后跟着它的视线转向院外，不由得一惊，只见姑娘像梦一样站在眼前。

"阿玛……"阿尔特心中一股热流冲上眼窝，连忙走上前去，双手放在膝上，曲下双膝给父亲请安。在她强撑起笑容面对父亲那探询、狐疑的目光的刹那，立刻低下头去佯装看脚下的院子。平坦坦的院子洁净得没有丝毫的秋秸草末，整个院子用黄沙土垫过，远非昔日那满院子的草秸牛粪可比。

"爸爸比以前还年轻了。"这是阿尔特第一眼看到爸爸的感受，即使是一瞥之间的寻望，整个家园的变化都尽在眼睛里了。这个家已经今非昔比，尤其爸爸精神矍铄。

"你……你怎么一个人回来了？"苏如勤放下手中的铁锹，睁大了眼睛，无法理解女儿两手空空突然出现的事实。

"爸，我走得好渴，我想马上喝很多很多水呢。"阿尔特不想一进院就把自己的不幸倒出去，起码连屋都没进的时候。

阿尔特的母亲早已闻声走了出来，阿尔特以同样的心情深深地给母亲请安，但是就在接触母亲那温柔的目光的刹那，阿尔特心中那涌动的、上喷的

---

① 嘎拉哈：羊后腿膝盖骨，是女孩子们常玩的玩具。女孩子们常聚在一起，向上抛一下布口袋，再抓一把下面同样式的嘎拉哈，抓的次数多者为赢家，次数少的为输家。

东西再也抑制不住了，她捂住嘴以堵住那不顾一切往外冲的声音，连忙走进了屋里……

"……命啊！哭吧哭吧，哭个够……"通过女儿强忍着的哭泣，苏如勤已经明白了女儿的痛哭绝不是普通的悲伤，他索性让女儿宣泄个够。

阿尔特那压抑已久的悲痛，终于有了在至亲面前倾诉的机会，她哭，哭诉死去的丈夫，哭诉不能再见的儿子，所有的几年来堆积在心中已成块成结的东西，全部倾泻出来，然后竟是出奇的平静。

红阔尔心疼地为女儿端来烫脚水，五六年的光景，她也有了女人该有的润泽，看得出来，这个家庭从里到外发生着变化。而在父母亲的变化面前，倒是阿尔特看上去格外沧桑。

"会好起来的，会好起来的。"苏如勤安慰女儿，但他也只是安慰而已，通过女儿那凄苦的声音和她右眼下变得清晰的黑痣，他清楚女儿阿尔特的眼泪远远没有流完，这只是开始。

你哪里知晓，自己还的是感情的债。欠下的，无论时间有多漫长，哪怕一生，多生多世，甚至五百年上亿年的漫长光阴，也不会失坏，要去偿还。

3．回报宿世恩

阿尔特在家里住了下来。那时候，苏如勤正处于家道兴盛阶段，生活的好转乃至兴隆，自然缘起苏如勤痛心疾首的忌酒。那时候他仍然做着酒的生意，仍然去三十里外的酒镇上酒。在他多次晚归，家人担心他破戒，并猜测他"这次保证喝了"的时日，母亲红阔尔常常领着孩子走到村东的路口等候，而他总是滴酒未沾清清醒醒地出现在亲人面前。所有的人都佩服得赞叹不已。特别是昔日的酒友，前来买酒的乡亲，无不竖指赞叹苏如勤的刚强，夸他是个了不起的硬汉。由于他的忌酒，神智立刻清醒，全家人一下感到日子出头了，劳动的劲头也分外倍增。

"那时候干活可有劲儿了。"阿尔特像捡拾散落的麦粒一样，时常片片断断地说起一些往事，说到父亲苏如勤治疗头疮病人的情景，仍然会打着激灵说："……看那通红的烙铁，哧啦地在舌头上冒烟，眼睛赶紧捂上……"

住在娘家温馨的日子里，阿尔特的痛苦减轻了许多，牛羊一大群，有了长工，大田忙不过来雇用了应季的短工，家里无论干活吃饭都是一派繁忙的景象。还有那不时闻名而来的四方患者，让她感到，看别人的痛苦，减轻了自己的痛苦。而且照顾病人也带给她很多快乐。

阿尔特最是不能忘的是那位姑娘。最初母女来时是赶着牛车进的院子，阿尔特把姑娘背进屋里。姑娘是右腿整个下半截腐烂。由于走了两家医院没有治好，又四处求医仍未见效，被判为截肢的情况下，听说了苏如勤的神奇医术，就远地赶来。并且老人家一口承诺，谁治好她女儿的腿，就把女儿嫁给谁家做媳妇。

苏如勤同以往一样，一看到那姑娘的烂腿，便是一阵哈哈哈大笑，仿佛鹰鹫看到腐肉。却惊吓了母女，虽然她们慕名苏雅德根的神奇医术，也听闻了他治病前的狂笑，而一旦亲临目睹的时候，不免战栗。那是一种怎样骇人的狂笑？怎样的治疗？母女真是吓着了。她们不时双手蒙上眼睛又不时隔过指缝窥视，想看不敢看，不看又想看的架势。只见苏雅德根像鹰一样在那烂腿上一口一口地啄吮，直至脓疮除净，然后几口烈酒漱过口腔，又雾一样喷出去。当那把烧红的几乎透明的烙铁拿到手中，舌头伸上去的时候，母女二人同时发出了一声尖利的惊叫，这太吓人了！她们如何也不敢相信眼前看到的事情是真实的，人的舌头怎么可以舔烧红的烙铁？如若不是目睹，怎么也不能相信那舌头还会完好如初。这让母女不仅诚服，也把眼前的雅德根视若真的神仙。

母女俩怀着空前的希望住了下来，在阿尔特每天精心照料擦洗中，在苏如勤的三次治疗后，经过七天时间，姑娘的烂腿消除了腐烂，又过七天长出了鲜嫩的肉芽。这时候姑娘奇痒，要让母亲和阿尔特换班拍打才能安静。又过一个七天之后，整个右腿出现了发红发亮的细嫩皮肤。当她能下地迈开腿走路的时候，她掉下了眼泪，那是她已被宣判死亡的腿又活了过来，她居然还能在失去希望的绝望中，重新找回行走的靓影，走路多么好啊！

但是，她们只字不提曾经的诺言，一个多月后，套上一直吃着雅德根家草料的牛，在车轱辘嘎嘎吱吱的声音中，走人了。

苏如勤并没有提出异议。实际上，他并没有贪图娶到不花钱的儿媳妇才予以救治，虽然他的儿子达列已经十八九岁正值婚娶的年龄，但他不愿意乘人之危。况且他予人治病是他的修为和他的能力，更何况他视名誉比眼珠还重要。他不是没有听到许多的雅德根，因为贪财而失去医道灵验的事情。他绝不能胡来。在那母女来到的头一天晚上，他已经看见了姑娘的病，有无数的冤灵在吃姑娘的腿，他只是送它们去了它们该去的地方。

在阿尔特眼里，家里和父亲的另一个变化，是上屋的西窗上偌大的神龛，上面供着各种神灵，包括娘娘神、祖神、烟筒神、山神等多种神灵。在西炕的炕桌上，经常有上插尖刀的猪头等供品，香烟缭绕。那方位置，除了两个弟弟，任何人都不能坐卧或放不净的东西。这种潜移默化的意识一直伴随着阿尔特，影响着后来在新社会长大、什么都不信的孩子们也恭敬着西炕。尤其女人不能睡在西炕，孩子们也都墨守成规。他们相信老人是有规矩有道理的。可是，一代代从祖先身上传承下来的许多珍宝般的东西，全被他们这些不识宝的子孙们，有意无意地一点一点丢掉了。等到什么都不剩，什么都没有，什么都找不到以致问题一大堆的时候，才知道祖宗"过时"的珍宝何其重要。然而就像濒临死亡的人，痛苦绝望中任凭如何呼唤妈妈，妈妈已经无能为力了！这是阿尔特后来不断唠叨给子孙们的内容。但子孙们就像听着"狼来了"的故事，不以为然。

"其实，要感谢的倒是他们。"

面对母女背信离去，人们不免微词的时候，苏如勤低调地说："什么事不能只看眼前的表面上的东西，万事都有因由。"

是的，你只看到被救者欠下了债，没看到宿世的因缘。没准，是一场偿还宿债也未可知呢。就像你看到了树，只看到树上的枝叶，却没有看到树里的风，没看到树里的阳光雨露，四季的酝酿。更没有看到树下的根。

4．绑定的命

　　在寡居的日子里，阿尔特很少走出大院儿，实际上也没有什么理由和事情走出那个大院儿。这不仅与她默默耐劳的秉性有关，也是她恪守作为一个年轻寡妇的自律。村里没说上媳妇的"跑腿儿"有好几个，不能不规避某些过了婚龄而探询阿尔特这样女人的男人。但是，因缘是躲不过的，就如春天种下的葵花，势必在秋季结下葵盘一样，乌日替应该是等待了多年的缘分，一旦机缘成熟，就会随缘起现，阿尔特撞上了缘分。

　　在一个看似偶然的时间里，阿尔特以剪个鞋样的理由去了闺友瓦纪家里，见一个男人静静地坐在炕边，就匆匆地弄鞋样子。她不敢抬头，害怕那始终没离开她的目光会灼伤她，但却也没有反感，倒是觉得那有点羞涩的目光很温暖很温馨，犹如一阵柔风在她的心里轻轻掠过，又好像曾经在心里藏了很久忽然被唤醒过来。不过她并不耽搁，匆忙弄好东西便回到家里。她还没有接受亡夫以外任何男人目光的心理准备。

　　"你来啊……"瓦纪送她的时候，瞥一眼乌日替说。

　　回到屋里，见乌日替正望着窗外，已经知道了他的心思：

　　"这女人怎么样？"

　　"嗯，她太静了。"

　　"……她是嫁过的。"

　　"那又怎么样？"

　　乌日替从此有了心思，回到家里，眼睛里就再也没有断过阿尔特那眉宇间流露的忧郁神色，那里仿佛有什么与他相似的东西。回到后山那个小村的家里，就再也待不住了，往昔一个人还可以度过的天光，一下变得寂寞难耐，第二天他又去了表妹瓦纪的家中。

　　阿尔特从瓦纪家里出来，就无缘由地眼睛酸热，她自己都不知道那酸涌的东西要说什么，但朦胧中似乎有了牵挂。

　　乌日替毫不忌讳阿尔特的寡居身份，通过瓦纪的牵线，他终于靠自己会说话的眼睛开启了阿尔特似乎闭锁的心。没有多久,也没有什么烦琐的规矩,他让阿尔特接受了自己的深情。

阿尔特在父亲苏如勤的护送下,带着两头小乳牛的嫁妆到了后山乌日替的单身草屋。那天,阿尔特的心疼了。屋子里的一切都显现着没有女人的黯淡,墙壁上的岁月湮远,斑驳无光,一架很高的岁月磨损的炕琴柜坐在炕稍,褐红陈旧已经失去了光泽,只有那拉门上鎏金的荷叶把手,隐现着过去岁月的亮色,透视出一个曾经完整家庭的背景:一位奶奶或母亲的针簪岁月。

一切都显得冷清寂寞,却也异常清净。

阿尔特喜欢这样毫无遮掩的干净,真实可见。

新的生活由此开始。乌日替称得上是一位非常勤奋的男人,他可以把属于男人的事情做得尽职尽责,包括劈木桦担水扫院,甚至承担部分女人的厨务。夏天他们相随着相互的身影里外进出;漫长的冬季就在仓满斗尖、火盆彤红的屋子里守候天光,看彼此的身影。在阿尔特不停地缝补、不断地输出爱以温暖乌日替那从小失去母爱的心灵,给他穿上新衣新鞋的时候,乌日替常常感动得眼圈发红,提起小时因没人缝衣做鞋而光脚走路,脚掌磨出厚厚的膙子,到了换季的季节,也还焐着脱不下的棉衣,阿尔特也便跟着滴落眼泪。

阿尔特认定相貌平平却非常体贴勤奋的乌日替,可以终身依靠或相携至老,而且人生的生离死别已经经历,还会有什么磨难出现?而正是那时,父亲苏如勤在担心着她的命运。从她一落地即有的一颗泪痣上,苏如勤就判定了这个大女儿哭命的一生。随着她丧夫失子的情况相继发生,阿尔特回到娘家,那泪痣也似乎更加明显,苏如勤看出她的不幸还没有结束。

你注定要流一生的泪啊!姑娘。

这是你的命相所示。

你无法改变。

作为雅德根的苏如勤,纵然以神奇的不可思议的法术治愈了很多的病人,卜测和预防了求治者的某种灾难,但究竟解脱苦难的智慧,却不是他这样的"人神使者"所具备的,他不过是解决或拯救着一个人一时或一个阶段的疾患,却不能解决他生生死死的问题。所以当他预知了女儿阿尔特悲苦的命运,也只能是看着心疼叹息而无能为力。他没有改变命运的钥匙,即便在普通人的眼中,他具有通天通神通阴间地狱的能力。

就在一次查看女儿阿尔特灾难的时刻,他看到洪流一样的人流涌向阴曹地府。他战栗了:怎么就看不到上升的人呢?

与其他具有雅德根身份的人一样,他谨慎自律到不能随便说话的地步,尤其梦境里出现的一些细节或什么玄机,不能披露出去,否则就招致一场大病或什么不测的惩治。一如那对求治的母女,在她们到来的头一天夜里,由于她们的特别笃信而显示了非常清晰的梦境,他没有费什么心思就顺利揭开了梦境的内涵,所以即使他知道了那女孩的病因病魔由何而致,也不得不缄口默言,治好了事。一切都有因果,不能胡来。

当初阿尔特从婆家回来之后,苏如勤在静坐中看出阿尔特的路姿,摇晃不稳,还有劫难跟在后头,但他怎么能够开口?包括妻子红阔尔也是不能说的。

就随着命运的脚步走吧。

第八章

虚拟的身份

你携着一个虚拟的身份
走在一个真实的童话里
把生活和房子盖在沙上
于是，世界就真实得
让你相信了……

1. 释放与寻找

在昏沉的日子里，衮伦经常恍惚中看到自己与青烟袅袅的香柱一处，或在没有阳光的田地野外游走，或被人无缘由地跟着敬酒。她总是不接受那酒或躲进庄稼地里。当肉体与出游的灵魂合二为一的时候，她便陷入萎靡混沌的状态。每当这种情形，循女人便告诉她叨咕些什么，她也只能照做。并不断在清醒的黑暗中看到似笑非笑的人脸，看见白色老翁的面孔。还有类似神龛里的巴日肯画像，红衣哈尼卡也在她的眼前晃动，"庙"的字样也交替飘在她的眼帘。衮伦清楚这些看似混乱没有规律的显现暗喻什么，但她没有忘记妹妹的上师的叮嘱，继续持诵着他教的六字大明咒。虽然她不明白那咒的含义和持诵的结果，但她坚信喇嘛的嘱咐，只要坚持念诵慢慢就会好转。当然，有着世代传承被无数的证悟者认定的事情，她有什么道理不去相信？尤其在那种如同海上沉浮的绝望中，那就是一叶救命的舟船。

曾经无意识的落泪现象，起始半年后又增添了哈欠。每当持咒之际，眼泪哗哗地无声流淌，让人奇怪泪的源泉何在。衮伦清晰记得，流泪现象是从A城回来后的春天，在她每天早课时不期发生的。不过，在那种持续不断的近半个小时的流淌中，衮伦竟也没有出现眼睛红肿或不适的状况。

一天，衮伦梦中又一次游离飘走，经过一片田园进入姐姐的闺友家里，她拿出一把钥匙，似乎暗示衮伦寻找什么。衮伦不知道她什么意思，就直直地注视她，不知所措。

"在匣子里。"姐姐的闺友指指西墙木板上一个很旧却很精致的匣子说。

因为她住的是三间房的东屋北炕，所以没有西窗。衮伦站上去，从一块横板上取下匣子打开，里边竟还有一个匣子，衮伦继续打开，结果看到的是几张照片，而且都是衮伦自己的。那些照片张张发黄陈旧，仿佛在里边锁了几个世纪。衮伦一张一张从重叠的照片中挑出几张，最后剩下一张辨不清是否是她，就取出对着亮光照了一下，确认不是她又放回了匣子。这时她才看出匣子还有讲究，是绸缎面料的长方形四边框，照片放在里边，从底下往上推，才能从透明的框里取出。

"终于把你放出来了。"漠能听了衮伦的描述很干脆地说。然后又补充了一句："你怎么和我看见的一样？"

这次的出游没有给衮伦带来身体的不适，恍惚中还给她化来了一盘油炸带鱼，还有一只手和筷子，把食物直接送到她的嘴里。那只手纤细白嫩，仿佛小时候看到的古装女子的手。这让她安然无恙地度过了昼夜六时。然后看见两个很大的黑影在她面前厮打，显然左边的女人占着上风，男的勉强招架。

"不知道怎么回事，这两天两个黑影一直在打架。"

这回是漠能先自告诉衮伦的，衮伦说："还是一男一女呢，而且女的胜了。"

"啊？"漠能顿了一下，然后两个人同时笑了起来。

就从打开匣子取出照片那天开始，衮伦后背刀割般的疹痛突然消失，前心透后心沉沉的疼痛也陡然遁迹。一向昏聩的头脑变得异常清晰。但却新添了一个困乏无比的症状，全身犹如面条，日夜困得睁不开眼。即使刚刚睡醒仍然冲不出睡意的困境。这时她看到男人过世的嫂子，和她同在一个屋子里，南北炕各守一边。房子是新盖的，但还没有完成最后一道关键的门。男人的嫂子和衮伦说，以前三代人中都顶过香。同时翻着一张图谱模样的薄书在查，意思是她要准备"出马"。接着就在炕上"病"得翻腾起来。衮伦奇怪这人的遭遇怎么和自己相同？不免问她："你是何人，哪山来的？"

一会儿，衮伦自己过世的嫂子和父亲也都出现了，他们都是在新盖的还没有安门的房子里。衮伦的嫂子走出来说："我给你做倭瓜粥，省得你男人回来饭没做好生气。"说着她继续向南边走，灰暗的天光没有一点阳光。

衮伦说："他不生气了。"

"怎么不生了呢？那天回来不还生呢么？还不让你出去。"

衮伦说："可不是啊，那天要出去，他就闷闷不乐。"

这时候嫂子已把她领到一条干枯的河床，两岸都是很高很密灰色的干枝枯草，衬得河床幽深灰暗。乌涂蒙蒙的天空阴郁，使河床显得没有尽头地悠长。衮伦站在那里望了一下，嫂子却忽然不见了，竟见一座破旧的房子，墙皮斑驳脱落仿佛正在修建，却不见人。房子的西边是一排很长的一个个土房，矮矮的，比起刚才还露有几块砖的旧房，它们显得半新半旧，毫无生命气象，根本不是人居住的地方。

衮伦的心脏开始不适，她想回家却找不到路，正在东张西望之际，过去的一位同事出现在另一个木房屋前，房屋却坐落在玉米地里，那玉米秆都是秋后的干枯状态，白黄一片没有玉米。衮伦问她回家的路怎么走，同事手指了一下说："往北。"

果然没走多远就到了地头，恰好开过来一辆手扶拖拉机，衮伦又问开拖拉机的人离家有多远。

"往东走就到家了。"那人指着路告诉她。

衮伦顺势望去，果然一条很直的路向东伸去，并且很熟悉，衮伦才松了一口气。

转眼衮伦就躺在了床上，儿时的朋友金花在床边忙着，似乎在给她做心电图治病，并问衮伦："心脏还疼不？"

衮伦回答："还疼。"

金花又弯下腰检查了一下电源，"啊！这支线还没插上呢。"说着她又到衮伦的脚上插线，衮伦的心脏疼痛竟然一下消失。

"那些人都是帮助你的神灵，以你的朋友或熟人形象出现的。"循女人说。

而那个"庙"字，还是不时出现在衮伦的眼中。一天，她看到一行"从那里出来了"几个字从眼前一飘而过，她不懂其中的含义，也便不留驻心上。只是手握不住笔写不出字影响她的工作。即使勉强写出，也是气不聚拢的歪歪扭扭，仿佛没有支撑的一堆沙子一样散乱。但她能支撑着抄写喇嘛吩咐的经文，尽管横歪竖倒，字迹不整，也不懂得经文的甚深含意，但是她坚持着写。

后来，衮伦梦中就不断出现在打扫灰尘或继续维修房屋的场所。那天衮伦走进一家医院。医院很旧，到处都在维修清理。衮伦四处寻找女儿，楼梯旧得仿佛在她的踩踏下震颤。很多衮伦进出的房间都弥漫着灰尘，没有工作的景象。正在衮伦如何也找不到女儿的时候，一个女孩突兀出现在她的跟前，说："在这儿呢？"

"我找得很苦，你们在哪儿？"衮伦问。

"有事儿来的。"她说。

然后她们向左一转弯，就看见衮伦女儿的大伯正在清扫走廊。

"就在这，根本用不着找。"他说。

可是衮伦并没有看到女儿在那儿。还是找不到她。衮伦一下想起为什么不用手机联系？便把手伸进身上斜背着的红色挎包里。当手机翻出来时，竟有四五个未接电话，她一一打开。其中一个未接电话竟写着"觉沃"二字，衮伦便拨过去，是一道缓慢的男中音声，他在电话里说了些什么，衮伦一点都没有懂也没有记住，只恍惚听见了一个"释"字。

放下电话，衮伦便发现，女儿就站在面前。

种种幻化层出的梦境里，衮伦总是看见在修房子，总是在打扫卫生，或者安装房门，或者寻找自己的家和家人。衮伦就在这种寓意明显却不甚明了的梦境中不停地找啊找，游走不定。

有漏的身心，如同脏乱破旧的房屋，需要修改清理。迷失的心，需要安住。身由心而流浪，心不依身而安住于身，何时找到了心，身与心才能和谐相安。

2. 心虎

本该进入夏天繁妍季节的五月下旬，衮伦家乡的小镇，仍然是春光初绿的景象。马路两旁的垂柳竟然刚刚绽出苞芽，大地仍然裸露着斑驳的黑色。衮伦那天梦中又走了出去，在一片空旷的土地上，万物还没有生长，天空有点暗淡，衮伦突兀地遇到金花并与她向着北边漫走。到了一处不高的障子附近，看见西边有一只足有两米长的老虎四肢朝南，安详懒散地躺在大地上，黄褐的斑纹在没有草植的大地上显得清晰明亮。看见有人过来，老虎抬起头来向她们观望。衮伦和金花都不免有点紧张，一边戒备地注视老虎的动静，一边装出从容不迫的模样。老虎慢慢地站了起来，之间三四十米左右的距离，如果要伤害她们，它一个箭步就能越过这个距离，瞬间把她们撕碎。衮伦胆突突的，见金花加速脚步一个劲往前走、又想回头又想跑的架势，便告诉她："你可别跑，也别回头，跑就完了。"

恰这时后面突然出现了一道声音："没事，走吧，这是小孩儿的玩伴。"

衮伦回头看时，竟是一位老妪跟在身后。她顶上盘着高高的发髻，穿着大襟镶边的半长素衣，面相慈祥，像明朝时代的女人。

老虎的眼睛继续望着她们，实际是不动地注视着衮伦。一个非常漂亮的五六岁男孩不知什么时候已站在老虎身旁，手里还拿着玩具，也在望着她们。老虎的脸安详自在。

她们的心松弛下来，继续往前走，前面出现了一道很高的土坡，衮伦和金花走了上去。衮伦试探着坡的高度，心想，这么高的坡儿下面是峭壁还是沟壑？到了顶上往下一看，竟是一条东西向的没有水的河床，坡度也不很陡。还有往下走的小径。衮伦刚走下几步，就见胖嘟嘟的金花不知何时已经到了坡底，并且大头冲下十指叉开挝着土地。

"这下一定伤着了。"衮伦一惊不由说出了口，但转瞬间金花双手活动起来，身体完好，臀部撅得高高的姿势滑稽可笑。衮伦站在高处稳稳的位置，被金花的姿势逗得大笑，一直笑到从意识深处苏醒。

这种意识深处的彻底放松和宣泄，正是金花冥冥中给她带来的"心电治疗"之外的又一次治疗，使得那些淤滞的脉道得到通畅。所以衮伦认为金花无论是否金花，都是给她祛病的吉神。

笑已经很长时期决绝于衮伦的意识，经常于暗昧无光的处所游走，使她的精神肉体也处于暗昧缺少光明。她的整个气场，处于微弱的极其容易遭受病邪侵袭的状态。所以那笑，荡开了身心处处的郁结。

"我也看见那只老虎了。"漠能竟然跟衮伦说。"怎么那么老大耶？"又补充了一句。

这样的事情已经引不起两个人的奇怪和担虑了。无论那些物质如何在空间游弋，或串行于两个人的因缘之中，都是她们的智慧所不能及的，更是解决不了的。

"本来我们像镜子一样明亮的身心，像抽油烟机一样，天天不断地被熏上油渍的恶业，又不去清理。如此天长日久，便失去了原本的光亮而污浊不堪，再也显露不出光洁明亮的面目了。但是你擦呀，天天擦，时时擦，每天擦去一点，并看住它，不要让新的污渍染上去，这样，你本来的光洁明亮，不就显露么？因为你本来就是洁净的啊！"

"我有点不懂……"

"因为迷了，颠倒了，怎么能懂。"

3．安立一个家

衮伦偶尔也会有看到鲜花和吃水果的幸运，就如那天，一大束鲜艳的玫瑰花出现在她的眼前，还有新鲜的桃子。这样的情景会让她的身体和心情都能轻松一天。

如此衾伦在天天梦中游历居无定所的情境下，日子将近四十九天，也即从那个仪式之后的第四十九天，衾伦第一次走进了还算明亮的屋子。那屋子整个呈现沙黄色的色彩，她惊奇地看见一个与她非常相似的人坐在南边的炕上，屋子的墙壁也是沙黄色的，很干净。另有一位患了乳腺癌的熟人也在里边。地上还摆着一口朽旧的棺木，衾伦侧身探望半开着盖子的内棺，什么也没有看到，里边空空的。熟人竟转眼蹲在了棺木旁边。衾伦再回身时，看见那个坐在炕上与衾伦一样的女人颤抖起来，并说着她是天宫某某派来的人。由于她抖得厉害，衾伦也渴得喉咙冒烟，心说，她能彻底地抖起来唱起来就好了。衾伦渴得几乎要倒下去了，便抱怨男人怎么视而不见毫无反应！但她一伸手就从盖腿的被子里取出了一瓶矿泉水，一仰脖全部喝尽。然后她惦记那位熟人为什么蹲在棺木旁边，就问："你不是得乳腺癌了么？"

"我已经好了。"她说。

过了一段时间，衾伦在街上看见那位熟人，她的乳腺癌果真痊愈了。

在后来的两天里，衾伦梦中出现了两支蜡烛，并看见自己拿着挂像之类的东西走在街上，看到人就问可不可以供奉。有人告诉她说，那不是供奉的。可一转眼她手里就捧上了一个相框，框里镶着一个半身女人的头像，很漂亮，很像她儿时的家中，落地钟里镶着的女人。衾伦走进以前曾经工作过的屋子，想把它放在什么地方，却哪儿都不能安放。一位同事指着一处一处位置说："放这儿，放那儿。"可是相框最终还是抱在衾伦的怀里，没有找到一个可安放的地方。她就抱着那个相框走啊走，越走越沉，仿佛相框里不是一个女人，而是一队人马。最后衾伦走得实在累了，就想坐下来休息，一低头竟发现相框里的年轻女人，由原来很美的卷发模样，变成了一个老太。

"呀！你也能变老么？"衾伦一惊，不自觉地说出口。

"我也有生命啊！"她竟然回答。

"那我究竟走了多久，你这么快就老了？"

"不长，也不短，说长，一百年，说短，一眨眼。"

"怎么那么玄哪？不懂。"

"不懂，就不懂吧，我急着呐。"

....

如梦如幻的情境，衮伦并没有契入其意，很久以后才理解了整个过程的密意。

我们执着地走，寻找一个家，虽然它是虚假的家，却能安放我们虚假的身体，最终进入虚假的安居乐业。所以你要赶紧盖个房子，不仅给虚假的你，也给我们这些无家可归的虚假的人，安顿虚假的生生。

第九章

凋落的梨花

你在健康强壮的时候
从未有疾病的意识
但它就像闪电
突然来到你的身上

你与时间俗务纠缠的时候
从未有接受死亡的意识
但它就像迅雷
轰得你头昏眼花

1. 缘续缘散

阿尔特最幸福美满的时光，是两个儿子相继出生、全身心照顾孩子没有闲暇顾及丈夫的阶段。乌日替却格外眷恋着妻子，一旦劳动之余便把头枕在做着针线的阿尔特的腿上，两个孩子炕上地下玩耍，一家人甜美融融似乎忘记了外面的春夏秋冬，也忘记了时光的流逝。乌日替会不经意地说："一旦我出远门了，你怎么办？"

"你能上哪儿去耶？"阿尔特也会不经意地反问。

"打围去呀。"

"不就是一个月的事儿么。"阿尔特手里的麻绳不停地拉扯。

"放排去呢？"乌日替又接着问。

"那也不过是几个月的日子呀，我们娘仨还吃不上饭了？"

这种情景，阿尔特会瞟上男人一眼，觉得他是没话找话，又觉得他是云里雾里，甚至他们的幸福都有点云里雾里的缺乏真实。直到有一天，乌日替又偎在她的身边说"我死了也知足了，你给了我这么幸福的家，这么结实的两个儿子"，阿尔特才使劲瞪了他一眼："是不是没事干了，上外边劈桦子去。"

她真的有点生气了，她忌讳"死"字是因为经历过死亡的痛苦。所以尽管男人是在无事闲话，也不能不使她生出心惊。那次生离和死别的阴影刚刚被丈夫与儿子的欢馨遮盖，她宁愿把思念大儿子的隐痛全部付诸对两个儿子的疼爱而表面忘却。即使每当年节，给两个儿子做衣服时，也都把大的尺寸合计在心里，或用手比画在衣服上，默默地说他该五岁了、六岁了，该穿这么大的衣服了，然后悄悄含泪叹一口气，却丝毫不露，她把全部的快乐展现给丈夫儿子。实际上，她也确实是快乐的。

那个冬日的上午，明亮的阳光暗伏着阴影，在一切都平静如常的假象之下，隐藏着预谋。乌日替说要上窖里取土豆去，就拿起两个水桶，说了一声"我走了"便告别离去。时间刹那刹那地流过，太阳已转到西南，阿尔特突然心被什么触动：两桶土豆怎么取这么长时间？随之她望了一下窗外，满怀心事地继续把鞋底的最后几针纳完，然后下地走出屋子。当她远远地看到北面三四百米的地窖上静悄悄的时候，突然推翻了他也许在清理地窖的想法，磕磕绊绊地跑了过去，越靠近地窖，她的心就越是紧张，一种不祥的预感浓浓地罩住了她。她喘吁着跑到窖边，上下寂静无声，窖口围着厚厚的白霜，掩饰着下面不可知的阴暗。她还没到窖口，就使劲喊了一声，但是没有回应。这种可怕的寂静实在让她不敢想象。透过不大的窖口她往里看去，片刻，适应了黑暗的眼睛看到乌日替平躺在窖里，两只空桶抛在一边。"乌日替——"

阿尔特狂喊了一声便跳了下去。

显然这是致命的一跳，如果能抓住哪怕是几分钟的有效时机，救出窖下的人来，尚有活命的可能。时间无所承载无可计数的时候，漫无边际乃至大把浪费毫无感觉，一旦于生死瞬间的分秒必争，却是无比珍贵。阿尔特乱了手脚，被恐怖的预感指使，手心急忙探向乌日替的鼻息，她触到了那气若游丝的呼吸，其实只在呼气。

"你不能啊你不能，你等着……我把你抬出去。"阿尔特于慌促中语无伦次。但再强悍的女人也不可能把一个昏沉的男人举到两米高的窖外，阿尔特冲向窖口。可是她攀不上去，仿佛一只无形的大手一次一次把她从半腰拉回窖里。最后，她在片刻的冷静中看见几个被她忽略的坎儿，她拼足了冷静和最后的力气终于爬出了窒息生命的地狱。

离窖最近的人家被她喊了过来，乌日替被弄出地窖，但那只呼不进的气息出现了一些白沫之后，瞬间停息。阿尔特立刻哭号起来，甚至捶胸顿足。她怎么也不能接受既成的事实，早晨还强壮壮地说着笑着的人，转瞬阴阳两隔没了呼吸，生命难道就这么脆弱么？那个远离视线死在部队的人，相比死在眼前的乌日替，走得虚无缺乏真实，而眼前的人的死亡真实可触可怖。尤其眼睁睁地看着由于她的耽搁而被死神掳走，她怎么能接受这个事实？是她的愚蠢耽误了时间，是她葬送了乌日替的生命！

"这和你没有关系。"

苏如勤早已被人告知，骑马赶来，安慰她说："一个人不是该死的时候死，而是到了能死的时候才能死去。"

阿尔特哪里听得懂父亲的道理，只深深地陷入又一次丧夫的深渊。如果第一次的哀伤，只能允许她暗暗绵绵地歌哭宣泄于野外采摘的时候，这次她则淋漓地哭号。然而哭已经失去意义。

苏如勤默默地目睹着女儿再次丧偶的惨境，证实了曾经的预见。可是有什么办法，他不能代替女儿去遭遇，也不能代替她的痛苦，一切都是命定的轨迹。怎么改变？他第一次生出了不同以往的思考。

事后妻子红阔尔问苏如勤，什么时候有的预见？怎么看出乌日替有此命难？他说当年把阿尔特送到乌日替那间草屋的瞬间，一眨眼出现乌日替走路的背影，止于六年的路程，并摇摇晃晃地消失了。事情发生后苏如勤才肯说出当初的所见，也只是和红阔尔一个人说说而已。任何预言的东西他都慎之又慎。他没有必要提前把灾难托出，让人提前惊慌。因为他没有拯救或改变的力量，只能事到临头一起去面对。

"在天地面前，我们什么不去面对？"苏如勤心里暗叹。虽然在别人的眼中，他似乎什么都会都能，可他心里清楚，在那种巨大的漩涡般的死亡降临时，人就像一片树叶被卷进去，毫无自主，顷刻消逝。

阿尔特精神的房屋又落架了，日子也在主人的溘然沉落而变得灰暗寂寞，屋子里少了一大部分。两个幼子却浑然懵懂，仍然要吃要玩，不如意时还要哭闹。阿尔特可以在两岁的儿子面前不去掩饰，可在四岁的已经会看脸色的儿子面前，不得不装上一会儿，告诉他爸爸放排去了，要很久很久才能回来。然后在他们都睡下的黑夜里暗自哭泣……

就这样，死亡犹如一口眢井，把黑洞洞的大口张向柔弱的阿尔特，时刻在她身边窥视，并伺机吞噬它旁边路过的所有的人。它不分先后排队，不分年龄，不分老壮妇幼，不分尊贵卑贱、有钱没钱、男人女人，一旦想吞噬的时候，就如鳄鱼张口猛然把人吞进肚腹，你来不及做什么挣扎，甚至来不及呼喊一声，就进入了它的死亡隧道。在防不胜防无法躲避的死亡面前，阿尔特只能含悲恸泣，绝望中不得不支撑起来面对两个幼子，那是她赖以生存必须坚强的理由。她必须一个人把他们抚养成人。

日子一天比一天憔损，昔日欢乐满屋的天光碎裂散落。两个浑然无知的孩子，大的不过四个春秋，世界对于他们只是个动画。妈妈所有的表情不过是可见的笑和愁眉。

苏如勤说："你必须要承受。"他以这样一句简短的话语，暗示和策励女儿多舛不幸的命运。

"人不就是要面对死么？从生下来那天，就在往死的方向走，不过是早晚达到的事情。"

阿尔特自然明白父亲是在开导她呢，但也不免觉得父亲说得过于轻松，回想自己的两个弟弟死时，父亲是怎样红着眼睛把自己锁在仓房里的？

阿尔特再次陷入沉默。六年，六年啊！她轻轻一算，那是自己最幸福安逸的六年。如果以一生为计，丈夫乌日替把一个女人所有的幸福都给予了她，却是那么短暂。他是完成了凤愿而走了的么？

阿尔特把那些漂亮的旗袍都叠进了柜里，也锁上了幸福的往日，曾经的美丽也一同藏起。

那个草屋已经没有了支柱，仿佛一下矮了下来，阿尔特咬牙抗争着仍然禁不住草屋的压迫，所有的空间缝隙都是乌日替的呼吸，都是乌日替的眼睛、乌日替的声音。尤其那副取土豆的水桶扁担，成为控诉。阿尔特希望梦里乌日替能够出现，向他说说自己的过错，然而头七二七、半年三年直至她离开人世之际，乌日替也没给她照上一面，以致没能"当面"向他谢罪。这是阿尔特含藏了一生的憾事。

2．流转与重返

在阿尔特很想离开草屋的时候，父亲苏如勤的大轱辘车来了，变卖了一些财产，把女儿外孙三人拉上了车走出山村。

阿尔特眷恋地回望远去的村庄，不到二十户的人家，稀稀落落地坐落在山脚底下，幽然安静。她曾经的家就在村头，紧靠着后面不高的山脉。那山不高，生长着不高的梨树，春天时开出满山满树的白花，白得村庄飘香，白得人心醺醉。秋天的时候，阿丽木梨子结满了枝头，村子就飘满了梨香，家家户户埋在土中的大坛子里，就装满了能吃上一冬的山梨。阿尔特从到了梨村，就没断过享用那特殊味道的美味。那满山的梨花，那飘香的季节，梨成为村里的主题，也成为每天要说的话和要吃的食物。阿尔特喜欢那个梨村，喜欢那里的幽雅，更爱吃那具有独特滋味的梨子。特别是春天，她醉在开满梨花的山前，戴上乌日替随手摘来的白花，美如仙子一样地快乐过。如今他离去了，她也要离去了，梨子、梨花再也不会飘香了……

路过村前的那条大江，它应季地流淌、结冰、开化，也将与她无关，江岸上也再不会有她洗衣洗浴的身影……

阿尔特长长地叹息一声，缓缓地回过头去，扔下了又一个长长短短的梦，一个飘满梨花的梦！

阿尔特再次感受到了父母的荫蔽。家里也发生了新的变化，她的弟弟达列已有了妻室金丽玛，她是本村一位很富庶人家的姑娘，一位白白的犹如牛奶一样的女人。说话慢声细语，似乎火烧眉毛都不会显出着急的态势。与阿尔特相似的是，有着不多言多语只知默默做事的一面。所以阿尔特再次回到家里，在外屋与弟媳南北炕各居，相处得非常和好。弟弟达列则在周末才回来与家人团聚。他在政府中学教学成为村里第一个吃"皇粮"的人。小弟弟巴尔特也出息得就职于政府机关。他是家中唯一有资格住在正屋西炕的童子。他不在的时候，那炕桌上常常是神的供品，时常香烟缭绕虚幻，使整个屋子充满了浓郁朦胧的香气。

妹妹沃尔特从一个似乎永远都不会梳头的姑娘成为少妇，她丈夫是一直给家里做工的青年海达。海达是个敦厚勤奋笃诚的人，初到主人家时就以忠厚老实赢得了苏如勤的信任和喜欢。不久，苏如勤就择了吉日，把什么活儿都不会一天到晚只知剪纸人的沃尔特嫁给了他。从此，海达由原来的做工者，转身成为主人，从下房住到了正房，所有大田的劳动也都由他来领工。而婚后的沃尔特依然老样子，剪纸人、趿拉着鞋子，一天到晚脑袋仍然"怒发冲冠"，不大的眼睛看人的时候，仿佛要把对方的内脏勾进眼里，尤其那生气的表情，整个家庭除了苏如勤没有不躲着她的。任性和霸道使她既没有实心实意的朋友，又使朋友敬她怕她。红阔尔曾经埋怨苏如勤惯坏了老姑娘，但苏如勤另有道理，"不一样，"他说，"她和别的孩子不一样，你没发现她什么特殊的地方么？"

这种时候，红阔尔也便不说什么，她也确实知道沃尔特偶尔会说出某种要发生的事情，当她说"你们看着吧"的时候，果然某种事情不久就会发生。

阿尔特的又一次遭遇，家里人都为她叹息，唯有妹妹沃尔特似乎平淡，并不为之所动，她说："我早就知道了。"

"你知道什么？"红阔尔狐疑地问。

"知道乌日替要死呗。"她的神情就像看见了一只瘟鸡。

"你怎么这么说话？"红阔尔斥责着她，"怎么不早说耶？"

"说什么耶？说乌日替要死啊？我爸都没说，我怎么能乱说。"

"……原来你们爷俩……咳。"红阔尔眨了眨眼，也说不出什么。

这时候阿尔特才想起，当初妹妹沃尔特是跟她说过"你怎么能嫁他"的话。那时她没放在心上，但也不免问过一句为什么。当沃尔特毫无表情地回答"不为什么"的时候，阿尔特还以为是因为乌日替的相貌而说的。

当时沃尔特不过是个十几岁的姑娘，她坐在北炕里一边剪着纸人，一边心不在焉似的瞟瞟初次来到家里，拘谨地坐在南炕角边的乌日替。等人走了之后，就说了句"你怎么能嫁他"。

事到眼下，她也不得不承认，妹妹那句话，的确含着某种不吉的预兆。

不过一直认为妹妹有点神经质的阿尔特，直至许多年后也没有转变这一印象。尤其每当沃尔特针对某件事情，眼睛神秘兮兮地说"你们看着吧"的时候，她总是提醒她"别老那么说"。

吃穿不愁富裕中娇养大的沃尔特，远没有姐姐阿尔特贫穷时期的家境所造就的坚忍耐力。沃尔特懒散缺乏忍耐，婚后给丈夫海达缝制的衣服没穿几天就会开口断线，鞋子也没有姐姐做的耐穿。有很长时期，在她做不好海达的衣服而抱怨是海达穿衣狼虎的时候，都是阿尔特帮她完成。直至阿尔特三十多岁又组成新家之后，才结束了对妹妹针线活儿的帮助。这种情形，也就在阿尔特的孩子们中留下了姨妈笨拙的印象。

过了一段时间，阿尔特觉得不能在家里继续住下去了，不仅是二弟巴尔特也要迎娶，更主要的是北炕尚在缠绵中的夫妻，会引发她的旧伤。那自然是阿尔特敏感的，但不在意也是不可能的，况且新婚不到两年又是一周才能相聚的新人，双方都有不便，所以她不顾家人的反对，坚决搬了出去，在村西头一个小房子里安顿下来。

小家孤寂却也安静，常来关照阿尔特的是父亲苏如勤。他因个子很高不得不躬腰进门，但偶尔忘了时不免头碰在门楣上。他会亲自背来小米、稷子、荞麦、狍子腿或野猪肉等放在女儿的屋角，阿尔特就会觉得很幸福，绵绵的忧伤就会隐去。然而冬夜里狼的长嚎仍然让她心惧，使整个黑夜融进了漫长的不安，却也在那种不安中缓解了另一种疼痛。

那天，当父亲又来到她的小屋时，她盯着父亲半天没有说话，她想告诉父亲那个蹊跷的梦，但又担虑他透视玄机。满眼的矛盾与不安中，父亲已看出了她的忐忑："说吧，有什么心事？"

果然她是逃不过那双犀利的眼睛的。

在一个陌生的地方，秋天的阳光不明不暗，在一片像草地又像荞麦地的几棵树下，阿尔特抱着小儿子，大的就在膝边看着蚂蚁搬家。忽然大儿子抬起头说："姐，过几天我就要领着弟弟走了……"

"你叫我什么？"阿尔特大惊，竟见大儿子的脸成了已故弟弟的面孔，再低头看小儿子的脸，竟然也成了死去的二弟……阿尔特一阵惊恐，被一声尖利的狼嚎惊醒。两个儿子睡在身边安静无恙，均匀的呼吸显示出没有任何毛病，她余惊未消，又加上不安忧虑，整个后半夜里都睁着眼睛，再没有睡眠。

阿尔特想起已故的两个弟弟。在她刚刚五六岁的记忆里，作为老大，她是依次背着两个弟弟长大的，大弟弟背到能自己下地走路，就开始背二弟，然后是三弟达列、四弟巴尔特，直至妹妹沃尔特。之于老大老二两个弟弟，她不次于母亲的感情。在母亲埋头为一大帮孩子忙于厨务针线的时候，照顾弟弟们就是她的事情。老三老四因为有两个哥哥还能带领，老大老二则是她走到哪里跟到哪里，所以每当问大弟你想爸爸还是想妈妈的时候，他总会说我想姐姐……

阿尔特不敢陷入更深的回忆，她看到过的死亡太多了，亲人、村里的老者和年轻人，尤其四十左右的人被死神带走时，甚至没有什么可明显看出的因由，说走就如麻秆儿倒地，无声无息就消逝了。人为什么要死？死究竟是怎么回事？人可不可以不死？阿尔特每每发出诘问，却无从获知答案。

那个早晨，她早早就起来烧热了屋子，等候父亲每天的光临。母亲是那么柔弱的女人，她不想以任何事情再让她分心。她目前唯一能孝敬母亲的就是给她一张无忧的面孔，让她安心。她再也不忍因为自己的伤愁，让母亲那本来深陷的眼窝锁上愁雾了。

"无缘不聚，一切都是天道……"苏如勤听了阿尔特的梦，沉吟了一刻后，静静地用很低的声音说："人来到世上，哪个不是续前缘的？没什么奇怪，什么都是正常的。"

"可这……"阿尔特觉得父亲的话答非所问，又有着不便说出的含蓄。她想再说什么，又没法再说什么，有些话是不能出口的，也不能说的。

就在那一瞬，阿尔特看出父亲那意味深长的眼神在上午的阳光里游弋不定，又掠过一层难以察觉的回避。阿尔特看见了那个瞬间的回避，心里的忐忑加剧了。

第十章

宿世的因缘

望尽永恒快乐的边缘
却不见善慧喜乐的基石
一心追求理想的事物
却不播种坚忍付出和积德修福

1. 宿缘与幕后

　　时空轮转，看似经过了漫长的光阴，其实仍在原地没动或已流转回来。蚂蚁在一个人生命的几十年中，要死生万次亿次而仍无法脱离它的轨迹，人也在自己的轨迹里画圈，只是画圈的时间比蚂蚁要长。衮伦也一样。尽管灵魂在超越时空的虚空中漫游，却仍是在一个巨大的车轮般的圆圈里轮转而始终没有离开那个轨道。无论她飘到哪里落到哪里，生生世世留下的印迹总是反复出现于她的生命中。

　　为了缓解压力，衮伦应邀去了一个遥远的地方，相比她北极似的东北家乡，那是个四季如春的城市。那里有一座神圣的大山，引诱着四面八方的游客集聚到一起。衮伦和漠能结伴同行，乘晚班的夜车南下。当两个人在卧铺歇息下来的那刻，衮伦的毛病不合时宜地发作起来，她控制不住猛劲哈欠连天，随即眼泪便哗哗地流淌下来。漠能一下站了起来，瞪了一眼衮伦说："真烦人，走哪儿跟哪儿。"然后转过脸去，一副永远不再看的架势。

衮伦憷然地委屈了一刻，倏然明白了漠能的意思，她知道漠能的话里有话。漠能看待任何事物都超乎常人，从不停留在事物的可视表象。很多和漠能在一起的日子，她常常能道出衮伦视而不见或无法看到的事情，令衮伦瞠目结舌。这句"走哪跟哪儿"所指什么，当然也不在衮伦的视觉范围之内。不过她在瞬间糊涂之后，马上意识到了漠能所指是何。

在漠能自幼的成长期里，她一贯喜欢独自游玩。她只和自己对话，和草木树叶大山对话，哪怕是只虫子，她也能与它说上一会儿，就是没有与人说话的欲望。这种怪癖让她的爷爷既高兴又不免忧虑。之于那些无友不能玩的孩子，漠能自有轻安静谧的内心守护。一切都那么自然不假刻意。在她的视野和听觉之中，除了自然山川河流的声音就是她自己的声音，一切俗常的话语走不进她的心口。她时常自问自答，无论屋子里有没有其他的人，那是她的习惯。

"你在跟谁说话呢？"母亲初次发现时问。

"没跟谁呀！"漠能的眼神慢悠悠的，含着一点奇怪。

母亲知道漠能是在自言自语，就习惯了。这孩子与别的孩子有太多的异常之处，母亲担心她将来不会与群体相处。

那些与漠能相处的日子里，衮伦总是甘愿顺从甚至忍让。有时一旦因她的失言或错误引起漠能光火的时候，衮伦就只默默地流泪，而漠能就是看不得衮伦那泪涟涟的样子，她立刻转怒为哄，盲把衮伦哄得孩子一样开心。如果衮伦继续泪不能止，她便加上一句警告：若再不听哄她将继续发火。两个人就会和好如初。这样的情形，在一些亲兄弟姊妹当中也未必常见，而于毫无血缘关系又不是青梅竹马的二人来讲，彼此的依赖、吵不散离不开，已超乎同胞姊妹。漠能甚至说："我不知哪一世是你的丈夫。"衮伦说那有可能，她觉得自己是在还对漠能的宿世所欠。

最初引起漠能注意的怪事，是在 A 城共处的时光。有三次不可解的现象发生在两人身上——实际是漠能一个人的身上。那是深秋的一个上午,她们一起出去办事,回来时由于乘车时间过长,衮伦那每每上午昏沉的状态发作,令她麻木迟钝得只顾低头瞌睡。下了车走上人行路的时候,她竟然飘似的向一辆迎面开来的巴士走过去,漠能大叫一声:"车——"一下把她拽回人行路上,然后气急地喊道:

"你不想活了?"

衮伦却傻笑着一副无所谓的神态,让漠能觉得倒是自己夸张。

"你不要这样吓唬人好不好?我怎么向你的家人交代?"漠能继续直着脖子,尾音拉得很长。

"我并没有死啊!"衮伦继续不知好赖的模样。

"你死了就晚了,知不知道——?"漠能不消气地继续喊道。

继续向前走,要到住处的时候,两个人一前一后,衮伦突然听到漠能的声音:"气死我了,又疼上了。"

衮伦不知所以地回过身去看她,只见漠能微低着头,一只手揉着半边脸颊,透着某种莫名的神色。

"怎么了?"衮伦奇怪地问。

"这是第三次了,"她说,"第一次和你吵,头疼我没在意,第二次疼有点感觉,这是第三次,脸都硬了。"

"和别人呢?"衮伦突然想起什么。

"没有过呀。"

衮伦一下高兴又警觉起来,透过两个人的表面现象,她仿佛看到了她们无法通达的幕后,有某种宿世的因缘窥随着她们,"我们不能吵",她肯定地说。

后来她们就真的没有吵过。但是,衮伦看出漠能是付出了极大的忍耐。因为衮伦总是把自己的愚痴,通过一不小心的语言撞到漠能身上,致使漠能只得感叹衮伦实在不会说话,说得雅,你是不懂得善巧,说得直,你就是一个"缺心"。

缺心挺好,不用那么多心思,用了这个用那个,多累?只用一个心就够了。可是事物千变万化，人际各种各样，应对也要随机变化，一个心怎么能够使啊？心多烦恼多，一个心只有一个真心的观照，最终也只是一个简单的一字。

2．神峰境遇

旅行的惬意在于让人忘却真实的生活，抛下烦琐的日常俗务，去自然山川中轻松减压，去寻找被凡俗掩盖了的生命本真。在那座神山上，源源不断的人流，在山下裙衫、山上羽绒衣的温差中涌上峰顶。他们忘了登上云端融入空境的体验，却忙于浮光掠影的拍照。山峰上没有绿色生命，奇峰皑雪与风组成了空中的一片苍茫。当衮伦在稀薄的空气中吸完氧气瓶里的最后一口氧气、登上峰顶之际，漠能早已在上面等候，她不需要吸氧。

"你怎么这么快？"衮伦喘息着问。

"我被一种力量推上来的，非常轻松。"

漠能一副风平浪静，露出以往融入任何自然环境时都有的和谐融洽，还有点兴奋。衮伦不知中间停歇了几次，她一点都不怀疑漠能的话有什么玄乎。因为她在森林里成长，头冲下呱呱落地的时候，也是森林里的雪地接纳了她。而且整个童年少年都跟随母亲出入山河莽林之间，所以她懂得树的语言，懂得山鸡喜鹊等鸟的语言，也懂得山的语言，遑论登山的本事。

在经常跟随母亲出入林子的童年时光，漠能总是落在母亲身后，被空中的一种声音吸引。那声音实际是声声佛号，形成音声海充满了虚空。有时她就仰起头转着圈朝天空寻望。

"看啥耶？"母亲见她落得很远就会问上一句，等上一会儿。

"没听见到处都是'阿弥陀佛'声吗？"漠能跟上后说。

母亲抬起头向四空远望："哪有啊？"然后狐疑地瞅瞅女儿。

漠能类似的种种特异现象，母亲和家人从最初的惊奇渐渐转而习以为常。谁知道她投生这个家庭之前，是在哪个丛林里修行来着？

"拜神峰吧！"

衮伦那时不时跑神儿的大脑，被漠能的话音拉了回来，她们一同朝着最高的无法抵达的西峰叩拜，传说中那座顶峰出现过许多祥瑞，充满了神秘、传奇。

三次叩拜起身后，漠能反复赞叹："太带劲了！太带劲了！"

而衮伦竟然在一阵挥手跳跃之际，突然手扶栏杆哭泣起来。

"怎么了？"漠能发现靠向一边的衮伦正在啜泣，便奇怪地走上去。

衮伦摇头，说不出一个字一句话来，只是一个劲儿地哭，许久都停不下来。

下山的路上漠能再问，衮伦还是说不上来，一旦张口，那哭声先自涌出挤满牙缝，她们只好缄口。继续走下山时衮伦依依不舍，不断回头遥望那越来越远的山顶说："你们都在这里，却撇我一个在尘世流浪，什么时候我再回来？什么时候能与你们一起？"衮伦说着这些莫名其妙的话，抽抽噎噎的一路走不出山上的情境。

晚上回到宾馆，漠能再提起时，衮伦才能说出简单的几句话来。原来，她看到几位大菩萨都在云端，而漠能看到的自是一番不同于衮伦见到的景象。

在那个宾馆的夜里，衮伦梦境中出现了清晰的画面，两排红衣喇嘛从左上方依次而下，个个相好庄严。衮伦从未见过那么多的僧人，也不知他们从何而来要到哪里，与她又有何关系。

漠能听后，那锥子般的眼睛透过眼镜盯视了衮伦良久，仿佛要穿透衮伦久远的生命隧道，到时间的那头探探，或者剥开衮伦的表象掏出内里的可以证实的东西。须臾，她深深地吸了一口香烟，在吐出的青烟雾霭中，轻轻地说了声："快了。"

衮伦并不发问，对那玄奥莫测的语言，也不觉得稀奇，更不怀疑有什么故弄玄虚的成分。她只想把自己交给时间，让时间决定一切。

所有的事物都是因缘和合而引起的，看似偶然却含藏着必然的前因后果，没有不合理不平衡的现象。如果你现在受着什么，就知道你过去做了什么，如果现在做着什么，就知道你未来会受什么。

3．白度母

那个中午，宾馆寂静的午休里，衮伦梦中竟然看见一把菜刀立在左手腕上，刀刃切近肉里有一指深，却不痛也不见血。第二天她又看见她的小拇指滴滴答答地流血，靠指头尖的一截已经断开，只连着外皮，仍然没有疼痛。另有一个梦境是，衮伦的身旁有一位小护士正用针管抽药，跟前的一只塑料桶，正接着往外倒出的黑水……

衮伦倏然领悟这是某种暗示，说不定她的身体某个部位要发生什么病变。她说与漠能，漠能稍微眯了一下眼睛肯定地说："你要动手术。"

"不过这手术可能不是很疼，什么手术呢？"衮伦想不出她的哪个脏器可以构成动手术的条件。她清楚她的身体虽然一向孱弱，却没有器质性的病变。虽然她有极易疲劳、不能久站、眼睛发胀、腰背疼痛、颈椎变形、腿骨髓奇痒、头脑经年发沉混沌、腹胀不思食饮等十来年不离身的痼疾，但都达不到要做手术的程度。她曾多次看过医生都不了了之，没有说出一个可以叫得出名称的疾病。

"内脏的。"漠能肯定的答复，让人没有怀疑的地步。然后又说："我刚才看见咱俩在抱头哭呢。"

衮伦一惊，暗道：难道还会发生什么不测的事么？

果然过了一会儿，两个人因为一件事情都落起泪来，很难过，很不舒服。一会儿两个人便牵着手，在那个四季如春的城市，穿过横行道，买了机票，登上飞机。

当飞机穿过万里云层出现在 A 城的上空时，漠能深深呼出一口气说终于到了，到了这儿就等于到家了。

家，是这样固守在心里，即使 A 城几个月的学习，也使她们有了故乡般的亲切感，而故乡一直像个沉重又亲切的包袱，让她们背得很累。所有的地方都成为故乡的比较，甚至空气。虽然 A 城的大街上没有一个熟悉的面孔，但那语言是熟悉的，接近东北味儿的，所以是可作为半个故乡背在身上的。

而在毗邻故乡的另一个国度,那里还有她们民族曾经的故乡。

其实,你一直把最熟悉的、停留时间最长的地球的一个点,当作故乡。实际上,那不过是你相当漫长的、无有尽头的一程生命匆匆路过的一个落脚之点,你把它当成了真,当成了家。于是你就执着着它,也执着停留那里的躯体,于是你就有了各种各样的病,忍受着各种各样的烦恼。

衮伦听从漠能的督促,去医院看了门诊。结果,医生既明朗又含糊的回答,让衮伦意识到医生不便直接告诉她可能某个脏器长了肿瘤。衮伦并没有恐惧,只是有点出乎意料。因为那个部位从来没有什么不适,无痛无痒的,怎么也想不到会出问题。

衮伦回到家乡,打算准备一下再去A城就医。那个时期,小镇来了一位叫图敦的喇嘛,在小镇筹建寺庙并成立了临时筹建机构。在建设之隙,图敦喇嘛也不时应众生之求,做一些吉祥消灾、增福增寿祛病等禳解佛事。经朋友介绍,衮伦为有个吉祥缘起,也准备请喇嘛做一场祛病消灾的佛事。毕竟一个人面对肿瘤的心情,不会没有丝毫的波澜,何况有病乱投医,是很多如衮伦一样愚者的习气。

"你还不得挂个急诊?"图敦师出现在片刻午睡的衮伦梦境里,表情似忧似虑似急又似微怒,让衮伦摸不清究竟何意,晚上就做了佛事,第二天便动身,去了A城某大医院。

在等候就诊的时日里,衮伦一直惦记着曾在A城认识的仁钦师父。她又走进那座皇家寺院,典雅传统的古建筑群透着昔日鼎盛皇朝的太平气象。不断的香客以及朝拜者,彰显着人心的趋善向美,也营造出与喧嚣的外部世界迥异的虚幻感。也许,虽然人们的所求所欲、所观所想包含了各种心境,却在举头过顶的燃香匍匐中,没有人敢掺杂恶念。起码,那是个不可以亵渎的场所,不可以杀盗淫妄的地方。衮伦和漠能不知多少次被那幻境般的场所吸引,听凭心灵的召唤而前往膜拜,并在仁钦喇嘛的僧寮里接受过老和尚的教诲,以及奶茶糕点供果等等食物的恩赐。

当衮伦和男人进入寺院的那刻，大殿里众多的喇嘛正在诵经，一阵阵惠风般柔润有致的唱诵，拂过衮伦的心头，使她的身心融入空灵缥缈的境界。两个人索性就坐下来听，一直听到结束才去仁钦喇嘛的僧寮。他也刚好下殿回到屋里。衮伦一改第一次见到师父时的无知，叩地便拜，老和尚以洪钟般的声音提醒："磕一个就行了。"

衮伦和男人听便，起身坐在旁边的小凳子上。

这时进来一位侍者，相互问答了几句蒙古语，竟然有很多话，与衮伦的达斡尔语十分相似。衮伦对喇嘛师生起了一种亲切感。

"您说的话，有几句和达斡尔话是一模一样的。"衮伦说。

"本来就是一个语系的嘛，阿尔泰语系。"师父说。

"是啊，很可能都是一个祖宗呢。"

"都是东胡、鲜卑啊等北方民族的分支，骑马打猎吃肉，有什么太大的区别耶。"

"师父很懂历史。"衮伦赞佩道。恍惚生起跟姥爷说话的感觉。不，怎么能与姥爷相比？姥爷的智慧是世间的，某种程度上是外在的，是神灵赋予的先知先觉。而仁钦喇嘛的智慧是究竟的智慧，又懂得历史，虽然仅几句话的寒暄，却隐含着背后的学识。

衮伦想起家乡的亲人亲戚等，大都有着类似蒙古人的名字，四五个字长长的一串。她的舅舅葛根达赖（即"明亮的大海"）就是蒙古语，又可以说是达斡尔语，很多类似的名字，都没有严格意义上的区分。生活习俗、饮食爱好也极相似，爱酒爱歌爱舞的诗性族风，自古就没有严格地区分过你我。历史上的东胡、鲜卑、室韦、契丹、蒙古等族，交汇融合于黑龙江中上游流域，共同穿梭于山川林莽，共饮黑龙江水，饮酒打猎吃手把肉，养就的都是一个个豪情烈猛、直率干脆的勇汉。经过历朝历代的变迁演变，延续成现今的满、蒙、达斡尔、鄂温克及鄂伦春族等，仍然保留着祖先的遗风。即使草莽被驯化为良田，森林不许出现猎枪，草原几近沙漠，习惯了驰骋甚至个性自由的民族，承袭下来的表情，依然隐隐显现直露。

相比蒙古人的辽阔，达斡尔人相对执守、倔强、宁屈不弯。

所以在家乡以外的外地，达斡尔人无论碰到蒙古人或鄂温克人、鄂伦春等，都感到同民族般的亲切，尤其对蒙古人。在遥远的岁月里，衮伦是听着汉族人称达斡尔人为"蒙系人"长大的，达斡尔人也一直认为自己是"蒙系人"。

实际上，达斡尔人过去的确是被称为"蒙古达斡尔"或"蒙系人"的，因为历史上，达斡尔人曾是蒙古族的一支，新中国成立后的一九五八年，达斡尔族便按着毛泽东主席曾经的指示"改回固有的达斡尔族的称谓"，正式称为达斡尔了（而接触满汉文化较早的黑龙江省齐齐哈尔地区的达斡尔人，早在一九五二年就成立了达斡尔族乡一级的自治区），又经过中央的民族识别工作，最终被承认为单一民族。

达斡尔终于独立了，莫力达瓦达斡尔族自治政府也正式成立。达斡尔，便成为契丹遗部一个怀念曾经的长宫及故乡的民族代名词。

"这回可别丢了。"仁钦喇嘛把一件白度母挂件挂在衮伦的颈上，那是他老人家弥补衮伦在南方旅行时，丢失第一枚吉祥挂件的又一件宝贝。衮伦不免心生欢喜，她一直想拥有这样一枚挂件。没想到，那枚失落的挂件，竟成了获得白度母挂件的缘起。

"你没事了。"喇嘛师听说衮伦要看病的事情，不经意地说了一声。

而衮伦还是为了证明什么似的，第二天仍然去了Ａ城那家医院，做了相关的检查，然后在一种能把心顶出喉咙的探测中，辗转于诊床上忍受了半个小时翻江倒海的揪痛。衮伦一时就想到了死，如果能以痛快的死解决那种持续的痛，她绝不选择后者。然而，相比那些与她相同的检查者们，她算是幸运的了。他们痛苦而来，又添上绝望而回。而衮伦的检查结果，证明此前的诊断不过是虚惊一场。这让医生都感到不可思议。衮伦不由想起那个梦中的场景：为她用药的护士，倒掉的黑水……

如此，衮伦不能不信服那场佛事禳解的力量，以及至心诚敬祈请的力量。

在一部经中说：梦见吐黑水之类的是在祛病。

护士是佛菩萨的化身。

4．假腿真病

在那个缥缈的下午，衮伦梦中带着缥缈轻松的心情，又走进了她的那间屋子。屋里的墙上，有一尊悬立的雕像，正在那里全身摆动。衮伦用手摸摸，发现她的眼睛那么柔软那么慈爱，正注视着她。衮伦不由得又去晃她一下，竟听她开口说："别这样晃我，该不稳了。"然后她把那美丽纤细的手伸给衮伦。衮伦握着那只奇美的手，想：她的手怎么这么柔软，手心又怎么这么热呀？

雕像说："你的手多么好啊！我真想用你的手去救苦救难救那些孩子。"

衮伦早已泪眼婆娑，左手放在她的手边也说："是啊！我多想用自己的手去救那些受苦的孩子。"

"好好活吧，你还能活五六七。"

衮伦哭了起来，并在心里说：哎！五六七天，我就没有生命了么？

雕像显然知道了衮伦的心思，说：上天五六天，人间三百年呐！

衮伦恍然醒悟，立刻就止住了眼泪。

一会儿，男人也出现了，他问衮伦："你怎么在这里？我明明看见你在外面的草丛里将一条大蛇砸成两截，你后悔了，就匍匐地上忏悔，一会儿，那两截的蛇竟然自行合一钻进草里去了。"

男人快速地眨眨眼睛继续说："后来过来一个凶残的男人，似乎要找你麻烦，我把他打倒在地，接着又来了一帮人，我想这下坏了，这么多人我们一定弄不过的，不料，那些人竟围护着你坐上一辆大车走了。"说着男人沉吟了一下，目光里没有固定的点，注视着什么，却什么也没摄入。

"那么多人都保护着你，看来，"他又斟酌了一下，"那些致病发病的因素该消除了。"

男人对梦境的解释不管对错，或者纯粹是为了安慰衮伦，衮伦都把它当成吉祥的象征，增强自己摆脱病魔康复的信念。

那正是夏季，公历七月，东北短暂的夏天把炎热集中在这一个月里，使女人们抖尽了裙衫短裤，而衮伦所有的裙子都挂在衣柜里，保持着一种沉默的姿势。她冷落了它们,长裤始终没有离体。原来,随着原有的不适渐渐消除,两腿膝盖以下却出现了新的疼痛,使她本能地拒绝着裙子的暴露。衮伦以为是 A 城招待所招来的潮湿毛病,图敦师却一声不响地摇头作了否定,过了一刻才低眉说:"你磕头吧。"

衮伦没有明白他的意思,也没有相问。

"我的腿这些日可疼了,你的呢?"不料,漠能也在电话那头送来了自己的消息,这让她们惊讶,似乎偃旗息鼓的"共痛"怎么又反复了?

在疼痛难忍不能睡眠的时候,衮伦只好坐起来按摩捶打。后来她走进了一家盲人按摩中心。

盲人按摩师是位达斡尔姑娘,小小的手,倒也能以肘部的力量弥补手小的缺憾,所以按摩点穴的力量,反倒胜于大手。几天按摩下来后,她又让助手以火罐增加疗效。但是就在第二次点火的时候,火苗接触到洒落在左腿上的酒精,在衮伦的腿上几乎燃成了一片火炬。衮伦惊呼一声,在烧灼的疼痛中坐了起来,助手也吓得乱了手脚。衮伦有点沮丧,也不好去怪那个小助手,却陡然想起头天夜里看到过与眼前情景相同的画面,便说:"这是我应该受的。"

听上去似乎在安慰那个正吓得不知所措的助手,实际是,那个梦境已经以一堆微蓝色的酒精火苗,预示过衮伦要发生的事情。当时,那堆火苗就在眼前燃烧。由于没明白其中寓意,她几乎把它忘掉。一旦同样的情景浮现在眼前的时候,衮伦立刻把它们连在一起。所以她老老实实地说:"这是该发生的。"

"你的'病'就坐在腿上,你打它掐它,又用火罐抽它,它不给你点厉害,你怎么知道是用错了方法?"漠能哈哈的笑声,似乎要穿透耳膜,就像她的人也坐在耳鼓上震荡。

不过,漠能似乎以玩笑说出的话,却让衮伦想起了那次草原的梦幻经历。乌力萨满说:"这片大草原有三只大搜列,一只红色,一只白色,一只黄色,红的已在我家,黄的在他家里,"他指着去看病的一家三口人说,"白的正在你家门前徘徊呢。"他把目光转向衮伦。

衮伦惊异的目光投到萨满身上,隔着中间漠能三四米的距离,萨满注视衮伦的目光，星星一样明亮。如果以萨满人到中年的岁月去看，那眼仁应该掺杂些岁月和沧桑，然而那里闪烁的竟是少年的光岚。

无比惊撼的衮伦，不能不相信他说的话。那可是一位萨满的明示！他是在经历了从小到大二十年病痛医治无效的情况下，才不得不做萨满，与他祖上已故萨满的外气合二为一的。其实所谓的外气，不过是他萨满祖先的灵魂，想要在家族的人选中延续其萨满的承传而已。他们的治病、预测、占卜都有着独自的套路及严格的规矩。任何违背的行为，都会像那场应人之邀的跳神表演，遭到诸如失去光明的惩罚。当然，每个萨满都有各自不同的神灵和相同的神灵，比如其中之一的山神搜列。

烧腿的经历，让衮伦意识里的某种习气又占了上风。在晚上星如灯盏的时候，她默默地望着漫天的星斗自言自语："如果你真的要来我家，就让我的腿病立刻完好，身体轻松吧。"

她想起经常看到的虬髯苍苍的白色老人，心中暗暗向他许下了愿。

如此，第二天衮伦照样出门，走上去盲人按摩院的大路。那条宽广的马路，是小镇不久前修建的足有八十米宽的交通要道，许多车辆，款款地奔驰在各自往来的规程中，疏密有序。衮伦出门不到十米就上了马路，最初还一步一个脚印行走，一会便两步三步地迈了起来，感觉自己轻松得像要飞起来了，一会儿就越过许多大车小车，来到按摩院的门口。

"我今天不按摩了。"她进屋就对正在用耳朵搜索辨别声音的盲姑娘说："我是来给你送钱的。"

然后她告别盲姑娘走出屋子，又感觉自己飘起来了，飘了很久飘到一片坑坑洼洼的草地上，很多黑色的土壤从绿色的空隙中露出，呈现黑绿斑驳的杂色。幻觉中，她看见另一个衮伦向着南边方向走去，那个高高的总是出现在梦中的空女人，相隔她五十米的距离也走在前面。衮伦只望见她高大的背影，就知道是怎样的脸型、怎样的头型、怎样无声的面孔。正当衮伦暗合着那无声的引导想跟上去的时候，突然一群不知从哪儿降落的男人向她追来。衮伦拼命地在凹凸不平的土地上乱跑，最后她跑到一条河边，陡峭的河岸告诉她背后就是绝路。衮伦正懊悔没有跟上空女人时，几个男人已经包抄上来。

衮伦只好靠在峭壁上,硬撑着。那几个男人越来越近,他们都穿着脱了色的发白的黑色布衣,手中各拿着刀剑利器直向衮伦逼近。衮伦在一阵绝望的恐惧之后,镇静下来:反正是一个死,死也要死得像样,就索性挺起胸膛吧!

这时其中一把长剑已经戳到衮伦的腹部,一把尖刀架到脖颈。衮伦说:"既要我死,就给个全身吧,分割干什么?"

就在所有的剑、矛都要戳上来的瞬间,衮伦一下看见了东南几米远处,出现了小学时的同学,一副悠闲安然的神态,带着以往的幽默表情漫步过来。衮伦刚要喊:"杨涛,快来救我",却喊出了三声平时不离口的六字真言。旋即,所有的一切都消失了。

第二天,衮伦曾经的腿疼,仿佛从未发生过,顿然痊愈了。漠能又来电话说:"你的腿好了吗?我的一点不疼了。"又问:"你是哪条腿疼?"

"左腿,"衮伦说,"烧坏的也是左腿。"

"我的也是左腿,"她说,"我想看看你去。"

过了两日,漠能真的到了。她带着大兴安岭森林过早的秋风,也带着爽爽的干新的气息,一进门就说:"我想你了,要不是你说腿的事……我总惦记着是一回事。"

其实这也不过是漠能的借口。她隔一段时间,就有到衮伦家住几天的念想。这对于她一个人的单调生活,是个调剂。她每一次来,衮伦都把她安排在那间有雕像的屋里,那是除了衮伦可自由出入,任何人不经允许都不能住入的房间,只对漠能是个例外。漠能是衮伦的上宾客,特别是她没有异性的污染,自然与那个房间的氛围融合。在漠能住下的第一个夜里,她刚刚升起朦胧的睡意,就听见一尊雕像说:"这个人来了,她身上带来了东西。"然后就看见几个身穿长衫的人在房间里忙来忙去。漠能微微地睁着眼睛不闭不合,并闻到阵阵飘浮的香味儿。第二天夜里,漠能又看见一个身穿海青色长衫的人,在房间里走动,漠能困急了,再没等到什么动静就睡了过去。早晨,一位很胖很高的僧人走到她的床边:"这么高的楼,你儿子呢?"他说,"我来给他念经来了。"

"你这么早来,都影响我睡觉了。"漠能竟然不知好赖地仍然撑着睡意。

似真似梦的情境，在衮伦的那间屋子里，漠能已经不是初次经历了。当她第一次把类似的所见告诉衮伦的时候，衮伦回应的是一种兴奋，她认为相对于自己食肉又处于婚姻之中的浊身，漠能天生的茹素和童贞，使她始终保持着天然清净的一面。

　　当然，她的萨满爷，曾经预示她带着娘娘罢日肯①。所以自幼她得到爷爷的精心呵护，每当她独自一人的时候，爷爷的视线就会像长长的一条线跟随她的身影。自小，她会为不小心踩死一只虫子哭泣，会因为一条狗被主人鞭打而跑过去怒斥人家；郊游的时候，她会因为同事拍死蚊子而训斥他们……所有类似的情形，让周围的人都觉得她是个异类，敬她又畏着她。当然，衮伦对她的尊敬不仅于此，还因为她灵性的一面。在 A 城共处的日子里，她第一次跑到衮伦房间说"那是谁耶？一个白白的老头儿，总坐在我的眼睛里"的神态，以及严厉阻止衮伦中途返回的样子，都像帧帧永不褪色的画卷，印在衮伦脑海里。她在衮伦那间屋里的经历，也带给衮伦惊喜和愉悦。可是漠能告诉她的另一件事情，又让衮伦生出一点忧惧。

　　那天中午，她们坐在洒满阳光的沙发上，漠能的目光倏然定在阳台的门口，然后在衮伦狐疑的目光下，移到别处。衮伦问她看见了什么，闪出那样的目光。"没什么，"她躲闪着，"看见什么都不过是假象。"

　　衮伦便不再问。她不说自有她的道理，说不定什么时候，她会在轻松的话题中，轻松地提及。

　　果然，过了两天，在一句玩笑的哈哈声里，漠能把本来阴沉的话题融入轻松的氛围，减轻了衮伦的怖虑。她说："一个白白头发的老太坐在门口，眼睛可慈悲可无奈了，她想进屋，可是进不来……"

　　衮伦沉吟了一下，也学着漠能的口气硬撑着说："什么都不过是假象。"

　　不过这个话头，让衮伦想起了在循女人家的那场经历，充当发声筒般的痛哭，以及走出屋子认不出街景而迷失的情景……

---

① 娘娘巴日肯：达斡尔语，即娘娘神，主管生育、小孩等。在达斡尔、鄂温克、鄂伦春三个少数民族中传说为观音菩萨化身。

第十一章

孤独与责任

你的半个生命过世了
你的整个世界被粉碎了
这是如此的残酷和无法理解
你不能解释他们的死
但我知道
那是他们业报的自然结果
也知道他们的死
净化了你无法了结的业债
你的痛苦就是我的痛苦
你的经历就是我的经历……

1. 死亡眢井

在那个江边树木掩映、看似美丽如画的小村子里,天花像一阵恶风吹遍了家家户户,凡有孩童的人家,都把孩子看紧在屋里,以防遭到病魔的袭击。虽然如此,许多孩子已经被全身捂得严严实实躺在炕上,忍受着发烫的高烧以求尽快出疹。阿尔特四岁的儿子没有躲过病魔，然后两岁的儿子也随之倒在炕上，两个孩子同时病倒，不吃不喝，昏睡不醒，顷刻使原有孩子奔跑呼叫的屋子一下落静。阿尔特急红了眼，天花夺命的事太多了，她不知以什么最快的办法让孩子康复，她想起了父亲的神，不顾一切地跑回家里，迈过那很高的门槛扑通跪在地上，对着那西窗神龛上的诸神，咚咚咚磕头不止……

"腾格日罢日肯①，娘娘罢日肯，快救……救我孩子吧！我可一辈子没作恶呀……"

"怎么啦？"

正在炕上扯着麻绳，缝着永远都缝不完的狍皮靴子的红阔尔，立时扔下手中的东西，惊慌地想溜下炕，怎奈身体正患着病，只好干瞪眼看着语无伦次的姑娘。屋外干活儿的苏如勤也已奔进屋子。当他看见一向不近神的姑娘，正在地上捣蒜似地叩头，眼睛一怔，二话不说一下拎起阿尔特的胳膊，撩开大步向村西的草屋奔去。

那狭矮的小屋里，两个孩子静静地躺在炕上，他们身上散出的晦暗，与空气中游弋的暧昧气息，一下扑到苏如勤的鼻孔，让他立刻闻到了死亡的味道。他相当熟悉那种气味儿，许多他看到的医治无效的病人，身上散发出的味道，就是那种晦暗的没有生机的仿佛腐朽了的气味。那是一种感觉，只属于雅德根的感觉。不过小孩子的味道，又和成人和老年欲灭的腐朽有所不同，它们充斥在病人周围，使原本活跃健康的分子消遁无踪。

面对特殊的情况，已顾不得烦琐的场面仪式，苏如勤采用了最简便快捷的方法，用清水洗脸洗手之后，桌上点上香，把祖传的一个碗面大的铜镜放在水里，边绕边唱：

    哪方来的巴日肯，吉入吉入吉入耶。
    有啥要求请明说，吉入吉入吉入耶。
    可怜悯的孩子啊，吉入吉入吉入耶。

---

  ① 腾格日巴日肯：达斡尔语，即天神。

> 他还不到三五岁,吉入吉入吉入耶。
> 他们悲伤的妈妈,吉入吉入吉入耶。
> 丈夫尸骨还未寒,吉入吉入吉入耶。
> 请你放了他们吧,吉入吉入吉入耶。
> 供你狍子肉大酱,吉入吉入吉入耶。
> ……

七圈之后苏如勤取出铜镜看了片刻,一下坐了下来,目光中的悲凉和无能为力,一下被阿尔特捕捉到。苏如勤也不想骗女儿了,该来的怎么也挡不住,就让她面对吧,一切都是命中注定,他们如何能够改变?

"我作了什么孽呀,老天爷?"阿尔特绝望地说,"我怎么能留住孩子?爸爸你告诉我……老天爷你告诉我呀!我怎么留住孩子……"

一向话少的阿尔特,那一刻竟然以爆豆的频率诉说着。她知道父亲的表情就是回答,她已经什么都明白了。苏如勤向来刚毅又不失慈柔的眼神,那一刻是无尽的悲凉,无尽的无奈,无尽的悯怜。面对自己的骨肉啊!无力挽救眼睁睁地看着他们堕入黑暗,他只能沉重地叹息。

苏如勤经历得太多了,无论面对死亡还是重疾沉疴,他都报以同情尽力救治。而最彻心透骨的疼痛,是来自这个多灾多难的女儿,这个给了他第一声"爸爸"的长女。她才二十六岁,还没来得及作恶,她除了奉献就是奉献。四五岁的时候,就承担起带弟弟的责任,稍稍长大了,因他的酗酒而承担起男孩子的劳动,劈桦子拉柴火,还帮助小手小脚的妈妈缝制衣服。作为父亲,他没给女儿穿过一件像样的花衣裳,也没让她像个闺女家安闲地坐在霍日格①前,长线短针地刺绣。所有的冬天,她的手脚都是冻裂着张着口;所有的夏秋都是她无怨无嗔地收拾地里的庄稼。长成了十七岁的姑娘,婆家还算是个体面富裕的人家,可是短短的时间里就成了孤苦伶仃的人,连亲生儿

---

① 霍日格:达斡尔语,即柜子,达斡尔人特有的一种炕琴柜,红色或黄色,一米多高,中间两开门,镶嵌有荷叶鎏金的拉门。

子也不能留在身边。然后第二个丈夫、孩子又相继离世……天呐！这短短的二十六年，她没有作任何孽啊！究竟是得罪了哪方神路？做错了什么？难道真的是过去世造的罪业吗？苦啊！我可怜的闺女！你怎么这么命苦？

苏如勤决定以他的法力查查阿尔特的身世情况，即使已经没有力量挽救两个孩子，也要为这个几乎垮掉的姑娘尽尽力。

太阳还没有落尽，漫天的红霞绚烂着寂静前的辉煌，静如息止般的安详掩盖着每个草屋里的忧惧。江水自流，太阳亘古不问人间的一切苦厄，只是照耀，一切遵循着天道秩序。

苏如勤已经站在了墓地前。他想起曾经亲手埋葬的两个儿子，多少年过去了，他又来亲手埋葬两个外孙，难道、难道……苏如勤被这倏然冒出的念头惊骇而战栗，拼命抖掉手中的尘土，犹如想要永远抖掉死亡的魔障。

苏如勤最后仰天长叹一声，在残阳溅起的血浪中，踏着满目的败叶怆然回到阿尔特的屋里。

阿尔特蜷缩在草席上，神情颓伤呆滞，仿佛坍塌成堆的泥像。对于父亲的出现她漠然没有反应，透示着她悲极的心死。这引起苏如勤的怖畏，他宁愿看到阿尔特号哭，也不愿目睹她似乎什么也没发生过的木然和绝望。

突然，麻木的阿尔特看也不看苏如勤，用一种可怕的声音喃喃地说："阿玛，你送走的是你的儿子还是我的儿子？"

"你说什么，孩子？"

苏如勤一步跨到女儿跟前："……你哭啊！哭啊！"他使劲摇了一下阿尔特的身体，竟然像触到面条，阿尔特随势动了一下，复又回归原来的漠然状态。苏如勤扶着阿尔特坐起身靠在墙上，让她的眼睛朝着窗户透进的光亮，他要通过那双还很清澈的双眸探究里面的究竟，他要让她活起来。

"妞妞，你看着爸爸，我给你讲个故事，你听见了吗？"苏如勤一下想起久远的甘珠尔庙，智达喇嘛给他讲过的故事——

  古时候，有一个修行人住在深山里。山脚下的村里有一个七岁的孩子，小小年纪，就想探究生命的来处和归处。于是辞别母亲，出外寻师访道。

当他走到一个深山时，巧遇了阿罗汉，便请求阿罗汉收他做弟子。阿罗汉收留了他，从此小孩就恭敬地随侍师父左右，并依照师父的教导用功，一心诵经打坐修行，很快就悟到念心，并继续在师父的教导下在念心上用功。不久，他的修行就达到了眼观一切处、耳闻一切声、通晓宿世一切因缘的程度。

有一天，神童入定后，观察到自己的过去，不禁哑然一笑。师父问他："为什么因缘而笑？"

神童回答说："我在这个人世间，曾经五次投胎在五个家庭，第一次母亲生我的时候，邻家也同时出生一个孩子，但我与母亲的因缘非常短，出生后仅仅几日，我就夭折了，这第一位母亲常常因看见隔壁的孩子触景伤情。投胎第二位母亲家时，我在最讨人喜欢的年龄就夭折了，第二位母亲因思念她活泼聪明可爱的孩子，心中一直抑郁、悲痛、忧伤。第三位母亲生我时，不到十年，我又匆匆离开了人世。第四位母亲，我与她的缘分还是很薄，在未满二十岁时，因为意外而死。这二十年来的相处，一旦死别，母亲始终忧伤绝望，生活在无止境的痛苦之中。这一生，我是第五位母亲的孩子了，由于自己内心渴望了解生命的真相，七岁时辞别母亲寻师求道，感恩师父的慈悲教导，指出一条菩提大道，成就了弟子的大业。我在定中，看到今生的母亲在家中日夜啼哭，说我的孩子为了学道而离家，不知道身在何处，不知道是否挨饿受冻，如今生死未卜，也不知道是否再能相见？

"每一世的母亲都为了我这个孩子愁伤悲苦，由于自己已经知道宿世的因缘，了解了生命的真相，生命的长河是无止境的，每一生、每一世都更换不同的身形来到世间，这个身体或为男，或为女，或高或矮，或穷或富，生命的时间或长或短，都有它的前因后果，一切都是因缘和合而有的，缘尽了也就消失了。即便是曾为母子，当因缘结束后，换了不同的身形，就算两个人擦身而过，却也相互不认识了，但世人看不清这缘起缘灭的真相，往往为聚散离合悲喜交加，迷失自己的本心本性。我现在已经不再受生死轮回的苦果，因此怜悯五位母亲为情羁绊，感叹我命薄。如果能让母亲们了解生命的真相，她们就不再忧愁苦恼了，这才是报父母恩的最佳方法……"

"阿玛，你不要说了——"

阿尔特骤然放声恸哭不止。而就在那重现知觉的泪光里，苏如勤看见了阿尔特眼仁里的影像，那正是她遭受这场灾难的因由。他有点恐惧了，他不能说出口，尤其妻子红阔尔不能让她知道，她正疾病缠身，再不能让她承受女儿的痛苦。

"哭吧，尽情地哭吧，孩子，全哭出来……"他有点无力地安慰着。

阿尔特在恸哭中渐渐归于平静，她余泣不能止地说："我怎么活下去……"

随着阿尔特恢复正常，苏如勤被她惊吓的心也归于释然，但他开始忧虑，是啊！她怎么活下去？一年中三个亲人抛她而去，丈夫的茔冢土尚未干，两个儿子又小小离去，他怎么才能让她从死亡的眢井中爬出来？虽然他并不怀疑女儿的坚韧毅力，经历了几次磨难，阿尔特在人前依然平静安忍，只一个人独处或野外劳动时才放声歌哭，面对父母时，她是一个多么用不着操心的孩子。而这次超乎寻常的灾难，她仍然需要一个自我拯救的过程，苏如勤要以特殊的方式做这种救拔的擎柱。一如十年前的那个夜晚，黑暗的星空下他刀逼心脏的毒誓，这一刻，他又发出了内心的誓愿：

"腾格日巴日肯，给我女儿一条活路吧，她的一切罪障都让我来代受，都移到我的身上吧！只要让她能够好好地活下去，我愿意代受她的一切磨难……"

你忘了么？路都是自己走出来的，没有谁逼迫你走哪一条路，即便是逼迫的，也是你的选择，一切都是业力感召啊！你怎么就不明白了？

2．表象

正当苏如勤以保护神的角色，用各种方法为女儿输入精神力量的时候，他因忌酒而振兴的家道也正处于隆盛时期，十年不饮酒的誓言已圆满成就。曾经卖酒的生意，早停止在忌酒后的第六年。因为他再不忍看到乡亲们因为饮酒而摇天晃日。最让他痛心的是他的一个远亲，天天被酒精麻醉得迷迷糊糊，以致疏忽照料产房的妻子，使她冷水洗刷而导致产后风死亡。苏如勤猛然醒悟，就如他忌酒时的刚烈，决然放弃了收入不错的酒业，一心扑在田园的梳理上，自然便有了自顾不暇的土地牲畜，有了长工短工的雇用，成了当时村里唯一一户家大业大的地主。

那时，也正是红阔尔完成了三个孩子的婚姻大事，家境蒸蒸日上享受天伦安逸的阶段，她再没有什么可操劳的，除了阿尔特的婚姻。一天挤牛奶时，红阔尔被一向很老实的牛突然踢倒，造成左腿骨折。此时也正是阿尔特伤心欲绝时，没人敢告诉她阿尔特的不幸，她天天躺在炕上，三天不见阿尔特，便叨咕不停："为什么不来家看看？她不知道妈妈骨折了么？"

苏如勤圆融的回复让她相信，是外孙有病不能脱身。三天之后，阿尔特终于整理好勉强还可以混过去的姿容，出现在母亲面前，说知道妈妈骨折了她一直急着回来看望，无奈两个孩子有病不能离开，姑娘不孝，请妈妈原谅。

红阔尔望着阿尔特，或许因自己的疼痛，忽略了姑娘双眸里掩藏着的悲哀，然而也看出了那掩饰不掉的忧郁，错以为是为她的病："我不要紧，一个外伤，养一百天就好了，快回去看孩子，有你爸在，我就放心了。"

"妈妈保重，我回去了，明天再来看你。"

阿尔特说完匆忙转头走出屋子，出去后就捂上嘴跑了起来，一旦出了大院，就放出哭声。她不记得这样哭是多少次了，忍耐真是很痛苦啊！

阿尔特没有回她的屋子，直接走进林地，在林子里凸凸凹凹的缝隙中狠命跋涉。秋天的阳光穿过阑珊的秋叶斑驳地落在林地，爽爽的干风舒然拂面，却凉得有点心寒。阿尔特什么也感受不到，她只觉得心口压着的那个沉重的石块儿，已经把她压弯。她使劲地呼气吸气想直起身来，却徒劳无益。

我不能死……我不能死……她气喘吁吁地，满脸泪花，我死了对不起爸爸妈妈，是天大的不孝……

她仍然拼命地奔走在林地里，到处伸展的树枝刮伤了她的手脸，她丝毫没有感觉。不知道什么时候，她走不动了，一下绊倒在地，索性就躺下来，一动不动地仰面天空。

蔚蓝的天空高远，朵朵棉絮般的白云悠然飘荡。她曾无数次遐想过天空的自由自在，也无数次想象过天上的仙子，她想像天人那样来去自由，无忧无虑，可以帮助像她这样苦难的人，帮助乡邻以及所有受苦的人们，让他们不缺衣食没有疾病夭亡，还能知道那些死去的亲人究竟投身何处……

阿尔特的眼泪一阵一阵落下，顺着眼角流进耳边……两个儿子又蹦到她的眼前，时近时远，在空中游荡……

夭折的人，阴间地狱都不留。爸爸曾说，他们只能到处流浪，栖息在树上或者路旁废弃的屋子，无吃无穿。

你们在哪里啊？我可怜的儿子……

阿尔特又被悲恸罩住了，一切模糊，她又放声呜咽了一阵。

呱、呱、呱……

一片乌鸦的叫声传来，阿尔特听出的却是苦啊、苦啊、苦啊的凄凉。很多天了，村子里苦啊、苦啊的声音持续不断，早晨一睁开眼就传到耳里。过去，她害怕或者忌讳这种声音，总以为是乌鸦把死亡带给了人们。后来听爸爸说乌鸦是有灵性的鸟，只不过是用自己的灵性在给人报信而已。智达喇嘛也曾讲过，那座有名的大藏寺，就是由乌鸦来选择地址的。

据说一位大德发愿建造一百零八座寺院后，到达了大藏寺所在的附近，经过观察他发现当地有建寺弘法之吉兆，便决定在那里建寺。但是很多佳地难以抉择，正在观望之时，一只乌鸦飞来了，直接飞到他身旁，一下叼走了他的哈达，飞到一棵大柏树上，把哈达拌在树枝上。大德惊奇地过去，见树下有很多蚂蚁，认为那是寓意将来寺院僧人众多的吉兆，便决定把柏树的枝节修去，以树干为大雄宝殿的其中一柱，建立了主殿……

可见那乌鸦绝非一只寻常的乌鸦。

类似的故事，爸爸从智达喇嘛那听到很多。在阿尔特的想象中，智达喇嘛是无所不知的智者，如果有一天，她能亲见智达喇嘛，一定要把生死之事问个明白，问问死去的丈夫和儿子们都在哪里，问问她为什么这么苦……

一只蚂蚁爬上了阿尔特的脸颊，她习惯地顺势一捏，一下把那蚂蚁捏得不能动了，就把它放在一个草棵下。一会儿，爬过来两只大蚂蚁，围着它的身体来回转动，有一只竟然在那只不动的蚂蚁边停了很久，用胡须拱动着试图让它爬起来。阿尔特的心一下疼了，她捏死了它们的孩子，它们没有孩子了！这又使她悲伤起来。尽管蚂蚁渺小，活的日子不过几天，但不是也有父母家庭么？还把自己的家建得很好。可她就那么轻轻一捏，就把人家的命捏没了，家也给破坏了，这跟她眼下的处境又有什么区别呢？她不过是比它们的身体大上无数倍，寿命也比它们长而已。可在天人的眼里，人跟蚂蚁又有什么区别？爸爸说即使活上八九十岁甚至一百岁，不过是天人的两天时间，还不能主宰自己的命运，这跟那只蚂蚁有何不同，轻轻地外力一捏就丧了命。那么自己的两个儿子，又是什么样的外力给捏走的呢？如果她也死了，是否就能看见或知道他们此刻都在哪里……

远处传来了爸爸的呼唤，一声比一声急切。她急忙应了一声："阿玛——"，立刻擦干了眼泪，心说，我不能死啊！

"阿玛，我在这儿呢……"

她立刻起身，快步朝父亲的声音寻去。

前边二三十米左右，阿尔特见到父亲，高高的个子停在林隙处。父亲也见到了她，正以无比心疼的目光等候着她。阿尔特又在心里说，为了阿玛我也不能死。苏如勤不用去看女儿那红肿的脸孔，就知道怎样的情景，只心疼地说："明天有一个外乡人来找我看病，你和我一同出去，散散心吧。"

阿尔特没有立刻回答父亲，但她望着父亲那无比疼爱的眼神，就点头了。她知道父亲是不放心她总去林子里奔走，才让她跟他去的。万一碰上狼、野猪什么的实在危险，况且一些黄鼠狼也会迷人，村里不时有被迷住而求父亲给看好的人。不过她一点也不害怕，当巨大的悲痛笼罩于她，一切可能出现的危险反而无所谓了，一切听天由命吧！

"阿玛，要是人的一切，能自己做主多好？"回去的路上，阿尔特用微弱的嗓音问。

"能的，孩子，"苏如勤见姑娘能提出问题，心里轻松了很多，"可是那样的人很少，智达喇嘛就是把不能自己做主的事情，变成能够自己做主。"

"阿玛，那你能自己做主吗？"

在阿尔特的眼里，父亲是无所不能的，有时也是深不可测的，她无法了解父亲的世界。对于父亲常常告诉家人明天要来一个什么样人的预言，她从没怀疑过，因为事实从未与父亲描述的走样。所以对父亲的信赖和敬仰，是顶天立地的。

苏如勤没有直接回答阿尔特，但他喜欢姑娘能这样与他说话，尤其在她精神绝望的时候。他多么希望这样的问答对话，能够使她重新振作起来。

"世间的一切本来是变化无常的，不断地生、不断地长、不断地衰、不断地亡，我们能挡住什么呢？什么也挡不住，或者什么也不能做主。我们以前的许多事情，都像一阵风一样过去了，就像打场时，用木锨扬谷子，木锨往空中一扬，风就把土尘和草末吹走了，你说，我们人和我们做过的事情，像不像那些随风飘走的土尘和草末呢？"

苏如勤问姑娘，似乎也在问自己，但他知道阿尔特不会回答，便接着说："关键是，要把眼前的事情，比如痛苦忘掉，因为事情已经发生了，该走的就像微尘一样被风吹走了，痛苦解决不了任何问题，何必把自己锁在里面呢？生死我们不能做主，可面对生死的态度我们能自己做主的，是不？"

阿尔特那压着石头一样的心，仿佛撬开了一点缝隙、透进了一丝清凉的风，让她憋闷的呼吸畅通了一些。便想，没有爸爸她真的就会死的，眼前的爸爸是多么伟大呀！他几乎是为了她为了别人活着呢。

只有一次，阿尔特对爸爸曾产生过微微的抱怨。

那是她从江东重返家园寡居不久时。一天来了一位求治者，是弟弟达列的一个熟人，他来的时候达列并不知道，苏如勤说："你上卫生院看去吧，我这儿不能治。"

来人不相信也不肯走，说卫生院没有看好，才来求他的。最后苏如勤说："实话告诉你吧，我治不了你的病，这是真的，不是唬你。"

那人不得已走了。人走了后阿尔特心里不忍说："阿玛，人家那么远来求你，为什么不给人家看呐？"

"他不是真心来看病的，是想试探我的法力，所以我看不出他的病。"

"怎么知道呢？"阿尔特不解。

"梦没显出他的病在哪里。"苏如勤没有多加解释，他不可能把很多细节说出来，简单地告诉阿尔特是为了消除她的不满，不然她会生出爸爸不够好的念头。从那以后阿尔特彻底信服父亲，就如她小的时候，总是仰着头望父亲的脸和身躯，父亲是那么高大不可企及。

第二天来接他们的是邻村人，五六里的路程，人家赶了马车来，不过他们没有坐车。和以往一样，走到村外，苏如勤把托在左臂上的猎鹰放了出去，才坐到车上。

鹰懂得主人的意思，它知道主人每次出去办事期间，也是它出去狩猎或放飞的时间，它知道什么时候返回，也知道不能违背主人的意愿。实际上，它已经不是一只会狩猎的猎鹰了，它是萨满神系的一个重要成员，它跟随这个氏族已经很久很久，一代一代，跟着主人轮回，成为这个民族众多图腾中的精英。

刚跟主人续上缘分那年，它仅有两岁，但并没有因为小而降下它那与生俱来的高傲峻猛，它宁可忍受饥渴也要展示它们种类难以驯化的骁勇精神。驯化它们可不是人人皆可为的事情。这让主人苏如勤付出了极大的耐力和时间代价。最终它顺从了主人的意志，并能领会主人的语言，会看主人的眼色，双方磨合得几乎心心相印。

最初驯鹰的时候，阿尔特每看到系住脚脖的雄鹰，在父亲一抬臂的示意中飞出，却又被系缚的链子拽回来落到父亲臂上时那种汹汹急躁的眼神，便会产生莫名的感慨：你的腾飞竟然变成在两米之间的起落了，自由翱翔的雄鹰啊，也有不属于天空时的无奈么？她不知为何会生出如此想法。

后来情况就不同了，驯服的鹰重新获得自由，它可以在主人的示意中飞出去，猎回兔子等猎物放在主人的脚下，自己却丝毫不沾。很多时候，它站在主人的左臂上，在村人敬慕的目光下走过村庄那条大路，走进林子，在主人一抬臂的示意中轻松地飞出去。一会儿工夫，它就凭那犀利敏锐的眼睛发现雪地或草棵里蠕动的小兔子，猛冲下去，迅疾将它钩在利爪之下，飞回。

然后又在村人羡慕眼神中，仿佛接受阅兵礼一样，一路高昂在主人左臂上，回到家中。不狩猎的季节，它可以回到大自然中，一月两月，然后再飞回主人身边。

阿尔特漫漫地回顾着驯鹰往事，不知不觉车就进了村子，停在一家院里，她机械地跟了进去。

阿尔特没有心思听他们说些什么，她只看到眼睛从眼窝里恐怖地鼓突着的病人，正与他的母亲大声吵闹，身上的酒气刺鼻，整个屋子弥漫着从胃腹返出来的浊气，阿尔特有点呼吸不畅就出门走到院子。后来就听到父亲唱起了雅德根调子。她重新进屋的时候，父亲正盘腿坐在炕上，面对面和那年轻人对坐，三炷香绕着他的头和身体，在唱：

  阿查①替克库，阿查叶大个呗，梅花若，梅花若，
  Achati keku achaye dagebei
  额沃替克库，额沃叶萨呢呗，梅花若，梅花若。
  Ewoti keku ewoye sannebei
  扎洛困互，扎了恩月思姑汝系，梅花若，梅花若，
  Zaluokunhu zanlen yues guruxi
  塞日叠互，考钦月索若 腰呗，梅花若，梅花若。
  Sairdie hu kaoqin yuesuoruo yaobei
  亚目日 特日顾了 巴日肯谢，梅花若，梅花若，
  Yamur tergule barken xie
  亚目日 三那呀 乌苏列，梅花若，梅花若。
  Yamur sanaya wusulie
  哎日给一 得日逆，亦似可呗叶，梅花若，梅花若，
  Airgi derini yiskebeiye
  埃文当个 埃地列，梅花若，梅花若。

---

① 阿查：达斡尔语：爸爸。

Aiwen dangge adilie
瓦咔喝替，瓦咔艾拉呗，梅花若，梅花若，
Wakaheti waka ailabei
以度窝信逆 半居个呗。
Yidu woxinni banjugebei
…………

意译：
有爸的儿子随爸爸，
有妈的儿子想妈妈。
年轻人要懂世道的规矩，
老年人行事遵循老规矩。
你是哪路的神灵，
有啥想法请说明。
唯有酒能成事么？
达斡尔烟也相同啊。
有错要赔错，
吃喝给你办。
…………

  一会儿那个年轻人安静下来。

  父亲并没费什么事情，简单地弄了弄，就说没事了。

  阿尔特无法理解一个人怎么可以对母亲那样无理，而且看上去一个年轻力壮的人，怎么会病成这样。

  过了几天，那家人又来了，是来感谢的。他说："儿子不吵了，也不喝酒了，亏着雅德根你给办了，不然还当着粗脖根儿病治呢。"

  来人带来一只狍子一对野鸡，父亲让他带了回去，但等人走了后，那些东西竟然挂在大门外障子的木桩上。

这桩事情在阿尔特心里留下的印象很深，使她在后来漫长的岁月里，看到或听到类似吵架酗酒的"病人"，自然就会想到那个青年。当时，阿尔特没有心情探究他的病因，很久以后，她才向父亲问起病者的缘由。

"他伤害过一只萨日巴日肯①，"父亲告诉她说，"它就天天坐在他家的房梁上盯着他。"

阿尔特不由联想到自己的身世。就一个天天吵仗酗酒也有那么可怕的背景，那么她呢？遭受如此连续的大劫大难，莫非真做过她无法知道的大罪大恶？可是，在她仅二十六年的生涯里，并没有做过什么坏事恶事……那，就是她的过去罪孽深重了？

这个过去也就是前世，父亲说，智达喇嘛曾告诉他，生命是没有开始也没有结束的，结束的是人的肉体，而暂住肉体里的灵魂，永远不生不灭，不断地改换所住的房子。这个房子或许是人，或许是什么动物，或堕入地狱，更或者变成鬼到处流浪……

那么她的劫难……阿尔特不敢想下去了，从内心深处生起一种恐惧。

她仍然天天去林子里奔走，在掉光叶子的萧索树林中，以极度的疲劳，换得麻痹后回到屋子里的暂时睡眠。

3. 金克日家族的巴日系

这个时期，红阔尔的伤腿也发生了奇妙的变化。一天，在达列的妻子金丽玛给她换药之后，为了给婆母的伤腿活血，金丽玛一边慢声细语地与婆母说话，一边以她闺时就因家境富裕养成的纤软的手在那腿上轻轻摩挲。就在她摩挲后的片刻，红阔尔竟然感到腿的疼痛消减。起初她还没有意识到是按摩带来的效果，以为是个偶然，后来她又不动声色地让金丽玛按摩了一次，果然，腿疼又减轻了。红阔尔并没有发现儿媳按摩时有什么诀窍或者咒语，她只是随意地摩挲来去，却让伤腿立刻消肿止痛。这一发现让红阔尔既兴奋

---

① 萨日巴日肯：达斡尔语，黄仙的意思。

又蹊跷，便说与丈夫听。苏如勤听后微微沉吟了一下，没做任何表态。但他记起自己的祖母，曾经也偶然治好了他儿时同伴的骨折，并由此开始了接骨疗伤的传奇。不过金克日①家族的祖上也即金丽玛的曾奶奶，也曾以巴日系②的身份赢得过世人的尊敬，人们都称她为梅斯尔额特沃③。究竟是谁的神灵在金丽玛的手上显灵，还有待于一场法事的验证。

苏如勤没有像红阔尔那样兴奋，他陷入了长久的沉思：这个家族究竟要带给子孙后代多少说不清道不明的蹊跷，或者麻烦？

红阔尔的伤腿经过儿媳金丽玛的三次按摩，打破了伤筋动骨百天愈的常规，四十九天便康复如初。苏如勤自然愿意让儿媳的功力发挥启用，能解除病者伤痛，无论对谁来说，都不是什么坏事。只是，他还有些不愿明说的顾虑。

就在这个时期，一场旷世的大变革，搁置了苏如勤想做个法事确认金丽玛的神灵的打算，他陷入了重建家园并适应新时代的思绪，金丽玛的事情已变得不重要。但是许多年过去后，金丽玛的侄子金克竟然也在偶然中表现出疗骨的技术，如金丽玛一样。所以大家认定是金克日家族的祖先显灵。

金丽玛后来得了重病，但她知道自己是怎么回事，就请了外地梅里斯地区的一位女雅德根弄弄。女雅德根一点没有过去雅德根的气势，点上香，只坐在那里低眉一刻就说出了金克日家族的祖神在四处流浪，无处安身，并说给他们立起牌位才能病愈。金丽玛当然照做。

金丽玛正式安立神灵那天，选择了丈夫达列不在家的一段日子。他们把事先画好的神灵供在西炕的桌子上面。那是一张很长的画着各种神灵的水彩画像，颜色新鲜明亮，个个慈眉善目。神灵的身份是：祖神霍卓日巴日肯，掌管生育和孩子的神灵娘娘巴日肯，山神敖里巴日肯，专门接骨的巴日系等，依次排位。在紧靠着的另一张桌上的大盆里，是冒着热气的猪头、娃弃④达

---

① 金克日：达斡尔人的一个姓氏。实际是精奇里江之意，即现今俄罗斯境内的结雅河，达斡尔人的祖居地。达斡尔人迁徙嫩江流域，仍然保留着以所居住过的山水河流为姓的习惯。
② 巴日系：萨满神系会接骨的神职人员。
③ 梅斯儿额特沃：梅斯儿是达斡尔人的一个氏族，额特沃即老太太。
④ 娃弃：达斡尔语，猪后臀。

了[①]等必供的大件，手把的尖刀插在上面。另有白酒果酒也供在左右。女雅德根不唱不哼不跳，只用一只筷子不断蘸一下杯中的水，依次给纸上画的神灵点睛。她一边点睛一边操着浓厚的梅里斯地区的达斡尔口音说：

"啧，今天是个好日子，立你们升坛扶位，开你们的眼睛，以后要好好帮助主人，让她快快好病，家道兴旺，氏族兴旺。"如此每点一对眼睛，就重复一遍。并说："时候不一样了，大家不要挑理，越简单越好。"然后站在一边看了一会儿，告诉金丽玛，把右边的果酒挪到左边的巴日系跟前，说那个神灵要喝果酒。

简单的仪式过后，神龛供到西窗上面，然后用布遮好。那是专门供奉神灵的地方。所以连西炕也跟着成为神圣的不可造次的所在。

金丽玛的病慢慢好了起来。后来竟也治愈了一些骨伤之类的筋骨之症。但她并不像她过世的公公苏如勤常常烧香上供，很久才简单供一次。那些神灵也没有早年神灵的福气，还和世人一样，不可避免地遭到厄殃。

当时，金丽玛一听到风声，便把用布帘遮着的神龛请下来藏进林子，并为他们盖了一座小小的房子。那小房子隐在树丛中，若不刻意寻找不会发现。然而那些进门就翻箱倒柜的学生们，天地不怕，不但翻遍了人家的屋子仓房，也扫荡了林子树丛。于是所有像金丽玛那样盖的小房子都被发现，所有的画像、神偶都被翻出来扔得到处都是。小房子也都被无知的脚们踹踏。没有人敢说出一个"不"字，只在心里默默地叹息："造孽呀！"

金丽玛晚年是在一双手严重变形，甚至腿脚也不便行路的病痛中离开人世的。所以金丽玛的侄子金克娶妻之后，妻子阻止他做任何按摩接骨的事情，她说谁的病灾，各有因果承受，你去参与什么？改变什么？

她的阻止遭到了金克母亲即婆母的反对："那是一个多好的赚钱手艺，闲着也是闲着，为什么不去发挥，又治病又挣钱？"

"没看见我们姑妈临终的遭遇吗？"金克的妻子说，"谁的业谁自己消，

[①] 达了：达斡尔语，猪肋骨。

不要去破坏因果。"

婆母却不以为然："那又怎么样？谁看见了？"

"没看见不等于不存在……"

还好，金克顺从了妻子。

许多年后的一天，金克的女儿坐在考场接受公务员考试的面试，金克正和妻子为一栋新楼的门窗刷漆，他站在高凳上没有站稳一下掉落下来，造成踝骨骨折。

"这下你姑娘能考上公务员了。"妻子随口就说。

金克不能刷漆了，妻子找车把他送到医院。医生说需要做手术，需要……需要……那么多的需要，金克揣起那些"需要"的单子，回到家里，自己用藏红花泡上药酒，每天按摩揉搓。到了第五天夜半，金克躺在沙发上正睡得沉实，猛听"嘎登"一声，脚踝一阵剧痛，他"哎哟"一声坐了起来，摸摸脚，竟然平平整整的一点也不疼了。几天后姑娘的录取通知果真来了，是系统子女五十多名考生中唯一被录取的。

半年后，金克因为二女儿逃学，用穿着拖鞋的脚踢了一下女儿，女儿本能地用右手挡了一下，那脚就踢在女儿手背上，手背立刻突出了一块，金克摩挲摩挲，竟也恢复了平整。

又过一阵，金克妻子的脚走路时莫名扭伤了，一瘸一拐的，正在排练的民族舞蹈不能参加了，固定的队形就缺了一个位置。达斡尔学会会长去看她，很认真地说："你们一家人怎么尽拿骨头玩呢？"

金克妻子听了哈哈大笑起来。说与姐姐衮伦这些"拿骨头玩"的事情，她们都仿佛看到了金丽玛舅妈那白白高挑的身影，看到她为婆母摩挲伤腿，听到她慢声细语的声音："斗地主时，婆婆有病不能去，是我去挨了两个巴掌……"

后来她的手严重变形，早已没有了白白纤秀的细腻。那时婆婆红阔尔早就不在人世，她不知道那两巴掌是她该承受的，是还了宿世的债。她更不知道，她的那些曾在西窗上堂而皇之供养的巴日肯，在被时代扫除的那天开始，就四处流浪无有栖息之处，而一旦有机会，便把"出头露面"的希望，锁在了她唯一留在世上的儿子身上，并给他带来了一场晦暗不明的灾难……

一次次不肯罢休的要求，一代代不能解脱的灾难，同在黑暗中挣扎，谁也走不出去。处于明处的，并不明白，处于暗处的，更加冥暗，无始循环，无有结束。

4．雅德根的升级

世事的改变对于那些神秘力量不知是好是坏，而苏如勤在一场社会大变革到来之前，刚好做了一场法事。这是他一生中最后一次具规模的法事，也可说是一场表演。

春天，开满梨花的那个山村，一位叫巴林的雅德根把苏如勤请到家里，进行斡米南仪式①，也即增强他的本事、能力、法力的法事。三年前按照规矩苏如勤已经给他做了一次，三年后还要继续升级，这是每个正规的雅德根必做的法事，有条件的话，隔三年六年还要做两次才算圆满。

"这是你的第二次升级了。"苏如勤说。

"是啊，要是三年后再做第三次，我的神帽就能增加三杈鹿角了，我就满足了。"

"你还要做第四次呢，一直到最高级的十二杈鹿角，你才了得，知道么？"

"那当然最好，"巴雅德根说，"不过……"

不过什么呢？巴雅德根的话没有说完，苏如勤也不询问，六七年之后的事情没人敢断定什么，他们只能把握住眼前的事情。

年轻的巴雅德根与疾病一起长大，十七年里各处求医无效，才决定继承家族萨满的外气。苏如勤为他做了第一次的领神法事，三年后又给他做了第

---

① 斡米南仪式：萨满的升级仪式，有确定萨满等级的含义，同时也作为萨满为家族祈求平安和繁荣的仪式。传统仪式烦琐，要举行三天三夜，全部族人都要参加。

一次斡米南仪式。苏如勤虽然明面上没有什么可拜学的师父,但一切神事都在梦中领受。奶奶临终时曾嘱咐过他,遇到疑难问题要请教她,请教的方法可以按照时代的方式。这个"时代的方式",苏如勤在不断发展的时代中,自己领悟了如何使用,而且所用的方法都能够听到奶奶清晰的回答。这种不可思议的神秘现象,他从不与人说起。

准备工作烦琐巨细。首先他们从山脚挖来一人多高的杨树五棵,作为托若树①。一棵竖在院子里一出门的正中,其余四棵两两对齐相隔几米竖在院子两侧,中间草木灰撒成的椭圆形圈里,有七只白色的碗扣在地上象征北斗七星。然后五棵树披挂上红蓝绿黄粉五色彩带,制造出一些明朗的喜庆气氛,减少与冥界沟通的暗昧氛围。作为神路的细皮绳和红线缠绕在五棵树上,距离地面两米之高,从窗外伸进屋里的窗前,连接到代表祖神的两个皮制的神偶身上,临时设立的坛城就在神偶下方的一张方桌上面。祖神的副神尅灯是在一块黄布上,由两个对头的龙和两个纸人组成。九个酒盅一排陈设,供奉九个女神。

一切准备停当,苏如勤和巴格其(也即二神)面对坛城坐下来唱萨满神歌易若。唱词的大意是:他们用柔软的声音诚敬的心,请祖神降临,为了新雅德根的升级,他们尽能力准备了一只羊、白酒、糕点、五棵托若树、五彩的飘带……对祖神表明他们请神供神的目的,一样样点出所陈设的供品,并希望祖神能够提携帮助自己的子孙后代,能出名的帮助出名,能发展的帮助发展,氏族人畜两旺,五谷丰登,乃至整个村庄人人吉祥……

主祭和伴唱的声音起落有致,主祭苏雅德根的尾音未落,伴唱的声音即起,那是在任何舞台上都找不到的唱技,任何伟大的词作家都写不出来的歌词,所有在场的人,关注点已经不在请神之上,都凝神于那美妙的歌词歌韵。其他会唱的人不时跟随伴唱。沃尔特这时总会忍不住跟随伴唱,但她知道自己的声音不能超过巴格其的声音。

---

① 托若树:托若为天神,托若树即神树。达斡尔族斡米南仪式中要立托若树,一般用桦树、杨树作托若树,在举行仪式前两天砍来绑在定在地上的木橛上,树上挂五色飘带。神树起到与神沟通信息的作用。

这是个平稳的过程，燃香绕过三圈之后，开始以热气蒸腾的羊肉祭祀。羊血抹在神偶嘴上，意为让降临的祖神喝血，然后再用一只煮熟的鸡和鹅去供另一边的马鲁神（也即群神），那些神全是木制的小人，挂在树枝上面，嘴上也一一给抹上了鲜血。

"马鲁神不是每个氏族都供奉的神，"巴雅德根说，"我的亲戚孟日登家就没有马鲁神。"

巴雅德根是在回答沃尔特的提问。这种难得一见的雅德根升级仪式沃尔特不会错过，况且这种场合人多为好，神仙也喜欢热闹。阿尔特也在一边静静地观看，这个开满梨花的山村是她伤心的地方，但禁不住妹妹沃尔特的鼓动，她还是来了。

有人拿来了已经烀熟的羊胛骨递给主祭雅德根苏如勤看，他对着阳光看了一会儿说："很好，祖神都到了，同意做这场法事。"然后指着羊胛骨上两条明亮的线说，这就是祖神的旨意。所有的人都看到了那两条细毛线般的亮带，垂直在羊胛骨上。那的确是在平常的羊胛骨上看不到的。

祭祀过后便开始送神，苏如勤拿着鼓、槌边唱边跳到了院子里，唱词都是感恩和欢送祖神的意思。可是还没回到屋里，巴雅德根就失去常态，他使劲干呕着从外面奔回屋里，坐到北炕边猛力摇着脑袋继续干呕，脸色极其晦暗难看。苏如勤便正色地说："你忙什么？还没到你下来的时候，明天才是你的正日子。"

巴雅德根果真安静下来，不呕也不摇了，脸色渐渐恢复正常。

第二天的法事还没开始，巴雅德根就表现出焦急的神态，一会儿坐一会儿起。主祭苏雅德根说别急，时辰不到，必须下午开始。

终于，在焦急的空气中，法事开始。主祭苏雅德根在巴格其和一位长者的帮忙下，穿着萨玛希克神衣，那百多斤重具有各种自然讯息的神衣，是奶奶在梦中一一指点制作而成的。他一边穿一边唱诵，唱出神衣上每一个配饰的不同作用。可惜没有人记住他即兴（自性流露）唱出的绝词绝句，只有沃尔特零星记住了只语片言：

……成佛的奶奶赐我神衣，代代传下来赐我神力，……护心镜给我托梦指导，消除四方灾难时时吉祥……三十个小铜镜保护我身心永不犯错，也处处保护他人积德行善，后背的大铜镜护我后心不受犯侵，左右四个铜镜挡住邪恶力量……

如此神衣上的配饰都一一唱到了，肩上的神鹰、飘带、铜铃、坎肩、纽扣、神帽无不有着各自的神功神力。然后他抄起鼓、槌，吩咐巴雅德根穿戴整齐，让他坐在坛城左边的地方。巴雅德根还没有神衣，他穿着一件蓝色缎面长袍，长长的念珠斜挎肩上，领口系着一节皮绳、一节红绳，面色稍显紧张地安坐下来。

主祭雅德根苏如勤在坛城面前绕圈跳了三圈，似乎跟祖神招呼说明意图，再转到烟筒根下，供上白酒、一锹呼呼冒着烟的达斡尔烟，供奉霍列日巴日肯（即烟筒神）。

接着美妙的萨满神歌又唱和起来了：

主入主入的给的日的呗，梅花若——梅花若，
Zhuruzhuru degei der de bei
主入卡钦逆袄列呗，梅花若——梅花若。
Zhuru kaqin ni ao lie bei
卡钦萨那袄录的，梅花若——梅花若，
Kaqin sana aolude
得度、得度、得度得。
主入的给袄录呗，梅花若——梅花若，
Zhuru degei aolubei
七千莫的塔温托若叶，梅花若——梅花若。
Qigan mode tawen toroye
塔问祖思一布如业，梅花若——梅花若，
Tawen zusii buruye

哈日本噶计日唉耶，梅花若——梅花若。
Harben gajir aiye

意译：
鸟儿双双飞，
百种来相会。
情真亦专一，
鸟儿才成对。

五棵托若树，
由白色杨树。
五色彩布条，
十处无障碍。

苏雅德根起身转了一圈，放下手中的鼓、槌，又开始清唱：

以森错莫 寡日本寡日本 或博戒窝呗 洒如妈——耶，姑如妈——耶。
Ysen cuomo guarben guarben huobojie wobei
考钦月色热腰呗，洒如妈——耶，姑如妈——耶。
Kaoqin yuesere yaobei
新垦特日古如腰为，洒如妈——耶，姑如妈——耶。
Xinken tergur yaowei
托替嫩日替腰为，洒如妈——耶，姑如妈——耶。
Tuoti nenrti yaowei
托若莫的袄录的，洒如妈——耶，姑如妈——耶。
Tuoro modc aolude
托利呗萨那骂逆莫的叶，洒如妈——耶，姑如妈——耶。
Tuolibei sana mani medeye

…………
嘚热噶吉日特日姑乐，思额日博——热，吉日博——热。
Dere gajir tergule
坦踏看叨压热袄立计，思额日博——热，吉日博——热。
Tantakan daoyare aoliji
额木困周了肯叨压热，思额日博——热，吉日博——热。
Emukun zhouleken daoyare
霍卓日巴日肯沃日拓为，思额日博——热，吉日博——热。
Huozhuor barken wortuowei
…………

意译：
九盏酒杯三三分着饮，
办事按着老辈规矩走。
迈步我选择新路，
有名有姓办事不含糊。
托若神树集聚此，
托若之事请明知。
…………
为请上方路神仙，
我以虔诚的嗓音。
我以殷勤柔软的歌喉，
恭请祖神们降临。
…………

苏如勤苏雅德根又起身了，抄起鼓、槌跳了一阵，然后边唱边跳到外边请神降临。观看的人也都呼啦啦跟了出去，但都知道不能走进皮条和红绳圈起来的圈里，那是神走的路。苏如勤走到靠大门的一棵托若树下，一只绵羊安静地躺在那里，苏如勤在它身上洒了些酒，念了几句什么之后，有人把刀插入它的身体，竟然没有听见羊的一丝叫唤。巴雅德根说："神喜欢这只羊，它也愿意为家族的事情献身，所以它不叫。"

沃尔特使劲眨了一下眼睛："还有愿意牺牲的羊啊？"

苏如勤瞥了女儿一眼："不要总是说话，你只看就行了。"

回到屋子里，巴格其遵嘱把窗户前的哈音神偶升到表示五层的位置，比原来的位置高了两格。

这时候新老两位雅德根换上俗衣，准备喷血。主祭苏雅德根在窗上对接从外边伸进屋里的皮绳红线，然后让年轻的巴雅德根在坛城前绕上三圈，再到窗户前一边对接一边查看铜镜。

在铜镜上他们看到了希望的结果，苏如勤说了两遍"挺好"，整个场面都出现了轻松的气氛，巴雅德根立刻单膝跪下给主祭雅德根苏如勤敬酒，又点上三颗卷烟递上。

接下来是一场特别的场面，他们走到院子里第一棵托若树下，四只手拉在一起，把托若树圈在中间边绕圈边唱跳。苏雅德根唱一句，巴雅德根随唱一句，颇有一种贯通融会的味道。在五棵神树轮番唱跳的过程中，他们一会像熊在嬉戏，一会儿像鸟儿斗嘴鸣叫，反复变换着姿势，四只手始终拉在一起。沃尔特说他们跳的怎么像我们跳的鲁日格乐①呢？

五棵托若神树依次旋转过后，人们依照雅德根的吩咐，每人吃一块地上北斗七星里供着的羊肉，然后主祭雅德根嘱咐升级的巴雅德根，以后要好好走路等等一些注意事项。

接着巴雅德根手持鼓、槌，绕着皮绳圈起来的大圈（五棵托若树圈在里面）击鼓跳唱了七圈，似乎是在进行着从人到神的过渡，也似乎是升级和增长功能的过程。然后接续巴雅德根，主祭苏雅德根也操起鼓、槌击鼓唱跳，他跳得似乎很辛苦，看得出他忍受着神灵附体的难受，不得不蹲下来吩咐上

---

① 鲁日格乐：达斡尔语，燃烧或火焰燃烧之意，可引申为"跳起来吧"之意。据说，这种舞蹈的起源与篝火有关，是达斡尔民族在篝火周围自娱自乐的舞蹈。2006年被国务院首批列入中国非物质文化遗产。

酒。后边的巴各奇一直跟在他的身后,以防他突然晕倒。成瓶的没有启封的酒上来后,他几乎一气儿喝下了大半瓶子,然后起身继续击鼓绕圈唱跳……

在日落后的朦胧光线中,苏如勤绕着从门前到大门处五棵托若神树围成的长长的四方形圈子,一会儿躬身一会儿方步,一会儿双脚起跳一会儿旋转,击鼓唱着他那世人难解的神歌:

……漫长的路啊,我走啊我走……坎坷的道啊,我迈步迈步……我从无始的远古……我从奥米那娘娘那儿……我从阿穆尔、我从精奇里……从那漫长的江河啊……我一路过来,为了我氏族,为了我部落……我走啊走,我迈呀步……走上雅德根的路……步步在理上,步步在辙上……

阿尔特始终默默地站在一个角落,望着爸爸时而低头时而仰头唱跳、时而又无声低头,她忽然感到一种孤独落寞,由父亲的身心发出,一层一层向外扩展,波及所有在场者,让所有人跟着他的气场振奋、紧张、低沉、落寞……

苏如勤仿佛行走在漫长的跋涉之路,无人相伴无人理解,一百多米长的圈路,他绕成了艰难的长征,起跳、蹲下、旋转、沉默,续着始祖的神路、遵着世人的俗成,他诉说着神灵的起始,神灵的根源,在哪里修行哪里隐身,哪里成道哪里出入……为了某种因缘,他要做好什么事……

许多年后,当苏如勤的子孙辈说起他的那些神事活动时,无一不感觉出某种责任,正像当年苏如勤所说:"其实我不愿意做雅德根,但是被选中了没有办法,不做是不行的,做了也有很多难言的苦衷,雅德根氏族的人大多背负着苦难的家族史……"

拿什么来拯救我们的灵魂,我们的躯体?若干年后,巴雅德根的第三代子孙洁雅德根说:"我在几乎疯了的时候,被认定我爷爷巴雅德根找上了我,我就得接,不接就得死人。那时候,我整天说的不知是什么话,有一位九十多岁的老辈人说,我说的是俄罗斯语、契丹语,我哪儿学过那些语言?但我知道,我们达斡尔人是契丹的后裔,是从东北亚阿穆尔河流域、精奇里江流域迁徙过来的……那,仅因为此就能说俄罗斯语、契丹语么?不知道。做了雅德根之后，我就不完全属于我了，常常感觉有另一个人在我的体内，我的眼睛和耳根很难清净。每次做大法事的时候，我不忍的是杀牲，可是祭祀神灵，没有牛羊、猪鸡鹅是不行的。我们不像蒙古族，人家整体民族信佛，情况就和我们不一样了……"

当年的巴雅德根不时通过孙子洁雅德根说话，他的孙子和他一样，不善于酒不喜好烟，下神时只是喝茶，而且把所有的麻烦都揽到身上，护佑氏族。

篝火笼起来了，新老两个雅德根各自端起一小盆血，围绕着托若树，相互往对方的身上、脸上喷血，喷得两人彤红，喷到黄昏落下暗幕，繁星布满天空，意为吉祥圆满才告一段落。

回到屋子里休息片刻之后，下一个步骤又接着开始，神歌易若接着唱和，谁也没有听懂歌词，只是那不断重复的后缀相当清晰：

　　…………
　　奇克热美——奇克热美，
　　梅花鲁——葵花鲁，
　　…………

没有几个来回，巴雅德根起身鼓、槌相击绕圈唱跳，两圈过后，鼓点就加速紧密起来，双足越跳越高，几乎离地二尺，异常亢奋，随即扔掉手中的鼓槌歪倒下去，身边的人立刻把他扶坐在椅子上，巴雅德根紧闭着双眼干呕，巴格其说："不要为难我们，有什么事就吩咐直说吧……"

巴雅德根安静了一些，继续闭着眼睛说道："我不为难任何人，我也没啥啰唆事，给我喝杯茶水吧……"

喝下茶后，巴雅德根继续说道："我愿意我的氏族们平安，我愿意我的家族能兴旺，有什么不顺当的事，我这里全部都担当……"说时他使劲揉搓手里的一块方布，非常亢奋。这时候苏如勤一直在方桌下对接着外面伸进来的皮绳和红线，他不能参与问话。当家人和巴雅德根的话都说完之后，他放开了手中对接的红线和皮绳，顷刻间，巴雅德根的身体平静下来，恢复了常态。

苏如勤找到了被巴雅德根扔出去的圆鼓，鼓皮断裂成了三片，苏如勤说这意味着还有三种不测之事将要发生，可惜神灵在的时候没问清楚，好在他说过，有什么不顺当的事，他那里全部担当。

　　这一天的事情基本结束，第二天一早，天还未亮，做了最后的送神仪式。三天的斡米南升级仪式圆满结束。而苏如勤却说，这是最简单的斡米南仪式。

　　"阿玛，这是我头一次看斡米南仪式，"晚上，大家一起吃肉的时候，沃尔特说，"你唱的那些词太妙了，能教给我么？我都没记住，有的也没听懂。"

　　"不能教。"苏如勤严肃地只说了三个字。

　　当年苏如勤留下的这三个字，不是他一个雅德根的规矩，后来的人们都知道，萨满是可以代代传承下来的，可那些奇绝美妙的萨满神歌易若是不能传的，也没有教授，一个萨满一种唱词，祖先唱得再好，新的萨满也要自己创作歌词，靠即兴的灵感，甚至那些易若都是神灵赋予的东西。

5．无常

　　不久，苏如勤带领一大家子净身出户，搬出了几十年的老宅大院，一夜之间戏剧般地变得一无所有。一直在政府工作的儿子达列和巴尔特都先后接走了妻子，住进公家的宿舍。老姑娘沃尔特继续和父母住在一起，使苏如勤膝下算有个孩子承欢，不至于陷入陡然的寂寞。

　　作为这个家族的后来人衮伦，若干年后，她不止一次前往那个皑乐去看姥爷盖的那座宅院。它鹤立于村子中央，依然不减伟岸，衬出周围房子的仓促矮小。屋子里粗大褐红的红松木屋梁，被岁月熏出了发亮的油色，席子一样柳编的房芭①也成了黑褐色，漆满了时间的尘垢。曾经依次住进大房的几户人家，都以能住得起它而显荣耀。有趣的是，正屋三面环形的大炕，竟然一直保持着远年的形状没有改变，炕下的护板却显出朽旧的灰白。间隔厨房的隔扇是一个重头的看点，雕刻着福禄寿财、暗八仙、明八仙的图标，酷似

---

① 房芭：东北方言，是架在屋顶檩子上柳编的如炕席一样托住上面的泥土、苫房草的天棚。

清朝贵族门窗的风格。又过了许多年后，危房改造的政策使古老的村庄出现了许多红砖白瓦的新房，几户达斡尔人都住进了亮堂的新居，大房不住人了，颤颤巍巍的犹如桑榆暮景的老人，现出手杖都支撑不住的弯腰塌背景况，一阵微风恐怕都能把它吹倒。

衮伦观望着老宅，没有任何留恋或者感情波动。如果还算有些记忆，便是儿时的伙伴住过那里，让她多次出入过这座深宅大院。不过那时衮伦并不知道是姥爷苏如勤建的房子，更不知道母亲阿尔特也住过那里。那时，她只是觉得那栋房子大成了一个村子。房子大、院落大、园子大，整个的一个"大"字就是当时衮伦的印象。母亲阿尔特从来没有与孩子们提起过大宅是姥爷盖的。

衮伦在老宅的大门外站立了很久，她并不凭吊什么或怀念什么，她只是被时间的脚步触动。那些活生生的亲人们，一个个从这里走过，又走来很多人，也从这里走过，形成了一条任何人不能抗拒的、执着流动的时间之河。它改变一个人的形貌体征，及至物体的消逝，证明着残酷的存在与消亡。而阳光如初，星月如初，山河大地村东的那条河流如初，唯有人面不见了。如果没有出生、死亡，以及容貌的改变来界定时间，我们几乎分不清时间的界限。衮伦看到儿时夏日里天天游泳的诺河，弯曲的河床依然躺在那里，找不出时间的痕迹。

其实，人们看不见的那些故去的人仍在，那些灵魂仍在，他们不过是变换了载体，不时地出入于自己家族乃至熟悉的人与环境中，甚至变成家中的猪马牛羊鸡等。他们无始的习气犹在，习惯犹在。

在红阔尔搬出老宅不久，一场莫名的大病突然而至，仅一个月的时间她就卧床不起，卜肢不能移动，翻动身体都要靠别人帮助才能完成。苏如勤当然知道她实病之外的症结何在，但是他没有力量再假借给她一段生命。跳神对于她根本不起作用了，而且他已经预知红阔尔倘若越过那个冬月的初一，即可活到初三，越过初三即可挺到初七。初七若能越过，则能再活六年，但那是卧床不起的六年，可以说生不如死。

就像苏如勤预测的那样，红阔尔在初一和初三都出现了濒死的征兆，并都挺了过去。

两次活过来的红阔尔神智一直清晰,从家人的表情、低声慢语以及苏如勤绷着的脸,知道自己没有几天日子了,但还是像没事一样冷静。在第七天,红阔尔进入昏睡状态,苏如勤知道她即使昏睡也可能听得见他的声音,便在她的耳旁说了很多话。先是肯定红阔尔为他付出了很多,然后说他酗酒的那些年,让红阔尔遭受了那么多的痛苦,说到对不起她的时候,红阔尔看似昏迷的眼睛流下了两行眼泪。

苏如勤继续说:"我一直在这里陪着你呢,我是多么在乎你,想让你陪我一直走到最后的那一天,但是我必须告诉你,你就要走了,这是正常的事,其实我们每一个人都走在这条路上,只是早晚的事情,不过你比我先走一段时间,我会永远珍惜你的。现在你不要留恋家人,不要放下什么,把所有的牵挂和惦记都放下吧,也不要害怕,我会一直陪着你的,你不会孤独……"

说到这里的时候,红阔尔的呼吸平静地停止了,苏如勤用手抹了一下她的眼睛,那双曾经大而凹陷的双眸,紧紧地闭上了,进入永远的沉寂。苏如勤长长地叹了一口气,心里说:来世再见吧!

苏如勤没有立刻挪动她的身体,或给她更衣,他知道红阔尔的神识还在体内,需要一定的时间之后才能离开。他就那样默默地坐在红阔尔的身边,继续低低地与她说了一阵一生都不曾说过的话。待红阔尔的心脏部位完全凉了之后,他才给她更衣处理后事。

与此同时,一个生命降临人世。红阔尔一直不放心的姑娘沃尔特生产了。十月怀胎的婴儿,几乎与她撒手的时刻同时呱呱落地。

那是个看上去极其偶然也是必然的过程。沃尔特和大家一样守在病危的母亲身旁,但就在红阔尔瞑目时刻,沃尔特的腹痛急不可待地一阵紧似一阵。她蜷缩着直不起身,顾不得为已去的母亲悲痛,急忙让丈夫海达把她弄到外屋的炕上。然而剧烈的疼痛并没有使那个未知的生命降临,嗷嗷喊叫的沃尔特突然生出灵感,她让姐姐阿尔特取来三支香点燃,一改平常的散漫,双手麻利地擎香,面向西跪在炕上嘀嘀咕咕了一阵,怪谲的神态在煤油灯光的摇曳中越发显得神秘。但是片刻她竟停止了呻吟,生下一个女婴。

在那缺医少药的年代，她的整个生产过程，却也显得正常。沃尔特没有显出虚弱的状态，她指使手足无措的阿尔特取来剪刀和炕灰，自己把婴儿的脐带剪掉，然后用那炕席下面的灰按住婴儿的脐带。她做这些事情时动作娴熟老练，仿佛不是初次。当一切都处理妥当之后，她才呜呜咽咽地哭了几声："嬷嬷[①]！就差这么一会儿呀，你没看见外孙女……"

生与死就在那个黑夜里同时发生，实际上没有人为新生者感到高兴，而死者带来的悲恸使整个家族陷入了低落。尤其苏如勤，生命中向上的力量仿佛随同红阔尔的死亡一同下落。他好像处于某种梦境，一切都显得那么虚幻不实。当他处理完红阔尔的后事，回顾以往的兴衰起落和那座亲手盖的大房子，以及那里曾经的兴旺岁月时，仿佛看了一卷长长的模糊的画卷，一切与他都没什么真实的关系。过去认为的坚固的房子土地、稳定的日子以及真切实在的牛马猪羊等，都成了一场缥缈的烟雾随风飘散了。他甚至怀疑是否拥有过那些东西，包括他过世的妻子，都不是自己的了。

最能理解苏如勤心情的是长女阿尔特。经历过太多死亡的她，曾不止一次问过父亲，为什么人有长寿短寿和夭折的情况，而父亲一句"寿命到了"的回答，并不能解决她的疑问。尤其母亲的死和父亲的净身出户，使她觉得什么都靠不住，她的两个丈夫没能给她一个靠山，两个儿子陡然让她落空，那个曾给予她家的温馨的大房子，也成了别人的了。阿尔特不断叹气：这一切都是怎么回事啊！这些事情的背后，究竟隐藏着什么力量？他们多像棋盘上的棋子，被一只手挪来挪去。而掌握他们生死的大手，究竟藏在哪里？

世界就剩父亲了，他既是父亲又是母亲，是整个世界。如果有一天父亲没了，那该怎么办……

阿尔特生出从未有过的恐惧，甚至想她可以死去，而父亲绝不能死，还有人需要父亲，那些病人还信赖着父亲。父亲给人治病从不收受钱财，又准能找到病人的症结，所以尽管时代变了，也不时有求医者悄悄找上门来。

---

① 嬷嬷：达斡尔语，妈妈。

给阿尔特留下最深记忆的,是父亲讲的一次救治病人的经历。那天,苏如勤耐不住病者老父亲的哀求,去邻村跳了一次神。

到了地方,见病家的门窗外遮上了厚厚的被子毯子,里边不见一丝光。屋子里病人已经奄奄一息,却不过三十几岁。看见雅德根到来,病人的妻子、母亲绝望的脸一下出现了生机,连连合掌求救。苏如勤不讲任何条件,穿戴上简单必要的神帽和神衣裙,操起鼓槌,站在屋子中央向神祈祷,然后唱起神歌,边唱边跳,节奏也由慢至快,一阵紧于一阵,身上的骨节都开始摇动。在一阵紧张快速的节奏中,突然倒在地上,富有经验的巴格其连忙安顿好雅德根,按照事先吩咐把厚厚的一摞黄纸放在他的头边,在他鼻子周围滴了二十滴水,又在脸庞周围点上四十滴水,随即苏如勤便昏迷过去,呼吸已然不见。巴格其紧挨在雅德根的身旁守护,以防万一遭到触碰。

屋子一下变得格外寂静,病者家人紧张无声地等待雅德根的苏醒。

这时候,苏如勤和他的神灵,到了一个翻涌着黑色浪花的大海边,看见无数的人在黑海里挣扎,被夜叉追逐……苏如勤走近海边,看见他的病人正被一个夜叉追赶,便毫不犹豫地下去,一把将他抓住。但是鬼王出现了,说你为什么救他?苏如勤说他还不到死的年龄,父母只他一个,也需要养老,再给他一些阳寿吧。鬼王说他的命债太多了,要寿命也可以,他必须不再杀生,必须放生一万条泥鳅、一万条鲫鱼、一万条鲶鱼、一万条鲤鱼、一万只甲鱼、一万只……

苏如勤说"可以可以",随手给了鬼王一摞纸钱。

鬼王哈哈一笑:"这里也需要送礼么?"

苏如勤说:"不是送礼是敬意,给他一些寿命吧。"

鬼王说:"那就给他二十四年吧,他要放够那些数量生命的话。"

苏如勤千谢万谢之后,领着病人返回来路,刚走了一程竟见前面有一座楼阁放着五色霞光,非常美丽,便走过去,只见一个鬼怪抓着三个男人坐在那里,不由得惊奇地问:"这楼阁里住着什么人耶?"

鬼怪答道："住着奥米娘娘①，她使人类从根上繁殖，从枝丫和分权上旺盛。"

苏如勤心里赞叹，这话说得多好啊！随手拉着病人往楼上走去，竟被身穿铠甲、手持铁棍的守卫挡住："哪来的鬼魂，快回去，这里不是你们来的地方。"

"我们不是鬼魂啊，是给奥米娘娘磕头的。"

鬼怪放过了他们，他们继续向楼上走去，走到最高一层，一间屋子里，见一位慈眉善目的老婆婆坐在正面，像一尊画像，有许多孩子在她的周围玩耍。苏如勤心里说这不是菩萨吗，跪地便磕了三个头。

"我认不出你了，什么地方来的呀？"娘娘说。

"您怎么不认得我啦？我是从您这里去的，从您的根子上繁衍出来，从您的枝丫分权的呀。"苏如勤记住了刚才的话。

"你若是从我这里繁衍出的话，叫什么名字，我记下来吧。"

"我是活人苏如勤。"

"那你就是苏如勤苏雅德根啦？那个青年是谁？"她指着病者说。

"他被夜叉抓去了，我把他要回来，您能赐给他孩子么？"

"看在你的面上，给他一儿一女吧。"说着，娘娘便走下楼，苏如勤忙跟在身后。

"娘娘，那棵树怎么那么青呢？"苏如勤看到旁边的一棵树问。

"那就是人间孩子们繁盛的标志。"奥米娘娘回答。

"那一棵树怎么那么枯萎？"

"那就是没有自身儿女的标志，他们无故烧毁了牛马要吃的草原。"

"那边的夫妻二人，穿着那么单薄的衣服还在扇着扇子，那是怎么回事？"

"那是他们在人间的生活，夫妻相互信任，相亲相爱。"

"那对夫妻为什么披着两条棉被还在发抖？"

---

① 奥米娘娘：奥米，达斡尔语，命的意思，奥米娘娘是掌管生育孩子的娘娘神。

"那是因为他们有罪，人间生活的时候互相欺骗，爱情不专。"

"为什么那个人的筋被钩吊起来了？"

"他活着的时候，尽干欺骗人的勾当，大秤进小秤出。"

"那一群人为什么头顶大石头往山上爬？"

"他们在人间搬木头、凿石头，弄得木头石头到处乱滚，碰疼了白那查山神爷的头。"

"那油锅里被炸的人又怎么啦？"

"他们在人间的时候，到处拦路抢劫，为非作歹害死好人。"

"那边一群妇女为什么被毒蛇缠身嗜吮？"

"她们活着时，背着丈夫和别人寻欢作乐。"

"那一群人为什么都侧着身被锯锯着？"

"他们活着时对自己的结发夫妻残暴，和别的女人勾搭。"

"那些张着嘴的人，为什么都没有舌头？"

"那些人活着的时候不干净，污染了圣洁的水。"

"为什么那一群女人都被脱光，被扔到扎枪剑镞上？"

"那是因为她们活着的时候，不孝公婆吃穿不知节俭。"

"奥米娘娘，您给了我这么多的指教，我感激不尽啊，我该走了。"

"好了，回到人间告诫那些不孝的人吧。"

苏如勤在奥米娘娘面前，如同孩子问了一路所见，不断感叹着，心里自叹是来上了一堂人间没有的课。告别奥米娘娘后，拉着病人不久就来到了病者家门。他们一迈进门，地上躺着的苏如勤身上的铜铃就响了一声，接着全身抖擞。身边的巴格其赶紧在雅德根的鼻子周围点了二十滴水，脸上点了四十滴水，苏如勤便忽然跃身而起，拿起鼓和鼓槌转着身子跳了一阵，然后坐在凳子上唱道：

主人阿卡[①]，奎乐——奎乐

---

① 阿卡：达斡尔语，哥哥。

把你儿子的命，奎乐——奎乐

好不容易找回来了，奎乐——奎乐

快去看看你儿子吧，奎乐——奎乐

唱词刚落，家人都奔过去看那北炕上的病人，只见他睁开眼睛说："渴死我了，我要喝水。"

父母乐得流出了眼泪，妻子欢跑去弄汤弄水。一家人都要给雅德根磕头，摆席答谢救命之恩。苏如勤告诉他们说："你们的儿子，还能活二十四年，还会有一男一女。"并且郑重地嘱咐必须放生的数目。

病者被救了过来，因承诺了誓言健康地活了下去。苏如勤却因目睹了黑海里的惨相，以及一路的见闻，受到了深深的触动。他暗自告诉自己，无论什么原因再不想第二次去那个黑海了。其实他是怖畏那个结果，害怕再见那些惨境。

阿尔特像听闻了一个神话故事，既觉得真实又觉得梦幻，但哪个梦幻的故事不是从真实的事情演绎出来的呢？她把父亲的经历珍藏起来，准备讲给后来人听。

"真的么？"有时她也会问父亲。父亲会毫不怀疑地告诉她是真的，一切都是真的，都存在，好好地活着吧。阿尔特便会理解"好好活着"的意思并非是好吃好喝地活着。但好好活着多不容易呀！她又感叹起自己的身世。

阿尔特像守护珍宝一样守着父亲，每天都要见父亲一面才能安心。如果有一天看不到父亲的身影，她就不能入睡。只要一见父亲，心里就踏实了。人们还时不时听到，从那小屋子里或从林子里传出的如同扎恩达勒长调一样的歌哭，嘶嘶啦啦地揉碎了空气和风，也给听者的心里落进丝丝的苦涩……

第十二章

串痛背后

那无数次的飞翔

都挂在树上

只因为你的痴迷

不幸的轮回虽非真实

却在你的心上重复

你需要一个善引

停止你不时恐怖的尖叫

1. 失信诺言

衮伦从那次身轻如燕的飘飞开始,度过了一个多月无痛无梦的惬意时光,所有的疾患都荡然消失,睡眠也有了改善。回望曾经的遭遇,现实的轻松让她感觉过去是生活在人间地狱和梦魇之中。然而,她以为一切都过去了,可就在农历九月初九的夜半,她被难忍的后背疼痛弄醒,那种刀刮般的痧痛又突然回到背上,头也昏聩混沌,心脏那透着后背的刺痛,也一阵一阵示威。她无比沮丧地坐起来,奇怪那些消失的症状怎么又突然而至,刚刚的梦境也清晰浮现：一位已故的人，说是衮伦的曾祖辈分，可他比较年轻，身体也很壮实，仍然在一个时空里游荡着。他挎着长弓长枪，还有箭鞴围满了一身，房前房后在寻找衮伦。那座房子甚大，前院后院足有三进院落，衮伦到处藏身，最后走进后院的一间堂屋。屋里坐着许多穿着很旧的面孔虚幻的老一辈人，衮伦刚好站在那些人中间时，一个中学时的同学，忽然慌张地跑进来告诉她说："那人正在到处找你呢，要杀你。"

衮伦急忙向同学使个眼色，意欲提醒她不要再说下去，然后就离开那个房间。刚到了院子，恰碰上一位比衮伦还小的姑娘，竟是那个挎着弓枪者的女儿。她指着南边告诉衮伦说："快向南边的大路逃走，他就找不到你了。"

衮伦来不及感谢，赶紧按着姑娘的指引向一条东西向的大路奔去。大路竟然很宽，灰突突的，大地上一片矮矮的枯草，没有一棵植物。衮伦拼命顺着大路往东奔跑，果然那个人再没有出现。

衮伦在黑暗中坐了一会儿，她忽然想起，九月九这个日子，一个月前，她曾发过愿的，要在这个日子怎样怎样……

又过了两日，梦中衮伦在漫无目的的游走中，进了一家医院药房，药剂师正在很乱的台面上为一位患者抓药。那些药很不规范地摆了一大桌子，衮伦不由得说，这样抓药是不规范的。恰那个人抬起头说，她本不想来的，是领导让她来，她就来了。

这时一位好朋友出现了，说："管那么多事干什么！"说着就把衮伦领了出去。衮伦无声地跟在她的后面，结果又进了一家新成立的药店，那里也正在抓药，也是一派不整齐不规范的操作。衮伦这回没有吱声，看了一会儿，好朋友又把她领了出来，穿过一条灰突突的路，停在一处仅有一棵枯树的地方。

那些不规范的操作，难道不正暗示着你不如理的行为或错用"药"的行为？

衮伦正琢磨着突然进入脑中的讯息，就听见好朋友说：

"你脸上有东西。"

"是有东西",衮伦说,"是吊……?"

这时,衮伦的后背有一种强有力的风在鼓荡,把她的衣服高高地鼓了起来,几乎把她悬上空中。衮伦抵挡不住那个力量便说:"走吧,不要在这儿说这些话。"

那个好朋友似乎要暗示或指示什么,又把衮伦领到一个南下的坡地,一个简陋的村头,在一位梳着长长的辫子的女人面前停住。朋友无声地告诉衮伦,让女人给衮伦看病。接着她们便依次坐了下来,面朝一张突兀出现的面板样的台子。长辫子女人面向西坐,在有细细面粉的台面上用小刀划了一条竖线,在靠她的底边划了一条横线,然后开始从左侧上方,继续用小刀划下一条竖线,隔一掌宽又划了一条。如此在划那种唯有她一个人能看懂的线条的间隙,看了一眼衮伦说:"人家已经让你两回了,不怎么闹你了。"

然后接着划了第三条等同第二条的直线:"你说话算数,就不疼了,就好了。"继续划了第四条同样的线后又说:"嗯,这样应该不疼了。"

衮伦就等着后背不疼的奇迹发生,但是,当衮伦被一阵铃声惊醒时,背痛加剧,头疼加剧。所有的症状较之原来还重。衮伦陷入极度的痛苦沮丧,忽然想到一个多月前的那个夜晚,在疼痛无奈的情况下,曾面对漫天的星斗发下的誓愿:如果疼痛消除,九月九定给人家"安家落户"。果然在九月九日前的一个多月时间里,人家守信保证了衮伦无病无痛,连个梦也没做。结果是时间已经到了,她忘了诺言,开了个空头支票。

"我的背疼,"漠能说,"腿也疼,你呢?"

"口腔呢?"衮伦因为口腔也溃疡了,就顺便问了一句。

"口腔溃疡好多天了。"

衮伦又一次哑然。原以为两人之间不通话就可以避免或者消除身体的串痛,结果不然。无论两个人见不见面、通不通话,躯体内诡谲的串痛仍然在暗中进行。漠能曾经问过乌力萨满,他说:"是你们的巴日肯的事儿。"

无论什么样的解释,都无法让衮伦释然,关键她的头太沉重太混沌了。

后来又加上了耳痛和咽喉肿痛，服过一些药物，只得了一会儿眼前的利益，复又还原。

就在那几天中，漠能说："我领着两个美丽的老太太去你那呢，一上车就耳朵疼，离你那儿越近越疼。"

"怎么不疼呢，不疼就不对了。"衮伦想到新增加的耳疼，无可奈何地叹了一声，仿佛看到漠能噘着嘴，手机举在耳边的样子。

在这段不明不白的疼痛时期，衮伦一直没有忘记念那个咒子，她深深地记着妹妹的上师"念得越多越好"的叮嘱。就在那个夜晚的梦境中，朦胧的夜色里，一位古装女子，从外面翩然落进衮伦的卧室，一袭绣裙妙衣，月白色里有不尽的空灵缥缈，衮伦睁大眼睛想细看时，女子瞬然不见了。她无比遗憾，又非常羡慕，多么美丽啊！

早晨起来，衮伦的男人充满着向往说：有一位僧人给他摸顶，说给他换换脑子，并从脑顶取出了一块黑色的碳块儿样的东西……说着晃晃头说，现在脑子真清亮。从此他那经常头晕的现象就再也没发生过。

2．果实与相遇

"男人比女人早修五百年，是七宝之身。"

衮伦不止一次听到漠能这样说过，她也确实看到男人有意无意地学习，就可以不费力地记住什么。而且他没有疾病光顾。衮伦便暗自说，他是不做不受，起码不像衮伦一身疾患，且遭遇那么多的魑魅魍魉，好人哪有那么多的遭遇呢？起码在过去世无法计算的时间里，造了很多恶业，加之这一生仍然颠倒不醒，继续造作，福恶报各半相续，才有了那些福祸之事。衮伦虽然曾听喇嘛说过这些道理，但仍然不知道如何面对自身的处境，来自循女人的声音又不能忽略，她说："你的门外徘徊着两个老人，一个老太太，一个老头儿，送他们点钱吧。"

这样的老一套对他们已经失去作用，衮伦也已知晓两位老者的身份，明白他们不是为几箔银两而迟迟不肯离去。这在她长久以来的病痛中，早已明显表明。衮伦又迷惑了：他们来找我，是因为恶么？应该不是，那么是欠他们的么？也不是。那么究竟什么样的因缘促使两位不同辈的老人都来找我呢？

时间原来没有过去未来，依然在原地旋转，两位老人超越时间存在，最不能放下的是那一身的技艺和携带着的精灵，想要在选择的载体上成就道业或者扬名。几百年、几千年甚至更久的时光里修炼吸纳的日月精华，怎肯废弃。所以寻找和认定一个可驾驭的目标，不是轻而易举或毫无原则的胡乱行为。然而他们的意图就是不被选中者领会，或者不被采纳，或者采纳得不合规矩，不如他们的意。

不同维次空间的意向，要达成和谐一致，哪里是那么容易的事情！

有趣的是，在仿佛永无休止的病痛中，衮伦的幻觉中手上会突然出现果实类的东西，或者水果或者罐头，有时直接送到她的口中。在类似的幻觉出现之后，她会一整天身体轻松、病痛无踪。这让她从中得到一种启示。便是那个黎明的梦境中，衮伦的右手中又突然出现了一个不明之物，她咬了一口，是一个鸭梨形状的果实。咬过的地方，竟是一只鸟头，脸部被咬过的地方又出现了一张脸，那两只眼睛正在眨动。果色鲜艳，粉、蓝、紫相间，似乎透着光明。衮伦正举到眼前观看之际，忽然被给她做过心电图的金花一口把鸟头咬了过去。衮伦也便跟着吃了起来。剥开那薄薄的果皮，味道极其鲜美，且颜色一层一层递进，此时，衮伦的余光看见了透过窗户的曙色，橘黄的光。

"你用余光看看窗户，"她告诉金花说，"那光非常美丽。"

衮伦沉浸在对果实的回味中，一整天无痛无恙，感受非常美妙。由此衮伦肯定了得到的启示：如果总能看到曙光，总能吃到水果，她就会摆脱病痛，这已经被多次的梦境与幻觉证明。那么怎样才能永远享受这样的境界呢？

第二天她又昏沉了一个上午，腰腿疼痛，仿佛受到一圈捆缚，头也沉重得犹如扣着一只西瓜。而那昏沉却不是睡意，而是一阵阵的昏聩。这时就有易拉罐形状的容器出现在眼前，一瓣淡黄色的水果送进衮伦的口中。一会儿，那受捆缚般的病痛就遁了踪影，头上扣着的"西瓜"也被拿走。由此衮伦不由得生出一个念想：倘若能永久安住在吃水果的幻觉里无疾无患，那该多好啊！然而怎样才能永久安住呢？

衮伦找不到答案。

在衮伦的头痛不断发作那几天，一天早晨，起床之前她听到了一个声音："吃中药。"

衮伦起初没有明白，那突兀的三个字意指什么，过了一天，洗漱时忽然心有所悟，便买回了以往徒劳无益的中成药，连续服用了六天，症状缓解。当服完最后一粒药丸，正在想是否继续服用之际，心中一个声音说："已经好了不用去买了。"果然当天就没再出现疼痛。那是她从未有过的通过药物来解除头痛的唯一一次胜利。她真高兴啊！轻松得竟然忘记了以往的疼痛是什么滋味。俗话说得好，"好了伤疤忘了疼"，一点不假。

没有头痛的日子是那么清晰明亮，世界真美好！可惜只保持了可数的两个星期，根本的问题没有解决。

时间就在衮伦的疼痛与幻觉中，一天一天流走。混沌让她神思怪异丧失正常思维。从十多年漫长的时好时坏的病苦，到现在集中于一个时期的严重发作，衮伦忍受了极痛苦的折磨，她不知道这状况要延续多久。一天于幻觉中，她看见三棵老树虬髯冠盖，绿色漫天，相互缠绕着，像南方的千年菩提，却在转瞬间那些覆盖的叶子全部黄掉，剩下一树的枯枝。难道，难道生命也是这样的么？树有萎谢一瞬，她的生命何尝不是树叶般随时谢落？用不了多久，她将像那几棵树一样，被疾病折磨得枯萎，或者在散乱无序的状态中孤寂凋零。那真是可怕的事情，可又能怎么办呢？

衮伦一点办法一点主张没有。

过了一段时间，衮伦无意中发现，以往那梦中阴沉灰暗的游走，以及经常被抓被撵的情境减少了，并时常出现具有生命迹象的绿色和成熟的果实。这让她看到一种富有希望的寓意和策励。莫非，她遵从妹妹的上师的教导，所做的努力已经开始见效？

不过周身的疼痛并没有好，衮伦仍然天天沉溺于床上，在头脑混沌如搅碎的鸡蛋或豆腐脑的情况下，双目难睁。这时候，一年的岁末在酷寒中来临，漠能说:"我要告诉你一件事情,要去你那儿才行。"

衮伦想,什么神秘的事情必须当面说呢?

两天后,漠能果真又来到衮伦家里。

"我躺了好几天了,脑袋像搅碎的鸡蛋和豆腐脑,"漠能一进屋就说,"要不出来走走,怕起不来了。"她一边说一边把鞋子脱掉,换上拖鞋,眼窝里伸出锥子般的目光看着一处。

"咳,能不那样么。"衮伦忍受着豆腐脑一样的混沌说。

……那是个飘着柳蒿芽香味儿的早晨——许多漠能到衮伦家的日子,都是伴随着柳蒿芽飘香的记忆,漠能记不清有多少次,被那深绿色的芸豆柳蒿芽汤滋润得口腹饱满,眼睛明亮。那真是上妙的去火清肠的药膳食物啊!可漠能就是做不好那道特殊的野菜,所以每次到了衮伦的家,衮伦必以自己的手法,做一回柳蒿芽菜。这道菜衮伦是从摇篮里吃着长大的。祖祖辈辈的骨髓里,都渗进了那种苦艾艾的滋味。这是整个民族的记忆。当春天的园子里蔬菜还没有见色,林地河边的柳蒿芽便在女人们郁郁婉婉的扎恩达勒长调中被采回来了,弥漫在各家各户的屋里屋外,以及炕上窗下、锅里桌上,整个村子都飘荡着柳蒿芽的馨香。冬天,则随着门户的开合,钻出锅里焯干柳蒿芽的蒸汽,也透出女人们过节般的忙碌身影,让路过的人想象各种吃柳蒿芽的情景。在衮伦居住的小镇,仅一家炖了柳蒿芽菜,整个楼道就都充满了那苦艾艾的浓郁香味儿。上下楼的人总会深深地吸吸鼻子:谁家炖柳蒿芽了?

那是一个民族的馐粮,一个民族的韵味儿。它来自遥远的边疆——被迫离弃的故园哈日穆日①,被驱赶离去的故园萨日穆日②。苦啊苦的迁徙路上,苦苦的柳蒿芽成为救命的菜,一路相伴着走到最后的落脚地——嫩江流域。直至当今,苦艾艾的柳蒿芽味儿,仍然流淌在达斡尔人的血液之中。连那山

---

① 哈日穆日:达斡尔语,黑龙江。
② 萨日穆日:达斡尔语,精奇里江,即现在俄罗斯远东阿穆尔州境内的结雅河。

歌扎恩达勒也充满了苦艾艾的怀伤韵味。

作为鄂伦春族的漠能，对柳蒿芽的喜爱不亚于衮伦，是因为她的奶奶是达斡尔人。在一次久远的甘珠尔庙会上，衮伦的姥爷苏如勤介绍了一位达斡尔姑娘给漠能的爷爷赫伊尔。但是，这些事情，衮伦和漠能并不知道。

就在喝过柳蒿芽汤的那个早晨，漠能说："前两天我叔叔讲，爷爷认识你们这儿的一位达斡尔雅德根，还有一位老太太，老太太是老头的长辈……"

漠能的话还没有说完，衮伦明显感到体内的变化，她有点害怕听到下文，又迫不及待地等待下文。

"老太太是不是……"

没等衮伦说完，漠能就说："老太太也是雅德根，是接骨的，也就是你们说的巴日系。"

漠能就在衮伦紧张的呼吸中，接近了那个久远的奥秘。

这时候两个人正在洗手间的脸池上洗手。

"我奶奶就是那个老头给介绍的，姓……"漠能一点不是卖官司，确实想了一下。

"姓什么？"衮伦的眼睛都直了，急促地盯住漠能镜片后面的眼睛。这是至关重要的问题，一切的症结都在里面。她希望听到那个字，又害怕听到那个字，又担心听不到那个字。

"姓苏！"漠能一锤落定。

果然是要命的答案，衮伦的身体嗖地窜入一股凉气，迅速窜遍了全身，令她一阵阵发紧，旋即哆嗦起来，并且在鸡啄米样的点头中眼泪哗哗如雨倾下……

"嗡玛尼叭咪吽嗡玛尼叭咪吽嗡玛尼叭咪吽……"漠能快速地念道。

"没事儿……"衮伦继续身不由己地抖动着说，"对上了，对上了……"

"瞧你那样，怎么……"

"他们接上头了，是高兴。"

衮伦在一阵即泣即乐的情形下不停擦去止不住的泪水，好一会儿，她恢复了常态。

两个人仍然站在原地，一切都过去后，漠能站到客厅的墙壁镜前，照照镜子才说："你刚才的样子真可怕。"

"那不是我，"衮伦说，"是巴日系额特沃上来了。"

揭开了祖辈的关系，两人忽然想到，她们身上时常发生的串痛，莫非是祖辈会晤的某种特殊方式？但他们想要做什么？难道他们的晤面，必须要通过后代的身体串痛才能达成？

仍然不能彻底解开其中的奥秘。

漠能走后，衮伦照旧为她祈祷一阵，以免火车上没有座位让她站上一路。在闭目的假寐中，衮伦看到漠能伏在火车的桌案上睡了一路，然后向着北方，一起一伏，以等身礼拜丈量着大地……

那是她很久以来一直坚持着的运动，她说我们罪障深重，必须以此最虔诚的姿势向大地忏悔……

新的一年也便在这个时候开始。

第十三章

轮转的岁月

仔细看那因果

它并不独立存在

无论整体和部分

都不能独存

万物看似独立生灭

其实是众缘和合

就在这里

我们体验生与死和生命

赋予的一切

1. 命运的轮转

时代变了，苏如勤又回到过去的起点，他基本停止了给人看病卜测的活动。但若有求上门实在推不开的，或不用举行什么仪式就可以解决的病人，也不便推脱，会暗中帮助。不过他仍然不敢收受钱财，象征性地接受回报也是非常小心。他听到过好多雅德根由于相互斗法或贪图财物招来祸殃，他自己也不是没有经历过那种事情。他一直忘不了某一年的经历，一位外乡的母亲领着眼睛突然失明的女孩找到了他。之前，由于看过其他雅德根和医院都没有治愈，才找到苏如勤家里。苏如勤因为见不得病者的痛苦便答应医治，并做了三次法事，后来女孩的眼睛复明。虔诚的母亲千恩万谢，但苏如勤没有接受她们的任何财物。不料这招来了麻烦，先前给女孩看病的那位雅德根的神灵，要与他斗法报仇。由于苏如勤的神灵法大，稍稍教训了一下，就避让忍过。后来就传出那位雅德根失明的消息。他因为没有能力治愈女孩的眼睛，却贪图钱财妄自下手而招了麻烦，此后一生都在后悔中度过。

这个时期，苏如勤又遇到一件事情。一天，村里的一位雅德根突然出现在他的家里，抬头看看房梁上的猎鹰，说你的鹰叼回了那么多兔子，给我两只尝尝。苏如勤说真是不巧，这些日子也没去林子，家里一只也没有了，改天它再叼回来给你送去。那位雅德根哼哼笑了一声，说不给我吃，你们也别想吃了。

那猎鹰一阵呼啦啦展翅，瞪着滴溜圆的眼睛一直盯着他走出门外。可是过了不到一顿饭的工夫，猎鹰突然蔫了下来，在立着的横梁上，颓萎下去，睁不开眼睛。但它还是坚持着努力睁眼，一旦睁开眼睛的时候，身体也坚持着挺立，一会儿又抵不住某种颓萎的力量，耷拉下去。从此猎鹰一天不如一天，一天比一天发蔫，眼睛不再犀利、不再圆睁了，半个月后就再也没睁开眼睛了。

苏如勤失去了猎鹰，不亚于当年失去红阔尔，这让他感到无法言说的伤痛。几十年的磨合，他与它已如亲人、家人，它也远远不是一只猎鹰了。他给它制作了个棺木，送到林子里最高的地方，虔诚地挂在一棵树上，然后跟它举行告别仪式说："你已经走了，不是因为寿终，我知道你应该有六七十年的寿命，但是没有办法，很多事情都是没有办法，希望你不要记恨什么，这一生就跟他们了断吧。我非常感恩你，陪伴我、帮助我这么多年，这一世的缘分就到这儿了，来世我们再续。"

这件事情给苏如勤的身心造成了很大伤害，他低沉了很长时间。所以苏如勤一生的原则是不斗法不收财物，但跳神后的吃请他不拒绝。不过在收徒弟的事情上他十分谨慎。直到后来社会风气和道德观念日渐改变，传统的东西越来越失去魅力，不敬天地自然、不信神灵直至砸碎祖宗牌位的叛逆行为成了潮流，苏如勤也没正式做谁的师父。他不愿看到一些不合规矩的行为，破坏本以行善助人为宗旨的雅德根形象。直至苏如勤抛下躯壳，被收入氏族的雅德根坛城，也没有承认谁是他的徒弟。可惜他那些绝版的萨满神歌易若没有流传下来，即使沃尔特热心于那些唱词，也没能全部复制下来。不过在跟随父亲的生涯中，她似学似悟，成为村人称呼的布图雅德根，即没有师承师教的雅德根。她的套路也与父亲截然不同。

实际上，沃尔特的那方面潜质早就有所显露。比如一次她说："阿玛，一会儿要来找你的人，我不喜欢他，你把帘子给我挡上。"果然过了一会儿，家里来的问病者，不仅沃尔特不喜欢他，苏如勤也把他送了出去，因为他求医没有一点诚意，只是来试探，要治愈他的病根本不可能。

沃尔特不时显露那方面的潜质，苏如勤便觉得老姑娘身上潜隐着某种宿世随眠，对她就有些偏爱。在她十三四岁的时候，曾有几天不分昼夜地昏睡，家人认定她懒惰不可救药，都声讨她不利索、萎被窝，只有父亲苏如勤对她呵护有加。

自从沃尔特自己生下孩子后不久，她就大胆地承担了一次婴儿的接生。实际那是个偶然的机会，村里唯一的接生婆巴列沁故去后，第一个面临生产的女人恰是沃尔特闺时的朋友。情急之下沃尔特被推上前去，竟撞了个难产。沃尔特既然前去，也不能临阵缩头，只好冷静面对，一副心有定数的样子。在产妇嗷嗷的哭喊声中，她点燃事先备好的三炷香，跪向西窗默默地叨念了一阵，然后转身道："快点，脚出来了。"只见她不慌不忙，一只手上托产妇的肚腹，一只手伸进产道，一会儿婴儿就顺了出来，产程顺利完成。恐慌中的家人放下悬着的心，又是恩谢又是赞叹。由此，沃尔特一个"了不起的巴列沁"的名声，便扬了出去。

对于沃尔特的初露锋芒，苏如勤不褒不贬，他仍然保持沉默，就如当初对儿媳金丽玛的态度，一切都有因缘，只能顺其自然。这个家族有太多不可思议的事情，他除了看着一桩一桩发生，没有力量改变。而最令他担心的还是阿尔特，她始终不肯搬回家里与大家共住，仍然一个人在村西的小房子里熬度时光。忧伤的时候，她继续在林地中奔走，直至疲累倒地。河水融化的季节，便坐在河边垂钓，在阳光草木的抚摸下冲淡忧伤。鱼咬没咬钩她不知道，放没放鱼饵有时也被忽略，偶有钓上几条鲫鱼的时候，因没有及时摘下来，又回到水里。河畔林地是她释放心结的最好处所。过去的，她什么也没有得到，眼下的她一无所有，未来会怎样她不敢想，短短的二三十年里，她不知如何竟活成了如此境地。谁在主宰她的命运？她无数次地追问。在她一个人孤寡的日子里，不乏媒人上门试探，但是，她没有选择的自由，若要再嫁，只能嫁给村里的"跑腿儿"，这是当时贫协的规定。可那些因为酗酒或懒惰而说不上媳妇的单身汉，岂能获得一个正常女人的心？即使是寡妇如阿尔特这样被认为克夫的女人，也不会下嫁懒汉的。

但阿尔特还是被一个酒鬼懒汉纠缠上了。

在阿尔特无法忍受纠缠的一天夜里，她星夜跑回父亲家里。那时苏如勤还没有入睡，失眠成为孤独生活的伴侣。他正坐在炕上闭目养神，阿尔特气喘吁吁跟跄着进来。他望着抽泣的姑娘，听了她简短的诉说，知晓了她的处境。于是，他丝毫没有犹豫，再次做出让阿尔特走进婚姻的决定。

说起来，那还是早年在酒镇上酒时结识的朋友。朋友的儿媳是村里的姑娘，和阿尔特也是朋友。她在回娘家时提到过酒镇上的一位丧偶的业主，如果阿尔特有意再婚，何不嫁个汉人？也许会站住子嗣守住丈夫。实际上苏如勤早已知道阿尔特的另一段婚姻即将开始，这是她躲不过去的命运轨迹，只是需要机缘。眼下是时候了，那个骚扰她的人，促成了再婚的机缘。

操作阿尔特的事情需要费一番思量。因为不仅苏如勤的行动受到约束，其姑娘的婚姻也要听从贫协的安排。苏如勤决定违反一次约束，暗中把姑娘嫁走。于是他想到了唯一可求助，也还敢帮助他办事的亲家阿怒库。阿怒库是二儿子巴尔特的岳父，早在他生活富庶的时候，就敬佩苏如勤的刚烈肯干、善于经营，把女儿多音花日许给了苏家的二子巴尔特。苏如勤在乎的是亲家多音家族的教养，以及未来儿媳脸上的福相，所以门当户对的亲戚自然做成。在那个时期，敢于靠近苏如勤的，就是亲家阿怒库和包括大儿子的岳父在内的金克日家族了。而这两家，又是当初村里除苏如勤之外的两大富户。不过到了苏如勤第三次嫁女儿的时候，俩亲家的日子和苏如勤一样，已和所有的村人一样了。

苏如勤在那个时期想到安怒库，是没有办法也是理所当然的事情。他在夜里敲开亲家的门说明心意，亲家没说二话，第二天就套上了大轱辘车，黑苶苶中去了酒镇，天黑才赶回来。如此两次来往酒镇，促成了阿尔特的婚姻。

送亲显然又是一个难题。光明正大是不可能的，更谈不上什么规矩礼节。为了女儿的着落，苏如勤已顾不得那么多了。他再不能看着可怜的阿尔特关在那间小屋里继续作茧自缚。她还有很长的路要走。

"也还得麻烦你了。"苏如勤看看从酒镇回来报信的亲家，谦卑地说。相比起来，亲家的境况要比他自由很多。

父亲的决定正合阿尔特的心意，一种改变命运重新生活的愿望，使她毅然顺从了父命。她已在死亡和绝望的阴影里挣扎了许多年，那个小屋充满了悲伤和凝重的冷漠，再不能做无意义的消耗了，尤其还不时招致骚扰。她应该出去呼吸呼吸另一种空气。

在一个没有月光的夜晚，等到村里的窗户都黑了灯的时候，亲家安怒库又套上大轱辘车赶出了村子。村南的杨树林子正是一处天然的屏障，安怒库事先人车等在那里。在夜深人静，人们大都缱绻在温暖的热炕之际，苏如勤领着阿尔特悄然出了村，走进杨树林里。

林子里黑漆漆的，有点压抑。

"一切都拜托你了！"苏如勤不无沉重地叹道。

"亲家放心吧。"安怒库的胡须冒着白哈哈的呼气。

黑夜掩盖着所有的表情，包括天地日月以及他们的脸。阿尔特怀着复杂的心情，被父亲扶进绷着桦树皮的大轱辘车里，黑乎乎中好不容易挤出一句变了音调的话："阿玛，回去吧，要多保重啊……"

刹那间，苏如勤感到空气一阵颤抖。

古老的大轱辘车嘎嘎吱吱地一路呻吟而去，一声一声轧在苏如勤的心上，他久久地站在原地，听凭热乎乎的液体在脸上流淌。嘎嘎吱吱的声音渐远渐静，他体内的什么东西也一点一点地掉落，直到那声音听不见了，他才怆然转回身，深一脚浅一脚地走上来路……

2．哈音神偶

在那个不可知的黑夜，阿尔特的脑子里填满了父亲孤独孑立的身影。她探着身，任凭热乎乎的泪水淌在脸上，一直看到父亲模糊的身影与黑夜完全融为一体，才缩回到车棚里，却仍然感受着父亲的眼神。她顺从父亲的决定，抱着是河是潭去趟一回的心情，又开始了另一段的人生旅程。也许那走了一夜、黎明才到达的黑暗之旅，无形中预示着黑暗将随之而去，新的生活会有不同的起点。

可丈夫是个汉人，酒镇全然陌生的环境，让阿尔特陷入另一种不适。当她第一次面对丈夫的那刻，她默然地站了好一阵子。她不知道用什么样的语言与那个陌生的被定为丈夫的汉人说话。她一句汉话都说不出来，她不懂得他的语言，他也不懂得她的民族。隔隔膜膜的夫妻生活，就从她被迎进那个比较讲究的屋子，在用手势比画沟通中磕磕绊绊地开始了。两个人的生活习惯相差太大了，很难相融。丈夫喜欢葱酱蒜、臭豆腐、腐乳、炒菜，阿尔特喜欢奶类，喜欢炖菜野菜，不善于炒菜或者不会煎炒，这不免让丈夫不悦。比如阿尔特第一次珍贵地做了父亲送去的柳蒿芽炖芸豆，很稀有地想让丈夫尝尝家乡的特产，丈夫却皱了一下眉头说："猪食一样，能吃么？"

阿尔特心里大受委屈，那可是我们祖宗的救命菜呀！离开了柳蒿芽我们达斡尔人的一半就没有了！

但菜也只是一道菜而已，家却是不能没有的安身之地，阿尔特懂得如何包容忍耐，不仅为她个人，也为她的家族甚至整个氏族。

在漫长的耐心磨合中，阿尔特终于让丈夫接受了自己的民族和家亲眷属。待到后来，丈夫对于柳蒿芽的喜好，几乎与阿尔特不相上下了。

"你看那江水多么柔软，它要求过什么？一个劲儿地往前流。"对于两处为难的女儿，苏如勤常常如此宽慰。阿尔特也当然清楚，经历了前面的数次劫难，一个被认为"命硬"的女人，拥有一个完整的家庭何其不易。所以任何难以融合的生活习惯、文化观念等矛盾，都是无足轻重的细枝末节。健康的生命、快乐无忧的孩子才是最重要的，那是神天赐给她的福惠和祖宗的庇佑。阿尔特只能活在感恩的世界里。

由于惧怕丧子，阿尔特从家里带了两个哈音①神偶，悄悄地供在仓房的西南角上，也学着母亲红阔尔，每年春节从盒子里请出来，往神偶上抹点酒供一供，祈求保佑家庭宁安孩子平安，然后再把神偶放回盒子原处。这种祭祀是阿尔特从小就看惯了的，故而无师自通。但那时母亲供的哈音一共四个，都是用皮子制作成的犹如小娃娃样的代表祖先神的神偶。母亲故去后，妹妹沃尔特生下孩子，就自然代替了母亲的角色。因为那些神偶是母亲红阔儿从娘家带来的，所以一直单独供在西南墙角上的盒子里，没有列入夫家苏如勤西窗上诸神的位列。红阔儿虽然是鄂温克族，但达斡尔、鄂温克一直被认为是塔日阿立也即表亲，所以很多的习俗信仰都有相同之处，没有太大的区别。

这种涉及妻子信仰的供奉，普遍被村人遵守着，成为某种敬畏。在那个古老的皑乐里，几乎家家的西南角上都供有那样的神像，或多或少数目不一。而西窗上供奉的诸神，则不一定是每家的墙上都能看得见的。

村子里的这种普遍现象，一直延续到阿尔特有了四个孩子，最小的也八九岁的时候，时代横扫了一切，才渐渐消失。

那个时候，许多被移居到林子里灌木丛中的"小房子"里的神偶，被天不怕地不怕的学生们掏出来扔得遍地都是，"小房子"也被踹得东塌西倒。一些忘了收藏而仍然供在屋角的神偶，一律被进屋就翻的学生们收去或者毁掉。恐慌的主人只能暗暗地默默祈祷。

从那以后，神偶和神像渐渐不见了。只有一些笃信的人仍然严密地收藏着，偶尔请出来适时供奉。

阿尔特供奉哈音神偶，来自于丧子之后一种祈求保护的心理。能不能得

---

① 哈音神偶：用皮子制作成的、一掌大小代表祖神的皮偶。

到汉族丈夫的接受理解，她没有过多考虑，只要有一处很小的地方，就足可以安顿它们并进行一年一次的供奉。当然几年一供也是可以的，但对于担忧孩子的阿尔特来说，一年一供还显得少呢。让她满意的是夫家有一个相当大的仓库，她不费什么心思就给神偶安立了新家，而忙碌中的丈夫不会去在意仓房的角上有什么小盒子，也免去了不必要的麻烦。

新的生活，让阿尔特一进门就做了一个八岁男孩的母亲，这对于屡屡丧子的她来说，有一个孩子她正乐得付出母爱。而在那个酒镇的新家，阿尔特很多时间都是在协助丈夫经商的忙碌中度过。她以固有的耐劳，每天在一个大锅前翻炒花生瓜子，熟的送走，生的再来，反复运作。在热锅热气每天不间断的熏蒸中，阿尔特的脸容几乎变形。另有烀制的熟食膀蹄肉也是经阿尔特之手摆到前台的。丈夫则每天起早贪黑在外面操持应对。虽然那飘着香气的熟肉很难进到她的口里，日子仍然是饱足的。

有关丈夫的过去，阿尔特也渐渐得到了解。丈夫青年时代就跟随父亲闯关东，由山东半岛来到东北，他们没有跟随潮流继续漂到边疆去淘什么金子，而留在了那个中途的酒镇。酒镇提供了他们可以施展基业的经营环境以及场所。从最初的学徒到商户的账房先生，再到后来自己挂牌经营，丈夫经历了一番艰苦的创业过程，逐渐有了一定的产业，也有了可资雇佣伙计的财力。正在事业发展顺利平稳的时候，突然生意开始下落。丈夫便找了一位昔日精通麻衣相术的熟人问卜，不料那人竟说，你现在越穷越好。一句话说得丈夫愣住了："你怎么这么说话？"那人却笑着说："以后你就知道了。"果然过了半年之后，在父亲苏如勤遭受那场社会变革的同时，未来的丈夫也经历了同样的变革。虽然他的产业已经不多，但仍然戴上了"资本家"的帽子。后来形势有些缓解，丈夫被重新划定了成分。

有关这些方面的历史，阿尔特从未与孩子们提起。很多年后的一天，当小衮伦在姨妈家里玩到中午，准备从三面炕的一角上炕吃饭的时刻，姨妈不知怎么提起话题，突然抛出了一句："你爸是资本家来的，被斗争过，没看你们家有那些特殊的东西么？"

小衮伦的大脑"轰"的一声，正往炕上爬的小身体一下卡在了炕边，不能动了,世界瞬间一片黑暗。"资本家"是多么罪恶的名字!多么可唾弃的成分!再也没有一个伙伴跟她玩了,这世界完了……

等她清醒过来的时候,她正拼命地跑在回家的路上,眼泪模糊了一切,昔日路旁的益母草花也变得十分丑陋,蜜蜂在花心上嗡嗡的采蜜声似乎在嘲笑她,这世界真的完了!

"你看这户口本上不是写着贫农吗?"

阿尔特看着呼呼气喘和绝望的孩子,特意找出户口本递到衮伦眼前。已经上学认识了几个字的衮伦,并没有看清那代表成分或身份的"贫农"字样,心里的划痕是抹不平了。

阿尔特撂下户口本,牵着衮伦蹬蹬蹬奔到妹妹沃尔特的家里:"你怎么能在孩子面前说那样的话?看把孩子吓得。"

沃尔特也觉得失言,对衮伦说:"我不是跟你闹着玩呢吗?怎么就当真了?"

可是衮伦的心里,已经像一面镜子被划开后重新黏合一样,很难平复。她确实发现家中的麻质被子和褥子,蜡染的蓝底白花,大朵大朵的非常漂亮。虽然不是新的,却也不是很旧,确实与伙伴们家的红花绿花的布面被子不同。那座很高的落地钟,也是村里独一无二的,衮伦总是站在落地钟前,与钟比个儿。还有那架紫檀色的炕琴柜,更是不同于所有伙伴家里的霍日格。尤其姐姐玩的那些红的、绿的、蓝的珠子,亮得像玻璃球一样,也不是别人家里有的,另有一些她说不上名堂的古里古气的东西,还有那两只月白色的藤条箱子……真的都是别人家没有的啊!那不都是代表资本家的东西吗?

阿尔特初到丈夫家中,看到那些被"穷人"分剩的家什,也都是她以往从未见过的。那种蜡染的麻质布料,特别那大朵的白花衬以蓝底儿的被面,很像她喜欢的蓝天白云。还有那古朴深沉的炕琴柜,背后一定含藏着她所不知的故事。每当她从柜子里送取从家里带去的桦皮针线篓时,不免想象曾经使用过柜子的女人……那么好的家具,不知怎么竟被留了下来,没被分走。

后来,阿尔特看到一张照片,是丈夫和他的前妻及两个女儿一个儿子的全家福。丈夫一顶尖式的高帽,身着双排扣的大衣,英俊端庄一副贵相;身边的妻子漂亮无比,特别一对大而漂亮的眼睛,美得让阿尔特惊艳;两个女儿站在父母身后，与母亲一样漂亮；几岁的小儿子站在父母膝前，一条长长的动物毛围脖搭在脖子上……一家人都是长袍，透着讲究的殷实背景。

阿尔特对那张照片作了良久的端详，对那个漂亮的前妻生出同情：这么好看的女人怎么就年轻轻的死了呢？太可惜了！

婚后，可以说一个家庭应有的幸福阿尔特都拥有了，一个家庭所有的磕磕绊绊也都忍耐了。包括忍耐丈夫的倔强，及对阿尔特喜好的民族饮食的不屑等等。曾经残缺的前半生，使阿尔特懂得怎样忽略细枝末节而求同一致。

日子在熟食的五味搅扰中流过，生活也日渐和谐，一儿三女四个孩子让阿尔特既充实又忙碌，这是多么健全的家啊！

阿尔特完全融入那个环境也习惯了丈夫的一切，又会说出一口流利的汉语，左邻右舍也愿意与这个心地善良的外族人相处。就在那时，公私合营的风也吹到了酒镇，一心向往自由的丈夫决定搬往阿尔特的家乡，于田园的广阔中施展宏图。阿尔特却百般不愿，她知道一个不懂得土地语言的人，土地是不会回应什么的。可怎么说服丈夫？他的心已坚定。阿尔特便不得不放下自己的意见，随同丈夫回到故乡。

酒镇的产业作为一股，入了股份公司，留下大儿子做了公私合营企业的一位员工。然后一家人又被苏如勤的大轱辘车接回了江边的额尔根皑乐。

没多长时间，丈夫那牛羊满圈鸡鸭成群的天真幻想，遭到了残酷的嘲讽。土地除了实际的耕耘以及必须付出的劳动，不会无条件地赐予粮食。丈夫连插豆角架都不会，一切农活都由阿尔特一个女人承担，丈夫只不过是画了一幅田园水彩画，富庶是多么奢侈的想法。她清楚父亲苏如勤后来的富庶，付出了怎样的艰辛代价，丈夫一个不识五谷只会拨算盘珠子的人，要立足于泥水田畴、风雨稼穑，谈何容易。好在最终还是算盘珠子帮了他，做了村里的会计，一家人的嘴算有了着落。

3．坠落或上升

阿尔特又回到原来的生活，能与父亲天天见面，与亲族兄弟姊妹同村邻舍过日子了。

苏如勤为搬回来的姑娘姑爷选择了一处房址,在村西南最高的地方。那是他早已相中的地方,阿尔特回来,正好可以选用。

在春天的一个早晨,奠基和竖房架一并开始,亲戚朋友差不多全村的人都过来帮忙。苏如勤站在已经竖好的房架上四处一望:"这个房址确实太好了,"他说,"是村里唯一的高地,涨多大水也淹不到这里。"

父亲的话让阿尔特回想起村里涨水的情景。那时候,隔上两年,甚至年年村东的诺河都要涨潮,水淹到村子里,致使地势凹的园子、屋子、灶坑都泡在水里。村里的井,拿上水瓢就能舀出水来。最常食用的土豆,几乎年年都在园子里还没起的时候就被泡在水里,以致下窖的时候,精心挑拣成了家家必需的劳动。阿尔特记忆犹新的,是那场来势迅猛如一阵风席卷了村子的大水。当时男人们还在地里、田园、野外做着每日不变的事情,女人则免不了在炕上、地上或园子里,或走在串门的路上,就听见哗哗的声音传进村子。起初人们还辨不清是一种什么声音,直到大水进了村子,以平铺漫溢的气势推进了大街、院落、园子以及所有角落的时候,人们才知道是村东的诺河又发大水了。人们眼睁睁地望着突如其来的水势一个劲儿地从东面涌入,淹进各家各户,淹进院子屋里,淹到炕面。来得及躲避的就势上了房子,攀上障子、猪圈、炕上。没有任何依靠的就在原地看着水淹到腿上……

大水来得快退得也快。

"大概是挤牛奶的工夫。"女人们说。

"大概是两袋烟的工夫。"男人们说。

"大概是一顿饭的工夫。"人们各说不一。

水退去后,村里立刻喧腾起来了,屋里的人说:"快看呐,满屋地都是鱼啊!"

院子里的人喊:"鱼呀,满院子都是鱼呀!"

没来得及撤走一直还在园子里的人也喊:"这里都是鱼呀,快来拣鱼呀!"

于是那些被水推过来却没被水带走的鲫鱼、鲶鱼、狗鱼、草根、嘎牙子、柳根儿等各种各样的大鱼小鱼铺满了村子、灶坑、园田地里。一时间人们都忙于拣鱼，锅碗瓢盆、缸坛瓦罐所有能盛东西的器具都装满了，然后麻袋、笸箩甚至裤子的两条腿一系也成了盛鱼的工具。家家户户整个皑乐都成了鱼的世界。仓房上、浅筐里、大小笸箩、簸箕等，所有能晾晒的家什都装满了鱼，后来又磨成了鱼粉。鱼代替了损失的粮食，整整一个秋天一个冬春，直至第二年的初夏，村里还弥漫着鱼的味道，从每户的仓房里、锅里、屋子里以及人人的口里喷出。起初是鲜鱼的香味儿，炖煮的美味儿，后来是干鱼咸鱼，最后是臭鱼的气味儿。甚至猪狗的呼吸也喷着鱼的味道。即使那样，村里还随处可见没被捡起来干在原地的鱼骸。

"那一年后，"阿尔特回忆，"我半年都没有吃鱼。"

阿尔特还没收回思绪，突然被父亲的惊呼唤了回来。她扭头一看，父亲从房上掉下去了……

阿尔特大叫一声，扔下手中的东西急奔过去，父亲已经昏迷不醒，身体并不见有什么受伤的地方。她拼命地呼唤："阿玛你怎么了？醒醒啊……"

这时的苏如勤却是另一番情形。他正挂在一棵树上，却看不见自己的身体，只感觉是意识存在，然后清楚望见地上，阿尔特和一帮人围在他的身体周围，他不知道他们在干什么……

一阵震耳的喊声让苏如勤睁开了眼睛，见许多人的面孔都围着他，他恍若隔世，一切模糊陌生，不知身在何处："我这是在哪儿？"他说。

好久他才清醒过来，才想起自己的落空以及灵魂出体。原来他是死了一会儿的，是寻着阿尔特的喊声回来的。若不是阿尔特把他喊回来，他不知要飘到哪里去呢。

他又想起，他是一脚踩空掉下去的，而且是站立式地直着身体下落，头碰到什么硬的东西，随即就感觉大头冲下向黑洞里飘落，耳边有呼呼的风声和一些恐怖的动静，他非常紧张，心里不断地说：我不能、我不能……后来就听见了阿尔特的呼唤，落到一棵树上……

经过那次昏厥，苏如勤经历了另一种被动的灵魂出游的境界。其实，以他的雅德根身份和功力，经历过很多次灵魂离体的过程，但那是有法术的，能自控的，是在一种"过阴"状态中自由出入的状况。这是截然不同的两种情形。前者是一次偶然的死亡体验，后者是一种神通。而且，对于这次偶然的死，他有了怖畏，本来他是立着身体掉下去的，感受的却是大头冲下的坠落，周围一片漆黑，下面是非常可怕的无底黑洞。也就是说，他死后是要去一种黑暗的什么也看不见的地方。但他不明白，为什么他明明是直着身体掉落，却感觉是头冲下在黑暗中坠落呢？那种引他下坠的是一种什么力量？为什么看不见身体，却能感觉心在、意识在，那种强大的黑洞吸力，究竟要把他吸到哪里？

醒来后的苏如勤，还时时感到后怕。如果不是阿尔特把他呼唤回来，他可能继续往下堕去。太可怕了，他想，无论如何再不能有第二次那样的经历，一定要找到上升的方法，或者有光亮的去处。那么怎样才能上升而不下坠黑暗？苏如勤变得沉默，开始思考。那次黑暗中的下坠成为他后来人生的警讯，他一直把生命划分在黑与亮的界限，探寻亮的出路。他自然想到智达喇嘛，所有不明白的事情他都推到他那里。最终有一点他承认，他一向认为自己是个好人，可在那次偶然的死亡经历中，并没有得到上升的体验，也就是说人们眼里的好人或者自认为的好人，死亡时并不必然会上升，绝大多数的人死后都要下落，去那黑暗的地方。如何才能找到死后不堕黑洞的方法，这成了苏如勤后来的人生大事。

这时候，智达喇嘛是他唯一能请教的人，喇嘛说——

……劫初，南赡部洲的人是化生的，就是无所依托忽然而生。在一刹那间，眼耳鼻舌身意六处都俱足了，不像我们现在的人是从胎胞发育而成。他们没有粗重的身体。他们的身体是细体。而且寿数无量，很长很长，最长的曾经八万余岁。

劫初的人有眼根、耳根、鼻根、舌根、身根、意根，但他们的六根与现在人的六根不一样，不是粗体，而是细体。他们身光流布，是发光体。

他们相貌端美庄严，但不为我们凡夫粗色身的肉眼所能看见。他们相互之间可以看到。

他们吃的食物，不是我们吃的入腹即坏的分段食物。而是欢喜食，一种无形的与神鬼们享用的一样的无形饮食。如果神鬼享用了粗食的话，就会和我们一样，没有神通不能飞来飞去了。

因为他们没有粗体，可以想到哪儿就到哪儿，像光速，一刹那就可以到达。就像附到人体的神灵，在别处忙着自己的事情，一旦听到有人召唤，一刹那就会附到人的身体。

南赡部洲曾有一种极其美妙夺意的液体食物，遍布整个地球。劫初的众生是无数世前其他世界的众生，后来那个世界毁灭了，就投生色界的初禅天、二禅天或无色界天。由于业力的缘故慢慢地下来了。他们有非常深厚的福德和非福德之业，以及很严重的习气，包括对食物贪恋的习气。到了劫初后期，他们的这种习气苏醒，便开始贪吃粗体食物，于是细体渐渐地变成粗体。从无形慢慢转为有形，或者说从不明显转为明显。像现在人吃得营养过剩，满身脂肪。若经常吃素食，既不杀生又造福德，身体又瘦又好。

劫初的人，尚无男女之分。由于强烈的贪欲，渐渐开始食用粗食产生渣滓，变成粪便，就有了排泄之门，大小便处成了男女根门。由于阴过盛或阳过盛，就有了两性，以往昔淫爱的习气，男女相互产生贪爱，由此产生淫行，胎中怀孕，这样胎生逐渐代替了化生……

苏如勤觉得这个话题并没有解决他的问题，又觉得已经解决了所有的问题。似懂非懂中，他与智达喇嘛一问一答：

——食物不是维持生命的基础吗？

——所以你就无法摆脱沉重的粗体啊。

——人本来就是这么活着的嘛。

——整体无意识的贪呐。

——那应该怎么去做呢？

——先找找你的心吧，找到之后再灭掉你自己。

雅德根
我的母系
我的族

中卷

第十四章

心的投影

你演着虚幻不实的戏

却能从清水的反映

看出月亮和月影

那是相对世界的投影

所以你要决定投影的姿势

是中规中矩

还是污秽邪殃

1. 萌醒

新春的第一个黎明,衮伦在苍茫的梦境中目睹的一个境界,让她生起正在脱离魔境的信心。那是在茫茫的空无一物的天空,四位天人身着深蓝色和天蓝色的妙织长衫,以简洁流畅的姿势矗立空中。其中一位头戴太白金星式头饰,鲜艳明眸,清晰可辨。衮伦低下头时两摞很高的盒子就出现在脚边。衮伦一一打开,盒子或空或盛有糕点。衮伦与男人说,那是不是护国、增长、广目、多闻子四大天王?那或空或满的盒子是不是意味着她这一年的某种状况？

男人保持沉默。他的沉默里始终包含着对衮伦心迷的认定，严重时期，他也陪着她迷走，承认衮伦说的月亮是片儿的、太阳是长的。所以当衮伦过了两天也即初一之后的第三天，又告诉他所看到的情景时，他也点头默认：东南方确实出现了玉皇大帝，没有头冠前面的珠帘，脸型方圆身面清晰，遮挡了东半边天，旋即消失之际，两盆兰花和一片鲜花遍满了天际……

男人也还认同：

在一片春耕已臻的田野上，黑油油的土色呈现着雨后的湿润，衮伦蹲在田头，一捧一捧地捧起炒熟的稷子米放进左边的一个容器……

她背起装有稷子米的袋子回到家中，打开看时，竟然都变成了还在蠕动的黄豆粒大小的生命……

两穗黄黄的玉米悬挂在衮伦眼前，一长一短飘动着似乎等待着衮伦的态度……

男人接受了这些，他跟着她游走。

那时，图敦师也送给衮伦一件纸盒装的水果，但是衮伦除了享用以外，没有懂得图敦师的用意，以及水果的含义……

"常寂光土、常寂光土……"，当晚，衮伦身面朝东，在三尊青铜色的雕像面前不停地念诵，叩拜起伏……

所有的场景和境界都从衮伦的随眠里纷纷出笼，或过去或现在或将来的经历，隐含着一些她不能破译的密码。衮伦仿佛一个机械运动的机器人，或者听从指挥的提线木偶，在惯性中循规蹈矩地动作。

那个一直存在着的声音暗示：所有出现果实的场景都寓意着一个结果，但这需要通过一个途径才能达成。而这，衮伦和男人都还无法完全明了。

这个时候，衮伦因为四季如冰的躯体，特别双腿的屈伸不利、每夜睡卧中的肢体僵硬等状况，听从图敦师建议，开始了五心朝上的瑜伽运动。他说必须以这种方式消除肢体的僵硬。由此衮伦想起从 A 城回来后，说起膝盖疼痛的原因，图敦师的摇头，说明不是遭受湿邪所致。

2．心是主人

在一次梦境中，晴朗的时日，衮伦推出许久不骑的自行车向东边一片漫坡路上飞驰，却有人告诉她说走错了，路不对，得从相反的另一条平行路走。衮伦听从告诫踅回相反的方向，竟是一条下坡的路。衮伦又开始飞驰起来，到了一个拐弯处，一条河流不深不浅横在衮伦的面前，却有很大的石头垫在里面。衮伦正踌躇如何渡过，一只女人的手一下把她拉了过去，然后领着衮伦走向一片原始森林。森林苍黄疏致，秋天谢尽了枝头，在表面失去生机的林子深处，竟然有一个木屋超然坐落，衮伦便直奔木屋而去……

紧跟在女人后边的衮伦，脑子里呈现的却是在南方和漠能一起的日子，许多清清澈澈的河流，仅一米宽或再宽一点，衮伦却无法渡过，站在一边着急……

走进那个木屋，一片片洁白的云朵飘在屋子的空间，使整个木屋都变成了无染的白色。衮伦好奇地上去摸摸，竟有棉花般的柔软质感。原来，屋子的主人是以云朵做被子的么？衮伦心里在问。

"那是你的心！你的心是云朵，就是天上，你的心是林子，就是树木，若在深渊，你就是地狱……"

衮伦一惊，正东张西望寻找始终不离不弃的声音，一切都变为乌有。

怎么没有了呢？衮伦正喜欢着那个幽深的林子，那个木屋及那些云朵，一切就刹那间消失了。真是，她想，为什么消失得那么快呢？来不及认真看看或者体验就没有了。真像她经历的许多事情，都在一刹那一刹那间消失。包括她的机体，是否也在刹那刹那的消失中？

"去找你的心吧——"

衮伦正在踌躇，那声音又响了起来。

我的心？不在心里么？

瑜伽运动拯救了衮伦沉重的躯体。从年初美好的开端，三个月过去，衮伦每天坚持一个小时的瑜伽运动,在大汗淋漓的轻松中忘却了所有的病痛,那些折磨不知藏匿哪里,周围的目光也从斜睨变为直视。

可是魔咒般的那个日子啊,农历的三月初三,那些隐匿的病痛又突然回到衮伦身上。仿佛一个约定,每到一年一度的这个日子,它们就出现在衮伦的后背和心脏给个提醒。衮伦清楚,那些想要"安家落户"的灵魂是怎样锲而不舍,即使无奈,也不忘定时的提醒,巴望中等待着。

这次除了对衮伦进行提醒,还竟然上了男人的脸,致使他的脸容阴暗丑陋。然后在他的脸上狂跳乱舞以示他们的不可忽略。衮伦便以软语给予安慰协调,片刻就看到男人阴暗的脸上铺满了阳光禾田,延伸到大路南北,成熟的玉米棒子立在秆上。衮伦的疼痛又奇迹般地消失了。

3.如母有情

半个月后,循女人的电话突然而至,说犯病了非常难受,很想让衮伦过去。衮伦清楚循女人的"犯病"是怎么一回事情,所以做好了充分的思想准备,与男人同往。他们在小镇的那个小寺停留了一下,表明了个心愿,并祈求三宝加持,然后才敲开循女人的家门。

循女人歪扭着僵硬的脖颈,斜弯着腰打开了门,衮伦一震,她没想到循女人的状态比她想象的还要糟糕,竟然到了身背弯曲的程度。衮伦的内心陡然生出无限的怜悯:一个阳光下的苦弱女子,竟被看不见的无形存在折腾得如此难堪,她怎么帮她?

衮伦不免庆幸自己正在摆脱同样的状态,不然她将与她毫无差别。可是,循女人会采纳衮伦的建议么?

循女人一坐到沙发上,不待发问或者说些什么就颠了起来,是那种衮伦儿时常见的跳神的颠法,并且高兴地唱道:

"看见你呀我真高兴,这一阵子憋死我啦,别提我心里多憋屈。"

这么端庄的一个女人,被折腾得如此模样,又如此不雅,怎么才能让她摆脱?

"现在不兴这个了，我们稳当地坐下说话好不？"

衮伦的商量语气立刻见效，循女人规规矩矩地坐回了原地，并像个听话的孩子，一副巴望的眼神。但是稍微安静之后，又表现出恐惧不安，旋即放出阴邪执拗的目光，躲避着衮伦和男人，不敢直视。看样子她身上的"病因"又换了一个。

"我怕，"她说，"你身上有……他身上也有……"说时，几乎要用手遮起眼睛。

"你不要怕，他不伤害你，反而会悲悯你。"男人和衮伦不约而同地对视了一眼，他们都想到身上佩戴的佛像和念珠。

"如果你信他的话，还会度你。"男人继续开导。

循女人的表情陡然变化，竟然"咕咚"一声跪在地上叩头：

"救苦救难，大慈大悲，救救我吧……"

"肯定帮你，你有什么要求起来说吧。"衮伦连忙扶起她，告诉她，她知道循女人身上的那些灵魂也在受苦，也充满了人一样的贪嗔痴欲望，在无明中挣扎着，欲求一条"生路"。而这过程需要一个公证或者仪式，让人做一个记录，然后堂而皇之立名（不过以一张纸的形式界定身份牌位），在大家认为公平合理的情形下，进行他们认为的"理顺后"的看事问卜、治病疗疾等活动，从而达到修行或报恩的目的。其实，这种在他们看来的修行报恩、增长功力的活动，结果可能恰恰相反。这一点，不仅他们认识不到，循女人认识不到，衮伦也还认识不到，她只是在善心的驱使下，认为是在帮助循女人解脱苦难。

"金童玉女两边站……"循女人又一脸带笑放开嗓音唱道。

"你们都是谁？报报名吧。"衮伦颇有经验地发问。

竟然有八个灵魂痛快地报出姓名，且各自分管的事情也一一说得清楚，谁是报马（报信）的，谁是联络的，谁是看病的……都一一道了出来，只是在教主问题上发生分歧。两位老人也即循女人的婆母和母亲都想争当领导，都想拥有头排教主的指挥权。循女人的母亲说，功劳都是她做的，对方坐享其成，还争当管事，很不合理，她跑前跑后看病治病都是她的事，应该她做教主。

但教主只能有一个，男人说只要你有真本事，所做的事情都能看到，当不当领导又有什么？不是说是金子总要发光么？

经过相当费力的协调最终达成一致，母亲让步，同意亲家当教主，她继续看病。

这样循女人的脸容终于恢复正常，身体不僵不斜有了阳间的笑容。衮伦不由心里叹了一声：那个世界呀，竟然也在争当领导！看来这领导的位置是多么有诱惑力！

循女人的这番经历，增强了衮伦一直坚持着的"走在阳光下"的理念。即便如循女人那样受某种外力操纵而能看好疑难病症，或卜测问事，衮伦也不愿意走一条永远不能自己做主的冥暗之路，而且那么丑陋痛苦。多么可怕啊，曾经的遭遇！衮伦暗自庆幸自己没有变成循女人。

身体四季不温手足如冰的状况几乎消失，膝盖和腿的疼痛也不翼而飞了，衮伦彻底诚服了：几个月不停歇的瑜伽运动发生作用了，掌心也有了发热的现象。无论念诵或静坐，都有令她增强信心的回馈，让她看到一个正在趋向健康的自己！由是她又发下一个心愿，决定当下开始，像漠能一样以全身的匍匐叩拜大地，以最低、最卑微、最虔敬的心，贴紧大地母亲深厚的胸膛，感受大地博爱的力量，感受大地母亲一样的忍辱付出。

其实A城的仁钦喇嘛曾告诉过她的，从9和21的数字递增循序渐进。告诉她无论做什么事情都要从最低处做起。也告诉过她要孝敬父母师长，什么都可以不信，就是不能不尊敬老师，不能不孝敬父母，因为，"所有大地上行走的人，包括地狱、饿鬼、畜生道的人，都做过你的母亲，那些大街上看得见或看不见的行走的人，甚至动物蚂蚁都对你有过抚养的恩德"。

衮伦当即惊叹，怎么从来没有听到过这样的道理？

那么，循女人也曾做过她的母亲么？包括她身后的那些灵魂，不然她为什么总要见她、找她？说一见她就高兴，就亲切？

可是她对母亲都做了什么？她没有给过母亲钱花，没有买回她想吃的东西。那次母亲从菜市场回来，进屋站在地中央说，铺子上的肘子肉真香！真想吃上一口。

当时衮伦正在产期,她哺乳着怀中的孩子,看着母亲说话的表情,竟没有想到借点钱,让男人买回一块一年也吃不上两回的肘子肉,让母亲吃上一顿,还有……还有很多不孝敬的事情。

衮伦匍匐着身体,抽泣着追悔,她有了工作,一直不懂得孝敬母亲,从未给母亲特意买过什么。等到决定从每月五十九元的工资拿出十元寄给母亲,并第一次寄出去后,母亲已经看不到了,花不到了,而她也永远不能了却自己的心愿了,永远在追悔的自责里。

"我是多么不孝的孩子啊!妈妈……"

衮伦双手捂住脸低低地抽泣,越想越后悔,越想越难过,越自责:"妈妈!我怎么忏悔,我怎样流泪,都不能表达我的自责痛悔!每当我想起这些往事,我都被后悔的泪水打湿打痛……"

试想一位母亲,在照顾产期女儿两三个月的时间里,竟然吃不到一口想吃的东西,是女儿多么惭愧多么难以启齿的事情!

是女儿没钱么?是女儿出不去么?是没放在心上么?是不懂事么?

都是借口,只有一个理由:不孝!

衮伦看到了母亲那忧伤寂落的眼眸,远远地无奈地望着她,最后变得朦胧一片,满世界都变成了母亲的脸,母亲的眼睛,包括循女人,许多许多的女人……

4. 逆增上缘

诚如那个夜晚,衮伦通过一个相框掉落的境遇,加上一次次目睹循女人的状况,曾经被动想做她那样角色的心,彻底宣告结束。无论相框里有无相片、预示什么都成了一场虚幻的梦。包括她正经历着的事情和过去的事情,都在一点一点地成为过去,成为无有实处的回忆,她几乎已经从长久的梦魇里走出来了。

"听听大地的声音吧,我们缺少的正是她的厚度。"

漠能说这话时,站在一座山顶上,给衮伦打电话。其实她的倾听和丈量已经有很长时间了，她说她要以一生的躯体甚至无数生的躯体去感受大地，汲取我们正缺少的大地的包容、忍辱和爱。一句话就是增厚自己的德土。

那时候漠能正在忍受着无休止的求婚骚扰，每天的无名电话、无聊信息，使她哭笑不得。面对这种骚扰，她说那都是我曾欠下的债，或某种感召，这一生必须了断，如果我嗔恨他们就麻烦了，不仅不能了断，还要跑到恶道去。所以要以感恩的心去接受和忍受，才能彻底了清，再不受苦。

另有面对那些声音——金属敲击声，穿过水泥墙其他人听不到只她一个人听到的耳语声——漠能告诉衮伦："它们就这样天天提醒我，让我像鱼一样黑天白天睁着眼睛，让我不敢懈怠，它们是我的逆增上缘。"

在那个幽居的空间，衮伦初次目睹的是一处奇特的生存状况，虽然是与别处无二的居室，里边却长满了绿色的树木草叶，看不到有人间迹象的锅碗瓢盆、柜橱被褥，却青烟缭绕着使整个空间缥缈虚幻。衮伦第一次推开门出现在漠能眼前时，漠能说："你看，我就这么生活着。"

衮伦四下环顾，刚想说什么，一阵瀑布声哗然而至，她连忙寻声望去，竟见靠窗一角在枝枝杈杈的掩映下，一帘瀑布正从上而下，时断时续。衮伦不由一惊："哪里来的瀑布？"

"我心里的，"漠能说，"在我久远的前世中设置的。"

"你怎么把它带来？"衮伦透过漠能的眼镜片，也如梦幻相随。

"不用带，它想来就来了。"漠能的微笑亦真亦幻。

"天天这么闹腾，你不烦？"

"不烦，正好用它来洗涤我今生和来世的灵魂，别以为我们有多干净。"

"不干净……"衮伦看着她那真假难辨的眼神，不由想起A城她们相识的情景。漠能带着家乡森林山脉以及河流的气息，黄黄的直发配以鹰一样的眼眸，与麦田似的眉毛显得互不相干。所有近她的人都曾被她的眼睛震慑。衮伦清楚地记得，因为一件打抱不平的事情，她的眼睛放出两把利剑，让所有她身边的人都低下了头不敢直视她。不过片刻恢复正常后，她那柔软的心又化成一双慈悲的手，立刻把大家皱紧的心揉化了。

在许多一致认为错的事情上，她认为对，而一致认为对的事情，她倒认为是错。"表面上公平不公平的事情,背后都是公平的,"她时常说,"就这样,我爷爷就不看表面的东西。"

她说"我爷爷"的时候,听上去其人就在身边,这是漠能经常不离口的话头。事实也正如此,漠能的生命中,她爷爷始终不离左右。在那个久远的年代,当鄂伦春人赫伊尔看到达斡尔人苏如勤的那刻,便是透过表面看到他身周的灵魂们,面貌不一,有苦有痛有乐诸多表情。那时候赫伊尔就断定:"这个人将来要走雅德根的路。"事实也正如他预言的那样,没隔多久,苏如勤便成为远近闻名的雅德根。将近一个世纪后,他们的第三代人又走到一起,而他们也如影相随,继续演绎着老朋友之间的"戏",喜怒哀乐冷眉笑脸,都通过他们的第三代衮伦和漠能"演出"。这种说不清的宿缘,不知要延续多远?

所以衮伦一直觉得百年中的人们都活在一个时空里,以各种生命形式存在于不同维次的空间。她和漠能的经历,足以证明这种感觉是真实的,并非无稽之谈。

当那些灵魂以各种或丑或恐怖的样子出现在漠能眼识里,影响她的清净时,她便一次次祈祷菩萨:"不要让我看到那些东西吧。"

5. 渡过去呀

犹如一个无所事事的浪子的随处漫游,衮伦梦中的飘荡仍然没有彻底结束。夏天来临的季节,翠绿的树叶转眼变成暗绿,她恐慌着季节如风,却控制不住地漫游。她飘到小镇东边长长的江桥上,桥下的水域很宽,在桥北的水面上飘着四五只小帆船,却空无一人。江的那岸,是一片绿色的丘陵山脉,小船随时都等待着渡江的人。衮伦就等在桥上,心里念道:渡过去呀!渡过去呀!……迭雅塔 嗡 噶代噶代 巴日阿噶代 巴日僧噶代 布底梭哈。

"你在干什么呢?"

突然,漠能的声音传了过来。她的声音总是在毫无背景毫无前提的情况下倏然而至。

"我在'控告'。"衮伦沉静了一下,学着上海人把睡觉说成"控告"。

"你在控告谁,是我么?"

"控告眼泪。"

"那是在消业呢,你只能控告你的前世,不过这样的案子不知什么地方受理,哈哈哈……"漠能那开心的笑声以春风吹绿大地的势力,扑进衮伦的耳膜,衮伦随即也哈哈哈地回应。

旋即衮伦又飘到另一个空间,静坐下来,但是哗哗的泪雨伴随着一连串的哈欠,连风带雨立时扫荡了全脸,最后集中在下颌处落湿了胸襟。这种不知所以的怪诞现象继续发生,只要一静坐下来,就如开幕后的演出一样,必然如期而至。

但有一点,让衮伦俱足信心坚持的是,长期的连拖把都不能使用的腰腿疼痛,经过一个时期的瑜伽运动,症状全部消失,在三月三那个日子反复一次之后,便再没有疼痛。长期困扰的头疼也消失得无有踪影。一种无形的由信念形成的力量,聚集在衮伦体内,让她坚信能恢复健康。可是她仍没有恢复到能正常工作的状态。

那个早晨,衮伦还没有从沉睡中醒来,漠能就在耳边悠悠地说:"时光……"

"……像流水哟。"衮伦在睡眠中接道。

"时光……"漠能又说。

衮伦刚想继续接"像流水哟"的时候,竟醒了过来。睁开眼睛看时,正是早晨六点钟的光景。她想睡个懒觉还是可以,但刚一合上眼睛就立刻坐了起来,心中旋即反省:三四天没有用功了,怎么能怠惰?时光像流水呀!

匆匆地洗漱之后,便进入那间屋子,进行她每天必上的功课。

过了几天,当衮伦又要懒床的时刻,睡梦中一位身穿银灰长衫的小和尚从衮伦的对面跑步过来,衮伦猛醒:我怎么又要懒惰?还不快去上课!

如此,勤奋的念力通过不同的形式催促着衮伦,出现于她的潜意识,哪怕是在梦中,也很少陷于混沌茫然不能自已的状况。她感觉冥冥中有个护佑。就像那天梦中看到一只又黑又长的大兽,站在宽宽的堤坝上面对着她,只要一跃身就会落到衮伦的跟前，衮伦有点畏惧，胆突突地走向一个要去的房子，到了房子的障子跟前，竟然又一条巨大的黑狗样的兽出现在门口，并且冲着衮伦靠近，继续靠近……只有一米距离了，衮伦胆怯地犹豫着，不知是跑还是原地不动。但大黑兽竟然停下来了，像人一样朝她微笑，衮伦一下放松下来："原来你们都是朋友。"

6．解渡

然后是那条大河，梦中反复出现，衮伦已经游了两次。第一次轻松地游过去时，已故的曾做过书记的人，站在她的身后提醒她，如果依照他的方法去做的话，就给钱币……衮伦坚决拒绝了他，返身游过了对岸。第二次，一条源北南下的滔滔大河，涡旋激流，衮伦随流搏击着漂上漂下，忽地想：水流如此湍急迅猛，她游到何时是岸？便奋力向岸边靠拢，但水势太急，衮伦游了很远才靠近右岸，一下抓住陡岸上伸向水面的树枝，轻松攀上了岸。那种轻松与毫不费力，仿佛有一种力量把她推了上去，使她驾驭自如。

这样的游历让衮伦一次次增加信心，相比以往总是进入没有太阳阴灰灰的境地，甚至被抓被撵被刺，总是站在小小的河边都过不去的情形，如上的游渡，无疑向她输入着某种启示：她正在以游渡的姿势摆脱着灾难，趋向着健康。

第十五章

生与死

在死亡的恐惧中
你终于爬上了山
知道了死亡的不可逆料
于是，你攻占了不死
和恒常心性的城堡
于是，你超越了死

1. 共处自然

无名的忧郁不知从什么时候开始，苏如勤陷入沉默时日已久。也许从他净身出户搬出老宅时起，也许从妻子红阔尔撒手离他而去时起，抑或从那次死而复生时起。他回避着与人交往也回避着问卜，把心思放在过往的回忆之中功过自己。但是良心又告诉他不能见死不救，况且在他的能力范围内，又是在梦境里清晰显见的病人，他做不到彻底回绝。便是那个春天的早晨，苏如勤一醒来就告诉老姑娘沃尔特说："今天要来的人我不想见。"

沃尔特知道父亲一段时间以来，看病有特别的原则，除非不接手，接了病人就必须让其痊愈。所以她仍然以为，求治者是治不好的病人，或者没有诚意。但当苏如勤走出大门不一会儿又返回来时，沃尔特看到父亲的身后跟着一个人，便头也不回与丈夫海达说："阿玛被截回来了。"

来者是一位老人，算是熟人。是为了自己姑娘的姑娘，一脸焦急的神色哀求着说："你这么大的雅德根，就见死不救啊？"

苏如勤不见和不想接手自有他的道理，但他不愿解释什么。对于仍然有着特殊身份的雅德根来说，多一事不如少一事，无事更好。但来者却说："我不管你什么理由，就找你，别的雅德根我都不找。"

苏如勤不忍来者的请求，答应晚上去他家里。老人的家就是江北阿尔特第二次安家的梨村，不过几里路。由于都是一个民族，婚丧嫁娶两村有不时的来往，所以路途熟悉，村里的街道也都熟悉。打发来者回去之后，黄昏时分苏如勤领上沃尔特也步行上路了。

沃尔特也许根器里的某种因素，喜欢介入类似的事情，但出于种种原因，苏如勤始终没有培养沃尔特这方面的能力，却也不拒绝沃尔特的参与。有时候她还真能在请神的关键时刻，很懂行地助唱。每每在请神降临的高潮，她的声音掺杂在助唱人员之中，不失为重要的一员。

那位老人按约定在路口把他们迎进了家里。病人是一个七岁的女孩，与苏如勤头天夜里梦到的情景一模一样，全身出不来疹子，高烧不退。苏如勤没有做什么特殊的准备就开始了请神的唱诵。通过那唱词沃尔特知道要请的是扎了各神[①]。那个过程有点平静，没有过去看到病人时的哈哈笑声。实际上，沃尔特已经有一个时期没看到父亲那传遍四方的狂笑了。神灵很快降临，在苏如勤并没什么特殊的表现中，叮嘱做一些什么就算完事。倒是送神的过程用了较长的时间，让沃尔特觉得还有点事情可做。在一个木棍做成的大门和小门的跟前，苏如勤唱了一遍：

  大门开了，

---

① 扎了各神：达斡尔萨满神系中，专治麻疹等小孩疾病的神灵。

小门开了。

请从大门走，

请从小门走。

顺着风向走，

顺着河流走，

顺着大道走，

不停地往前走。

在沃尔特的引导下，家人拿着一个放有代表神的纸人的柳条，口中念着祈祷词走出屋外，把神送到很远的地方，回来时沃尔特告诉主人谁也不能回头。

沃尔特回到屋里，见几天不吃不喝的孩子，从昏睡中醒来要喝凉水，送给牛奶她直摇头。苏如勤说，给她井拔凉水。冰冰的井水打来之后，女孩儿咕嘟咕嘟一口气喝下一碗，然后躺下，一会就冻得哆嗦起来。苏如勤吩咐盖上两床棉被，头也给她蒙上，只露出两个鼻孔。一会儿，不过两袋烟的工夫，女孩全身湿透了，如同水洗的一样，第二天早上全身就出满了花，麻疹好了。

这种治疗麻疹、百日咳等传染病的方法，村里后来又出现了一人使用，但究竟能不能请来扎了各神灵谁也不很清楚，却也没有人怀疑是假。若病人康复，则为显灵，否则家人只怪病人无福。

在那次月光下返回的路途中，沃尔特有一种神秘的紧张或刺激感，她向来敏感一些诡异的现象，也十分相信一切由腾格日巴日肯操纵。尤其夜里的林子幽然森森，仿佛有不尽的暗机窥视着夜行的人。

"阿玛，你那次深夜从酒镇回来……"阿尔特不由想起儿时父亲身染血迹回来的那个夜晚，却被苏如勤使劲的咳嗽声，咽下了下面的话。她知道夜行人是不能说一些犯忌讳的话的，尤其作为一个雅德根，然而越是如此她的脑子就越是活跃。

"阿玛，你见过白那查么？"沃尔特问。

"嗯。"

"这林子里有么？"

"嗯。"

沃尔特不再吱声了，父亲那只一个"嗯"的答复，无疑是要让她闭嘴。林子里除了沙沙的脚步声、呼吸声，时密时疏的树影里，很像有什么在那里偷窥。当距离一棵又粗又壮枝干挺直枝叶繁盛的大树很近的时候，沃尔特忽然觉得白那查神就在那里，心里有点慌促，转而一想白那查是善神，专门惩治坏人，紧张什么？不料就在那刻，一阵沙拉拉的声响之后，一个小小的黄色精灵出现在前面的路上，前爪一抬，搭在眉头上问："我是谁？"

苏如勤平静地应对："细我日特，必我日特①。"

同时沃尔特感觉被父亲使劲往身后推了一把，随即抓住她的胳膊继续往前紧走。沃尔特的心怦怦地跳个不停，心里一直想着那个小动物可爱的模样。谁想走了不到十几步远，小精灵又出现在路前问"我是谁"，苏如勤又重复了一遍刚才说的话，仍然无事一样大步流星赶路。沃尔特则一路心咚咚咚的，反复重复着父亲的那句"细我日特，必我日特"，到了家里还没放下。

沃尔特进屋就告诉丈夫看到的奇事，而丈夫就像听到"看见了月亮"一样，笑笑没做出什么反应。

是的，没有什么好稀奇的。村子里类似被小精灵附体的事情不时发生，人们早都见怪不怪，如同看见打回来的狍子山鸡什么的。只是找个"明白人"说一说、送一送或者答应它提出的要求也就了事。

没过多久，沃尔特的闺中女友就遭遇了类似的事情，让沃尔特觉得又有事情可做了。

女友是夫妻二人抱着孩子去走亲戚的，回来后女友就开始了胡言乱语。丈夫便呵斥她闹人，不料她说："我是在路边玩，不知怎么就跑进她的身体里的，我出不来，也很难受啊。"

丈夫便差人去找沃尔特。当沃尔特刚进院子，屋里的女友便显出十分恐惧，拼命地要从西窗跳出去，并说："她身上带来了个东西，太亮了，她爸

---

① 细我日特，必我日特：达斡尔语，大意是，你走你的，我走我的。

爸苏如勤比她还厉害。"

她丈夫一把把她拽了回来。

"别怕,谁也不会害你,"沃尔特一下想起爸爸曾说过的话,"佛菩萨是慈悲的,他悲悯一切众生。"沃尔特看到女友那躲藏的目光紧紧地落在她脖子上的念珠,心里倏然一亮。然后她点燃一炷香,连同一卷黄纸在女友的头上左右绕了三圈:"跟着走吧,回去好好修行,没有修行,走错了路都回不去,多麻烦。"说着沃尔特走出屋子百步以外的路口把纸化掉,又叨咕了一些什么。再返回屋里时女友已经安静正常了。

沃尔特把这个功劳归结于那串念珠,那是苏如勤年轻时,随父亲多次朝拜甘珠尔庙时,智达喇嘛送给他的一串念珠。那念珠褐黄发亮,沉淀着岁月以及磨砺。苏如勤一直把它珍贵地供在高处,没事的时候也取下来捻一捻,后来沃尔特喜欢就不时挂在脖颈上,尤其出门做类似事情时,更是不离开身。她坚信父亲的话:观音菩萨是手持白色念珠的,娘娘罢日肯是观音菩萨的化身。

"管住自己的嘴。"

每当沃尔特喜欢信口说一些不该说的话时,苏如勤总会给予类似的提醒。有趣的是,后来苏如勤往生后的漫长岁月里,姐姐阿尔特无形中代替了父亲的角色,也总及时提醒她"别什么都说"。

"真的,你们看着吧。"

这种时候,沃尔特会回敬这样的话。那是沃尔特针对某种看到的或要发生的什么事情,常爱说的话。

2. 生与死

后来苏如勤彻底闭门不出的原因,并非由于岁月至深催人老,而是他感知到自己的心灵,已经开始听从另一种声音的召唤。那种无形的召唤,通过某种无法言说的预兆和微细的感知,从迢远的方向输来。他忽然看淡了一切,每天在对太阳的仰谒中进入过往的岁月,不断地评判自己。他想到自己一生的坎坷经历,从无到有,从有到无。如果没有痛心疾首的以刀相逼忌酒发誓,没有兴盛时期的奋斗，没有过多地开垦田亩以及雇佣长工短工，他完全可以不净身出户，继续住在苦乐相伴的老宅，妻子红阔尔或许也不会走得过早……不，他又否定了自己：一切都是命中的定数，如此大起大落的人生，岂不是他生生世世的行为轨迹？可是，苏如勤转念又想：即便是前世带来的一切，而在当下付诸行动时，岂不决定于当时个人的抉择？如此，思维或抉择导致行动带来后果，不都是一个人心念的表现？怎么能都推到前世？也就是说，命由前世注定，而来世的命靠今生的行为，比如他若安守小富即安，或安贫乐道……

苏如勤在生命即将进入歇息的阶段，才想起当年智达喇嘛对他说过的很多道理。可那时他还年轻，有太多的欲望，有太多要做的事情，怎么能听进去那些在他看来离他那么远的道理？而到了一把年纪，经过大起大落的人生坎坷后，苏如勤开始静下心来重新回味智达喇嘛的话时，那些道理已经融进了他的生活经验和人生理解。他认为一个人的命运取决于他的家庭教育，取决于各自的文化背景和走入社会后的经历等诸多因素，但另有一个不可忽略的事实是，同样背景环境下的人，却完全是不同的两种情况。比如阿尔特和沃尔特姐妹，一母所生，一个家庭，一种教育，一种环境，却是截然不同的两种秉性。一个善良忍耐勤劳，乐于付出；一个任性懒散激进，乐于享受。自幼她们就表现出两种不同的性格方向。如此差异，不就是她们在娘胎里就已有了前世不同习气的缘故？前世是今生的基础，今生又是来世的基础，那么今生若打个好的基础，岂不改变了来生？如此下去，命运不就成为自己可以主宰的了么？

有道理啊！苏如勤舒出长长的一口气，忽然想起智达喇嘛曾经送给他的一本小薄册子，已被时间染成黄色，一直置在高处。他把它取下来，拂去上面的灰尘，打开外面包裹的黄布，重新翻了一下，才惊异地发现，当时被他浮皮潦草看完后就放起来的薄薄的书，竟然有一种神奇的力量。可是他一直没在意它，也忽略了里边智达喇嘛教给他的咒子。是的，没病没灾，没经受过痛苦磨难的人，有谁会把精神寄托在这上面呢？欲望才是人们活着的真正目的呢。

苏如勤读了一遍又一遍其中的一段文字：

> 藏经载：若念此咒，贫乏者能得财食，妇女能得男身。念一遍至七遍，能净百千亿劫所集罪障；念百遍或千遍等同念一切经藏之福德；念一万遍，能断生死三恶趣门；念百万遍，得不退转地；念千万遍，当得法身、受用身、应化身、自性身，证菩提身而得成就……

巴日肯——！苏如勤叹了一声，如梦惊醒。虽然有些字词他不是太懂，竟也立刻回想起智达喇嘛当时一个字一个字教的、他只念了几天就放下的咒子。他还来得及么？来得及。似乎智达喇嘛在回答他。苏如勤的脑海又出现了那位年轻时知遇的师父，如果没有意外，他应该健在吧？自苏如勤净身出户后，就再也没能去拜访他老人家了，哪怕是过去的几年拜谒一次，也不能了愿。但在无人可说话、不能随便说话的岁月里，他心中始终在与喇嘛对话，始终把他安置在面前虚空中，像对老师又像面对老朋友一样。智达喇嘛似乎也若隐若现从未离开过他。

也许心之所念，意之所达，苏如勤正如往日在西窗的斜阳下静坐，呼吸似乎都没了的时候，喇嘛出现了，在一片白蓝的光中——但他既像智达喇嘛，又不像他——从一尊跏趺而坐的佛身上走下来，一身红衣光鲜明亮。苏如勤忙跪上前问：

"我如何得法？"

"只要快乐。"喇嘛回答。

苏如勤心灵一闪：是啊！牛羊满圈我快乐，布衣烂衫也快乐，大宅大院我快乐，茅帘草舍也快乐，这一身轻，岂不得大自在了么？

旋即，苏如勤眼前出现了一片高高的黄豆田，就像林子里的豆科植物，上边结满了又长又大的豆荚……

就从那每日仰谒太阳的最后一天开始，苏如勤进入呼吸静止般的状态。日不多食，只早晚两餐半饱，有时中午一餐也便打发了日子。如此三个多月后的一天，他告诉两个姑娘，七天之后他要回去，给他准备一件新的长衫。

之后他便进入停食只是饮水或牛奶的状态。当然姊妹俩不太相信，一个健康完好的人，怎么说走就走呢？要死的人哪个不是身体衰损、皮肤老皱，或皮包骨头，或肚皮如鼓，或浮肿得不堪入目？却也不敢违背父命，便剪裁了一件绸质长袍，衬里、棉花等都准备齐全，不急不慢地以静观其变的心情缝制。

苏如勤天天与智达喇嘛心会，所有过往智达喇嘛教授给他的话，都一点一点地清晰现前，又像一波一波的浪花层层推进，让他感到那些在繁忙中几乎被忘却或忽略的智语，在静止般的清净中，犹如甘霖注入他的身心，使他觉得那些话语就在意识深处，只是岁月深掩了它们。一旦净心下来，都一一地浮现上来，如甘霖澍露，温热轻软，逐渐生起安乐自在。智达喇嘛继续说道："你不过做了一个梦，一个短暂又很长的梦，这个梦已将过去，一切都将成为虚空，唯有你的神识将一如既往，脱离这个载你的躯壳，进入下一个梦，继续无始以来的飘荡……"

"飘向什么地方？"他的心念一动。

"去你该去的地方，那是你自己的选择，但那选择要取决于你过往的业力和态度，它们将推动你的去处……"

我的业力？是这一生所造的善业和恶业么？那么我的态度又是什么？苏如勤回想一生，从他小时候开始一直到眼下的一切，所做过的一切事情一切态度，好的坏的善的恶的种种……他想不起来有什么大恶，一生予人卜测看病，态度都是帮助别人解脱痛苦，那么恶的是……如果是恶的话，就是杀害了许多动物，鱼、狍子、野猪、野鸡、野兔，甚至狂……可是他猎取那些动物时，并没有恶的态度，不过是与所有的人一样，想饱口福……

"断人命还不是大恶么？"智达喇嘛的声音一下打断了他的思绪，"还需要什么样的恶？"

是啊，人家也是一条命呢，也有妻室子女，可是杀它们的时候，谁会想到它们也是一条命？谁会想到它们也有家庭？谁生起过恻隐之心？反倒有一种猎获的骄傲满足。正如他们的祖先，在外兴安岭以南的崇山峻岭，在漫长的三四百年的捕貂生涯中，为了满足清朝宫廷的奢华享受需要，从十六岁开始，就踏上了捕杀紫貂的道路。而且每人每年要进贡一到两张的貂皮定量，让他们的祖先踏遍了内外大兴安岭的山山岭岭，追猎捕杀那些小而美丽的生命。紫貂打绝了就瞄准银狐，银狐少了枪口又转向银兔，谁想过它们也珍爱生命？谁可怜过它们枪下的呻吟？他们没有时间悲悯，一边是铁定的上缴任务，一边是完不成任务可能引起的麻烦。没有条件恻隐，顾不上心口的跳动，甚至为能捕杀到上等的猎物换回更多的馈赠而自豪。那是猎人的荣耀，甚至是整体民族的荣耀啊。天呐！

当那些清廷的达官贵人，迈着摇摇摆摆的方步，走在紫禁城里的大小胡同的时候，他们不会想到，他们身上显示高贵的貂衣背后，流淌着妻离子散的鲜血，哀鸣着绝望恐怖的哭号，聚集着仇恨的目光。更没有想到，他们制造了整体民族的杀业、整体民族的劫难，尤其一个动物种群的灭绝，对大自然造下了严重的罪业！更看不到，那些猎人为了朝廷的任务，雪地上长达几个小时甚至整夜的匍匐等待，一旦猎物出现后准确地将子弹射入紫貂眼睛里，这番捕杀背后，付出了怎样的艰辛忍耐？而由此杀业也导致了一个民族的种种灾难，特别是短命的悲惨后果……

若干年后，面对不断发生的一个氏族男人相继夭亡事件，那位远地而来的图敦师说："杀业的结果。"面对不断发生的车祸丧命以及江水溺死事件，图敦师说："杀业的结果。"而且，当他初到小镇，初次站在小镇边上源北南下的大江面前，皱了一下眉头说："这里布满了阴魂。"

当然，前面的事情苏如勤清楚明了，那是他们冬夜深长里的童话，坐在温热的炕上听老人们讲，听老艺人唱，一代一代地讲下去，一代一代唱下去。因为他们没有文字，那样的口口相传就成为他们保留文化的形式。

那时没有人知道，也不在意什么因果报应的事情。乐趣都在听上，在故事情节本身。

如今，就像走向生命尽头的人，苏如勤回顾一生的路，犹如幻灯片一张一张晃过，显得那么短暂。原来，他的一生是在一眨眼间过去的，他从那一头走到这一头，竟然只用了一会儿的工夫。那么，如此短暂的时间里发生的事情，已经虚幻如梦，哪个是真，哪个是假？他还值得在乎那些不知真假的事情么？

"一切都是假名,你全要放下,"智达喇嘛说,"连你的心,心都不见了时,你才能得到大自在!"

"一切都存在过,怎么就都成了假的呢?"

"事物的本质没有自性啊!一切都是在因缘和合下发生的,比如你苏如勤,把身体的每一个部位分解开,胳膊是苏如勤么?不是。腿是苏如勤么?不是……哪个部位是苏如勤呢?"

"心是苏如勤啊。"

"也不是啊,你昨天的心,是现在的心么?不是,上午的心,是你现在的心么?不是,你刚才的心,是现在的心么?也不是,你的心刹那刹那在变化,一刻也不曾停留,不曾常恒,所以哪一个是你当下的心呢?都不是,刹那刹那地在生住坏灭,都是没有自性的,没有自性的,就是因缘和合的,因缘和合的,就是假名安立的,假名安立的就是自性空的,空也不执着的时候,你就自在了。"

苏如勤听懂了么?有点玄。

"又如房子,拆开来看,窗户是房子么?不是,砖是房子么?不是,水泥是房子么?也不是,那么什么是房子呢?是把这些材料合成一体,安立一个房子的名字,就成了房子。也就是这些材料构成了因缘和合的房子,因缘和合成的,是没有自性的,你找不出来房子的自性,也就是固有的、永恒不变的叫房子的东西。有么?没有。没有永恒的东西。曾经有人说死是永恒的,也不对。死是另一种生命样式的开始,或托生人,或动物,或天人,或饿鬼,或地狱众,不停地受生仿佛车轮旋转,哪个是一成不变的?你不住在这些假象上面,不执着它们,心也不住的时候,就明心了。"

就自在了么?苏如勤说,算是自在的话,他受用过的,在一次静坐时,他升起来了,在一个山谷中,他飘荡自如,上下左右飘荡,身体轻如烟云,非常惬意……不,这应该不算是自在,因为他还看到了自己的躯体,还有"相"存在,还有惬意的感觉。那么,在又一次的静坐中,他真实感受到了那个境界……

如此苏如勤天天在西窗的阳光下静坐,进入在别人看来是一种近乎死亡的状态。

阿尔特和沃尔特还是备好了长衫等衣物，静观父亲的动静。就在苏如勤预言七天后要"回去"的第七个上午，她们半信半疑地在父亲的督促下，在外屋的炕上铺好了被褥准备停当，然后看着父亲穿上新衣，仿佛去睡觉一样躺了上去，但刚要躺下去的时候，他突然停在半卧的姿势望着沃尔特说："千万告诉海达，不要让他再偷着去给别人杀牛了。"然后右侧卧安静地躺下去。

说起海达杀牛并非出自喜好，一个敦厚老实话语不多的人，竟然充当了人人请杀的角色。原因也许没什么原因，可能就是敢杀会杀而已。或者杀牛后主人给予的一点心肝肚等下水的酬谢，可以满足口欲。在那个贫穷无油的年代，这成为一份不薄的收入。因而苏如勤的遗嘱没有奏效，一直到后来禁杀的年代，他仍然被偷杀者请去，在门窗遮挡严实的屋子里，用麻袋遮住牛的眼睛，然后一个斧头狠命地击在牛的印堂上，只听那牛"哞"的一声迸出惨绝的叫声，随即墙壁一样轰然倒塌。也有时那牛没有击中，会在迸发的惨叫中蹿起，东撞西撞。有时就冲出屋子，在黑黝黝的院子里乱冲乱跑，那时海达就拎着斧头追在后面继续击打，直至把它打倒为止。黑影幢幢的星夜下，海达拎着偌大的斧头追击牛的身影，魔鬼一样恐怖，尽管他平日里性情温和少言寡语，从不与沃尔特吵嘴打架，更从未与人有过争执红脸，但那击牛的狠猛，实在与他平时的秉性不符。

牛的灵性何其了得，虽然把牛胃肠里倒出的东西埋得很深，村里的牛们也会嗅到气味儿，一散了牛群就集体跑到那灰堆上，低着头在灰堆上呜呜哀鸣，哀悼同类的死亡。那种群牛痛哭的场面宏观壮烈，往往持续几天，使本来黑夜里进行的秘密杀戮，一下暴露在了阳光下。

苏如勤不让任何人打扰，说要睡去了。然后安静地右侧位躺在那里，用右手的无名指按住右鼻孔。做这动作的时候，他本能地想起了智达喇嘛曾经的教授，于是生出念头，默默地祈请说："你看我现在怎么办呢？我现在必须完全依靠你，也完全信赖你了，请你帮助我、照顾我吧。"

慢慢地苏如勤就进入了死亡。

其实每个人都有死亡经历，他说。不过他现在能够自主生死，能够有尊严地面对死亡。在自知大限来临的时刻，他平静地赴会。

一阵如睡眠一样的困意上来后，他感觉全身渐渐变细，肌肉松弛，身体稍感下陷。并看见夏天的阳光非常强烈，远处大地上亮晃晃的好像水在流动。他没有任何苦乐，甚至没有了记忆，内心里呈现出夜空中犹如萤火虫在飞动的幻觉。他不认识一切事物，想不起任何一件所做之事，也想不起任何一件所需之事，感受不到任何气味。接着又生出油灯将要熄灭时火焰摇动跳跃的景象，忽然又产生火焰燃烧的感受。接着就出现了净朗无云的秋夜，洁白的月光洒满了虚空，在无比净朗的空灵里，呈现出洁白的光明，没有任何杂染。这时候他知道自己的肉体要和他分离了，"要死去了"，但他没有痛苦。接着就看到了净朗的秋空中，布满阳光般的橘黄色的色彩。继而净朗的天空被黑暗笼罩，他感觉脉里的风停止了流动，所有的感觉都没有了……

当他仿佛从睡眠中苏醒过来的时候，他认识到死光明来了。那正是他曾经体验过的，仿佛秋天黎明前的虚空本来的颜色，极其清净，没有月光，没有日光，也没有黑暗，一片纯空什么也没有，他的内心也十分清静安然。在那种境界中，他持续了很长很长的时间……

> 现在，身体已成为整个宇宙的中心，
> 你不能把它和自我联想在一起。
> 这种虚假的联想，会持续你的无明，
> 误以为它们是实在、不可分割的存在。
> 因你的身体似乎如此真实地存在，
> 我们的"我"似乎存在，
> "你"也似乎存在，
> 二元世界似乎也存在。
> 但当你去世了，
> 这整个因缘和合的结构体，
> 就喜剧性地崩坏成了碎片……

所以，当你在死亡后面，
认识身体确实是幻影的事实时，
就可以毫无恐惧地承认它的虚幻性质，
就可以宁静地解脱你对它的一切执着，
就可以自愿地甚至是愉快地放下它，
知道它现在本有的面目。

因此，把死亡的那一边
想成心灵的陌生边界区，一个无人的荒地。
在它的一边，如果你不了解身体的虚幻性质，
当你失去它时，就会遭到巨大的情绪创伤；
在另一边，却呈现出无限自由的可能性，
而这种自由，正是因为我们失掉了身体。
当你终于从界定和主宰自己的身体中获得解脱，
一生的业相就整个结束了，
但未来可能会产生的业，却还没有开始结晶，
因此死亡时会出现一个充满各种可能性的缺口或空间。

在这一个孕育强大力量的时刻，
最重要的和唯一重要的，就是你的心境。
剥掉了肉体，心赤裸裸地呈现，
毫无隐藏地透露它亘古以来的本色：
你实相的建筑师。
…………

　　当大家觉得要去看看父亲的时候，已经是一个多小时或更长的时间之后了。只见他安详如眠躺在那里，似乎有一丝微笑存在嘴边。遵照他的遗嘱所有人都不能哭泣，也不能杀牲祭祀，只是把入殓后的遗体送到林子深处的一

个较高的坡地，搭起木架子放在上面，存放二十一天后才按他的遗嘱入土。那时候正是秋季，苏如勤知晓二十一天后大地的表皮正好刚刚冻硬，也清楚自己将要下葬的地方左边靠江，右傍一条不宽的车辙路，前面一小片开阔的林间草地犹如一处院落，背后则是更高一些的林地，仿佛一面幔帐遮住东北部的硬风。如此一个风水之地是他两年前就选定的。那时他还在乎躯体的安放之处，相信它会影响子孙后代。

最后一个遗嘱，也是他叮嘱又叮嘱的，是那个木雕猎鹰，他告诉阿尔特好好保存，将来送给一个最需要它的人。

阿尔特没问要保存多久，那个最需要的人是谁，什么时候才能出现。"一切都由时间来说话。"她相信爸爸的一切安排都有道理。

在父亲过世后的几天里，月光下经常出现一个黑影，在谷垛旁边来回走动，沃尔特便跟海达说："阿玛给咱看谷垛呢。"

苏如勤，一代雅德根，把整个皑乐以及方圆百里，甚至更远的病人的依托带走了，也把那个时代的雅德根带走了。从那时起，在那一带，再没有出现过任何法力超出他的雅德根。他走后，是否像他曾经说过的那样，被祖先的坛城收去，或者去一个他想去的灵魂上升的地方，只有他自己知道。但这个家族，犹如他的巴日系奶奶过世后平静了若干年后，就出现了循环往复的灾难，子孙后代一如他曾经的疯癫乃至酗酒般相继掉入灾难的长河，直至成为雅德根，灾难方落。

雅德根 我的母系 我的族

下 卷

第十六章

走不出的宿命

你像浸泡过的木头
缺乏生命力的实在
刹那间已经腐败
你像瞬间破灭的泡沫
生命期也不实在
你回眸一笑说
看到了吧

1. 达列的眼睛

第一个落入那条灾难长河的人是苏革。

欲说苏革须先说他的父亲达列。达列十九岁就一直在外从事教师行业，一周两周或一月才回来一次。到了那场旷世的变革后，就和妻子金丽玛搬出了老家，与相同情况的弟弟巴尔特共住政府宿舍里。政府家属房是两栋很长很长的房子，他们所住的一头，一进屋是巴尔特夫妻的一铺北炕，再往里是达列夫妻的一间北炕。在那个年月，那样的公家宿舍已经很是显眼，住在里面的人无疑被人羡为吃公家饭的干部阶层。最初达列做教师的时候，也曾在江北梨村也即阿尔特与乌日替安家的那个山村的小学校住过。山村坐落在山脚下一圈碧绿的江畔，山上的林子和周围的水，把山村围成了一个背山靠水的小岛。春天的时候，山上开满了雪白的梨花，使整个村子萦绕在梨花的芬芳中，缥缈馨香。夏季，便在绿色的世界里掩映出点点如舟般的草房，待到梨果满山的时候，秋天送来了收获，采山的人们便在同一天里走进密林子里，三四个人一步不离左右，以防两步之外就可能的迷山。村人自称的"阿梨么"山梨又酸又甜，是山上唯一的其他任何地方都不见的特产。达列就在那样的环境下一个人住在宿舍也是校长办公室里，那是曾经无人敢住的地方。

据说在达列之前的几任，都因为夜晚不能睡觉而被吓走。达列那时也许阳气旺盛百邪不侵，白天校园琅琅书声或奔跑的喧闹之后，进入夜晚的寂静。所有的人，都被晚霞后的黑夜掩护归静。黑黝黝的山林就像一个神秘莫测的庞然怪物，影影幢幢。达列早早关好门窗点燃蜡烛准备批卷备课，一些奇怪的声音就在这静寂的时刻发出。起初达列还以为有什么人到来，但是，亮晃晃的灯光竟像白昼，来自那头四年级的教室，半个校园也被照得通亮。跷蹊之中达列走出屋子一看，天呐！他心里陡升惊诧，教室里灯光明亮，一户人家男女老少热热闹闹的正在剁馅和面包饺子，且那些人竟然都是古装穿着。这是怎么回事？什么时候搬来了人家？他做校长的竟然一点不知？达列狐疑着想过去问个究竟，却觉得深夜不便，就回了屋里，想明早去问也不为迟。

待到第二日早晨过去看时，哪有什么人家？教室还是教室，一切如常。难道是他的眼睛出了毛病？不可能，清清楚楚的嘛。到了晚上，半个校园又是通亮，那户人家又出现了，又是叮叮当当的忙乎着做饭。达列有点心惊，连忙回屋闭门，次日说与同事。一个年轻的同事好奇，就留下来想看个究竟。当夜那吵吵闹闹的声音和一片光亮又出现了，达列与他一同出去观看，果然那户人家照例剁馅包饺子，好不热闹。然而奇怪的是，同事什么也没看见什么也没听见。

"哪有啊？"他说，"我怎么看不见？"

达列又是一惊，那通亮的灯光，那一屋子的活动，把一个家庭该有的生活场景分明表现得栩栩如生,同事怎么就看不见呢?

"不是你的眼睛……?"同事的目光狐疑慎微,准是校长的神经出了毛病。

达列不再说话,也不再说与同事。但他告诉过父亲苏如勤。父亲给予的回答同样令他不可思议,他说:"他们看不见。"

好在那件古怪的事情,对达列并没有什么影响。但是另一件事,对他确实形成了一种考验。每天晚上,达列要点上灯批改作业备课看书的时候,那火苗就被一阵微风噗地吹灭,达列最初以为外面起风透进屋里,但是屋外没有一丝风。当他重新点灯继续批卷之际,火苗又被吹灭,他又点上,又被吹灭,如此三次达列便不再坚持点了,和衣而卧。一连几个夜晚都是如此。仿佛和他开着玩笑,让他夜晚的工作不能顺利进行,但他没被吓走。如此,达列成为梨村第一个站住脚的外乡人,那些曾经没有待上半年甚至两三个月的外乡教师,都被他的胆量折服。那是一个神秘又不乏诡谲的地方,人们都知道村里发生的许多稀奇古怪的事情,外乡人都不敢进住,达列是唯一。

后来达列因工作出色被调入旗政府组织部,任副部长职务。这份工作既给他带来发挥才智的机会和荣耀,也给他造成了后患。严格说,这是他的命运使然。

达列的性情有点浪漫,表现在他后期回到乡政府任乡长的时候,下乡知青每到周日都有几位到他家中做客,为了能被选送大学或在异乡有个照应,他们以不同的方式走近乡长。达列便以适合青年人的方式,让他们唱歌、朗诵诗等,调节再没什么话可说的气氛。他也会应知青的请求,唱上两段儿自己民族的歌曲。他的嗓音很好,有着浓郁的民族韵味,让那些京浙的知青很是欣赏。不过,这却给妻子金丽玛造成了负担。她要在炕上地上的忙碌中,挤出时间为他们下厨,以农村仅能有的食物招待。时间久了,金丽玛便有点着急,拿不出像样的食物招待客人,达列也会有失体面。

"你能不能从公社那儿买些吃的回来?"金丽玛抱怨着,"光说我做不出像样的饭菜。"

达列听到这样的话只能眯睁着眼睛看她,让他买东西几乎是天方夜谭,他除了工作回家吃饭别的一无牵挂。柴米油盐与他什么相干,他从小就没有这方面的概念，或潜意识里根本就没存过那些东西。况且那些只属于女人的事情，怎么可以染着男人的头脑？从小到大养成了饭来张口的习惯，油瓶子倒了跟他都没关系。如此，金丽玛的后半生就不时生活在抱怨之中。其实也怪不得她。她一个女人家要种园子，要照顾四个孩子，要打烧柴，要喂猪，种种劳动繁重不堪。然而这又怪不得达列，他说你不愿意住在能以树棵子为烧柴的旗所在地，不愿意住在没有农务的政府宿舍，非要回到老家打草种地，图喜那几亩地的享受，岂不自找苦吃？而金丽玛说这不也是给你减轻负担，为了生活得更好么？实际上她并没生活得更好，而是累坏了自己。她因为溺爱孩子，连夏秋林野里的打草，都舍不得让儿子干。常常她一个人忙得喘不上气，大至二十岁的四个孩子都待在家里无所事事，她也舍不得支使。渐渐地，金丽玛那高高的个子终于架不住超负荷的劳动，趋于弯驼，昔日白白的脸容也被风吹日晒得黄黑粗粝失去光泽。人们看到她的时候，总是弯着腰在忙活，几乎不见她像个女人坐在炕上的滋润样。

"那么大的儿子不让他们干活，怎能不把自己累成那样？"

作为大姑姐的阿尔特不止一次告诫过她，但她总是以"孩子们的骨头还软着呢"来做答复。结果，溺爱养就的孩子们，即使母亲病了没有饭吃，也不知如何生米做饭。那个家庭，总是处于没有核心力量的状态。金丽玛已经没有力量收拾屋子，哪怕自身的整洁也无力顾及。达列常年住宿单位，加上经常出差，一月见不到一回人影。一个家就这样四分五裂。

总是被疾病纠缠着的人们，无人探究疾病从何而来，因何而至，也无人知晓如何预防疾病。束手无策的等待中，身体成为病魔最终逞狂的居所，然后在病魔的肆虐中走向必然的死亡。金丽玛身体内的病魔，四十六岁的春节也没让她度过，几乎是在人们欢度节日的时候，她带着严重变形的四肢谢幕而去。那时候，她早已不看跌打损伤的病人。据她的小儿子苏克说："那些挫筋崴脚的骨头的毛病，我妈摩挲摩挲就好了。"

可是苏克怎么也不会想到的是，许多年后他自己患了绝症，竟不因绝症而疼痛，却因腰痛而呻吟时，母亲金丽玛也和那些索命的东西一样，待在他身体的某个部位，用疼痛的语言告诉儿子：她和她的那些巴日肯无家可归，到处流浪，要安个家只能靠这唯一的儿子了。可惜，她的语言苏克不懂，身边的人也不懂，就只能在无法沟通的情境中消耗下去。

金丽玛走后，达列的日子变得艰难，不到两年也无明死去。他的谢幕，来自忧郁的饮酒。那忧郁的神情几乎与他的父亲苏如勤一样，不同的是，作为雅德根的苏如勤懂得反省，更幸运的是他有智达喇嘛的指引，所以走得安详，走时没有牵挂负担。

达列饮酒不仅由于喜好，也由于特定时期的借酒浇愁。在组织部任职期间，突然一个莫须有的罪名，把他打入"反动"组织"内人党"。职务被撤，工作停止，尊严威信顷刻扫地，代替的是没完没了的批斗。他整夜的哭泣声，充斥在每夜被揪斗回来后的大屋子里。大屋四户人家一个单元，四个角、四面炕、四个锅台、一个厨房合用。其他三家都被惊扰在他的哭声里。那漫长的夜就像他所住的阴面，从来没见过白日的阳光，不时传出断断续续的哭声。

在一段很长的时间之后，达列终于恢复了工作，在老家的乡政府再次任职。但是非常时期以求麻木养成的饮酒习惯，已经渗透了肌体，以致即使恢复工作，也是每日三餐无酒不食，甚至以酒代餐。旧时的忧郁也许渐渐消逝，而失去健康失去金丽玛陪伴的生活，使他走入新的忧郁。他失去了正常工作的能力，不得不住进医院忌酒。出院后妹妹沃尔特把他接回家里。那时金丽玛已经过世两年，家庭已经失去秩序。

达列住在妹妹沃尔特家里，变得少言寡语，看不出他有什么需求和想法，也看不出那茫然无神的目光在搜索着什么。一个月后的一天夜晚，他和以往一样，无声地躺到自己睡觉的炕头，不同的是他没有脱衣服，是头朝着炕里躺下去的。第二天早晨沃尔特做好早饭，跟以往一样去叫哥哥起来吃饭，连叫几声不见反应，便去晃动他的双脚，竟然头也跟着动了起来，才发现人已僵硬。

在沉默中结束生命的达列，微细风心的活动，只有他一个人知晓，也许语言对他早已多余。孤独地来去本来就是人固有的生命样式，他荣于部长职务，毁于部长职务，毁于酒精毁于命运。他什么也不需要了。若说五十二年算短暂的话，比妻子金丽玛还长几年呢。

2. 碎碎人生

  长子苏革复制了父亲达列，不仅容貌酷似，秉性更是酷似。他的美好时期，定格于青春旺盛的时光，却如昙花一现般迅速凋落。那时他也从事着教师工作，"革干"子女让他在人们心中有一个不流于普通的光环，但他并不以此为荣，也不与人交往，天生的嘴角上翘，犹如时刻挂在嘴上的微笑，也代替着他的语言。时而的目光炯亮，让人感觉里面蕴含着非同一般的东西。

  在一个阳光平和的下午，他突然喊着头疼把头伸进被子，继而每天抱头喊痛，教书不得不停止。不同于普通头痛的是，他那目光，贼亮中似乎微含窥觑，被当地医生认定，他应该去精神病院。

  那时苏革的母亲金丽玛尚在，她始终认定恋爱毁了儿子苏革。事实上，也并不排除女教师是苏革致病的因素。那位姣好的女教师，脸颊红似苹果，嘴唇犹如葡萄，与苏革一个办公室，两个办公桌天天对面而坐，上课下课低眉抬首，四目不时对光，有意无意便照到心里。上班他们来得最早，下班走得最晚。小小的小学，坐落在村子西头，一放了学，校园便寂静得无声无息，只有两颗心在互动。

  正在他们的爱情燃烧火热的时候，有一天女教师没有上班，苏革奇怪。第二天仍然没有上班，苏革焦急。第三天还是不见人影，苏革再也备不下课也教不好课了，问过校长，才知道去了医院。

  苏革好不焦急，怎么突然会去医院？好不容易挨到下班。最后一堂课下课铃一响，便骑上自行车赶往离学校十二里路的公社医院。到了地方一问，一位值班医生告诉他说，病人已经转院。苏革大急，什么病啊？好好的人怎么突然住院？又怎么达到转院的程度？急问之中，医生看了他一眼，问苏革是女教师的什么人，苏革犹豫了一下，回答说是朋友。医生又问是普通朋友，还是男朋友也就是对象。苏革又犹豫一下说男朋友。

  "是男朋友还不知道她是什么病么？你不知道她的颧骨为什么那么红么？"医生用一种那样的目光上下打量了一眼苏革，继续说："不知道她的嘴唇为什么像紫葡萄么？她患有严重的先天性二尖瓣狭窄，心、脏、病！"

最后的三个字，医生说得一字一顿很重。苏革不明白医生为什么用那样的眼光，那样的口气，而且还隐含着似乎是病人的家属，尤其是他造成的样子。

苏革不知道说什么好，最后问了一句："没有什么不好的后果吧？"

"没有，就是不能剧烈活动，不能激动，不能……"

"她在家里娇生惯养呢，从来不劳动的。"在医生稍微停顿的片刻，苏革抢过话题。

"呵呵，"医生笑了一声，"我是说不能结婚，也就是不能有夫妻生活。"说完后面的话，使劲看了一眼苏革。

"……那、会怎么样呢？"苏革的目光离开医生，声音小得像是自语，又像问医生，充满了虚飘。

看着苏革仍然迷惑的眼光，医生又说："那会加重心脏负担，更不能生育，否则会危及生命，懂了吧？"

苏革一下卡住了，不再说话，他扔下医生，转身走出值班室的门，在脑子里一阵嗡嗡的声音中返回来路。一路上，苏革的脑子里全是医生的声音：不能结婚，不能生育，危及生命……

他的脑子里乱极了，怪不得……怪不得那天下班后，本来激动幸福的时刻，她竟显出痛苦……

女教师转院的城市很远，他没有正当的理由前去探望，听校长说，医生先给她稳定病情，然后建议去北京做大手术。不过那笔天价般的医疗费用，是一大困难，无论学校和家庭都无法承担。

在度日如年的相思中，两个星期后，苏革终于盼回来了女友，她像一个哈尼卡纸偶，扁扁的既脆弱又怕碰。为了还能挣点工分她又上班了。但拿班是不行了，只能拿轻松的副科，但是副科也不能拿了，父母知道了他们的恋情，要保住女儿的性命，把她关养在家里。

从此咫尺天涯，他们不能相见，苏革的天地一下变得没有色彩，没有希望。一切都变得没有精神，他整天都处于忧郁的沉默之中。多少次他偷偷地徘徊在她家房子周围的路上，望那紧闭的门窗，就是见不到她的人影。

再说那女教师，身体虽弱心却刚硬，死也要嫁，哪怕与苏革过上几天也心甘情愿。而母亲说你死了人家还能娶个媳妇，我却永远没有女儿了，结婚和生命哪个重要？母亲和丈夫哪个更好？

女儿不吱声了，毕竟是个女孩子家，怎么好意思说呢。苏革重要，母亲也重要，十八九岁的女孩子没有母亲，不可想象。可是苏革，她已经不能没有苏革……死又怎样？她真想豁出去了，可是母亲，母亲又很可怜，她变着法给她做饭，像呵护纸人一样照顾着她，她怎么能够！

这边苏革的忧郁症日渐加深，上班下班都是一个人低着头，不与任何人言谈。他变得更加孤僻自闭，总是叹气。一天，他在家里突然脱光衣服，呵呵呵地跑出屋去……

苏革疯了！邻居说。

苏革疯了，老师们都说。

其实，苏革的潜在病因不过是一直在等待一场机缘，并非偶然。在他的生命潜流里，一种致病因素犹如种子深埋体内。这颗种子也许是他的灵识世世携带的结果，也许是家族血脉那世代看不见摸不着的寻找，在一个契机、一个机缘的刺激下，因缘和合而爆发。女孩不过是种子发芽的阳光、水分和肥料。金丽玛不懂，大家也不知晓。路在无始的时候，已经始于苏革的脚下，迈出哪一条腿，没有别人强迫，都是他自己在走。可是有谁能知道呢？总是把种种抱怨推到别人身上。

苏革在精神病院住了一年，他出来后，第一个就到姑妈阿尔特家请安。衮伦一直看着表哥，觉得他很可怜，曾经嘴角上翘的微笑已经没有了，变成紧闭的愁郁。衮伦不敢深问病情，只是说："你怎么样了？"

他皱着眉说："头疼啊，就是头疼。"

他的眼睛不时发出贼亮的光，有点吓人，让人不敢对视。药物无法奏效的病灶深处，无人知晓他的病根何在。雅德根早已没有舞台，即便有也成为"牛鬼蛇神"不敢伸头。只有沃尔特悄悄地与姐姐阿尔特说："他得的是雅德根病。"却遭到了姐姐的训斥："别瞎说。"

"怎么是瞎说呢，看着吧。"显然沃尔特那预言般的"看着吧"含藏两重深意，或者生或者死。当然所有的生命都会遵循这个自然规律，必然经过生与死的过程，苏革不是在成为雅德根中获生，就是在不当雅德根中遭到毁灭，这是必然的结局。

苏革的一切行为重又失去正常，只剩下一个失去灵魂的空壳，总是微笑着，贼亮着眼睛，不说一句话。

不，沃尔特说，他才不是空壳呢，他的体内有的是生命，没有的只是他自己的灵魂。由于金丽玛已经故去，家庭已经不成家庭。在无人照料的情况下，同胞姐姐把他接回自己家中。这个昔日的公主从插队知青，变成了一个流浪汉的妻子。三年后流浪汉因杀人沦入监狱，不久就被处决，又一个流浪汉代替了前者的身份。他们住在一间只有一铺炕的屋里，就在那小炕连着只能伸开一个人大小的地方，苏革被收留安顿。在那个小小的天地里，他不仅是"微笑人生"，还把姐姐好不容易一次一次为他做好的衣服，撕成一条一条的碎条。然后再撕被子褥子，无休止地、管不住地、看不过来地撕扯，把自己暴露得光溜溜的。日子被他撕碎，人生也被撕碎。

谁知道呢，他那看似失常的背后不是一个正确的心理？物质本来就是碎的、和合的，无论物体或人一切物质都是被组合的，最终还要回归碎裂、回归空无。不如就让它碎在本真的自然里吧。

你怎么知道他不是被冥冥中的什么操纵？为什么他不去伤人？不去打人？为什么没有什么攻击性的行为？

沃尔特始终不放弃她的想法，但也得不到任何人的支持。因为玄得没有任何可说服的理由，玄得没有可认证的领域。

最后苏革的操纵者，让他回归自然本真一丝不挂，抖成一团。最后将他"微笑"的"碎碎人生"，凝固在他仅二十四岁的青春，一个万物即将复苏的季节。

3．瞬间的囚徒

　　巴尔特的悲剧也随之开始上演。在看上去一切事情似乎各有规律可循的表象下，实际上是被一种不可抗拒的循环惯力操控着。就如一个人的生命，从出生渐渐走向衰老，中间发生的一切变化，没人知道究竟。也因为习惯而认为正常，或者已经无意识。那股强大的不可抗拒的力量，同样被所有人忽略。苏如勤家族中的那股势力，以不可抗拒的力量盘旋在他们氏族的上空，致使整个氏族的人们有意无意被卷入它的涡流。巴尔特是苏如勤的二子也是达列的弟弟，他一个古道热肠的青年，也是从十八九岁就走上了革命道路，在执法部门工作并任队长职务，经常被评为先进工作者而享受殊荣。在他事业向上生命蓬勃的那段时期，他接受了组织交给的任务，连续几个冬天都在执行一项任务：抓赌。

　　那是赌博兴盛禁而不止的年代，贫穷愚昧的赌徒们似乎走上无赌不活的邪路，个个萎靡着发红的眼睛，夜夜蜷缩在赌场。无村不赌，无村无局是那个时期的状况。那天大雪覆盖了村庄道路，使赌徒们误认天然的屏障成全了他们，不会有不安因素，便放松了警惕，更没有遮挡窗户。村头设的岗哨也禁不住严寒的袭击不时躲进屋里。就在那样的雪夜，巴尔特又一次执行任务，率领队伍在事先严密的布置下摸进村子。那是他非常熟悉的老家，所以他们避开了被认为唯一可进村的大路，绕道村后突然出现在赌场。岗哨只注意着前面一条可能出现队伍的西南大路，根本没想到村后会上来人。

　　队伍迅速包围了赌场。通过室内朦胧的灯光，巴尔特首先看到了里边聚赌者们贪婪丑秽的形影，黑压压数十人头聚拢在一起，把罪恶的欲望渊薮都凑在牌九和骰子上。当聚赌者们发现外面雪地的动静时，已经有"不许动"的声音此起彼伏，赌场一片骚乱，油灯噗地也被吹灭。巴尔特最先冲到了门口，用身体顶住了正在被拱动着的木门。与此同时，一个意外的声音骤然使杂乱的现场出现瞬间的安静，片刻又复起乱哄哄的杂沓骚乱。

　　那声音是被闷住、被阻隔地穿透木质的枪声。

"坏了！"

巴尔特通过腰间的振动，知道是自己的枪已经走火。他立刻推门而入，随之几把手电筒一齐照亮了黑暗的屋子。"不许动"的声音始终没停。

"我打死人了！"巴尔特急促地说。

通过明晃晃的光线，巴尔特一下看到了地下躺倒的人，腹部正汩汩地流着鲜血，连同肠子。惊骇之中的巴尔特急忙上前去查看死者的情况，他更震惊了！死者竟是他少年时的伙伴，一个很要好的朋友！

"是我杀了他。"他又一次粗重地说。

情况瞬间变得非常复杂，赌场死一样的寂静。巴尔特继续处理现场执行任务，并在完成任务后的当时，就向组织请罪做了三次汇报。于是，巴尔特从一个公安干部、共产党员，戏剧性地改变了身份，一夜之间成为铁窗之下的囚徒。

所有的亲朋好友及家人都无法接受既成的事实，慨叹不已。

那个冥冥中的漩涡或者陷阱，早就张开着可怕的网，让他毫无防范地落入，是一种既看不见又是必然的循环蹈复。看似偶然，也许早有蓄谋，早已存在于他那毫无觉知的生命续流里，难以逃脱。

漫长的服刑占去了巴尔特宝贵的生命，尤其磨损了他的向上意志。从三十几岁到近四十的一段时间里，正值生命力旺盛的阶段，却被阴暗空洞的监禁耗去。但他心甘情愿无怨无嗔，他本来就是失职，他本来就该服刑，本来就该以这唯一的可以减轻罪障或自责的方式来谢罪朋友，谢罪朋友的妻子家人。人家是失去了父亲丈夫儿子，他只是忍受尚可以生还的不过数年的监禁时光。

巴尔特便如此心甘情愿地面对瞬间的身份变换。粗粝的劳动是对他最大的考验，但他积极参加，并协助狱警，仍然以一位国家干部的身份要求自己。他获得了普遍的尊敬，普遍的认可，最后提前获释回到家乡。

4．誓不罢休

一个冬天的下午，巴尔特回到家里，第一个迎接他的是姐姐阿尔特，在自己的家里。阿尔特端详着去时英俊年轻满面朝气、回来却已苍白无华一身倦容的弟弟，心痛得热泪滚滚而下。任何语言都是多余的，回来了就是大吉。只是那苍白的只属于监狱的脸色让人不寒而栗。尤其在风吹日曝下几近黑红褐色的人群当中，巴尔特的惨白与衰弱仿佛置身于风雨飘摇之中，一折就断。

"这是你舅舅。"阿尔特对从外面进屋的衮伦说。

衮伦远远地望着叫舅舅的那个正在北炕上躺着的人，被他的惨白惊住。在她小时的记忆中，去公社见过舅舅，曾经那么精神英俊，穿着黑色的棉警服，真了不起，怎么会是眼前的蔫蔫惨白模样？可他的眼睛和脸轮，明明与她的母亲阿尔特同出一个模子。衮伦不知道怎样与舅舅招呼或者说话，她只是双手放在膝盖上两腿一曲请个安，称了声"脑措"也即舅舅，就一切带过。

出狱后的巴尔特一直没有恢复原职，他因之而产生的负面情绪，较之牢狱生活的磨损还要可怕。如果监牢的黑暗生浮尚有出狱后重见阳光的希望作为支撑，那么获释后被搁置起来的无所事事的惶惑焦急，成为他日后厄运的助缘。那时候，他已经是五六个孩子的父亲，个个像小燕子张口待哺，仅有的生活补助喂不饱他们的胃口，便决定练练儿时与父亲学的雕制烟袋的手艺。那时候林子植被还没有进入法律层面，挖榆树根块雕制烟袋没有丝毫阻碍。但巴尔特知道，他能采用的只是那些干燥的没有水分的根块儿。他心里尚有个忌讳，有生命的树根轻易不能挖动。于是那些毛毛糙糙的榆树根块被弄回家里，修理成最初的模型，然后精心雕制出一个个漂亮又实用的小烟袋嘴，再把它们拿到酒镇换成小米。随着交换带来的饱足，他生出一种成就，也体会到了多少年来几乎废置的劳动能力。

在那种付出心智与体力劳动的过程中，巴尔特同时也感受了体现价值的欣慰，生命的某种能力得到一个输出的口，尤其孩子们的嘴巴有了着落。然而，欲望就是在吃饱后滋生的，解决了一日三餐的问题，还有一家八口人的换季衣服，也等着从烟袋嘴中获取。于是在越来越少的干燥根块里，夹杂了湿润的部分。随着妻儿们脸容衣着的润暖，他最初的忌讳敬畏淡化，一炕一窗台的根根块块和烟袋嘴，支起了生活的希望、温饱。冬日温馨的阳光照在黄色的半成品上，仿佛照在黄黄的小米上面。巴尔特有点忘乎了禁忌，忘乎了祖辈世代形成的对树植的敬畏,甚至有些年深的意味着有白那查神灵栖息的大树,也差点被蠢动的欲望瞄上。

如此几个冬天,他家里的窗台上炕上,都堆满了烟袋成品和半成品,以及毛毛糙糙的根块儿。曾经瘪塌塌的日子由暗淡而饱满。有了男人又有了手艺维持的岁月,充实得让他们忘忽了所做的事情孕育着多么无法估量的后果。

他重复着树根与刀剡的日子,忽然一天,他无声地收起了锉刀工具,上了锁。妻子困惑的眼神在他的脸上搜寻,他没有回应。这个默默地与他相濡以沫的女人,是他的另一个身影,她天性柔顺善良,不能给她造成不必要的耽虑,一切他自己承受。当然,他的决定不是从他收起工具的那刻开始,是从半月前的一个夜里就萌生的。那天夜里,他听见黑暗的空间中有一个莫名的声音在说:"就此为止。"

什么意思?他没有懂,也不知道声音来自哪里。他在墨黑的夜里坐了一会儿。他没有向任何人说起,多年的铁窗生活已使他养成沉默的习惯,他没有可说话的人也没有必要说话。有的只是思考。

第二次声音是继第一次七天之后的夜里响起:"你的儿子已经十八岁了。"

还是那道没有影像的声音,清晰明了。就在耳边,又很遥远。但他仿佛听出那声音不很陌生。

是的,他大儿子满十八岁了,已经具备了能挣回一份工分,可以使一家人炊烟不断的能力。可这有什么关联呢?

奇怪和思虑也仅仅在他脑子里维持了几天,就不再放在心上,劳动是他最实际的务实。

他继续雕制烟袋,眼睛里仍然闪动着勤奋和满足的光岚。偶尔想到那个声音,也不免沉思一会儿,弄不明白也懒得去费心思。但是,就在他再三听到那个声音的时候,他陷入了沉思,也恍然明白了什么。

那夜,他根本没有入睡,脑子里一天的事情还没有过完,就听见了一种抽泣般的声音在门上响起,然后是很多模糊的树,毛糙糙的树根酷似人形……

他震惊了!一下勾起了所有沉淀在心底却被沧桑覆盖了的过往旧事。他的父亲,经常用一种遥远莫测的目光告诉人们,这样那样,或者预卜什么事情。这是否与父亲有关……

黑暗中，他没有睁开眼睛，但却一夜没有等来睡眠。

次日早晨起来，他没有了往日的精神，也不像以往，忙忙活活地准备当天的工作。他回顾了一下从第一次听到声音开始，手里的活儿便没有多大进程。已成烟袋形状的半成品，仍然停留在模型状态。实际上，他心里并没有完全放下那个声音。工作的缓慢不前，足以说明他受了影响。他给自己放了一天假，他想出去透透寒冷的空气。

冬天的阳光很低，收敛着热情不肯高悬放热。他袖起手漫步来到村东的河边。无数次的挖榆树根往返，都是从这里走过的。尔时，雪覆盖着河面，有一条车辙路压在上面。那是村里人取暖获柴、遛兔子套必经的路。他第一次没有目标地空手站在那里，想到林子里转转。转的目的也不清楚，或者朦胧中有一种想到处看看的心思。看什么呢？看那些被他挖得凹凸的坑么？他感到从未有过的心悸，一想到在那雪白的大地上、林子里因他而出现的凹坑，他不寒而栗。过去怎么就没有意识到呢？

没走到河心，他就停了下来。往日那目标感极强的精气神，陡然涣散，夜里莫名的哭泣和毛糙糙的树根一下糊进脑里，他没了勇气。仿佛那些被他伤害的树魂都在林子里等候。他很快地踅了回来，脚步一路仓皇踉跄。

妻子多音花日无声地望了丈夫一眼，她看见他眼睛里从未有过的慌怵、无所适从，甚至沮丧。当然她不会用语言来形容那些复杂的成分，她只是觉出这一天的丈夫反常。但她并不深问，丈夫自有他的道理。男人的世界一向是不同于女人的，她只做好一个家居女人该做的事情就已足够。再大的事情也大不过进监狱的忧惧。多年的消耗，他和她都俱足了忍耐。忍耐就是生活。该发生的躲不过去。除非你有足够的智慧，修改你的命运轨迹。

当他干净利索地收拾起所有东西的那刻，妻子还是忍不住轻轻地问，到底发生了什么事情？他说什么也没有发生，是他的手……已经不能吃力了。妻子说不做好，早就不应该做了，我去生产队做一份工，也能挣回来一些谷子，免得……

她没有说下去，她的意识里早就有了顾忌。她也知道"手不能吃力了"

不是丈夫的真实理由，他不说一定有他的道理。很多来自冥中的讯息只能意会，他们从小就懂。老人的世界里有他们无法企及的奥秘。

烟袋不再做了，他目光里再也没了勤奋和信誓旦旦的计划。无所寄托的散漫，开始让他动作迟缓，渐渐显出老态，但他的年龄还没有满五十岁。后来他每天必做的事情，就是去姐姐阿尔特家里，告诉姐姐稀奇古怪的梦中所闻所见。姐姐阿尔特是他唯一可以什么都能倾诉的人，但姐姐的态度多半是说他胡思乱想。

他说苍天有眼，我心那么好，为什么还有那么多的不幸？姐姐说善恶自有结果，我们怎么能仅以这一世而论好论坏？我们看到的只是这一世可看到的情景，过去的所作所为，我们谁能知晓？阿尔特想到自己的身世，忽然在弟弟面前有了智慧。

"一切都得等到水落石出。"最后她说。

"水落石出……那有多远？"

"三生三世，"阿尔特说，"我们的目光多短呐，只能看见眼前的事情，只有老天爷什么都看得清楚。"她想起父亲常说的话："有了野猪还去打什么狍子？烟筒不是没断了冒烟吗？"

巴尔特不免叹息一下，那种远望一眼实际并没有包含内容的神色，又出现在他的习惯动作中。那是养成于曾经绝望茫然时的习惯。

"其实，"他说，"我并没有过分呐！这些孩子不得吃饭穿衣上学么？"

他的理由与所有分辩者的道理是一样的，是有理的。

"你不该动那些有水分的根儿啊！"姐姐说。

"其实……我也没动多少……"巴尔特的声音并不硬气。

"什么都忘了。"阿尔特仍然忙着手里的针线。

"是的，可能有点贪了。"他开始自省。

在无所事事的日子里，巴尔特的精神气色日渐萎黄，掩饰不住的忧郁便又悄悄挂到脸上。一天，他又到姐姐家里。

"姐，我耳朵里总是有声音，说领我们吧，领我们吧。"

"姐，我看见了一帮搜列。"过了几天又说。

阿尔特起初只是惊疑地望他一眼，后来索性就不说什么了。她真的不知道说什么，该说什么。看上去巴尔特那么清醒，说他胡言乱语显然不对。说他白日做梦，却分明不像是在说梦话。

巴尔特几乎每天都要到姐姐那里，说些听到的声音和看到的东西。起初是觉得还很有意思的笑谈，逐渐变成了负担。八岁的二子苏若，天天跟在他的身后，似乎他一个小大人，能保护已经离谱的爸爸。

一天，巴尔特突然发现打扫院子时虚弱无力，他以为是夜里没休息好，便没放在心上。后来即使担水走路也使他感到乏力，总是乏力，他恐慌了。他并没有到老的年龄，也没有什么明显的疾病，怎么会这样累呢？

持续的乏力现象是令人担忧的，巴尔特告诉姐姐的话题改成了"乏力"。

"是不是没有营养？"姐姐阿尔特说。

"不是，监狱里缺油少菜都没营养不良呢。"巴尔特沉思的眼神掠过担忧的成分，向远处望了一下。

"去医院看看吧。"姐姐说。

乏力一天比一天明显，同时伴随着食道下咽的不畅。这让巴尔特不能再坐视不管。

他到旗医院做了一次检查，果然，他的担忧得到证实，一些魔力巨大的处于潜伏状态的细胞，已经被他的抑郁情绪激化而活跃起来，并以无法征服的吞噬力，通过 X 光胶片上虚无的空白，显示出它将毁灭健康细胞的威力，那是非常霸道的掠夺性的吞噬⋯⋯

食道癌被婉转残酷地确定。尽管医生不动声色。

巴尔特在最初的震惊中，在姐姐面前痛哭了一场，五脏六腑仿佛都倒了出来。他说自己怎么这么倒霉，尽是不顺的事，他一向心肠好使，从没坏心，怎么⋯⋯

阿尔特说那都是命啊，也许是过去世的罪业，谁知道我们都做了什么呀！栽了烟苗一定长不出茄苗吧？姐姐叹息，她又想到自己的身世。

面对弟弟的痛苦她也只能如此安慰。没有无缘无故的灾病，哪怕栽了个跟头，都是自己造的！阿尔特从不认命，经历了许多亲人死亡的惨痛不幸后，她只有认了。也知道她曾经的抗争是多么无用。

巴尔特心里的负担加重了食道的阻碍，下咽有了明显困难。他不时望着六个孩子，最大的不过十八岁，小的尚在趔趄学步。而且大姑娘娅吉三岁时，因一场感冒用过针后，就再也没站起来，两根木杖成了她的双腿。他怎么可以抛下这一大家人走人？妻子又是个从不与人张口不出家门的人……

巴尔特开始每天对着屋子的一角说话，有时像是交谈，有时气愤，有时又仿佛不屑一顾。不说话的时候他是个正常的人。实际上他看上去处处神志清醒，只是看不到跟他对话的那些东西。

在特殊情况下，他的某种封闭的窍道打开，让他能听闻目睹别人听不见看不到的事物。没有人说他神智错乱。

"你们都是谁耶？我为什么要领你们？"他看着屋角说。

"我一个共产党员，岂能领你们，你们找错人了……让我领？哼！我才不干呢……"他继续说。

耳背的多音花日终于从丈夫的眼神和嘴唇的闭合看到他在干什么："你和谁说话呢？"

"你没看见那些搜列么？大大小小那么多……"

自然他的话不会得到任何人的回应。

巴尔特还是常去姐姐阿尔特那里说他的话。也只能得到一个默然的回应。

他说："有那么多的搜列，白的红的，起初只听见哀求的声音，说领我们吧，后来就都出来了，看上去也挺可怜的，大的小的一帮，可我是共产党员，不能做那种事。"

阿尔特只能不置可否地看着弟弟，她不知道那些搜列是不是父亲苏如勤曾领供的那些山神敖力巴日肯。父亲雅德根的神识又在哪里？难道他真的被坛城收着还没有出来？还是到了他想去的地方？多少年过去了，他应该护佑他的族众孩子们，怎么会有如此多的麻烦降临？

只有沃尔特那说起话来稍噘着的嘴唇，在幽幽的眼神下，道出诡秘莫测的话："你们看着吧！"

巴尔特说那些大小不一的搜列天天来哀求他，其中一个毛色雪白的，很是老成，是它们的首领，总是它在跟他说话……

尽管巴尔特的语言清晰神志不乱，没有任何怪异的样子，可谁能相信他的话是真实的呢？在正常人看来他真是在胡言乱语，或者出现幻觉了。然而这样的情形愈演愈烈，因为得不到安静，他就到外面游走试图摆脱纠缠，实际上并没有如愿。有时候竟把儿子苏若的跟随看成了那些东西，"你怎么老跟着我？"一次他用异样的目光盯着儿子说。

渐渐地巴尔特已经走不动了，不得不时时躺在炕上。一天他突然盯着屋角气愤地喊："你们都给我滚出去，我是共产党员，我不信你们这些东西……"

家里笼罩着诡秘不安的气氛，有种要发生什么大事的忧虑，让不懂事的孩子们也都显出格外的安静。

在妹妹沃尔特不断的坚持下，阿尔特不能不采取她的意见，请来了当时正在村里的一位外地雅德根，人们都称他为扎木雅德根。扎木是一位很年轻的雅德根，也是由于从小生病久治不愈，才不得已做了雅德根的。阿尔特没有因其年轻而有什么顾虑。当他走近屋里坐到西炕上的那刻，两束锐利的目光也同时落到靠在南炕头的病人身上，随后眼睛似睁非睁地斜睨着病人说："你得的是雅德根病……"

"哼，我才不干呢。"巴尔特不等人家把话说完，便不屑地回答。

扎木雅德根当然没再说什么，他只是把自己看出的告诉人家而已，当不当雅德根是病人的事，命也是病人自己的，他完成了任务。

"这个人必须当雅德根，现在还来得及，不然没有活路。"走出厨房后，扎木雅德根与送客的阿尔特说。

阿尔特立刻定在那里，许多年前的一个场景如一幅淡淡的画立刻拉到她的眼前……

那是一个阳光融融的下午，与很多的往日相同，阿尔特在斜阳照射的西窗下看到了父亲苏如勤。她静静地站立在烟囱根下，凝神屏气，观望父亲那静止般的身姿在金色的光辉下，仿佛镀上了一层光晕的雕像。那是他生命后期的仰谒叩问，那静止般的神色，似乎超越了生死的界限，让阿尔特既佩服又敬重。父亲是她所有见过的男人中最像男子汉的人，他刚烈地以尖刀逼胸发誓；慈爱不失柔软地呵护子女；正义又不假言辞地忏悔；振兴家园时的摸黑起早，衬以那高高的个子，无不予以阿尔特一个不可替代的父亲形象。在那一时刻，虽然阿尔特没有发出任何祈请，但却听到了父亲清晰低沉的声音：

"这个家族的命啊，走不出雅德根的轮回……"

阿尔特不解，为什么雅德根的出现，非要折腾被选中的人死去活来？为什么不接受领神就得死人？而且善终的很少？为什么雅德根家族的遭遇都很悲惨？怎样才能改变这种现象？阿尔特的脑子里充斥着这些问题，根本想不通也想不明白。

阿尔特转身回到屋里，见弟弟巴尔特背靠着墙壁，眼睛看也不看她，直视着西窗用一种嘲笑的语气说："哼！笑话，我一个革命干部会做那种事？我早就知道自己的病是怎么回事。"

阿尔特无奈地站在那里，左右为难。其实她哪里不清楚，癌症岂是能治愈的病，但俗话说死马当活马医，如果扎木雅德根的话是真，活命是关键的啊！

但巴尔特的信念坚定，他宁愿选择死亡，也不做与神鬼打交道的雅德根。尽管那样能够与宇宙神灵对话，能够治愈疾病甚至能够起死回生，还会拥有整个民族最高最尊敬的身份地位，他也不愿做那种在冥暗的灯光下与神鬼打交道的事情。

巴尔特虽然经历过父亲许多跳神看病救人的事情，也肯定父亲不同一般的法力，但那属于父亲的时代。他是新中国培养起来的革命干部，他要做阳光下的事情。

巴尔特的肌体日渐萎瘦，已经到了只能喝粥的程度。可是通过他的目光仍然能看到他对生活的渴望。一天，他对阿尔特说："姐，我还能活下去。"

然后他讲了能活下去的理由：一个梦境。其实不是梦境，他说，是刚闭上眼睛时经历的场景。在一个空旷的野地上，有一座很长很大的房子，吸引着他疲惫的身体向那个房子走去。由于走得很累，一进屋他就坐在炕沿上。待他喘息一下认真环顾四周的时候，看见冥暗的光线下一条长长的大炕，上面坐满了村里所有死去的人，他感到很亲切，刚想上去和他们聊聊，一位长着粗脖根名叫嘎个图日的老太太使劲拍了一下他的后背,说这是你待的地方么?

严厉的声音与那有力的一拍,一下把他推出了门外,他走了几步回头一望,哪有什么房子,竟是一座荒草萋萋的大坟冢……

巴尔特把活的理由建立在这个梦上生出的幻想。阿尔特什么也没有说,只望了一眼那原本国字形的、却已瘦成刀条的脸,心里说但愿他有希望吧!

巴尔特一直不愿承认的是,止痛剂的使用已使他不可避免地产生着依赖。麻痹后的轻松,仍然让他做着清醒中的颠倒梦。而那尖削的脊骨,却无情地展示着癌细胞对于肌肉的残酷吞噬是那么迅速可怕,又那么不可遏止。当皮肤与骨头之间没了一点肌肉的时候,整个人就成了一个骨架。止痛剂的间隔时间,也缩短到无法再缩短的地步。最后,食道里只能通过流水了。

"姐,我怎么又看到那些东西了呢?"一天他又奇怪地与每天都放下家务去看他的阿尔特说。

夜里,当他被安定剂催眠刚要进入昏沉之际,无数毛毛糙糙的树根,都长着人的脑袋,站满了院子……

"什么意思耶,姐?"他说,"难道树根也找我索命来了么?"

"忏悔吧,"阿尔特只是哀婉地说,"还来得及,菩萨保佑你。"

"忏悔?……忏悔吧。"巴尔特顺着姐姐的话,可是他有太多不明白的问题,太多的为什么,但已经来不及思索了。那可怕的骨架越来越像一个屋脊。

那天上午,巴尔特生起吃鸡肉的欲望,妻子高兴地炖了烂烂细细的老母鸡肉,然后盛上一小碗,送到早已等候的丈夫跟前,喂他。巴尔特看着碗里的鸡肉,那是一年也就能吃上几回的东西。多长时间没有吃食物了?他生起空前的食欲,细细慢慢地很有耐心地吃了起来,就像为了一种任务。吃到就剩一点的时候,扎木雅德根无声地走进屋子,仍然坐在西炕沿上。那是最适合他坐的地方,女人串门是从来不去坐的,是没有资格坐或不敢坐的。那是神灵的位置,不干净的东西都不能放在那里。

扎木雅德根耷拉着眼皮,刚要抬起下颌说什么,巴尔特便开玩笑说:"你又来让我干那些事么?我不干,看你们能把我怎样?我还吃了鸡肉呢。"

扎木雅德根不惊不诧地听完巴尔特吃了一碗肉的叙述，仍然耷拉着仿佛永远都不愿睁开的眼睛，不出声地说：这个人一会儿就会吐血而死……

然而表面，他却保持着雅德根不轻易说话的职业操守，他已经看到了巴尔特的全身尤其头部被黑黑的光圈罩住，即使是明亮的阳光也照不进他那黑雾蒙蒙的躯体了。一切已成定局，他无声退了出去。

就在那个夜晚，在一碗鸡肉作为路粮摄入之后，巴尔特骤然喷射出一注注紫红的血水，犹如一道道彩虹把室内喷得一片通红，直至倾尽生命的全部，他颓然闭气，变成一片枯叶无声息地贴在炕上。他生命的最后一注鲜血，凝结在他四十六岁的年庚。一切归于寂静。

巧合的是，他过世的那天正是他的哥哥达列一个月的祭日。

阿尔特刚忙完大弟弟达列的丧事，还没走出他的哀影，又送二弟巴尔特堕入阴司。她知道不是寿终正寝又害了不好病的巴尔特，不会有什么上升的去处。她坐在弟弟的灵柩前，长长地以哀歌当哭，抑抑扬扬而又缓慢的歌哭，让所有的人都蒙上了泪。她歌哭亲人们的生命是如此脆弱，一个一个走不到尽头就都死了。巴尔特不知是被自己的原则带走，还是被什么索了命去。

"为什么耶！老天爷……"无力中阿尔特仍然重复着过去的索问。

沃尔特的哀歌却是："我说啥来的呀，我说啥来的，到底被磨死了……"

第十七章

寻缘

你四顾着
渴望一切恒常不变
却以假当真
把错误的讯息、观念和假设
构建出脆弱的生命基础
你似乎做了一切
而你什么也没有做

1. 趋向

衮伦从那个家族中走来,她的思索是没有根据没有依据的,一如她的母亲阿尔特,仅凭一个"为什么"的追问,永远找不到那些劫难的答案。尤其衮伦自小就被家人认定的"痴",究竟的症结所在,她无论如何是探究不出来的。她找不到母亲追问的答案,不明不白不能自控的漫游飘荡也没有彻底结束。虽然她已经按着图教师的建议做着瑜伽运动,却不乏机械运动的一面,只把它当作健康的锻炼方式。衮伦的身体尚需通过这样一种艰苦卓绝的运动,去慢慢消除体内久积的疾病尘垢。图敦师告诉她，若想病好，必须做这种类似瑜伽的磕头运动。但衮伦不懂"瑜伽"的真实含义，只当是运动而已。

最初做运动的时候，勉强可以坚持，到了第二天第三天，如有一个强大的力量往下拽她的身体，她几乎做不下去。那沉重的疼痛、疲劳与喘息，就像是在爬高山。但爬山中间尚且可以休息，而那一小时的运动，要求是不能中止，必须一气呵成。图敦师五天就能见成效的预言，成为巨大的动力。衮伦咬牙坚持下去。果然第四天，疼痛减轻，身体也没了爬山般的喘息，第五天，出现了些轻松的感觉。那种大汗淋漓的通畅带来的舒松，让衮伦尝到甜头，她索性继续坚持下去。

一天，当运动结束的时候，她沐浴着身心的轻松稍稍阖上眼睛，一片蓝光在她的眼前渐渐明亮扩大。那光蓝得空明，蓝得晶莹透彻，她完全耽在那个境界里……

漠能就在不远的方向渐渐清晰起来："我正找你呐。"

2．寻缘兰若

那条家乡的河是东去的、蜿蜒的。河北岸上林木森森的远年，只属于衮伦的母亲阿尔特以前的时代。不断由南迁来的欲望，把大树们一年一年撂倒，到了衮伦的年代，夏季里天天去游泳的时候，北岸上只有几棵臭李子乔木和一些山里红、山丁子等灌木丛，柳条林子也不是过去那种几步就不见人的情形。一块一块的林间草地上，长满了韭菜花和柳蒿芽等野菜，倒是予以了采集的方便。即便如此，林野的天然和无法参透，一直让衮伦保持着置身其中的敬畏与亲切。某种无法释然的情怀，让衮伦无论走到哪里，家乡的情结都难以忘怀。那天她梦里出现的场景，是春天萌芽的季节，嫩绿的贴着地皮的青草，间杂着块块裸露的黑色，河南岸的剑草却已经茵茵的绿成一片。衮伦从凹凸不平的北岸向东漫走，曾经障目的树林已经无遮无拦，她正于春色的盎然与不见树林的遗憾中嗟叹，东边尽头，从河的上空飘过来一位披着黄色袈裟的僧人。僧人袈裟里露出的红衣和他跏趺的姿势在阳光下无比鲜艳光亮。

衮伦看着僧人飘飞自如，生出无比的羡慕，但僧人瞬间化于空中不见了。她也跟着跌进时空，近一个世纪甚至更长的时间里，族人穿梭纠结在一起，执着着谁也不肯离开谁，尽管躯壳化进泥土，却仍然出现在后来者的意识之中。

她站在那频频出现的生命本源的河边，一如洗去溽热尘垢，清凉润泽的感受中，河成为某种象征。僧人则是趋达并获得清凉的助伴善导，她无限仰慕地寻望僧人幻去的方向，那是多么令她向往的一种生命方式！但要达到那种程度，她必须要跟住善导，像河流一样不停地前进，方能走出已经没有了树没有了路的穷途……

这时候，漠能已走到衮伦的眼前，约她去一个海边城市。她们要去拜访一个陌生的人，图敦师说那是她们前世的善友。

那天她们启程的路是向南方向，像一个巷子却没有物体，不很平也不明亮，是一种梦境般的朦胧。漠能一个人自顾着往前走，像她以往走快路的姿势，前倾着有点斜肩。衮伦跟在后面，心里说她怎么不等我一会儿？

这时漠能回过头来说："顺着河走就走过去了。"

灰色的河岸没有一棵草一棵树木，全是土滩，河水不深也不明亮，也看不出流动，漠能绕着河的东边行走。衮伦便想起两个人经常走在河边的情景，想起家乡总是不停地流淌的河，水浅的地方，会有历历清晰的石头，水流过的时候就发出哗哗哗的响声。

转眼漠能就到了一个很高的陡岸上。陡岸峭直突兀，没有任何可抓握的东西，漠能站在上面观望着下面正在往上攀爬的衮伦。衮伦放不下的包袱挡在腋下，成为她攀上去的障碍。衮伦吃力地攀着陡岸的土，心想她怎么不拉我一把？便喊了出来："拉我一把。"

漠能伸出手一下把她拉了上去，一点也没费力。衮伦就想如果没有漠能的力量，她无论如何是攀不上去的。

衮伦竟然不太喜欢这个具有寓意的境界。为了改变它，她说我要转过身去，会有好的境界。果然她闭上眼睛冥想了一刻，果真看见三枝盛开的玫瑰花在一个花盆里，但是其中的一朵，头却扭向外面，仿佛一副不情愿的样子。衮伦说这样子多不好看，就把它扭转过来。如此三朵花就都面对面了。

起初衮伦不清楚那境界预示着什么，后来的一件事便解释了其中的奥义。

按着事先联系，她们如期到了那个海边城市，接她们的人与衮伦意识中出现的女人极其相似，只是年龄上有点出入。她举着一串念珠在漠能的眼前晃着："是漠能呢？"

她圆满的脸轮镶嵌着一双亮而透明的眼睛，举止言谈透露着非常得体的分寸，有一种时刻不违越规范的理性环绕在身。她们坐进夫妻开来的小车，一会儿就到了一处山脚下的长宅，竟是又近海又靠山犹如童话般的仙境。她们下车走进大院，一进门，就见一尊足有三四米高的汉白玉观世音菩萨塑像，仿佛等候着她们。在塑像的慈悲面前，衮伦和漠能不约而同拜下身去，不由对主人的身份生起敬佩、猜想。

"就叫我兰若吧。"她说。

可就在兰若去盖轿车后备厢盖时，她手里的念珠"砰"的一声断线，珠子散了一地。

"这是要我们自度度他呢。"兰若立刻做出反应，速度之快与珠子的散落几乎同时。于是她们进院的第二个动作，仍然是俯身，寻找满地的珠粒。

衮伦悄悄与漠能说："看来我们在这里要从最低处做起了。"

"开始找我们珠玉一样的本性了。"没等衮伦说完，漠能就说。

"那我们就找吧。"

经过很长时间的寻找，一百零八颗珠子最后差了两颗，怎么也找不到了，似乎那两颗珠子，是特意留给她们二人继续寻找似的。兰若说别找了，但是第二天衮伦路过时，一低头便看到了一粒明摆着的珠子，可是昨天怎么没有看见？漠能便说："我的那颗还没找到呢。"她稍稍噘着嘴似乎有所缺憾。

那个特殊的下午，衮伦和漠能走进兰若的屋子，就又匍匐下去。因为佛祖塑像端严地坐在那里，她们不可能有其他的姿势。这是第三个动作，又是最谦卑的动作。然后她们一一拿出带去的礼物递给兰若。

"让我们生出慈悲不再杀生。"她接过猎人穿的皮质的工艺品其卡密靴子，放在佛前说。

"让我们以'榛（真）诚'的心做人。"兰若又接过野山榛子供在佛前。

"让我们时时照见心灵的污垢。"她又接过一面特殊的镜子说。

在兰若那种见物造词的智慧面前,衮伦和漠能都哑口了,只有无比敬佩的份,她是一个怎样的人呢?

接着浏览了一下四处。兰若的家若说是居家过日,却远离尘嚣没有俗家的柴米气氛。若说是一处公共修行处所,却不见僧家褡衣和晨钟暮鼓。但又不能不说是一个有着家居形式,又有清净端肃之佛堂陈设的修行处所。那佛堂在她所住的居室东侧,诸多的佛菩萨依次跏趺排列,不停地发出如下的声音:

……佛告观世音菩萨,汝与娑婆有大因缘,若天若龙,若男若女,若神若鬼,乃至六道罪苦众生,闻汝名者,见汝行者,恋慕汝者,赞叹汝者,是诸众生,于无上道,必不退转,常生人天,举手妙乐,因果将熟,遇佛授记……

"多好听的声音啊!"

那声音字字清晰入耳,她们赞叹着停在原地听上一阵,虽然不太懂,却也觉得如此妙音实在难遇难闻,太受益了!

兰若一直在讲两人从未听闻过的道理,从见面到用餐到晚上到深夜。她告诉她们吃饭应该怎么吃,第一口怎么想,第二口怎么想,第三口怎么想,而且这三口饭只用筷子夹起几个米粒,然后才能照常开吃,就连喝水怎样喝,都一一巨细地教了她们。衮伦和漠能叹道,原来这吃饭还有如此大的讲究,吃明白了有无尽的功德利益含在其中,吃不明白就是贪嗔痴的造作!过去她们连吃饭喝水都不会呢。如此多的道理,二人听得感叹不止。后来干脆三人围坐在床上,就如那三朵玫瑰花,六只手相搭在六只腿上成了个圆,讲讲讲,叙叙叙,直说得衮伦如那久旱的枯苗喜逢春雨,如饮甘露,身心透爽眼睛明亮。外面繁星满天,屋里的三人仍然意犹未尽。一场久别迢远的前缘、随眠记忆,由兰若的珠语续了上来。她们仿佛被洗了脑子,又像触发了潜意识深处的什么,一触即合。衮伦心里问她,你究竟是谁?怎么天南海北从未谋面,一见面就有如此愉悦不尽的话题，字字句句都入心田？

"我们曾一起飘游，在无际的时空……"兰若说，"但不管我们过去是谁，现在又是谁，我们必须一同上升，不然将一同坠落……"

兰若把自己的手合在衮伦、漠能的手上，六只手从搭成圈状，最后在中央叠在一起，以誓言为定：生生世世不弃不离一同飘升！

夜已经很深很深，又黑又静，她们不得不睡上一会儿。三个人紧紧地挨在一张大床上，无念无梦的岑寂中，一起进入更深沉的夜里。

在那远离市区的海边，连海涛的声音都隐去了。她们仿佛走进了一个无比清净无比安宁充满妙乐的世外仙境，衮伦享受了从未有过的憨实安恬的睡眠，身心泰和。

清晨推开门，迎面就是那座庞大的山，匍匐成一个朦胧神秘的巨物。太阳的光岚笼罩在山的周围，如烟如雾，一片青蒙蒙中不见太阳，衬得这面的一排长房子更加低矮。北侧的大海风平浪静，湿润的空气细细柔柔地拂在脸上，让人感觉身处的地方不是人间家居，倒是一处不为世俗所染的世外桃源。

兰若从另一个屋子进来，一进屋就说："那么多众生，太吓人了，一下把脑袋给砍了下来，太残忍了！"她两眼悲苦着说出自己观到的景象，"都出现了……"又说。

"我们的祖先都曾是狩猎的民族，尤其我的民族才禁猎不久。"漠能立刻明白了兰若的意思。

"达斡尔还算幸运，种地打猎兼顾下来，不至于把生活全部堆在动物的尸骨上。"衮伦也说道。

她们都认为兰若看到的境相与狩猎有关。祖先生活在黑龙江北岸的狩猎史有三百多年的时间，在宇宙长河中不过是一瞬，但谁知道不会殃及子孙后代生命的寿数？

"这山上有很多的灵性，"兰若说，"我想在这里做往生接引。"

她的想法真是独特，身处的环境也非同一般。附近的海角密密麻麻地游着各种海物。那是他们设置的一处海湾，放进了许多死里逃生的各种鱼虾鳖类，让它们获得重生。

她的那位始终不肯说话的丈夫，一副金刚护法的面相体魄，"你们身上都带着……"他说。两天的时间里他启开金口只说了这么一句话，让衮伦和漠能四目相视，再问他话时，他便不再启口。

在那个足以容纳几百人的长屋的屋梁上，她们看到由杀戮而遭祸殃的地狱景象，还有其他的因造恶业而感召恶报的图画，长长地贴满了整个屋梁。衮伦在观看中想到家乡的嘱托。

"我们那里真苦，"她说，"从来没有接触过善法，你若是能……"话没说完衮伦竟抽泣起来。漠能的眼圈也红了："是啊，是啊，真苦，我们那儿更苦。"

兰若何等聪慧："需要我的地方就是我该去的地方，"她说，"不过我听安排……"

谁的安排？

并不是她的丈夫家人，也不是什么领导，是冥冥中的旨意。她说她所有的行为活动都听从菩萨的旨意，从不自作主张……

兰若竟然能与菩萨直接沟通？真是修为了得，她究竟有着怎样的背景？简单如一张白纸的衮伦，无法想象眼前的女子。

3．变换中的脸

去往火车站的路途是一个苦恼又痛苦的过程，衮伦突然被压制在头昏心闹的折磨里，痛苦不堪。两天的时间她曾轻松愉快无痛无恙，一出门怎么旧毛病又都返回身上？接下来的情况更是不着边际得可笑。衮伦漠能两个人突然站在候车大厅里争执起来，却没有丝毫可争执的事由，让人惊诧又不可思议。漠能睁大眼睛望着从来不与她顶嘴的衮伦，顿时静了下来。她陡然看见了一个满脸怨气的白老太太。

"你怎么突然变成了一个白老太太？"上车后漠能说。

"我也不知道怎么回事。"衮伦联想到许多与之相关的事情。

随着车厢里的光线变得昏暗,灯亮了起来,衮伦坐在靠窗的位置,一扭头,突然看见了卧铺边上两只一大一小毛毛的动物脸,灰褐色的头,耳朵直竖,眼睛溜圆锃亮盯着衮伦。衮伦不由想起离开兰若的房间时说的话:"我们带来的都跟我们走,不要留下给人家添麻烦。"说着手划了一圈,携着什么似的走了出去。衮伦不知道当时为什么突然生起那种念头,其实不过是为了兰若的那句"带来了那么多众生",不想把麻烦留给别人而已。

所以,一路的莫名其妙的负面情绪,简直就像揣在兜里的东西,一触即发。衮伦没有告诉漠能看到的东西,起码不想在车厢里告诉她。她正在用一种既回避又偷窥的目光,不时看对面铺位的男人。

那是一个三十多岁、像是做生意的人,很瘦。桌上摆了很多的吃食,一只整鸡吃了半天。双膝支着依坐的姿势总不安静,不时扭来扭去。漠能不时从那里挪开眼睛,但禁不住他撕扯鸡腿鸡翅的声音,不免又去看他。衮伦觉得她的眼神有点不对,后来竟见她捂着嘴离开座位跑到卫生间里。

衮伦知道漠能不吃鸡肉也不吃鱼,是她自幼的习气,但也没见别人吃肉捂嘴的情况,况且她偶尔还吃过牛肉……衮伦不明白了。

稍会儿,漠能回到座位后,一改刚才的状态与那人攀谈起来,但那目光仍然是想看又不敢看的觑觎,让衮伦十分不解,"为什么那么看人?"她用别人听不懂的达斡尔语问。

"这个人不久将死。"漠能也用达斡尔语肯定地回答。

衮伦一惊,"你怎么看出来的?"

"他的脸一阵一阵变成骷髅,我都不敢看了,"她说,"不过他有很多钱。"

衮伦好奇,真的就与那人攀谈了几句,果然他已经知道自己得了一种不好的病。但他有很大的事业,有很多富人有的奢侈。不过,漠能用他听不懂的话说,一切对他都没有用了,他的妻子不久将成为别人的妻子,包括他的财产。

"唉!这个人生啊!有啥看不开的。"漠能用汉语叹了一声,好像自言自语,又像对那个男人,然后选择了不同的一种坐姿,再也不说话不看人了。

4．得度

　　一个月后，兰若如约来到衮伦的家乡，但是她的父亲突然示梦不久将要离世，兰若便陈设供品供养，祈求佛力加持消灾祛病。在图敦师诵经诵咒打着各种手印供养祈请诸佛的时候，她们三人虔诚地叩拜，为老人家祈福。正在衮伦诚敬地专心祈祷之时，一阵一阵鸟的啁啾在她的周围清晰响起。起初那声音时有时无，后来便啁啾连成一片，各种灵禽异鸟，鸣声和雅。身旁也出现了嘘嘘哈哈的呼吸之声。衮伦知道兰若父亲的冤亲眷属可能都来受供了，也受益了，便更加虔诚祈祷。旋即整个虚空都响起了念经声，空旷、浑厚、空灵……

　　那是衮伦从未有过的、发自内心为一个不曾谋面的老人虔诚祈祷。她感受到了至心虔敬的力量产生的效果。

　　当晚，衮伦就于梦中，在图敦师的小寺门外幻遇了一个境界。她怀里抱着两个婴儿，左腋下夹着一个，右胸还哺乳着一个。图敦师从寺里出来说："这些都已经送出去了，就剩一个了，还差三百元钱。"

　　衮伦当即便说："我拿吧。"

　　这时屋子里又出来一位和尚，把一个东西送给衮伦，衮伦看是一只黄乎乎的小狗，闭着眼睛祥和地睡进衮伦的包里。衮伦心里说，又多了一个生命，我的感情要分给这些小生命呢，难道他们都是我曾经的亲人和现在的化机么？

　　接着衮伦就到了一排很长的破旧的房子前。房间长方形，一间挨着一间。里边都有一个台子，每个台子上都躺着一个死去的人，全身蒙着被子。衮伦想应该赶紧拉出去送走……

　　等衮伦从窗外挨个走到西头又返回来时，蒙在被子里的死人白白的双臂都露了出来，直直挺挺地双手合十举向空中……

　　"那不都得度么，都皈依佛门了。"兰若笑着注视衮伦困惑的眼神。衮伦仍然使劲眨着眼睛，心想兰若的慧解颇有道理。

　　没过两天传统的腊八节到了，衮伦、漠能和兰若三人都在小寺度过。在连吃了两餐腊八粥的晚上，衮伦于梦中看见后到小寺的兰若的朋友李茗，与她面朝东南站在一起，手里各自端着白色的盛有腊八粥的大碗。那位经常出现的高高的空女人，从东南方向出现，站在她们的面前，并且在俩人的粥碗上各放了一勺雪白的白砂糖。衮伦低头看时，那白砂糖像个雪山堆在粥上，黄白分明，很是诱人。第二天，衮伦重复发作很久的隐隐绵绵的头疼奇异地消失了。

兰若说："灾病都糖（搪）过去了。"

她的朋友李茗向图敦师求的药物，也如愿到手。

衮伦为李茗夫妻交付了梦中承诺的三百元的旅馆费用。

送走了兰若她们，衮伦又于午间小憩的梦幻中，与很多人去参加一场大会。在步行的路途，她得以搭上包医生的自行车后座，一路向东驰去。片刻自行车飞了起来，把脚下坎坎坷坷的土路变成平地。衮伦说慢点要拐弯了。自行车却越发地腾了空，一下拐进一个巷子直冲一面墙射去……

完了！衮伦闭上眼睛，在来不及做出任何反应的情况下，只能等待车子撞到墙上，然后被重重地震飞空中的结局……

但是一切都没有发生，也没有撞墙的感受，睁开眼时，那面墙也消失不见了，只见车子仍在飞奔中，偶有坎坷凹凸的地方也都能飞越无碍。

"快把药给那个人。"

包医生看到右前方出现了一个男人，告诉后边的衮伦。衮伦一扬手，就扔出一把人参党参样的药材，落在右前方那人的脚下。车座上还剩着两把绿绿的药材的秧苗，留待带回去栽种让它们继续生长。

一会儿，衮伦走进一间大大的屋子，里边闹嚷嚷地集聚了很多袖珍人。顺着一位相当白净的女人的指点，衮伦进了一间异常干净的洗手间。就在洗手间的地上，一只挨着一只，排着非常整齐的布鞋，密密麻麻地摆成一片，全是小学生穿的，几乎都是黑色。她居高临下地望了一会儿，想：难道这些都是化机么？

离开那个屋子，衮伦走到一片空旷的田野。田野的谷茬根根短矮一片收仓后的景色，却没有路。天空也不很明朗。正在踌躇之间，向北望去，一条清晰干净的黄沙沉实的土路，出现在三米之外的右边，衮伦立刻走上沙路。

天空却骤然黑暗，狂风大作，瞬间什么也看不见了。衮伦弯着腰拼命抵抗着北风，以防被风吹跑，脚却迈不动步。暴雨即将来临了，洪水也要来临，衮伦感觉生命就像一盏灯烛，顷刻间就会灭掉……这时她竟然看见前边有一只狗，也被狂风吹成柳枝模样，细弱摇摆失去自控的能力，仿佛随时都要折断。衮伦弯着腰坚持着一点一点挪步，异常吃力，并紧紧地裹着腰身，不时望望前面的狗，似乎把它当作黑暗中的伴侣……

暴风终究没有吹飞衮伦，天晴了，前面一个高处出现了一座宁静的院落。那院子光洁亮堂，干净得似乎抹了黄白的沙泥。房子也是安静得好像无人居住。衮伦走进那光洁的院子，在房子的西侧弄好了一个狗窝，铺上了干草，给狗安了个家。然后她抬起头回望了一下，走过来的路在下面的低坡处，竟有三四棵高大的杨树，一树翠绿绿的枝叶在阳光下使劲地摇摆，连那树干也婀娜舞着，却不见丝毫风力。阳光明亮似春，刚才的狂风仿佛没有发生。

衮伦由衷庆幸，亏着抵挡住了狂风没被卷走，不然这美好的阳光就看不到了。而安顿了那只狗，她感到无限欣慰，它终于有了一个家。

太阳也仿佛向她颔首，有一种朦胧的东西在衮伦的心田悄悄复苏，似乎从遥远的方向缓缓而来。

5．西装寓意

那个极具寓意的境界，以一幅纯粹的画面出现在衮伦梦中。衮伦和兰若共在一个屋里，衮伦拿着一件件非常漂亮、做工又相当考究的男式西装，逐一鉴定质地是否纯正，然后送进西间屋里。

"这是毛涤的。"衮伦抖着一件西装向兰若说。

随之便有人接过去，走进开着门的西屋。之前已鉴定过的正品，均穿着在一排整齐端庄、高矮一致的男士身上。他们个个相好庄严，仿佛模特依次有序地排列成一队，面朝着东。衮伦一阵赞叹：如此整齐一致，相貌如此美好圆满，如何长成的呢？若没有如此端严的仪表，没有纯质的毛料西装，要进入这个西屋是不可能的。

由此，衮伦获得某种启悟：那是一个实际的境界，要进入那个境界，必须具有内外皆净皆端严的身心，否则正资粮不够，是不会进入那寓意西方佛国的"西屋"的。

衮伦不承认那些境界是毫无意义的颠倒梦想，恰恰相反，很多事相不能通过耳目直接传达的时候，便以潜意识的梦境表现出来，完成某种有意义的教授和启示。犹如她的雅德根姥爷，正是通过梦境获得某种预言、预测以及治病的指导。

实际上，那是衮伦尘封的记忆被唤醒而逐渐输入她混沌渐开的意识里的过程。许多许多大脑深层里随眠的东西，包括好坏、美丑、善恶、苦乐等等一切做过的事情，都有待于一个个契机被唤醒。它们从来就没有销声匿迹或腐烂消失过，不过是处于深深的潜在状态，一旦遇到因缘或适时的契机，便会随缘触发。如此衮伦明白了一念一想一行一动，都成为未来遇缘引发的因子。因成果，果再成因，流转不息！衮伦不觉打了个寒战，许多过往做过的一切错事坏事，从小到大，都在脑子里被翻捡了出来。哪怕是小时候香瓜地里偷瓜，谷地里偷剪谷穗，杀伤弱小生命，乃至生生世世以来的杀盗淫妄种种恶业，哪个没有做过？一路路走过来，深深浅浅地种在意识的心田，异熟为现世乃至将来的磨难痛苦，岂不理所当然？

衮伦忽然明白过来，她生生世世的愚痴、不辨真假好恶自私自利等，几乎把她推上了万劫不复的深渊。当然那些美好情境的再现，也是她曾经播下的善行萌芽，比如那个注射的护士、以六字真言帮她祛病消灾的妹妹的上师、图敦师以及种种渡河及攀登中的援助。特别新的一年开始的第一个夜晚，也即除夕夜半的梦中，她竟然出现在一个高高的半山腰上。山体没有一棵高的植物，全是矮矮的无边际的黄草，她展开无遮拦的视野，随意望了一眼山下，一片人群都在仰望山上。她以右脚高左脚低的斜身姿势，俯瞰了一会儿。当她刚要转身继续上攀的时候，凭空出现了一人，从上一下把她拉了上去，她随力轻松一跃，如履平地站在山顶。那人却转眼不见了。

这种种得助的境遇，无不显示着衮伦日趋向上的状态。如此一个别开生面的新春开端，使衮伦整整一年的梦中飘忽游历，再没有与魔鬼交道过。还有那些睡眠中直接向她压过来的巨大黑影,那些奇形怪状的头颅,那些变幻的面孔,那些眨动的鬼眼,特别是直接钻入体内的邪气,都几乎销声匿迹。另有地砖上诡谲的眼睛,也不见了。她开始有意识地寻找光明,驱逐心里的魔障。

第十八章

苏林之死

而死亡就像天空地球一样
周遭的一切如何改变毁坏
一会儿是风
一会儿是雨
一会儿又是雷电
天空永远不为所动
我们经历了
锥心刺骨的情绪危机
我们整个的生命
几乎要解体了
我们的丈夫妻子
突然不告而别了
而天空仍然在那儿
地球也仍然在那儿

1. 偷杀

　　如果说阿尔特年轻时，应付于亲人们死亡的厄运，后来与汉人丈夫重新组织家庭、回到老家后的生活，便是应对贫穷。贫穷的因素很多，除去时代的原因还有丈夫不会农务只会拨算盘珠子的尴尬。他曾经的鸡鸭成群、牛羊满圈的田园幻想，残酷地遭到了现实的嘲弄。他的能力闲置于不时的朝不保夕之中。于是潜在的商贾之虑便自然冒头。不过能经营的东西过于单调，不过是八分钱一个的烧饼，一角六分的麻花，以及冻梨、冰棍、糖葫芦等，这是那个时期的人偶尔能消费得起的食物。实际上大多是赌场消费的东西。在那样的冬季，一到农闲便是牌九赌博冒烟的日子。百分之五十的男人都汇聚在赌场上参赌，或观看热闹。甚至女人孩子也有去的。能放得起赌局、会放赌局并能招来外地高手是当时的一种能力，也会带来一份收入。阿尔特的丈夫自然不会错过这样的商机，买卖那些小食物是他顺手的营生。放局也是他不用费力就可获得的财源。利欲也便在那一次一次的收入中生起。

　　另外一个"偷富"的行当是杀牛。人们从外地买回菜牛，在深夜里用被子遮上门窗，遮住星星月亮的眼睛，然后把牛牵到屋里，用麻袋蒙上牛的眼睛面孔，抡起巨大的斧头狠命地击向印堂，那牛骤然迸发出炸裂般的惨叫，然后墙壁似的轰然倒塌下去。也有一斧不中要害的时候，牛便狂跳起来横冲直撞，一旦冲出屋子，便星夜下在院子里奔跑……

　　沃尔特的丈夫海达一贯充当那可怕的刽子手，冥冥的暗夜中，他拎着斧头追赶狂奔的牛，去再一次袭击牛的身体。顺利的时候，可能一下两下击中，不然，就在院子里人牛跑上好一阵，那情景恐怖瘆人……

　　那样的时刻，阿尔特总是躲起来或者把头蒙在头巾里不敢出屋，有时候她会抖成一团。孩子们早就进入沉睡的梦乡里，丝毫不知大人们在黑暗中进行着鬼魅般的事情。阿尔特虽然不敢看那高大的牛颓然倒地的惨状，不敢听牛发自肺腑惨绝的嚎叫，但是如同所有的氏族人一样，她爱牛肉和头蹄下水，也需要糊口的生活来源。所以她不能不帮助包装牛肉，让丈夫星夜赶到酒镇，

第二天便可换回钱币。除了本钱，如果幸运还会有一点赚头。起码能赚上牛头、蹄子、心肝肚肺等下水。这绝对是那时少见的美食，堪称天馐肴馔。然后用换回的币子再买再杀。

天呐！阿尔特矛盾着说，谁能拒绝得了牛肉呵？谁不是为利而活呵？

然而，与所有违法不正当的行为一样，任何时候都不过如白天的露水，阳光一照立刻就消失了。放局赌博、杀牛当然遭到禁止。被发现后的罚款和得不偿失，也是放弃恶行的动力。丈夫的商贾之策再也没了市场。阿尔特不安的心总算有了着落，穷也穷得踏实。

她继续面对族亲的伤亡，继续索问找不到的答案，心结仍然没有解开。

2．引诱的光环

继第一个侄子苏革死后，二侄儿苏林即苏革的弟弟突然开始头疼。那时他正就职于旗县农科所，有一份固定的工作，保证了失去父母兄长后的生活来源。苏林自幼被母亲金丽玛宠爱，不会任何劳动，也不曾干过什么活计。从小除了念书上学便是吹拉弹唱，自娱自乐并没有得到过什么教授。曾经那四户一个单元的旗委家属房里，仅有的一面炕，成为他的舞台。天天拉帘报幕演出，是他儿时玩不腻的内容。他高高宽宽的额头，报幕时先露出头部，就几乎看不到他的下颌。而那"鸡胸脯"，就在他或舞或吹笛子时显得起起伏伏。那时，金丽玛会说："他就这么自己玩，可省事了，不知道长大干什么呢。"

然而苏林的演出甚短，还没上演真实的人间剧目，便匆匆谢幕。

对于曾经还算有着背景的苏林而言，高中毕业谋到一份职业不成问题。与他的哥哥苏革沉静的性格相反，他好动活泼，善于交际，交下了一个能在他死后的灵前焚香烧纸的朋友，算是不幸中的福分。

那是初夏里一切生命虎虎生腾的季节，苏林住宿单位，下班后就沉浸于长箫和二胡的自娱里，并不显得寂寞。这也是小镇没有娱乐场所，连看电影都买不上票的单调生活中唯一的娱乐了。在那些夏天的黄昏里，长箫那郁郁萧然的声音，从苏林的宿舍传到偶有行人的街上，使那栋楼房显得幽然稀异。那箫声时扬时抑，夜夜箫歌，竟也没能引来女孩进入他的世界，也没有人懂他的箫声。一次，在毫无背景的情况下，他突然引发剧烈的头痛，然后在无法忍受的情况下，不断把一颗头伸进床头的被子里。从此那幢小楼再没听到那飘飘萧萧的声音。

正是他生命向外绽放的年龄，头痛却让他失去了工作能力。更可怕的是他眼睁睁地呓语："……我走了好，最好的方法是上吊……"然后又说，有一个红色的小人总是跟在身后，总是问他："你怎么办？你怎么办？"

他的情形吓着了所有的人，单位领导便派人看护着他，短暂的十来天里时明白时糊涂，也还没引起什么精神方面的注意，来不及送往什么医院便发生了意外。那天，是小镇一年一度传统的祭祀斡包的节日，人们都上山了，包括领导干部所有的人，留下了青年小马陪他做伴。苏林默默地专心沉溺于某种声音的引导，并与之进行着只属于他们的对话，根本不注意其他的事物。那种声音胜过了一切声音，一切景致，仿佛一个美丽的天堂招引，让他将眼下的一切都视为肮脏的处所而生起厌离。

"你准备得怎么样了？"当他达到被那种声音完全控制、对它完全信服迷醉的程度时，他便一步步走向那个引诱，靠近再靠近……一双美丽的手把他引入一个白色透明的光环，他使劲伸出脖子探望，他看到了奇幻极美的景色，天空充满了绚丽的色彩，向上、升腾，无比轻安、超脱，无比自在……

他想，终于可以离开这个烦恼的地方，去往那个美丽的界处了，便用力伸进那个可以承载他去往的光环，就在他用力登上的刹那，他的双脚也一下腾空，脚下"当"地响了一声，他感受到了迅疾下坠的窒息。那双曾经美丽的手和白色的光环也瞬间勒住了脖颈，与此同时，他骤然清醒过来，大喊了一声："我完了！"

而发出来的声音却只是微细如同蚊鸣。

他还听到被他反锁的门正被"咣咣"地顶撞……

脖颈越勒越紧，呼吸已经憋住，在不断的勒紧中他很快昏厥过去，冲出了那个吊着的躯壳，贴在房间的天花板上……

后来他看到小马撞了进来，又被他吊着的躯体吓得跑了出去。接着是领导、同事，那个他最好的朋友把他的身体放了下来，然后他被放进一个盒子里，送到医院的太平间。他跟着他的躯体飘了过去。很多人都聚在那里，他还看到了自己的表姐衮伦，足有十月怀胎的模样，远远地站在一边。尤其他的好朋友蹲在那个盒子前烧纸，他飘到朋友的跟前，问他在做什么，给谁烧纸，可是朋友一点也不理他，好像他根本不存在似的……

他不知道发生了什么事情，为什么把他的躯体放进那个盒子里，还在前面烧纸。人们又把装他的盒子拉到一个地方，然后连那盒子推进一个很大的柜子样的东西，转眼就不见了。一会儿他看到那个高高的烟筒冒出浓烈的黑烟，才知道他们把他的躯体烧了。他有点害怕，感觉是在梦游，随着一种力量飘来飘去，没有方向没有目的，但他始终没有离开烧他躯体的地方，和他的工作单位。那些与他一起工作的同事们都在议论他，说他太年轻了，死得可惜呀、惨呀什么的。他与他们争论，说自己的想法，但没有人理睬他，没有人在乎他，或者根本就不看他。他真的有点急了，为什么都不理睬我，冷落我？难道我不存在么？最后他有点忧伤，也不再说了。如此经历了黑与白的三天之后，他才知道自己已经死了，没了着落。

这时候他只觉得有一种极微细的风心在活动，看不见自己。但他的眼睛、耳朵、鼻子、舌头、意识等都非常灵敏，带着强烈的贪求与欲望四处奔飘。首先他要找个投生之处，再是寻求香味。他已经不能吃那些活着的时候吃的粗体食物了，只能到处寻找香味食用。有时候他能寻到烧香的香味，寻不到的时候，他只能食用那些散发着浓烈气味、人们捂着鼻子路过的东西。很多时候他也能看到非常好吃的食物，可一旦他想去吃的时候，转眼就变成了非常不好的东西。

他总是在冥暗之中，倒立着四处飘荡，想到什么地方就到什么地方，而且念头一动瞬间就到了，什么墙壁楼房甚至大山都能穿越，挡不住他，什么都不能毁坏他。可他变化得也快，常常变成各种各样的身形，他弄不清楚自己是怎么回事。身边常常有认识与不认识的人相伴。有的面目可憎，或引诱他。总有鬼神用秤称量他所造的善业恶业。他非常愤怒，也非常寂寞，一会儿哀伤一会儿难受，情绪极不稳定。

尤其是他没有固定的栖息之所，树枝草木、弃屋乱丛等地方，都成了他暂时安身的场所。担心害怕，无吃无住无衣，冷冻受饿，受尽了千倍万倍的痛苦。更痛苦的是，每七天他都要重复一次上吊，七七四十九天里，他重复了七次那个要了命的动作。以前他不知道，一个人自杀后，死了还要重复自杀时的动作，直到投生。然而投生的机会对于他这样死掉的人实在太渺茫了，几乎是不可能的。更可怕的是，他的自杀不仅毁了自己的肉体，还伤害了自己的慧命。因为据说人体内有许多佛菩萨，双眼为地藏王菩萨，双耳为金刚手菩萨，两鼻孔为虚空藏菩萨，舌心是观世音菩萨，密处为除盖障菩萨，意为文殊菩萨，顶轮为弥勒菩萨，普贤菩萨置于双肩、双腕、双髋、双踝八大关节，还有眼耳鼻舌身、观察色声香味触的五根，都有佛的存在——双眼是色佛母，双耳是声佛母，鼻孔是香佛母，舌心是味佛母，密处是触佛母。尤其心脏里，有许多的佛重叠在那儿，就像大碟子装着小碟子一样，一层层装下来。从丹田到喉咙是一个很大的不动如来，不动如来的心脏里是释迦牟尼佛，释迦牟尼佛的心脏里是蓝色金刚持，金刚持的背后是文殊菩萨……

天呐！那么多的佛菩萨在身体的各个部位，他哪里知道？若不是那次随着叫他的声音飘到那个地方，他永远不会知道。

那是超度灵魂的日子，他的名字被表姐衮伦写在卡片上，出现在山上的寺院里，一位胖耷耷的和尚给每一个写着名字的人超度。那些如他一样过世的亡灵，听到自己的名字都飘去了，挤满了空间。但是只有一部分人被超度上了天。像他这样罪业深重的人，难以一次就度走，总有障碍的东西在他身边，但也减轻了不少罪业。那些被超度上天的人都很高兴，他看见一个十六岁的男孩子，坐在一朵莲花上升上去了。走的时候，他还微笑着向坐在下边的父母望了一眼。他是五天前被江水里的东西拉进去淹死的，没有过七。他的父母难受极了。其实那儿子并没有像他的父母想象的那样不幸，他是去了一个好的地方。

就在那个场所，他知道了身体有那么多的佛菩萨，所以知道了自己的身体是不可自残的，不能自杀的！实际上，谁愿意自杀呢？都是由业力牵引，被追命的给叫走了。那种时刻，才是真正的鬼迷心窍啊，都是在意识不清醒的时候糊涂上当的。

他继续四处飘荡，在无法忍受的时候，只好去找曾经照顾过他的表姐衮伦，求她给他盖个房子，有个住处。

于是他经常出现在表姐周围，向她表示自己的要求，她却听不见也看不到，只是情绪抑郁，时常与朋友谈论活着没有意思的话题。甚至在一次朋友聚会上说出要跳楼的话。有时还真看到她站在高高的楼上向下望……

不过，他可没想要表姐的命，他只是要个房子以避风遮雨。后来表姐又一次与朋友提到死的时候，那朋友为她找来了一个女人。女人坐在她的面前，闭了一会眼睛说，你的亲戚中有一个横死的，年轻人。表姐说没有啊？回答得干脆。那时他就站在她的身边，说有啊有啊！她才一下想起了他，说，是的是的有一个。但她很不理解，说他活着的时候，她时常照顾他，为什么死了还找她的麻烦？女人说，话不能那么说呀，就因为你照顾过他，能满足他的要求，才来找你，一切都有缘由。然后女人接着说，他要在你家房后盖个房子。表姐一下急了，我家后边哪有地方啊？

朋友笑了，你以为是拉砖拉瓦盖那样的房子么？

就是就是，他高兴地点头，终于有人明白了他的意思。

最后他的要求都达到了，他有了房子，竟然还得了一辆摩托车。从此他不再去找表姐了。再后来，就能经常闻到她上供下施的烟供了，那香烟借着佛的加持力以及咒语、手印、禅定等力量，幻化出各种各样他们需要的物质，包括吃穿用住各种各样的物品，尤其增福报消业障的力量，让所有像他这样的鬼魂等众生都得到了大的利益，太殊胜了。由于他经常被表姐填上卡片，被那些穿着红衣的喇嘛们超度，也就懂得了很多过去不曾听过的道理，会说很多以前不会说的话了。

这就是他那一世极其短暂的阳寿，在人世间只走了二十四年，人们说他正在朝气蓬勃的年华。

3．地狱不收短命人

　　苏林，一个年轻的生命，就这样被无法躲避和令人震惊的命运吞噬了。那因袭下来的宿命，犹如涡流，容不得你转头，容不得准备，发生得令人猝不及防。接下来的苏如勤家族会不会太平于苏林止息的生命音符？无人参透。

　　当阿尔特在老家知晓苏林的消息时，她被那突如其来的噩耗僵在原地。她无法相信那已成的事实。怎么可能？他还生龙活虎，他还太小！两个月前他还回到她这个姑妈家里，要吃柳蒿芽菜呢。怎么转眼阴阳两隔了？不会。可谁又会拿生命与她乱开玩笑？

　　是不是传错了话？

　　阿尔特的脑子乱了，她除了震惊已经没有眼泪，她只是呆呆地望着远方，喃喃地说："阿玛，到底怎么回事！不会是……？不会……不会……"

　　她不断地叨咕"不会不会，怎么会呢……"

　　阿尔特又回到那个远去的岁月，她和弟弟达列、巴尔特在村子里的大树上摘稠李子、山里红。她拿着筐站在地上望着树上的弟弟，不小心嘴里就会落入鸟粪或者虫子什么。后来父亲就告诉他们，没事不要总是上树。他们都不解地问为什么。

　　苏如勤不立刻回答，更引起孩子们究根问底的兴趣。后来他告诉孩子们说，树上有生命，当然不是那些鸟和虫子等，是那些没有足寿而夭折的人，他们的灵魂会常常栖息在树上，等待投生的机会。

　　"人死后不是堕入阴间地狱么？"阿尔特不免心惊地问。

　　"地狱是不收短命的人的，他们只能随处飘荡成为饿鬼。"

　　…………

　　回到现实，如果是那样，苏林是第几个落入饿鬼道的人了？几年前的大侄子苏革，包括自己短命的两个儿子、两个弟弟……

　　阿尔特不敢想下去了，她除了追问为什么，就是战栗。震撼之余，她已经明显感到有一股疯狂而巨大的力量，涡旋在家族的上空，致使这个家族的成员不断被吸进那个涡流，卷入不可知的黑洞，一个可怕的无法探知又无法避免的黑洞！

阿尔特当然不能参透宇宙生生死死的命题，她在全身心地付出与抚养孩子的同时，就是不断地面对家族亲人的夭亡。死亡从未离开过这个柔弱又刚强的女子。仿佛那是冥冥中给她的一个命题，在整个家族的衰亡中，即便最后只剩她一个人，哪怕成为木乃伊，也要让她做个见证，追问到底。

但她已经被岁月的车轮，摇得有点力不从心。不是因为岁月，而是过度的劳倦。她要面对的太多，贫穷所带来的一切，积劳引发的疾病，心灵的创伤疼痛，尤其族亲的诸多舛难，都要她一个人默默地承受。如果还算有一个支撑，就是儿子百亚已经长大，能替她和不会农务的丈夫挑起家庭的重担了。

第十九章

放排人

天神的生活

奢侈地享尽欢乐

从来没有想过

生命的精神层面

只知随心所欲

直到死亡逼近

出现不可逆料的腐坏现象

一切都离他们远去

同样,被无明蒙蔽的心

从不知道

欢乐有尽

1. 真正的男子汉

百亚被放排队选中那年才十八岁,他不知道老人们常说的既危险又艰苦的放排作业,究竟怎样危险。但他知道能胜任放排的男人,个个都是硬汉。

每年到了放排的季节，这些硬汉绝不待在家里。所以他年轻轻的能被那些挑剔的老放排人看中，已不一般。

放排的种种艰难不仅流传在暇余饭后，姥爷那长长的乌春就是一程放排的歌。当那些漫长的冬夜，热炕上的人身体温软的时刻，姥爷那长长的玉石烟袋就会擎在手中，在青烟缭绕中靠着柜子唱诵郁郁婉婉的乌春。很多时候那烟袋没吸上几口就不见了青烟，再装上一袋后，那袅娜的青烟才能继续为唱诵者飘曳出朦胧缥缈的气氛。吸已变得次要，唯有那抑扬婉转、顿挫有致的曲调，使听者的脑海幻化出遥远的画面：

    放排放排兮，罗刹①入侵始。
    祖居原住地，黑江养育兮。
    外兴安岭南，精奇里江域。
    富饶美丽兮，滋我达斡尔。
    罗刹强盗兵，无数次掠夺。
    杀戮我男儿，掠掳妇女儿。
    烧我家园兮，毁我城堡地。
    我筑木城卫，伐木放排兮。
    兴安岭深林，黑龙江水域。
    排木漂流兮，运至黑江北。
    筑城雅克萨，木城阿萨津。
    铎陈等住地，防御罗刹兮。
    …………

这样的时候姥爷的眼神苍凉沉郁，他说达斡尔人的排木业一直是自产自用的，最盛极一时的要数康熙年间的建筑行业，那正是修建齐齐哈尔城的时代。当时苏都日氏族有一位叫玛布岱的，是苏都日氏族第四代祖先。他被清

---

① 罗刹：达斡尔语，指沙俄侵略者。

政府任命卜奎（齐齐哈尔）总管。为了建城，他组织了几百人的队伍进入大兴安岭腹地伐木，然后编成木排顺水流到嫩江岸边，再送到建筑工地。从那时候起，达斡尔人的放排业就没有停止过。直到新中国成立前修筑中东铁路，沿线的城镇一个一个兴起，达斡尔人的商业性排木业便兴盛起来，成为达斡尔人重要的生存行业。

修建那个卜奎城，发生过一个很有趣的故事。当时的卜奎附近，有一个村落，是从黑龙江北岸迁徙下来的苏都日部落。他们得知已在临近钉了木桩、准备建城之后，担心将来会影响后代，便由几位德高老人出面，向玛布岱总管提出要求，请求城址挪到河的对岸。玛布岱因受命政府没有权力更改，便打发了族人。几位老人回去后一夜没有睡觉，最后商量出一个计策。

是夜，风沙忽起，刮得昏天暗地，似乎天遂人愿，几位老人便又到了建筑工地找到更夫。恰那更夫是村里的人，他遵从老人们的叮嘱，挪到东岸。第二天早晨，玛布岱和建筑工人们到了建筑地址准备开工时，发现更夫不见了，便四处寻找。首先找到村子，人们都说没见回来，便又到别处寻找。直到快到中午时分，发现更夫正睡在河东，便唤醒过来。更夫睁开眼睛东西左右望望说，这是什么地方，我怎么在这儿耶？

是啊，你怎么跑到这里？我们找了你一上午。

更夫说昨夜是睡在工地来着，今天怎么跑到这里？然后更夫抱怨，把他的神梦都搅醒了。人问什么神梦？更夫说一位白发白须的老人，手持拂尘正跟他说话，说那边是他们神仙的地方……

玛布岱听到回报之后，只说了一句"天意啊"！便奏请朝廷批准，城址就真的挪到河东去了。这样虽然城址和村子隔了一条河，村里的年轻人仍然受到城里妓院赌场等场所的威胁。老人们担心后代学坏，便又集体商议，最终往西迁到更远一些的地方，建了有名的绰哈儿村。如此"风刮卜奎"的历史故事，便流传开来。而苏都日氏族无人不知，那是祖先们为了后代的善举。但在很长的一段时间里，苏都日氏族的人们都守口如瓶，甚至到了很久以后，人们也不知道"风刮卜奎"的真相。渐渐地，秘密没有必要守了，后人也便开始知道了"风刮卜奎"的原委。尤其苏都日氏族的老人们一代一代地告诉子孙后代：别忘了，齐齐哈尔城是咱们苏都日氏第四代祖先玛布岱建的，他的叔叔梦鄂德，是掌握了四种语言的翻译，在当时《中俄尼布楚条约》签订的关键时刻，他多次出使境外担当翻译工作，为中俄友好建立了了不起的功勋。

百亚无比佩服祖先们的建树，特别姥爷苏如勤不仅是有名的雅德根，更有满腹的历史故事犹如宝库。如上的说唱只不过是他所有故事的一二片段。那条通往海拉尔的西征路，姥爷几乎把青春岁月都铺在了那里。所以姥爷就是一部历史，一部放排史，一部雅德根史。百亚对于姥爷的崇拜和敬仰使他后来面对姥爷的灵柩那刻，感觉一下被掏空了。姥爷走了，一个宝藏被埋葬了，那个故事宝库也被封上了。

但他已经娴熟地记住了姥爷唱的《德莫日根》《七十六雅德根》《巴格扎雅德根》等长篇乌春。姥爷说做雅德根的要以这些故事作为警醒，不能斗法害人逞能。如果有机会，百亚很想把那些乌春唱给族人听听，虽然他还不具备受信任或敬重的资格，不过他说他有传承。

百亚终于长成十八岁男人，有资格加入延续了几百年的放排行业的队伍，但那时的伐木不像以往只为了个体谋生，已经是为了上级部门层层分派的任务。这种唯有达斡尔人从事的作业，不知塑造了多少达斡尔男子的铮铮铁骨，也不知道漂走了多少达斡尔男子的生命。当每一年的春天来临之际，上边就有一定立方米的数目分配到各达斡尔村，他们便毫不分说地年年都组织阿纳格队，撤家舍业长达几月或半年在深山老林里伐木，然后扎成木排顺水漂流而下。其中的酸甜苦辣各种滋味，只有达斡尔人深尝体味。

每一个达斡尔人都知道放排的艰苦，首先一个丧命的危险便令人咋舌敬畏。但村里很多人仍然不畏艰苦危险，创造了连续几年甚至一辈子的放排历史。因为那行业不仅显示出一个真正男子汉的本领，也有客观的个人副业收入作为回报。有男人放排的家庭，院子里常堆着让人羡慕的橡子等上好的木料，然后变成一笔数目可观的币子。所以好汉们仍然以名誉、利益为先，于艰苦危险不顾，年年不拒上山伐木放排。

百亚从队里领回作为上山用的二百元钱，让母亲过目。母亲阿尔特看着一年都难得见到的二百元钱，生出一种复杂的心情。她既担忧放排的危险带给儿子什么不测,又自豪儿子终于能承担一般年轻人干不了的劳动。想让儿子去又担忧的心情,便一直挂在她的脸上久久不散。

而百亚那胜似五月阳光的脸,充满了对远山远水和深山老林的期待,更有不知深浅的跃跃欲试,推动着他想要去见识那些听到的事情。他年轻的心想象不出艰难,那些要命的危险更是初生牛犊一样的他不能体会到的。

第二天队伍就启程了,十几个人去江东的酒镇乘坐火车,向北到列车的终点,一个有杨树的镇子,再与提前到镇子的人会合。村里半个月前就派了两个人赶着十几辆大轱辘车,一车一牛连在一起,沿着河岸先赶到那里,两队人会合后,再共同继续北上。

百亚离去的那天,阿尔特看见丈夫久久地站在烟囱旁眺望。阳光洒在他的脸上呈现出某种凝止般的落寞,他眯着眼睛似乎沉入某种思绪。阿尔特又望了一眼儿子远去的方向,说:"人都没影了还看什么耶?真是老了。"

阿尔特没有意识到丈夫那种眷恋的眺望,隐含着一场无声的告别。也没有听到他心里的自言自语:不是说达斡尔的男子能放排,就成为真正的男子汉了么?

那个用现代交通工具只需几个小时就能到达的地方,那时却要徒步半个月的时间。乘坐火车的部分,只一天就到达了。先前的两个人已等在那里,两部分会合后一人一车一牛,继续向更深的山林腹地行进。他们白天赶路,晚上住宿,吃饭就地支起铁锅,舀些河水放点油盐一煮,小米二锅头饭就熟了。或者白水面片疙瘩汤,连个菜也没有。讲究点的是无油的白面饼,面糊糊放点盐顺下干粮。

开拔的第二天夜里,百亚梦见了父亲,他裹着一身白布站在他的面前,使得头上的斑斑血迹异常显眼。百亚背起父亲走了一程,父亲醒了过来说"我自己下地走吧"。放下来后,父亲的脸竟变成了黑色……

百亚一下被梦惊醒,漆黑的夜静得令他心跳突突,睡意跑得一干二净。父亲怎么回事?

百亚再也睡不着了，天刚刚发亮就起身帮图瓦钦[①]捡柴烧饭。一会儿年龄大他几岁的同伴也跟了过来，百亚就顺便与同伴说起了梦。不料同伴郑重地说："你家一定出事了。"

百亚陡然一怔："你是什么人？"他本想一颗忐忑的心，从对方的安慰里得到落定，没想到反加重了不安。他不再说话，心事重重地回到营地。

简单的饭很快做完吃完，百亚收起碗筷帮助拔锅收拾，不料被图瓦钦严厉地喝了一声："谁让你那么捞锅来着？"

百亚一愣，怎么回事？盯着图瓦钦不知所措。

"这小子头一次上山，不懂得规矩，不能怨他。"年长的口爷看出百亚心事重重，然后说："这锅要直接抬，不能拖捞，知道了么？记住。"

口爷的语气很硬又很干脆，百亚很是服气。口爷的真正称呼是"口业"，是相当有经验的熟悉河流和看水道的把头。百亚听队里的人讲过以往的放排中，他如何指挥放排以及抢救人与排木的事迹。因为是姥爷辈分，在百亚心里就成了口爷。实际上，人们也都叫他"口爷"。口爷有着放排队里不可缺少的权威，年年的放排人选，少了谁也不能少他一个。所以他家院子里的橡子木料非常显眼。那些溜直的、一色粗细、足有十几米长的松木杆子，高高地堆成一个圆状，不知引去过多少羡慕和嫉妒的目光。但那都是光明正大用血汗挣来的东西，没有谁敢异议。口爷虽然丧妻多年，一儿一女三口人却住着木料上好的两间大房，窗明瓦亮丝毫没有缺少主妇的破乱。一到夏天，口爷上山放排去后，留下十五六岁的姑娘和十三四岁的儿子守在家里，却也不显寂寥。因那姑娘自幼丧母，逼得一身手艺，不仅干净利落，也完全能撑起一个家庭主妇的门面。口爷平日里管教姑娘严厉，就差没有锁进柜里。所以即使父亲不在的日子里，姑娘也不轻易走东串西。可一旦在人前露脸，便招致赞慕的目光。姑娘太标致了。

百亚的妹妹衮伦和那姑娘同年，为了能让姑娘成为自己的嫂子，妹妹就背着哥哥以哥哥的口气给那姑娘写了一封情书，实际是一首小诗，希望她能

---

① 图瓦钦：达斡尔语，即放排队的厨师。

主动接触百亚,成为她的嫂子。百亚直到老了也不知道这件事情。

百亚尊重口爷不仅因为他的辈分,还因他那院子里纤尘不染的勤劳。在不断以土豆青玉米接续粮食的年代,口爷家里却长年不断小米……

百亚望了口爷一眼,牢牢记住了"放排人不能平着捞锅"的忌讳。

队伍又开拔上路了。由于天气晴好贪路,快黑的时候才停下来扎帐宿营。百亚因为年轻又是头一年上山,按规矩当起做饭的图瓦钦,先前的图瓦钦带他两天。在一棵很粗的树下,他挖坑支起铁锅,舀来河水烧饭,一会儿小米二锅头就盛进每个人的碗里。没有人在乎有没有菜吃,大家都习惯了这样的吃法。然后各自回到帐篷里休息。百亚往干锅里添了一瓢水,也钻进帐篷。

天已经完全黑透,人们很快进入睡眠。不知什么时候,一阵轰隆隆的电闪雷鸣,天下起了雨,淅淅沥沥地不大不小落在帐篷顶上。那白布帐篷虽然薄薄的一层,却也能抵挡住风雨,只要不去触碰,即使上面雨再大也不会渗漏。但是雨却从高处流进帐篷,把皮褥子上面的棉褥子也浸透了。大家只好蹲着挨到天亮。百亚蹲了半宿腿都不会动了,好不容易钻出帐篷,去刷锅弄柴准备做饭。但他一下惊住,锅里哪来那么多油乎乎的东西?他正奇怪着东张西望,一抬头,"啊呀"一声恶喊,原来,锅旁的大树上吊着一个死人,正好对着锅的上面,那些油乎乎的东西正是从死人身上滴下来的……

人们都被他的喊声惊出帐篷。大家不看便罢,这一看便想起昨夜黑黝黝中吃下的东西,便一个个哇哇地翻肠倒肚。早饭也不吃了拔锅走人,一路上仍然呕个不停。后来他们听说,树上的人是风葬的。

继续向北走,偶尔会出现一个斡包,队伍就停下来添石头磕头祭拜,恭敬地祈求保佑平安。如此一路昼行夜宿,几天后车队到了目的地,大兴安岭南麓的一片原始森林地带,称作"空果日力"的地方。

2. 放排人

放排队在空果日力河岸扎下营地。比起奎勒河弯曲狭窄的河道,它能辟出一处比较宽敞的场地。不像奎勒河的两岸,被厚密的杂草林木掩护,仿佛刻意躲藏起来怕人见的羞女。人在河岸上走的时候，只能听到哗哗的水声不见河身。放排队的营地就扎在咫尺的河边。住宿的屋子是一色的红松圆木横着堆搭起来的木刻楞①，上边绷着既能遮雨又能防晒的桦树皮子，里头搭着板铺。听老放排人说，那木刻楞是上一年别的放排队住过的，因为今年选择了另一处伐木场，老地方就留给了其他放排人用。队里曾派过几人提前赶到收拾了一番，使得大部队一到便能入住。

人们忙着支蚊帐搭锅灶，清理通往河边的小径。那河岸虽然杂草丛生，却也选到了一个比较开朗的地势。横七竖八的倒木做了取水的阶梯。在大家各忙着的时候，百亚跟着口爷做的第一件事情，是在附近的一棵最大的树上剥下一块树皮，然后在裸露的白白的树身上刻画出白那查的神像，一张留有很长胡须的脸。口爷说白那查是山神，原来叫作"百音阿查"，即"富有的父亲"，是山林中万物的所有者，后来被人们叫成了白那查。白那查是位善神，人们的狩猎、打鱼或采集、采伐等一切所获，都是白那查赐予的，所以要感恩恭敬他以求继续获得恩赐。不然若遭到什么不测或受伤等事故，都是白那查的惩罚。

精心的刻画结束，口爷端详了一下，以满意的目光点了点头，然后招呼人们都聚到他的身边，拿出提前准备好的白酒、罐头、光头饼等跪下去磕头拜祭，口中念道："白那查喝酒，保佑我们放排队平安顺利圆满完成任务，一切顺利……"

百亚当然也跟着磕头祈祷，他虽然没有年长的人那么虔诚认真，甚至想，这么一张脸谱，就能代表神和神的能力，更或者给人带来什么财富？……却也不敢怀疑造次。老祖宗世代承袭下来的习俗规矩，哪有不是的道理？正像口爷说的："你小子嘴上没毛知道个什么。"

一切都安顿好后，森林里的第一顿饭开始了。比起一路上吃饭也举过头敬供白那查，深山老林子里的供奉，有了更实质更直接的意义。白那查就在

---

① 木刻楞：俄罗斯典型民居，一般选用大块石料做基础，中间用粗长圆木或宽度不等的长条木板钉成墙壁。

身边，时刻看着人们，这份恭敬心和虔诚心，谁敢存有丝毫的怠慢？那可是关系着伐木放排的安全福祸大事。实际上，谁敢不恭敬呢？谁不知道那个很久很久以前，因为不恭敬白那查而遭难的故事？

据说有两伙上山伐木放排的小组，木头够数后扎排准备启程，一伙人摆上狍子肉和白酒跪下祭祀，说白那查不仅保佑了他们伐木安全，还赐给了很多木头，说第二天就要走了，还请白那查继续保佑他们一路平安到家。如此把酒洒地，割肉抛向空中以表示感恩之情。而另一伙人不但没有祭拜，反而说根本没有白那查之类的话。第二天启程后，两个木排一前一后顺流漂下，到了一个非常险恶的峡谷之口，江面上露出一块块礁石，水流湍急曲折非常险峻，前面的排小心掌控着木排，并不断以蒿草为香祭拜白那查神。一位白衣白须的老人站在山顶，向江水轻轻甩了一下拂尘，水面立刻平稳平静，前排安然通过。而后边的排始终没见下来，只漂下几根零落的木头……

饭后喝水的时候，百亚同样把碗举过头说："白那查喝水吧。"

口爷却严肃地喝道："开什么玩笑？"

百亚说："白那查既然吃饭不也喝水么？"

口爷只严厉地看了他一眼没再说什么，百亚也不敢造次了，因为大家都没有喝水敬供的举动，百亚也就不做。但他始终不明白，为什么只供白那查吃饭，不供喝水？

天很快黑了下来，没有灯火也不用点什么灯，人们早早地躺到铺上。但林子里并不因为远行的人要休息而给予安静。木刻楞的周围，各种鸟们似乎还有没忙完的事情，咕咕咕的声音不时传来。百亚听出一种叫声是鹌鹑的声音，是他小时候常在林子里听到的。不过家乡的林子可比不上这儿的原始森林大。很快屋子里发出大小不同的呼噜声，偶尔安静下来的时候，突然会有什么动物跑窜的动静，夜似乎不宁。树叶窸窸窣窣的摇曳声，仿佛私下里说着什么秘密；附近河水哗哗的流动中，犹如保持着一个清醒的梦。野狼尖利的呼嗥，突然划开夜空，看似安谧的林子蕴含着无数生死的玄机。

早晨在光辉中醒来，由于要休整一天消除疲劳，一切就显得慵懒。而百亚早已按捺不住了，深山老林子里的一切，对于初到的他都那么新鲜。他走进林子，漫无目的地东走西看。走到一个坡地，无数的山丘沟壑绵延起伏着铺满了植物。笔直的参天大树直指着天空，几十米高的树木一片一片。松树、黑桦、柞树等混杂的树，还有各种果树满目皆是。长满薄薄一层苔藓的倒木，半人高躺在地上，要登上去才能越过。身边不时有山鸡或野鸭之类的飞禽戛然飞起，不时把他吓上一跳。百亚想寻到一些东西，又走到一块比较稀疏的地方。太阳的光栅通过松树的缝隙，形成一条一条的光带射在地上，形成明暗不同的光束，仰头看时，天空碎成树叶间点点块块的蓝色。而大多的地方，是看不见天空的。花类多得数不清楚，那种在家里吃的黄花菜更是密得犹如谷麦。百亚一划拉就采了一兜，心想回去可以炒炒给大家佐菜。比起干吃小米二锅头或干巴饼，那也算是天馈美味。

继而百亚看到了很多蘑菇，五花八门的他不敢采。除了家乡的花脸蘑，这老林子里的蘑菇他没有经验，那是弄不好就要人命的东西。因吃错蘑菇死人的事情并不新鲜。百亚不敢再继续走下去了，他想起口爷的叮嘱，担心走迷了路找不回营地。

返回营地快近中午，人们正准备开饭，百亚把黄花菜交给带他的图瓦钦，他却说这东西太费油，油少了不好吃，晒干它吧。百亚的热情一下降了下来，随口说："那吃什么耶？"

图瓦钦说："这里到处有江葱野韭菜，可以包馅吃，也用不了多少油，你要有兴头，以后就采回来一些。"

后来百亚才知道，图瓦钦的经验是历年积累出来的。林子里的野菜是人们在干活的疲劳中没有时间去采集的，也便理解了"你要有兴头"的含意。

第三天伐木开始，大家两个人一组装上斧头大锯，套上大轱辘车边走边选择伐木的地址。百亚由于第一次上山，不能参与伐木，所以本来两人一组的组合，他就参与了口爷和塔托的组。实际上他只是跑腿联络，加上做饭。伐木人都戴上了事先做好的白布蒙脸，整个头部脸部就被那方形的东西罩了起来。百亚这才感到那东西真好，昨天他一个人走林子被蚊子糊得睁不开眼，一把拍了几个蚊子，个儿大的竟然火柴盒里只能装进两个。

大轱辘车走在看起来不是路的车辙路上，杂草把车和牛埋了一半，蚊子瞎虻把牛叮得肌肉乱颤，有时竟蹦跳起来。他们坐在车上，手也包得很严，以免那黑压压的蚊子瞎虻把血吸干。

他们走了很远，口爷的眼睛始终搜寻着望每一处路过的树木，许多溜直的松树都被他走了过去，仍然没有停下来的意思。百亚不知道口爷要走到哪里，什么样的树木才能让他停下。又走了一程，到了一处比较疏朗的地带，口爷说："就在这儿吧。"

百亚看看那些松树，与走过的松树并没什么两样，就说："这些树和那些树不一样么？"

"不一样。"口爷回答。

"有什么不一样呢？"百亚看不出有什么区别，但也只能谨慎着问。

"你不懂。"口爷并不回答，把车停好。然后从车上拿下铁锯递给塔托，自己提着斧头径直走到一棵松树下，挂着斧头站定后四下望了一下才说：

"听着，小子，我现在告诉你这不一样的道理，记住了。就拿这棵树说，锯倒它要有顺山倒的位置，要有顺风倒的势力，还要有能拉开架势的地盘，知道了没？好树有的是，不能见树就锯，锯了你得碰不着你，锯了你得伤不着你，还得能运出去，成为你自己的东西。"

百亚眨眨眼巡望了一下四周，继续听口爷煞有介事地教导。他说伐木一要严格注意并控制树的倒向，保证被伐的树顺风倒、顺山倒。二要注意树锯到一定程度时，要及时躲开身体，防止被树撞伤。三要与树保持一定的距离，不被树的后坐力打着。另外要高度注意，防止树倒下时被振断的树枝、树杈、短棒等飞起来击伤自己。

百亚暗中服气，这伐树还有这么多的道理？难怪呢，他心里默默地说。继续看口爷伐树。

口爷先用大斧在树的根部砍了第一刀，再砍第二刀砍出一个豁口，然后让塔托坐到树的另一面，握住大锯的一头，接着把大铁锯放在豁口的背面，这才两个人面对面叉开腿坐下来，你拉我拽地开始拉锯。当那树锯到只剩下一掌左右的时候，口爷喊了一声"快起来"，两个人便撒手跑到一边，眼睛紧张地盯着那高大的树，在一阵惊天动地的响声中，顺着豁口颓然倒下去了。

百亚感到一阵天摇地震般的抖动，心突突跳个不停，身体竟有一种眩晕的恍惚，那么一棵百年甚至几百年的参天大树，只在他们两顿饭的工夫中就结束了生命。他呆呆地望了好一会儿，品不出自己是什么心情。

"看啥呢？"口爷喊了一声，"快干活儿。"口爷很是严厉，与百亚说话一向都是教导和教训的口气。他的口头语是"你小子懂个啥"。百亚并不介意，他很喜欢口爷的脾气。口爷是放排伐木经验非常丰富的把头，跟着他不知要学到多少东西呢。

在休息的间隙，口爷爱讲自己经历的故事，或者放排遭遇的危险奇事。那种时候，他的眼睛就开始微微发红，睁得圆圆。看百亚爱听，他讲的兴头也就更加浓厚。

"我年轻的时候……"，这是他非常爱说的开场白，"……啥没经历过？有一次我一个人赶着牛车在老林子里赶路，走到晚上到了一个地方，有三户人家，我走进一个屋子，一看，屋里躺满了人。我挨个看看，竟然都是死人，我就挨个给他们嘴里倒酒，其中一个女人似乎动了一下，竟说话了，细细的嗓音说'嘎松①——'。

我不能住在屋里，就返回外头大轱辘车里。车上有篷子有酒有火有刀，我刚躺下，那些人都起来跟我要酒，但是他们都不说话，只伸出手，围着车不走。我只得拿着酒下地，他们就都回到屋里躺下，我又挨个给他们嘴里倒酒，等我回来刚过一会儿，他们又来了，我又进屋去给他们倒酒……这样反复折腾了大半夜，我快瘫了，赶快上车逃跑，刚过村后边的一条河，他们就追上来了，站在河那岸，伸手要酒……"

口爷停下来，使劲咽了一下继续说："后来我听说，那些生活在老林子里的人口极少民族，死后小脑不死……"

百亚不信，哪有死了小脑不死的人耶？那莫不是他们的魂灵？但故事就是故事，听起来有意思就行，管它真假，何况那是口爷的亲身经历。

他们挑挑选选的，一天放倒了十几棵笔直高大的松树。那些活得正旺盛

---

① 嘎松：达斡尔语，辣的意思。

的不知蕴含了多少天地精华的生命，就那样一个一个被他们放倒了。百亚从第一次的震撼到慢慢习惯，以致到后来和所有人一样没什么感觉，不过只经历了一天的时间。以后整个一个夏秋，他们就那样一棵一棵地锯树拉树，足足伐倒了几千棵参天溜直一点疤没有的红松。包括其他村屯的放排队，放倒了数不清的松树。达斡尔人就那样一年一年伐木，一年一年放排，一年一年在水上漂流，不知延续了多少年，不知完成了多少上交的任务，不知有多少人用他们伐的木材盖起了高楼大厦，不知……

不过他们也有一点自己的利益。所以那时达斡尔人的房屋，都是有骨、有架、有着贵族气派的建筑。如果你走到一个村子，只要看那房屋的结构架势，就知道是达斡尔人居住的村落。

口爷说距离伐木场比较近的村民，烧柴很是奢侈，每年要砍伐二三十大轱辘车柞树回去作为烧柴。他们每年砍掉的烧柴，起码有几百棵成材的柞树。比起他们，我们灶坑里添的秋秸和草，人家沤粪都不稀罕呢。

百亚听着咋舌，想起他年年夏天抡芟刀，秋捡苞米秆春捞大筢，真是好不羡慕。那时他不知道他们正在做着的事情，给后来人造成了多少麻烦，更不知毁坏了多少个小宇宙。口爷说一棵树就是一个小宇宙。无数个小宇宙就那样在人们的手里一个个陨落了。那些年被人们毁坏的小宇宙简直不计其数，数也数不清楚。大家都是那么过来的，集体毁坏宇宙，集体无意识。

树放倒后要拉出去。口爷指挥着塔托和百亚，把松木吊起来绑在长辕子套杆的大轱辘车的车轴下面，一头吊起一头拖地，运往河边营地。那路，是路又不是路，车轱辘压过的地方，只有手掌大的两条印子，其他地方则是一人多高的杂草，牛车走在上面非常费力，老牛不时晃动着脑袋拨拉遮挡眼睛的草木。百亚就想，那牛一路晃脑不知脑袋晃晕了没有。

回到营地人们已经累得东倒西歪，但还要及时把树皮剥下来让它慢慢晒干，以免以后水上漂时下沉。

牛放出去让它随便吃草。它们知道林子里危险，就在营地周围，从不远离。

在外面扒树皮的时候，虻虫像见了腥的苍蝇扑到人的身上，毫不留情地吸你的血。大家都像害怕吸血鬼一样扑打它们。喝水的茶缸稍不注意，就会蒙上黑乎乎的一层小咬。百亚做饭虽然是个生手，但在放排队里做饭并没什么难处，疙瘩汤、面片、小米二锅头以外就没别的内容。他在一张作为面板的皮子上和面。那皮子和面还算不错，有时候遇到恶劣的天气或特殊情况，在后背上、大腿上和面的情况都曾有过。百亚把揉到一起的面直接往锅里揪成疙瘩，那疙瘩就长如尺、厚如指的，大小不一掉进锅里，有的竟像个小饺子，却也劲道耐嚼，汤汤水水的不缺油盐滋味。虽然一丝绿叶不见，大家竟也吃得稀里呼噜的很香。那也还是在家里只是过年过节才能吃上的馐粮。

吃过饭天色刚暗，人们就钻进蚊帐里了。虽然每人的铺上都有一层纱布一层白花旗布，两层蚊帐，可那蚊子小咬的声音仍然嗡嗡山响，不过躺下的人也照样呼噜山响。

过了几天林子里降了一场大雨，天气阴沉着大家只能休息。百亚舍不得浪费大好的闲暇，便一个人出去寻找野物。他避开伐木的地方，改走别的方向。走了一会儿，突然背后响起一声急促刺耳的动静，很像剪刀剪东西时的咔嚓咔嚓之声。寻声看时竟是一只鼠兔，像常见的家兔，只是没有那么长的耳朵，它正在非常谨慎胆小又机敏地转动。百亚想，要能抓住炖汤下面片可真不错。不过要抓住它可不容易，家乡的林子里是用兔子套才能弄到的。

其他动物就在身边跑来跑去，一点也不怕人。

百亚继续无目的地走，太阳渐渐地露出来了，林子里开始散发出闷热的气息，树荫下都没有一点凉意，鸟兽也都不鸣不叫了，只有一些虫子飞来飞去。小咬喜欢太阳似火的天气，糊得黑压压一片。这样的热天，别说拉锯就是喘气都热得不行，却也比阴天下雨要好不知多少倍呢。百亚不喜欢林子里不见阳光的阴郁，心不敞亮，阴森森的充满了神秘莫测的暗机。

前面又出现了很多的倒木。口爷说过，倒木是因为土层薄不能深入扎根，被大风吹倒后，在地表层伸延而形成的。有的倒木上生满了青苔，有的已经干枯。有的倒木上长着一朵一朵的木耳，有的枯倒木上却没有木耳。百亚好奇，一阵观察之后他发现，生长木耳的倒木都是死的柞树。

百亚采到了很多木耳，又顺手采了一些野韭菜，太阳也越来越火，百亚觉得收获不小，开始寻找回去的方向。但是走出来时随意，回去却不能信马由缰了，他有点找不到方向。站下来沉静了一会儿，见不远处一片开阔地，他不管是不是回去的方向直接走了过去。

那是一小片奇特的草地。百亚发现，那里的草植非常像家乡林子里遇到的草地，生长着一种像细韭菜一样的纤草。而且那草的颜色一圈一圈深绿，不同于周边草的颜色。凭着经验百亚知道遇到了花脸蘑菇，也叫紫花脸。他四下仔细搜寻，果然有好几处蘑菇圈大大小小的，每一丛花脸蘑菇都构成了圆形，十来只蘑菇围成一个小圆圈，数十只上百只蘑菇围成一个大的圆圈。而不管大圈小圈，蘑菇的周边草色都明显深于不长蘑菇的草色。那蘑菇是怎样的细致柔润啊。百亚扔下手里的袋子，欢喜地采了起来。一会儿，一大堆蘑菇就堆出来了，他脱下衣服包上，加上袋子里的木耳韭菜满载而归。返回的路就在眼前。

当他回到营地的时候，几个人正围着塔托放血。塔托是个极安静的人，从来听不见他说话只见干活的身影。早上百亚走后，塔托待着腻歪也进林子说去找都柿吃。结果他走了半天，回来说一个都柿也没见着。大家看他的胶皮鞋变成了紫色，都说你鞋上沾的不就是都柿么？

他说："哪儿耶？"一边低下头看。只见那一双鞋已经看不出原来的颜色。"哟，"他说，"这玩意儿满地都是，厄特日肯[①]吃得来劲儿，我以为他能吃的东西，人哪能吃哦，尽往树上看了。"

塔托憨厚的模样，把大家逗得直乐。可是不一会儿，他开始呕吐发烧。他得了一种叫作"产肯特森"的凉病。手脚冰凉脸色发黑，天生又厚又紫的嘴唇变得更加黑紫，呼吸也显得吃力。口爷从帽子上取下一根别着的做活针说：

"你那嘴唇跟吃了都柿没什么两样了。"说时擦着一根火柴把针燎了燎，衔在嘴上，然后用左手掐住塔托的手腕，右手啪啪在肘弯的血管处拍了两下，那上边系紧的胳膊，便绷出鼓鼓的血管。然后口爷取下嘴里的针，往塔托肘

---

① 厄特日肯：达斡尔语，即熊。

弯上的血管点刺下去，力量掌握得不深不浅，恰到破开血管，一股紫黑的血黏黏地流了出来。不一会儿的工夫，塔托的脸色有了缓解，也不呕了。口业说给他烧小米汤喝，发发汗就好利索了。

百亚这才知道口爷帽子上别着的针，包括每个人帽子上都别着的针，是专门用来做这个的。那时候产肯特森这种病非常普遍，尤其山林里劳作的人们更是容易患上。这种既简便又有效的放血治疗，每一个人都可以操作。比起什么药来得都快。况且深山老林子里根本没什么药物，即使有药，用得不对也会丧命。听说有人得了这种病后，送到卫生院，被输液输死。从此人们都知道产肯特森病是不能输液的。

下过雨后继续出工，道路变得泥泞。大轱辘车走上一片洼地，杂草和稀泥把车没了一半，牛的肚子也陷在泥里。最后车和牛几乎都看不见了，只露着牛头和犄角，已迈不动步。人们只好肩扛人推，费了毕生力量才走出泥泞险路，这时人人都成了泥人。

在附近没有树可砍伐的情况下，伐木队走出几十里才找到了新的伐木场。一路上他们遇到几个斡包，都停下来做了虔诚的祭拜祈祷。

新的采伐场在口爷的选定下，大家便开始分开伐木。百亚有了一个新的任：寻找水源。他提着装水的桦皮桶满山沟找水，挺不容易。一旦找到小溪或泉眼之类的水后，就盛满两个桦皮桶带回伐场。那桦皮桶真是个好东西，既方便携带又好储藏食物，它有大的小的、高的矮的、圆的方的各种形状，装水不漏，装饭保温又不变味儿。百亚在家打草的时候就是用它装酸奶、装水饭带上。母亲用的针线筲箩、烟盒都是桦皮篓做的。上山的人个个都有一至两个桦皮篓带饭带水。百亚回到伐木场挨组送水。但那水不是用来喝的，是用在锯上。那些松树油常把铁锯粘住拉不出拽不动，用水洒在上面弄湿，才能拉开铁锯。好在拉锯的人们距离不远不近，彼此都能听到声音，送水能照顾周到，一旦有个什么急事也都能相互照应。

那天，百亚在找水时发现一条河边上泡着一些新鲜的肉。他不知是什么肉，便领了口爷去看。口爷说那是厄特日肯肉，是其他有枪的放排队猎获后吃不完留在水里的，使任何路见的人都可以取了享用。这种自己吃不了，留给路遇的人吃的事情，在林子里是平常的事。很多北部山区有枪的放排队，常常提供这样的方便，使得像百亚他们那样没有枪的放排队，得以吃到几回兽肉，改善一下没肉的伙食。

百亚捞出足有百斤的熊肉，带回营地煮熟煮透，让大家足足饱餐了一顿。

3．生死与共

一个夏天的艰苦作业很长也很快，终于完成了分配的数目，到了扎排的阶段，也就是编排。编木排是个关键的活计，若不扎紧扎牢，漂到半路遇到激流险滩很可能导致散花。他们把那些剥下树皮已经晒了一夏天的圆木，两头凿上环眼，再用桦木条把两头凿成环头眼的松木，横串为节。节与节之间再用挂纽连接，然后把三节连接成一张宽大的木排。在头节排的排头两侧，各安上一个用细圆木杆砍成刀型的长达五米的木棹，尾节排的尾部两侧，也安装两个木棹。这样一个排上就有了四个木棹。其实木棹就是划船的木桨，不过这个木桨又长又大，通过摆动它可以左右木排的方向或速度。所有的程序都完成后，每个排上都搭了一个能容纳两个人的木拉日①。

两人一组的五个排扎成了，百亚仍然和口爷一组。口爷是把头，在第一个排看水纹领航，他们一老一小正是体力和经验的互补。其他的排依次在后边，相隔一定的距离跟漂。

起航的早晨天空晴朗，人们首先祭祀河神，祈求一路平安无恙，又恩谢了白那查的赐予，然后在口爷一声启程的号子下，第一个木排缓缓起动了。接着第二个排、第三排、第四排、第五排都相隔一定的距离依次缓缓而起。

从空果日力起航是比较缓慢的河道，使木排一路能稳稳地畅漂，人的精神也会轻松一些，两岸的风景便自然会进入他们的眼里。这种时候，口爷便

---

① 木拉日：一种达斡尔车，它用柳条子搭成半圆形的棚架，上边包盖桦树皮搭在木排上，遮阳遮雨提供休息。

会放松地唱上一段扎恩达勒长调，但他的嗓音苍凉，百亚细听的时候，总觉得他是在半哭半唱。

    有多少险滩紧紧地攥在我的双手，
    有多少狂澜撞击着我的心头。
    每一段历程都是一个悲壮的故事，
    每一阵惊涛都是一次生命的怒吼。
    哲嘿哲嘿哲嘿哲嘿哲嘿哲嘿，
     呐耶——呐耶——

    有多少风雨牢系在我的眉头，
    有多少险难埋在我的胸口。
    每一只木筏都是一个铮铮的灵魂，
    每一声号子都是一次坚韧的搏击。
    哲嘿哲嘿哲嘿哲嘿哲嘿哲嘿，
     呐耶——呐耶——

    岁月里奔走，
    风浪里搏斗，
    古铜色的太阳在江上漂流，
    呐耶尼耶耶，尼耶呐耶耶。

    流不尽的江水，
    喝不够的老酒，
    达斡尔的脊梁在风浪里铸就，
    呐耶尼耶耶，尼耶呐耶耶。

  口爷蹲坐在排头的姿势很是沧桑，手里端着的粗瓷大碗白得耀眼，里边的水根本没了热气，头上的白毛巾早已分不出什么底色。那抑扬顿挫的歌声里，充满了沉郁郁的韵味，停下来的时候，使劲眨动的眼睛，露出眼角布满的血丝。看上去皱褶满布的面容，不过五十出头，却显得很老。百亚注意到，竟然有一丝忧伤挂在他的脸上，氤氲着不同以往的轻柔，不由得对口爷生起亲怜，同时又感到不解：此刻他心里在想什么？

然而瞬间的工夫，口爷那潮湿的表情全然不见了，他又恢复了刚毅沉稳的气势，目光伸向前方。进入奎勒河了！这时刻他那勇猛果敢的架势瞬即出现。他就是一个搏击风浪的勇士。

奎勒河的弯道数不清楚。漂了一段弯弯转转的河道，前面到了有名的十八道紧弯子，那真是个危险紧张的水段儿，一个紧弯接着一个，两岸都是矗立的礁石峭壁，木排若是稍不小心，就会撞到礁上散花丧命。口爷向后面喊了一嗓，引起人们的注意，然后眼睛紧紧盯着河湾，不松手地掌控前面的大棹，百亚则全力地控制着后面的木棹。

弯道过了一个又出现一个，百亚担心口爷的体力支撑不住，跑到前面又跑到后面。那大木棹何其沉重，哪里像普通的船桨，想怎么划就怎么划，它要你使出吃奶的力气才能摆动，还需要技巧。且那弯子刚过去一个没等喘上口气，又来了一个。百亚看见口爷的眼睛又红了，那是他的规律，讲故事的时候眼睛发红，抢渡险关的时候眼睛更会发红。他在前面不时指挥后边的百亚，又一刻不离地盯住水面，两个人忙得浑身打抖双腿打颤，嗓子都在呼呼地冒烟。身边的一盆清水，仅用来润润嗓子，一会儿就用光了。后面木排的情况个个与他们相同，人人都绷在弦上搏在生死线上。紧接着出现了一个更急的弯道，凸立的两侧礁石与狭窄的河道，使得水流湍急，浪花飞溅，木排上下起伏着直冲而下，似乎就是冲着前面的礁石撞去。口爷猛一声"拐弯"，百亚的木棹便随之一摆，以千钧一发的快速转弯，仍然差点擦到岸上。百亚惊出了一身冷汗，心突突跳个不停，稍有不及，木排就会撞到礁石上撞得七零八落……

后边的木排也一一经过。那个急弯不过是几分钟甚至更短的事情，却是生死一瞬的关口。人人绷着的弦都稍微松了一下。

十八道弯子一波一波漂得惊心动魄，人们的衣服都被水花打湿，每个人的脸红了又白，白了又红，心一会儿提上，一会儿落下，最后虚软得都成了一根面条。

紧张的搏击持续了一天，太阳已经西下，人们把木排靠在一处河边支锅做饭。百亚仗着年轻还能撑着做饭，烙了很多白色没油的大饼，把第二天排上吃的也带上了。他们已经没有多少油了，仅剩的一点留着下面疙瘩。饼没有油还是一种风味，可那面汤若没有油就太不好吃了。

如此木排白天漂晚上靠岸走了几日。一天木排漂到一个有两处江汊的地方，口爷开始摆动木棹控制方向，防止木排靠近岔口，被抽进江汊改变航道。后边的排自然一一照此行路，结果没有发生被江汊抽走的事故。

木排继续漂下，观察口爷的神情，百亚就知道前面的水面要发生什么情况，是紧急的还是容缓的。

口爷的表情又开始凝重了。果然前面不远的水面，漩涡一圈套着一圈，隐含着下面暗藏的玄机。口爷喊了声注意，便指挥百亚，同时引导后面的木排。他摆起大木棹拐来拐去，擦着一个个大漩涡的边缘，小心地躲开漩涡的吸引。可是后边还是传来了喊叫的声音。回头看时竟有两个排贴排了。这是不轻易出现的事情，有经验的放排人是不会出现贴排现象的，那正是不太成熟的生手。口爷告诉百亚把木排拢到岸边，自己便跳下水凫了过去。

口爷凫水及跳上木排的动作敏捷灵巧，全然不是他一个五十开外人的动作，就连在水里长大的百亚也暗自惊佩。口爷上去帮他们撬开木排，好一阵后，又跳进水凫回到自己的排上，百亚伸出手连忙过去拉他一把，却被口爷躲过，一跃登上排上。

一个排出事人家自然都得停排，等到一切都解决无恙，人们又开始祭祀河神，祈求保佑平安吉祥。那是一路来时时挂在心上的事情，即使不祭拜的时候，一遇点什么情况，口里的祈祷词都没有停过。生命系在风里浪里水里，随时都有死伤发生的人们，也只有祈望自身能力不能企及的自然力量。除了自身的努力之外，一切就看造化，靠腾格日巴日肯了。

不受欢迎的秋雨开始连天，这对于放排是不利的天气。人们不时钻进窝棚暂时躲雨，有时就站在雨中任凭雨水淋湿。口爷的脚和农田鞋早已湿透，时间长了脚被雨水泡得发白，后来又感染发炎不能走路，索性就跪着用膝盖代脚挪来挪去。狍子皮的裤腿也被磨得像一层薄布。天晴后他把烂脚伸出去晾在太阳下，嘴里说："我的命呵，早晚会在这条河里。"

塔托接过说："我们不都在河里么？"从来不多语的他，不知没懂口爷的意思还是什么，那天就突然接上这么一句话。没想，在以后的放排中，他们的话就真的成了自己的预言。

十八道弯子过去后，一天木排又遭遇了浅滩，人们不得不跳下水去推排。口爷用一根很粗的杠子插入排底，然后肩扛体推，所有的人都是一个姿势一种做法，折腾了半天总算把排推出了浅滩。当人们回到排上后，才觉出肩膀疼痛，才发现每个人的肩膀都渗出了鲜红的血，衣服都渗红了。口爷却说这还是幸运，如果推不出去的话就得拆排，那就麻烦大了。

经过一次次的危险和折腾，人们的心靠得更近了，要是能喝上一口热热的老白干酒该是多么舒坦啊！

事情也真有遂人愿的时候，河岸不远处出现了村庄，大家靠排休息。口爷吩咐百亚去买点酒给大家解解馋。百亚下排走进村子。

"哪个皑乐的呀？"一位老人家问。

百亚告诉她是下游地方的人，放排的。然后通过老人找到了一家卖店。但是店里的一位老人说不卖酒。百亚分明看到酒坛子摆在那里，却说不卖。为什么不卖也问不出个所以，买不出来便空手回到排上。口爷说哪有买不出来的道理。说了声走，起身跟着百亚又去了那个小店。而那老人已经不见了，只看到一个中年人正在园子里挖窖。口爷不由分说，下到窖里抢过铁锹说我帮你挖，便使劲挖起窖来。店家过意不去，连忙说："不用了不用了，我去给你们打酒。"说时便出了窖，客客气气地给口爷打酒。百亚生出敬佩：这哪里是来买酒，分明给他上了一堂办事交际的课。

有诸多危险的奎勒河道终于过去了，到了河床宽大的甘河，然后嫩江，人们的心就放了下来，几乎没什么危险可担心了。一路的祭神拜神祈求平安也相对减少。但往往在疏忽或放松时容易出现的问题就发生了。

当危险路段基本结束的时候，出现了一个江汊。由于水流平缓大家疏忽没来得及应对，所有的排都挤到江汊的岸上。随着一阵水浪漫上木排，所有的物品都被冲进江里。人尚且自身难保，根本顾不上东西，眼看着那些家当被水冲进江里，却不能救。百亚幸运保住了自己的行李，粮食锅碗瓢盆所有木排上的东西所剩无几，饥荒就这样开始了。江岸上又不见人家。人们饿了一天，到了晚上靠岸停排的时候，百亚突然想起行李里还裹着食物。便打开来，那是什么？大家凑上去看。原来都是一些晒干的锅巴和吃剩的饼渣，百亚担心排上受潮白天一直裹在行李里，晚上上岸睡觉放在枕边。

"你小子挺有心劲儿。"口爷赞佩地看一眼百亚，心里说：要不是本家，我那姑娘就嫁给这小子。

百亚当然没有听见口爷心里的话，他只顾忙着找石头，然后把那些在山里舍不得扔掉的锅巴、吃剩的饼渣等取出一点，放在口爷行李里包着的桦皮篓里，再倒满水，然后把鹅卵石，堆在柴火上烧热烧烫，丢进桦皮篓里。一会儿那水就冒起泡泡，锅巴和饼渣就泡开了。如此每个人分了一点，总算安慰了一下饥肠辘辘的肚子，余下的还得留着最关键的时候充饥。在口爷的计算里，起码要再漂四天才能看到人烟，才能上岸解决食物。这样百亚那小半面袋的金贵锅巴，就成了救命粮，每天都能给大家泡上一点，连水带渣喝上一碗，支撑筋骨看住木排。四天后，在人们饿得虚软无力眼冒金星的时候，岸上终于出现了人烟。

希望来了！木排靠岸，打起精神，用橡子换回粮食白酒和肉，围在一起昏天黑地喝个饱够。也免不了你怨我打，喊也叫也抱在一起，卸下一路的紧张郁闷，轻松地烂睡一宿，第二天心情舒畅，喊着歌继续漂流。

这时候太阳高照，一路山静风清水面镜平，两岸的秋色斑斓绚烂，人人姿容舒展，宽裕的嫩江让人心情开阔，人们扯着嗓子高声喊起"依耶依耶"的调子，把所有的艰难危险都抛在了脑后。

谁知那调子引来了岸上的歌声，扭头望时，竟是几个女子挎着筐，正望着他们歌唱：

漂呀漂下排木头，
　　漂到眼前不停留。
　　哪知翘盼的惆怅，
　　几多萦绕在心头。
　　呐依耶呐哟耶——
　　呐哟耶呐依耶——

排上的歌声顿时哑静了，百亚望了一刻忽然心生灵趣，和唱道：

　　漂呀漂下排木头，
　　不是岸呐不停留。
　　谁知放排人惆怅，
　　生死一瞬系心头。
　　呐依耶呐哟耶——
　　呐哟耶呐依耶——

那岸上的女子个个巧嘴利舌，歌声又一波一波传来：

　　漂呀漂下排木头，
　　水流不停人可留。
　　纵是排里有金贵，
　　哪抵家中守春秋。
　　呐依耶呐哟耶——
　　呐哟耶呐依耶——

百亚可不是她们的对手，怔怔地张望着，随排漂下去了，远了……

经过一个月的水上漂流，木排终于到达终点——嫩江岸上旗政府物资局一个指定的交货地点。人们交了货，坐上队里派来的车，又是一番心情，回到离别三四个月的家园。

结束了放排的劳作，才有时间体味"命别在裤腰带上"的切身滋味，才真正懂得口爷说的"经历了放排的男人，才有资格说生死二字"的含义。回头再看森林里的日子，有一种从沟壑里出来重见阳光的轻松。百亚真的成熟了，不断被选去放排。第二年去了，第三年去了，几乎成为主力。而一直与百亚在一起的老放排人口爷，却再也没回到岸上。

那是百亚第三年参加放排的事情。

那天，当木排漂过了那些险峻危险的十八弯处，一个个弯子后，还没喘稳心气儿，更险的小蹦山出现了。那是最后一个急转弯处，口爷重新挺起腰板去拉动大棹，百亚则迅疾跑到后面去控制后面的大棹，但是却来不及了，翻卷湍急的水流急下，木排直奔着前面的山岩冲去，顷刻间就撞到岩石山，稀里哗啦散了架子，口爷一下被挤在山岩和木头中间，百亚被高高地抛起来，后又落进水里……

后边排上的人眼看着不好，过早地拉动大棹想靠近岸，结果打横卡在河心，第三个排情急中排头一下扎入水中，人也没了下去……

一切都在瞬间变得混乱没了秩序，拼命的呼喊声已经被水声淹没，后果极其恐怖可怕……

过了好长时间，下游水面露出了百亚的头。家乡的诺河那跳台一样的陡崖，练就了他一身跳水的技能和游泳本领，使他在落水的刹那，脑子并没有击懵，他使出全身的能耐，躲开水面上可能漂过的木头，在水下潜泳了一会儿，估计危险已过，才从侧面的岸上钻出水面。

一切都过去后，人们惊魂未定地寻找各排上的人，发现口爷没有了，塔托不见了。口爷是在木排撞上岩壁的刹那，被挤死的。他的身体几乎成为两截贴在岩壁上。塔托则在木排扎进水里时，没有握住大棹落入水中，再没有上来。剩下的人受了一些轻伤，却都保住了命。木排除了第一个散花，卡在河心和扎进水里的木排，都算是万幸……

人们不免想起口爷和塔托曾经的话：

"我的命呵,早晚在这河里。"

"我们不都在河里么。"

而百亚听到的,却是口爷最爱哼的似哭似唱的扎恩达勒:

> 我的心里呀翻浪翻花,
> 没有挂碍又满牵挂。
> 搏击激流以智勇通畅弯汊,
> 呐哟耶呐哟耶呐哟耶——

> 我的心里呀翻浪翻花,
> 越过浅滩穿过林桦。
> 只为心中那莫名的无法放下,
> 呐哟耶呐哟耶呐哟耶——
> ....

第二十章

孤寂的日子

又到了上升和堕落的时刻了

放下对人和财物的执着吧

放弃拥有肉身的渴望吧

不要对贪和嗔恨屈服

心不要乱

不要去看那盘旋而上的烈火

不要低头，进入那洞穴或者鸟巢

不要直视，看那树和密林织布

不要俯视，做潜水一样的姿势

你要仰视

但不管种种现象

本性都是虚妄

不管如何显现

都不是真实

一切都是你自己的心

而这个心是空的，未生起的

就像水倒进水中

仍然维持本来的面目

自在开放轻松

让你的心自然安住吧

就可以关闭所有转生的胎门

1. 蛐蛐啾啾

就在百亚上山去放排的第二天，家里真的出事了。那天阿尔特正于早晨的光辉下侍弄绿葱葱的园子，就见大队部来人告诉说，丈夫病了让她过去。阿尔特以为又是头痛病发作，没太着急，收拾了一下才走上相隔两华里距离的队部。当她走进屋子还没迈进门槛时，就听见丈夫熟悉的呻吟一阵紧似一阵，欲裂的头痛已使他躺在炕上丝毫不能动了。阿尔特上前一看，本能的意识告诉她：这人完了！她以妻子的细心看见丈夫的鼻子已经歪斜，就觉得一切已成定局。

经过当场村医无济于事的诊视，阿尔特立刻决定送往公社医院。在人们抬上车的过程中，丈夫的语言已经出现障碍，说出模糊不清的"不好啊！"三个字，表示抬活人的忌讳。但不送医院怎么可以？无论道路远近，那里是唯一可以给予治疗的地方。十二三里路程不远不近，但对于丈夫的病情，是致命的距离。阿尔特坚持着一个理念，无论如何，不能没有医生的诊断或不经过医生哪怕是一针的救治，就让他死去。所以半路上丈夫虽然用手做了一个回家的手势，阿尔特仍然把他送到医院，做了一些于事无补的检查。

阿尔特哪里知道，正是那一路的颠簸，加剧了脑血管破裂的速度。

其实一个生命的结束，不存在任何客观的理由，或外在的"如果不这样不那样的话"的假设。事实上他已完成了一段命定的轨迹和轮回的过程，并不存在阿尔特假设的"若不在路上颠簸"等的外在因素。生命的定数，只有冥冥中的自然法则清楚，客观的一切不过是个契机，因缘的和合。可有谁又能够参透那个法则，了解因缘和合的事情？所以阿尔特又后悔了一次。

死亡的残酷和无常就这样又一次展现给阿尔特，不顾她的哀恸和追悔。那个黑洞洞的眢井，没有放过哪怕是阿尔特最后的一个依靠。

　　返回的路上，阿尔特守在丈夫身边，一只手握着渐趋僵冷的手。六月的阳光溽热炙烤，阿尔特的身心却犹如搁着一块冰砣，十里多的路，陡然变得漫漫长长凄惶无靠。又走了！为什么死？你们都去了哪里？剩下的路怎么走啊？阿尔特已经问得筋疲力尽。

　　妹夫海达赶着车把人拉回了家里，阿尔特不顾别人的议论，把人车停在村头自家的院子里。然后去应对突发的措手不及的事情。

　　阿尔特模糊着双眼走遍村里所有有老人的人家，终于借到了一副现成的棺木，当天就完成了安葬入土的全部过程，走在了高温可能导致的结果前面。阿尔特没有像过去那样号哭，一切事情都要由她羸弱的双肩来担起，里里外外默默地支撑着料理一切后事。仅在半天的时间里，她就处理了一个突发亡故的丧葬事情。那时候，她挺起胸茕茕奔走的样子，不曾有丝毫坍塌的迹象，一旦人们都散去后，在寂寥的屋里，她才孤独地坐在炕上，面朝窗外，凄凄哀哀地放出压抑不住的哭声……

　　那个孤寂哀伤的背影，瞬间显出无比的沧桑老态，犹如一幅剪影定格窗前，深深地刺痛了站在她身后的女儿衮伦的心上。多少年过去，那个画面仍然让衮伦心酸涌动，仍然退不出岁月的冲洗。

　　又一个丈夫永远地去了！阿尔特与他走过了短暂又漫长的二十年时间，尽管充满了坎坷矛盾，各自民族的不解，一切都化解在她的包容忍耐及漫长的磨合中。有一份儿女俱全相夫教子可触可摸的真实生活，是多么重要！

　　只是她责怪自己的是，就在丈夫过世的头两天里，她还抱怨从队部回来帮她弄地垄的丈夫，把一条本来还整齐的地垄，反倒弄得歪扭。丈夫已经做了很大努力，一生中陪伴他的事情除了算盘珠子、商贾买卖、花鸟鱼虫的营生，田垄实在与他无缘。尤其令她自责的是，头一天她去钓鱼几乎让他等了一个下午，最后让他在对女儿反复的"你妈妈怎么还不回来的"叹息中，失望地回到了队部。

　　这是阿尔特一想起来就非常难过的事情，他们竟没有在一起好好地唠一次嗑。

那一条朝向西南的路,是他每天骑自行车往返的必经之地,阿尔特把每天早晨挤下的牛奶装进瓶子里,放在门口的窗台上,等他回来取走,次日再灌满新的空瓶。如此习惯了洗瓶装瓶存放的过程,阿尔特仍然不自觉中,第二天继续重复着上面的事情,过后才反应过来,再不能装了,取奶的人已经永远不回来了。那时刻,阿尔特痴望一阵那条大路,哀叹之中,幻想能突然看到那个亲切的身影,像以往一样,由一个模糊的轮廓渐近、渐渐清晰……

> 可是啊!可是,
> 那新鲜的牛奶,
> 已经变成酸奶,
> 远去的人,
> 已经不再。
> 留下的只是眺望,
> 心伤……

垂钓代替了年轻时林子里的奔走,只要有一点空余,阿尔特便走进林子河边,把自己交给河水钓竿,在注意力集中的垂视中,挤除身心的哀痛。但她的眼睛却越来越凹陷干枯,显示出她在无人的林野中,放开哀歌的迹象。

如此与死亡相伴的人生,她几乎问不动为什么了。整整一个夏天,她在生死牵挂的泪河中浸泡。丈夫突然撇她而去,儿子山里不知安康,是伤于狼爪还是被水冲走?是被大树轧伤,还是被熊抓破?或被野猪野兽……巴日肯!阿尔特谴责自己,这岂不是默约日[①]。她怎么能尽往坏处想?这样子真是不好。可是所有能想到的危险,仍然在折磨着她不放过她。她的心裂了碎了,在流血,腥腥咸咸的,她默默地往下咽。日子变得漫长,劳动了一天累得直不起腰,夜里又是那么凄惶,静得心尖打颤。两个姑娘一大一小不过十

---

① 默约日:达斡尔语,意为不祥的征兆。

几岁，眼泪只能流进肚里。

整整一个夏天，天黑下来后，母女三人坐在炕上，在昏暗的灯光里你看看我，我看看你，巴望能听到院子里出现脚步声，或者哪怕听见一声狗叫。偶尔有一丝动静的时候，三个人立即精神紧张，是否有人来看望或者串门？可是，过了一会儿，母女三人相互看看，眼睛里都充满了失望，只有昏暗里的蛐蛐惊心地啾啾，使毛黑黑的夜晚，更显得无依无靠的荒凉。没有人光顾那个村西失去支撑的草房，只有灯苗摇曳的暗影，一会儿长，一会儿短，阿尔特的心陷成了枯井。

腾格日巴日肯！保佑我的儿子吧！让他平平安安，他的一切不好的事情都让我来承担吧！

2．母亲的眼睛又红了

儿子百亚回来的时候，阿尔特不在屋里。当百亚从大门走进院子到门口的时刻，妹妹衮伦一直观察着他的脸色："爸爸没了。"话还没有说完就变了嗓音。百亚紧绷着脸径直迈过门槛走进屋里，坐在北炕沿上，使劲憋着脸，使得经过风雨的脸色更加褐红健壮。那时阿尔特正在园子里，听见儿子回来的动静，跟跟跄跄地跑回院子，一边跑一边喘息着喊："百亚、百亚你回来么……"

百亚从屋里看到窗外磕磕绊绊的母亲，立刻跑出去迎接，正与跟跄的母亲碰上，母亲扑倒在儿子跟前，一下瘫在地上："再也别放排去了，再也别放排去了……"

儿子连忙扶起母亲："嬷——"声音里充满了复杂的颤抖，满含着泪把母亲扶到炕上。母亲灰苍疲老，皱褶深暗，花白的头发像白头翁花一样飘零……这一个夏天她经历了怎样的煎熬啊！儿子的喉头阵阵发紧，走的时候母亲的头发还是黑的，一个夏天就全白了，以后，说什么也不去放排了。

可是生活呀！生活有什么办法？第二年百亚还是上山了，还是在春天开始的季节就忙于进山的事情。母亲只能眼睁睁地看着儿子，只能苦苦地祈祷老天保佑。百亚也只能安慰母亲。知道母亲的心,又一个夏天都要悬在嗓子眼里,睡不着觉了。可是他有什么选择耶?他是家里的顶梁柱,放排的工分积累是在家的收入没法比的,他要养活妈妈和妹妹们呐!

> 儿子又走了,
> 屋子里一下冷清了。
> 日子又变得苦苦了,
> 母亲的眼睛又红了……

百亚一想到他走后母亲的心情,心里就止不住地往上酸涌。但还是连续三年做了放排人。

就在第三年的放排中,老放排人口爷和塔托遭到意外。自此阿尔特发誓,绝不再让百亚走放排的路,哪怕穷死饿死。唯一的儿子她一定要守住,她要天天看着儿子在眼皮底下,那种锥心蚀肺的牵挂,她已经无法再承受下去了。

第二十一章

本具的安详

你架着生命的飞船
通过乌云乱流
晴朗无边的天空
是启发你自由的鼓舞
你发现了本具的安详
以及信心喜悦
你异常惊奇
也使你逐渐相信
有一种不可摧毁
不会死亡的东西

1．如梦如幻

衮伦已经有能力整理一个时期以来的梦中游历，发现较之以往那些恐怖惊骇的遭遇，最近不断显示的瑞兆说明她不仅正在摆脱魔境，且渐趋本有光明。即使似乎还在无法自控的状态中漫游，也是她祛除心魔的觉醒过程。新春里继那个良好的开端之后，有两个清晨的梦里，一位天衣秀裙的女子怀抱一团白色的什么，从窗外飘然落入屋里。朦胧中衮伦刚想看个究竟，女子已然消失。她极力回顾着女子怀里的白物和一身的美妙彩绸、璎珞仙逸，不由联想到梦之后的经历。也是一个早晨，她拿出一秋一冬都没用的手提包走到街上，一路只到邮局邮个信就返回家里。到了门口伸手掏钥匙的那刻，竟然碰到一个比硬币还大还厚的物件。取出一看，是一枚玛瑙质地的挂件。衮伦奇怪，进屋后再细细端详，竟是大势至菩萨。她一下惊住：从来没有购买类似的饰品，也不曾与谁有过关于佩饰挂件的交流和交换手提包的事情，哪里来的挂件？

衮伦便也不放心上，既然来了，就戴在颈上。转而又想到不久前网上看到的各种菩萨挂件，曾对大势至菩萨那枚有所心动，同时读过上边的文字：

大势至菩萨具光明智慧一身，走到哪里就把光明智慧带到哪里。

衮伦生起无限的崇敬和羡慕之心，便暗暗希望过拥有……

可是那个声音说一切如梦如幻，一切是假。衮伦不知是在梦中幻中，还是在本真之中。生活不就是可触可摸的梦么？那个声音总是在说，真真假假虚虚幻幻包括衮伦你所处的情境，都是梦幻的人遭遇梦幻的事，重复梦幻的真，即使百年人生、百年痛苦欢乐都会化为乌有，你挂碍什么真假？

可是她哪里懂，母亲阿尔特也没有懂，包括整个苏如勤家族的所有成员，都没有懂。他们只在可视的、可回望的生命历程里挣扎求索，又一个个毁灭，重复轮转，浑浑噩噩，最终留下阿尔特"为什么"的追问，落到衮伦的身上，也仅是近一个世纪的事情。而无始以来的痛苦忧郁，衮伦怎么能够参解？她本就活而不知为何活，死而不知为何死，把心放在哪里、未来交给谁都不知道，怎能承担起母亲的追问？又怎能告慰那些跋涉于生死苦旅中的苦难族亲？

尚未明白的衮伦，天天待在那个房间里，面对雕像说话。在静静的呆坐中，她不时看到一片黄蒙蒙的黄土路上，糊着一身黄泥的人，远远地在下坡路上扭曲挣扎,像一棵棵临风欲折的弱柳……

她还不时看到一个混乱的空间里,无数的双手举过头顶在空中扭曲,仿佛要通过手臂的升腾拔出脚下的泥犁和狭隘的空间,却被浊重的身体坠住……

衮伦还看到,一个血淋淋的屠宰场般的地下室里,残断倒挂的都是赤裸裸的人体……

她还看到……

还看到……

衮伦惊骇地退出那些幻境,却已经泪流满面……

2. 另一个世界的讯息

那个女婴几次出现在衮伦梦中是有深意的。她应该是衮伦百天里就夭折的女儿。清明节的前夜,很多怪谲的面孔复又出现在梦中,变换着各种怪脸。接着又以竖立的一卷黄纸暗示什么。一面黑旗高高地展在空中,衮伦站在下面端着一碗水,然后把水洒在地上。接着女婴就坐在咫尺的前方,一身红衣,脸容白皙光洁滋润,细细的眼睛瞳仁清晰可辨,直直盯着衮伦。那个过去还不会念的咒语,就在那个早晨下意识中反复出现在衮伦的口中……

整整一天的时间里这些句子,都不曾离口。衮伦进入不停念诵的状态。甚至跑到农贸市场,往返于那些各种各样的动物尸体面前念诵不停。她没有因为那卷黄纸的暗示,再去做以往那种能否利益亡者的化纸行为,也没耽搁于那面高悬的黑旗而牵绊忧虑。她知道阳光下是没有黑色的旗子的,除了黄色、花色、蓝色、白色等,哪个国度的旗子都没黑色。那些东西传递的都是另一个世界的讯息。所以她一刻不停地念诵可以让那些灵魂获得真实利益的咒子。然后她回去认真读了一下以前并不十分清楚的咒语的功德利益:

……如要持诵往生咒,应该清净三业,沐浴,漱口,至诚一心,在

佛前燃香，长跪合掌，日夜各诵念二十一遍。若此就可消灭四重罪（杀生、偷盗、邪淫、妄语）……

结果，在清明节的当夜梦中，衮伦的怀里又来了一个女婴，高兴地在衮伦的擎举中上下蹦跳，就如三个月的幼儿在母亲怀里蹿高儿。她仍然坚持不停地念那咒子。

3．自性

"不如理如法，就像白铁一样白痴。"

这道声音又在衮伦的耳边响起的清晨，正是她面对一本薄册子不知如何念诵的时刻，便想应该好好理顺一下。接着中午她又听到了那个声音："阿弥陀佛四十八愿。"

"我怎么念？"衮伦合着眼睛问。

在得到答复后，衮伦便遵照而做。第二日晨那道声音又说："你现在没有什么病情，以后注意不要被蚊虫叮咬，它会引起你的身体变化，要念十……"

"什么十啊？"衮伦没有听到后面的声音。

又是一道咒语入耳，接着耳朵里的海潮一浪一浪又喧腾起来。

实际上海水被推向沙滩的那种潮声，是几天前就发生过的。那天清晨，衮伦进入那个房间站在雕像面前的那刻，骤然"哗——哗——"的海潮声起，然后就是不间断的、持续不止的一浪一浪推进。这让衮伦不由想到那些已故的族亲，无论是巴尔特舅舅还是表哥苏革、苏林，表弟苏栓、苏若，几乎都是被耳朵里的声音致病致疯被索命的。不同的是声音内容的区别。

一个星期之后，衮伦又不知多少次地梦中出游了，在朦胧的月色中向着南方蹒跚。路上出现了一道一米多高的陡台，衮伦上去跨了一步，有一只大手顺势把她拉了上去：

"那摩多宝如来。"

接着又出现一道栅栏，衮伦又跨上去，那只手又把她拉了上去：

"那摩宝胜如来。"

又是一道，衮伦照跨，又被拉上去：

"那摩妙色身如来。"

又是一道，再跨，拉上去：

"那摩广博如来。"

再跨，再拉上去：

"那摩离怖畏如来。"

再跨，再拉上去：

"那摩甘露王如来。"

再跨，再拉上去：

"那摩阿弥陀如来。"

如此百米跨栏般，衮伦跨了七次，被拉上去七次。而在念关于智慧的"那摩广博如来"时，她想了好一会才念出那个名称。衮伦便想，如果苏如勤家族那些死去的人，耳朵里听到的都是这样的声音，是否还会早亡呢？

尽管那些生命的肉体早已留在各自不同的阶段，但他们的灵魂并没有受限于时空停留于肉体，而是继续穿越前行。时间虽然一刻不停，但在上苍看来，人的一生不过是如蜉蝣般短暂的一瞬。人们习惯把过去归于历史，把将来划为未来，以及前世后世等等分别，不过是人一厢情愿的幻觉。实际上，那些不灭的灵魂一刻不停地参与生者的生活，犹如流水般没有停歇，他们与生者同行于一种时空的路程中。

衮伦感受到那些灵魂的存在，是遭受异常的病痛，及冥冥中趋向某种呼唤的时期。就在她几乎要陷入与他们同路，几乎要和他们走到一起的关键时刻，她有幸遇到善导改变了方向，选择了另一条道路。虽然这条路上她也有错步的徘徊、波折，但那不过是正常的宿世随眠在意识里的烦恼浮现，不会阻碍她究竟的目标和结果。

在梦中，她遵循那条路前行，许多写着美丽名称的纸盒子般的屋子出现在路旁，诱惑她走进去。一旦进去后，里面竟然全与美丽的名称相反，她便抱怨着走出来。然后她又走进别的更美丽的纸盒屋子，进去看时仍然与外面的招牌相反，不由让她生起嗔意。后来她反复看清楚门牌的字迹后再决定进去与否，结果里边的情景仍然与门牌不同。最后在一个确定写着"天使服饰"的纸盒子前，衮伦认为不会错了，便欣然而入，一看，竟然满屋子的魑魅魍魉在扭舞狂笑，看到衮伦都围了上来。衮伦被那些东西糊得眼睛里充满了乱乎乎的色彩，她急忙蹲下身去，三声救命的呼喊中，从那些树一样的腿缝隙中挤了出去。衮伦在外面的空气中喘息了一阵，回头看看那纸盒子，心想太可怕了，险些搭了进去……

然而习气是多么难以改变，贪欲又是多么顽固，防不胜防，她一不小心又被诱惑了，进入一个非常非常漂亮的盒子，外面的招牌书香儒雅，却仍然与内里的事实相反，充满了让她呕吐的声音。衮伦又感到受骗，懊丧自己的抵抗力如此之弱。最后她回到自己的那间屋子，站在雕像面前洗刷受染的身心，迷蒙中那道声音又告诉她说：

"把心带回家！"

衮伦恍然醒悟，怎么就进了那些地方？那本来不是能安放心的地方，她怎么就没有意识？怎么就轻易地受到诱惑？人呵！衮伦心里说，被一种力量推动着身不由己的时候，心也不由己啊！

那由谁呢？由衮伦么？衮伦是谁？眼睛是衮伦么？脑袋是衮伦么？四肢、骨头、五脏六腑是衮伦么？都不是。那么心是衮伦？也不是啊！原来，那声音说："你不过是那些脏器、器官、四肢等诸多因缘和合而成的一个聚合体，被安上了一个假名，人们就称你衮伦了，实质的你本来什么也没有……"

"什么也没有哇？"衮伦上下巡望，"那么心也没有么？听谁指挥？"

"听自性的啊！"漠能仿佛又一下出现在她的眼前，她总会在衮伦不期然或一动念的时候出现。

"自性，"漠能又说，"是那很亮的东西，藏在你的内心深处，被你的贪吃贪睡贪玩贪名贪利，还有你的嫉妒、嗔恨、愚痴等抹黑了，包住了，只剩下微弱的光亮甚至不见光亮了。

"那岂不被黑色包围了么？"

"你以为呢，其实我们都被那些东西包围着。"

"那我们得往外冲啊！"

"当然了，可是，我们有时候多么顽固，明明前面的两条路，有人告诉我们，那条平坦的路上有虎狼，或有沼泽，劝我们走另一条难走的路，但我们就是不信，非得撇下看上去难走的沙砾土路，被表面平坦、光洁的路诱惑，结果就遭遇了虎狼或沼泽。"

"是啊是啊，这话怎么这么熟悉呢？"衮伦有点奇怪，曾经那个易怒、眼睛瞬间锐利如锥子的漠能，俨然一副智者。

"你忘了'士隔三日，当刮目相看'的名言了么？何况我们有多少个三日不见了，知道人家这期间都做了什么？"

哟！衮伦笑了。漠能的话虽然真假难辨，但她毫不怀疑漠能的灵通。她不止一次对她说过，有一个高大的人经常出现在她的梦中，指点她一些如何如何学的要点，她读的一部经就是遵从那个高人的指点读的。

衮伦很是羡慕，她说自己根钝不利，许多漠能的灵通她是望尘莫及的。不知什么时候她也能具备那种能力。

漠能却说心是主要的，若要有菩提心，她宁可不要那灵通。

衮伦说那我还是找菩提心吧。

漠能又狠狠瞪了她一眼说："菩提心是找的么？那是修出来的。"

衮伦呵呵地笑了，她被漠能瞪得开心，训得开心。

然后衮伦遵从清晨的声音"佛父佛母双尊的力量大于一切"，去了许久没去的小寺，想听听图敦师的开示。走进经堂的时候，图敦师正带领一位沙弥摆放药师佛和玛哈嘎拉大护法，准备佛事。经堂相比往日的清静，多了几分隆重和庄严。衮伦的全身毛孔一下贲张开来，她恭敬地拜了上去……倏然想起这个场景在清晨朦胧的意识中是出现过的。

图敦师说："你要继续静心。"

衮伦不知道怎么可以静心，不过她还能停下来坐上一会儿。就在那里安坐一阵的时候，漠能在衮伦的眼前一晃而过，竟是婴儿在母胎中的姿势，低头抱肩，蜷成一个圆。

她在干什么？难道赤条条地来去就是这样子么？

"她居然烤了我一把。"漠能的声音随即出现衮伦的耳边。

这声音的由来是在冬末的一天，漠能由于颈椎疼痛便请包医生做了火疗。那种疗法有点恐怖，是在病肇上隔着两层毛巾直接烤火，达到一定的热度后再挪开火源。漠能接受那种疗法的时候，衮伦心里不由生出顾虑：你还不得惹出麻烦。果然到了下午，那个声音就在漠能的耳朵里说："她居然烤了我一把。"

被烤的人，显然不是漠能自己，还有一个"人"，应该是坐在她的颈椎上的。不知那"人"侵犯了她，还是漠能伤害了那"人"。一如那天，衮伦和漠能几个人坐在一起的时候，漠能看见衮伦一下变成了白苍老太。

"你瞪我干什么？"漠能突兀火起。

"我没有哇！"衮伦一愣，随即知道了是她颈椎里的"人"在说话，而且是冲着衮伦身上的白老太的，"他们"不知是谁惹着了谁，衮伦和漠能成了被提线的木偶。

那时漠能的脸色焦槁，有一种火一样的东西在她的脸上炙烤，把她本来充满水分的肌肤烤得枯黄。眼睛也在灼伤中变得通红，焦躁不安颠颠地这屋走到那屋，带着一身冷热疾苦仇怨不平的"人"，搅得她身不由己目光愠怒。衮伦清楚漠能的那些背景，便与"他们"调解，让她安宁下来。

"我爷爷这几天总是坐在我的肩上幽幽地歌唱，"她说，"其实他时刻都在保护着我……"漠能的话说得有点缺乏底气。

实际上爷爷的忧伤已经覆盖了整个家族，类同苏如勤家族的无始忧郁，死亡和疾病乃至精神异常也从未离开过漠能的家族。漠能一个人流转于空、冥、人世的边界，从未融入过真正的世俗生活，也没有趣入真正的空境。所以使她处于不空不俗、既空既俗，身体也与常人本质区别的状态。这不仅来源于她与家族的俗世因缘，也因为宿世的使命，让她降落赫伊尔氏族的轮回圈里去担当什么。

衮伦回到眼前，她居然看到了本初的漠能，赤条条地蜷缩，又赤条条地消失，要告诉衮伦什么？一丝不挂，一无所有，一无所去，来去如空，人生岂不是这样的么？那么她还计较什么？所有的遭际，岂不都是个人的烦恼魔与心魔所致？懂不懂得？

4．菩萨的大悲

　　四月初四是文殊菩萨的诞辰，衮伦依照晨起时的感受，去实地验证。一进小寺的门，眼泪便哗哗如雨，睁不开也看不见东西。漠能站在走廊正在反复清洗一个果盘，"你进去吧，"她说，"图敦师在那里。"顺势用嘴努了一下东边的屋子。衮伦看见一个熟人正在一张桌子旁，很珍贵地抱着刚得到的书。衮伦用羡慕的目光望去，心想：如果早来一会儿，也许她也会得到一本的。随之她四下寻望，竟见东边地上有一捆捆还未开包的书籍，靠墙的架子上也摆放着很多的书。衮伦便过去寻找自己需要的一本。但她什么也没有找到，转身上了二楼，有一排较旧的没有书脊的薄册子排列在桌上。衮伦从头到尾巡视了一遍，随意从中抽出一本，随着那书名进入视野，她眼睛陡然一亮，正是它，是她想要的，那么薄，竟夹在那被忽略的地方。

　　衮伦如获至宝，找到一处安静的地方默读。正读得如饮甘露的时刻，一阵木鱼声从外面传来把她惊醒，随即熟悉又不明白的"无缘大悲，同体大悲"倏地进入脑中，又仿佛被那木鱼敲醒：

没有分别、没有执着远近亲疏的慈悲，岂不正是从菩萨的清净心流出的大慈大悲么？而与宇宙一体，没有条件、没有分别的平等心流出的慈悲，不正是同体大悲么？

　　原来菩萨就在这里！衮伦骤然身体发热，手脚的冰凉顿时被一阵热流驱散，跟她几天前一步一步登楼梯时，"三昧"一词倏然进入脑中让她领悟的情形相同，心中顿然云开雾散。

　　衮伦的心又耽进喜悦的情境里，快步登上二楼，晚课在木鱼声后开始。

衮伦听着领经师的唱诵，被一阵阵热流推动，身心通透，心境变得格外的宽广明亮。

接下来的几天，衮伦头脑非常清晰。

几天后的清晨，又一个声音进入耳中，"世尊……"四个大字居中于三排长长的古文字里，实际那些字都是简单的大大的象形文字。正在衮伦奇异之际，漠能的声音传来："你还不快过来呀，今天是特殊的纪念日，人们都上来了。"

衮伦心里一忖，几天前漠能是去了外地的，回来的那天早晨，衮伦看见她和几位熟人正在吃饭，"万光红叶"正响在耳边，漠能就真的打电话让她过去。衮伦按着指定的地点见到他们的时候，正是几个人坐在餐桌旁准备就餐的情景。他们都从一个地方回来，又准备去相同的一个地方。

到了小寺，衮伦并没有看见漠能。漠能并不在那里。但衮伦相信漠能是来过的，无论她以怎样的形式。

没过多久漠能又告诉衮伦说，她在静坐中见一个人陷进去了，只露出一个头，有一些乱七八糟的木板和瓦砾落下来，瞬间埋没了那人。在突如其来的灾难中，那人的双手在空中挣扎了一下，便归于寂静……

天呐！衮伦大吃一惊，两个人的所见竟然相同，她正要告诉漠能，她的消息就来了，难道……？

"你看着吧。"

衮伦一怔，竟然好像听到了一个久远的来自另一个人的声音："你看着吧。"那是衮伦异常熟悉的沃尔特姨妈的声音。且俩人嘴唇稍稍努着的样子，都那么相似。而实际上，两个人并不认识。

"可是，"漠能说，"人们看不见的东西太多，不知道的东西也太多了，除了眼睛可视和耳朵可闻的范畴，你什么也看不见听不着，由此你要否认一些东西的存在，那就大错特错了。就如灰尘落地的声音哐哐响，你没有听见，就否认它没有声音么？你没听见蚯蚓在泥土中的歌唱，就否认它没有语言么？"

哇呀！谁能听见灰尘落地的声音？谁能听见蚯蚓翻土的歌声？漠能却

能，她能感受到那些看不见听不见的东西。她能听见楼上的耳语，能闻到天空云朵的味道，能看见人心里的皱纹，能看见风是紫色的，能听见落日哒哒哒的声音……

漠能把这些天赋的语言信息无私地告诉了朋友们，那是她接受的来自宇宙的信息之灵。那些信息储藏在她的潜意识深处，是她无始的修为所致。所以她能在童年的天空，感受音声音海，读懂空灵境中的空灵语言。

5．长寿翁

那个早晨的梦境中，越过遥远的山林水域，漠能说我看见你家的房子露出了一个天窗……不过不是漏雨也不是地震……

衮伦那时正站在地上，一位老者从天窗飘然下落，以稍微下蹲的姿势正与衮伦打了个照面。定睛看时，老者是一身灰色的大襟长衫着装，一副亲切和蔼的古人面相。衮伦想他从哪里来的？

"我离这很近，过来看看。"他听出了衮伦的心声，不问自答。

然后就走到门边。衮伦再看他时，他也转过脸来。老者脸容光亮，竟有着长寿翁的额头。衮伦问："你会看相吧？"

"是专业。"

"给我看看？"

老者在衮伦的脸上瞥了一眼，说了一句非常好的话，四个字里就有两个"大"字。

"这两年呢？"衮伦又很贪地问

"……"老者又说了两个字。

衮伦把前面和后面所说的内容，都留在了心里。然后看着老者摇曳着长衫继续走向门口，便望一眼天窗说："还是从上边走吧。"

"有点麻烦。"老者说着也往上看了一眼，房子上边那个正方形的孔露着碧蓝的天空，然后一蹲一蹲直直地升了上去。衮伦再回头时，看见门口的鞋箱子上有一个长长的长寿翁的鞋拔子立在上面。

第二十二章

冥冥中的收放

我们的存在
仍然像秋天的云
那么短暂
那众生的生死
就像舞步变换
生命时光
就像空中的闪电
更像急流冲下山脊

1．忏悔与诅咒

海达的故去让沃尔特失去了脊梁，他不曾听从岳父苏如勤"别杀牛"的遗嘱，禁不住别人的请，照杀不误。而且亲戚朋友家的年猪也由他来操刀，自家的牲畜就更不用说了。在他突然病倒的时期，村里所有的牛都到他家的房前屋后哀鸣。起先是院子外边的灰堆和垃圾上。牛们一下了群，全跑过来拱着灰堆呜呜哀鸣。那种群牛痛哭的声音响彻了整个村庄。后来屋里屋外充满了那种经久不息的悲鸣，致使海达的耳朵里昼夜喧嚣。海达日夜不寐，肚子胀得鼓鼓，他说许多牛犄角在肚子里拱，支得他上不来气。他说把肚子解剖开拿出牛角就好了。沃尔特的任何方法都无济于事。医生也不能阻止他的疼痛，止痛针派不上用场。后来，本来性情温良的他，突然狂躁，见到水缸就要进去，见到洗脸盆就伸进头去，相当悲惨。一天，在无法忍受的情况下，海达圆瞪着鼓鼓的眼睛，突然哭道："妈妈呀！我的牛妈妈们呐！饶了我吧，我错了，我不该杀你们，我真的错了，我保证子孙后代都不再杀你们啦，牛妈妈呀……"

在他稍微平息下来睡了一会儿的空当，沃尔特去园子里抠了几个土豆，回到屋里，眼睛一下直了！厨房压井旁的水缸里，海达两条腿朝上插在里面。沃尔特一声尖叫奔了过去，喊叫着往外拖海达的身体。缸是一半埋在地下的，海达的上半身都在水里。待沃尔特抱住那两条腿拼命拽出来时，海达已经断气，鼻孔冒着血沫，肚子竟然奇迹般地瘪塌了。沃尔特哭天抢地，一切都已经无济于事。

停灵的三天里，人们奇怪地发现，海达不仅身体没有气味儿，面容也安详仿佛进入深深的睡眠一样。沃尔特不知得了何种启示，没有按照惯例杀猪宰羊发送，只宰了必要的一只鸡供在亡灵头上。

沃尔特从此情绪低落，不再为产妇接产。实际上她那种用炕席下的土面给婴儿脐带止血的方法，也不为后人接受了。尽管她始终坚持的那种办法从未发生过问题，却早已被时代淘汰。特别她接产时年轻人看来迷信的烧香祈祷的举止，更是滑稽可笑。毕竟时代改变了模样，往昔缺医少药什么都能接受的状况，已经变了。沃尔特的巴列沁即接生婆的生涯，也便从此中断。过往那种"你们看着吧"的神秘表情也不再出现了。

在沃尔特和海达温吞吞的婚姻生活里，有三儿二女抚育成人，然而子女们的回报无不让沃尔特幽怨。二儿子十五六岁便因偷盗屡被拘留，最后在十八岁有了公民权后也具备了被收监的条件。沃尔特便在一个很长的阶段里为赎出儿子四处奔走。不是监狱、公安部门便是借贷求助亲戚，不知是她的忧愁导致了脸容的变形，还是提前衰老使她完全变样，暗褐色的皮肤毫无光泽，走路低着头一个劲儿前奔的样子，仿佛被什么追赶不能停止。而二儿子并没在监禁中学会反省改过，出狱不到半年又在一起合伙抢劫案中被抓，监狱又成了他的住所。那时候二女远嫁，大儿子婚后搬到妻子的娘家，一个很远的北部山区，三儿子看山区达斡尔村纯粹的生活强于外来欲望多多的老家，也跟着去了。沃尔特一个人在家里，一天突然生病倒下。姐姐阿尔特两三天不见妹妹，有点蹊跷，便去了她家，见沃尔特倒在炕上一副丑陋模样，脸色黑暗，眼睛发出悠悠黑光，炕也冰凉，已经几天不生烟火，屋子里冷飕飕的一股阴气。沃尔特突然病得不能下地走路，更谈不上吃什么东西。阿尔特连忙抱柴火烧炕给她熬粥进食，然后捎信十来天才能收到信的山区。沃尔特坐起来了，她幽幽的目光盯着阿尔特说："姐，我昨晚做梦，一只乌鸦在我的头上拉了三泼屎飞走了，不知什么意思……？"

"有什么意思耶，梦就是梦。"阿尔特心里一怔，看也不看她说。

"带我来了吧？"沃尔特恍惚的目光游移不定。

"别乱七八糟想。"阿尔特说。

阿尔特请来被称为赤脚医生的村医，服过药打过针后回到家里。然后天天去给妹妹烧炕做饭服侍。第五天阿尔特又去看她时，沃尔特坐起身似乎有点精神了。然而听了她那句恶毒的话，阿尔特的汗毛都竖起来了。

"讷个了[①]——我死了变成鬼也不让他们得好，不回来看我……"

"你说什么呐？"阿尔特严厉地呵斥了她，"他们就是接到信回来，还不得十天半月？"

沃尔特咬着牙诅咒的神态相当恐怖，犹如一个邪魔女巫发出咒语。阿尔特真想说她，把你的心拿到太阳下晒晒吧。但话到嘴边她咽下了，所有过去沃尔特的言行就如一幅幅画面掠过脑海，如沃尔特爱说一些小道传闻，爱说一些诅咒发誓的话，对汉人始终排斥，还有她过往热衷于跳神的活动，本来小的疾患也要请神。在每一个冬季里，沃尔特都要以各种理由请来无论是达斡尔雅德根，还是汉人的"大神儿"来跳神。在那些黑黝黝的深夜，她总是一副神秘的神色，传递出诡异的讯息……

[①] 讷个了：达斡尔话，有专骂不洁女人的含义，也是一种骂人的口头语。

在她的溺爱下，儿子从小就出入赌场，沃尔特总是颠颠地前后村去找。每每遭到阿尔特的批评，沃尔特便会说，不要自己有了好孩子就总是说她。

阿尔特从不与她计较。父亲曾经那么溺爱她，她也不想让唯一的妹妹难受。再说，阿尔特心里惭愧了一下：人都变成这样了，我怎么还能看她的过？

这时阿尔特看妹妹的心情无比苍凉，曾经健康无恙、生活也不错的沃尔特，病卧在床的时候，却无一儿一女在前，若不是阿尔特及时赶来，她会饿死冻死也未可知。沃尔特比她痛失丈夫海达时还要凄凉绝望。人一旦到了这个地步，曾经拥有的一切竟然如此无用，什么也派不上用场。阿尔特不免想到自己的将来，应该提早做些准备。可怎么准备呢？阿尔特也不知。对了，她应该准备衣服，穿的戴的，起码不能临时忙乱，大针小线的胡乱穿上……不行，阿尔特忽然悟到，这不能解决死时的痛苦，不能保证死时没有疾病。那么，如果能像父亲那样知道大限，又无疾患安详而去，那就好了。可是如何能做到呢？像父亲的最后阶段那样，仰谒太阳么……

一定要像父亲那样，死去时像是睡着了，又像去一个事先就有约定的地方……那么现在就要做好这样的准备。可是又怎么准备呢？阿尔特的脑子里出现了父亲临终前几个月的情景，一幕一幕如同幻灯……

但是，仅仅那样就够了么？阿尔特还是没有足够的认识，只觉得心是最主要的，可又不知道怎么自主这心。

阿尔特脑子里七七八八地生出从未有过的想法。如果不是看到沃尔特的凄凉惨境，她或许不会想到这些。即使目睹了那么多亲人的无常死亡，也没有沃尔特的凄凉带给她的思考深刻。那些猝然的死，只给了她一个"为什么死"的问题，而沃尔特的孤苦凄凉，却直接影响了阿尔特的心情，将来，她也有可能出现相同情况的，太可怕了！

在沃尔特做了那个梦七天后的第八天早上，阿尔特忙完了家务照常走进沃尔特的屋里，她一眼看到沃尔特倾斜着身体，手直直地伸向不远处的暖壶。阿尔特感觉不妙，连忙过去扶她。而就在她扶起沃尔特的身体，准备让她躺下的瞬间，沃尔特那仇恨的眼睛，一下随着身体的转动，狠狠地瞪着她，一副与人拼命的恐怖神色。阿尔特心里抖了一下，仿佛看到的不是她的同胞妹妹，而是来自地狱的魔鬼。她想把沃尔特的身体尽量弄得平展一些，但是没用，她的身体已经僵硬。

"放下你的怨恨吧。"阿尔特摩挲一下她的眼睛，悲凉地说，但那眼睛狠睁不闭。

"闭上你老碌的嘴吧。"阿尔特又摩挲一下她张开的嘴，嘴也不肯合上。最后沃尔特就在死不瞑目的架势中，被从头到脚盖上了被子。

不幸的沃尔特带着凄惨和仇恨结束了一生。她除了带到世间五个不成器和过早死亡的子女，也把自己搭在恶毒的诅咒中，到阴曹地府去了。

沃尔特死后，跟她上黄泉路的，是其从监狱中获释的二子，年仅二十五岁。然后是其长子，也在她死后的不几年中病逝。如出一辙的是，长子竟然也像母亲沃尔特，在临死之前对妻子说："我走时把你的心也摘走。"

果然丈夫死后，妻子的心就开始难受，真的像没了心一样，常常感到空空的慌得难受，没有多久也跟着丈夫去了。

沃尔特作为母亲，曾经为长子的命薄起过什么绑住、拴住的名字，以求真的绑住儿子的命，又以缝在肩上的一路哐啷啷响的哐个日特[①]以求神灵保佑，并且直到七岁上还梳着胎毛留下来的辫子，未想日后却在无明的嗔恨中，索去了儿子们的命。沃尔特剩下的二女，大的半边脸就像有什么东西站在上面抖动，一分钟也不肯停止，使她无论对着什么人都一个劲儿地挤眼。而她那从监狱装疯获释不肯改邪的丈夫，继续过着不劳而获的生活，从不把妻子的疾病当回事情。儿子竟然也有忧郁症，加上自闭，小小年纪就一刻不停地手里架着烟卷。还有沃尔特的三儿子过了四十多个春秋也未能娶上媳妇，整日麻将堆里磨损生命。只有老姑娘有一个健全的家，子女双全，却被人们认为是个"缺心"的人，也没度过五十个春秋。

至此，苏如勤带到人间的子女除了长女阿尔特，全都一个个过世，他们不是少年夭亡就是中年病殁，沃尔特算是命长一点的，也不过五十五岁。

---

① 哐个日特：达斡尔语，铃铛。过去为了免除孱弱孩子的疾病灾难等，把铃铛缝在孩子的肩上，使得孩子一有活动，铃铛便响，以达到避邪吉祥安康的愿望。

这个家族的人纷纷殒殁的过程中，阿尔特已然成为见证人。她默默地把他们送走，黯然无力地继续追问着"为什么"。但那答案绝不是她所能探知的，她既不知如何去做，也不知如何解决。在她晚年失去了所有兄弟姊妹及丈夫的日子里，子女就成了她的全部。另有一种白色药片，从开始解决劳动后的疲劳，到后来对抗头疼，成了她的另一种依赖。没有药片支撑的日子，阿尔特什么也做不成，不仅头疼而且身如一摊泥土"拿不成个儿"。在无一依靠的熬度中，她承担着劳动，也忍受着郁伤……

2．看不见的岁月

苏如勤家族不断出现的死亡引起了旁人的惊惧。熟知的人谈而色变。

这时候阿尔特的生命风心，常常波动在过往的岁月深处，尤其十几岁之前的儿少时光，那密林深处的庭院，河边采摘野果的快乐……她才觉得，一直认为还行、还很顽强的身体，已经老了。特别在儿女们面前的时候，老的感觉已经势不可挡，但她也刚到六十多岁的边缘，虽然白色药片是她的支撑，但也没什么实质性的疾病。在她的回忆中，所有走过的路、发生的事情都像一场梦，仿佛什么也没发生。她仍然站在儿少时光，支撑起一个家。所不同的是她过去面对的是父母兄弟姊妹，而眼下面对的是自己的儿女。过去她在父亲酗酒母亲娇小体弱的情况下，作为老大何尝不是以一家之主的身份担当过呢？可是……

阿尔特的眼睛突然湿润了，被一种莫名的情绪，不知是怀恋还是忧伤锁住。

她不敢回忆那漫长的中间阶段，尤其是结婚以后……

"看不见的总是岁月！"一次她说。

"妈，您说什么？"正在读书的儿子百亚，惊讶的目光落到母亲的脸上。他奇怪母亲竟然能说出如此富有深意的话来，是因为他常常给她读书的缘故么？在那些深深的冬夜里，百亚从十三四岁开始，就捧着书本给母亲念。他不知道书里有些他都不懂的文字，母亲会不会听懂，但从那安静的针线穿梭及母亲泰和的呼吸声，百亚知道他的阅读给母亲带来了心灵的宁致和依托，以及劳动一天之后睡前难得的享受。也许母亲听得太投入了，就在那个冬夜里，母亲摘着永远都摘不完的棉花，忘了已经摞得很高的棉花就在油灯旁边。百亚正念着《西游记》，"观音院唐僧脱难，高老庄大圣除魔。行者辞了菩萨，按落云头……"

突然那摘好的棉花一下倒在油灯上。火苗顿时蹿起，他一下扑了过去，结果火苗蹿得到处都是。与此同时，他被母亲巨大的力量推到一边，她自己扑了上去，旋即打着滚儿。他也四处拍打着火星火苗……

无声的扑火不知扑了多久，屋子里充满了烟雾，一切都结束后，母子相互对视，彼此的眉毛头发都烧焦了，不免感到后怕。睡在旁边的两个妹妹竟然毫无知觉。

此后阿尔特便把摘棉花的活儿挪到白天，夜里只做鞋子、打麻绳和其他针线活，可以放心地听书。她听到的书可真不少，《水浒传》《西游记》《三国演义》《烈火金钢》《红岩》《小城春秋》《苦菜花》《青春之歌》《家》等等，甚至《红楼梦》也听过几回。只要儿子能看到的书，她也能够听到。但那些书都是旧的，常常缺页，实在让她着急。有时就会问儿子，某某的结局会怎样呢？

也许是那些书奠定了她供孩子们上大学的决心，宁肯自己饿着渴着，也要让孩子们上得起学、念得起书。为了供孩子们读书，她甚至敢于乞讨。

阿尔特的针线活真多，妹妹沃尔特就曾对她说，你天天不是脸朝东就是脸朝西，哪儿那么多棉花要摘耶？阿尔特说本来都是旧棉花，都穿了一年，不重新翻一翻、摘一摘，再穿在孩子身上，怎么能暖和？也是。沃尔特会赞同地附和一下，但她仍然把棉花套铺在洗好的棉裤或棉衣罩上，即使摘也是薄一片厚一片不匀称，针脚也是不到一月就会开线。她虽然赞叹姐姐的活儿细致整齐，自己就是做不来，也没那个耐心。她的笨拙和毛糙是被姐姐阿尔特认定了的。

阿尔特后来不能享受听书的乐趣了，儿子百亚已经成家，做了家里的顶梁柱，生活的原有节奏和状况，随着村里的变化也跟着改变，那些大量涌进来的南来流民，不知什么时候占据了村里人口的百分之五六十。到原住民发现这个惊人的事实时，曾经满村子高高矮矮的树已经不知不觉地减少。那些闭着眼睛都能分辨出站在哪里的柳树、榆树、稠李子树等都不见了，最后村里只剩下一棵老榆树站在村中央，还有村东头的三棵榆树。也许是它们太老了，人们有所畏惧，没敢惊动。与那些树命运相同的是亲人和乡亲们，也一个一个消失了。比她年轻的没了，比她老的没了，和她同龄的也没了。还有那条村东的河，拐个弯不停地向东流去，从来没有停下来过。原来岸上那些还能遮一遮洗澡换衣服的大树，变成了稀落的小灌木；河对岸那密密的几步不见人的林子，就剩下可怜的细细疏疏的柳条毛子了。

达斡尔人失去了林子的供给，自古缓慢悠闲又不善储藏的生活样式，无法适应南来游民处心积虑的储集生活，也无法面对变得面目皆非的土地。他们陆续迁向更遥远的北方，或根据子女的婚嫁，寻找更适合达斡尔人生活的地方。而苏都日氏大都迁向了呼伦贝尔草原，那里曾是他们的第二故乡。那里有达斡尔五百屯垦戍边官兵的后裔，有从阿穆尔河北岸迁徙到嫩江平原后再次整体迁移到草原的族人。虽然光阴远去，延续下来的祖辈记忆不可磨灭，所以寻向草原仍然有着寻找故乡的意味。当仅剩的几户达斡尔人合计着追随已搬到草原的族人集体搬迁的时候，阿尔特又遇到了侄子苏若的问题。

3．逃脱的苏若

苏若是巴尔特的二子，那个曾经总是跟在父亲身后像个小卫士的孩子。在巴尔特故去三年后，母亲多音花日领着孩子们跟随父亲搬到草原，苏若一个人留了下来，接受父亲原单位的扶持，初中一毕业就被送到外地学习。三年后他获得中等专业学历走上工作岗位。报到的那天，因为没有宿舍，领导安排他住在办公室里，白天办公晚上住宿。而那个单位，竟是与他堂兄苏林一个系统一栋楼房，也曾是苏林住宿的地方。楼东头的那个房间，就是苏林被五彩的光环诱惑走的场所。苏若住在楼中间的办公室里，同样以朝气蓬勃的青春面对下班后的人去楼空。但是他不用箫来抵抗青年人的寂寞，一位漂亮的女孩很快填补了空白，即使下班后整栋楼空荡荡也不寂寞。然而不久麻烦就找上了他——也许不是麻烦，不过是机缘成熟，一颗宿世的种子发芽了，因为他是苏都日氏族苏如勤家族的子孙。

那是庄稼都收进场院后的秋忙季节，阿尔特怀着矛盾的心情，准备收拾完秋，就随同大家一起搬迁草原。恰那时，苏若突然来了。她有点奇怪，既不是假日也不是过节，想吃柳蒿芽也不至于几十里路老远赶来。正在阿尔特寻思之际，走进屋的苏若还没正脸面对，就转回身走到门边，一边说："把门拴上。"

"为啥呀？"姑妈有点不解。

"有人跟踪我。"说时苏若已经掏出一根自带的麻绳反复缠上门栓。

阿尔特由最初的狐疑到生出警惕，心"咯噔"响了一下：他出什么事了？

"谁跟踪你？是……"阿尔特有点不安，担心他跟什么人闹了别扭。

"嗯？谁知道了，有人要害我……"他继续弄着门说，"大姑，谁也别让进来，拴紧点……"

阿尔特怵然惊骇，见苏若言语不详，坐下后又反复起身去闩门，心里道：不对了！尤其看到苏若那似是远望又毫无定向的幽幽神色，阿尔特看到了他的爷爷苏如勤，看到了他的父亲巴尔特，看到了"碎碎人生"的苏革，以及整个家族男人的眼神。那隐隐的忧郁，仿佛一条漫长的河、一条锁链，贯穿着苏如勤家族的祖祖辈辈……

"完了！又是一个！"阿尔特心里喊道。

面对苏若阿尔特不知说什么好。看着他那反复闩门的动作和神思重重又显怪异的眼神，阿尔特什么都不能问了，也问不出什么，只觉得太可惜了，这么好的一个孩子！

"腾格日巴日肯！到底是怎么回事呀！"阿尔特好久没说的话，又脱口而出。怎么办？首先这个问题逼住了她。

再让苏若自己回去是不可能的事情。从旗县他的单位到老家皑乐，足有二十多里的车辙荒路，要穿过荒草甸子、柳条林子，要经过梨村，还要趟过一条江汊。他在母亲哥哥姐姐都不在身边的情况下，只能想到唯一的亲人姑妈。二十多里的荒野之路，他被一种力量支撑着寻来，其中必定有一种亲情的依赖。即使在心智涣散的状态下，潜意识中的亲情仍然存在。可是，在一会儿清醒一会儿迷瞪的状态中，他已不明白自己的行为。他只是神思寡欢一声不吭地坐在炕沿上，默默的又显神思不宁，酷似他的父亲巴尔特。阿尔特生出无限悲怜，也只能干瞅着他犯愁。怎么办？阿尔特仍然想着这个问题。只有让他的哥哥苏栓来把他接回草地，改变一下环境或许会出现转机？

阿尔特还不知道苏若已经出现的其他症状，把他送到单位后才听说了那些怪诞的事情。

苏若上班并住进单位第一年的时候，工作上进，颇得领导重视，心情也一直愉快。可是一天晚上，他突然听到走廊里有哭泣声，这么晚了谁在哭呢？出去看时，左右环顾并不见人，什么事情没有。苏若以为自己听走了耳，便回屋做他的事情。可是那哭声又传了过来，而且"呐哦哦……依依……耶耶……哦哦……"的调子哀凉，极像他的族人们歌哭的调子。苏若又走出去，声音又消失了。待他坐回床上，声音复起。更瘆人的是那声音来自东头苏林自杀的屋子。苏若有点不安了，便以看书分散注意力。然而那声音不但没有消失，反而近到耳边，似怨似诉，时停时续，绵绵不止。苏若已经彻夜不能眠了。如此持续了一个月的时间，苏若已经陷入一种恶性循环之中，女友已经若即若离，最后离开了他。

苏栓很快从草原赶来。他一见到弟弟，就沉郁着脸说："咋回事耶，咋都这样呢？"

办理了休假的事宜之后，苏栓便带着弟弟启程回到草原。

苏若一年没见母亲，还清醒地给母亲请了安，竟然还对母亲说了一句："妈你怎么一点没老？"

"你咋的了？"母亲多音花日仍然用那种耳语般的声音说话，好像对着一个很熟很熟的熟人，脸上不乏一种展开的微笑。多少年过去了，她居然还停留在原来的岁月里，脸容不显风雨的痕迹和岁月坎坷。失去主心骨的日子竟然没有让她憔损，仍然是丈夫巴尔特在时的容颜。身体也没有任何疾病。一副不被岁月所侵、守着内心清静的样子。

苏若在家里待了下来，每天在草原上游玩以分散精力。在那坦阔辽远的草原，他的心神进入了一种放松忘我的状态。草原朗朗碧蓝的日子，让他的心胸终于敞开了。

也许是改变了环境，也许是命不该损，苏若不再听到那种声音。半年后他完全恢复了正常状态，不久便返回工作岗位。他成为苏如勤家族中卷进漩涡又挣扎出来的唯一幸存者。但是他的婚姻从此步步舛错，一直不见圆满。

4．囹圄苏栓

不知是苏若的宿债转移到了哥哥苏栓身上，还是冥冥中的力量选错了人后重新再选，或者各有因缘宿债，弟弟苏若走后，哥哥苏栓突然出现了令人警惕的症状。当年，他和母亲多音花日跟随姥爷搬到草原时，有了一个汽车司机的工作，也娶了一位漂亮的蒙古族姑娘，两个人的日子过得还是不错。只是作为家中的老大，弟弟苏若不在家，两个弟弟尚小都在上学，妹妹又是只能借助双拐仅在室内活动，在这种情况下，家庭的担子便落到了他的肩上。好在母亲从不要求他什么，他便没有照顾周与不周的负担。婚后一年他们有了一个儿子。那儿子极其聪明伶俐，已超出同龄的幼儿，而且生下来就嘴唇发紫，随着发育越来越紫，让人担忧他心脏里先天带来什么东西。果然，在经过求治不愈后，三岁时完成讨债，走了。

苏栓的病情，竟然也没有离开那个轨迹，仍然是有人在耳朵里说话。不同的是，声音明确地来自爷爷苏如勤：

"你妹妹的腿要是不残疾的话，她当雅德根来的……"爷爷的声音充满了无可奈何的叹息。

后来就是爷爷歌哭般的调子，幽幽绵绵，仿佛从一个遥远荒蛮的边地漫来：

"呐哟……尼哟……呐哟哟…… "

在那种近似一个音调频率、开合顿转的节奏里，充满了无尽无望的忧楚，让苏栓仿佛不断听到阿尔特姑妈，以及所有婶姨们的哭灵长调，又好像整日生活在丧葬的气氛里。就在不断听到爷爷吟唱的那段日子，他黑白不分沉睡了几天，醒来后便开始给人看病。在昏睡中，苏栓目睹了家族中一桩桩经历和没有经历过的画面，看到了许多隔世的古老先祖，一个个佩戴着冗繁沉重的萨玛西克神衣，从悠远的空中排队飘来，男的女的老的少的，个个手持圆鼓、鼓槌，表情各异。有的彪悍勇猛，有的沉稳苍郁，有的昂头挺胸双臂张开，仿佛迎接太阳的光芒。其中一位女雅德根甚至表情痛苦，紧闭着双眼似乎永远都不想睁开。圆鼓和鼓槌在他们手上翻转，抡成同样的姿势，声音充满了宇宙自然难解的讯息，逐次从他的眼前飘过……

苏栓蹲在地上，一位一位数，数到最后是他的爷爷苏如勤……

后来他竟在阳光下清醒地盯着妻子说："刚才的那些人呢？"

"哪些人耶？"妻子狐疑。

"刚才还在那儿了，你看那不是放电视的痕迹么？"

妻子顺着苏栓的手指望一眼床上的被子，仔细辨认丈夫说的放过电视机的痕迹。其实那时家里还没有电视。显然妻子以怀疑的目光否定了丈夫。

而苏栓予人治病的过程，就是从那个时候开始的。最先治疗的是一个生皮癣的人。但他没有像他的爷爷苏如勤那样，以恐怖的声音一阵狂笑之后再吮，或用通红的烙铁在舌头上哧啦舔过，而是很正常地用舌头去舔病人的皮癣以做治疗。事后，他跟妹妹娅吉说有点恶心。在那种看上去无师自通的过程中，苏栓找过一些在草原能找到的雅德根，想进行一场认定雅德根的仪式，给神灵开光也给自己界定一个正式身份。然而那些人都摇头拒绝了他，声称没有那么大的法力，摆不平他爷爷的坛城。

苏栓便在那种状况下不时予人治病，一些犯"精神病"的人，一提到"苏栓来了"，就乖乖地不再闹了。

"这回该没事了吧？"搬到草原的阿尔特看到侄子苏栓的情形后，沉思着说。就像所有族人认为的那样，一个雅德根的出现会宁息家族的灾难，不然就永远循环在雅德根寻找载体的灾难和死亡中无有出期。然而新生的雅德根也有去世的时候，不断的灾难就继续发生。苏栓的出现暂时平息了家族的灾难，阿尔特却生出新的忧虑：如此选择下去，何时才是尽头？一个年轻轻的生命，必得做一个在人们看来神神秘秘跨越阴阳两界的角色才能活命？况且雅德根的规矩约束，也不一定是做雅德根的人心甘情愿承受的。比如解不开梦境或者错解梦境出现诊断错误时，导致的头痛乃至其他的病痛等，阿尔特不是没有在父亲的身上看到过。所以她不想再在家族第三代人的身上，看到父亲苏如勤那种恐怖的治病方式。毕竟时代不同了，有很多负面的东西相伴着雅德根的行为。但是如果非得以雅德根的出现才能使这个家族安宁的话，那也只能听天由命了。那股冥冥而又强大的惯力，谁能抵抗得了？而如果有一种能够转变家族命运的妙药，阿尔特宁愿去寻找去尝试，哪怕直至生命的河流干枯，也要为家族的命运找到一个突破口。

阿尔特以矛盾的心情，亦喜亦忧中接受了苏栓的事实。他也被人们称为"卜图雅德根"，即没有拜师举行仪式正式出马的雅德根。

几年后，在大家一致认为苏栓成为雅德根可以平息家族灾难的时候，他发生了一件事情。那件事情，是在七次平静地与一个病人谈话之后开始的，没有刀枪棍棒却隐含着玄机暗影。熟人中有一位六十多岁的老人患了白血病，从医院"不能治愈"的诊断中绝望地回到家中。苏栓听说后，便怀着帮人的心情拎着水果点心前往探视，之后连续七天，与病者进行了七个下午的交谈。交谈中苏栓看到病者的亡母（曾经也是有名的雅德根）就在病者的身后。病者母亲生前曾与另一个女雅德根有过交往。一天，那女雅德根到病者母亲家里串门，看到主人的小儿子也即后来的病者，就抱着他的头亲昵。这时病者的母亲看见的竟是一条狼狗在啃儿子的头骨，便不悦地说："跟孩子闹什么耶？"

女雅德根"呵呵"一声，松开那孩子的头走了。

女雅德根走后，夜里，病者母亲家的窗外就出现了一条黑色的狼狗趴在窗上。那窗户是一格一格的古老的达斡尔木质窗户，外面虽是纸糊的，却很结实。狼狗并没有破坏窗户也没有吠叫，但是次日早晨，病者的雅德根母亲一起来就跟丈夫说："我不行了，遭道了。"从那就一病不起，很快去世。

经过七天的聊天，白血病人奇迹般地康复，而苏栓雅德根竟从此失去看病的能力，整日精神恍惚，时而清醒时而混沌。这种情形中，他无法听从妹妹娅吉到医院治疗的劝导，天天放出忧郁昏沉的目光，俨然又一个巴尔特再现。

"它们看得那么紧，怎么动得了耶？"他幽幽地说。

"谁看着你呢？"娅吉问。

"没见那么些东西么？都在那儿。"他的眼睛往旁边一瞥。

娅吉跟着他的目光看去，什么也没有看见。她知道自己的肉眼只能看到眼前的事情，雅德根世界里的事情她还不能明白。

"你看它们都围着我，这掐一把、那掐一把疼死我了。"苏栓又说，并把手指向自己身体的几个部位。

是的，他说有几十只搜列围着他，他不能动。

苏栓真的不能动了，天天躺在床上，被深深地控制在不能自已的状态之中。不知那场漫长的谈话，隐含了什么样的诡谲暗机，致使苏栓一蹶不振越来越严重。按他自己的话说，他的坛城被人家扣下了，所以他无法再起。也不再听到爷爷的声音了。在他禁不住去医院看病的劝说中，几次要动身的时刻，都被"百十来人死死地围住"，不能动弹。身体出现了僵死的症状，脸色也格外灰暗。致使妻子不得不打消去医院的念头，让他在尚可维持生命的状态中慢慢恢复。

苏栓的母亲天天去服侍他，起初只说了一句"不知道怎么回事，都这样"之后，就再也没说什么，只是默默地伺候儿子。她从不主张什么，一切都是顺从。妹妹娅吉早已成为家庭的主事。

注定的死亡到来了。有多少教训都在前面警示过了：雅德根坛城没有理顺的话，招致的不是长期患病，就是必然的死灭；雅德根之间的斗法暗算，招致的不是医治无效，便是一生不死不活赖赖歪歪的。情形就是这样残酷。即使寿终正寝的雅德根，也要因由以往的德行好坏而决定临终时的状态。像苏如勤苏雅德根那样预知时日又无疾而终的情况，少之又少。苏栓不仅没有爷爷的福分，反而惨遭劫难。

苏栓虽然没见过爷爷苏如勤，却清楚知道爷爷的一切，就如后代没有人不知道祖先的业绩一样。尤其爷爷苏如勤为警醒后人留下的关于雅德根之间暗算斗法的口传故事，一直流传在族人之中。苏栓即使病魔在身，也没有忘记那个口传。却没想到故事般听过的事情，竟然发生在他自己的身上，他虽然没有遭到明面上的争斗，暗地里遭到的算计却更为阴险，甚至到了要命的程度。

在最后的日子里，他把那个代代口传下来的故事告诉了妹妹娅吉。娅吉说我知道啊！

"知道也得重复一遍，以后也许你会遇上这事！"

多么可怕的话，是无意还是顺口而出？

苏栓转而又说："你知道什么时候，会出现第二个苏栓，第三个苏栓？苏如勤氏族的雅德根是不允许斗法的，更不允许暗算别人。"

娅吉觉得哥哥的担心有点多余，不过是把斗法的事情当故事讲讲，就像童话，讲给那些感兴趣的人，没有不爱听的。因为那都是历历的真实。

娅吉真的是不知其中利害，真正懂的人是忌讳这些事的。对于一个无法探知无法了解的神秘领域，你还是敬而远之的好。这是老辈智者们对后人的教导。

不过，娅吉还是整理了那个口传，算是遵从哥哥的遗嘱，然后就放到了一边。而没有料到的是，许多年后，哥哥那句"……以后也许你会遇上"的话，果然应验了。

5. 斗法

那个雅德根斗法的口传，来自他们的祖先，以乌春的形式流传下来，娅吉把它整理成了文字：

很久以前的德仍河[①]边，

[①] 德仍河：黑龙江下游昔有德仍乡，是清代北方少数民族向清政府贡貂和贸易之地。达斡尔人从黑龙江北岸迁居嫩江流域后，有些地名仍然以原居地为名。

父母早亡的德莫日根，
领着一小一大两个妹妹，
打猎为生度着日月，
是两个雅德根斗法的缘由。

一天德莫日根又骑马进山，
三天一个动物都没有见，
空空而归很不正常，
拿弓使箭已十三载，
从没见过这种奇怪现象，
定有邪祟从中作怪。

懂事的妹妹穆恩格，
劝说哥哥心放宽，
即使邪祟从中在作怪，
也怕哥哥手中的利箭。

第二日鸡刚叫头遍，
莫日根早早起了身，
吃过妹妹做的拉力①粥，
拿起祖传的宝弓和利箭，
领上细狗骑上云青马，
走出家门又上了西山。

白白地转了一整天，

---

① 拉(lá)力：达斡尔人的传统食物，类似腊八粥。黏米拉力做好后，要在锅里放酸牛奶搅匀，再盛到碗里，中间弄个小坑，放进奶油或黄油、糖等，吃的时候，夹一筷子黏粥，蘸一下奶油，再送到口里。每到乳牛产下小牛犊一个月后，都要吃拉力，叫娃尔拉力，请亲戚朋友同享受。

晚上就住在山脚下。
次日早上醒来时，
竟见其卡密靴子上，
有一泡冒气的狐屎。
原来是你在捣鬼！

循着狐狸的足迹，
竟然惊起一只小白兔。
猎狗在后紧紧地追赶，
白兔打滚儿变白狐，

通身闪着雪亮的光彩，
不顾命地向前方逃窜。
莫日根勒马扬藤鞭，
猎狗紧追疾快如旋风。

白狐眼看难逃掉，
打滚儿变成路旁的碾石。
猎狗不见了猎物，
围着碾石转三圈，
一下嗅出白狐的臊气，
狠狠浇上一泡热臊尿。
蛰得白狐一下受不了，
连忙跳起企图逃跑掉。
人马猎狗紧紧地追上。

白狐左右奔突无出路，
变个老翁坐在路边上。

莫日根上前问老翁，
猎狗一口咬住老翁的衣服。

谁家的狗这么讨人厌，
真是少了些调教。
猎狗狠狠扯下袍子的一角，
一下露出狐尾巴黑稍①。

白狐立即惶惶地逃窜，
猎狗紧紧追逼不舍放。
荒郊一家大户前，
白狐踪影忽然不见了。

眨眼变成一老翁，
匆匆走进大户院。
院里众人都请安：
老爷回来了可安康？

老翁进了正屋坐炕头，
向着老妪数说一路险。
今天险些没了命，
德莫日根追逼要进院。

老妪说你无故招惹他干啥？
莫日根来了岂能饶过咱全家？

---

① 白狐尾巴稍发黑，说明已逾千年。

我是桂花雅德根的神魂①，
她的遣使岂敢不听从。

说时猎人猎狗进了院，
满院大狐小狐蹿跳乱了套。
老妪连忙出屋去恳求：
老头无知惹着了圣神，
要他一命没话说，
只是饶过年少子孙们，
老妪感恩戴德记终生。

你那老头哪里是无知，
故意往我靴子上拉屎，
还往我的裤套里撒尿，
分明坏得透顶心不好，
这个欺辱今天定雪耻。

满院大狐小狐转眼没了命，
回头再看大户大宅院，
原来是个大荒丘。
没有打到可口的野味儿，
只带上一捆狐狸皮，
不知哪里有猎物。

路过一个陌生的村头，
大院蹿出一群狗，

---

① 神魂：达斡尔语称"翁果日"。一个雅德根除了主要的神，可以请到多个神魂。

围住猎狗猛撕咬,
莫日根一怒扬藤鞭,
引出宅院的主人。
喝退群狗笑脸迎:
名声远扬的德莫日根,
桂花雅德根向客人问讯!
昨天我查了神路①,
知道今有贵客来临门,
群狗冒犯还请多包涵,
请你赏光寒舍不胜之荣幸。

莫日根一听不免惊,
没有见面咋知我名姓?
又咋看到我行踪?
难道是有神通雅德根?

客人被请进上屋,
敬烟斟茶倍殷勤。
请问为何眉紧锁,
哪里剥了那么多的狐狸皮?

不提此事心尚好,
提起不免又气恼,
骑马打猎十二年,
利箭从未虚发过,
马背从未空荡过,

---

① 查神路:指雅德根夜里梦兆,除了梦兆,也可随时运神查看。

猎狗从未白跑过。
三天怪事不间断，
找遍树林不见兽，
不是神灵来作对，
就是邪祟来戏扰。

人说山里的野兽，
都是白那查的畜，
如果没有他恩赐，
多好的猎手也徒劳。
神灵不会无故来降罪，
邪祟也非随意来戏扰，
一定是你得罪了它们。

不是我得罪了它们，
它们先来招惹我，
一气之下把窝全给端，
过后又觉心不忍，
杀了这么多生命，
神灵岂能饶过我。

没想到你七世莫日根，
还为杀生心不忍，
一窝搜列算什么？
杀就杀了又何必自责？
要打猎物听我说，
东南大岭云雾绕，
獐狍野鹿到处闲游任你获。

莫日根感谢主人走出屋,
桂花雅德根却有言在先:
打到猎物回家时,
路过家门别忘来歇会儿。

按着桂花雅德根指点,
果然打到丰盛的猎物,
马背驮满猎物扬藤鞭,
一路山冈和草滩,
溪流江河不停地奔走。
心里挂念两妹妹,
只嫌人马猎狗飞得还不够。

正在策马往下跑,
一个跟头马栽倒,
人马一起滚下山,
马死人亡顿时气断掉。

原来桂花雅德根,
久仰莫日根英名,
先是遣使神魂去作祟,
后来指路猎场求欢心。
不料心急的猎人,
一心惦记两妹妹,
没把她桂花放心上。

骄横惯的桂花雅德根,

顿时心生起妒恨，
遣使神魂去加害，
正在兴头的莫日根。

德莫日根马死人也亡，
猎狗急得直转在身旁，
叼起鹿皮帽子给戴上，
刚刚戴好随即往下掉。

猎狗叼起帽子呜呜叫，
风驰电掣往家跑。
妹妹见到帽子不见人，
知道哥哥出事了。
猎狗扯着袍子角，
向着远方山岭直哀号。
姐妹俩一路跟着猎狗跑，
一下看到哥哥的尸首，
哭得天悲地愁人心碎。

咱俩光哭哪有头，
还是回去找舅舅，
再去请求没过门的嫂，
哥哥有难她不会不救。

提起祺妮花日雅德根，
是莫日根没过门媳妇，
老人在世定下的婚姻，
长大再也没有通音讯。

聪慧貌美的祺妮花,
十五岁就穿起了照瓦①,
闺阁里就已扬名,
上天入地神通广。

这一天却突然心惊肉跳坐不下,
料知莫日根定遭了毒手,
连忙运神来查看,
果然有位老人赶着大轱辘车,
送两个姑娘来求救。
害死莫日根的人也看到,
没想到是她的友桂花,
心肠如此之歹毒!

红绸被子蒙头躺在炕柜前,
没过门的嫂子羞见婆家人。
被子里仍然运神使神通,
心怀歹毒之人应该受教训。

女儿你哪儿不舒服,
有啥事情不能告诉妈?
今天两处有人来求我,
无论谁都别答应,
我要这样多躺会儿,

---

① 照瓦:达斡尔语,萨满神服的一种叫法。雅德根从师学徒跳神时,只用红布裹头,出师后才能穿上神服跳神。祺妮花日十五岁就出师成为雅德根,所以十五岁就穿上了照瓦。

千万别扰我宁静。

祺妮花日蒙头躺不久,
桂花雅德根在家突发病,
口吐鲜血炕上地上直打滚儿,
眼看一命要呜呼。
但她心里明镜知,
祺妮花的神魂来报仇,
没过门的男人遭人害,
她怎能够善甘休?

桂花母亲说女儿,
你折腾成这样子,
唯有祺妮花日雅德根能救你,
你们从前认姐妹,
我去求她定能来救你。

桂花只能暗叫苦,
心里明白说不出。
桂花母亲套上车,
急如星火去见祺妮花。

祺妮花日母亲想相救,
怎奈女儿此前有叮嘱。
我女说她不舒服,
蒙头躺了多半天,
这事得你自己求,
答不答应我不好插话。

桂花母亲双膝跪在地,
声声哀求祺妮花日:
扬名四方的雅德根,
好心肠的姑娘祺妮花,
救救我的闺女吧!
她今儿突然得了病,
口吐鲜血要没命,
不看你们姐妹的份上,
也该可怜可怜我,
上了年岁还奔波。

祺妮花日可怜那老人,
叹口气把神魂收:
请回去吧大婶你,
女儿桂花没事了。

刚刚送出桂花母,
两个小姑又登门。
双双跪在炕沿下哭求:
救救哥哥德莫日根。

没过门的嫂子羞见婆家人,
红绸被子蒙得紧,
不管两个妹妹怎么哭,
祺妮花日就是不吭声。

过去的习俗就这样,

闺女婚前不见婆家人。
不管心里有多急,
身子却像大山般沉重。

祺妮花日母亲看不过,
上前帮着替求情:
两小姑娘肝胆都哭碎,
你咋一点不动心?
别人多少事情都管过,
何对她们如此之薄情?
就是狠心不管你男人,
也该可怜可怜两姑娘。

两个姑娘哭得日已西,
祺妮花日还是没动静,
母亲急道你若再不管她们,
让那天地神灵都看看,
了不起的祺妮花,
让她母亲要下跪。

祺妮花听了心一惊,
连忙下地扶母亲,
好一会才回过味儿,
无论如何也得去。

红着脸庞叮嘱两妹妹,
仔细说明该办的事项:
你们两人快回去,

大门口前隆起七个大火堆,
好让我的神魂寻火光前去。
时时拿着他帽子,
不停呼唤他名字,
让他离去的魂魄,
不忘回返的路程。

两个女孩回到家,
乡亲个个来问候,
有力出力有物的出物,
七百尺白布搭帐篷,
七堆大火也拢着,
只等祺妮花日雅德根。

再说雅德根祺妮花,
路上倏然心惊眼睛跳,
猛然回头一看时,
两把利剑逼心后。
手疾眼快抓替身,
两只乌鸦抛利刃,
飞剑沾血掉头遁。

桂花雅德根坐家中,
看见飞剑带血喜生心:
祺妮花呀祺妮花日,
这回咋救你男人莫日根。

祺妮花日正从头顶上飞过,

这番恶语听得真真切,
随手往下一伸指,
桂花口吐鲜血栽下地。

祺妮花日顾念姐妹情,
让其折腾一回便转活。
桂花非但不领情,
发狠定要见高低。

东北方向鼓声隆,
五彩云朵一阵阵翻腾,
在那飞旋来的神鼓上①,
坐着祺妮花日雅德根。

阳光之下耀眼闪烁的,
是她胸前大大小小的铜镜;
翎羽一样随风飘展的,
是那五彩绢带和神裙;
哗啷啷声随着落步鸣响的,
是她膝头腰间的铜铃;
双肩之上栖息的木雀,
据说始祖雅德根神魂;
冠带下面盘绕彩饰和小镜,
清秀额鬓像云拢明月;
鲜花一般红润的脸庞,
明眸流盼胜春水清莹。

---

① 雅德根的神鼓上天能飞舞,入水当轻舟。有神通的雅德根常坐在神鼓上来往。

没等人们拭目仔细看，
已经飘然落在火堆前。
跟谁也没说上一句话，
绕着火堆击鼓舞翩翩。

跳了一个时辰绕火堆，
跳了两个时辰绕莫日根，
击鼓隆隆跳了三时辰，
击鼓咚咚跳了七时辰，
突然咕咚直挺挺倒地。

两个小妹叫着嫂子往前扑，
众人连忙拉开说勿忧，
祺妮花的神魂在过阴，
已赴伊日木汗①阴府中。

静静等了一时辰，
眼巴巴又等了两时辰，
三个时辰过去了，
七个时辰也过去，
还是不见祺妮花动静。

众人急得手忙乱，
两个妹妹痛失声。
上了年岁的巴格其，

---

① 伊日木汗：达斡尔语，阴曹地府的统治者。

举臂高呼祺妮花：
雅德根呐祺妮花！
祺妮花日雅德根，
你十五岁穿照瓦，
闺阁里就击鼓能遣神。
你的神通多博大，
你的神魂多英明。
为救亲人你前来，
此刻你在德仍河滨。
快回来吧快回来，
亲人们已心如焚！
快回来吧快回来，
祺妮花日聪颖的神魂。

巴格其的声声之哀呼，
祺妮花日一点无感应。
两妹妹的哭声彻肺腑，
祺妮花日仍然没动静。

为何祺妮花日听不到？
为何祺妮花日没感应？
原来她在归途中，
正在经历一场殊死的斗争。

往返伊日木汗阴府的途中，
有如九道鬼门关关口，
祺妮花的神魂在那里，
遇到桂花神魂的拦阻。

两下斗得不可开交,
谁也没把谁制服。

拽到伊日木汗说道理:
德莫日根他忘恩又负义,
我惩处他理不屈,
祺妮花是他的未婚妻,
为了私情把我害。
伊日木汗你真是昏聩,
竟把亡魂交她回,
今天你若不惩办他们,
我就去找腾格日汗告你。
说着桂花就拽祺妮花,
去腾格日汗那里评评理。

祺妮花日的神魂说,
我十五岁就穿上照瓦,
击鼓遣神上天又入地,
到哪儿我都敢陪你。

二人刚刚登云端,
祺妮花就听见了喊声,
这才想起离身已太久,
莫日根的游魂还没有送还。

当即撇开桂花雅德根,
寻着呼声往回急急行。
桂花神魂随后紧追赶,

步步挨近德仍河滨。

山高谷深雾蒙蒙,
前面就是无底谷,
深谷下是无底潭,
深潭连着那地府。

一只山鹰擦身过,
指定替身甩尾巴:
你就替我领着她,
好好观赏深谷烟霞吧!

巴格其的呼声又传来,
桂花听了无比地解恨:
今天只要有我在,
休想送回你男人游魂,
你也休想返回你真身。

祺妮花让自己替身说:
你竟这样死皮赖脸争,
可知自己也会死?

桂花雅德根的神魂说:
我死我活不足惜,
到了阴曹地府缠死你,
让你做不成鬼夫妻。

既然你已坏到这地步,

就别怪我不讲姐妹情,
搅起高达云天的旋风,
狠狠指向桂花的神魂。

旋风裹卷桂花的神魂,
直冲无底的深渊,
这时在家运神的桂花雅德根,
大叫一声栽下地死去。

祺妮花日雅德根神魂,
历尽艰辛返回到真身,
神鼓隆隆从地上跃起,
已是第二天早晨。

祺妮花日的神奇之神鼓,
把那游魂扇进亲人的躯身。
德莫日根缓缓睁开眼睛看:
我咋睡了这么久?

没过门的祺妮花,
受到众人称赞感谢脸羞红,
匆匆坐上飞旋的神鼓,
五色彩云相伴返归程。

　　没人不知道这个故事,阿尔特首先从父亲那得到过口传。父亲说,我们苏都日氏不兴斗法,不兴暗中算计同行,无论以什么方式。
　　那时候,面对阿尔特一年中就失去三个亲人的绝望,父亲给她讲自己的雅德根历史,讲氏族的历史,讲各种寓言故事,来分散她的哀伤,与她共担痛苦。那时候，父亲可能还有其他用意，她没有明白，但她也成为口传者之一，讲给儿子女儿，讲给侄子侄女们。她知道作为雅德根的家族，后人中不断会有新的雅德根出现，这些口传对于他们无比重要。

多年后，当侄子苏栓也死于雅德根之间的暗算，她才倏然明白，无意中的口传没有避免苏栓的囹圄悲剧，她也无法参透命运背后的因果流转。所以她没有眼泪，有的是震惊和惧痛，也有担忧：这个家族还会不会出现第二个、第三个苏栓？谁敢保证？

阿尔特也不可避免地染上了忧郁，但她的忧郁是阶段性的或暂时的，更多的时候变得沉默。在漫长的命运不断以死亡的狰狞向她那结了疤、又被揭开的心撒盐的岁月里，有一种顽强得连她自己都不清楚的生命潜流，与她的肌体共同对抗着死难重重的魔影。固然她的身体离不开那白色药片的支撑，而精神的不衰，仍然使她生命力表现得强盛。也许，是常常的自然垂钓，澍露着她的身心。其实她那垂钓，常常忘了起杆，常常望着鱼漂浮动也没感觉。一坐就是半天一天，却不见筐里有什么鱼。

她知道，有一种东西在前面等着她，默默地无声地等待着她，让她情愿不情愿地随着一股不可抗拒的势力，汇入那个指定的归宿。所不同的是，她一生的付出与忍耐以及长寿，已经阻断了堕落的因素。她说，我绝不去那黑暗的伊日木汗那儿，我要升天，要看看那些亲人们都在什么地方。

在阿尔特的理念里，一直以为只有进了天堂，才能俯瞰那些亡故的亲人。

她听父亲苏如勤说过，人死后自然会有神通，除了没有六神通中佛的漏尽通外，其他的五通——天眼通、天耳通、他心通、神足通、宿命通——都具备了。残疾的人会变得健全，盲聋喑哑都会恢复视听，而且恢复到青年甚至少年的能力，意念到哪里，就立刻飘到哪里，无碍无阻。这些，只有成了灵魂才能知道，阳间无法体验。

苏栓的神识被索走后，照样抛下了一世短暂的躯壳或皮囊。接下来还会发生什么，阿尔特一点都不敢想，她也不能再去担忧什么了。草原的生活虽然过去多年，她仍然不能适应，时刻怀念着老家，总想回去探望的心念，锲而不舍。

第二十三章

母亲的执着

一棵树

是无数细微的关系网

延伸到整个宇宙

落在树叶上的雨

摇曳树里的风

滋润树下的土地

四季的气候乃至日月

都构成了树的部分

宇宙的一切

都在树上

它不能独立于其他事物

时刻都在微细的变化之中

1. 护

那一阵激烈的电话铃惊破午夜沉寂的时刻，衮伦正在深深的睡眠之中。

她坐起来，看到男人昏暗中接听的姿影，听出不是无聊的骚扰，而是必接的电话。也许那深夜的铃声就是他们的宿缘，在从不开机就寝的偶然破例中因缘而至。电话来自衮伦女儿的好友，是女儿从幼儿园一直到中学的同学。她正在宿舍，晚上被网上的一幅恐怖画面惊吓后，一直不敢入睡，只要躺下就被幻境吓醒。最后她想到向好友的母亲求救。衮伦听着电话里断断续续的哭诉，做了半天的开导安慰，告诉她所看到的都不是真相，让她把心放宽，可以称念观音菩萨来转移注意力，只要一心称念，坚持一阵就会放松好转。

放下电话后衮伦为她做了一些必要的祈祷，让那些惊吓女孩的债主远离她的身边，然后回到床上。一会儿，在朦胧的情境中，那些无形魅影竟都来到了衮伦的周围，一张张面孔以各种各样的表情，痛苦的、挤眼的、怪笑的，诸多表情在空中交替闪现。衮伦虽然不认识他们，却也知道他们都在什么地方游荡受苦，也知道他们为什么出现。所以衮伦没有抱怨，也没有害怕，更没有放弃，不断与他们调和，向他们忏悔。后来在一个又陡又高的悬崖边，衮伦清醒地止住脚步，回转身，跟随一位挑书担子的和尚，向另一片开阔地走去。但有一个又丑又旧的老妪似乎不肯离开，靠近衮伦的脸旁，似乎提醒她的存在不可忽略。衮伦清楚老妪的身份角色，便捏住她的鼻子和嘴。如此老妪的双手抓住衮伦的手试图挪开，衮伦便以咒语度她，老妪瞬间消失。第二天，女孩儿的情况基本恢复了常态。

这是新年里唯一出现的境界，之后，衮伦再再感觉到宿世的行为虽然过去，而留下的结果却没有消失，它会等在漫长的潜意识里，一旦机缘成熟的时候，显现发生。那些午夜寻来的面孔，都曾是她几世熟悉的亲人或母亲，或者被她伤害过的生灵债主，包括以往许多黑暗中出现的面孔，以及阳光下遇到的事情，没有无缘而来的风。衮伦虽然有时还处于不能自控的游荡中，却也得到了如何化解宿世恩怨的方法。

几天之后的又一个子夜，衮伦进入那个房间，那是她最能坦露心灵的地方。她遵从那个声音，把无数世以来的坏心恶心掏出来，袒露在雕像面前清洗。尤其近在眼前的、当天的、昨天、前天乃至十天半月、一年前的，甚至远及可记忆起来的一生的错心，都搜索出来清洗。在她再再清洗错心坏心的时候，身体竟似一个钟摆，在无所凭依的空中来回摇摆起来，双手合在胸前。有牛奶样的液体从头上潜潜流至她的心田，生出一种被澍露的滋润。在那种非常惬意的情境中，她悠悠地哼起了轻松愉悦的小曲。正在那时，图敦师身边的一位沙弥出现了，望着她说着什么，随之衮伦便在境界里化为一个小点直至消失。

慢慢地，衮伦便也不在乎那些情境了，好也坏也，都是她的心在执着。就是不止的流泪，让她感到麻烦。直至又一个早晨，衮伦见到那个"护"清晰的身影时，才模糊知晓她很久以来的异常流泪，或许正是来自于它。它已经跟随衮伦很久了，早就存在了。在过去许多衮伦不知晓的事件发生之前，都曾有过某种预示提醒。它有着所有生命抛弃肉体之后的轻灵无色的形体，具备了沉重肉体不能具备的神通。但它仍然与衮伦一样，处于习气的惯力以及贪欲、嗔恨、愚痴等烦恼当中。所以除了一些神通，实际上还要借助衮伦的人身最终得到升华。

衮伦在那种异常的体征出现的时候，仿佛一个婆娑如雨的泪人，不能自控地流泪。后来得知它曾经做过衮伦某一世的母亲，由于没有修好，沦落成动物却还在暗地里护着她。衮伦难过了，它比衮伦也好不到哪里去呀，除了那点神通。唯有这点能力暂时可以胜过衮伦，除此，它也是自身难保的没得到究竟自在快乐的行者。它让衮伦流泪不止，无非借以显示它的存在及能力范围，它需要借助衮伦的人身做攀登的阶梯，才能得到究竟的结果。这是起初衮伦不明白的，后来明白了这一层意思，她便生起了无限的怜悯之心，并将自身的精华甘愿施舍与它，让其早日转换色身，得到究竟的身心轻安。衮伦每每想到这个层面的时候，眼睛就会酸热，是自动的。她想到自己的母亲、母亲的母亲、生生世世的母亲，都在哪里受苦？还有那个经常出现的、在暗处受苦的老妪，哪怕她是个鬼，都是她该去怜悯去帮助的对象。所以衮伦那曾经的噩梦，每夜里交替出现的面孔，以各种不同的狰狞、痛苦、怪异、丑陋等相示现，无不都在告诉她，他们都是可怜悯的人，在恶道中受苦，无衣无住更无食物，只有找她，让她帮助他们。衮伦便放下以往的胆怯，生出怜悯。原来他们都曾经是亲人，无数世的父母兄弟姐妹，甚至是无数世被衮伦伤害过的冤亲债主。

衮伦放下了最初的恐惧和最初以咒语驱除的心态，时时坐在那里泪雨婆娑……

"这是你的护法，它以后总护在你的左右。"

"我怎么称呼它？"

"护……"

那个清晨，衮伦看见它站在面前，一双眼睛异常大而明亮，以超出虎豹猎犬的体貌向她凝目，身躯黄白颜色。那道声音也便同时出现。

实际上在此之前，衮伦曾经受到过某种提示。那是在一个下午，恍惚中她走进一间土屋，南炕的炕桌东侧坐着的一位长者，头发稍稍花白，把审视的目光投向衮伦。潜意识里衮伦知道那是曾经帮助过她的一位巴格其长者，他是雅德根系列的神职人员。衮伦站在地上，正不知如何开口说话之际，长者便盯住她说："你身上那东西……正在往那边走，黄白的……"

他说的是达斡尔语，那个黄白的，正和衮伦那天清晨看见的一模一样。

巴格其长者的目光随之转向衮伦的右侧，眼神犀利又不乏温和。一身老式的灰色长袍，与所有老去的达斡尔老人的衣着一样。头上的礼帽，也是他们爱戴的样式。衮伦不止一次见到眼前的人。在一次雅德根跳神的场面，许多达斡尔老人都穿着那样老式的衫袍，戴着那样的礼帽，围坐在环形的三面大炕边，以节拍韵律单调的萨满神歌易若，为雅德根助唱。雅德根就在地中央时而旋转时而蹦跳，又时而躺倒在炕边，或时而起身唱上一段。他歌哭般的唱词充满了苦楚凄哀郁婉的音律，在手鼓和鼓槌相击的节奏里，传出一种奇异怪谲的只属于那个特定情境的讯息。助唱的人们各自专注于自己的角色，偶尔才向中间的雅德根投去一眼。雅德根始终闭紧着双眼，似乎在瞑目中才能接受某种旨意的降临或者传达。那种唱与助唱之间的配合，早已在无始的诸多类似的场景中形成了相当的默契。所以在什么火候唱出什么样的祈请词，配合什么唱词，给雅德根敬上烧酒或递上要吸的纸烟，都熟稔于心。

雅德根继续旋转着跳着，鼓声不时紧急不时缓慢，不时坐在炕沿上歌哭。实际上他已经流出了眼泪，全身的颤动频率相当匀速。那位巴格其长者就在那些人里,他拿着一根像木棍样的东西,从炕上病人的身体一下一下地往外使劲,仿佛抽出病灶,然后送入地上的一只大鹅的体内……

衮伦没有看到那位雅德根像以往那样晕倒,也没有看到他穿着百多斤的雅德根神衣。实际上,蕴含着宇宙讯息的萨玛西克神衣,已随岁月流逝。后来制作的只是为了展览观赏的馆藏。

衮伦当时不解的是,那位雅德根的唱调为什么似哭,那么哀凉悲郁,而且低着头紧闭着眼,不时流出眼泪,不时对上一句巴格其说给他的什么话语。后来他的抖动慢慢平息下来。

在衮伦稚嫩的岁月里,这样的神事活动贯穿了整个皑乐,以及整个民族。曾经那些黑暗的冬夜里单调的鼓声韵律,像一道道天籁咒语散落在寂静的夜空之中,熨在人们寥落的心田。苦于无奈又不能掌控自己命运的族人,寄托于天神冥界的祈祷,苦苦地挣扎,一代一代承袭下来,也影响了后来人如衮伦的心灵。那时她怎么也不会想到,有一天她也会卷入雅德根那种让人敬重又神秘莫测、不乏舛难的角色,糊糊涂涂地随着转了一阵,没引起警觉追问。倒是母亲阿尔特"为什么"的追问使她觉醒,也生出事后的恐怖。但由于累生累世的惯力,她要找回那颗仍然迷失的心,是相当困难的。没有向导和目标的茫然,注定是没有结果的行走。包括曾经做过她母亲的护,也在苍茫的无明中徘徊,等待她的觉悟。

就是那位巴格其长者,向衮伦提示过护的存在。它与衮伦同样需要寻找,需要能够引导她们的依祜。

2. 瞬变和索债

见到树叶凋落也要伤感的衮伦,已经很长时间不再忧伤了,这是她的一个巨大改变。但在那个深夜里,她又一次长时间陷入了忧伤,泪雨婆娑。

梦境中,在一片骚乱的人群后面,已故的苏如勤姥爷站在衮伦的身后,望着群蚁般的人流说:"你爱他们吧,像爱你的亲人……"

下面的潜台词是:只有这样你才能在这场浩劫中得救。衮伦没明白他的提醒，转过身去看见男人也在人群里，穿着西装和浅色的裤子，隔着一道不明显却无法靠近的障碍，告诉她说："到了那边你找一个好心的人成个家吧。"

衮伦伤心地摇头以示回答。随着一道人流似浪涌来，男人被挤下去了。衮伦也被卷入，身不由己地随着众人前拥。后来人群已成不可阻挡之势，拥挤在一条窄窄的仿佛巷子般的通道，前边出现一个窗口，似乎为每人都办理着一件事情。衮伦还没来得及伸出手，去接窗口里送出的东西，就被人流推了下去。窗口里边的女人说前边还有，衮伦便在下一个出现的窗口，顺势接住里边送出的东西，竟是男人留下的许多纸币。衮伦放进兜里不免一番感激：亏着留下了这东西，不然灾难突然降临，真不知怎么活下去呢。再抬头时，茫茫人海里早已不见了男人的身影，衮伦一下失去方向，不知该往哪个方向迈步。环顾着一片密密麻麻的蚂蚁一样的人海，悲伤也似大海覆盖了她：灾难临头，自身难保，夫妻就这样永别了么？

哭泣而醒的衮伦，仍然余悲不止，伸手摸摸身边的男人，正于均匀的呼吸中熟睡。这让衮伦想到"大难临头各自飞"的句子，其实各自飞也是被迫地飞呀！无论是谁，被水灾地震瞬间带走的时候，没有心灵的预示通告，都是在瞬间的仓皇中分崩离析的。而那个称作神识又叫灵魂的东西，却因各自的善恶业在共同的灾难中不是上升，便是坠落。永远互不相识，即便夫妻。

梦境带来的忧伤，衮伦走不出去。随之来的另一个境界，更让她唏嘘不止。衮伦看见自己躺在床上，被一种不可视的电流震动。一阵一阵的震颤使她发不出声音。她心里非常清楚，定要脱离那种致命的电流，否则她将毙命，必须立刻离去。结果在她顽强地站起来后，身体竟然异常虚软。她虚飘地走出去，见男人睡在一条沙发上，便想去告诉他进卧室里休息。但她不仅发不出声音，竟也直不起腰身。男人坐了起来，用非常吃惊的目光盯着她说："你怎么了，嘴都歪了？"

衮伦摸摸嘴脸，才发现嘴脸都歪向一侧，腰也低低地弯着直不起来，变成了"敲钟人"伽西莫多的模样。再看看男人也瞬间变得丑陋老态……

衮伦伤心哭了起来，瞬间的衰老和丑陋势不可挡，白天还曾拥有的年轻快乐、名利财富，竟然瞬间失去意义。这一副既失语，又弯腰塌背的丑丑老态,如何再去面对熟人朋友?又有什么意义再活?抽抽咽咽的哭泣便断断续续地持续下去。

伤心的哭泣穿透了衮伦的长夜。尽管她清楚是梦不是实境,却感觉一切已经发生过了,已经在她毫无准备的情况下,损伤了身心。老丑已逼在眉下,那么生命的尽头呢?即使清醒过来的衮伦也无法挥去自身伽西莫多的样子。衰丑已被镂刻完毕,无法恢复。一切都如此措手不及地骤然出现,难以让她承受,她继续啜泣。

"那是梦。"男人劝她。

"什么不是梦?"

"现在,你已经醒了。"

"醒了也是梦,梦也是醒,现在就是梦、是醒。"

"喂,醒没醒?"男人使劲摇摇她。

衮伦说那不是梦,就发生在眼前身边,无比真实,无比清晰,天天如影随形跟在身后。仿佛时时刻刻都在告诉她:路粮准备好了没?路粮准备好了没?

"怎么办?"

衮伦转而执痴地盯着男人,那神态又出现了被亲人们认定的痴相。那执痴的表情,就像有一个可以使她不衰不老的方向,立刻要她去寻找。

衮伦再也无法安然合目了,较之过去那些被抓被压被恐吓的面孔以及长期的病痛,瞬间的衰丑和离散带来的末日心理,是另一种紧张惶惧。无论黑天白日她都在想:我怎么办?难道就坐等着变成伽西莫多么?不,连伽西莫多都不如的,人家尚留下了一个美丽的供后人赞叹的心灵,而衮伦她会丑陋得毫无价值,一堆粪土不如。

其实,你原本有着亮洁如新的抽烟机一样洁净无染的本质,却被日日的油烟熏渍失去了清净本色,变脏变丑。而靠你徒手的能力,已经无法清除渗进各个缝隙里的油垢,所以必须要有一个专职人员以专用的清洗剂帮你,方可恢复你的质本洁净。

衮伦已经不止一次听到过这种声音,但是那个专职人员在哪里?

"我怎么办?"衮伦不时在心里自问。

绵绵不断的头痛就是从那时候又复发的,每天早晨起来尤甚。相比过去一个时期如盖子扣在顶上铅沉般的迟钝,后来的痛苦是脑子里的疼痛,并延伸到眼球,使那双本来被认为执痴的双眼发红发呆。在找不到出路的情形下,她仍然循规老路,不时出错。那天她梦中步入的那个村子,也许是她曾经生活过的地方,由习气的惯力推动而入。天空照例没有太阳,熟悉的木色,旧旧的障子,像辫子一样编成不高不矮的篱笆墙,围着一个个以土坯草房为核心的院落。衮伦从东边走进不宽不窄的村路,一辆高大的绿色载物车从她后面开来。衮伦紧紧地贴着障子让路,但她知道车是冲她而来的,并且有索债之意,便停下脚步等待。暗想应该通过法律解决之间的问题才好。一会儿,那车竟然开了过去。衮伦以为没有事了,就跟随前面突然出现的一个旧女人,走进道北的一个院落。院落很旧很旧,房子院落都像障子陈年的木色,看不出丝毫的生命迹象。旧女人没有一点声息如一个形影,也不见她的脸容眉眼模样,旧衣旧裤,一个"旧"字就可以概括她整个的人。衮伦跟着她通过较长的院落一直走到房门口,旧女人竟然在她视线中倏然消失,显然是进了里面。衮伦跟着望一眼那门槛里面的情况,竟是很深很暗,看不出究竟。待衮伦也要跟进去并弯下腰时,门前突然出现一条粗粗的铁链子横着挡住了她。衮伦便直起腰身,一回身却见那个开车的司机墙一样站在她的眼前,身体胖壮高大,左手还高高地举起脚下的鞋子。那无声的语言铮铮示意衮伦:你必须趴下接受我的鞋底。

衮伦心想反正挨打,先把道理说完,再让他打也不迟。便说:"我欠你的钱已经还过,如果你认为还得不够的话,我们可以到法院理论,听从法院裁决,如果法院公判,欠你的我一定会还……"

结果他一下消失了。

这是一桩明显的躲不开的索债事件,也不能躲。衮伦想通过法院认真解决,给索债者一个满意的答复。虽然她记不得欠他什么,但过去世欠下的,她是看不到的。不管他曾经是谁现在是谁，既然找上头来，她一定是欠了人家的，就得还。于是在象征法院的寺院做了一场佛事禳解，偿还了宿债。持续了二十多天的头疼也痊愈了。次日清晨梦中，漫长的岁月风寒积攒在左肩的宿痛，也被一只巨大的手按摩康复。在那种轻柔无声的感受中，衮伦眼看着那双大手瞬间消失。

这期间，衮伦一直以顽强的毅力拒绝着白色止痛片的诱惑，怕走上母亲们一代一代的"止痛片路"。她清楚地记得，母亲深迈的岁月里，用止痛片缓解的疼痛，是藏匿了多少风雨寒霜的宿债。母亲永远没能明白：欠下的虽然不一定是孽债，却也是大地自然和阳光雨露恩被的债。所以风在她的骨缝里游走，寒霜濡雨也在肌肉里宿住，她用止痛片的抵抗力去驱散它们，最终全身肌肉和血液都被止痛片占领，变成了与白色药片一样的白色。那是被每个人无视而欠下的对于阳光雨露天地恩情的不知感恩的债。

当衮伦从迢远的眺望中，望到母亲白色的身影一次次走出草原寻回老家，不时吞下白色药片并因那酸涩的味道皱眉的情景，她也不知觉地渗进了白色药片的酸涩味道，渗进了母亲岁月的疼痛。老家已经没有族亲，一色的汉人，使皑乐彻底失去了曾经弥漫着的柳蒿芽苦艾艾的香味儿，变得陌生伤感。

3. 梦魂牵绕

阿尔特第一次从草原踏上了回老家的路程。走进村的那刻，已然浑浊的眼睛湿润了，她犹如一个流浪多年的游子，被家乡扑面而来的惠风触动。尤其脚下亲切温润的老路，一波波自下而上输入着乡土亲切的抚摸。她一步步接近自己的渴念。家乡是那么亲切！尽管没了达斡尔人，但村子尚在，几个自幼在一起的老人尚在。尤其父母兄弟姐妹们的茔家也在那里。那是她永远割舍不掉的家园，走到哪里，她都携带着老家的印记。

不过，家乡的味道没了，闻不到柳蒿芽那苦艾艾的香味，感觉也陌生了，那些两面山墙立着烟囱的达斡尔房子都不见了。曾经辫子一样的柳编障子，全变成了黄土巴巴的矮墙，丑陋得不堪入目。很多地方熟悉得让她心疼，又陌生得仿佛异乡。曾经遮蔽过她们抓羊嘎拉哈玩的那棵大树，也彻底没了踪影。

在亲切的拜谒中，阿尔特去看望了那条生命的河。那里留下了她半个多世纪的身影足迹，留下了她的父亲苏如勤、母亲红阔尔，弟弟达列、巴尔特，妹妹沃尔特等所有乡亲的气息。他们的血液里流淌过那里清清的河水，皮肤上也都滞留着那里的草木惠风。可是，令阿尔特惊呆的是，河对岸的植被一点儿都不见了，曾经还能看到的像穿着网眼服一样稀疏的柳条毛子，也被凹凸不平的土色代替。在那光秃秃的裸露中，阿尔特再也寻不到稠密林子里父辈们猎物的身影，也无法听到姊妹们结伴采野菜的长歌，更无法重温那采集白秆儿红秆儿柳蒿芽的群乐。那个饶益过无数代人的林子啊，也跟着苏如勤家族的劫难遭劫！

更让阿尔特伤痛的是，上游的河床，因失去可依附的树木而松懈的土，被冲下河道堵塞了河流，像一堆疮疤堆在河心。阿尔特一阵心堵，这是怎么回事？从小到老都没有见那河有过什么毛病，日日无声地流，夜夜不停地走，怎么就停下来了？累了病了？还是在赌气？不，阿尔特想，那条河年年月月地流，生生世世地淌，清凉过多少人的溽热，濯洗过多少人的烦尘，说过什么？怨过什么？求过什么？张扬过什么？现在不顺畅了，是堵在人们的欲望上了。阿尔特脑中不免又浮现出外族人偷林子的事件。

血脉被堵上了，空气在粗粗地喘息，味道也都变得干燥了，风失去了婉转的耐力横冲直跑。她站在河岸上叹息了一阵，想寻找当年常常晾衣服的地方，和熟悉的痕迹，但都找不到了。难道河流也跟着她的时代一去不复返了么？她望望四周，在空旷的了无遮拦的视野中，黯然地转回身去，却在转身之际，一下注意到东望的视野里少了一个熟悉的身影：一棵粗大的冠盖如云的柳树。那树太明显了！它曾处于一片山丁子、山里红等灌木丛中，后来陪伴它的只剩下矮矮的刺玫果花棵子，最后只剩下一片荒草，但它都纹丝不动地鹤立在那里，承载过无数次的祭祀祈雨……

那是怎样的酷似节日的场面？田园里的绿叶打卷了，土地干裂了，所有的植物干干瘦瘦地呻吟着叫渴，女人们不得不在日夜无望的干涸中，开始张罗求雨。

"夺的嘎日呗①",孩子们兴奋的声音响在街上巷道,女人们便翻出平时舍不得穿的衣裳穿上,一家一只鸡一碗小米,锅碗瓢盆、水桶等家什,都装上大轱辘车呼呼啦啦地走上村东的路,越过大坝。

太阳白茫茫的,干热,照射着冒烟的大地。土路在人车牛狗的脚下腾起烟尘,汗水在孩子们跑跳的头上流淌,巴格其则严肃地坐在车辕上。车上的鸡咕咕地叫唤不停……

阿尔特看到她年轻的身影,走在大轱辘车前,女人们都很安静,没有叽叽喳喳的喧闹,三两个一帮,一会儿就到了河边那棵几百年的大柳树下。大柳树的垂枝已经打不起精神,无力地随着微风缓缓摆动,上一年求雨扔上去的鸡皮毛还挂在树上,已经干成一团。人们卸下车上的东西,锅碗瓢盆扔了一地。前来帮忙的几个男人搭上两个临时的锅灶,杀鸡褪皮然后连皮带毛扔到树上供奉天神。女人们开始下锅煮鸡肉米粥,一会儿,那热气腾腾的香味就飘散开来,大勺子在锅里不时地搅动撇沫,孩子们就馋得只咽口水。好一会儿鸡米粥终于煮好了,巴格其拿出早已准备好的祭文,面朝河水、柳树跪下,人们便在他的身后,女人孩子依次跪成一片。

袅袅的燃香升起来了,细细直直地飘向上空,飘到天神腾格日巴日肯那里,巴格其先是领着人们磕三个头,然后展开用满文②写的祭祀文,用达斡尔语念道:

喷!母天神佛、父天神佛请细听,今天我们额日根皑乐的人们,三把香火、鸡肉祭祀您!多少年了,我们一代又一代,居住这里承蒙您保佑,生活平安也幸福。为此我们非常的感激。今天我们集聚在这里,诚恳地向您来求雨!我们的土地已干旱,庄稼已无法成长,人畜庄稼都缺少雨

---

① 夺的嘎日呗:达斡尔语,意为上野外去,内容包括求雨、斡包节等各种文化娱乐活动。
② 达斡尔族没有自己民族的文字,读过国高的老辈人,都学过满文,也一直使用满文。到了二十一世纪,莫力达瓦地区的达斡尔人祭祀斡包时,还有少数老人保持着用满文书写祭祀文的习惯。

露，水源也都不足了。尊敬的母天父天啊！请求你们降一次透雨吧！灌溉您的臣民！继续保佑我们风调雨顺、农业丰收、消除灾难、六畜兴旺、幸福安康吧！

巴格其的祈祷声高昂神圣，又领众人向天磕头，然后热气腾腾的野餐便开始了。

多么香喷的肉啊！多么细软黏稠的粥，谁在家里吃过耶？这是老天的赐予，人们敞开地吃吧，顶着阳光炭火般的焦烤，汗如流水淌个透，大地似乎要喷火！

女人们扔下碗筷跳到河里，拿起瓢子盆子、桦皮桶舀满了水，先给那树神泼上去，精神精神，然后你泼她泼，互相泼，你追我逐，个个都湿透：下雨了！这就是久旱的雨！泼呀，撵呐，泼得越多浇灌得越透，泼掉身上的烦热，泼出丰收的粮食，腾格日巴日肯，这就是您赐我们的甘露啊！

女人们叨念着各种心里话，泼得河水哗哗地回应，泼得太阳收起了光针，柳树呵呵呵地直点头，人人身心都爽透了才消停。

下午的时候，天真的阴了！一阵呼隆隆的雷声过后，雨来了！直直的雨丝，浇得满地都是水泡，片刻就积满了院子。人们高兴地磕头、感恩，感谢腾格日巴日肯！感谢母天神佛！感谢父天神佛！好多人流出了喜悦和感恩的眼泪……

可是！

阿尔特从遥远的画面慢慢回到眼前，大柳树竟也没有了！难道，那样的神树也抵不过欲望了么？树神在哪里？

阿尔特不再看了，那些流过生命的画面，和她走过去的岁月一样，再也不会存在了！

阿尔特没有料到，家乡等待她归来的礼物，竟然全是裸露的土。她的探望和拜谒，完全变成对往昔岁月的凭吊祭奠。季节轮回的应该是草木的希望和再生，而那一刻，阿尔特感受的不仅是故人的消亡，还有草木的消亡。她的渴望变成了失望，绵绵的老态就是从那次回乡之后开始的。而那老态，并不在她的躯体和某个器官，而在心里。在不断的回忆里，在执持不停的对于往昔岁月的咀嚼里，阿尔特无望地虚度着她的老境。

最后阿尔特徘徊在父亲的那栋老屋前，不忍走近。隔着一段距离仰望它一个世纪后仍然保持着的高拔，俨然仰望一个文物。一个世纪来，人们对鹤立于村的它墨守着不约而同的敬仰：能住进那栋大房的人，无疑拥有某种至高的能力。

阿尔特默默地收起飘零的记忆碎片，在酸涩的沮丧中，一路郁然回到草原。但她的腰背腿脚仍然不见沧桑，一如年轻时的溜直不弯。她的沧桑全化在心里眼里。

那次返乡，阿尔特住在外甥女家，她因嫁了汉人，始终没有离开村子，已经成了一个地道的汉人样子，说话的腔调做派以及气质没了一点本民族的气味，只有脸轮无法改变，为她的民族作着证明。

阿尔特听说最后一个堂弟死于四十岁的早春，他是继阿尔特的三个堂弟之后，最后一个不是寿终正寝的人。如此苏如勤兄弟二人的八个儿子，他们不是幼年夭亡或死于青春旺年，便死于知天命或不惑的阶段。他们展尽了人间的悲剧，各自带着宿世的生命密码，寻迹轮转于人间之后，继续带着混沌无明的乖舛，归入冥茫之中。

而在漫长的岁月长河里，阿尔特虽然像一棵逐渐凋落的老树，枝叶稀疏地摇晃在风中，却仍然枝干不陨，不停歇地眺望着上方。她等待着天堂的登音。

"人活到八十以外，自然要升天的。"

父亲苏如勤常说的话，一直在她的心里回响。而她早已超过了升天的年龄。

第二十四章

开始与结束

欣喜的眼泪
是因摄入慈柔的眼神
停驻流浪的脚步
是因智悲的尊容
止不住的啜泣
是为黑暗里终遇的明灯

一条路开始了
一条路也即结束

1. 种子

新世纪第一个十年的最后一年即将结束的月份，很多迹象都在表明，衮伦的梦中游荡已经减少，即便游离，也是以趋近生命本性的情境作为收尾。在此期间，果禅师起了一个决定性的作用，她让衮伦抄写一本经文，一字一句需要用繁体字写，且丝毫不能有误。衮伦非常恭敬地接受了任务，并对果禅师与将来要作为法本念诵的抄写，深抱感恩及神圣的虔敬。然而一旦开始工作，本来已销声匿迹的毛病又一一显现了，过去头沉如盖、心闹无底、全身无力等症状也都出现了。衮伦在坚持中排除着干扰，但因心气漂浮造成的右手发抖，致使文字不时出错，字体也不规整，她索性放下笔走了出去。在漫无目的的游走中，她看到一个长长的由北向南的地上雕刻，她停下来。当她认真地低头辨认那些雕刻时，发现上面的图案全是龙凤，异常清晰明丽。她大声呼喊漠能，这多么像她们在南方大地上看到的图腾群呐？漠能没有过去，远远地站在那里微笑："你不是正在描龙描凤呢么？现在在纸上描，将来……"

衮伦没有听清她后面的话，漠能便不见了。

衮伦上次见到她时，她正张罗着要卖房子。问她是否卖旧换新，她说卖了房子要去康巴，去见荣巴活佛，机缘成熟的话也许就在那待下去了。荣巴活佛是她们共同善遇的一位活佛，也是在那次南方旅行途中的缘分。那天已经黄昏，衮伦和漠能坐在那个旅游胜地的一个广场，漫漫地观赏着江南城市的霓虹灯和夜景，两位红衣喇嘛从她们对面走来。漠能说看那两位僧人，好像就是朝我们走来呢。说时她就站起身迎上前去，这是漠能的一种特点，见到僧人总有一种亲切感，她说好像找到了回家的感觉。

两位僧人一位是印度僧，一位是甘孜州某寺院的住持荣巴活佛，高高的身材，音容亲和慈祥，与漠能说话时要微微地弯下腰身，才能不至于"居高临下"。漠能仿佛遇见了久违的亲人，与他们攀谈说话拍照并留了地址。当他们走的时候，漠能望着僧家的背影，两行泪悄悄地流了下来。

她说："我感觉是我的亲人走了，把我的心也牵走了……将来我会再见到他们。"

后来，漠能便一直与荣巴活佛联系。并且通过网络，查到了那个寺院是一座有着千年历史、现有上千僧众的圣地。在不断的联系中，荣巴活佛称漠能为母亲，并且提醒她说已经荒废了许多宝贵的时间，若再不抓紧时间回头，来世不知投生到什么险要之处。漠能生起怖畏，一年后便生起了朝圣的决定。

衮伦对她的决定只能羡慕，"你走吧，"她说，"这个世界由你走。"

衮伦回来继续抄写，心慌等不适仍然不退。她坚持着，到了第七个清晨，"种佛种子"四个字便在她渐抄渐顺的状态中，赫然挂在虚空，异常醒目。促使衮伦跃然而起，搞不清是梦是幻。静坐了一会儿，也不放在心上，继续抄写。她相信那个早已没了影儿的心闹是最后一次光顾。她想，它应该走了，它来永别了，已经没有意义再闹了。所以经过一个星期的驻留对峙，它终于让步，并说："你把心安放在家吧，我走了。"

半个月的抄写，衮伦身心聚在那一个个字的横撇竖捺，并不留意那字的含义，也不知晓字句的教授，只横平竖直地描画，便足足地梳理了她的浮躁。后经果禅师的提醒，衮伦知道了她出现的所有现象，是经文加持力量的显现，也是消除业障的过程。

这是那特殊一年里的最后一次游历。至此，衮伦的冥中游荡基本画上句号。而且通过果禅师，她拜谒了克珠仁波切，她明白了曾经所有的疾病痛苦都是为了痊愈；所有的流浪迷失都是为了回归；所有的愚痴暗昧都是为了觉醒；所有的磨难煎熬都是为了解脱，以及所有的声音，都是一场殊胜法缘的引领。原来，一切都存在过，一切都发生过，是那些灵魂，那些声音，那场拜谒，来绵延相续。在遥远的时空，又在咫尺的距离，大家本来都不陌生，只需要一种契机。是恶缘又是善缘，是逆缘又是顺缘；是增上缘，又是逆增上缘；是种子是苗芽，只是需要萌芽的阳光雨露、温度肥料。

果禅师成为衮伦解缚的契机，她是催生种子的雨露。

2. 缘始

便是那个去旧迎新的新年，也成为衮伦新生的开端。若干年后，她若追溯起那个夜晚突然接到果禅师的电话，并决定次日去拜谒一位叫作克珠仁波切的活佛的过程，会为她后来的生命因此行产生质的转变而感恩无限。但当时的瞬间犹豫，为她启程后的旅途带来了麻烦，也对她形成了考验。其实是衮伦自身的障碍，使本来四个小时的路程，竟然一路周折，经了七八个小时，从火车站到汽车站，又从汽车站到火车站，来回往返数次，多花了很多不必要的币子,才到达目的地,使那本来转换一次车就可到达的路程,复杂到她自己都不知晓怎么回事。但她竟然没有生起丝毫的烦恼焦躁,反而觉得是给了她一个磨炼心性的机会。所以在反复的折腾曲折中,她心平气和,默默地忍耐。

果禅师在那边为她祈祷,替她消除违缘以使她的朝圣路尽量顺畅。

认识果禅师,并没有什么特殊细节。与很多行脚僧一样,果禅师出现在一些该出现的场所,结识一些如衮伦一样因病而想解脱,或者不知所以而迷失的人,很是普通。衮伦去过她的闭关房,是一个很矮的草屋,墙壁是漆黑的,炉灶是残破的,屋子是冷清的,坐上一会儿就得用棉衣或者毯子盖上腿脚。在屋里穿着羽绒衣都凉森森的,脚冻得麻疼。而果禅师却说不冷,看上去她确实不冷,脸容焕发着红光,映得头皮也显铮亮。她从衮伦身边走过的时候,飘过一股香气。那漆黑的墙上,白纸黑字写着一个大大的"死"字,透露着瘆人的气息。她留衮伦吃饭,菜是绿绿的芹菜,别有一番滋味。她说菜里只放了盐,油也没放,但那个香和特殊的味道,是衮伦从未尝过的另一种清净的香味儿,没有世俗的厚味。果禅师每天夜里只睡四个小时,早晨三点起床,为屠宰场的猪牛羊等牲畜诵经念咒,超度它们往生。然后再做早课。她说:"我不知道今天躺下,明天还能不能起来,所以一点不敢怠慢,不敢浪费时间。"

就在那次光顾果禅师闭关所一个月后,她打来了电话,让衮伦去感受感受她正在学习的地方。

3. 开示

经过很多周折,衮伦到达的地方是一座酷似布达拉宫的建筑,虽然尚处于建设之中,但那庄严巍峨的造型与世外的宁静肃然,犹如一阵惠风扑面,让衮伦一路携带的、或许她自己都没发现的心的微尘,倏然拂去。出租车把她拉到西侧的一栋楼前停下,一进屋门,一道洪亮如雷音般的声音灌进耳里。衮伦为之一振,谁的声音这么洪亮?她从一楼宽大的斋堂寻声登上三楼,抬头望去,前面高高的法台上,活佛端严而坐,洪亮的法音便是从他那儿发出来的，传向各个角落以及外面的空间。衮伦拜过三拜之后找到一个位置，以相隔近四十米的距离远望活佛。活佛在讲什么，她听不懂，只觉得那声音绝非一般的声音，有一种浩浩荡荡覆盖一切的力量。衮伦望着活佛一身藏红的僧衣和袈裟，被他的嗓音吸引，可是渐渐地由于自身毛病又产生了怀疑：为什么要坐在这里，听这些不明白的言辞？左右前后一看，众多的人都认真地在听在写，全然安心宁静的神态。其中不乏七八十的耄耋老人，竟都没有戴花镜。

她的"旧病"复发，腰背剧痛，无法安坐，但这不足以令她不安，更要命的是一度令她惶惶不可终日的"心闹"，此刻也随之而至，在胸腔里乱窜。就在心要奔出喉咙的时刻，衮伦一下想起什么，开始命令身心，一同听她的口令，一致深呼吸念咒，做一个"良民"。渐渐地，心退回原来的位置，衮伦恢复到正常状态。而这种方法，她过去还从未尝试。于是觉得，定是这个道场加持了她。

活佛结束了法台上的教授，随即响起了音乐般的唱诵，衮伦一下被那美妙的声音摄受。那群体的音律平和缓缓、慈柔法尔，仿佛一道道轻柔的呼唤，层层推涌着衮伦遥远心处的迷离，产生阵阵调柔的祥和以及归至的宁静。

绕过许多的人，果禅师向她走来，竟然一改衮伦初见时的浅灰色僧衣，着一身绛红色的三褡衣，外披黄色袈裟，使她庄严端肃。目光不顾尺以外的距离，让衮伦不由得赞叹其律仪的庄严。她递给衮伦一本黄色的小册子。

"一分诚敬，一分加持，把自己放得最低。"说完转身和许多的僧众一起离去。

衮伦也不再说什么。四周场面肃静，每一位像果禅师一样披着袈裟的僧人依次退出，一切都处于无声的秩序之中。衮伦觉得神圣新鲜，也觉得自然而然。

一个小时后便是晚课。时间被以分钟计算，每一分钟都被合理分配运用。衮伦住进了一百多人的寮房。一切都显得新奇陌生，又无比的受用。在那呼噜四起和铁床的吱吱嘎嘎声中，她竟破天荒地香睡了一夜。

第二天中午，斋堂里排满了人，仁波切要出场了，一排手托洁白哈达的男女信众从楼上先行下来。早已整齐列队迎候的人们立刻躬身，唱起柔和轻妙的祈祷文。那美妙的音律如天音，一遍一遍地拂过衮伦的心尖，又柔软地漫向空中。活佛出现了，从三楼下来，步态沉实雍泰，微微颔首步入斋堂。后面跟随着一队长长的僧众。衮伦的眼窝忽地一股酸热，眼泪涌了出来。她被瞬间感动，立刻升起无比至诚的敬仰。她望着活佛那清净慈悲、柔和至真的律仪，以及细长的眼睛里的光芒与亲切的微笑，心想，这不就是佛么！

头一天她看到的只是活佛的轮廓，而眼下见到的就是近在咫尺的真佛了！她还从未见到过如此德相的人呢！

后面的僧尼各个双手托钵相随而入，依次打过斋饭坐到各自的位置。

唱诵祈祷文继续着，使整个斋堂融汇成了一首妙音法乐。接着是僧众斋前供养三宝的唱诵。衮伦的眼泪仍然如线不止，直至唱诵结束，上师三宝和一切众生包括体内的八万四千虫都得到供养，饭菜几乎凉透，才开始进食。衮伦模糊着泪眼，饭菜的颜色都没有看清。

衮伦继续流着眼泪，这世界，原来还有如此特殊的午餐、如此殊胜的音乐！这哪里是吃饭，分明是一种善慧妙乐的沐浴啊！

几百人进餐的过程竟然没有一点声音，且快速一致，几乎同时完成。衮伦都没有吃出什么滋味，进餐就已结束。随之活佛诵经回向，四众随念声起。然后一条条白云般的哈达，由敬献者举过头顶，飘向活佛的跟前，活佛为他们依次摸顶祝福……

就在那一刻，衮伦无限暗羡地许下拜见活佛的心愿。

于是，在讲堂绕佛的过程中，衮伦一次次停在活佛的起居室前，祈愿能够尽早地得以拜见。

在活佛以分秒安排时间的繁忙里，衮伦终于如愿以偿。经过侍者引导，她走进了那间精舍。当她怀着无限的仰敬看到活佛正坐在沙发上，从一拨一拨的摸顶状态中或许还未直身的姿势，衮伦立刻感觉缘分咫尺，恭敬地匍匐上去……

那一瞬，衮伦终于零距离地仰视活佛的目光了！她心中一颤，那是怎样的一双眼睛呵！长长的仿佛象眼，深邃中包含着无限的慈悲智慧，似慈母又胜过慈母。如果母亲的目光是包含着对孩子的爱,那么活佛的眼睛涵容的是海川大地的爱,对一切众生的爱。衮伦被融化在那光岚里,想说的话一个字也想不起来,脑子一片空白,最后她只说了一句"我怎么办……",便呜咽起来。

活佛慈悲地看着她说:"别哭,哭就什么也说不出来了。"

…………

衮伦不知哭了多久,直至她退了出来,继续站在进入讲堂的入口处,仍然在哭。她不知哭什么,为什么哭,就是想哭,要哭,尽情地哭,透透地哭,哭意覆盖了她全身的毛孔……

她被一阵一阵热浪推动着,啜泣不止。难道,这就是冥冥中呼唤她的地方?那些耳边的声音,那些魔影,那些跟踪,那些疾病磨难……都是为了这场缘续么?

那位红衣喇嘛,在一个毫无背景一空如洗的境界中,从佛祖身中走来,一直走来……这,难道也是一种引导?

原来一切都是必然?一切都是履行?一切都是践约?无数世有意无意播下的种子,都在这一刻后要发芽么?

回到寮房冷静下来后,衮伦才一一理出拜见活佛的场景和那番话语——

"我怎么办?"

衮伦感到仍然执持着的问题,终于有了可问可回应的对象。

"你很苦么?"

"是。"

"苦有多少种,知道么?"

"嗯……"衮伦极力回想曾经的苦难。

"有行苦、坏苦、苦苦,"仁波切见她回答不上来,直接说,"你要知道这些苦的来源和引起的结果,还要观察和知道你的种种苦和一切烦恼。就像一只苍蝇粘在蜘蛛网上,随时要被蜘蛛吃掉,如果你就是那只苍蝇,你怎么办?"

"我拼命脱离那个网。"衮伦本能地回答,她自来就害怕蜘蛛。

"那么，那种欲脱离蜘蛛网的万分焦急的心，就是你要脱离苦和烦恼的心，也即是出离心。你要具备这种挣脱蜘蛛网的初心，然后去修这个心。"

"怎么修这个心？"

"你要清楚，捆住你的不是别人，是你自己的无明。因为无明，你产生贪嗔痴这个大蜘蛛网，把自己粘上去了，结网自缚，但蜘蛛只能吃掉你的肉体，无法吃掉你的灵魂。可无明这个大蜘蛛网，不仅吃掉你的肉体，而且会把你的灵魂也一同吃掉，永远吞进地狱、饿鬼、畜生三恶道的肚子里去，不得超生，你说这恐怖不恐怖？"

"太恐怖了。"衮伦不觉身体发紧。

"所以你一定要想办法脱离这个无名的网，避免堕入三恶道肚子里的困境。而且，你同时要观察的不仅是你，还有所有的人，包括你的那些众多的母亲都被困在无明烦恼的蜘蛛网里。"

"我的众多的母亲？我怎么不认识啊？"

"虽然你不认识，生命从无始到现在，既没有开始，也没有结束，只是处于不停的轮转之中。你一次次地投生，无论生到哪一道里，你的父母都像这一生的父母，为了你默默地做着一切。怕你冷，怕你饿，抱着捧着含着。你住院时怕你疼痛，食不下、睡不着；你上学时怕你学习不好，影响未来前程，怕你找不到好的工作；当你走出门时，她倚门而望；当你夜不归户时，她守灯不寐，种种辛劳，甚至为了你可以放弃生命。如此无与伦比的恩德，你怎么能不知，怎么能不报呢？"

衮伦一下想起母亲所有劳碌的身影，像一幅幅幻灯片，在脑中瞬间掠过。最深刻的一幕是一天下午，她看到母亲的手，盖着毛巾端在胸前走进院子，她以为母亲带来了什么好吃的东西，便跑上去问。母亲微笑着把手上的毛巾掀开，顷刻血糊糊的已经辨不出轮廓的手露了出来……她吓了一跳，原来母亲为了给女儿交学费，进林子采山里红，镰刀从上至下一下割进了她的拇指和食指间的空当，几乎把拇指和其他四指断开……

衮伦啜泣不止。

仁波切也仿佛看到了母亲的手，继续说：

"假如他们都在享受，那还尚好。可是不然。他们有的在饿鬼道中，几万年连一滴水一颗粮食都吃不上，饿着肚子，皮包骨头，一拍都能冒烟。有的从须弥山到地狱到处哭叫、到处流浪，找不到任何饮食……这都是我们的父母啊！"

衮伦已经哭得一塌糊涂。别说忍受上述的罪苦，就是母亲搬到草原之后，由于不适应改换的环境，因怀念故乡而常常显露的忧愁目光，就已经引起衮伦的时时心痛，何况上述的情况。

"还有，"仁波切恢复了嗓音，"有的父母堕到畜生道里，相互残杀吞噬。远的不说，我们经常看到的活鱼，被扔在油锅里痛苦蹦跳得残忍……"

天哪！我何尝没有煎炸过活鱼？说不定那就是哪一世的母亲呢……

"因此你必须要想尽一切办法去救度他们，救度一切父母众生。所以你必须先要获得度化他们的智慧和本领……"

4. 各种示现

衮伦仿佛喝了圣妙甘露，一脑子从未听到过的新鲜内容，她兴奋地走到果禅师面前，提出自己的疑问。果禅师以反问的形式回答她的问题：

"难道，仁波切不就是佛的化身么？在这个五浊恶世，我们的垢染使我们看不到光明本性，更看不到佛，所以，上师不就是现为阿阇黎相，住在凡庸身，现着凡夫相，以种种方便度化众生而让我们能感受到和看到的佛么？"

衮伦似懂非懂，一时不知怎么发问。看果禅师说话的表情，眼不外摄，微低着头，仿佛在背诵文章便继续听她说：

"不但如此，佛菩萨还会应我们各自的善根示现种种身形呢，或现为魔相，或现为女人，或现为畜生，或现为痴呆，或示现癫狂，或示残疾等种种相，调伏我们这些刚强难化的众生，只是我们愚痴无明看不见而已。"

果禅师一番话，让衮伦一下想起头天看到的一桩事情。一个准备离开寺院的女人，走到一位正在念佛、严重跛脚的男人面前，恭敬地行了九十度礼，然后直起身离去。她这行为衮伦相当不解，那女人为什么要给一个残疾人行如此大礼呢？莫非，他也是菩萨的化身？

还有那些寺院门外的乞讨者，各种残疾，各种不同的面孔……说不定其中哪一位就是菩萨化现的呢。真的是人不可貌相啊！衮伦感慨不已。

5．消退的债主

接下去的日子衮伦惊奇地发现，十多年睁眼不寐的顽疾，竟在那一百多人同宿的大屋子里彻底消失了。夜夜无梦酣睡，让她领略了睡眠的无比安乐。曾经，她仿佛一生都没感受过睡眠的幸福。过去黑白颠倒无时不出游的漫长时光，已经让她忘了什么叫睡觉。而那些魔魇，也不知一下都藏匿到了哪里，难道这个离世遥远、不见世俗的场所，真有一种奇妙的力量？

衮伦再看看那些一个挨着一个的床，呼噜声隆隆，床上的人个个睡势憨实，不为任何声音所扰。而且只五六个小时的睡眠，却没有人感到休息不足。

衮伦融入群学队伍，每天听法拿着红笔、蓝笔做笔记。所学内容都是她从未听闻过的知识。虽然她听不太懂，但那种学习的氛围是她非常熟悉、也非常喜欢的，仿佛久远之前就曾经历过。而且那个特殊的环境消除了她所有的梦魇，只有一种富有寓意的梦兆，显现了一次。

在一片海一样宽广的水域，一个阴暗的人紧紧地跟踪着衮伦。眼前突兀出现了一座大山挡住了前路，山体陡峭嶙峋，跟踪者的呼吸几乎传到了她的耳边。情急中的衮伦一下跃上山去，轻松得仿佛行在云上，无论坎坷沟坡全都不在话下，且脚不落地，飕飕飕地如风一样飘到了山下，然后一个腾跃跳进下面出现的水里，把高低不平的山坡扔在了身后，向岸边飞速游去，轻松地登上了对岸。那个跟踪的人便不见了踪影。

果禅师说，那是你善遇活佛、听闻正法得到的加持，一切魔魇奈何不得你了。

接着，衮伦参加了僧众一个礼拜的闭关，从早到晚一天四座闭目观修。没想到坐下的第一天，衮伦就被身体的疼痛困住，后背颈项僵直，几乎坚持不住生出退心。而那种疼痛在第二天第三天加重，第四天整个后背的疼痛集中到心脏——实际是胆的疼痛涉及心脏。衮伦便对那些胆的攻击者或勒索者，澍甘露法雨。但漫长时间的居住，债主不肯离去，反而以变本加厉的威力固守，造成衮伦心脏刺痛难忍，呼吸也受到影响。衮伦便集中用力，对治疼痛的局部，以瓦解那里的固守。果然在不懈的坚持中，那里的固守减弱，疼痛一座轻似一座。经历了七天时间的固守、对峙、反击、妥协，最终债主让步，在第七天早晨最后一座中，果然如其所望，衮伦的病魔彻底消退了。如此，强占胆囊十多年而导致的胆汁分泌障碍也消除了，胆囊有了正常分泌，开始行使助消化工作。衮伦对食物产生了兴趣，进餐不再是一种负担。由此也才知晓多年不思饮食的毛病，是业障筑巢胆室，影响了胃的消化，而并非胃的毛病。

衮伦的债主不见了。除了那个曾做过母亲的护，常以它特殊的相出现之外，所有的灵魂都消除了嗔恨愚痴。然而护有时也会不分场合，出现在不该出现的时刻。衮伦知道她去拜见仁波切的时候，护也跟着去了。并且在任何人看不到的情况下暴露在仁波切的眼根里。衮伦起初不清楚这个事实，后来通过仁波切的眼神和那瞬间的表情，意识到护的出现也许不太合适。毕竟那里是极其清净的精舍。可转而又想，护毕竟是缺乏智慧比自己高不到哪里去的众生，不过是能提前知晓一些未发生的事情，各种速度比自己快而已。它不可能知道什么时候不该出现，只是跟住衮伦不离左右。所以那天下午，衮伦在讲堂看到仁波切与一位僧人单处的时候，又去礼拜请教。仁波切再一次摸顶，并无限慈憨地对她说很好，衮伦再次明白了活佛的宽广德能，一切言行不是她只见到表象的浊眼所能看清的，也不是凡夫的心所能定解的。

衮伦又看到母亲阿尔特的身影，像止痛片一样的白色，在那个遥远的空间向她垂望。如果母亲能听到的话，她要告诉母亲，她许多年的病魔，因仁波切的教授而被驱除了；更要告诉母亲近一个世纪的索问有了解答，苏如勒家族走出悲剧的方法也找到了。

"老天不是随便留下我的。"

那是母亲近一个世纪的留言，也是她最后一次回到老家，在堵塞的河道上垂首而立说出的话。那时衮伦没有明白母亲的意思，对她耿耿于亲人们的消逝而不断追问的锲而不舍，觉得母亲的执着未免太漫长了。经过了生死之难后，衮伦才诚服了母亲的执持，才明白她的追问不无道理。并替她的追问，从仁波切处找到了圆满的答复。可惜母亲已经无法在人间知晓了。

第二十五章

回归

母亲!
永远不能忘怀
您那温暖的身影
永远不能忘怀
您那慈柔的心意
柔软的心被苦难淹没
劳碌的身僵硬了岁月
却忽然间消失了您的身影

待我偶然看到您那熟悉的面孔
竟然充满了深深的忧郁
您忧伤的眼眸
刺痛了女儿的心
您究竟飘零在什么地方
我要用我生生世世的性命
守护您漂泊的灵魂

1．回归

在那些以回望和咀嚼过往打发时光的最后日子里，阿尔特从心里开始老化了，身体的水分几乎全部蒸发。最明显的是全身的皮肤，犹如干涸的河床中裸露的河石，上面覆着白色苔藓，在摩擦中一层一层脱落，痒得她十分难过。另有她的胃肠，不容她多进一点食物，一天里她只进半碗饭就可以度过一天，食物已经无法引起她的兴趣。但她仍然顽强地坚持着，为了毕生的追问，为了参透那命定的定数。虽然那结果异常渺茫不知人间天上，却是一个支撑，使她的目光充满了期望。表面看上去，她沉默郁然，却潜在地进行着灵魂深处的奔走呼号。

实际上，阿尔特在很长一段时间里，期望的眼眸已趋平淡，忧郁已被光阴冲得若有若无。偶尔还出现的光岚，也是倏然就会消失。她更多的目光，会以超乎寻常的亲切停留在孙子们的身上。她不断地奔波于儿子与女儿家的路途中，一如她往昔往返于家与河边垂钓的路途。那最后一个春节，她再次去衮伦家并禁不住劝留，勉强度过了春节，却还坚持说，想在家里与儿孙们过一个春节。

那看似无心却隐含着寓意的"一个"，让她浑浊的眼眸突然显出一丝光岚，很多时候那眼睛里已经看不出什么欲望了。岁月已经不能继续雕刻一位银色的老人，无论对她的身躯还是心灵，再多的笔力也将勾不出什么新意。她即将与自然融为一体。

也就是那个大年初一的早晨，阿尔特一睁开眼睛就告诉衮伦说："你爸来接我了，骑着一匹高大的白马，他身边还有一位穿着红色衣服的人，那人我不认识，一转眼你爸没了……看来我要走了……"

第二日阿尔特就收拾好随身的衣服，执意要回到儿子家里。着急的样子，像要赶赴一场约会或一趟班车，更像她以往放下劳动立刻背起鱼竿去河边的情形。

河曾经是她放松的等待，忘却一切是垂钓的恩赐。没有人能留住那执着的脚步。

草原上那条弯曲的河，总算成为阿尔特搬来后仅有的安慰。她感谢那里有一条河，继续滋润她的岁月，不然她不知道如何度过干枯的余生。河是她的生命的牵系，没有河就没有她的色彩，没有河就没有故乡。虽然那条河不是皑乐的河，缺少亲情，但能滋润她一颗被岁月风干的心。在没搬到草原以前，她曾一度担忧要搬迁的地方没有河，如果没有河，就等于生命缺少了血液；没有河，就等于没有了家，她怎么去活？还好，草原没有让她失望，有一条弯弯曲曲的河流，生活就没断了流动，生命也就有了延续，日子也就没有干透。

阿尔特一个冬天没有钓鱼了，弯曲的河刚刚融化她就背上了鱼竿，并翻出压在箱底的薄棉旗袍穿上，背仍然直直的，在儿媳有些蹊跷的目光中，走出了家门。到了河边坐下来后，钓线一扔进河里，就有了某种心有所系的踏实。在长久的安坐中，她眼睛盯着鱼漂，心却走进岁月的河谷。她发现思想的脉络伸向的，仍然是那遥远的被岁月淹没了的家乡：一张陈旧的渐渐褪色的老画，三面大炕的老屋，一庹长的玉石烟袋，古老的乌春寒夜，柳编的障子辫子一样地扭捏着，烟地里刺辣辣的烟味，被熏黑的衣褛，大轱辘车嘎吱嘎吱的诉说，大柳树下的泼水祭拜，弯弯的诺河里的玩水，以及更老的岁月里爸爸西窗上的神龛，巴日肯的神秘诡谲……所有的场景里都穿梭着她和父亲母亲以及村人的身影，编织成一曲岁月的老歌。她从那歌风中走来，从光阴的缝隙中走来，慢或匆匆，一路不停地卸下生命的负累。虽然她曾眷恋和耽着过那些东西，但抵不过岁月的力量，毫不留情地从她的手中一一夺走。那一幅幅回眸的长卷，如同一道意识深处的续流，绵延伸展而又素淡。仿佛前世，仿佛梦境。她不知这些续流能跟随她多久，带到哪里，是否会成为另一段生命旅程的基础？

回首那漫长而又短暂之路，苦乐悲喜都无所谓了，一切都该消失了。就像那远去的皑乐，随着消失的乡音及褪色的岁月，一切都将与她无关了！

这一辈子，究竟是怎么过来的呢？经历得多，丢失得也多，无论人、事、物一个个、一件件都失去了，包括她自身的东西，也在一点一点地消失，虽然缓慢，却刹那刹那一刻不停地进行着。最后剩下来的，只有一个能思维的东西属于她了。曾经的一切苦痛、哀乐、失去、得到、恩恩怨怨，都没有了，而当下……

阿尔特的头像针刺般地痛了一下，她揉了一下疼痛的部位，恍惚一刻，手中的鱼竿便掉了下去，随后就倒在了草地上……

阿尔特感到从未有过的虚软，想重新坐起来，却不能够。心里却十分清醒，而当下……她继续思维，连自己的身体也做不了主啦，到了这一步啦，何况未来。未来在哪里？也就是来生，那个叫命运的东西，它会把她带到哪里？她不想去那个叫作"伊日木汗"的阴曹地府，那是受罪的地方。村里大多数的人都在那里。她也不想托生什么猪狗马牛等被人打杀役使的畜生，更不想再托生人了，太苦了，太累了，这一生受够了！那么只有上天，是她想去的地方。父亲曾说，村里积德行善的、长寿的人都在天上。她一生没做什么缺德的事，应该能去上天吧？上天也不会拒绝她的。上天不是有个慈父么？天堂慈父，会迎接她的……

是的，我已经到了这一步了，我愿意用我的死换来整个家族的兴旺，整个皑乐甚至整个草原的吉祥……

……天堂之父……

……天堂……之父……

……天……堂……之……父……

随着阿尔特强烈的意念，一种奇妙的不同人间的声音在阿尔特的神识空间回旋起来，邈邈萦回：

　　哦，苏都日家族的女儿，阿尔特，
　　你已经处于昏迷状态之中。
　　待你的神志一旦清醒之后，
　　你会如此惊问：发生了什么事情？
　　如此，你就会认清你的中阴境相。

那时候整个轮回即将转动；

那时候你将见到的种种现象，

将是种种光焰与诸部圣尊。

那时候整个天空将呈现一片深蓝之色。

那时候将有浑身白色，手执八辐法轮，坐在狮子座上，

有虚空佛母相抱的毗卢遮那佛世尊，向你显现出来。

这是融合而成本然状态的色蕴，其光蓝色。

有蓝色、透明、灿烂炫耀的法界智光，

从身为父母的毗卢遮那佛心中向你放射而来，

…………

热切虚心诚恳地祈祷吧！

你可以在虹光轮中进入薄伽梵毗卢遮那世尊心里，

而证报身佛果，安住中央密严佛土……

2. 母亲是一个屋

女儿走了，

屋里一下冷清了。

日子又变得素淡了，

母亲的眼睛又红了。

衮伦一直以为，奔碌劳心的母亲，没有留下一张可以让她的子孙后代瞻仰的仪容，故而在每每的回忆中，母亲的面孔总是模糊不清，总是一副或奔或走，或在烟地，或背着鱼竿鱼篓行走的身影，模糊而沧桑。

却没想到暑假期间，女儿去了草原姨妈家里，通过QQ发来一张照片，并说："妈，您看看这是谁？"

衮伦不经意地打开文件，猛然怔住了，全身的毛孔倏然贲张，一种异样的感觉令她几乎颤抖。一个世纪后的母亲，通过一张十分陈旧的照片，以如

此现代化的方式与她见面。衮伦不禁感到突然，也感到措手不及。

衮伦望着母亲布满岁月沟壑、风雨寒霜的面孔，尤其那眼睛，忧伤的、凹陷的、混浊的眼眸，犹如一波巨浪，致命地淹没了她。她于一阵阵的冷战之后，双眼模糊，看不清那张漫漶的面孔，继而无限的哀伤穿透了她的全身。

那双眼睛！在衮伦以往的无知中忽略的母亲的眼睛，或在衮伦的印象中十分坚强的那双眼睛，竟然是那么忧郁，那么哀凉。

为什么，母亲？您有多大的痛，多深的苦？多少心事？多少说不出的忧伤？多少诉不尽的不堪回首的往事？

您的目光深深地刺痛了女儿，淹没了女儿。满以为，您是怎样不屈不挠地独撑着一片蓝天，像一棵苍劲的老松，不为罡风血雨所弯。只记得您板板的腰身，从不见躬背颔首。却不想，在女儿漫长的流浪中，您已被时间风化；在女儿不孝地只顾着自己的事情时，您已经悄悄老去。

您那忧郁的眼眸，足足淹没了我的世界，淹没了村庄大地的所有。原来，那河流，是您伤心的泪；那堵塞，是您疼痛的骨；那消失的林子，是您褴褛不遮的挽歌。村庄、土地，所有的熟悉的事物都不见了。所有的人都老去了，改变了。甚至年轻的、更年轻的，没有年龄大小地排队，没有顺序地死亡。包括您年轻的一个个死去的丈夫、孩子、父母兄弟姐妹，只留下您一个，执着地追问。问得心都疼了，问得心都老了膄了，问得地老天荒。可是还是没有得到答案。

什么可以不改变、不会衰老？永恒在哪里？天堂的路在哪里？清凉之地在哪里？您是否找到了，母亲？

女儿来了，追随您的索问。而我该怎么向您传递？您的忧伤太深，您的无助太过凄凉。我不曾读到过您如此忧伤的眼神，如此绝望幽忧的面孔。那时，我不会读，或没有时间读，或不懂得读。我多么不孝，多么自私，多么大逆不道！

母亲！磕尽女儿的生命，能否换回您的青春？挥尽女儿的汗水，能否看到您的笑靥？回向女儿所有三世善的功德，能否求得您的快乐自在？我愿以生生世世的礼拜，生生世世的修为和功德，祝福您得生天堂。

您默默地望，淹没了我和我的身心，甚至将影响我的未来。生活的意义完全改变了味道。我将如何走出您那忧伤深重、湖泊般的眼睛，重塑一种不同的人生？

您苍凉的一生，都在那目光里了，你们，包括父亲，同样的一种忧郁的眼神。原以为那目光里，没有忧郁，有的只是一种世事的沧桑世故。天呵！我多么愚痴。您如何跋涉过来的，那么漫长舛难、亲人逐个夭亡的时光？

曾经您是一个温馨的屋、一桌晚餐、一身衣裳、一床温暖的被褥，是园田里的烟叶蔬果，是大地，是秋后的飨粮……

所有的快乐幸福，都源于母亲。所有的温暖都来自于对您的思念。您是摧不垮的松，任凭刀剑雨霜。

然而，我曾怀疑过您是不是亲生母亲。因为从未感受到同伴那样母亲膝下的撒娇，那样的亲昵和抚摸。远离家乡求学的时候，也曾为收不到家信而生起抱怨。二姐却说，你在这里不缺吃少穿，安然无恙，回什么信？

是的，母亲天天忙于生计，一切都藏在心里，能收到女儿一学期两封平信就安心了，回什么信呢？又不会写信。

我终于明白了，那个寒假，我下了火车，转到汽车站等候班车的时候，母亲也恰巧去了那个洒镇，听说女儿在汽车站里，急不可待地赶了去。那时，我正坐在靠墙的椅子上，屋里坐满了旅客。突然，门口出现了一位沧桑旧日的女人，大声呼喊着女儿的名字，两手扎撒着急切地东张西望……

妈妈……

我弹簧一样弹了出去，站在母亲跟前，心里一阵滚热。

我望着母亲皱褶的脸，深陷的眼眶，混浊的泪水，有些凌乱的白发……心阵阵痛！才深懂了母亲的爱，那无声的泪，包含了多少语言。

母亲使劲地眨动着眼睛，试图清除挡住视觉的泪水，但那泪水始终不听话地汪满了眼窝……

母女就那样面对面地站着，在门口，接受着满屋子的目光，什么话也没有，只是握着双手……

从此，我知道了母亲的思念，母亲的爱和眼泪，是怎样含蓄地渗进了她沉默的日夜，渗进了她的皱纹，渗透了绵绵熬度的白发。

后来女儿也有了女儿，女儿也走上母亲的求学路，才体验到了孩子每次离去后的热泪，身后的远望，以及一下变得空寂的房间，是抽去了母亲身心的一个部分。实际上，孩子张罗要走的前一天，母亲就已经默默地在流泪了，在厨房里，或在什么背静的角落，孤自抹着一次一次模糊的双眼……

才体验到了，母亲身后的空落，无言的远望……

然而，望断了，您那苍迈的路；不见了，那挺拔的胸膛。

美丽飘曳的旗袍，如风如旗，只停留在节日的装点。

木库莲①哀婉的弹奏，也仅在节日的冬夜。您坐在霍日格跟前，拨那小小的木库莲琴，不仅拨出自己的苍凉，也把整个达斡尔女人的哀怨隐忍化在了口弦琴上……

我惊异着，总是劳碌的母亲，竟然会有那样的兴致，那样流利的"滚路关浪、咣浪谷里……"地弹奏。我不懂得那音乐的音符，不知道那含在口里的小东西，怎会发出那样怪怪的特别的声音。

然后您说，皑乐里的姨们都会弹奏，是她们的母亲教的，母亲的母亲教的，一代一代，就这样。可是女儿不会，母亲，您没有教给女儿。或者，女儿根本就没有想过要学会它。从此，木库莲那抑扬顿挫、刚劲哀婉的声音，在女儿这里断了弦乐。

我又一次惊异着，只见劳碌的母亲，竟然会在冬夜深寒的春节，和姨们跳起纤柔疯狂的罕伯舞②。在那样的日子，姑娘们都奔走相约着说："看鲁日

---

① 木库莲：达斡尔乐器，一种口弦琴，放在嘴里，用手弹拨，发出"滚路关浪、咣浪谷里"的奇特声音。

② 罕伯舞：达斡尔人传统的民间舞，在舞的过程中以互相问答的形式对唱，跳到高潮时，一手叉腰，一手握拳举过对方的头顶，双手交替进行，似乎要打到对方的头上，情绪激烈高昂，同时呼号"这嘿这、这嘿这……罕玛后、罕玛后"等模仿动物、鸟类的叫声。"罕伯、罕伯"也是其中的一种有节奏的近于呼号的唱词，但是动作比较平缓，是一种滑行的舞姿。达斡尔人每当春节期间或漫长的冬夜里，女人们便自发地聚在一个屋子较大的人家跳舞，自娱自乐。呼号的声音此起彼伏，非常热闹。

格乐去呀！"

您身着的旗袍，是绸缎的，有微白的小花，点缀着藏蓝的底色，那是您只有节假日才着在身上的礼服，平日里，那旗袍是叠在柜子里的。

我多么爱看那件旗袍呀，爱看穿上旗袍的母亲，那么光洁秀雅文静。妈妈！真希望您每天都穿在身上，摇曳出美丽的天光，无忧无愁，无尘无垢。可是，那样的时日是那么短暂，仿佛是第一次，也是最后一次。您总是在忙碌里，大多风尘仆仆，不是忙于掐着烟尖，就是用针穿着烟叶，田里地里、屋里炕上灯下。只有节假日和春节里，您才是一个光洁的女人。

等到您坐享其成了，您也老了，说吃什么也不香，穿什么都无所谓了，一切都没有意思了。您说，活着已没什么意义。如果，不是为了一个答案。

百年的时光，尽管漫长，却又那么短暂，您说，仿佛一眨眼就过去了。一天那么漫长，一年又那么短暂，您说，什么都没有永恒的存在。您曾经的痛苦、执着，生离死别，都变成了烟，变成了雾。您说，做了一个长长又短短的梦。一切如梦如幻。

您甚至说与女儿，结婚也没什么意思。女儿奇怪，却遭遇了命定的缘。您又嘱咐女儿，只要一个孩子，女儿却躲不过宿世的债。您甚至羡慕过，甘珠尔庙里那些出家人的生活，那么清净自在，多好啊！女儿便知道，那是姥爷的话头，曾经甘珠尔庙会，用自制的大轱辘车交换蒙古马的年代，结识了喇嘛大德的故事。那是冬夜里的童话，绵绵不断，驱除了无数个冬寒让心温暖。

女儿不懂，真的不懂啊！别人的母亲很少拒绝上门的媒人，您却一个一个都回绝了。绝对的权威，却也没能阻挡业缘的流转。

什么是您心中的意义和美？您给女儿的困惑太多。

现在，女儿懂了，您说的心里堵堵的，是因为那不畅的风，是因那失去的亲人岁月、皑乐、树木，因那没有了依附的怀念。可是，那本就是一个虚幻的存在呀！妈妈！是多种因缘的聚合或心中的影像。缘尽了，消失了，是它的必然。没有什么永存的。您知道的母亲，不灭的是我们的神识！我们的精神，永远守在我们心里！妈妈，那时怎么会懂？

然而女儿相信，妈妈！您在一个不同维次的空间，或在天堂！或在清凉地！您绝不会在那恶趣。您诸多的灾难，都在转生之前消掉。诸多不离身的疼痛，也是消业的一种显示。特别您收留过几个流浪青年，在那种自家人都温饱不足的情况下，是积了多大的福报。还有您一生的付出忍耐，都成为获得一个清凉之处的资粮。

我对着您，妈妈，生生世世割舍不下而不断来做我母亲的母亲，所有天下的母亲，告慰：您不解脱，我不成觉！

告慰妈妈，您用了百年目睹的氏族夭亡，并仅剩您一个人时的执着追问，我找到了答案。为什么死？为什么一个个都在少小青年，或最多壮年的时候，就都匆匆离开了人世？

妈妈，我告诉您！

一切都是自心在走，走到河谷，生生世世都在谷底；走向阳光，生生世世都会去往天堂；若于屠场，怎么可以摆脱或明或暗的刀光？没有命运的安排，没有老天主宰，一切都由我们自己的心做主啊！

第二十六章

闻法

那一刻 拜望您法台下离去的背影
不为憾别
只为您大慈悲的喜舍

那一阵 泪洒衣衫模糊双眼
不为脆弱
只为您慈容留在心头的回眸

那一天 转经转塔磕长头
不为祈福
只为贴近您大德大能的悲智

这一刻 回望您每一次的笑语含眉
不为眷恋
只为您宣讲妙法的回音

这一生 迷失尘沙雾水的波折

不为流浪

只为了寻回数世与您的胜缘

这一世 佛足下无数次地祈请

不为自己

只为了生生追随您的追求

1. 澍露法语

在以吉祥寓意的 9 字作为新一年开端的时刻，衮伦以听闻妙法为始，于梦境步入了那个琼楼玉宇。拜认克珠仁波切为上师之后不久，在一片冰晶般的空间，白玉般的原始天尊、原始天母被簇拥在云样的楼台对面交谈，并不断以手势相辅。一位同样洁白的玉菩萨行如流水般停在红色的栏杆旁边……太完美了！衮伦赞羡着他们洁白无瑕的透明的身躯，和那美丽绝伦的形象，遗憾世间的人和玉，都带着污浊瑕疵，没有一个如他们透明。而欲求那样的透明，如何才能做到呢？衮伦在绵绵的向往中又出现在几个听课的场所，那里均有红衣喇嘛。特别在一次讲堂上，衮伦看不见一个人包括她自己的身体，只见行行文字仿佛一首诗，在眼前排开，首行以"一"字开头，第二行以"心就是我的家"起始。衮伦正仔细辨认后面尚不清晰的字迹，身边的男人竟说了一声："我在听法呢……"

融融的阳光就在那时从寒冷的窗外透进屋里，通过挂满窗花的玻璃，融化了部分美丽的枝叶花纹，及种种奇异的图案。那是生活里见不到的天图，即便有些树枝勉强能合上那种纹路，却无法企及它一夜形成的天籁美图。衮伦驰骋怎样的想象，都想象不出当霜冷与温度结合的瞬间，凝固在玻璃上的图案是如何的奇异斑斓。那过程是瞬间的也是缓慢的，但关键在于其载体——透明的玻璃。

这真是意外的发现：透明的玻璃！同样的环境、温度，纸糊的窗户却形不成图案，只是一片厚厚的毫无内容的白霜。这使衮伦想到载体的重要。犹如她的身心，透明或者污浊，反映出来的行为一定会有不同的两面。结果也会因之而殊异。

那么一个污浊的载体，如何让它透明？衮伦一时困囿了思维。即使她自认已经不再迷茫，但仍然有太多的无知无明。她又关进那个小屋，为了塑造透明的载体而做功夫。但她依然找不到最明确最有效的方法，踌躇中，听到了克珠仁波切的声音——

…………

没有舵手，你的船充满了各种危险的因素。即使你上了船，有一副风帆可以行驶海面，但在无边的海域，倘若没有船长的指挥和舵手的导航，你也抵达不了目的地。经藏如浩瀚的海，船长如佛，舵手就是善知识，依靠善知识，你才有望在海一样的经藏中，靠老师的引导，抵达智慧的彼岸。

可我已经没有病了……

你的病仍然很重。

我还有病？

对，你有贪病、嗔恨病、愚昧病、自私病、我慢病、执着病、嫉妒病、顽固病、疑心病等等。

我有那么多病啊？

是有这么多病，所以你需要医生良药。

我怎么治？

师父是医生，用佛法的妙药来对治你的病。

我怎么不知道佛法是药，师父可以用来治病的道理？

你认真谛听就是吃药，谛听即闻，闻而思，思而修，什么时候，你的诸多烦恼病减少时，就是你的健康恢复之时。

可是那些病与我有什么关系？

是你心里的病。

原来，我过去的病，都是因为心有了病，才招致那么多的魔障，一切都是由心而起的么？

是的。所以，你要认真吃药！千万不要把自己推到悬崖上去。不仅服用妙药，还要忏悔。在师父面前，对你现在、从前所做的一切不善的罪业以及后果，生起恐惧心、后悔心，进行忏悔。

我、我都做了什么罪业呢？我不曾有过丝毫恶念，也没有伤害过谁……对了，我曾经有过跳楼的念头，虽然未成事实……

那已经造下了忤逆父母的罪业，那是大罪呀！

所以，每天晚上，忙完了一天的事，静下来总结忏悔，请佛见证。早上起来第一个念头是不是起的贪心、嗔恨心？还是愚昧心、自私心、嫉妒心？还是执着心、疑心、顽固心？然后一一忏悔。

啊，这些心，虽然我一天当中可能没有一一现起过，可在过往的日子里什么心没有现起过呢？生生世世走来，什么心没有生起过呢？什么杀盗淫妄没做呢？

然后观察你第一句话说的是什么，以后又说了什么，其中哪些是好的，哪些是坏的，分别清楚。再回忆一天都做了什么，做了多少好事多少坏事，再总结昨天的、前天的、月内的乃至年内的等等，都把它挖出来，想，若不改正，会引来什么后果，然后生起强烈的内疚与改悔之意。

不是说过去的就让它过去么？还……

事情是过去了，本身也不可怕，但做的过程中留在意识里的习气是最可怕的！堆积起来就有了秋后算账。

秋后算账？是人们临终的灾病么？

不错！所以要把不良习气抹掉，以免发生恶果和秋后算账。

有几个人不是病得一塌糊涂而死的呢？我曾以为自己多么善良多么正直的心，竟然充满罪恶，充满了上面说的不善。如此，曾经遭遇的恐怖病痛，一切岂不都是恶业所致，自作自受？

呵呵呵……你已经明白了，孩子。如此，当你察觉自己的所为恶多善少，心中特别愧疚害怕时，要双手合十跪在佛前至诚发誓：从此以后绝不做如此恶劣可鄙之事……一次一次发誓，越重越好，因为你的很多恶劣习气，常处于潜伏状态，轻描淡写地忏悔几次肯定起不了作用的，以后一看到贪欲或者嗔恨的对象，马上又会不由自主地生起贪、嗔之心，如果发了重誓，就会在心中留下深刻的印象，再遇同类情况就会想：我已在佛前发誓了，不能这么做，如此就有了自我约束力，就大大地遮止恶事恶念的发生了……

衮伦深深地匍匐于地，哭泣不已，早已辨不清身在何处，仁波切的雷音遍满了整个空间：

你总是看别人的缺点，怎么不会有一身毛病？总是用挑剔别人的目光看人，怎么不会毛病越来越多？如果你用随喜赞叹别人优点之心，去观察人，你怎能不尽善尽美……

第二十七章

剃度

为什么泪水模糊了眼光

因为发现

遥远山林间的庙宇

溪流漫漶浸湿了巾衫

为什么总是泪水涟涟

因为回望

古刹青灯下的背影

历历叩趋心深处的光栅

1. 出离

衮伦接到漠能的电话,说她已从藏区登上返程的路了。衮伦说她在克珠仁波切这里,希望漠能顺路过来,也好拜谒克珠仁波切。漠能说她正好想见见活佛,在康区就听说了克珠活佛的名望。

衮伦非常高兴,已经很久不见她了,真是想念。

第二天衮伦按着相约的时间，出了三楼经堂到门外接她，结果没有接到。正在观望之间，手机响了："你在哪里？我已经到了，在大寮里呢。"

"噢！这么快？"

衮伦一下感到已经失约，没有按时接人，有失礼貌。赶紧走进大寮里四下一看，哪有什么漠能。巡视之间，见一位红衣女尼坐在里边的床上，正与几位居士说话，便也礼貌地合掌问询。那女尼戴着眼镜很是文静，不动声色地望着她。衮伦抬起头，正视了片刻女尼的眼睛，"妈呀！"她惊呼了一声，"是你……漠……"后边的字留在口里，惊诧地站在原地。

漠能微微地笑着，那样子真像个师父。比起以前动不动就噘嘴的模样，她完全变成另一个人。而且，曾经黄色的头发一旦落光，麦田一样的眉毛似乎占据了满脸，显得更加辽阔，又柔软得让人心颤。

"你，怎么……？"衮伦话还没有说完，就变了调儿，眼泪稀里哗啦流了一片，后来竟然抑制不住，捂住脸也捂不住要哭出来的声音。

衮伦哭了半天，哭得心里一片空洞，哭得无限悲悯。

"还是那么爱哭。"漠能不动声色地看着她说。

"我知道，你早有这个心愿，可是……怎么就真的……怎么没事先告诉我。"

"告诉与不告诉又怎样呢？"

是啊，告诉与否又怎么样呢？都是如此，她早就是那条船上的人了，不过是为红尘的事情延宕了光景。如今她抚养的孤儿都已成人，并且都有了工作，为自己民族培养人才的责任已尽，该是了却尘缘的时候了。所以她的选择，绝非什么感情受挫，也绝非一时脑热，而是她命里蕴蓄已久的事情，也是命中带来的使命。俗世里的停留，不过是为了完成夙愿。曾经那些日夜骚扰她的逆增上缘成就了她，她感恩都来不及呢。

衮伦再不能直呼其名字，她称呼她的法名：妙空师。

坐了一会儿，衮伦和她一起去挂单，并把她送到二楼女尼师住的房间。那里已经有几位女尼师暂住。

回到大寮，衮伦就再也没能安静下来，眼睛时不时地模糊。夜里，一百多人的大寮进入一片黑暗，四起的呼噜声，衬得夜更寂静。衮伦躺在床上，一想到漠能，眼泪就无声地流淌。她品不出也说不出那眼泪是什么滋味。就像前段时间，看到一位学友剃度时，也不停地流泪一样。那天午斋，当女尼师队伍后边多了一位新托钵的出家人时，大家一下都认出了是天天在一起学习的同学。人群中便立刻响起了唏嘘声，很多女众开始擦泪，衮伦不由得也抽泣出声。那时，她也品不出眼泪的滋味。

在漠能住进寺院的那两天夜里，衮伦的脑海里总是出现竹林衰草，枝叶摇曳的竹屋，落满枯叶的院子，单薄的清扫落叶的尼姑，以及随着小风被扫了一层又落一层的黄叶。真好比是她心里的蒙尘，去了一层又添一层。衮伦落泪不止，怕发出声音，只好用被子蒙在头上……

漠能成了这幅画面的导火索，一旦出现，衮伦的泪便潸然而下。特别是那扫落叶的尼姑，仿佛就是漠能在那个竹屋里，一袭褡衣，一盏孤灯，开卷躬背，读着一本本发黄的书，偶尔发出木鱼"哒、哒、哒"的声音，山林幽静……

实际上漠能的境况并非如此。一年前，当她的禅坐不断出现一幅境相时，她不明白那代表什么，后来又听到一句"找亚青"的字样，便下了决心寻找。但是天下之大哪里寻找亚青？亚青是谁？她把这种情况告诉自己抚养的孤儿，他告诉她说"去拉萨吧，你的缘在西藏"。漠能相信这个话语不多的孩子，于是收拾行装带上全部积蓄，只身踏上寻找亚青的道路。她坚信西藏之大，会有一位叫作亚青的大德高僧，作为她的依止上师。

经过一番旅途艰辛她到了拉萨，四处打听没有着落，就索性雇了一个面包车，让司机拉着她，在那茫茫的高原山区寻找心灵的依祜。司机拉着她一个单身女人走了好几天，进了七八个寺院都没有缘遇。后来又进了一座寺院，找到当家师说我要找我的根本上师。当家师为她引见了住持，一位慈眉善目的活佛。可是活佛看了她后摆摆手摇摇头，司机告诉她说，活佛的意思是不会讲汉语，教不了你。他们又出来了。上了车后，司机说我们这样无目的地走，什么时候是头？不如去亚青，那是大寺院，有一位成就的大活佛，说不定会是你要找的上师。

"亚青？"漠能一振，原来不是一个人，是个寺院？

一阵意外的欣喜让漠能陡然有了精神，"那我们赶紧去吧。"

但是司机却说："今天不能去了，从这里到亚青还要三天时间，我们要在这里住宿，明天才能赶路，而且你还要付我一千八百元的车费。"司机虽然说不了几句汉语，但起码的意思都能表达。漠能立刻答应了司机的要求，当夜就留在那小村庄一个又冷又潮湿的藏民家里。主人给他们煮了很干很黏的面条。身体总算有了个安顿。

第二天早早地赶路，白天行程晚上住在藏民家里，虽然行苦颠簸，比起前几天无目的的寻找，总算有个目的。第三天那座大气辉煌的寺院终于出现了。她见到一位很年轻很端严的喇嘛。"我来找我的根本上师。"她期待着重复了不知说了几次的话。那位喇嘛起初没有答话，只转了个身就确定地说："上师是你的根本上师，不过他现在不在。"

"我可以先住下来。"漠能坚决地说

"可以，我可以替上师为你传法。"

藏区的寺院不像内地的寺院，大小都有居士可住的寮房，漠能便在附近租了一个土房，收拾收拾住了下来。那地方白天干热，晚上冷得几乎打抖，挑水要上河边，烧柴一律向藏民买干牛粪。吃菜要往返一天的时间到一个距离最近的城市去买。第一次买菜她吓了一跳，五元钱一斤的茄子，家乡正是两三角钱的价钱。白菜也比家乡贵三四倍。她买回了能吃十天半月的蔬菜和粮食，珍贵地一点一点享用。想起在家时吃菜的奢侈以及宽裕，她才觉得找到了一种感觉，一种潜意识深处不知埋藏了几世的珍贵感觉。那东西从她出发、开始寻找的时候萌芽，最终在此处觉醒。不久她就开始了剃度后的崭新的苦行僧的生活。

"这才是适合我的生活。"当她安定下来后，一个人躺在高原小土屋里的时候，对着星星说。

那个以前禅坐时出现的境相，原来是皈依境，是漠能上师法脉的本尊。

2．谁的选择

夜晚，衮伦在铺上支起了身，她要了却心里的疑问，和漠能进行一次必要的交谈。她先手机发出信息，然后打开电脑——

"你的心灵穿上袈裟了么？"
"在我的身体披上袈裟的同时，心就穿上了，甚至比这还早。"
"我知道，你这是早晚的事情，可心里还是觉得有一点灰呢……"
"不灰，你也和我一样了。"
"可我还是羡慕你的。"
"羡慕就有希望，我们还有多少时间？太阳已经西斜了，那黑暗的部分不知把我们带到哪里去呢。"
"你不是要造一个文字塔么，为你的民族？"
"我已经奠下了底座，剩下的就是他们的事情了。"
"你不觉得，你的选择对你的少小民族是一种损失么？"
"损失一个愚痴的生命也许不足惜，损失由此而带来的更大的光明，才是一个民族的悲哀。"
"你认为你选择的路就是正确的么？"
"这不是我的选择，是佛祖的选择，我觉得佛祖的选择是绝对正确的。"
"你不怕出家后的清苦？"
"难道我怕得到永久的安乐么？"
"肯定会有人对你的出家说三道四，你怎么看？"
"人各有志，每个人都有议论的自由权。还是那句老话，走自己的路，让别人说去。"
"你觉得人的一生应该怎么度过？"
"我觉得首先要清清楚楚地明白人生真正的目标，再度人生。"
"出家人最重要的事情是什么？"

"是坚持到底，坚持到底就是成就。"

"一天怎样度过才算不浪费时间？"

"运用好每分每秒，即可删除浪费二字。"

"很多人都在享受世俗生活的快乐，你怎么看？"

"什么是快乐？什么又是究竟的快乐？这个问题，你比我还清楚，不然你怎么会跑到这里学习最究竟、最完美的获得快乐的方法呢？"

"不出家的人可以唱歌跳舞、吃喝玩乐，而你却要失去这个自由。"

"我向来不认为那样就可以大声宣告我自由了，我倒认为不去那样做才能取得真正意义上的自由。"

"不出家的人可以做各种事情，而你以后就总是念那无数次的经文。"

"的确，我会去念无数次的经文，就如同我要吃无数次的饭，但不同的是，后者为了生存，前者为了生命的意义。"

"不出家可以随便交朋友，而你以后接触的人是有限的。"

"我想，不仅接触的人是有限的，人的生命更是有限的。"

"不出家的人不考虑来世的问题，只想这一世如何快乐。"

"不考虑来世的问题，不意味着就解决了来世的问题，准确地说，是出卖来世。举个例子说，比如你拿所有的家产去挥霍，去尽情地享乐，而不考虑明天，如果这样算快乐的话，那我的确没能享受到，以后也不会享受到这样的快乐。"

"你选择的寺庙景色美么？"

"对一个出家人来说，景色美不美都无所谓，因为出家人的目标是为利益有情愿成佛果，在哪个地方修行更殊胜、进步更快，就选择哪个地方。"

…………

什么是"士别三日，当刮目相看"？何况她们已经一年没有见面了，其中的变化，岂是仍然停留在原来境界的衮伦可体会到的？她唏嘘着，一点也没有认为漠能是在说教空谈。没有一定的勇气，不是已看破放下，是不可能走出这一步的。出家可不是轻而易举的事情，何况还有个福报的问题。

衮伦把这段对话存在 U 盘里作永久的珍藏，相信那个曾经与她朝夕相处、不时噘起嘴唇说话的人已远去了。现前的人是脸容平静的妙空尼师，不再是什么漠能，而是一个地道的穿着红色僧衣披着袈裟的出家人了。衮伦再不能与她平起平坐，走路也要按着规矩隔开一些距离。并且问她问题的时候，都要双手合十之后才能发问，以表恭敬。这是礼貌，也是规矩。当然你不这样做也没人管你，但衮伦喜欢那样的尊敬态度。不仅对于漠能，对所有的穿着三褡衣的僧人都是如此。何况克珠仁波切也曾教导："你拜的不是他的人，而是那个戒体，那身僧衣，那是你在家人无论如何也不具备的。就像在家人念一百句佛号，不抵出家人念上一句，僧宝的助办力量不可思议。所以你要恭敬。"

是啊，身着庄严三褡衣的漠能，成了妙空师，有了衮伦不可企即的改变。整个人变得无比庄严可敬，似乎所有的尘世的东西，都随着落发和脱掉俗衣而去，显得干干净净。但衮伦还是有点怀疑，漠能的心真的彻底转变了么？真的放下抚养的孤儿和对俗尘的牵挂了么？

这不奇怪，仍是凡夫的衮伦，是无法探知真正看破红尘，发愿以一生时间去探究生命究竟意义而走上解脱道路的漠能的境界的。何况，漠能一直不嫁，已经冥冥中成就了她成为妙空师的缘起。

可有一点衮伦仍然困惑：曾经一直困扰她们的、双方都以为销声匿迹的现象，竟在漠能到达的那个早晨，又悄然发生了。那天起床时，衮伦的右侧腰部和右腿，沉郁郁地疼，衮伦想可能着凉了，晚上应该泡泡脚也许会好。晚上送漠能回僧寮时，对漠能说："你早点休息，我也要回去泡泡脚，早晨右腿和腰不知怎么突然开始疼……"

衮伦的话还没有说完，漠能的眼睛在眼镜后边迅疾眨了一下，那一瞬间，仿佛光阴回溯，过去的时光又重回漠能的身上，衮伦及时抓住这一瞬间，把她与外相的妙空师分开，想探究出什么。但也仅仅一瞬，漠能曾有过的鹰锥般的眼神旋即消失，转为柔和慈悯，无所谓地说："我的腰和腿也是在那天早晨开始疼的，离这儿越近越明显。"说时她稍稍转一下身，右手伸向右侧的腰部，说："就这儿。"

那种样子，让衮伦感到亲切，仿佛又回到从前，即便共同的疼痛，共同的烦恼，都是那么真实亲切，值得回味。

一个人的改变真的能那么彻底么？衮伦恍惚地看着一下又变成妙空师的漠能，在她规矩的坐姿中，觉得是和果禅师在一起，又不同于果禅师的真实。

告辞的时候，衮伦说你不要往前迈步了，别折我的福报。妙空师果真停在门口望她。到了楼梯口处，衮伦回望一眼以示要下楼了。可就在那一望中，衮伦的心顿然一热，眼睛刷地看不见东西了。那泪光里模糊的红色的人，空空地站在原地，一动不动地目送着她。衮伦忽然觉得与漠能的心刹那近、刹那远。妙空师仍然是漠能，仍然是与衮伦有着共同疼痛的漠能。那是她们仍然没有能力解决，以后不知能否解决也不知要延续多久的牵系和疼痛。

"本来是一体的么，怎么能不疼呢。"衮伦忽然想起兰若曾说过的话，那时衮伦没有懂，怎么是一体的？

"宇宙本来就是一体的，你的痛就是我的痛，我的痛就是她的痛，她的痛也是你的痛。"

衮伦似乎认可了这个道理。但是，她仍然觉得她的痛和漠能的痛和别人是不一样的，她们的痛是有"背景"的。

次日衮伦送走了漠能。在回返的路上，漠能发了一条长长的信息，信息的内容是：

>   昨天我们在一起时，看到白老太和护还有你姥爷都在旁边，听我们说话，他们很高兴，看得出他们因你而受益，因此你的修为至关重要，不仅为你自己，也对他们负责啊。珍重！

衮伦的眼泪又流下来了，却想，漠能与生俱来的恐惧应该消失了吧？

此后，漠能总会以单薄的身影出现在衮伦的脑海里，在西去的路上孑孓蹒跚，或在山林旷野，或在沙漠跋涉，每每想到她，衮伦的心就总是酸酸的……

三年后，衮伦终于把想说又一直没说的担忧发到漠能的信箱里，漠能没有直接回答她的问题，却说了她的一次际遇：

有一天，一位老人上下打量着我，问，你还年轻，为什么不找份工作，靠自己的能力吃饭，却在这里乞讨呢？

我差点掉出眼泪，但是我马上说，我跪在这里，是让自己的虚荣一败涂地，是让自己的面子无地自容，是让自己的虚假彻底崩溃。我不是为了吃饭而做乞丐，也不是为乞讨而吃饭，若我放不下自己的虚荣、自己的面子、自己的虚假，纵然我有多么好的工作、多么高的待遇、多么令人羡慕的生活，我依然生活在虚荣当中，我依然被我的虚假所操纵，我活着还有什么真正的自由可言呢？

老人问我，你们这些乞丐，靠别人的施舍来过日子，无论年轻年老，都来乞讨，感觉羞愧不羞愧呀？

我说，我若羞愧就一定不会来这里乞讨。我若抱着我的虚假面子不放，我绝不会来这里乞讨。别人施舍给我的东西，正是我需要反省自己的东西。我感谢施舍给我东西的人，也感谢用任何语言来评价我的人，因为你们，我才懂得了做人的真实。

老人又问，你是乞讨钱呢，还是乞讨饭呢？

我说，我彻底放下自己的虚假时，我的乞讨就是成功的，当我彻底不再抱着面子来勉强过日子时，我的乞讨就是成功的。当我不再因为虚荣而左右踌躇时，我的乞讨就是成功的。我不是因为钱来乞讨，也不是为了饭而来乞讨，我是为了放下自己的虚荣、自己的虚假、自己的面子而来乞讨的。

那么是什么力量促使你做乞丐呢？

我的虚假，我的虚荣，我的面子。没有它们我还需要乞讨什么呢？我感谢它们使我有了乞讨的机会。

你乞讨多久了？

三年。

三年了，应该你的面子、虚假和虚荣已经彻底没有了吧？为什么还继续乞讨呢？

当我的面子崩溃时，我的妄想还依旧存在。当我的虚荣放下时，我的爱欲心依旧存在。当我的虚假磨灭时，我的分别心还依旧存在。所以，我做乞讨，还没有真正做好。

老人又问，你天天在这里乞讨么？

不，到处跑，走到哪里就乞讨到哪里。

这么冷的天，你怎么还穿单鞋，你乞讨来的钱，足够买一双棉鞋了吧？

脚冷了，是可以随便用什么东西保暖的，可人心一旦冷了，纵然有多么充足的钱、多么厚实的棉鞋也是徒劳的。虽然我的脚是很冷，但我也并不会因为脚的冷而不再乞讨。因为我的心总是灼热的，它可以化解我的一切烦恼，何况微不足道的脚呢？世人总是呵护外在的东西，却不知去呵护内在的东西。纵然外在多么漂亮，而内在若是破旧不堪了，那外在的漂亮又有什么用呢？

老人用异样的目光看我，我看你就不是乞丐，到底是什么人？

我即使告诉你我是什么人，但对于你，我仍然是陌生的。为什么世人总喜欢去了解别人，而不真实地去认识自己呢？纵然你再如何了解别人，可对于你自己，依旧是陌生的啊！

我扔给你一块钱，你怎么不说谢谢呢？

当我看到你的慈悲心之时，我已经不在乎什么一块钱了，你的慈悲心是无法用谢谢二字来概括的。我只能把你的慈悲之行，深深地藏在自己的心里，慢慢来品尝。

当乞丐的滋味怎么样呢？

如人烧香，各自心明啊。

可是，乞丐都是骗子，我见得多了。

我说，难道人人不都是乞丐么？只不过乞讨的东西不同。有人乞讨情感，有人乞讨物质财富，或乞讨名誉地位，或乞讨健康，或乞讨快乐幸福，这样的乞丐你见过么？

我怎么不知道啊？

因为在你心中乞丐都是骗子，你总是执着在这一处，就像总是执着地看着一个地方，纵然外界多么精彩，你依旧是无法看到的啊。若一个人总是执着于固定的一个答案，那么你总是停留在一处地方，就像你拿镜子去照别人，却忘记了照自己。

老人有些茫然地说，原来这做乞丐，还没那么简单呐。

乞丐是人来做的，不是乞丐自己去做乞丐，不同的人，做不同的乞丐。一个心邪的人做乞丐，会染污一大片的。一个心正的人做乞丐，他会感染一大片的。如果一个乞丐把自己讨来的钱，捐给那些生死之线上最需要的人，那么这乞丐是多么值得赞叹呀！而这种值得赞叹的行为，却出自一个乞丐的手，可以让更多的人，甚至记忆一辈子。所以我们怎么能不以善意的目光去看待这样的乞丐呢？虽然有的乞丐确实让人厌弃和憎恨，但是，他们能够长时间地跪着、长时间地躺着，也足以让人产生怜悯心和慈悲心了啊。毕竟他们没有去做杀人放火坑害人的事情，更没有表面光亮堂皇、背地里却做着见不得人的勾当，或者祸害人。就凭这一点，乞丐还是善良的。人心何不放宽放大，与其一顿饭挥霍百元千元甚至万元，何不对一个乞丐多扔几个钱呢？

像你这么说，我们不就滋养了那些好吃懒做的人了么？

人迟早都会觉悟的，人不能一辈子总当乞丐。但正因为他们曾经当乞丐，看到很多善良的人给予他们的施舍，心里种下了善良的种子，一旦因缘成熟时，那善良的种子就会发芽的。而且纵然这个乞丐无动于衷，但很多人施舍时，同样有很多人看在眼里，不也是影响别人了么？有时候，一个不经意的举动，会感染一大片人呢。

你乞讨来的钱用在什么地方？

我又返回到别的乞丐手里了。

你这个人是不是神经有点毛病？哪有像你这样的乞丐？

一切皆有因缘呐！

你以前是干什么的？

我只知道，现在我是乞丐。

别的乞丐都跪着躺着或拄拐站着乞讨，你怎么盘腿乞讨？

你吃饭时喜欢坐着，还是喜欢站着？

喜欢坐着吃饭，坐着吃饭舒服啊。

他们、你我虽然姿态不一样，感觉相同。他们跪着或躺着，可能有他们的想法。我坐着是适合我的姿势，你坐着也是适合你的姿势。同样的人，各有心思。这一点上没有什么可揣摩的。

你的头发这么长了，怎么不理呀？挺脏的。

只要心干净比什么都好。

你的意思是我不干净？

在我心里你就是菩萨。

你是宗教徒？

我现在是乞丐，我只想认真地做乞丐，别的对于我，没多大关系。

难得呀！

得来，就不难。

我收起乞讨的碗，站起身，拍也没拍身上的土，向西边我来时的路走了。

读完漠能长长的"乞丐文"，衮伦的眼睛含满了泪水，但始终没有掉下来，她直呆呆地坐了很久……

第二十八章

不同维次的共处

你的眼睛初开
已见宇宙的基本性质
和自己与它的关系
一切事物
全不是独立的
犹如一个广大的网
由无数的各种明珠织成
而每一颗明珠
都有无数的面向
每一颗明珠
都反映出网上的其他明珠
都含有其他明珠的影子

1. 家里的客人

衮伦回到锁了一个月的家，家中的气氛俨然陌生，有一种异样的物质充斥其间，屋子仿佛换了主人。男人放下行李，打开冰箱寻找食物准备做饭，但是冰箱已经断电，所有的存物全部变质。尤其春天里速冻的满满一箱的野珍柳蒿芽，变成黑色彻底腐烂。这使他烦躁不解，不断地重复着一句话："怎么断电了呢？怎么能跳闸呢？"

衮伦却很平和，没有什么为什么，一切理所当然。只可惜那过了季节就不再会有的柳蒿芽了，接下来的一年都要失去那苦艾艾苦香香的滋润了。

"不应该呀。"男人继续折腾着冰箱里充斥着腐味儿的东西。

"有什么不应该？屋子空了一个月，难道'别人'就不会入住么？"

就是就是，我们四处流浪，你们不住了，我们当然要住进来的，荒郊野外实在是太受罪啊！

衮伦听到了"入住者"的附和。却见男人陡然立眉竖眼地说："你装什么神秘呀？你以为你是谁呀？"他轻易地被控制被利用了，不能自已，呼呼地生着气。

本来嘛，我们哪里会使用那个叫冰箱的东西？这个现代的玩意在我们的时代没有见过，再说，凭什么你们回来了就得让给你们……你们回来倒是影响了我们，却连个招呼都不打……

衮伦听着"入住者"的怨气，不知道如何处置，只是不动意念不被干扰，但身体却抵抗不住难受起来。

男人被控制了很长的时间，仍然浑然不觉。衮伦清楚他的怒气出于什么原因，而且那些原因已经理直气壮地显露于他的脸上，使他本来光洁润泽的脸色晦暗，甚至歪扭。衮伦忍耐着心气，不断给予调和，但男人还是时好时爆不能解脱。忽然一晚，衮伦在男人不停息的刹怒中灵机一动，便跪进那有雕像的房间，关上门说："我知道你们很苦，过去由于我们无知，曾有意无意地伤害过你们，使得你们遭受着现在的冷热饥渴、又无穿无住的痛苦，今日知道错了，真的错了，非常非常的错了，诚心诚意向你们道歉忏悔，恳请你们放下嗔恨，生起宽容的善心吧！我把三世的身、受用、善根都回向你们，愿你们消除痛苦烦恼，增长福报快乐，早日脱离种种痛苦……"

衮伦说得诚心之至，泪流满面，就像看到了她的母亲衣衫褴褛、面目枯黄、饥肠辘辘地忍受着苦痛，便更加伤心悲痛起来……

客厅里的男人并不知道衮伦在做些什么，但是顷刻安静下来，像一个偃旗息鼓的征士，脸容平展，出现了消失一个月的笑容，心平气和，与先前判若两人。

衮伦又一次产生敬畏，生出悲悯。那些游荡的生命的确可怜。就像姥爷苏如勤所说，都是无处安身没地方待的人，你们不住时，他们自然就住了进来，只是再出门回来时要打个招呼，然后客气地请他们离开。从此衮伦对那些原本怖畏的事情不再害怕，并且生出专门布施的打算。克珠仁波切说过，他们都曾经是她的父母兄弟姐妹、亲朋好友，或者邻里乡人，更或者是她伤害过的父母有情，不过是因为业力流转而不得不游荡在鬼道之中，受着无明黑暗的折磨。她应该去布施和减轻他们的痛苦啊！于是她按照克珠仁波切传授的上供下施的法，以三白三甜、六药等制成药食点燃，布施他们，通过咒力和手印等力量化为甘露，使得那些寻香客、悲悯客等无衣得衣，无食得食，无药得药，需要音乐美食香味种种需求的，均可如愿。如此做下来一段时间后，果然"人人"欢喜受用，再没什么麻烦了。原来，并非只是人通情达理，那些阳光下不能出现的无色无形的灵魂竟然也禁不住慈悲软语、请客吃饭。即使曾经伤害了他们，欠了他们，至心诚恳地道歉忏悔还债，也会使他们放下嗔恨、怨怒，解冤解结，成为护持你的朋友护法。衮伦每每做那些事情的时候，想到他们正在遭受的饥渴、痛苦、寒冷及无衣食住的情况，就像看到母亲受难，总会忍不住泪流满面，又因他们得到了殊胜的布施后欢喜离去，而感到欣慰。

2. 白老太的忏悔

按着克珠仁波切指引的方向次第循序渐进，衮伦的眼睛由以往的浑浊发红，逐渐清澈，挤在一起的五官也渐趋舒展归位。尤其哈欠连天引起的双眼模糊，不知不觉中减少。护似乎懂得掌握分寸，不轻易影响主人晚课用功，只是隔着适当的距离听在左右。事实上主人阳气充足，再不是阴冷的精神外散不守的躯体。所以即使取闹，也很难进入健康的窍道。而它看到主人每晚的眼泪也与它无关了，那是被她的功课引发的流淌，绵绵的有时竟呜咽痛哭如孩童一样，那正是她心性改变自性显露的过程。那样的时刻，主人的脸容充满悲悯、慈柔、舒展，它也便在一旁策励精进。

护还看到主人每天晚上都跪在那个房间，清洗她的心，一遍一遍。并在清洗的过程中潜潜唏嘘。护便由衷地感动，也跟着落下几滴泪水。它还看见白老太也在一旁流着眼泪，很懊悔的模样。并常常看到她在那里读经诵咒，距离主人一段距离。

有一天，护看到白老太距离主人太近了，几乎贴上，是为了看她手里的经文。主人便有点坐立不住，读诵的声音也几乎变调。后来随着主人跪下去忏悔，白老太便就势大哭起来。她哭得非常痛心，说自己过去愚痴，生生世世造了诸多恶业，现在黑暗之中身不由己，想出来又不可能，有时不得不影响主人，那不是故意的，自己也是没有办法的，以后定要好好修行，再不去做改变人家因果流转的事情而造罪业了。请求佛菩萨帮助她，让她早日获得一个光明之身……

她哭得相当真切，是发自内心的忏悔和求助。护也哭了，是感动和同情的哭。她们哭成一片……

3．娅吉

在克珠仁波切的教导下，衮伦完全恢复了正常，饮食睡卧安然无恙，彻底消除了暗黑的肤色，重现健康，心情也渐渐舒展开来。然而，一次与表妹娅吉偶然的通话，她听到了一个意外的消息。曾经那些试图通过她达成什么的灵识，又找了一个目标。这是衮伦无论如何也料想不到的事情。她以为自己摆脱了那个宿命，并且利益了"他们"，便可能终止那永远见不到阳光的循环，却不料她根本没有改变也没能阻挡"他们"的寻找，目标竟然落在表妹娅吉的头上。娅吉本来已经缺少正常人的身体，命运让她该走路时虽学会了走路，却在三岁时扔给了她一副木杖。那是因为一次高烧注射药物，之后便失去了再站起的可能。从那时起她的两个木杖便由短到长，一年改换一副，直至她的身体停止发育。而她过于伶俐的唇舌快语，覆盖了一家人的说话频率。她母亲一辈子说的话，娅吉差不多一天都给说完。由于她十分漂亮，即使残疾也不断招来求婚者的目光。为了生存她接受过两次婚姻也承受了两次失败。最后一位上肢残疾者与她成家，她开了一个小小的卖店，挂着双拐笃笃笃笃地不时为光顾的顾客服务。关键是，她并不平静，她的病并不是人们经验中的"病来如山倒，病去如抽丝"的情形，相反是来之快去之也快。常常是说病立刻倒下，说好全然无恙；使她后来的男人不得不误会她在装病。种种迹象都在说明，她已被那种循环瞄中。初始的很多个夜晚，她的眼前常常出现一个扮着各种怪相的男人在她面前骚扰，娅吉每每于奋力抽打中累醒。后来她的男人也出现了同样的情形，不过眼前出现的竟是女人。很长一段时间他们重复着同样的梦不知所措。在那种怪诞的梦境里度过了许多相同的黑夜，最终，怪诞的事情停止在娅吉遭遇的一件特殊的事情上。

一个昏暗的傍晚，阳光完成了草原平坦的光照，消失在西边无遮无拦的地平线下。娅吉在双拐的笃笃声中收起了挤牛奶的小凳，并把挤下的牛奶拔上凉水，备做次日的早餐。待她做完了一天里最后的活儿坐到炕上的时候，天也完全黑了下来。就在她刚刚躺在炕上准备休息时，一道白光恍然一亮，随即一只银白的动物倒在她的身边，一副很累很疲惫的神色……

娅吉立刻想到父亲巴尔特患病时常常提到的白色搜列。

"它们回来了。"草原的一位雅德根说。

它们回来了。那么，这么漫长的时间到哪里去了呢？娅吉也没有逼问。从那个时候起，娅吉便有了一个坛城。但她不知道在这之前，她的表姐衮伦经历的一切事情，更不知在衮伦身上，漠能常常看到的一位白发老太曾经忧郁地哭泣，为找不到一个理想的继承人而跋涉，找到后又不能被接受，在这种情况下，只能无奈地坐在表姐衮伦的阳台上巴巴地凄望。那是漠能不止一次目睹的情景。

令衮伦沮丧又毫无准备的是，她曾幻想的有可能终止的循环，丝毫没有变化。她不仅没有改变和阻止什么，自己尚存着一不小心仍然会顺流而下的习气。唯一可欣慰的是她摆脱了"他们"对她个人的"纠缠"。当她得知娅吉也可能结合了那循环不息的雅德根外气时，衮伦的反应，如母亲阿尔特当年一样，没因这个家族可能得到暂时的安宁而有所欣慰，反而是莫名的沮丧。怎么办？难道仍然目睹这个家族世世代代涡旋于泥犁继续舛厄夭亡么？

当衮伦的左腿骨痒渐渐消失的时候，娅吉也开始半侧身及左腿骨痒，而且她感到手心有一团火，偶尔为熟人或朋友按摩几下时，竟然给她们带来轻松。更有趣的是，有一天夜里，她梦见白老太从后门走进屋子，一进门就说："怎么没有人呢？"然后，她看到白老太走到院子招呼说："快来玩呀。"

那时娅吉的小卖店由于身体不便已经改成了棋牌社。第二天就来了很多玩牌的人，一天就获得了几天的收入。

但这不算是娅吉的幸运，她的麻烦也许隐在后面。实际上那寻找着的神识，有他们的规律可循，即不超过本氏族的范围。而在没有人选、无可奈何的情况下也有特例，可以在无法锁定载体的情况下，不得不改换目标，比如这位残疾的、过去不曾看中的娅吉。

这些冥中进行着的事情，是否符合事实真相都无关紧要，重要的是苏如勤氏家族的悲剧并没有谢幕，娅吉的三个弟弟无论三十而立还是四十不惑，仍处于婚姻不遇的尴尬状况。即便如此，三弟还是没有逃脱命运，步入了哥哥苏栓的后尘，一个人寂然去了。当衮伦听到这个搬到草原后就没有再见面的表弟过世的消息，已经是几年以后了。

娅吉在草原结识了一位雅德根，她也是来自东北大后方精奇里江仍然保留着金克日姓的达斡尔人，与娅吉的爷爷苏如勤的奶奶，即巴日系额特沃是一个姓氏。从她那里，娅吉知道了很多以前不曾听过的有关祖辈巴日系额特沃的故事。她对娅吉表示关心，常常去看她与她聊天。知道娅吉身体疼痛的那天，便领着她去看了一位雅德根。她说那个雅德根道行很高，让她看看就好了。

娅吉当然像所有的病者一样，渴望解脱病痛，便欢喜同往。

那个雅德根看病的方式，不知是与其他的雅德根看病方式不同，还是有什么用意，他让娅吉坐在前面，双手放在娅吉的后背足有半个小时，然后告诉她说，以后不要给人按摩看病了，会给你带来麻烦。

当时娅吉也没想到问问雅德根为什么。走出雅德根的屋子后，才突然感到自己的身体少了什么，便与身旁的女雅德根说："我手里的火没了！"

从那，娅吉再没有给人按摩，因为她失去了那个能力。那个关心她的女雅德根也再没有出现。娅吉说："以前总来，怎么就不来了呢？"

这话是说给衮伦听的，似乎也是说给她自己。衮伦正寻思其中的奥秘，娅吉突然又说："姑娘有一次脚脖子崴了坐在炕上，来了一位认识的女雅德根，在姑娘脚上捏了几下，就出去了，姑娘疼得不是好声地叫……"

静了一刻娅吉似乎明白了什么，说："我们这里雅德根很多，他们之间总是这样那样的，以后我再也不找雅德根看了……"

衮伦立刻说："现在看，那位雅德根虽然收了你的功，让你失去了按摩能力，但总归是件好事，是帮了你。"

第二十九章

人神对话

风雨吹伤了你的心思
吹不断你幽幽的心路
漫漫无期中的飘零
是你执着的寻觅

寂然地曳来
又寂然地飘去
不知你在拜天
还是在拜你的自性

1. 来如去

　　一切应该没有什么新意了，不过是生老病死、爱别离求不得地重复。衮伦专注于修正内心的事情，已经没有时间为那个家族分心。然而一天，为姐姐生日祝寿去了她女儿瓦音的家中，竟看到了比之听到娅吉的消息更惊撼、更诧异的事情。

　　很长时间了,什么都不信、总是以不屑的目光斜睨衮伦的姐姐,玩牌成瘾。

其女瓦音与丈夫吵架成瘾,瓦音的儿子鼻流血不止,但进了医院便愈,回家便流,瓦音整日闹心不宁工作无心。一日她坐在大门前呆望天空,忽然看到一个矮胖的女人从她家门前的街上走过,瓦音一怔,"就是她了",随后跟了上去……

一种莫名的感觉,让瓦音相信她能揭开自己身上的密码,果然那女人一一道出了瓦音全家遭遇的背景,然后为瓦音做了必要的设坛开光仪式。

衮伦难得走进瓦音的家里。进入客厅后,莫名地被另一间屋子吸引,就径直走了进去。不料她看到了一面墙壁上的红纸,写有隐含着另一个空间另一个世界的名字,一排排整齐有序。她一下发现了那个排在最首的异常熟悉的名字,还有那只熟悉的木雕猎鹰!

"我的天呐!"她不由得喊了出来,眼睛一下定住了:你们竟然找到了这里!

衮伦惊得几乎闭不上嘴,她太熟悉那只木雕了。小的时候,家中西窗的房梁上就悬着一只木雕的猎鹰,起初她很是好奇,村里古热大伯的猎鹰是活的,还常常看到他手臂上托着系着链子的猎鹰,从她家的门前走过,然后站在前面的荒甸子上,胳膊一伸放出鹰去。那鹰便展开扇子样巨大的翅膀,离开铁钩般的双爪站立着的吐日萨乐①,一阵风向远处飞去,那铁钩爪也伸开,渐渐地变小,最后变成小点直至消失。过了一阵之后,那鹰又从远方飞回,渐渐地从小变大,双爪钩着猎物,一只兔子什么的,飞到主人面前放下猎物。很多的时候,猎鹰站在主人的胳膊上,眼睛圆如铜铃东望西看,一路走过村子,渡过村东的河到对岸的林子里去捕猎。衮伦敬佩驯鹰的大伯,一身皮衣皮裤皮帽皮袖套煞是威风,更敬畏那鹰,骁勇迅猛很像达斡尔人抗击沙俄的精神。

不知什么时候,那鹰和主人都不见了,村里就再也没出现过鹰。

而家里的木鹰仍然在房梁上,而且不让任何人触碰,总是高高悬挂。母亲说那是替别人保管的。替谁保管?当母亲不能再保管时,又转交给了姐姐、瓦音的妈妈。也说了当年姥爷苏如勤说给母亲的话:时间会告诉一切的。可

---

① 土日萨乐:达斡尔语。猎人为驯鹰,手臂上垫一种很厚的可供鹰站立的皮垫子,称吐日萨乐。

见姥爷有预见之明，把它交付稳妥的家中老大。

原来……竟然如此……

衮伦想：这就是时间给出的答案么？——传给做雅德根的人，并供奉在所设的坛城上？

衮伦又想：也好，既然外孙女我这儿没有留你们，在重外孙女这里安家，应该有你们的道理。不过，这对于瓦音可并不一定是什么好事！

衮伦看着那样的排列，与乐土老板娘曾有的样式很是相同，又感觉有点不对，不像达斡尔雅德根的坛城……

瓦音跟进屋说："我妈不疯玩麻将了，我也再不与他吵了，儿子的鼻流血也停止了，家里都消停了……什么都可以忍受，唯有孩子是揪心的，我不敢拒绝了。"

衮伦的心情有点复杂，还有一种尘埃落定的感觉。实际上她并没有彻底放下这桩事情，表妹娅吉那里的情况，并不是"他们"满意的结局，瓦音这里才是"他们"真正发挥作用的地方。瓦音说"他们"可以同时有几个坛城，何况娅吉残疾的身体有很多不便。

一切都顺其自然吧，瓦音说她不能再推下去了，不过当时立堂时没弄明白，因为那是个汉人，不懂得达斡尔雅德根的规矩。后来瓦音不时难受，梦里便经常得到指导，如何画像，如何排位排名次等等，说得非常详细。瓦音还在梦里经常去一个屋子，太姥爷苏如勤和白老太就在那个屋里，各居一面，墙上都是他们神灵的名字。瓦音说她的怎么那么多呀？太姥爷说，有用的就几个……

衮伦怀着一种复杂的心情回到家里，不知是为"他们"高兴还是难过，是为瓦音高兴还是担忧，或是自己有点失意。心里总是放不下什么，总觉得有什么事情要做，尤其对另一个空间维次里的姥爷，她希望有一天能和他好好地谈谈。

过了一段时间，瓦音到衮伦家里取衮伦送给她的旧电脑，准备安装在新开业的花圈店里，没坐上一会儿，瓦音就感觉"他们"来了，便立刻站起来说："不行，我得赶紧下去。"然后匆忙离去。

衮伦虽然没发觉她的变化，但她一直没有放松观察瓦音的脸容，她知道"他们"一定会跟到衮伦的家里，却由于时间太短没能附体。

几天后一直牵挂瓦音的衮伦，听到瓦音在电话里说："那天去您家回来，他们到底下来了，并且告诉我，'要好好跟你姨学，不然什么时候才是个头？人家快成……我是跟不上了。'"

听了这一番话，尤其后面的一句，衮伦的心又忽地热了，眼睛随即发酸发热，她没有想到，不吃段食①而变成轻盈体的姥爷，竟然这么明理，如此具有正见，想和他见面的欲望就更加迫切，便一语双关地说："你晚上来吧，我一直想和你唠唠……"

等待是带着期盼，也带着某种使命，更带着一种责任。衮伦清楚一场会面是必需的，是盼望已久的，无论从她个人一面，还是姥爷那面，都已蕴蓄了很久。但衮伦还不能预料，谈话会是什么样的内容，会有怎样的结果；也不知道从未谋面的姥爷是怎样的性情，更重要的是她的建议能否被他接受。

终于，晚上七点钟，会谈的时刻在翘盼中来临。瓦音在丈夫的陪同下，一副平常表情走进衮伦的屋里。并且电话也同时响起，接电话的瓦音显出一副领导作风。然后他们坐到沙发上，衮伦细细地观察瓦音的眼睛和面孔，捕捉那眼睛里丝丝的微细的变化，但是"客人"似乎讲究，没有请问并不造次。聊了两句作为过渡，衮伦才正式发话：

"既然来了就说说吧？"

瓦音笑笑，有一种微妙的神情在原有的表情上聚集，覆盖了瓦音本来的音容，她一下从一个活泼的年轻女子变成老成持重的老人。

"你一向还好吧？"衮伦确定姥爷已经出现，便肯定地问。

"很好，孙女在侍奉我。"瓦音的声音变得沉静，坐态稳定，语气缓慢，面孔也没有像循女人那样的阴暗可怖，完全是正常人的表情。不同的是眼睛发亮，已不是瓦音的眼神。衮伦竟一时没有听懂他说的孙女在侍奉他，便问

---

① 段食：佛教词汇，旧作搏食。可以鼻嗅，以舌尝，或固体或液体等有形段之食。以香、味、触三尘为体。

是哪个孙女，他指指瓦音家的方向。衮伦一下明白了。

"认识我吧？"衮伦说。

"怎么能不认识，我来过多少次了。"

衮伦的心里不免一惊，立刻想到循女人曾说的话：你家门口有一位老头和一位老太太。便平静地说：

"按过去的道理，我应该称你为姥爷，但现在我不知怎么称呼，按着克珠活佛的教导，说与你们应该以朋友相处，所以我不称你什么，可以么？"

姥爷笑笑，衮伦摸不准那笑是接受还是不接受。

"我没有领你们，其实也曾做了领的事情，可是……"衮伦继续说。

"你没弄好。"他肯定地说。

"后来遇到善知识，就不能那么做了，你有意见么？"

"有点遗憾，要不能找到她么，"他意指瓦音，"达斡尔人的雅德根规矩多了，能乱来么？"

"我现在跟善知识学习，你也可以跟着学。你那天说，让瓦音跟我学，我听了很感动，你竟然这样明理。"

"这不都是学的么。"

衮伦又是一惊，他竟然说这是学的，和谁？难道是跟自己么？

"我经常去克珠活佛那里学习，知道么？"

"知道，每次我们都跟着去了。"

天呐！衮伦心里又喊了一声，但没有表露出来。原来他们一直没离开过她，而且千里迢迢竟然也跟到外地学习，难怪他吩咐瓦音要跟她学呢。他们已经听到了克珠活佛每一次教授的内容，那些离苦得乐解脱自在的道理，并不曾落下过。衮伦不由想到第一次拜见克珠活佛的情景，便问：

"我第一次去见活佛的时候，你也去了么？"

"去了，我们都去了，但是他骂我，让我们好好修行。"

"……你害怕么？"衮伦又掩下惊诧，想到循女人曾经害怕的模样，不免试问。

"不怕，过去达斡尔人信佛的不多，害怕，都信雅德根，但我不怕。"他看了一眼右前方克珠活佛的照片。

衮伦由此想起初见克珠活佛时的哽咽，和许久不能言语，以及后来活佛起身离去的情景，这一切，是否与他有点关系？

"活佛会因为你们的存在，对我有看法么？"

"不会。"他立刻肯定地摇头。

衮伦相当满意他的答复。实际上她非常清楚克珠活佛的宽广，只是想试探他的境界。

"我每天都做烧香供，上供下施，你知道吧？可以来享用。"

"知道，我们都得到了。"

衮伦的脸容生出欣慰，因为他们得到了真实的利益。既然他们能得到，那么更多的六道悲悯客、方神地神、怨怼债主客、寻香客、中有身等等都应该得到了，这真是难得的利益啊！衮伦真是欣慰。

停了一刻，衮伦提到漠能，问他是否认识，以及两人之间的串疼，还有他介绍的漠能的达斡尔族奶奶。

他笑笑都做了肯定的回答。然后说：

"你们见面了，我们就见面了，不然大家都很遥远的，怎么相见……"

原来，衮伦掩下惊愕，"他们"的见面竟然通过她和漠能，难怪……

正在衮伦处于一个接一个不断的吃惊之际，瓦音的丈夫插进话来：

"太姥爷，我想买个车，你看行不？"

他看了一眼瓦音的丈夫，稍微俯着身捋着胡须，慢条斯理地说：

"有什么用哦？"

"挣钱呐。"

"挣那么多钱有啥用？你家的祖宗一个也不来，你们兄弟几个就你有工作。"

"一个也不来呀？"瓦音的丈夫歪着头，靠得很近地问。

"喝水吧。"

衮伦见他微笑不语，指了一下早已倒好的水。

他却有些赧颜地慢声说："喝点酒还行来的。"

衮伦的男人立刻倒上半杯窗台上泡着的药酒，端到他的面前说我真没想到这层呢。

"我进来时就看到那酒了，"他依然慢声慢语，"昨天我没喝着。"

衮伦有点不好意思了，怎么就没想到以酒招待客人呢？那是达斡尔人最讲究的招待客人的礼节啊！何况这样一位特殊身份的客人。

"还来点么？"衮伦的男人看到他一口慢慢地全喝了下去，便问。

"不了。"他却像一个非常有身份的人一样，把杯子轻轻放下。

"这样挺好，瓦音是个年轻的女子，多了对她不太好，是么？"衮伦婉转地说。

姥爷笑了。静了一会儿，衮伦终于把酝酿了许久的话说了出来：

"如果不给别人看病，你能同意么？"

他低着眼睛沉默了一会儿，然后缓慢地有点不情愿地说：

"我还是想看病，不看病的话，我待在她那儿有什么意思耶？"

"可是，一切都有因果，病是个人的业障和造作的结果，我们去给弄了一番，不是阻止了因果流转么？这样对我们不太好。"衮伦赶紧说，唯恐过一会儿就说不出口了。

"学佛了这些就都摆平了。"他用手比画了一个圆圈，也毫不犹豫。

衮伦思忖了一下，说到根儿上："你现在在瓦音这儿，但瓦音有一天也有老去的时候，那时你怎么办，还得找一个人代替，什么时候是头儿啊？"

"我也有点够了。"

"那就去往生不行么？"衮伦暗喜，及时跟住。

"福报不够。"他也立刻回应。

天呐！衮伦这回几乎要喊了出来，他的话竟然能说到"福报"的层面，肯定是跟着听课得来的智慧，不由得随口赞叹了一句：

"说得好，那就好好修吧，将来获得个光明身，我们每天都在修学，功德回向你们，你们也可以来一起修。"

"修呢，都修呢，这不都来了么。"说时,他的眼睛往茶桌旁边巡视了一周。

衮伦知道"都来了"都是谁，也跟着他的目光看了一眼。但是姥爷的眼神似乎在说，你能看见么？的确，要突破那个空间维次，衮伦还需要一定的静虑，也即禅定。

衮伦在不断的震惊中，想到两个舅舅的后代，便问："你的孙子们的情况都看见了吧？"

"我懒得看他们，"随之指指自己的心口说，"心不正。"

"苏克的儿子考上公务员了。"

"没有我的帮忙他能么？就他一个是有出息的。"

衮伦想起在苏克儿子考试的前一天，为他所做的祈祷和求助等事，结果已经看到了。

瓦音的丈夫坐不住了，再次催促瓦音回家，说以后再来吧。姥爷却有点无可奈何地说："以后还来啥了。"

衮伦听出那话里的音，是指这样的会面不会轻易有了，不免有点失意，也有些矛盾，但是她记住了克珠活佛关于如何对待仙家的教导。

衮伦不会不管姥爷和他的一班人马，既然他说他们都在修行，而且也劝过瓦音跟着衮伦学，说明已经有了正见，已经走上了正路，那么就要让他们坚持到底，最终结束这种无有期的状态，得到究竟的结果吧。

大家沉默了一会儿，似乎再没什么可说。没等衮伦有个结语或者话别，他轻轻地走了，悄然地、无声地走了。瓦音立刻恢复了原有的活力，挺拔伸张起来，身体也立刻恢复了温度。她说："他一走，身体立刻就热了。"

衮伦却有点遗憾，心里暗道：你寂然地来了，又寂然地走了，保重啊！

送他们出门的时候，衮伦一再告诉瓦音不要赚贪心的钱，适可而止，赚多了未必不是个祸。

返回身来衮伦呆定了一会儿，开始上晚课。一捧起书，眼泪便稀里哗啦地流了满脸满身，一遍一遍擦去，一遍一遍地模糊，嗓音如何也不听调整，发不出清晰的声音。与姥爷的一番对话，让她对那些看不见的生命尤其对身边的姥爷、白老太和护生起真实深切的同情、悲悯、疼痛。他们没有阳光下的形体，却也在冥暗中精勤修行，真不容易！庆幸他们已经懂得了正修的道理。

做烧香供的时候，施舍的内容有了直接的感受及真实的对象，闻即获利的心情也更加真切诚实。

在既感恩又悲悯的心情中，衮伦结束了晚课。但是一直走不出那种心境。直到第二天早课，一捧起书仍然哽咽不止。克珠仁波切说，那就是觉受和菩提心的显现！

2．苏克

> 愿我是你需要时的保护，
> 愿我是你旅行时的向导，
> 愿我是你寻靠的船只桥梁，
> 愿你的痛苦由我承担，
> 并能够完全消除。

苏克是达列仅剩下的三儿子，在其姐姐肝癌过世后的两年里，也患上了食道癌。与他的叔叔巴尔特不同的是，他一直没有表现出悲哀与绝望的情绪，也没有叔叔巴尔特临终时的喷吐惨况。当苏克躺在手术台上接受八个小时刀割钳夹的时刻，他那被光环诱走的哥哥苏林，竟出现在衮伦的男人面前。那时他们正在吃着午饭，男人突然口含着饭哭泣着说：

"你不好好护佑弟弟，怎么还为难他？应该好好修行有个出头之日才是……"

衮伦不知男人突然在说些什么、哭什么。咽下饭后他平静了一下说：

"苏林来了，穿着很好，气色也很润亮。"

衮伦却说出了与男人不同的理解：苏林是来感恩的，他应该知道，他成为弟弟致病的一个因素而使弟弟上了手术台后，他原来的目的已被表姐改变，曾经照顾过他的表姐，长久地跪拜为苏克祈祷，祈祷佛菩萨护佑、姥爷苏如勤关照，并替他忏悔，对苏林和其弟弟苏克伤害过的所有冤亲债主给予诚恳的道歉，为手术中的苏克忏悔直至落泪。那种至诚的忏悔和祈请祝愿，他苏林应该感受得到，也从中受益。所以除了想借助表姐的愿力投生光明之处，他不再有什么别的想法。人多么有良心啊！哪怕做了他这样的冥中之物，也不想做什么报仇算账找人麻烦的事情。

所以苏克的手术非常顺利，较之同样的患者术后昏睡三天的情形，苏克下了手术台当晚就恢复了知觉。而且，苏克改变了以往那口若悬河不着边际、无酒不欢的毛病，变得沉静。没事的时候，就默默地口里念着什么。酒，与他彻底绝缘。

手术恢复健康之后，家人都在为他高兴。可是过了一段时间，苏克却一反平常，天天有事无事骂人发怒，与妻子争吵。妻子起初狐疑，后来便忍不住同他一样吵骂起来。有一天她实在忍受不住向朋友哭诉，朋友说找个人看看吧。便在朋友的带领下，找到一位灵媒给苏克观了一下。结果竟见一老一小两个女人架着苏克在往西走。那正是苏克已故的姐姐和她服毒自杀的女儿。妻子按着要求做了房子衣服等给大姑姐和外甥女送去，苏克果然平息下来，吵骂再没有发生。

但事情没有结束，过了几天，苏克妻子夜里竟然去了一个幽冥之处，看见苏克的名字写在一个本子上面。那本子的写字格里稀稀落落的，苏克的名字左右没有一个名字，都是空格。妻子正想说这可不是我填上去的，一抬头见阎王爷坐在那里冷脸不语……

第二天夜里，她又梦见苏克从外面走进屋子，说："你不是死了么，怎么又回来了？"

端午节的前两天，苏克提着一个箱子敲开了表姐的屋门，进屋就说要过节了送些鸡蛋，都是散养的鸡心情好，蛋黄是红色的。衮伦高兴地接受了那份馈赠。她的高兴并非因为箱子里的东西，而是那东西后面的心。这个曾经欠稳重不得信任的表弟，自小丧失父母后，就寄住在姑妈沃尔特家里，上学后，他住宿学校也算有了着落。不久哥哥苏林自杀，表姐衮伦出面帮忙，办妥了接他哥哥班的事宜，并且得到单位同意，在苏克学业未满之前可以资助他继续上学。如此，苏克安心地完成学业后，走上了哥哥的工作岗位，工作家庭一并圆满。但是，他的习气天生德薄善少，欺骗行为竟做到表姐头上。与妻子离婚后，更是躲着表姐和亲朋好友，足有几年时间不肯露面。当那段因缘结束后，前妻不计前嫌接纳了他，他又回到了过去的家里。但从此被病魔缠上一病不起。

衮伦不计较苏克的过往，见他带着东西，也带着悔意，接受并原谅了他。

苏克坐在沙发上，以半躺的姿势支撑着病体，言语之间显露着岁月的空旷，从未有过的沉静萦回在目光里，那是他性格中从不曾有的东西。他说死不过是一个过程，并没什么可怕，也许是一个最高的境界。衮伦说你这样想真是难得，其实旧的已坏的躯体扔掉它，换个新的躯体并不是什么不好的事情，重要的是你要负责灵魂的去处，为它的去处做好准备，能知道什么时候走，到哪里去，那的确是一种境界。苏克说是啊，你给我的光碟我都看了，人家西方极乐世界真好，金银铺地，什么烦恼没有，想吃什么意念一动就来了，吃后又一动念，都撤了。

那你就往那个方向努力吧，只要你的信心足够就能去成。衮伦暗暗高兴，为他能有这样的定解。

苏克的目光游移不定，似乎有忽上忽下的什么在心中左右。告别的时候，他站起身向卫生间走去，露出一直靠在沙发上的背部，脊骨嶙峋隐隐可见，显出与他实际年龄不相符的微驼，步子也迈得虚飘不稳。一种生命即将消失的迹象显露无遗。衮伦的眼窝倏地热了，酸酸的感觉涌满了双眼。

苏克捧着跟衮伦要的书籍和一张佛祖像，走下七楼。衮伦返身走到阳台，半天才看到苏克飘忽的身影走到路边，又见他蹲下身去。衮伦立在高高的阳台，远望那个一阵风都能被吹倒的身影，有一种对生命的绝望和无奈感包裹了她，她沉默了足足一天。

苏克第二次到衮伦家时已经住院。衮伦不知道详细情况，电话招呼他到家中吃素馅饺子，他答应了。当他出现在衮伦眼前的时候，衮伦心里一惊：若知道他已成这样，怎能让他爬上七楼？不过苏克还能自己行动用餐，能自己照顾自己，还有希望的光岚在目光里闪动。他说其实我是很乐观的。衮伦不知道他的乐观是否发自内心，还是安慰自己。他真能做到面对不久于世的残酷现实而心无恐怖么？若真像他说的那样，那的确不是一般的从容。

衮伦告诉他缓解疼痛转移注意力的方法，他都一一接受。

去医院探望苏克，成了衮伦每天必做的事情。她尽可能地说一些苏克能接受的话题，对他进行慢慢的渗透。通过转变对生死的认识，让他知晓自己的病因，并能做到平和面对死亡。衮伦相信她所做的一切，即使不能改变他的病情，也能对他的未来起到作用。而且让苏克也懂得这个未来虽然茫然，却能得到究竟利益。渐渐地苏克的病情好转起来，脸色竟出现了润泽。衮伦的信心倍增，护士也说是个奇迹，真不可思议。

衮伦不得已外出学习走了二十几天，自然每天为苏克做的事情有了距离也少了次数，每天的电话问候也变成两三天一次。回到家后，便去医院看望，见他身体又消瘦了，每天只喝酸奶、小米稀粥。说话时只闻声音在喉咙里、腹腔里，却听不出字句。脸色也变得黯然无光。一天同病室的人说，来了一位藏地的喇嘛，能给皈依还能讲因果，苏克便想去看看。衮伦欣然答应他的要求，便带苏克乘上出租车到了指定的地点，竟是一位相识的雅德根家里。那是三年前，一次雅德根大聚会，几十个各地的雅德根会聚一起，接受电视台采访录制节目。苏克与他结识，不是因为以什么身份参与，而是因外甥是那次活动的组织者之一，所以苏克有机会能去看看热闹。当然也是由于雅德根家世的影响，让苏克对雅德根活动有不少的兴趣。他与那位雅德根谈了很多有关爷爷苏如勤的情况，因为他也是苏都日姓氏，祖居在乌尔科村，那是达斡尔人从黑龙江北岸南迁下来又开创的一个落脚之地。都是一个祖宗，一个氏族。

喇嘛为苏克作了皈依，并告诉他天天磕头忏悔。苏克说腰疼得厉害弯不下去。喇嘛说不能磕头在心里忏悔也行，为自己曾经做的一切恶业发自内心地忏悔。苏克答应下来。但衮伦看出他对喇嘛说的恶业，没有真正理解。

雅德根一直盯着苏克，他已没有与人交谈的精神，做完皈依，苏克已经力不可支。

在妻子给苏克倒水喝的时候，雅德根小声告诉衮伦，苏克的腰间缠着一只大蛇，问他是否伤害过蛇。

衮伦看一眼脸色发暗穿着也旧的雅德根，觉得他仍然活在过去的时代，与现代很多年轻的所谓得道的雅德根有着本质的区别。衮伦相信他的话,便转身去问苏克。苏克沉思了一会儿说没有。衮伦说你好好想想。苏克说我没打过蛇,只是吃过。那就对了,雅德根说,吃比打还严重,蛇的嗔恨心非常重,它能以被伤害的方式报仇。人的寿命只有几十年,可它能活千年甚至几千年,这期间它时刻盯着你,一有机会就立刻复仇。雅德根又讲了以前的一个经历。曾经有一位不孕的女子找他看病,他看出那女子不仅打死过蛇,而且打死的是一只怀孕的蛇,所以那女子终身不能生育。

苏克的妻子说你在哪儿吃的呀,我怎么不知道?

那是苏克离婚期间在外省姐姐家里的事情。一天,他们在园子里捉住了一只动作缓慢的雌蛇,剁了剁下到锅里,姐弟和外甥女三人一起吃掉了。衮伦听了一阵战栗:表姐母女的死是否也与吃蛇有关?尤其是年轻轻的服毒自杀的外甥女!

雅德根又说你不孝顺父母。苏克说我父母早都没了咋能不孝?雅德根笑了笑没再吱声。衮伦却想起苏克小时候总惹妈妈生气的情景,苏克承认小时候的确是不听妈妈的话。

走出屋子的时候,雅德根对衮伦说,苏克的冤亲债主都在他的身上,难办。

衮伦沉默了,曾经的信心和勇气顿时受挫,她感到力不从心,苏克的忏悔力度能够达到让那只蛇离去的程度么?虽然他流出了忏悔的眼泪,但他拿什么去偿还人家的性命?何况他过世的父母都在盯着这个唯一在人间的孩子,牵挂也罢,想念也罢,都是致命的因素。

那以后,苏克忽然做出了迁坟的决定,虽然说话吐字不清,还是表明了意思。当那天早晨,天蒙蒙亮就动土挖开坟墓的时刻,人们都惊呆了,只有一个包裹不见棺木的墓穴,让人害怕错挖了别人的坟墓。急忙与他电话联系,结果他也说不出什么,只记得第一次迁坟是因爷爷的坟上生出一棵杨树,弄得他头疼欲裂,所以爷爷奶奶的棺木是新做的,而父母的他已没有记忆。

经过反复认定,坟址确定无疑。人们把那一直导致其妻胸闷的灵骨捡进了新的棺木、新选的坟址。第二天苏克的脸容就出现了光泽,说话也不在喉咙里呜噜噜的了。妻子的胸闷也不见了。

可是他的腰仍然不能挪动,最大的痛苦仍在腰部。他说这腰算完了,人家食道癌都病在食道,我这可好,疼在腰上。

其实癌细胞慢慢地扩散已经深入骨髓,不过是腰的局部疼痛超过了扩散后全身的疼痛而已,不知他还记不记得腰痛的原因。

酸奶不能喝了,改为奶茶,生命在一点一点地耗尽,妻子默默无言地听从他的支配,十分钟的时间内,就得几次为他更换体位。能摇动的床一会儿摇上一会儿摇下,仍然是满脸的痛苦。那妻子毫无怨言地做着一切,衮伦看得于心不忍。妻子说我前世欠他的。

那位喇嘛曾告诉他诵《地藏菩萨本愿经》,但他已经不能自诵,衮伦便每天去医院为他诵经。他听出了兴趣,每到读诵结束后,都一副期待的语气说"明天还来呀!"并且记住了这样的句子:

……杀生者,宿殃短命报……悖逆父母者,遭天地灾杀报……一切众生临命终时,若得闻一佛名,一菩萨名,或大乘经典,一句一偈,我观如是辈人,除五无间杀害之罪,小小恶业,堕恶趣者,寻即解脱。

并说,这样我就不去那阴曹地府了吧?衮伦当然予以肯定,告诉他起码不堕恶趣了,最低也要托生人道。如果能够至心念阿弥陀佛,你还要去那个金砖铺地的世界呢。

脆微中的生命即使过去什么信仰没有,甚至对衮伦的劝导有过搪塞,而到了生命的最后阶段,已经懂得怎样安置精神的归属了。有时候他手里长久地攥着一个小小的念佛机,只是他精力不济,总是在止痛针与安定剂中沉沉入睡。

那天衮伦照样去给苏克念诵《地藏经》,他刚注射了止痛剂,脸上没有痛苦的表情,看到衮伦后就说:"姐,这几天我一直在想,我的家族都不是寿终正寝的,特别是我的两个哥哥,我的堂哥,都年轻轻的就没了,还有我叔叔得了和我一样的病,现在轮到我了。我在想,如果因为我的病能消除或者代替我们家族的子孙后代,都能安康地活着,都能长寿,没有短命,那就好了。说得再大点,这个医院里像我一样得了绝症的人很多,如果他们的疼痛也能让我一个人代受,我也愿意,反正我一个人疼也是疼,替他们疼也是疼,莫不如让我一个都疼了吧……"

这一番出乎意料的话,听得衮伦肃然起敬,眼睛睁得老大,泪便一下涌了出来。这是那个曾经有过欺骗行为的人么?是苏克在说话么?

衮伦感动地抽噎起来,一个劲儿地点头。继续念经的时候,也还止不住泪眼模糊。回家的路上,不断地叹息:苏克啊!苏克……

第二天苏克妻子到衮伦家里,给苏克取牛奶面片。衮伦不由得想,回光的时间到了么?那堵塞的食道怎么可以吃进面片?苏克妻子说,昨夜他拉着她的手哭了,说:"我对不起你……我死了后,你找个好人吧。"

说着她抽泣起来。这是苏克得病后,衮伦看到她第一次流泪。

夜里妻子已经不敢一个人陪护,因为苏克在黑暗中会猛然喊上一声"别抓我呀"!第二天问他时,他已经没有记忆。连续吃了两天面片后,开始只喝奶茶牛奶,最后拒绝任何食物。手脚的皮肤开始脱落,只一层皮包着骨头,人像一张纸贴在床上,也不要求挪动身体或摇床了。止痛针缩短了注射的时间。但到后三天,六个小时才注射一次。最后那个下午他的眼睛开始向上翻动,脸容已经脱水,大家都以为最后一刻到了,后来他又变得非常安静,四下里环顾的时候,神志看上去清醒,脸容一点晦色没有,也没有任何表现内心苦乐或者什么要求的表情。一会儿便又安静地睡去。挺过这一夜,明天就没问题了,大家一致如此认为,便轮班回去休息。

夜里衮伦刚刚睡熟,手机骤响。她快速穿上衣服跟随来接的人赶去医院。走进病房,见苏克正握着儿子的手,眼睛塌陷,却微睁着眼。颧骨眉骨突出,生命的迹象即将结束,但是非常安静,似乎在等待着什么。衮伦知道这一刻他最需要什么,最影响他的是什么,便立刻挪开那只握着的手,让苏克的儿子走开,让其妻子止哭。然后立刻为他助念,并安慰他不要牵挂子女,他们都有了各自的工作家庭,把心放下吧,去自己想去的地方。看着苏克的眼睛仍然不肯合上。衮伦继续为他开导、助念。苏克的眼睛完全合上了,渐渐地呈现出静止的状态。衮伦相信他听到了她所说的每一句话,并且也相信她的每一声佛号,能消除他的贪念、眷恋或嗔恨,一心专注在佛号上引起善想,减少四大分离的痛苦恐怖。

事实上,苏克虽然外表寂然似昏迷,内心却正在经受着死亡必经的特殊体验。他已经没有丝毫力气了,想最后看一眼那个正在助念的表姐和儿子,头却无法转动。他觉得自己正在掉落,不断地向下沉去,他想让妻子再把床摇得高些,再高些,可是已经发不出声音,他有点着急了,随即便陷入昏迷状态。昏迷中他仍然朦胧地感觉,有一条大河在他的身下,他几乎就要被水淹没,周围都是烟雾蒙蒙的东西……随之他又感到鼻子和嘴异常干枯,身体发冷,心一会清醒一会儿模糊,却在这种状态下听到了表姐的声音。那声音是那么遥远、微弱,却清晰可辨:"……放下一切吧,你的身体就像一个旧房子,已经不能住了,不要眷恋它,去换一个新的身体,去那个你曾说过的极乐世界。那地方只要你一心念阿弥陀佛,他就会来接引你,接你的人一身明亮的白光,你不要害怕,直接去投奔他吧,他会把你带到一个非常美丽的地方……"

可是,他不能控制自己的身体了,竟然辨不清谁在说话,一切都模糊不清了,一种被火焚身的炙热,让他呼吸急促。随即见到闪闪发光的火花好像萤火虫一样跳跃在大火之中。呼吸越来越困难了,只在呼气,大口地呼气,大口地呼气……整个宇宙都在毁灭……

忽然,他又看到他曾经伤害的那条蛇,张着大口向他扑来……还有无数的大鱼小鱼各种鱼遍布在他的身前身后把他围住……妈呀!他大声喊了一声,却一点声音没有发出。情急之中他猛然想起表姐的声音:阿弥陀佛!那个阿弥陀佛你在哪里呀?你在哪里呀?快救救我呀!阿弥陀佛快救救我呀……阿……弥……陀……佛……阿……

苏克大口呼气的动作停止了,虽然他在分崩离析,天摇地动,可外表看上去很是平静,没有显出一丝痛苦的迹象。衮伦一直站在他的身边为他助念,直到半个小时后,才开始让前来的人们为他穿衣。

衮伦终于舒出一口气,在苏克最关键的时刻,让他听到了能够引起善念的声音,以减少他的烦恼执着,哪怕因之能去掉他万分之一的痛苦,也十分值得。

苏克虽然走得平静，却也是无助无奈。大家看着他一天一天等死，又一点一点地消耗衰竭，最终离去，让人感到对生命的绝望，和死亡的无法抗拒。

衮伦第一次目睹了一个人神识离开躯体的过程，也第一次独自做了一件为亡者临终安慰和关怀的事情。由于近距离目睹了一个人在死亡到来之际，一张面孔如何塌陷的过程，致使她很长时间都对生命的无常感到灰心而沉郁，足有一个月的时间被困在苏克最后的面孔里不能自拔。仿佛不久的时间，她就会变成苏克的模样，以致对以往的一切追求都产生了怀疑。什么美丽、名利、资财等等，到了苏克那样的地步，会有什么用，会派上什么用场？

我怎么活？她不断地问自己。若还是照常规走下去，在生老病死里打转，结果不外乎和苏克一样。

苏克的一切都变成了梦，都成了一场空。他带去了什么？尽管他曾经奔波追求，时常默默地抓住生者的手，结果还是空着手一个人走了。正像他小儿子看到的，一个影子飘出门外，他成了一缕飘忽的气。

在闷郁绝望的日子里，衮伦为苏克做了七七四十九天的功德，超度、点灯、念佛，都是能让他减轻罪业去往善趣的。四十九天之后，衮伦告诉苏克的妻子自己所做的梦，苏克妻子说，她也做了同样的梦，看见苏克和她一起抓鱼，并且穿着一件金黄色的马甲。

衮伦一下想起，苏克过世的第二天，自己回到家里，坐下来念诵晚课，一恍惚，苏克站在她的面前，身上是最后穿走的蓝色大衣，宽宽大大的，鸭舌帽戴得很低，看不见脸孔。

于是，衮伦便想：金色是唯有僧众可着在身上的颜色，这个梦是否是一种寓意？或许，衮伦为他所做的一切功德，得到了三宝加持，使他投生了善道？

过了一年，苏克出嫁的女儿生下一个女孩，属蛇。她们说那孩子跟苏克长得一模一样，脾气也非常相似，从生下后就不喜欢住在和爷爷奶奶一起住的家里，一旦回到姥姥家即苏克家中，就非常欢实。苏克的妻子说，苏克在世的时候，就不喜欢亲家，两人总是斗嘴。那女婴一见爷爷就哭，小两口就不得不总是抱着孩子往娘家跑。

尾声

莲蓓蕾

了知一切
如幻影如浮云城堡
如梦如魅
没有实质，只有看不到的自性

了知一切
如悬挂在万里晴空的月亮
倒映在清澈的湖面
虽然月亮不曾来到湖面

了知一切
如音乐、天籁和哭泣中的回音
而回音中却无旋律

了知一切
如魔术师变出
马牛羊等幻影

一切都不是它所呈现的

一切似乎都已经明了。而苏如勤家族的人仍然处于无明的辗转之中，包括许许多多和他们一样的人。

对于母亲阿尔特近一个世纪的索问，衮伦已经有了回答。克珠仁波切让她明白了这个家族遥远的起始，他们每个人带着各自的宿命，世世代代在因缘和合的情况下，经历着一系列必然经历的事情，遭受着看似不同却是相同的命运结局。而他们的将来，哪怕再遥远再漫长甚至一万年后，都在克珠仁波切的智慧眼里明明了了。仁波切说："他们是一个心。"若要改变这个家族的命运，除非彻底改变他们的心，彻底截断轮回的老路，掉转头走另一条与之截然相反的路，才能改变他们的命运。

然而遗憾的是，无论克珠仁波切分析得如何透彻，教导得如何明白，改变这个家族的内在力量却十分微弱，犹如一塘污水，其自身的浑浊是照不进洁白的月光的。

正如仁波切开示："诸佛不是用水洗众生罪，不是用手除众生苦，也不是把自己所证移给他人，而是教你一个方法，解救还要靠你自己。"

因此衮伦的担忧仍在。即使一条耀眼光明的路摆在前面，他们也会像绝大多数人一样，由业力牵引，选择那些光色不刺眼的道路，背着许许多多放不下的包袱，哪怕压弯了腰也不肯放下，心甘情愿地走下去，轮转不息。一如娅吉，曾遵从一位喇嘛的教导，念了一阵六字真言，由于头疼就停了下来，停下后头就不疼了。她不知道那正是由于那些无明在阻挡她，却觉得头不疼了是个好事。

不可避免的是，这部小说还没结尾，四十几岁的娅吉，突然死于午夜之后，医生诊断为心肌梗死。她是巴尔特的长女，继哥哥苏栓、弟弟苏若后，她是巴尔特第三个死去的子女。七十八岁的母亲多音花日，伴着仍然没有步入婚姻的三个子女，为他们做着家务，变得更加沉默寡言。

所以外甥女瓦音的状况，并没有为这个家族的疾病灾难画上句号。实际上又成为另一种担忧的延续。瓦音的麻烦不时出现，不知是坛城没有理顺，还是没有按着达斡尔雅德根的规矩陈设，或者还有什么其他原因。她的丈夫不时吐血，住院治疗又查不出什么原因，她年轻轻的也患上了脑梗，好在治疗见效，没见大碍。不过她告了长假不再上班。

夜里雅德根灵识时常告诉她怎样设置坛城，一一巨细，但是有时她有记不住的地方，也找不到超过本坛城法力的雅德根，做一场符合规矩的大法事或升级仪式。衮伦没有忘记时常提醒瓦音，尽量不要去给人看什么病，即使非看不可的，也不要收人家的钱财，一些不碍大局的小事，帮帮人家还是可以。没有究竟的智慧，自己一切的造作皆不知对错。殊不知，表面对与错的论事行事，其实含藏着几世因果的流转。老祖宗说："举头三尺有神明，说话办事要小心；低头三尺有神灵，说话办事要谨慎。"这绝不是迷信之言。

一切都暂时告一段落。日趋清凉平静的衮伦，即使能解开母亲阿尔特最终都未解的心结，也改变不了那种灾难的继续；即使明了度脱的道理，却因还不具备究竟的能力而力不从心。但可以欣慰的是，衮伦自身已经跳出了曾经受困的泥泽之地，置身于一个觉悟的清净之所。她可以告诉母亲百年的生离死别，以及苏如勤家族过去的一切舛厄因由，乃至未来命运会怎样循环往复。并将告慰母亲，正在出离的她不是独自一人，而是与跟她一样曾经失陷的族人乃至所有的有缘人一起，哪怕他们内在的信力再微弱，而一旦认清了觉悟之路，就势必会像拔出淤泥的莲梗，终将孕育含苞花蕾，绽出洁白的花朵，铺开一片洁净美丽的莲花世界。

2009 年 11 月 2 日——2010 年 3 月 24 日 6 点 10 分初稿
2010 年 3 月 25 日——2010 年 4 月 5 日 11 点 41 分二稿
2010 年 7 月 16 日——2010 年 7 月 21 日 17 点 27 分三稿
2013 年 10 月 11 日——2013 年 10 月 19 日 9 点 29 分四稿
2015 年 9 月 18 日——2015 年 9 月 25 日 9 点定稿于莫力达瓦静虚屋

创作谈

达斡尔姿态

一

只要你从《雅德根——我的母系我的族》中读到"雅德根""大轱辘车""放排人""苦艾艾的柳蒿芽香味"……你便认识了达斡尔的民族符号。若再认真阅读全书，就会从中认知：这就是达斡尔人，达斡尔姿态；更或从那长长短短有些特别的句式认定：是这一个。

作为达斡尔写作者，我的创作，一直扎根于本土文化和达斡尔族文化土壤。自幼生长的殊异环境，决定了我有很强的达斡尔族身份意识，我的写作必定不会游离我的文化血脉。

我成长于达斡尔族聚集地，童年起便耳濡目染的一切，在我生命中烙下了深深的印痕。我不用刻意寻找搜集，那些原始元素便会呼之即来，在我的笔下复活。我只需做好合理剪裁、合理利用，把它们提升到艺术层面即可。

这种连接文化母体的写作，从最初的率性而发，到后来有意识地守望民族语言和文化传统，经历了一个写作者必然要经历的积淀过程。我热爱达斡尔语所具有的内核——凝聚力，热衷于它独特的音节、独特的歌词韵致，所有这些，总会自然而然地出现在我的创作中。我从没有读者意识，更没有商业意识，我只在意自己感觉的表达和情感的抒发，热衷于书写达斡尔族古老生活、民情民俗、信仰观念、生活伦理、神话传说、民间故事、乌春，以及对生命究竟意义的观待——这些已成为我写作的核心内容。我渴望自由天性，崇尚不随波逐流的精神操守，一如鄂温克族作家乌热尔图，始终坚守着内心深处高贵不变的精神追求，在剧变的世界文化潮流面前，一如既往，以少而精的文本，发出既是本民族也是人类共有的声音。

正是这种坚守，使作家安静地立于喧哗之外，留下了岁月淘洗不掉的声音。然而，相比于汉族作家面对各种思潮、各种流派、各种技巧所产生的困惑，少数民族作家的困惑恐怕更多，文化、民族、观念、生活的种种差异，以及主流文化的撞击，让我们在坚守中发扬和彰显本民族文化存在价值的同时，也必须要学会与主流文化接轨、与世界文化接轨。这是少数民族作家的时代责任。而在接轨中，如何不趋附于流弊，不糟蹋自家珍宝，实为关键。

由是，我想到达斡尔族民间舞罕伯舞，这是达斡尔人于早期劳动中，模仿动物鸟兽的一种自娱自乐形式，舞姿欢畅活泼可爱，但若如实照搬于舞台，却不免单调见拙。于是，达斡尔族舞蹈家们突破束缚，在原有舞蹈基础上融入现代的肢体语言，让古老的罕伯舞既保留了原始痕迹，又体现了时代风格，成为现代舞台的"保留节目"而经久不衰。

诚然，我也经历了"写什么、怎么写"的困惑，但我从未乖离过我的民族轨道，因此，我的写作姿态，尽管有些趔趄，却有着不可替代的、醒目的辨识符号。在文化大同、民族烙印越来越淡化的时代趋势下，我经历过紧张、焦虑、叹惋、困惑，但始终相信，无论时代怎样发展，每个民族的人们沿着血脉溯源，总能找到自己的祖先，认出他不同于其他民族的面孔和殊异的历史文化贡献，如达斡尔族祖先抗击沙俄保卫边疆的浴血奋战，迁徙嫩江流域之后发展的民俗文化，以及雅德根、大轱辘车等代表达斡尔民族的文化符号，如此等等，都不会轻易消失于时代。

在《雅德根——我的母系我的族》的写作中，我试图通过家族记忆和达斡尔文化、达斡尔民族精神血脉与世界对话,对历史的追溯、对本民族的挚爱、对祖先的虔敬、对萨满文化的敬畏，构成了本书内容的重要部分。我始终没有丢掉自己的身份意识，无论在写作中，还是面对公众场合，那种与生俱来的民族胎记和文化意识，总会下意识地流露出来。所以，我不是在刻意突出自己的民族身份，一切都是自然而然，从出生时刻便已注定。我很庆幸自己生长于所属民族的乡村，正是它，赋予了我丰富独特的文学创作资源，成为我不断汲取营养的宝藏。

二

我的写作便是我的生活。在精神生活没有支撑的时候，寻求精神奔突的路径，便成为一个作家的求索历程。我正是在精神无望和病苦的磨难中，求助于可倾诉的纸和笔，它们无私地承载了我的喜怒哀乐，释放了我的压抑。然而写作并没有彻底解决我内心深处的烦恼，我仍然在无边的疲惫中挣扎。记得刚开始写作时，为了安静，也为不妨碍家人休息，我在仅一米宽的走廊里，挪去条桌上的厨具，在上面写作。到了冬天，走廊很凉，我挪到屋里，罩住台灯的亮光，在灯下倾诉。夜里一片漆黑、一片寂静，我感到两腿已经发麻，便停下笔，爬到炕上，发现双腿肿得很粗，那正是我妊娠期间身体沉重的阶段。但我感觉很好，觉得自己正在走向精神解放之路。

当我有了一点点成绩的时候，内蒙古作协推荐我去鲁迅文学院学习。这是一个难得的机会。能够上鲁院学习，开阔眼界，聆听文学精英们的经验讲授，是多少像我这样边地少数民族作者的心愿。我在一无所知、毫无准备的情况下得到通知，然而我的工作不允许我离开岗位五个月时间。没有办法，我只好终止工作，提前离开了曾工作二十多年的单位。所幸在鲁院的学习填补了一切物质生活的损失，我也终于有了充足的写作时间。

《雅德根——我的母系我的族》是一直含藏在生命里的续流。最初，它是我在激情推动下为我母亲写出的中篇《母亲家族》，经过漫长的时间积淀，经过身心的搅扰、煎熬、疼痛、哀伤，最后以不吐不快的蓄势，成长为眼下的长篇。在这部长篇里，我把我的母系我的族人的苦难人生诉诸于世，并将自己超出萨满轮回的方法诉诸于人，希望于世有所借鉴。我没有工笔，没有攻于故事、技巧、结构，只是遵从我的生活，将大量的梦中画面和脑中幻景，以及时空交错的幻觉记录下来。我的确真实地经历过一段颠倒的人生，即便写作本书时，我还没有彻底摆脱那些颠倒时光。

有意思的是，我居然在那些颠倒的日子里，记下了厚厚的一本时空颠倒的日记，这为我的写作提供了珍贵的资料。由于疾病、心气不稳，日记中的很多字迹歪斜不整，连自己都几乎认不出。好在我每看一篇日记，都能够清晰记起当时的场景、画面，犹如放幻灯片，过往的时光一一闪过……

如今，活到一把年龄，对于过去的一切都已看淡，很多梦魇般的经历过去后也变成乌有，没有什么放不下的了。我只觉得时间宝贵，稍不留神就失去了一段生命，只希望自己在刹那刹那的流逝中，紧跟住时间的脚步，让生命有所承载、有所价值。我现在所做的一切，无非是对我苦难的家族、族人乃至众生的一种祝愿！

三

生活在边地小城的达斡尔族作家，我们能够写作已属不易，能够在时代繁杂的诱惑中坚守本民族的文化，并逐渐为世人理解，这更不容易。我们十多位达斡尔族写作者，基本都生活在家乡本土，都有清醒自觉的民族意识，坚守着本民族的文化根基，在作品中以不同的性情风格展现着达斡尔族的风土人情。他们的灵秀，受惠于古老的嫩江之水的滋养；他们的坚忍，秉承着祖先坚韧不拔的遗风。他们默默地忍受着工作与生活的磨砺，尽量把最华彩的一面展示于人前。其中五六位单身写作者，她们几十年默默耕耘文字，总能拿出作品来证明自己：在底层，我们存在着，我们墨守着，并在默默的持守中升华着。

而我，则是她们中普通的一个。我起步晚，但我和大家一样，都明白自身的文化定位，所以不管我们文笔如何、性情怎样，只要一接触我们，就能读出达斡尔人的文化符号，认出这是嫩江边和莫力达瓦山下的人。这就是我们的姿态、我们的身份。

因为达斡尔族没有文字，我们都使用汉语写作，每个人生长的地方，所受的教育，都不同程度地表现在对汉语的运用上。相比他们，我生长在相对原始的乡村，从小听到达斡尔老人们说出来的汉语是这样的："饭吃了么？""土豆，丝炒、片炒？""过年猪有么？""哪里去你？"还有我的一位小学同学，总在惹她生气的男生面前说："用你管着了？"等等，诸如此类按达斡尔语序说出来的句子，在汉语中就成了颠倒句、病句。

受这种语境的潜移默化，我的语言便在汉语和达语的转换过程中，总不免存在着从汉语角度看不太顺畅的句子。幸运的是，我善遇了资深编辑陈彦瑾老师，她以严谨的态度为我精心编辑，字斟句酌地反复修改了四遍，使这方面的问题几乎全部得到了订正，在此特致诚敬的谢意！我想，这可能也是少小民族文学作品的一个特点吧。当然，我们应该尽量遵循汉语规则——毕竟，这是用汉语写作而不是达语写作——否则，即便我们有再好的文化资财，再特殊的故事，也难以走出自家院子，让世人了解自己民族的殊异文化。

2016年2月4日